U0046042

戲非戲243

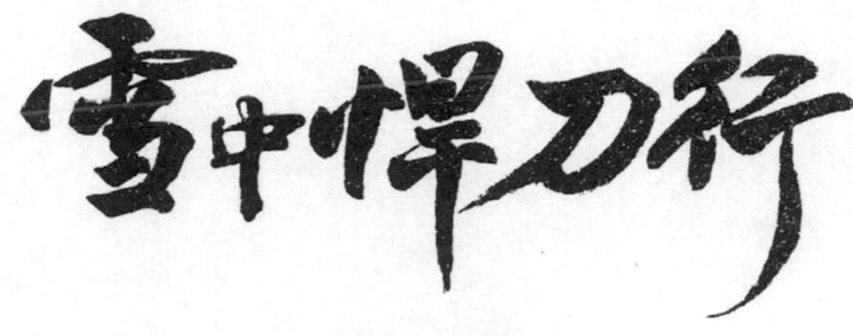

第一部

（一）

西北有雛鳳

烽火戲諸侯　作

高寶書版集團

道門真人飛天入地，千里取人首級；佛家菩薩低眉怒目，抬手可撼崑崙。
誰又言書生無意氣，一怒敢叫天子露戚容。
踏江踏湖踏歌，我有一劍仙人跪；提刀提劍提酒，三十萬鐵騎征天。

◆目錄◆

第一章　紈褲子落魄還鄉　涼王府雞飛狗跳

黃昏中，官道上一老一少被餘暉拉長了身影。

老的牽著一匹瘦骨嶙峋的跛馬，背負著一個被破布包裹的長條狀行囊，衣衫襤褸，一頭白髮，還夾雜幾根茅草，如果再弄個破碗蹲地上，恐怕就能乞討了。小的其實歲數不小，滿臉鬍茬兒，一身市井麻衫，似逃荒的難民一般。

「老黃，再撐一會兒，進了城、回了家，就有大塊肉、大碗酒了。他娘的，以前沒覺得這酒肉是啥稀罕東西，現在一想到就嘴饞得不行，每天做夢都想。」瞧不出真實年齡的年輕男人有氣沒力地說道。

僕人模樣的邋遢老頭子呵呵一笑，露出一口缺了門牙的黃牙，顯得賊憨厚、賊可笑。

「笑你大爺，老子現在連哭都哭不出來了。」年輕人翻白眼道，他是真沒那個精神氣折騰了。

兩千里歸途，就只差沒落魄到沿路乞討。這一路，下水裡摸過魚，上山跟兔子捉過迷藏，爬樹掏過鳥窩，只要帶點葷的，弄熟了，別管有沒有鹽巴，那就都是天底下最美味的一頓飯了。期間當他經過村莊試圖偷點雞鴨啥的時，好幾次被扛鋤頭、木棍的壯漢追著跑了幾十里路，差點沒累死。

哪個膏粱子弟不是鮮衣怒馬、威風八面？再瞧瞧自個兒，破爛麻衣一襲，草鞋一雙，跛馬一匹，還不捨得宰了吃肉，連騎都不捨得，倒是多了張蹭飯的嘴。惡奴就更沒有了，老黃這活了一甲子的小身板他光是瞅著就心慌，生怕他行走兩千里路哪天就沒聲沒息嗝屁了，到時候他連個說話的伴兒都沒有，還得花力氣在荒郊野嶺上挖個坑。

尚未進城，城牆外頭不遠處有一個掛杏花酒的攤子，他實在是筋疲力盡了，聞著酒香，閉上眼睛，抽了抽鼻子，一臉陶醉，真他娘的香。

他一發狠，走過去尋了一條唯一空著的凳子一屁股坐下，咬牙使出最後氣力喊道：「小二，上酒！」

身邊出城或者進城中途歇息的酒客都嫌棄這衣著寒磣的一主一僕，刻意坐遠了。生意忙碌的店小二原本聽著聲音要附和一聲「好」，可一看主僕兩人的裝束，立即就拉下臉。出來做買賣的，沒個眼力見兒怎麼行，這兩位客人可不像是掏得出酒錢的貨色。店小二還算厚道，沒立刻趕人，只是端著皮笑肉不笑的笑臉提醒道：「我們這招牌杏花酒可要二十錢一壺，不貴，可也不便宜。」

若是以前，被如此對待，年輕人早就放狗、放惡奴了，可三年世態炎涼，過習慣了身無分文的日子，架子脾氣收斂了太多，喘著氣道：「沒事，自然有人來結帳，少不了你的打賞錢。」

「打賞？」店小二扯開了嗓門，一臉鄙夷。

年輕人苦笑，拇指、食指放在嘴邊，把最後那點吃奶的力氣都使出來吹了一聲哨子，然後就趴在簡陋的酒桌上打鼾，竟是睡著了。店小二只覺得莫名其妙，唯有眼尖的人依稀瞧見頭頂閃過一點影子，一頭鷹隼般的飛禽如箭矢般掠過城頭。

大概過了酒客喝光一碗杏花酒的光景，大地毫無徵兆地轟鳴起來，酒桌搖晃。酒客們瞪大眼睛看著酒水跟著木桌一起晃蕩，都小心翼翼地捧起來，四處張望。

只見城門處衝出一群鐵騎，綿延成兩條黑線，彷彿沒個盡頭。塵土飛揚中，高頭大馬，俱是北涼境內以一當百、名動天下的重甲驍騎。為首的將軍扛著一面招搖的王旗，鮮豔如血，上書一字——徐！

乖乖，北涼王麾下的嫡系軍。天下間，誰能與馳騁輾轉過王朝南北十三州的北涼鐵騎爭鋒？以往，西楚王朝覺得它的十二萬大戟士無人敢攖其鋒芒，可結果呢，景河一戰，全軍覆沒，降卒悉數被坑殺，哀號如雷。

兩百精銳鐵騎衝刺而出，浩浩蕩蕩，氣勢如虹，頭頂一隻充滿靈氣的鷹隼似在領路。兩百鐵騎瞬間靜止，動作整齊劃一，這份嫻熟，已經遠遠超出一般行伍悍卒、百戰之兵的範疇。

正四品武將折衝都尉翻身下馬，一眼看見牽馬老僕，立即奔馳到酒肆前，跪下行禮，恭聲道：「末將齊當國參見世子殿下！」

而那位口出狂言要給打賞錢的寒酸年輕人只是在睡夢中呢喃了一句：「小二，上酒。」

◆

北涼王府龍盤虎踞於清涼山，千門萬戶，極土木之盛。王朝碩果僅存的異姓王，在廟堂和江湖都是毀譽參半的北涼王徐驍——作為一名功勳卓著的武臣，可謂得到了皇帝寶座以外的所有東西。

在西北三州，他就是當之無愧的主宰，隻手遮天，翻雲覆雨，難怪朝中與這位異姓王政見不合的大臣們私下都會文縐縐地罵一聲「徐蠻子」，而一些居心叵測的，更誅心地丟了頂「二皇帝」的帽子給他。

今天王府很熱鬧，位高權重的北涼王親自開了中門，擺開輝煌儀仗，迎接一位仙風道骨的老者。府中下人們只聽說是來自道教聖地龍虎山的神仙，相中了癡癡傻傻的小王爺，要收作閉關弟子，這可是天大的福緣，北涼王府都將其解釋成傻人有傻福。

可不是，小王爺自打出生起便沒哭過，讀書識字一竅不通，六歲才會說話，名字倒是威武氣派——徐龍象，傳聞還是龍虎山的老神仙當年給取的，說好十二年後再來收徒，這不就如約而至了。

王府內一處院落，龍虎山師祖一級的道門老祖宗撚著一縷雪白鬍鬚，眉頭緊皺，背負一柄不常見的小鍾馗式桃木劍，配合他的相貌，確實當得「出塵」二字，誰看了都要由衷讚一聲世外高人啊。但此番收徒顯然遇到了不小的阻礙，倒不是王府方面有異議，而是他的未來徒弟強脾氣上來了，蹲在一株梨樹下，用屁股對著他這個天下道統中，論地位能排前三的便宜師父，至於武功嘛，咳咳，前三十總該有的吧。

連堂堂大柱國北涼王都得蹲在那裡好言相勸：「兒子，去龍虎山學成一身本事，以後誰再敢說你傻，你就揍他，三品以下的文官武將，打死都不怕，爹給你撐腰。兒啊，你力氣大，不學武撈個天下十大高手當當就太可惜了。學成歸來，爹就給你一個上騎都尉當當，騎五花馬，披重甲，多氣派。」

小王爺完全不搭理，死死盯著地面，瞧得津津有味。

「黃蠻兒，你不是喜歡吃糖葫蘆嗎？那龍虎山遍地的野山楂，你隨便摘、隨便啃。趙天師，是不是？」

老神仙硬擠出一抹笑容，連連點頭稱是。可哪怕位於堂堂超一品官職、在十二郡一言九鼎的大柱國都說得口乾舌燥了，少年還是沒什麼反應。他估計是嫌老爹太過聒噪，便翹起屁股，噗一下來了個響屁，還不忘扭頭對老爹咧嘴一笑，把北涼王給氣得抬手作勢要打，可抬著手僵持一會兒，就作罷。一來是不捨得打，二來是打了沒意義。

這兒子可真對得起自己的名字。徐龍象，取自「水行中龍力最大，陸行中象力第一，威猛如金剛，是謂龍象」。別看綽號「黃蠻兒」的傻兒子憨憨笨笨，至今斗大字不識，皮膚透著一種病態的暗黃，身形比同齡人都要瘦弱，但這氣力，卻是一等一駭人。

徐驍十歲從軍殺人，從東北錦州殺匈奴到南部滅大小六國，屠七十餘城，再到西南鎮壓蠻夷十六族，什麼樣膂力驚人的猛將沒有見過，但如小兒子這般天生銅筋鐵骨、力拔山河的，真沒有。

徐驍心中輕輕嘆息，黃蠻兒若能稍稍聰慧一些，心竅多開一二，將來必定可以成為陷陣第一的無雙猛將啊。

他緩緩起身，轉頭朝龍虎山輩分極高的道士尷尬一笑，後者以眼神示意不打緊，只是心中難免悲涼。收個徒弟收到這份上，也忒不是個事兒了，一旦傳出去還不得被天下人笑話，這張老臉就甭想在龍虎山那一大幫徒子徒孫面前擺放嘍。

束手無策的北涼王心生一計，嘿嘿道：「黃蠻兒，你哥遊行歸來，看時辰也估摸進城了，你不出去看看？」

小王爺猛地抬頭，表情千年不變的呆板僵硬，但尋常木訥無神的眼眸卻爆綻出罕見光彩，很刺人，拉住老爹的手就往外衝。可惜這北涼王府出了名的百廊回轉、曲徑千折，否則也容不下一座飽受朝廷清官士大夫們詬病的聽潮亭。

手被兒子握得生疼的徐驍不得不數次提醒走錯路了，他們足足走了一炷香時間，這才來到府外。

父子和老神仙身後，跟著一幫扛著大小箱子的奴僕，都是準備帶往龍虎山的東西。北涼王富可敵國，對兒女也是素來寵溺，見不得他們吃一點苦、受一點委屈。

到了府外，小王爺一看到街道空蕩，哪裡有哥哥的身影，先是失望，繼而憤怒，沉沉嘶吼一聲，沙啞而暴躁。起先想對徐驍發火，但笨歸笨，起碼還知道這位是父親，否則徐驍的下場恐怕就得像前不久秋狩裡遇到徐龍象的黑羆了，倒楣的黑羆被單槍匹馬的十二歲少年生生撕成兩半。他怒瞪了一眼心虛的老爹，掉頭就走。

不希望功虧一簣的徐驍無奈地丟給老神仙一個眼神，龍虎山真人微微一笑，伸出枯竹一般的手臂，但僅是兩指夾住了小王爺的手腕，輕聲慈祥道：「徐龍象，莫要浪費了你百年難遇的天賦異稟，隨我去龍虎山，最多十年，你便可下山立功立德。」

少年也不廢話，哼了一聲，繼續前行，但玄妙古怪的是他發現自己沒能掙脫老道士看似雲淡風輕的束縛，那踏出去懸空的一步如何都沒能落地。

北涼王如釋重負，這位道統輩分高到離譜的上人果真還是有些本事的。知子莫若父，徐驍哪裡不知道小兒子的力道，霸氣得很，以至於他都不敢多安排僕人女婢給兒子，生怕一個不小心就捏斷了胳膊腿腳。這些年院中被坐壞、拍爛的桌椅不計其數，也虧得北涼王府家底厚實，尋常殷實人家早就破產了。

小王爺愣了一下，隨即發火，輕呵一聲，硬是帶著老神仙往前走了一步、兩步、三步。頭頂黃冠、身披道袍的真人只是微微「咦」了一聲，不怒反喜，悄悄加重了幾分力道，阻止了少年繼續前行。

如此一來，徐龍象是真怒了，面容猙獰如同一隻野獸，伸出空閒的一隻手，雙手握住老道士的手臂，雙腳一沉，「喀嚓」一聲在白玉地板上踩出兩個坑，一甩，就將老道士整個人丟擲了出去。

大柱國徐驍眯起眼睛，絲毫不怕惹出命案。那道士若沒這個斤兩、本事，摔死就摔死好了，他徐驍連不可一世的西楚王朝都用涼州鐵騎踏平了，何時對江湖門派有過絲毫的敬畏？天下道統首領龍虎山又如何？所轄境內數個大門大派雖比不上龍虎山，但在王朝內也屬一流規模，例如那數百年一直跟龍虎山爭道統的武當山，在江湖上夠超然了吧，還不是每年都主動派人送來三、四爐珍品丹藥？

老道士輕輕飄蕩到王府門口的一座兩人高漢白玉石獅子上，極富仙人氣勢。光憑這一手，若是擱在市井中，那還不得博得滿堂喝彩啊。這按照北涼王世子，即徐驍嫡長子的那個膾炙人口的說法就是：「該賞，這活兒不簡單，是技術活。」指不定就是幾百、幾千兩的銀票打賞出去了。想當年世子殿下還沒出北涼禍害別人的時日，多少青樓清伶或者江湖騙子得了他的闊綽賞錢。

最高紀錄是一位外地遊俠，在街上一言不合就與當地劍客相鬥，從街邊菜攤打起打到湖畔，最後打到湖邊涼州最大窯子溢香樓的樓頂，把白日宣淫的世子給吵醒了。他顧不得白嫩如羊脂美玉的花魁小娘子，立馬在窗口大聲叫好，事後在世子殿下的摻和下，官府非但沒有追究，反而差點給那名遊俠送去「涼州好男兒」的大錦牌，更是讓僕人快馬加鞭送去一大疊整整十萬兩的銀票。

沒有喜好玩鷹鬥犬的世子殿下的大好陵州，可真是寂寞啊。正經人家的小娘子們終於敢漂漂亮亮地上街買胭脂了，二流紈褲們終於沒了跟他們搶著欺男霸女的魔頭了，大大小小的青樓也等不到那位頭號公子哥的一擲千金了。

北涼王徐驍膝下有二女二子，俱是奇葩。

大郡主出嫁，連剋三位丈夫，成了王朝內臉蛋最俏、嫁妝最多的寡婦，在江南道五郡豔名遠播，作風放浪。

二郡主雖相貌平平，卻是博學多才，精於經緯，師從上陰學宮韓谷子韓大家，成了兵法大家許煌、縱橫術士司馬燦等一干帝國名流的小師妹。

徐龍象是北涼王最小的兒子，相對聲名不顯，而大兒子則是連京城那邊都有大名聲的傢伙。一提起大柱國徐驍，必然會扯上世子徐鳳年，「讚譽」一聲虎父無犬子，可惜徐驍是英勇在戰場上，兒子卻是爭氣在風花雪月的敗家上。

三年前，傳言世子殿下徐鳳年被脖子上架著刀劍攆出了王府，被迫去仿學關中豪族年輕後輩及冠禮之前的例行遊歷，一晃就是三載，澈底沒了音信。陵州至今記得世子殿下出城時，城牆上十幾號人紈褲和幾十號大小花魁眼中含淚的感人畫面，只是有內幕說等世子殿下走遠了，當天紅雀樓的酒宴便通了個宵，太多美酒倒入河內，整座城都聞得見酒香。

回到王府這邊，心竅閉塞的小王爺奔向玉石獅子，似乎摔一個老頭子不過癮，這次是要把礙眼的老道連同號稱千鈞重的獅子一同摔出去。只是他剛搖晃起獅子，龍虎山老道便飄了下來，牽住少年的一隻手，使出真功夫，以道門晦澀的「搬山」手法，巧妙一帶，就將屈膝半蹲的少年拉起身，輕笑道：「黃蠻兒，不要鬧，隨為師去吧。」

少年一隻手握住獅子底座邊角，五指如鉤，深入玉石，不肯鬆手，雙臂拉伸如猿猴，嘶啞嚷道：「我要等哥哥回來，哥哥說要給我帶回天下第一美女做媳婦，我要等他！」

位極人臣的大柱國徐驍哭笑不得，無可奈何，望向黃冠老道，重重嘆氣道：「罷了，再等等吧，反正也快了。」

老道士聞言，笑容古怪，但還是鬆開了小王爺的手臂，暗自咋舌。這小傢伙何止是天生神力，根本就是太白星下凡嘛。不過，那個叫徐鳳年的小王八蛋真的要回來了？這可不是一個好消息。

想當年他頭回來王府，可是吃足了苦頭，先被當成騙吃騙喝的江湖騙子不說，那才七、八歲的兔崽子直接放了一群惡犬來咬自己，後來好不容易解釋清楚，進了府邸，小王八玩意兒又壞心眼了，派了兩位嬌滴滴的美嬌娘三更半夜來敲門，說是天氣冷要暖被子，若非老道定力超凡脫俗，還真就著了道。現在偶爾想起來，挺後悔沒跟兩位姑娘徹夜暢聊《大洞真經》和《黃庭經》，即便不聊這個，聊聊《素女心經》也好嘛。

◆

身為北涼軍扛旗的折衝都尉齊當國一時間有些犯難，雖說他是戰功顯赫的大柱國六位義子之一，是一虎二熊三犬中的「狼犬」，可這些年與世子殿下關係其實卻是不算融洽。

說心裡話，貧賤行伍出身的齊當國看不太順眼殿下在州郡內的風流行徑，但忠義當頭，徐鳳年既然是義父的嫡長子，便是要齊當國親手去擄搶閨女，這位折衝都尉也不會皺一下眉頭。現在怎麼將徐鳳年送回王府成了難題，總不能將尊貴的世子殿下隨手扔在馬背上吧？

所幸狂奔而來的一騎解決了齊當國的困境。來馬通體如墨，異常高壯，曾是野馬之王，被馴服後就交由小王爺徐龍象，一照面馬王野性難馴，揚起斗大馬蹄就要踩踏新主子，結果踢到了鐵板，被少年一拳給打翻在地，此後便乖巧溫順如小家碧玉了。

聞訊趕來的小王爺徐龍象策馬疾停，跳下後親熱地喊了幾聲哥，見沒動靜，便天真地以為哥死了，號啕大哭，撕心裂肺，齊當國好心想上去解釋世子殿下只是勞累過度，結果被小王爺一把推開。齊當國幾個踉蹌，差點跌倒，他可是北涼軍替大柱國扛旗的猛將，足見少年超乎尋常的力道。

被徐鳳年喚作「老黃」的老僕小跑幾步，用一口濃重的西蜀腔輕聲說了幾句，徐龍象這才破涕為笑，重重一巴掌拍在老僕肩膀上，直接把老頭拍得一屁股坐在塵土中。小王爺對外人下手沒輕沒重，可換作哥哥徐鳳年，可小心翼翼得很，蹲在地上，背負起熟睡中的哥哥，緩慢走向城門。

綽號「黑牙」的坐騎就跟發春一般，踩著小碎步，側過腦袋試圖去蹭那匹被老僕人牽著那體格不輸於牠的紅馬，可皮包骨頭還瘸了一腳的紅馬卻不領情，張嘴就咬，嚇得黑牙趕緊跑開，卻不捨得跑遠，顯得戀戀不捨。

陵州城內起先不確定是誰能讓小王爺徐龍象背負著入城，而且身後還跟著兩百騎如狼似虎的王府親兵，後來不知是誰驚呼了一聲「世子殿下回來了」，這下可好，陵州可並排驅使三輛馬車的主幹道立馬雞飛狗跳，尤其是那些打扮得漂亮的千金小姐，顧不上淑雅風姿，拎著裙擺尖叫著逃竄開來，一些擺放鎮宅寶貝來招徠顧客的大鋪子都第一時間將東西藏起來。

「世子殿下回來了」的消息一傳十，十傳百，以打雷一般的驚人速度傳遍了整座陵州城，城內大小二十幾座青樓精神一振，老鴇、龜公們都喜極而泣，一些身段妖嬈的花魁們都捧著心口癡癡地坐在窗口望穿秋水道：「冤家，終於捨得回來了，想煞奴家呀。」

一人遠遠尾隨著兩百涼州鐵騎進了城，身段修長，一襲白袍，黛眉如畫，丹鳳眼、桃花眸，狹長而嫵媚；膚白如玉，標準的美人瓜子臉，俊美非凡，不似人間俗物。若非腰間左側佩有兩柄刀，身世不明，神色間倨傲清高，加上震懾於世子殿下回城的可怕說法，一些混跡街頭的痞子和紈褲子弟早就上去調戲一番了。

這娘們兒也忒美了，比城內所有花魁加起來還要俏。一些驚慌奔跑中的良家美婦和富家小姐見到她，起先是嫉妒，然後是傾慕，帶著羞澀心想這位姑娘若是個公子哥便是私奔也情願。腰間佩刀的白袍美人略感驚奇，猶豫了一下，揀選了一位算卦的老人，問道：「老先生，那被北涼鐵騎護著進城的人是哪家的世子？」

正悲嘆以後沒法子做生意的老人被眼前姑娘的美貌給驚了魂魄，可畢竟上了年紀，好不容易鎮定下來，苦笑道：「姑娘，妳是外地人吧，在我們這兒就只有一位世子殿下，便是北涼王的長子。尋常權貴人家的兒子哪敢自稱世子，那可是要被他揍得鼻青臉腫的，便是那鄰近幾州的藩王子孫，稍稍不順眼，一樣要被咱們的世子殿下打得沒脾氣。」

聽到老人口中「姑娘」的稱呼，女子一雙極好看的黛眉下意識地微皺，但並未反駁什麼。望向前方緩慢前行的鐵騎隊伍，瞇起桃花眸子，隱約有殺機，自言自語道：「不承想還真是位公子哥。徐叫花，莫非這就是你常說的九假一真好拐騙？北涼王徐驍，號稱破城過百，殺戮三十萬生靈的人屠，怎麼有這樣一個不爭氣的兒子？」

◆

北涼王府內的世子大院竟比王爺徐驍的還要奢侈，僅就臨窗的大紫檀雕螭案上的裝飾便可見一斑。除了足足四尺高的藏青古銅鼎，還懸有待漏隨朝青龍大畫，另有花梨木大理石几案，設著文房四寶和杯箸酒具，名人法帖堆積如山，光是硯石就有十數方，筆海內豎著的筆如樹林一般密密麻麻，都是價值連城。几案一角放有一只巨大哥窯花囊，插著滿滿一囊的水晶球白菊，更有隨手把玩的錯金獨角瑞獸貔貅一對。

王府內鋪設有數條耗費木炭無數的地龍，所以初冬時分，房內依然溫暖如晚春，便是赤腳踩在毯子上也無妨，所謂豪門巨室，不過如此。

此時，世子徐鳳年躺在大床上熟睡，身上蓋著一條秋香色金錢蟒大條褥，面容憔悴。床邊坐著大柱國徐驍和小王爺徐龍象，除了唯一外人龍虎山的趙天師站立一旁和那黃姓老僕背負長條行囊坐在門口外，再無他人。

床頭擺有一尊灑金色斑古銅宣德爐，此時燃著醒神的奇物龍涎香。

「天師，我兒無恙？」徐驍不知是第幾次不厭其煩地問起這個問題。這哪裡還是那個戰場上殺伐果決的徐柱國？分明只是寵溺兒子到了荒唐地步的父親。

「無恙、無恙，世子殿下只是長期舟車勞頓，睡個半天，然後調養半月，定能生龍活虎。」老道士胸有成竹道，一陣肉疼。

初時王爺見到愛子如此消瘦，立即就讓府內大管家將武當山好幾爐子的上品靈丹以及府上珍藏的貢品妙藥一股腦兒搬出來，恨不得全部倒進兒子的嘴裡，把趙天師給看得心驚肉跳，說了半天是藥三分毒的道理，並且存了與武當山一拚高低的私心，親自拿出龍虎山的小金丹來大材小用，這才打消了王爺的顧慮。

世子徐鳳年足足睡了兩天兩夜才醒來，弟弟徐龍象便不吃不喝守了兩天兩夜。等下人去給大柱國報喜，急匆匆三步作一步趕來探望時，看到的卻是兒子直接抄起床頭的宣德爐砸了過來，跳下床破口大罵的模樣，「徐驍你個挨千刀的，把老子趕出王府，三年啊，難怪你常說老子不是你親生的。」

徐驍頭一歪，躲過爐子，腆著臉賠罪。可徐鳳年哪裡肯放過這個讓自己三年餐風露宿的罪魁禍首，砸完了室內一切可以砸的東西，一路追到房外，見廊角斜擱了一把錦繡掃帚，拎起來就追著打。可憐大柱國結實地挨了幾下後還不忘提醒道：「穿上鞋、穿上鞋，天涼別凍著。」

院子裡一個追、一個逃，好不熱鬧，幾個走出王府那比一郡總督大人還要吃香的嫡系管家、下人都默契地雙手插袖，抬頭望著天空，什麼都沒聽見，什麼都沒看見。

徐鳳年到底是身體疲乏，追著打了一會兒就氣喘吁吁，彎著腰狠狠瞪著父親。徐驍遠遠站著，小心翼翼地賠笑道：「氣消了？氣消了就先吃飯，有了力氣才能出氣嘛。」

房門門檻上坐著小王爺徐龍象和僕人老黃，兩人咧著嘴笑，一個流著口水，一個缺了門牙，都挺傻。

世子殿下氣喘如牛，指了指外人眼中高高在上的北涼王徐驍，「今天先放過你，你給老子等著。」

徐驍也不惱怒，樂呵呵道：「好好好，爹等著就是，一定打不還手、罵不還口，讓你出一口惡氣。」

還赤腳的徐鳳年丟掉那把能賣幾十兩銀子的掃帚，來到房門，看到傻笑的弟弟，眼神柔和了幾分，見他口水流淌了整個胸口，也不嫌髒，很自然而然地直接伸手幫忙擦拭，輕聲道：「傻黃蠻，來，站起來給哥瞅瞅高了沒，壯了沒！」

少年一本正經地站起身。徐鳳年比畫了一下個頭，略帶失望地笑道：「不高不壯。」

少年一把環腰將哥哥抱起，徐鳳年並不怎麼驚訝，胸口倒是被沾了不少口水，哈哈大笑道：「力氣倒是大了不少。」

大柱國站在原地，軍旅半輩子殺人如麻的人屠竟有些眼眶濕潤，悄悄撇過頭，喃喃自嘲了一句：「這風大的，哪來的沙子哦。」

兄弟兩個一同回了房，徐驍立即命人端來早就精心準備好的餐點。光是端食盒的下人就有二、三十位，陸續進屋，行雲流水一般，在龍虎山老道的善意提醒下大多是素食，少重口辛辣。

好吃好喝好睡了三天，徐鳳年來到府上最為人稱道的聽潮亭，自己提著一杆紫竹魚竿，讓弟弟徐龍象提了幾個繡墩，再讓下人備好大長條茶几，奇珍異果佳餚一樣不少，還特地讓管家揀選了四、五位正值豆蔻年華的美婢揉肩敲背好生伺候著，這才是世子殿下該有的愜意生活嘛。

聽潮亭，光看這名字就能聽出幾分含義。北涼王府坐擁整座清涼山，在原本有個湖的山腰再擴建一倍，意圖擴湖為海，搭建亭臺樓榭，其中高聳入雲的九樓雄偉涼亭取名「聽潮」，世子徐鳳年的愛好就是在一樓垂釣，樓內藏書萬卷，珍本、孤本無數，不乏失了傳承的武學祕笈。

十五年前，尚未被封北涼王的徐驍曾親率鐵騎，領著聖旨和尚方寶劍將王朝內大江南北數十個武林門派碾壓了一遍，除去龍虎山這些素來安分的正統外，像桀驁的紫禁山莊就直接被滅了。要知道二十年前紫禁山莊可是江湖上一流的武學聖地，最後山莊的武庫祕典，除去象徵性交給大內數套外，其餘的都被收繳到聽潮亭的六樓。

所幸徐鳳年長相一點不似父親徐驍，出了轄地以後，更不敢自稱北涼王世子，否則光是憑這一點，就足以讓他萬劫不復，大柱國的仇家可是與門生一樣遍天下的。

湖中有錦鯉萬尾，隨手撒下餌料，那便是萬鯉朝天的奇景，連前些年來避暑的天子都嘖嘖稱奇，當下便自嘆不如了一番。

徐鳳年躺在鋪有華美蜀錦的木榻上，垂釣了一會兒，見弟弟又憨笑著流口水了，便伸手抹去。不由得想起那個被自己騙來涼地的白狐兒臉，那可是一個一笑起來便抿嘴如弧月一線的美人兒，徐鳳年私下總稱呼是天下第一美人。起先誇說是天下第一美女，被狠狠拾掇得像豬頭，然後就退而求其次，修改了一個字，美女變美人。

徐鳳年一想到這個人，心情就很好，揉了揉弟弟的腦袋，微笑道：「哥說過要幫你騙個頂漂亮的美人給你做媳婦，還真就拐了個回來，是個白狐兒臉，極美極美，佩雙刀，一把『繡冬』，一柄『春雷』，俱是天下有數的名刀。可惜呀，是個男人。」

洗了個通體舒泰的香湯浴，褪去乞丐流民的麻衫草鞋，換上大世家子的錦衣玉服，刮掉鬍茬兒，徐鳳年其實是個頗為英俊惹眼的公子哥。陵州六、七位當紅花魁不乏眼界奇高的清傲主兒，為了他爭風吃醋、要死要活可不光是圖北涼王世子的闊綽打賞，雖說這位世子殿下常幹花錢買詩詞的無良勾當，但精通風月，下得圍棋，聊得女紅，聽得操琴，看得舞曲，是個能暖女人心窩的體己人。

在北涼王府上，哪一位胸口微隆的青蔥婢女沒有被他揩過油，可私下紅臉碎嘴幾句，沒有誰是真心厭惡的，起碼這年輕主子不是那種一言不合就將下人打死投井或者剁碎餵狗的狠貨。毗鄰陵州的豐州李公子，這位自稱與徐世子穿一條褲襠長大的總督之子，可不就是喜歡做將人投進獸籠分食的天譴勾當，一對比，王府上就都對世子殿下格外感恩戴德。

如果說王府誰敢對徐鳳年怒目相向，絲毫不掩飾憎恨神情，那就是此時與幾位笑臉討巧婢女拉開距離的女侍姜泥了。

她十二歲入北涼王府，那時候大柱國剛剛滅掉不可一世的西楚皇朝，率先攻破皇宮，不像隨後駐軍大凰城盡情享用城內上至王妃、下至大臣女眷的大將軍，徐驍不好女色，對西楚皇帝的嬪妃沒興趣，沒有攔著那位跟隨西楚皇帝一同上吊殉國的貞烈皇后，甚至有傳言還是徐驍親自贈予一丈白綾。在西楚，姜是國姓，獨屬於皇家，所以難免有人猜測這名幼女的來歷，只是隨著西楚湮滅，種種揣測便淡化，塵埃便是塵埃了。

徐鳳年當然比誰都清楚這位姜姓女婢的隱祕身分，斜瞥了出落得亭亭玉立的侍女姜泥一眼，抬手將其餘女婢揮退，等她們走遠了，這才嬉笑道：「怎麼，太平公主很失望我沒有死在外鄉？妳放心，還沒幫妳破瓜，我是真心不捨得死呢。嘖嘖，公主妳的胸脯可是越來越峰巒起伏了，我看妳得叫『不平公主』才應景。」

昔年貴為公主，今日淪為婢女，身負國仇家恨的姜泥無動於衷，板著臉，雙眸陰沉，恨不得將這個登徒子咬死。她的袖中藏有史書上美譽價值十二城的匕首「神符」，只有一絲機會，連殺隻雞都不忍心的她，會毫不猶豫割下徐鳳年的腦袋。可是，她眼角餘光瞥見了一名身穿便服的中年男人，不得不強忍下搏命的衝動。

男子而立之年，身高九尺，相貌雄毅，面如冠玉，玉樹臨風，常年瞇眼，昏昏欲睡一般，他便是北涼王六位義子中的「白熊」袁左宗。此人白馬銀槍，在戰場上未逢敵手，是整個王朝軍中絕對可排前三甲的高手，甚至有人說他離十大高手境界也只差一線。對上這尊習慣了拿人頭顱當酒碗的殺神，姜泥絲毫不敢輕舉妄動。

徐鳳年尚未遊歷前，很無恥地說過「我只給妳一次機會殺我，第二次殺不掉我，我就殺妳」。很可惜那一年，初長成的她學人抹了胭脂、穿了華服勾引他，好不容易騙上了床，親熱時一刀刺下，卻只是刺了他肩頭一下，入骨，卻不致命。這個傢伙只是甩了她一耳光，穿衣起床後說了兩句話，第一句是：「下次妳就沒這麼好的命了，別再浪費了。」

「殿下、殿下，我終於見到殿下了，三年來小的可是茶不思、飯不想啊。」一個裝束富貴的胖子連奔帶跑，準確說是連滾帶爬地衝殺過來，臉上還掛著貨真價實的鼻涕眼淚，無賴得很。姜泥絲毫不掩飾對此人的厭惡，而貼身保護世子的袁左宗則撇過頭，不屑一顧，眼中充滿濃重的不齒。

這位臃腫如豬的胖子既然能夠穿過重重森嚴守護來到徐鳳年身前，身分當然不俗，事實上他與北涼軍第一猛人「白熊」一樣，都是大柱國的義子，姓褚名祿山，是三犬中的鷹犬。

徐鳳年那隻共患難了三年的「三百六十羽蟲最神駿者」雪白矛隼，就是這個胖子調教出來的，比養媳婦、養兒子還用心。此人在北涼軍口碑一直極差，為人口蜜腹劍，好色如命，世子徐鳳年頭回逛青樓就是他領的路，總說兄弟如手足，女人如衣裳，前些年每隔幾天就慫恿著徐鳳年把他的美妾給睡了，還真是忠心耿耿，蒼天可鑒。

「茶不思，飯不想？褚胖子，怎麼看上去可是胖了幾十斤啊？」徐鳳年冷笑道，勒住死胖子的脖子。被掐著脖子的胖子漲紅著臉委屈叫嚷道：「殿下，瘦了，都瘦了一圈了！殿下若不信，小的馬上去秤，重了一斤就切下一斤肉，重十斤切十斤！」

徐鳳年鬆開脖子，拍打著褚祿山肥顫顫的臉頰，笑道：「果然是好兄弟。」

如今竊據千牛龍武將軍從三品高位的褚胖子被人肆意拍打臉頰——從三品，只要不是那些流於表面頭銜的散官，放在任何州郡，都是數一數二的大官了，何況是手持三千精兵虎符的千牛龍武將軍——可這胖子非但不覺得恥辱，反而一臉榮幸至極的表情。

他湊過碩大如豬頭的腦袋，嘿嘿道：「殿下，我新納了一房美妾，細皮嫩肉得緊，一捏都能捏出水來，還沒敢享用，就是專門為殿下留著的，殿下是否抽空大駕光臨，先喝點酒，聽點小曲兒，然後……」

徐鳳年點頭道：「好說好說。」

兩人相視一笑，要多奸詐有多奸詐，古語狼狽為奸，大體就是說這對禍害了。

就在褚胖子噓寒問暖世子殿下這三年境況的溫馨時刻，北涼王緩緩走來。王朝內上柱國有數位，大柱國卻僅此一位，僅次於那僅在國難時才不會空懸的天策上將。

徐驍一生戎馬，年輕時領軍還會身先士卒，以至於先皇曾格外頒布聖旨命他無須親自陷陣，後來征戰西楚時左腿中了流矢一箭，落下了微瘸的後遺症。

徐驍不介意那些清流名士嘲笑他為徐蠻子，可如果誰敢腹誹一句「徐瘸子」，那絕對是不死不休的境地。曾與他一同討伐西楚的武安侯有一名心腹愛將，年輕氣盛，就付出了代價，被徐驍隨便找了個藉口斬首示眾，頭顱與一排西楚名將的腦袋一同懸掛在西楚皇城城頭。武安侯敢怒卻不敢言，甚至事後都沒向皇帝陛下抗議半句。

兩鬢微白的徐驍身材並不高大，相貌更不起眼，中年微瘸，現在更是輕微駝背，似乎背負著三十萬冤鬼亡靈的重擔。褚胖子是個眼觀四面、耳聽八方的心肝活泛人，立即收斂了神色，匍匐跪拜在地上；同樣是義子，袁左宗就要有骨氣的多，只是按照尋常禮儀躬身。

北涼王徐驍輕輕揮手，讓褚祿山自己去端凳子坐下，自己試圖與兒子一同坐在木榻上，結果被一臉怒容的徐鳳年一腳踹在屁股上，只得尷尬地挑了條板凳坐在一旁。

褚胖子一頭冷汗，如坐針氈都不敢抹，袁左宗則會心一笑。徐鳳年吹了一聲口哨，拿起一塊蜀錦纏在手臂上，將褚胖子熬出來的矛隼召喚下來，拿了一杯盛滿葡萄美酒的琉璃杯，故作嘆息道：「小白啊小白，這三年可是苦了你了，酒喝不上，肉吃不上，還差點被人殺了燉肉，我對不住你啊。」

大柱國一臉羞愧，連連嘆氣。越長大越具備傾國傾城姿容的女婢姜泥輕輕地冷笑一聲，心想這雪白矛隼真是跟她一樣遇人不淑。這種罕見飛羽只存在錦州向北一帶的冰天雪地上，獵戶只要捕獲一隻，除叛國罪以外的其他死罪皆可得到豁免，當年連西楚權貴都不惜千金求購這暱稱「青白鸞」的靈物，但依然可遇不可求。

徐鳳年手臂上這隻更了不得，是青白鸞中最上品的「六年鳳」，比「三年龍」還要稀罕珍奇，涼地雍州曾有一豪族宗主以黃金千兩和三名美婦求換「小白」，卻被跋扈的徐鳳年當面罵了一聲「滾」，那位在當地要風得風、要雨得雨的顯赫權貴無疑碰了一鼻子灰。

徐鳳年哼哼道：「徐驍，我問你，兒子被人欺負，做爹的，該如何？」

大柱國賠著笑，一臉理所當然道：「那自然是將其抄家滅族，若還不解氣，霸其妻妾視作牛馬，占其財物，頃刻間將之揮霍一空。」

沒有離開聽潮亭的姜泥眼神黯然，不掩秋水眸子中的徹骨仇恨。

徐鳳年從懷中掏出一張小宣紙，上面寫滿姓氏和家族以及武林中大小門派，拍著父親北涼王的肩膀，咬牙道：「爹啊，你不總說君子報仇、十年不晚，小人報仇不過夜，這些傢伙就是我的仇家，你馬上都給收拾了。」

徐驍接過紙張，還沒看就先忙不迭讚了一聲「我兒好字」。大致瞄了一眼，剛想豪邁地說沒問題，然後仔細一瞧，待到一字不漏地看完全部，才微微苦色道：「兒子，這仇家也忒多了點，不下百個啊，你瞧這徽州郡的總督，不過是兒子長得脂粉氣了點，攜美同行游碧螺湖，被你遠遠瞅見，就要摘掉官帽嗎？還有這關中琅琊王氏，只是家奴喝酒時罵了幾句北涼蠻子，就要滅族？至於這武林中的軒轅世家，做了什麼事，惹惱了我兒，竟要其整個家族發配錦州，並且點名叫軒轅青鋒的妞兒充作官妓？」

徐鳳年望著啄酒的心愛矛隼，唉聲嘆氣道：「小白啊小白，你還好，有我這麼個知道心疼你的主子，我就慘了，沒爹疼、沒娘愛的，活著就是遭罪，沒勁。」

大柱國連忙笑道：「爹照辦、爹照辦，絕無二話。」

承諾完畢，雷厲風行的徐驍轉過頭，面對袁左宗和褚祿山可就沒什麼好臉色了，陰沉著說道：「左宗，你籌備一下，兩支虎賁鐵騎隨時候命。本王馬上去上頭求一道聖旨，無非是再來一次馬踏江湖。祿山，和沿途州郡與本王關係相近的大人打好招呼，名單上的逆臣賊子，該殺的殺，只不過弄點好聽的名頭，別太大張旗鼓。畢竟是在別人的地盤上辦事，不需要急於辦成，給你一年半的時間慢慢謀劃，這種事你擅長。」

袁左宗躬身道：「領命。」

褚胖子也起身彎腰，眼神暴戾滿臉興奮道：「祿球兒遵命。」

姜泥心中哀嘆，又要有無數良民因一個荒誕的緣由遭劫了嗎？會有多少妻離子散的可憐人到頭來都不清楚滅頂之災的由來？

可此時，徐鳳年卻拿回了紙張，拿出另外一張，名單人數僅是十分之一左右，笑道：「老爹啊，我哪能真讓你與十幾個豪族和半個江湖為敵。喏，瞧瞧這張，這些人倒楣就夠了，官可都是貪官，民都是亂民，殺起來名正言順，替天行道，肯定能積德，勝造七百級浮屠啊。」

徐驍重重鬆了口氣，看見兒子又要發火，立即故意板著臉顯得鄭重其事地接過第二張紙，點頭道：「既然如此，就不需要過於興師動眾了，一年之內，爹保證讓你眼不見、心不煩。吾兒果然孝順，都知道給爹解憂積德了。」

徐鳳年丟了由徐驍親自剝好的半個橘子進嘴，含糊道：「那是。」

徐驍給義子褚祿山一個凌厲眼神，後者接過紙張立即退下。胖歸胖，掛著兩百多斤的肥肉，行走起來卻如草上飛一般悄無聲息。

徐驍見到臉色逐漸紅潤的兒子，滿懷欣慰，輕聲討好道：「兒子，爹說你不是親生的，那可是說你長得不像爹，隨你娘。」

徐鳳年聽到這個，只是「嗯」了一聲。

最近十幾年一直蝸居涼地休養生息的大柱國知道這個話題不甚討喜，就轉移道：「黃蠻兒不願意去龍虎山，你幫忙說說，他就聽你的。」

徐鳳年點頭道：「知曉的，你忙你的，別妨礙我釣魚。」

徐驍呵呵道：「再待會兒，都三年沒跟你說說話了。」

徐鳳年一瞪眼道：「早知如此，還把我驅逐出家門？滾！」

一個滾字氣勢如虹，可憐可悲的北涼王立即兩腳抹油，不敢再待。

◆

不知為何，姜泥每次面對在徐鳳年面前都與尋常教子不嚴那富家翁無異的大柱國，都會全身泛寒，只剩下刺骨的冰涼，對這個比徐鳳年更值得去恨的男人，根本不敢流露出半點殺意。起先她以為是自己膽小，但越長大，膽子越大，卻越是不敢造次，彷彿這個當年整個人籠罩於黑甲中率先策馬衝入王宮寶殿的人屠，是天下最可怕的人。

她後來才得知本朝先皇曾親口許諾善待西楚王室，甚至要封她父皇為王，可徐驍仍然當著當時依偎在父皇懷中的姜泥的面，一劍刺死了西楚的皇帝——她那個喜歡詩詞不喜兵戈的善良父親，然後丟下一丈白綾給她的母后。

本名姜姒的太平公主姜泥一直不明白人屠徐驍為何會對她那個原先存了求活心思的母后說「不想淪為胯下玩物，就自盡吧」。但因果輪迴報應不爽，這個心狠手辣的男人卻有兩個不成才的兒子，一個是傻子，一個是心無大志的紈褲子弟。

傻子天生神力，可即便如此也不是能做北涼三十萬鐵騎主心骨的人物，那姜泥就要殺了以後將要襲王爵的世子徐鳳年，如此一來，徐驍不管生前如何權柄顯赫，如何一人之下萬人之上，都免不了樹倒猢猻散的一天，所以姜泥願意等，願意苟活。

徐鳳年一振臂，驅散手上的青白鸞，丟了那塊被利爪挖出窟窿的小幅蜀錦，朝始終恭立一旁的北涼武神袁左宗微笑道：「袁三哥，你歇息去吧。」

從不曾聽到這個親近稱呼的袁左宗愣了一下，猶豫了一下，還是躬身離去。

聽潮亭，終於清靜了。眺望出去，滿眼的風景如畫。

徐鳳年並未去拾起魚竿，而是斜臥榻上，輕聲道：「姜泥，有機會，妳應該出去看一看。」

沒有深究含義的亡國公主鄙夷笑道：「世子殿下這一趟出遊，可是要讓一群人遭了無妄之災，真是好大的手筆，不愧是大柱國的公子。」

徐鳳年轉頭笑道：「若非如此，能替妳抹掉守宮砂？」

姜泥嘴角不屑地勾起，勾起滔天仇恨，如果能放秤上秤上一秤，真是千斤恨萬兩仇啊。

徐鳳年微笑道：「妳知不知道，妳生氣的時候，跟偶爾開心笑起來的時候一模一樣，都有兩個小酒窩，我最喜歡妳這點了，所以妳遲些動手殺我，我好多看幾眼。」

姜泥面無表情道：「你等著便是，下一次殺你的時候，我會最開心地笑。」

徐鳳年坐直身體，從一只雕鳳琉璃盆掏出一把餌料，拋向欄外湖中，惹來無數條錦鯉躍出湖面。望著這番靈動景象，背對著姜泥的世子殿下感慨道：「那肯定會是天下最動人的風景了。」

徐世子丟了幾把餌料，看膩了錦鯉翻騰的畫面，拍拍手站起身，原本姜泥都準備好了蘸著溫水用來擦手的錦緞，但徐鳳年卻沒有去接。三年磨礪，由奢入儉難，但由儉入奢也需要個過渡。

他單獨離開聽潮亭，最後不忘轉身提醒道：「姜泥姐姐，可別想偷溜進樓內試圖順手牽羊般拿一本武學祕笈。妳知道的，裡頭任何一位守閣奴，都不是妳袖中一柄神符能對付的，這幫老傢伙可遠不如我憐香惜玉呀。女孩子家家的，紅袖添香、素手研墨多好。走啦，別瞪我了，我第一眼看到妳，就知道姜泥姐姐的眸子好看啦。」

調侃完了侍女的徐鳳年走向獨屬於他和二姐的馬廄，一路上瞧見水靈女婢，都不忘伸手摟摟腰，摸摸小手，姿色再出彩一點的，當然還不忘蹭蹭她們沉甸甸的胸脯，喊一聲姐姐、妹妹，然後輕佻說一句「喲，這裡多了幾兩肉，走路千萬別累著」，惹來一連串的銀鈴般嬌羞笑聲。

徐鳳年來到富麗堂皇程度比一般富賈家室還要過分的馬廄，裡頭暫時就只有一頭孤苦伶仃的棗紅色跛馬。給王府做了很多年馬夫的僕人老黃正在跟馬嘮嗑，看到相依為命了三年的世子殿下，習慣性地咧嘴憨笑，露出沒有兩顆門牙的滑稽樣子。

徐鳳年翻了個白眼，驚訝道：「老黃，你的匣子呢，咋不背著了？」

老黃估計是蜀人，一口在王朝內很不招人待見的西蜀腔怎麼都改不掉。而舉國兵卒不過六萬的小小西蜀，當年跟西楚皇朝一樣逃不掉被北涼王滅國的命運，可老黃卻比那姜泥可愛多了，安分守己得很。這三年慘澹淒涼的數千里遊歷，若非老黃會釣魚爬樹，會偷雞摸狗，還手把手教會了徐鳳年編草鞋，他這個世子早就餓死他鄉。

老僕身上背負著一只被破布包裹的行囊，裝有一只紫檀長條匣子，打死都不肯給徐鳳年打開瞧瞧裡頭的玄機。起先徐鳳年還以為是江湖上久負盛名用來裝載神兵利器的璿璣盒，覺得老爹好歹會派一名絕世高手來隨行，可當第一次碰到匪人，看到這老僕比他還溜得更像一隻喪家之犬以後，就澈底心涼了。每次忽悠老黃把匣子打開，老馬夫都只會搖頭傻笑，徐鳳年只得罵罵咧咧一句「又不是要你媳婦脫光了衣服給我看」。

在清河郡時，某次徐鳳年趁老黃去拉屎的時候，耐不住好奇，偷偷研究了一番，卻不得要領，只覺得匣子光是捧著便冰冷刺體，結果老黃看到後眼神那叫一個幽怨，比陵州大街上被他調戲了的黃花閨女還可憐兮兮。之後不知是否遭了報應，徐鳳年隔天就感染風寒，老黃熬藥燒水、偷紅薯來烤，忙得焦頭爛額，之後整整半旬時光都是老馬夫背著徐鳳年前行，最大的印象就是老黃那具瘦骨嶙峋的骨架把自己給硌得疼，當然，還有幾分沒有說出口的感激。

在那以後，徐鳳年就沒打過匣子的賊主意了。只是難免會淺淺淡淡想著某年某月某日能知道其中的小祕密，當然是無關痛癢的小祕密，一個老馬夫能有天大的祕密才是笑話。

至今徐鳳年仍記憶猶新，脫離草寇的追殺後，他問老僕：「老黃，你是高手嗎？」

老黃帶著擱在漂亮娘們兒臉上才是動人的「羞意」點點頭。

徐鳳年再問：「很高的那種？」

老黃似乎更羞澀了，扭捏著微微撇過頭，再點頭。

徐鳳年想著方才被一群人拿木矛、柴刀追著打的悲壯光景，強忍揍人的念頭，又問：「有多高？」

老黃眨了眨眼睛，似乎在思考，半晌才伸手比畫了一下，貌似跟世子殿下的個頭差不多高，緊接著還往下降了降高度，於是心存僥倖的徐鳳年徹底絕望了。

所以說徐鳳年完全有理由對大柱國有怨氣，除了忘了安排高手當扈從外，不但不跟他說行走江湖莫要懷璧的淺顯道理，還慫恿著徐鳳年說：「兒啊，出門在外，首要功夫就是保命。喏，這件刀槍不入、水火不侵的烏夔寶甲穿上，這只由冰蠶嘔血吐出的絲線打造的手套也戴上，這裡還有三、四本類似武當鎮教用的《上清紫陽訣》的絕世祕笈，都拿上。好貨啊，你丟任何一本到江湖上，就能引發一場腥風血雨，你抽空練一練，說不定明天就是高手了。瞧瞧，爹可是真心疼你呢。把銀票都揣上，你腰間那幾枚吊玉佩也值好幾百兩黃金，沒錢了就找家當鋪賣掉，吃香喝辣不成問題。」

一開始徐鳳年還覺得的確不錯，這樣的遊歷就是一片坦途啊，不擔憂花錢如流水，勾搭一下各地風韻迥異的美人，結識一下名頭震天的豪傑，跟武林中響噹噹的大俠稱兄道弟一下，想想就樂呵。可後來才他娘的知道，自己根本就是一頭任人宰割的大肥羊，誰見誰愛，誰見誰撲，到後來，那些祕笈唯一的用處就是撕下來用來擦屁股了。

最終，僅剩半本橫看、豎看、斜著看都如天書的《吞金寶籙》，總算派上用場，在歸途中他們遇上了比任何一位陵州花魁還美的白狐兒臉，他識貨，答應收下半部《吞金寶籙》，護送他回陵州。

那小半年徐鳳年好不容易碰上個沒啥歹念的真正高手，千方百計地討好，無奈何白狐兒臉對他愛理不理，連走路都要刻意拉開一大段距離，除非遇到不開眼的攔路劫匪，否則絕不廢話。

徐鳳年走入馬廄裡，給跛馬拿了一捧馬草，輕嘆道：「紅兔啊紅兔，要是被二姐看到好好一匹汗血寶馬被折磨成這德行，難保不會給我板栗吃。」

這三年，一鷹一馬，外加一個所幸沒那麼老眼昏花的老僕，就是他的全部了。徐鳳年餵了一會兒馬，想到府上密探傳來消息說白狐兒臉還逗留在城內，就準備出了王府找點久違的樂子。這個傢伙在他落魄的時候時不時會刺他一句：「你若是公子哥、世家子，我就是娘們兒。」徐鳳年沒理由不去顯擺顯擺。

以前吧，只覺得仗著老爹的徐字大王旗狐假虎威那是天經地義，現在還這麼認為，只是多了幾分珍惜。畢竟過了三年生不如死的悲苦日子，才知這世道的柴米油鹽不便宜啊。

老黃跟世子殿下培養出了默契，似乎知道是出去花天酒地，就搓了搓手，做了個喝酒的手勢。徐鳳年會意地哈哈笑道：「放心，不會忘了請你喝最好、最貴的花雕，走起！」

徐鳳年剛和老馬夫走出馬廄，就看到那位說是神仙都有人相信的老道士，不用猜，肯定這老騙子是來求自己說服弟弟去龍虎山學藝了。十二年前就是徐鳳年放狗咬這老道的，由於娘親生前信佛，不信天命這套玩意兒的世子殿下對僧侶還算尊敬，但一看到街上的算命術士，必定砸爛攤子，這龍虎山老道也算時運不濟。

當年不修邊幅一身蝨子的老道士過了第一關，還差點一個沒把持住破了童子身，那一次相逢的開頭很不愉快，但結尾還算馬虎。

年幼的徐鳳年臨別時還不忘私下語重心長地教訓龍虎山老祖宗：「老頭，要騙人騙錢，你怎麼也得捨下木錢弄一套像樣的衣物，那些神仙志怪小說上的道教天師，可都是黃冠道袍，一個嗝屁就會立馬羽化登仙臺的高人裝束，你就不學學？下次你還這樣來王府，我照樣放狗咬你！」

看來姓趙的老道是學乖了，果真換上嶄新得體的道袍，頭頂沖天黃冠，還添加了一柄古樸桃木劍，平時走哪裡，都是前半生行走江湖所享受不到的尊敬眼神，這讓平時在山上對著數十年不變的幾張死板臉孔的老道士十分受用。

徐鳳年沒大沒小地摟過老道的肩膀，輕聲奸詐道：「牛鼻子老道，我弟弟去龍虎山那是好事，但你們龍虎山跟我爹結下這份天大善緣，你就沒點什麼表示表示？否則我弟去武當山學藝不一樣是學藝，憑啥繞遠路去你們那鳥不拉屎的地方？武當山的風景可好得很，我還能隔三岔五去探望一番。」

老道士一臉為難，環視一周見沒人，這才悄悄地摸進懷裡，掏出一本陳舊泛黃的古籍，不捨道：「這本《乘龍劍譜》……」

不承想徐鳳年當場翻臉，正眼都不瞧一下那啥劍譜，抬手指了指聽潮亭方向，唾棄道：「直娘賊，趙牛鼻子，你也忒不上道了，要祕笈，不管是練內功還是耍兵器的，我需要去別的地兒？你也不嫌丟人現眼。」

同樣是活了六、七十年的老頭子，老黃就很有眼力見兒和悟性嘛，跟著世子殿下一起撇嘴笑。

老道這才記起王府內有一座「武庫」之稱的聽潮亭，恍然後一臉尷尬，縮回手，難為情道：「那當如何是好？」

徐鳳年壓低聲音道：「龍虎山有沒有俊俏的年輕道姑？年紀再大點也無妨，但別超過三十五。再大，就是老了，保養再好，想必肯定沒了徐娘半老的滋味與風情。」

老道驚訝地「啊」了一聲。

徐鳳年一挑眉頭，質問道：「咋了，沒有啊還是不樂意啊？」

老道士看似天人交戰一番，其實不過幾個眨眼工夫，就悄聲道：「有倒是有，可都是我師兄弟的徒子徒孫，貧道我收徒歷來是寧缺毋濫，以至於我這一脈弟子極少。不過嘛，既然世子有想法鑽研道學，貧道當然不介意引薦一、兩位後輩女弟子。」

徐鳳年一拍老道肩膀，豎起大拇指，「上道。」

老道士開始默念《三五都功籙》贖罪，心中念叨著：『祖師爺莫怪罪，貧道這可都是為了龍虎山的千年大計啊。』

隨即龍虎山尊為三大天師之一的老道焦急道：「收徒得挑吉時，今日若再不起身趕往龍虎山，可就要錯過了，這對小王爺也不妥當。」

徐鳳年皺眉道：「得馬上？」

趙天師沉重點頭道：「馬上！」

本想帶著弟弟抽空去狩獵一次的徐鳳年深呼吸一下，吩咐老黃先去府外街上候著，帶著那位咋看咋不像天師的牛鼻子老道去找心愛弟弟徐龍象。離了馬廄百步，老道士有意無意扭頭看了眼待在馬廄邊上憨笑的老馬夫，原先凝重的腳步終於輕盈了幾分。

徐鳳年來到弟弟院落，好氣又好笑地發現這小子又蹲在地上看螞蟻了，走過去拍了拍腦袋，直截了當道：「別看了，龍虎山那兒螞蟻更大，去那兒看去，早點學藝下山，給哥帶一行囊的野山楂，聽到沒？」

傻子小王爺站起身，重重點頭，又笑了，當然少不得又流口水了。老道士瞠目結舌，這天大的難事就這麼輕輕鬆鬆搞定了？當日那位曾經一手將整個江湖倒騰得天翻地覆的大柱國可是費盡九牛二虎之力都沒說服這個徒弟。

徐鳳年一邊擦口水一邊笑罵道：「傻黃蠻。喏，看到沒，這位以後就是你師父了，到了龍虎山，打誰都可以，這老頭別打就是了。如果誰敢欺負你，罵你是傻子，你就照死裡打，打不過就讓師父寫信來，哥帶著咱北涼鐵騎奔襲兩千里殺上龍虎山，去他娘的道門正統！記住了，別被人欺負！這世上，只有我們兄弟和兩個姐姐欺負別人的份！」

徐龍象似懂非懂地點點頭，老道士則聽得心驚肉跳。

有徐鳳年出馬，徐龍象沒有任何抗拒，王府更沒有拖泥帶水，由義子齊當國領頭，四十位精銳鐵騎護送，暗中還有數位北涼王府豢養的能人異士盯著，加上一位龍虎山天師，想來也沒誰敢在太歲頭上動土。

離別在即，世子徐鳳年站在弟弟面前，輕聲道：「傻黃蠻，以後哥可就沒辦法幫你擦口水了。但哥答應你，還會接著幫你找天下第一美女做婆娘，她不願意，綁也要綁進洞房。」

被老天爺眷顧得了龍象之力的少年癡笨，心竅不開，卻不意味著沒有任何感情，相反，某方面卻格外的強烈，比如對待這世上除了娘以外第二個會替他擦口水的哥哥。

十四歲那年，徐鳳年闖下滔天大禍，一向對子女不打不罵的大柱國差點拿出鐵鞭朝最心疼的兒子身上抽下去，無人敢勸、無人敢攔，是傻黃蠻死死護在了哥哥身前，寸步不讓。

徐鳳年紅了眼睛，轉頭對老道士一字一頓說道：「趙牛鼻子，我說過，別讓誰欺負黃蠻。我徐鳳年雖是個無良的紈褲子弟，手無縛雞之力，但後果怎樣，你應該明白。」

老道士訕訕一笑，苦笑著點點頭。

隊伍逐漸遠行，徐鳳年和父親徐驍都沒有一路送行出城。

徐鳳年找到站在玉石獅子旁的老黃，輕笑道：「今天沒喝酒的心情嘍，晚些時候？」

老僕笑得很淳樸、很燦爛，一張老臉像只有出了遠門到了荒郊才能瞅見的大片蘆葦叢，可能談不上旖旎或者壯闊，卻有著自己的情懷，如一罈子塵封許多許多年的老酒。

◆

龍門客棧來了位絕代風華的美人，成了這兩日陵州城僅次於世子殿下遊歷歸來的重大消息。前去獵豔的人差點踏破了客棧門檻，生意可謂火爆。

每當那位果然絕色的美人出房進餐就食時，更是擠滿了為了一睹芳澤的浪蕩子。一開始只是年輕的紈褲子弟參與其中，後來上了年紀在床鋪上心有餘而力不足的富賈也來欣賞美色，一致大嘆秀色可餐。

好事者都說這位姑娘比陵州頭號花魁魚幼薇魚娘子還要動人幾分，一些走出過陵州見過世面的老爺也都說這輩子沒見過如此嬌豔的女子，更有才子砸下重金擠破腦袋進了客棧占據好位置，抿一口酒，懷著酒不醉、人人自醉的念頭，在桌上攤開宣紙臨摹作畫。

那位來自外地的美人不動聲色，將所有人視若無物，喝只喝陵州最好的陳年花雕，進食則細嚼慢嚥，但不如小家碧玉那般扭捏含蓄，別有風情，只是桌上擱著兩柄長短不一的刀，讓不少心懷不軌的登徒子知難而退。

哪有良家閨女單獨出門並且佩刀的，而且還是兩把？越是嬌豔出奇的花朵，越不容易採摘，這是身為膏粱子弟必須有的覺悟，也是常年為惡鄉里琢磨出來的道理。就像那北涼王府上的兩位郡主，誰敢多瞧一眼，不怕被挖出眼珠子啊？

陵州紈褲班頭徐世子早就說過了，大家一起出來混紈褲這一行，沒老百姓想的那麼容易，也講究鼠洞蛇路和規矩門路，得對得起肩膀上那顆腦袋，腦袋不是用來拉屎的，屁股才是。所以陵州紈褲看待鄰近州郡，尤其自豪，瞧不起當地的富家官宦子弟，總是喜歡自誇有家世、有銀子還他娘的有頭腦。

既然世子殿下回城了，那麼美人現世，世子殿下的風姿身影還遠嗎？答案跟預料的有些出入，可恨可敬的世子殿下這次踩點比眾人想像中要晚了三天，但終歸是來了。他一出現，所有人都自覺地離開客棧。廢話，跟世子殿下搶姑娘、搶花魁，哪個傢伙沒有付出過血的代價？

隔壁登州的唐公子家世夠深厚了吧，有個正三品的老爹不說，朝中還有個從二品光祿大夫的爺爺，不自量力地跟咱們世子殿下搶魚花魁，這不就斷了條胳膊回登州。事後聽說當登州牧的老爹還親自登門謝罪，結果王府大門都沒讓進，世子殿下發話了，就一字：「滾！」

客棧一下子空蕩蕩的，外頭門可羅雀，但掌櫃的還是堆著諂媚笑臉，雙手奉上珍藏多年的最好花雕，說是斗膽給世子殿下接風洗塵。親爹啊，以往喝酒從不給半文錢的世子殿下轉性了，一下子打賞了一張五千兩的銀票。

掌櫃一溜煙躲在櫃檯後面，雙手顫抖地捧著銀票，他絕不擔心世子殿下只是在美人面前裝豪爽，因為出了世子口袋的銀子還真沒聽說過要回去一分一毫的，絕對是覆水不收的王家氣派。

大體來說，陵州城驚懼世子殿下半點不假，可無法無天鬧騰了這麼多年，沒誰要死要活鬧上吊、跳河的。例如那些有幸被「請」進北涼王府的小娘子，事後都說只是與世子殿下賞景一番，留下了兜肚之類的貼身物，最多揉捏一下，並沒有被迫做那雲雨之事。

起先無人相信，後來有幾位貌美處子出府以後驗身，才知道所言不假，這使得某些性子放浪的女子，都暗暗惱恨為何世子殿下不將自己擄進王府，是自己姿色不夠嗎？

徐鳳年坐在白狐兒臉對面，親自啟封了花雕，酒香瞬間彌漫，自作多情地端了一碗過去，人家卻沒有去接。

徐鳳年放下後啞然笑道：「放心，我是做過下蒙汗藥的勾當，但知道你是內力深厚的高手，就不自取其辱了，往常可能要試一試，我今天就只帶了老黃，還怕你拿繡冬和春雷敲我腦袋呢。再說了，我又沒斷袖之癖、龍陽之好，你怕個屁？難不成擔心我奪你的兩柄刀，那也太小瞧我了吧？」

白狐兒臉微微一笑，終於拿起酒碗，輕輕喝了一口，僅僅是這幾個再普通不過的細微動作，差點就讓閱美無數的徐鳳年晃了眼，恨不得捶胸頓足問蒼天為啥這樣的美人是男子啊。

白狐兒臉的聲音軟糯悅耳，道：「能把魔門寶典《吞金寶籙》隨手送人的，的確不像是會垂涎繡冬、春雷二刀的人。」

徐鳳年補充道：「不是『不像』，是『不是』。」

從偶然相逢到勉強相識的一路五個月時間裡，白狐兒臉其實一直惜言如金，只比啞巴好上一些，不像今天這麼願意搭話。

記得那時張嘴第一句話便是晴天霹靂：「我是男兒身。」一起先徐鳳年不信，但相處久了，作為花叢老手的世子殿下不得不信了這個。白狐兒臉話雖不多，但習慣言出必行，例如殺那劫徑的匪人，說全殺了絕不剩下一個半死的。說得了祕笈要護送徐鳳年進陵州城，即便他完全可以反悔，一走了之，但仍然跟到了陵州。再就是白狐兒臉給人的感覺，的確不是一個娘們兒，喝酒跟喝水一般，殺人如拾草芥，徐鳳年相信直覺，最先實在受不了白狐兒臉居高臨下的眼神，信誓旦旦道：「老子是公子哥，大紈褲，不是你眼中的叫花！」

白狐兒臉就輕淡地回應了一句毛骨悚然的話：「我不騙人，但也不喜歡別人騙我，你若騙我，我進了陵州，殺你之後將《吞金寶錄》放在你屍體上。」

徐鳳年一路上都想這白狐兒臉是個不折不扣的瘋子，是個漂亮到沒個邊際的瘋子，是個漂亮到沒個邊際還武功深不可測喜歡玩刀的瘋子。

關鍵他還是個男人。

徐鳳年心碎了。

說好了的，要給傻黃蠻娶天下第一美女做媳婦，如果是個娘們兒，多簡單的事，到了他的地盤，就是天下十大高手，也得乖乖留下。現在只希望在弟弟下山之前去會一會那江湖上傳得有板有眼的消息，只求那四個號稱天下四大美女的姐姐們不要愧對名號。給弟弟一個，自己留兩個，剩下一個就讓偌大一個江湖去爭搶好了。

白狐兒臉一手端碗，一手摩娑著一柄繡冬刀。刀是九長九短十八般兵器中公認的九短之首。習劍的比較聰明，懶得爭什麼九短之首，直接給自己套了一個「兵中之皇」的名頭。

繡冬刀長三尺二寸，柄長兩寸半，精美絕倫，相較造型樸拙的春雷要更美觀好看，很符合世子殿下的審美。他在陵州出行的時候，就喜歡去武庫挑把順眼好看的佩劍懸在腰間。對於繡冬刀，他估摸著重量大概在兩斤左右，但白狐兒臉某次心情好的時候透露繡冬刀重十斤九兩。

徐鳳年沒啥大優點，出身北涼王府，小時候天天在武庫聽潮亭中爬上爬下，就是見過世面，一下子就信了。至於狹窄短小的春雷刀，從未出鞘，白狐兒臉也從未提及，對徐鳳年來說是個不大不小的遺憾。

徐鳳年舉杯道：「我敬你。」

白狐兒臉不易察覺地撇頭，角度十分輕微，但徐鳳年知道這表示白狐兒臉在詢問，於是笑著回答道：「不是謝你送我回陵州，這不是恩情，半部《呑金寶籙》送你，兩清了。但你讓我確定這世上確實有單槍匹馬掀翻百人悍匪的高手，否則我三年苦日子就真白熬了。」

白狐兒臉繼續保持那個角度。幾乎能夠過目不忘的徐鳳年是個不笨的人，再度主動解釋道：「不管你信不信，我都要告訴你，王府裡肯定有像你這樣的高手，而且註定不止一、兩個，但從來沒人在我面前露上幾手。大概是徐驍叮囑過吧，這就導致我以前一直懷疑飛簷走壁、踏雪無痕是不是江湖人士的吹牛皮。」

白狐兒臉低頭喝了一口酒。

徐鳳年微笑道：「說吧，等我來找你，想讓我做什麼。」

被他戲謔稱作天下第一美人的白狐兒臉破天荒露出一個笑容，很符合他風格地開門見山道：「我想進入聽潮亭，閱盡天下半數的武學祕典。」

徐鳳年錯愕道：「你要做什麼？學武不枯燥無趣嗎？我當年就是死活都不肯學武，冬練三九，夏練三伏，說不定一生都沒得喘息偷閒，哪有做遊手好閒的紈褲來得舒坦。」

白狐兒臉嘴角微微翹起，不發一語，顯然是道不同不相為謀。

徐鳳年皺眉道：「就為了成為天下第一高手？」

白狐兒臉望向橫在桌上的春雷刀，輕輕搖頭。

徐鳳年追問道：「難不成跟人搶女人，暫時搶不過，就想變厲害些？」

白狐兒臉眼神古怪地瞥了徐鳳年一眼，就跟看白癡一般。

徐鳳年沒轍了，乾脆閉嘴喝悶酒，沒忘讓掌櫃給隨行的老黃溫了兩壺最好、最貴的黃酒。老黃姓黃，也只愛喝黃酒，怪人怪脾氣，跟白狐兒臉一個死德行，可老黃咋就不跟白狐兒臉一樣是高手哩，一想到這個，徐鳳年就更大口喝酒了。

白狐兒臉緩緩開口道：「我想殺四個人。」

徐鳳年愣了，「以你的超卓身手，都很難？」

白狐兒臉眼神又古怪了，徐鳳年立即知道自己又白癡了，自嘲道：「好吧，那他們就是天下十大高手了。」

白狐兒臉望向窗外，神情落寞，一如清秋時節，襯景。只聽他說道：「差不離了，兩位是一品高手，就是你嘴裡的十大高手，還有兩位，大概還要厲害一些，但四人中半數都不是你們離陽王朝的人。」

徐鳳年一拍大腿道：「白狐兒臉，你牛啊，我就喜歡你這樣的好漢。」

不小心洩露了天機，徐鳳年心想不妙，但聽到「白狐兒臉」綽號的美人只是微微一笑，似乎不討厭，還覺得有趣。

徐鳳年試探性地問道：「聽潮亭不是想進就進的，自我記事起，幾乎每一年都有所謂的江湖好漢飛蛾撲火，然後被拋屍荒野，我都親眼看到過幾次，死相淒慘。但我可以先答應你，等你進了王府，你看完一本我就去幫你拿出第二本，直到你看完。如果，我是說如果，徐驍答應，你可以直接待在聽潮亭。前提是你不討厭那幾位如行屍走肉一樣的守閣奴，嘿，他們可沒我如此英俊風趣。」

白狐兒臉狹長的桃花眼眸流露出異彩，直直望向徐鳳年，不言而喻——徐叫花，提條件吧。

徐鳳年忐忑道：「就一個條件，告訴我你的名字。」

白狐兒臉歪著腦袋，想了想，輕輕道：「南宮僕射。」

第二章　魚玄機謀刺世子　美南宮捨刀入閣

白狐兒臉沒有任何阻攔地進了王府，對那些當年被北涼鐵騎踏破家園、門派的江湖人來說，這裡不僅進門難於登天，裡頭更加危機重重，與擁有「天下第二」坐鎮的武帝城和劍仙輩出的吳家劍塚並稱三大禁地險境。

武帝城是有一個睥睨天下高手的老怪物，劍塚是有大批一生一世只許用劍甚至只許碰劍的枯槁劍士，而北涼王府，除了明面上的北涼鐵騎護衛，還有無數隱匿於暗處的不出世高手，那一場武林浩劫，人屠徐驍不僅割稻草一般地成批殺掉了無數成名已久的江湖高手，也一樣招徠了相當規模品性不佳但實力變態的「走狗」。

最初的無名小卒徐驍自打上陣第一天，便幾乎不卸甲、不下鞍，將近四十年看似沒個止境的平步青雲，足以讓徐驍這個所有武林人士聞風喪膽的大魔頭去豢養不計其數的門客、說客、俠客和刺客，賜予重金美婢或者名利權位。

武庫建成後，更有各色武癡前往求學，心甘情願為北涼王賣命鎮宅。正常人誰敢去拔徐驍的虎鬚逆鱗？敢在徐驍面前自稱老子並且動粗的不過一人而已，那就是領著白狐兒臉南宮僕射進入王府的徐鳳年。

此刻，世子殿下邊走邊給只知一個姓名的白狐兒臉介紹王府風景。

徐鳳年如自己所說，吃不了苦，學不了武，空有天下武者夢寐以求的武庫，卻只曉得在裡頭看些旁門左道的末流雜書，因此徐鳳年對王府陰暗處的三步一殺機沒有太多玄妙感受，白狐兒臉則不敢掉以輕心。

到了氣象巍峨的聽潮亭底下，白狐兒臉抬頭望著亭頂，眼神複雜。說是亭子，其實是一座正兒八經的閣樓，攢尖頂，層層飛簷，四望如一。

徐鳳年輕笑道：「對外宣稱六樓，其實內裡有九層，數字起於一極於九嘛，但顧忌京城那邊有人會吃飽了撐著說風涼話，就成現在這個樣子了。如你所見，下四層外有迴廊，五、六可作瞭望廳。頂樓沒有擺放任何書籍物品，空無一物。

閣內專門有五人負責將武學祕笈按照修習難度從下往上依次擺放，應該就是江湖上所說的守閣奴，都是我打小就認識的老傢伙，神出鬼沒的。抄書人只有一人，我就是跟他學的字畫丹青，病秧子一個，比鬼更像鬼，但還是嗜酒如命，我每次上樓都得給他帶酒。守閣的武奴若說是高手，我信，但我這半個師父如果是，我就從九樓跳下來。」

白狐兒臉沒有得寸進尺要求入閣，連湖中的萬鯉朝天都沒欣賞，轉身就走，輕淡道：「你先幫我拿一套《須彌芥子》出來，佛門聖地碑林寺只有殘缺半套，閣內應該有另外半套，共計六本。我翻書快，一本一本太麻煩，對我來說也不划算，你上樓所需的酒錢我來付帳，繡冬和春雷我只能給你其中一把，所以你少登幾次樓，我便多心安理得幾分。」

徐鳳年略帶討價還價嫌疑地輕聲問道：「我能要那把繡冬嗎？」

白狐兒臉不愧是爽利的男人，毫不猶豫道：「可以。」

徐鳳年訝異道：「你真捨得？」

徑直離開的白狐兒臉平靜道：「這世上沒有任何東西，是捨不得放手的。」

跟在身後的徐鳳年撇了撇嘴，不以為然地嘀咕道：「恐怕孑然一身才有資格說這話吧。」

白狐兒臉就在一棟離世子大院不遠的僻靜院落住下，過著在徐鳳年看來無聊至極的黃卷青燈日子，通宵達旦，看架勢只差沒有鑿壁偷光、懸梁刺股了。

原先徐鳳年還想拉著這位美人賞賞風月，最終還是作罷，除了進院子送書就是去聽潮亭還書，只是送書的時候聊上幾句，都是淺嘗輒止問一下江湖事。例如問白狐兒臉天下十大高手誰更登峰造極，那四大美女是不是真的沉魚落雁，不過都是些門外漢的幼稚問題。

寄人籬下的白狐兒臉卻沒有仰人鼻息的想法，多半不予搭理。對此徐鳳年無可奈何，不過唯一的收穫就是現在不近人情的白狐兒臉願意他去摸一下繡冬和春雷兩柄刀，甚至不介意他抽出繡冬，自娛自樂地耍幾個蹩腳把式。

對此，大柱國睜一隻眼、閉一隻眼，始終沒有過問半句。

◆

世子殿下回城的消息一傳開，與徐鳳年交好的陵州大紈褲當天就屁顛屁顛地跑上門。那時候他還在呼呼睡大覺，大柱國就全部趕走，直到現在才有人能進府叨擾，一個是陵州牧嚴杰溪的二公子嚴池集，另外一位則是惡名昭著的豐州李公子李翰林。

前者由於名字諧音比較不幸，被鄰近幾個州郡的紈褲喚作「爺吃雞」，卻是個難得的正人君子，書呆子一枚，只不過學究得比較可愛，小事上含糊，大事上心思剔透。而名字清雅的李大公子則是十足的惡霸，將活人投入獸籠觀看分屍慘劇只是這位豐州頭號紈褲的其中一個畸形趣味。他還喜歡男女通殺，尤其喜好唇紅齒白的小相公，身邊總要帶著一、兩位眉清目秀的青衣書童以備寵幸褻玩。

與嚴池集相識，是因為嚴公子從小就習慣了做世子殿下的跟屁蟲，徐鳳年也喜歡捉弄這個嘴邊總掛著聖人教誨的同齡人。至於李翰林這個渣滓，禍害別人是心狠手辣，從不計後果，但對待朋友卻挑不出毛病，再者李翰林有個姐姐，極水靈，徐鳳年垂涎已久，這不想著能近水樓臺……

除了書呆子嚴池集和惡少李翰林，原本還有一個要好的官宦子弟，姓孔，只是隨著父輩升遷進京做官，已經四年沒見，那是個武癡。

四人聚在一起，為首的徐鳳年負責出餿主意，心思縝密、算無遺策的嚴池集負責擦屁股，孔武癡出力，如果事情敗露，那就讓破罐子破摔的李翰林背黑鍋，天衣無縫。

「鳳哥兒。」給徐鳳年做了十多年小跟班的嚴池集已然是翩翩公子哥，但一見面，就是泫然欲泣的模樣，道出一聲百轉柔腸的親暱稱呼後，就眼眶濕潤。

唉，這傢伙啥都好，就是嬌氣，多愁善感，悲春傷秋，像個娘們兒。也難怪李翰林覺得這傢伙跟他一樣有龍陽好，只是他是玩弄小相公，嚴池集卻是鍾情於鳳哥兒。

「鳳哥兒！」李翰林的招呼就要霸氣許多，想要跟久別重逢的徐鳳年擁抱一下，被後者一腳抬起輕輕抵在他腹部，笑罵了一句：「離我遠點，一身從男人身上帶來的脂粉氣。」

狐朋狗友重聚於清涼山山頂最適合遠眺的黃鶴樓，這棟樓外懸掛的對聯「故人送我下陽關，仙人扶我上黃山」，不是出自那些王朝內享譽海外、一字值千金的書法大家，而是出自八歲時的徐鳳年。

現在看來越發稚氣，但哪怕現在鐵畫銀鉤運轉如意了許多，聽潮亭內的抄書人，即世子殿下的半個師父卻說這是世子殿下最沒有匠氣的一副對聯，字和意都是如此，當年大柱國一開心就照搬，精心拓印以後掛上了，這些年一直沒有換一副對聯的跡象。

徐鳳年沒怎麼訴說這三年的辛酸困苦，只是挑了些新鮮的武林軼事給兩個同齡人聽。他娓娓道來，聽得兩人一驚一乍，豔羨萬分。喝掉一壺酒，徐鳳年也差不多講完，嚴池集和李翰林還在回味。

徐鳳年走到迴廊，趴在欄杆上輕輕一笑道：「這下子你們知道自己是井底之蛙了吧。爺吃雞以後肯定能讀萬卷書，我也走了幾千里路，那翰林你？」

大大咧咧的李翰林撓撓頭道：「要不然以後撈個將軍做，殺一萬個人？」

嚴池集鄙夷道：「莽夫。」

李翰林跳腳道：「這話你敢對大柱國說去？」

嚴池集語塞，一時間無法應答反駁。

徐鳳年提議道：「騎馬出去溜一圈？」

李翰林第一個附和，興高采烈道：「那一定要去紫金樓，魚花魁這三年為了你，可是沒接過一次客，名頭都被一個新花魁給壓過了。」

徐鳳年問道：「帶銀子沒？」

李翰林拍了拍鼓出很多的肚子，嘿嘿道：「瞧見沒，這趟出門本公子從密室偷了一萬兩銀票，為了鳳哥兒可是豁出血本了，回去被禁足也認了。」

嚴池集嘲諷道：「瞧你出息得。」

李翰林皮厚，笑道：「那你倒是偷點出來啊，不說一萬兩，就一千兩，你敢嗎？你們書生啊，就只會紙上談兵，真要幹罵架鬥毆這類正經事，哪次不是鳳哥兒我們三個出力？給你個脫光光的娘們兒，都不敢在她肚皮上翻滾，還敢說我沒出息。」

嚴池集漲紅了臉，冷哼一聲。

每一個以天為被、以地為床的淒涼夜晚，聽著不遠處老黃的刺耳鼾聲，由怨天尤人轉為苦中作樂的徐鳳年都會懷念和幾個死黨拌嘴的光陰，還有一同躍馬南淮河畔，一同調戲良家女，一起高歌上青樓，一起闖禍、一起作孽，一起大醉酩酊的情景。

三人異口同聲道：「走一個。」

◆

紫金樓有名氣，很有名氣，極其有名氣，名氣之大，傳聞陛下來北涼王府避暑的時候曾微服私訪過紫金樓，只求一睹那一年涼地四州當之無愧的首席花魁李圓圓的傾城之姿。

當然這只是無據可查的小道消息，李圓圓銷聲匿跡之後，四州再沒有出現過毫無爭議的花魁，皆如百花爭放一般，各個青樓的美人們費盡心機地爭芳鬥豔，直到出現了一位家世敗落後淪落風塵的魚幼薇。

再作踐自己的女子想必都不會用上真名，所以魚幼薇的原本名字不知，或許姓余，取了諧音。紫金樓最大的恩客世子殿下私下問過這個勾欄最忌諱的問題，魚幼薇笑而不語，可也沒有讓徐鳳年太失望，表演一曲從未露面現世的絢爛劍舞，看得徐鳳年目瞪口呆。

先是驚豔，後面可就是膽寒了，如果不是屋外站著一個被北涼王府豢養的耳聾口啞老怪物，怕死不說還怕疼的徐鳳年恐怕早就落荒而逃。這以後，他去紫金樓的次數便越來越少，心中疑惑便越來越濃。

三個公子哥騎著三匹駿馬，在陵州城主幹道上縱馬狂奔，身後跟著大隊的護衛。

李翰林倡狂大笑，好不解氣，這三年沒了鳳哥兒，日子就是算不上快活。被拖下水無數次的嚴池集早就認命了，盡可能地避讓行人。涼地四州的天字號公子哥徐鳳年居中帶頭，摘了紫金冠，單純地以玉簪束髮，捨棄了佩劍、摺扇、玉環之類的繁瑣累贅，更顯風流倜儻，清俊非凡。

一行人直奔那座流金淌銀的溫柔鄉。

紫金樓的老鴇當年也是豔名響亮的花魁，這些年隨著紫金樓的水漲船高，除非貴客，根本懶得拋頭露面，今日卻急匆匆地盛裝打扮一番，親自出門迎接三位涼地完全可以橫著走的大公子。

三人齊齊翻身下馬，將韁繩交給早就候著不惜跌價去越俎代庖的大龜公，不需要徐鳳年說什麼，熟門熟路的李翰林便抽出一張五百兩銀票，塞入徐娘半老、風韻猶勝伶人的老鴇領口，怪笑一聲道：「韓大娘，本公子還未嘗過妳這歲數婆娘的味道，要不今天破個例？韓大娘，可有從這裡拿去萬兩銀子的床上功夫？本公子可聽說了，妳當年玉人吹簫可是一絕。」

老鴇伸出一根手指柔柔戳了一下一臉邪氣的李翰林，嬌媚笑道：「喲，李公子這回好有雅致，只要不嫌老牛吃嫩草，韓姨可就要使出十八般武藝了。莫說玉人吹簫，觀音倒坐蓮都嫻熟得很。」

雖然與李翰林放肆調笑，老鴇的眼神卻始終在徐鳳年身上滴溜溜地打轉。

李翰林摟著韓大娘依舊纖細彈性的柳腰，和鳳哥兒以及嚴書櫃一起進了紫金樓，輕聲壞笑道：「韓大娘，妳知道我口味，這次偷溜出來，沒來得及帶上書童，妳這有調教熨帖的小相公沒？至於妳，我建議妳勾搭一下嚴公子，他還是個雛，只要妳能把他折騰得腰酸背痛，腿抽筋得下不了床，我把身上銀子全給妳不說，還賒帳五千兩，這生意如何？當然別忘了，事後給嚴公子一個六十六兩的小紅包。」

年歲不小卻未人老珠黃的老鴇嫵媚道：「這可不中，州牧大人還不得把我的紫金樓給封嘍。至於小相公，剛好有幾位馬上要出道的可人兒，比姑娘還嫩，那皮膚，保證就跟蜀錦蘇緞一個手感，包你一百個滿意。」

李翰林嘿嘿道：「那老規矩，世子殿下去魚花魁那裡，我自己找樂子，韓大娘再給嚴公子找兩位會手談、會舞曲的清倌。」

她故作幽怨道：「李大公子就不想嘗一嘗韓姨美人舌捲槍的滋味？」

李翰林一巴掌拍在她的豐臀上，道：「下次、下次，養精蓄銳以後再與韓大娘大戰八百回合，定要好生體會一下妳的十八般武藝。」

徐鳳年對此見怪不怪，直入後院，找到一處種植清一色芭蕉的獨門獨院，推門而入。與興師動眾的老鴇韓大娘不一樣，坐在院中望著一株殘敗芭蕉怔怔出神的女子素顏相向，她只穿青色衣裳，今天也不例外，明顯聽見了徐鳳年輕笑的動靜，依然一動不動。她與那些講究排場的花魁不同，沒有貼身服侍的婢女丫鬟，連收拾房間、打掃庭院都自己動手，特立獨行，放眼粉門勾欄，還真是鶴立雞群了。

石桌上蹲著一隻不臃腫也不消瘦的白貓，就如主人的妖嬈身段一個道理，增減一分都不妥。靈性流溢的白貓有一雙璀璨似紅寶石的眼珠子，盯著人看的時候，就讓人覺得荒誕詭異，最取巧的是這隻體毛如雪的寵物暱稱為武媚娘。

徐鳳年坐在她身邊，輕輕道：「剛回陵州，一口氣睡了個飽，馬上就出來見妳了。」

魚花魁伸出纖手撫摸著武媚娘的腦袋，小娘子賭氣似的柔聲道：「幼薇不過是個風塵女，哪裡敢奢望更多。第一次，不過是壯著膽子開了個玩笑，向那位世子殿下要一個侍妾的名分，那人便連續出了昏招，被我屠掉一條大龍。第二次，不過是舞劍一曲，那人便不敢往這院子多待了。就是不知道這一次，又會出什麼么蛾子，那人便再不來了。」

最難消受美人恩呢。

徐鳳年用打抱不平的語氣憤恨道：「那傢伙也忒不是個東西了，膽小如鼠，氣量如蟲，姑娘，妳犯不著為這種人置氣，下次見著他，就當頭一棒下去！」

魚幼薇嘴角微翹，但故意板著臉道：「哦？那敢問公子你是何方人氏，姓甚名誰？」

徐鳳年厚顏無恥道：「不湊巧，姓徐名鳳年，與那渾蛋同名同姓，但卻比他強上十萬八千里，哪怕姑娘妳說要做妾，我二話不說，立馬鑼鼓喧天、八抬大轎地把妳給抬回家。」

魚幼薇終於轉頭正視徐鳳年，只是這位雙眸剪秋水的美人眼中並無太多驚喜雀躍，繼續望向芭蕉，「晚了，我明天就要去楚州，那裡是我的故鄉，去了就不再回來。」

徐鳳年驚呼出聲。

魚幼薇收回視線，凝視著相依為命的武媚娘，苦澀道：「後悔了吧，可世上哪有後悔藥給我們吃。」

徐鳳年默不作聲，眉頭緊皺。

魚幼薇趴在石桌上，呢喃道：「世子殿下，你看，武媚娘在看牆頭呢。」

徐鳳年順著白貓的視線，扭頭看了眼不高的牆頭，沒什麼風景，揉了揉臉頰道：「牆外行人聽著牆裡秋千上的佳人笑，叫無奈，可我都走進牆裡了，你咋就偷偷出去，豈不是更讓人無奈。」

魚幼薇莞爾一笑，做了個俏皮鬼臉，「活該。」

徐鳳年呆滯。與她相識，從未見過她活潑作態，以前的她總是恬靜如水，古井無波，讓徐鳳年誤認為泰山崩於眼前她都會不動聲色，也一直不覺得她會真的去做一個富貴人家的美妾。她是一株飄萍才最動人，若成了肥腴的庭院芭蕉，興許就沒有生氣了。

徐鳳年心中自己罵了一句該死的附庸風雅，盡跟大兵痞老爹學壞了。這老傢伙專門在聽潮亭放了一本自己撰寫的《半生戎馬記》，與兵法大家們的傳世名著放在一起，無病呻吟，恬不知恥。

她雙手捧著武媚娘，垂首問道：「鳳年，最後給你舞劍一回，敢不敢看？」

徐鳳年沒來由生出一股豪情壯志，「有何不敢？」

魚幼薇輕柔道：「世上可真沒賣後悔藥的。」

徐鳳年笑道：「死也值得。」

一盞茶後，魚幼薇走出來，風華絕美。她舞劍，走了至極的偏鋒，紅綾纏手，尾端繫劍，剎那間滿院劍光。

上回舞劍請了一位琴姬操曲〈騎馬出涼州〉，這一次只是由她親自吟唱了一曲〈望城頭〉，這首詩是西楚亡國後從上陰學宮流傳出來，不求押韻，字字悲愴憤慨，被評點為當世

「哀詩」榜首。

西楚有女公孫氏，一舞劍器動四方。觀者如山色沮喪，天地為之久低昂。
先帝侍女三千人，公孫劍器初第一。大凰城上豎降旗，唯有佳人立牆頭。
十八萬人齊解甲，舉國無一是男兒！

方才武媚娘在看牆頭。

當年是誰在看那立於亡國城頭上的佳人？

曲終，長劍挾帶一股肅殺之氣疾速飛出，直刺徐鳳年頭顱。她似乎聽到了將死之人的那句「臨終別言」——十指剝青蔥，能不提劍，而只是與我手談該多好。

那一瞬間，死士魚幼薇纖手微微顫抖，可劍卻已刺出。

這世上，沒有後悔藥。

這首〈望城頭〉，是魚幼薇父親寫給娘親的詩，那時候父女兩人被裹挾在難民潮流中，回望城頭，只有一個纖弱身影。

父親回到上陰學宮沒多久便抑鬱而終，真名魚玄機的她便長途跋涉來到陵州，先學了最地道的豐州腔，然後做了三教九流中最不堪的妓女。所幸姿容出眾，一開始就被有意無意培養成花魁，不需要做令她想到便作嘔的皮肉生意，然後，順理成章遇到了尋花問柳的世子殿下，大部分時間只是手談對弈。

這個人屠的兒子，真不像他父親啊，不會半點武功，好色，但不饞色，甚至一點不介意跟她說許多詩詞——都是花錢跟士子們買來充門面的。

魚玄機只是學了世人熟知的公孫氏劍舞皮毛，但自信足以殺死徐鳳年，前提是房外不會站著北涼王府的鷹犬，整整五年時間，她都沒能等到機會。然後徐鳳年消失了三年，再過半句就是娘親的忌日，魚玄機準備什麼都不管，去守墓一輩子，可他卻回來了，而且沒有貼身護衛在院門附近虎視眈眈，冥冥中自有天意嗎？

她問過他的，敢不敢看劍舞。他說，死了也值。刺殺世子殿下——大柱國徐驍最心疼的兒子——她肯定是必死的，天下沒有誰做了這種事情能活下去。

也好，黃泉路上有個伴，到時候他要打罵，就隨他了。

魚玄機不忍再看。

鏗鏘一聲，離徐鳳年額頭只差一寸的長劍斷成兩截。魚玄機睜開眼，茫然恍惚，不知何時，院中多了一位白袍女子，連她都要讚嘆一聲美人。

刺殺失敗了？魚玄機不知道是悲哀還是慶幸，手上還有一柄劍，本來就是用作自刎以逃過屈辱的，抬手準備一抹脖子，死了乾淨，可惜武媚娘就要成為野貓了。那個男人也說過，大雪鋪地的時候，站在王府聽潮亭裡，能看見最美的風光，最美是多美？

無須徐鳳年出聲，一心求死的魚玄機就被桃花一般的「女子」單手捏住蟬翼劍刃，一拈就奪了過去，隨手一拋，斜割去大片芭蕉。這還不夠，一膝蓋撞在魚花魁腹部，讓這樣天見可憐的美人弓身如蝦。

徐鳳年本想嘀咕一句「美人何苦為難美人」，但見識到白狐兒臉的狠辣手法，識趣地閉嘴。繼而看到失魂落魄的魚幼薇，雖然篤定在這裡死不了的徐鳳年恨不得怒罵一聲「臭婊子」，然後衝上去乾脆俐落地甩上十七、八個大嘴巴子。

但默念「小不忍則亂同床共枕大謀」，徐鳳年呼出一口濁氣。出了涼地四州，徐鳳年是死比活著容易，可在涼地境內，死比活著就要難太多了。你們這幫過江之鯽一般的刺客，真把身兼大柱國和北涼王的老爹當作繡花枕頭啊。

再者徐鳳年這三年飽嘗底層辛酸，心智成熟許多，當年只是費解魚花魁莫名其妙殺氣凜然的劍舞，這次他回到陵州不過是打定主意要以身犯險，確定一下魚幼薇的葫蘆裡賣的是什麼藥。是春藥，那最好，扛回家行魚水之歡。賣毒藥，對不住了，也是扛過去，但下場嘛，一個憋了三年一肚子邪火的男人對付一個睡夢中都想撲倒的美嬌娘，還能做啥？

唯一的意外，恐怕就是出手的是白狐兒臉，而非事先跟老爹說好的府上實力最高絕、最霸道、最牛氣的高手。當然，看情況，白狐兒臉即便沒那麼高，也挺高的了。

徐鳳年厚著臉皮道：「白狐兒臉，有沒有讓她失去抵抗的手法，點穴啊之類的？」

白狐兒臉點頭道：「有更簡單的。」

直接一記手刀砍在魚花魁白皙的脖子上，敲暈了。

徐鳳年僵硬著臉龐，跑過去探了探鼻息，確定不是香消玉殞後，得意冷笑一聲。抬頭一看，白狐兒臉已經沒了蹤影，不愧是高手風範。

徐鳳年將嬌軀扛在肩上，就這樣扛出了紫金樓。

這一天，陵州城便開始瘋狂傳揚「世子殿下霸王硬上弓了魚花魁」的消息。陵州城內的膏粱紈褲們由衷嘆服世子殿下的跋扈段位是頂天的，三年蟄伏，才回了陵州沒幾天，就把魚花魁給褻瀆了。

徐鳳年把本名魚玄機的蹩腳刺客扛回王府，後頭跟著衣衫不整的李翰林。嚴池集不喜狎妓，方才只是正襟危坐與樓內言辭素雅的紅倌清談風月，看到鳳哥兒在芭蕉院待了片刻便將魚花魁給拎了出來，暗讚一聲霸道。

到了府內，李翰林很審時度勢地拉著嚴池集去逛白龍齋。

徐鳳年將魚幼薇摔到內室大床上，拿了一捧綢緞綁住手腳，還不放心，再捆了一層。然後翻箱倒櫃地找出李翰林縱橫花場百試不爽的玉泥散，這比一般採花賊行走江湖必備的蒙汗藥、軟骨散之流要來得高級，女子服用後神志清醒，但體酥身軟如一塊暖玉，想要咬舌自盡很難，卻不妨礙婉轉呻吟。

放進酒杯溶化後，徐鳳年撬開魚幼薇的嘴巴倒進去，忙完了這些，徐鳳年就一巴掌拍下去，粉嫩臉頰浮現一個鮮紅五指印。見沒醒，徐鳳年又甩了兩個耳光，終於把魚花魁打醒。

魚玄機睜開眼睛，不掙扎，不抗拒，隨後又重新閉上眼睛，軟軟糯糯說了一句讓徐鳳年差點暴跳如雷的話：「世子殿下動作快一點，我就當被畜生咬了一口。」

徐鳳年俯身撫摸著她被打紅的冷清臉龐，如至愛情人一般憐惜道：「疼不疼？」

魚玄機紋絲不動。徐鳳年也就不故作姿態，拿起床上一本早就準備好的春宮圖，繪於絲帛，配香豔詞和狎昵語句。

圖畫維妙維肖，掀開一幅，講述如何把玩纖足。

徐鳳年摘去魚玄機的襪子，動作不停，嘴上說道：「纖腴得中，長短合度，不可無一，不能有二，才是神品。幼薇，妳的玉足摸起來可真舒服，深冬降至，以後就能幫我暖被窩了。這腳啊，春宮圖上說兼有眉兒秀彎、手指尖、雙峰圓潤、唇色紅豔以及私處隱祕的眾家之長，妳說我是玩弄半個時辰呢，還是一個時辰？」

魚玄機有一雙堪稱神品的美足，她入行五年來，無須勞作，每日浸泡香浴，對身體每一寸都保養周到，因為徐鳳年褻玩帶來的本能緊張，腳背彎弓如一輪弧月。

徐鳳年不愧是千金一諾，說褻玩一個時辰，就玩夠了一個時辰，尤其當他伸出一根手指摩挲於魚花魁兩粒玉珠腳趾間，明顯能感受到她的壓抑和顫抖。接下來徐鳳年攀緣而上，隔著魚玄機最後一層貼身絨褲愛撫雙腿。

她的修長白嫩，要劍要得那麼飄逸神采，美腿不出意料地充滿了彈性。又折騰了半個時辰，接下來卻不是扯掉兜肚「開門見山」，而是褪下自己衣物，側臥在魚玄機身旁，含住了她的耳垂。

美人已經香汗淋漓，淚眼矇矓，緊咬著嘴唇，滲出血絲。徐鳳年在她耳畔輕聲道：「〈望城頭〉，劍舞，上陰學宮。順藤摸瓜，我就不信憑藉北涼王府的勢力，揪不出妳背後的身世祕密，到時候妳一切在乎的東西，我都會摧毀。活人，就殺；死人，我也要刨墳。慢慢玩膩了妳，就將妳沉屍湖底，請武當山的老道做一場法事，讓妳做那冤魂野鬼，不得投胎。與我作對，這便是下場。」

魚玄機滿頰淚水。

徐鳳年猛地張開五指握住她的胸脯，全無先前的溫柔，魚玄機一陣刺骨疼痛，徐鳳年猙獰地微笑道：「我心好，賣妳一次後悔藥。妳只要肯服侍我，直到妳人老珠黃的那一天，我就答應妳還是魚幼薇，我不去管妳是西楚舊臣的遺孤，還是江湖上被北涼鐵騎踐踏碾碎的亂民，我都不去追究。一切都安安好好，妳能做我的一隻金絲雀，這世上，還有比北涼王府更華麗的籠子嗎？」

魚玄機哽咽抽泣。

徐鳳年冷不丁下猛藥道：「記起來了，還有那隻武媚娘，多討喜的小東西，可憐可悲啊，馬上就要變成野狗的嘴食。我這就起床，去芭蕉院抱起牠，當著妳的面剁爛，再丟給饑腸轆轆的野狗。」

魚玄機暈厥過去。

徐鳳年啞然，這就嚇暈了？計畫裡還有更生猛的狠藥沒抖出來，意猶未盡啊。

徐鳳年捏了兩把紅粉玉鴿，過癮，只是魚花魁死人一般直挺挺的，摸了幾下，徐鳳年就失了興致，若只是漂亮的嬌軀，徐鳳年招之即來，揮之即去，想要多少有多少。

徐鳳年坐起身，穿好衣服，低頭看了一眼昏睡中梨花帶雨的魚幼薇，胸中的怨氣和眼中的陰戾淡去了幾分。一個傻閨女罷了，不稀奇，府上不就有一位太平公主嗎？

徐鳳年給腦袋擱在一只大紅金錢蟒引枕的她蓋上棉被。

他心中對世間女子美貌、氣韻有一桿秤，一百文即一兩銀是極致，六十文是中人之姿，只有上了八十文才能入徐鳳年的法眼。

在他看來，白狐兒臉拋開男人的身分，能有九十五文，本來想評一兩銀，但覺得不妥，得給自己留點念想。姜泥有九十文，但將來還能更漂亮些，眼前魚幼薇八十六文，跟他大姐差不多。府上過七十文的豔婦美婢不多，但也不少，只不過吃這類勾一勾手指頭的窩邊草，用世子殿下的術語就是「忒不是個技術活」。徐鳳年不學武，不敢縱欲過度，精挑細選，寧缺毋濫，品格「高雅」。

徐鳳年忙活了兩個時辰，吃了點存在精巧食盒的溫熱糕點，有了力氣，坐在床邊，又是一巴掌打醒魚花魁，冷言冷語道：「想不想吃用武媚娘的肉做成的包子？」

魚玄機終於沙啞地哭泣起來。

徐鳳年翻白眼道：「騙妳的。不妨跟妳說實話，我要出氣，至多跟妳和妳的家世過不去，等將妳投了湖，武媚娘我幫妳養著，一定白白胖胖。」

她愣愣望著徐鳳年。

徐鳳年冷笑道：「在床下，我何時騙過妳？」

她委屈道：「此時你坐在床上。」

徐鳳年惱羞成怒，霍然起身，道：「記打不記好的娘們兒，老子這就去把武媚娘剁成肉醬！」

剛起身，就聽到魚幼薇輕輕道：「我給你做奴，從今天起，我只是魚幼薇。」

徐鳳年轉身凝視著神情死寂的魚花魁，問道：「我能信妳？」

她閉上眼睛哀苦道：「那你先殺了我，再去殺武媚娘。」

徐鳳年猶豫了一下，鬆開她手腳的捆綁，然後離得遠遠的，「今天妳先睡這裡，明天幫妳安排一個院子，算是做我的暖房侍妾，別奢望名分，沒有我的允許，不准四處走動。」

她平靜道：「我想武媚娘了。」

當晚，世子殿下就派人去紫金樓給魚幼薇贖身，芭蕉院子除了一隻白貓，什麼物什都沒捎回北涼王府。

◆

月明星稀，兩人緩緩走上聽潮亭臺基。

那兩人不是別人，正是大柱國徐驍和徐鳳年招惹來的白狐兒臉。

因為逝世的王妃一生信佛，雄偉臺基下有四方形佛塔一座，刻八瓣梅花須彌座，塔身為覆缽形，正中開一船形龕，內刻一佛結跏趺坐於蓮臺，神態莊嚴，剎基有石雕八金剛舉托剎身。

這座建築無疑是陵州城的風水所在，陵州缺水，北涼王徐驍便以人力擴湖為海，寓意「水筆」，聽潮亭高聳巍峨，臨水而建，聚集天地靈氣和吸收日月精華。主閣一樓簷下有三塊橫匾，正東為皇帝御書「魁偉雄絕」的九龍匾。

入閣前，大柱國輕笑道：「以救鳳年一命換南宮先生入閣，怎麼看都是我賺了。」

白狐兒臉神色如常，沒有答話。

推開大門，大廳內一塊巨幅漢白玉浮雕〈敦煌飛仙〉映入眼簾，畫上衣袂飄搖的飛仙俱是與真人等高，連見多識廣的白狐兒臉一時間都駐足失神。

微微駝背的北涼王徐驍呵呵一笑，介紹道：「這一樓西廳擺有天下間入門武學三萬卷，不甚值錢的東西，我搜羅來不過是占個位置，加點家藏萬卷書的書香氣派。二樓是暗層，除了四千陰陽學、縱橫學孤本，還有四十九件天下奇兵利器，是我二女兒最愛待的地方。三樓有高深寶典祕笈兩萬卷，四樓暗層珍藏了一些奇石古玩，總被鳳年罵銅臭得很。五樓、六樓，便是那些不惜犯險潛入王府的江湖豪客所圖之物，再往上，相信尋常高手看也看不懂。至於頂樓，空無一物，南宮先生，若想登高遠眺，可去山頂的黃鶴樓一覽風光。」

白狐兒臉聽出大柱國話中含義，點了點頭。

徐驍眯起眼睛笑道：「那我們直上五樓？」

白狐兒臉搖頭，終於開口道：「上去以後可能就再也沒興趣看下面幾樓的六萬卷了。」

徐驍並不驚奇，哈哈一笑，獨自走上樓梯，沒入陰影。

腰懸繡冬、春雷兩柄刀的白狐兒臉站在玉石屏風前，神采奕奕。

大柱國到了八樓，竹簡古籍遍地散亂，一張紫檀長几，放著一盞昏黃飄搖的燭燈，几角擱有一只裝酒的青葫蘆，一條紅繩繫著葫蘆口和一人的枯瘦手臂。那人席地而坐，披頭散髮，一張臉慘白如雪，眉心一抹淡紅，仔細一看，猶如一顆倒豎的丹鳳眼。他一身麻衫，赤腳盤膝，下筆如飛。

大柱國徐驍撿起十幾份竹簡，整齊放好，這才有地方坐下，歉然道：「來得急，忘了帶酒，回頭讓鳳年補上。」

徐驍顯然對怪人的沉默習以為常，自顧自道：「沒有一位真正的超一品宗師級高手坐鎮王府，我終歸睡不安穩。希望這個南宮僕射不要讓我失望。說來也怪，密探打聽了半年時間，都沒能挖出此人的根底，看來只能是北莽那邊的人了。義山，你說他目前有幾品實力？」

枯槁如鬼的男人開口，如一股子金石聲：「從一品。閣內修行十年，可此下眾生，此上無人。」

大柱國嘖嘖道：「鳳年撿到寶了。」

病秧子男人拿起葫蘆，倒了倒，沒酒了，頓覺索然無味，於是停筆，眼神呆滯。

徐驍站起身，抬頭望著南面牆壁一幅〈地仙圖〉，負手皺眉道：「義山，鳳年不久便及冠，行冠禮，你贈一個表字吧。」

男子想了想，「徐鳳年，字天狼。」

大柱國徐驍猛然放肆大笑，頗為自傲。

◆

立冬過後小雪來，但小雪時節卻無雪，這讓最喜歡雪夜溫酒讀禁書的世子殿下很遺憾。

白狐兒臉已經在聽潮亭一樓待了半旬，入定入魔，這份毅力讓吃不了苦的徐鳳年自慚形穢，但這不耽誤徐鳳年在王府上找樂子。花魁魚幼薇安定下來，住在一個一夜間被植入棠蕉兩種植物的幽靜院子，白貓武媚娘似乎很滿意新窩，又胖了幾分。

徐鳳年給魚幼薇送去了最上等的貂裘，最精美的食物，但始終沒有再度臨幸她的凝脂美玉，刻意生疏。那個圓滾滾的祿球兒說得對，養人跟養鷹是一個理兒，得慢慢調教，快了容易失去靈氣，慢了就不乖巧。

府內人都熟知世子殿下喜歡獨自泛舟遊湖，每次到了湖中央，就丟下幾樣東西。天氣暖和的時候，還會潛入湖中，好半天才浮出水面，約莫是世子生性近水。

今天徐鳳年又極有雅興地做起了艄公，撐船到了湖心，自言自語了幾句，將幾塊包裹好的熱騰騰烤鹿肉繫上一塊石頭，丟了下去，然後就躺在小舟上，享受冬日的溫煦陽光，昏昏欲睡過去。半睡半醒之間聽到聲音喊他，坐起身一看，岸邊亭榭裡站著一位身披華貴紅裘衣裳的修長女子。

熟悉的苗條身影附近站著幾位陌生人，她使勁招手，徐鳳年一臉驚喜，划舟返回，跳進亭榭，結果被女子環腰抱住，香豔嘴唇啃咬了徐鳳年一臉，一臉胭脂唇印的徐鳳年親暱地喊了一聲姐。

這世上敢這麼調戲世子殿下的，明擺著就只有大柱國長女徐脂虎了。姐弟兩個從小就關係極好，她出嫁前，徐鳳年到了十二、三歲還被她拉著同床共枕。如果說天下間北涼王徐驍是最護著徐鳳年的，徐龍象是最聽話的，那徐脂虎絕對是最寵溺徐鳳年的。

一得到父王書信說弟弟回城，徐脂虎立即就馬不停蹄地帶著一群豪奴惡僕趕回娘家。眼眶含淚的她捏了捏弟弟的臉頰，摸摸頭，揉揉肩膀，還無所顧忌地重重拍了徐鳳年的屁股一下，最後習慣性往弟弟襠部掏，徐鳳年苦著臉道：「姐，這裡好得很，就不需要檢查了，有外人。這兩位，誰啊？」

亭榭裡除了懾於徐脂虎狠辣怪誕作風，常年戰戰兢兢的女婢、嬤嬤外，還有兩位外來人士，都是風流俊彥。一個青衫仗劍，玉樹臨風，另一個魁梧雄壯，滿臉的正氣凜然。

徐脂虎嫣然一笑，指了指，嬌笑道：「這位是清河崔氏的崔公子，劍術超群，路上姐姐遇見不開眼的流寇，是崔公子帶領家兵驅散的。這位是鄭公子，行俠仗義，在關中一帶極富俠名，都是姐姐的恩人。」

兩人一起躬身拱手道：「見過世子殿下。」

徐鳳年微笑道：「既然是姐姐的恩人，那便是本世子的恩人，可有想練的武學功法，這兒藏書頗豐，讓人給你們拿幾本出來。」

相貌清逸的崔公子眼神炙熱，但掩飾很好，當下便推託過去，遊俠鄭公子卻打心眼裡興致缺缺。徐鳳年心中分別罵了句「矯情」和「缺心眼」，臉色卻仍然熱絡，說了一通有的沒的客套話。徐脂虎不覺得乏味，反正在她眼中，弟弟便是最完美的，就是當年學馬跌個狗吃屎的窘態也是極瀟灑的。

徐鳳年一招手，將姜泥使喚過來，讓她領著兩位公子去王府轉悠，然後揮退所有下人，只留下好些年沒見面的姐弟。

徐鳳年不客氣道：「姐，這崔公子皮囊是不錯，但瞅著怎麼都心術不正，跟我是一路貨，妳可別被騙錢騙色了。至於那個傻大個，要麼就是真笨，要麼就是城府深沉，也不是好鳥。妳跟他們玩玩可以，別動真感情。」

徐脂虎伸出一根手指點了一下徐鳳年的眉心，媚笑道：「姐姐還需要你小子來教誨？男人這東西，姐只要一瞥，就知道他褲襠裡的鳥是大是小、是好是壞。」

徐鳳年握住姐姐的手，拿起一顆貢品黃柑，剝開，姐弟倆一人一半。徐鳳年丟進嘴一瓣，嘿嘿道：「姐好像身子骨豐腴了些，這樣就好，要是吃苦瘦了，我可就要去江南道大開殺戒嘍。」

徐脂虎突然沒個徵兆地就泣不成聲起來，徐鳳年還以為姐姐在那邊受了欺負，咬牙切齒道：「姐，妳說，誰惹妳不高興，我帶人抄傢伙殺過去！」

徐脂虎抹了抹淚水，好久才止住哭聲，拉起徐鳳年的手，看著手心和指尖的老繭，又哽咽起來，「姐知道你這三年遊歷不容易，以前的你哪可能樂意將一整瓣柑橘囫圇吞下，便是姐姐肯撕掉橘絲，你也未必肯吃。姐姐衣食無憂，能吃什麼苦？就算是個被人在背後戳脊梁骨的無德寡婦，對姐姐來說，不過是撓癢的碎嘴罷了。可你三年遊歷，徒步輾轉數千里，姐姐想都不敢想，狠心的爹呢！我要找他算帳去！他若不疼你，你隨姐姐去江南道，那兒富饒，姑娘也俏。」

徐鳳年做了個豬頭鬼臉，惹得姐姐一笑，這才哈哈道：「姐，我可不是孩子了。」

徐脂虎一把摟過徐鳳年，把他的腦袋按在整個江南道男人都垂涎的豐滿胸脯上，哼哼道：「不是孩子了，也可以跟姐一起睡，今晚你別想逃。」

徐鳳年一臉沒幾分真誠地害羞道：「姐，有傷風化。」

徐脂虎擰過弟弟的耳朵，威脅道：「信不信我現在就去宣揚你八歲還尿床的英勇事蹟？還有，十二歲跟姐躺一張床上，哪次清晨醒來你的手不是按在姐姐這裡？嗯？」

徐鳳年斜瞥了一下姐姐的胸脯，恨不得找個地洞鑽下去，諂媚道：「姐，姐弟兩個就不要自相殘殺了吧？來來來，我給妳揉揉肩膀。」

享受著世子殿下手法老道的揉捏，一臉陶醉舒坦的徐脂虎瞇著眼睛望向湖景，嘆息道：「你回來，黃蠻兒就走，不知道是不是我走了，那個丫頭就來，姐弟四人總是沒個團圓。」

徐鳳年問道：「姐，等下大雪了，去武當山那兒賞景？」

徐脂虎灑然笑道：「既然那個沒心沒肺的膽小鬼要求天道，就讓他孤單一輩子好了，我還沒臉沒皮地求他不成。你若不說，我都忘了有這麼個人。」

徐鳳年「哦」了一聲，不再哪壺不開提哪壺。

徐脂虎狠狠地親了一口徐鳳年的臉，嫣然道：「姐姐心眼小，眼界小，所以只要有弟弟你，天下男子俱是不堪入目的俗物。」

徐鳳年故作傷春悲秋道：「可惜是姐弟。」

徐脂虎擰緊了耳朵，笑罵一聲：「死樣。」

女人出嫁，便是潑出去的水了。

◆

大雪時節有大雪。

不管如何留戀，半旬的重聚時光一閃而逝，姐姐徐脂虎終於還是要回江南道，她說下雪了，再不走就真捨不得離開了。

那一日徐鳳年策馬送行三十里，孤騎返城。

回到王府，心情不佳的徐鳳年頭腦一熱，把女婢姜泥和名義上的侍妾魚幼薇都喊到湖畔涼亭賞雪。

湖面早已結冰，但鵝毛大雪仍然不肯甘休地潑下，放眼望去，一片白茫茫的大地。

徐鳳年甩了甩頭，站起身，喝了口溫酒暖胃，嘀咕了一句誰都不明含義的話：「老湖魁，可別在底下凍死了。」

徐鳳年轉而望向湖對面的聽潮亭。白狐兒臉已經許久沒有露面了，在裡頭對著浩瀚的武學卷帙，可還好？最後遙望向武當山方向，徐鳳年不懂那些窮其一生孜孜不倦追求武道大境的武夫，至於追求虛無縹緲無上天道的瘋子，就更不懂了。他只知道，當年那個倒騎青牛的年輕道士若肯點頭，姐姐就會幸福。所以徐鳳年對傳承已千年的武當山沒有半點好感，姐姐心眼小，他更小。

徐鳳年給姜泥倒了一杯熱酒，遞過去，她卻報以冷笑。她是亡國的公主不假，甚至還被師父說成身負天下氣運的天之驕子般的人物，但在北涼王府，她只是一名女婢，吃穿住行都必須循規蹈矩，所以衣衫單薄瑟瑟發抖的她視線數度瞄在了酒霧中。

徐鳳年嘲笑道：「妳想喝酒，我給妳的卻不要，妳又不能自己拿，妳我都累得慌。我就是個不成才的浪蕩子，妳有本事去刺殺皇帝陛下或者我爹也行，跟我過不去算什麼英雄好漢？」

姜泥冷聲道：「我一個弱女子，就一把神符，只能殺你，不殺你殺誰？」

徐鳳年無言以對，喝了口酒，撇嘴道：「無賴貨，跟我挺般配。」

姜泥乾脆閉目養神。

懷抱著武媚娘的魚幼薇很好奇這個絕美女婢是什麼身分。

一道白虹掠出閣，落於離聽潮亭不遠的湖中。

白袍白狐兒臉，第一次同時抽出繡冬、春雷二刀。

繡冬刀長三尺二寸，重十斤九兩。煉刀人不求銳利，反其道行之，鈍鋒。

春雷刀長二尺四寸，僅重一斤三兩，通體青紫，吹毛斷髮，可輕鬆劈開重甲。

一柄繡冬捲起千層雪。

彷彿天下大雪都如影而形，傾斜向湖上疾行的一襲白袍。

磅礴壯闊。

一把春雷刀刀冷冽，湖面冰塊劈散出近百道觸目驚心的巨大凹槽。

風雪亂人眼。

剛拿起一根黃瓜啃的徐鳳年動作僵住，看神仙一樣直勾勾地望著湖中一人兩刀漫天雪。

啃生黃瓜、苞米[1]都是來回六千里遊歷熬出來的習慣，為迎合世子殿下的「刁鑽」口味，侍女們都準備了許多洗乾淨卻不削皮的生黃瓜，還有一些甜苞米，這個時節要折騰這些玩意兒可是要不小開銷的。

姜泥呢喃了一句：「好美的女子。」

相比除了一柄神符就沒什麼殺傷力的女婢，粗略習劍並且在上陰學宮待過一些年月的魚幼薇要更有眼力，湖中作悍刀行的俊雅人物，絕對是最拔尖的刀客。

白影捲雪前行，兩道刀氣縱橫無匹。

徐鳳年啃了一口黃瓜，樂呵道：「這才是宗師風範嘛。」

湖中風雪驟停，一柄重新歸鞘的長刀被拋出，劃出一道玄妙弧線，直插徐鳳年身前的雪地。

這一年，大雪時節，白狐兒臉捨棄一柄繡冬，登上二樓。

◆

白狐兒臉再次閉關，前腳才踏入聽潮亭，後腳這邊湖面就徹底碎裂，不僅如此，整座湖水都開始晃蕩起來，無數錦鯉躍出水面，看得魚幼薇神情恍惚。上陰學宮授課駁雜，唯獨杜絕鬼神一說，但眼前的詭譎奇景，魚幼薇不相信是人力可及，連見慣了萬鯉朝天的姜泥都緊皺眉頭，想不透其中緣由。

徐鳳年琢磨了一下，低聲咒罵了一句，將啃到屁股的黃瓜丟了進去。

馬夫老黃雙手插袖哆嗦著小跑過來，估摸著是想湊熱鬧。這老僕在王府身分比較特殊，無親無故，但因為給世子殿下和二郡主養了很多年的馬，即便是性情陰鷙的大管家見到老馬夫都會緩下腳步點點頭，而老黃不管見到誰都是萬年不變的憨樣——咧嘴，缺門牙，傻笑。

徐鳳年招呼老黃坐下，湖面已經平靜下去。

他讓下人去準備一艘烏篷船，帶上姜泥、魚幼薇和老黃一起去湖心煮酒賞雪。老黃沒啥興趣，除了餵馬就是偷閒喝點小酒，所以聽聞此話後整張老臉都是笑容。

到了船內，老黃架起火爐，適時添加乾柴，酒不是黃酒，而是陵州特產的一種土酒。這種王府外地莊子釀的新酒，酒面上浮起不好看的酒渣，色微綠，細如蟻，被一些買不起好酒的陵州窮酸才稱作「綠蟻酒」，沒太多講究，可大柱國就好這一口。

綠蟻酒真正揚名，卻是由於北涼王府二郡主十歲所作〈弟賞雪〉第一句「綠蟻新醅酒，紅泥小火爐」，極為涼地士子稱道，然後廣為流傳，被京城諸多清談名士驚為天人，一時間竟起了一股冬日溫綠蟻的潮流。

北涼王徐驍二子名叫徐鳳年、徐龍象，二女中長女叫徐脂虎，次女叫徐渭熊。二郡主這名字可沒半點女兒氣，從小便聰慧過人，劍術有成，詩詞更是一鳴驚人，胸有丘壑，十六歲進入上陰學宮求學，跟韓谷子習經緯術，唯一美中不足的是二郡主驚才絕豔，相貌卻平平，遠不如大郡主和世子殿下那般姿容出彩。

姜泥依然不喝酒，因為她討厭綠蟻酒，討厭一切跟那個女人有關的東西，憎惡程度僅次於徐鳳年。魚幼薇喝了好幾碗，剩下都被徐鳳年跟老黃兩個豪飲而盡。

身披厚狐裘的大柱國看到一行人登船，抬手一揮，王府內六、七位影子高手緩緩退下，其中五位守閣奴出來了三位。

酒勁上了頭，徐鳳年醉眼朦朧地指了指姜泥，再來點了點魚幼薇，嬉笑道：「妳，還有妳，其實說到底無冤無仇，卻弄得不共戴天，殺我？行啊。姜泥，妳把神符拿出來，我讓妳刺一劍。我倒要看看，是我身上的烏夔寶甲結實，還是妳的匕首鋒利。要不我們打個賭，妳贏了，結果當然不需多說，如果我贏了，妳給我笑一個。太平公主，如何，這筆買賣划算否？」

姜泥細瞇起好看的眸子，躍躍欲試。

姜姓、神符、太平公主。

娘親曾是先帝劍侍、父親是西楚散官的魚幼薇手一抖，惹來懷中武媚娘一聲懶洋洋的叫嚷。

徐鳳年扔掉身上那件千金狐白裘，扯開裡頭的衣襟，露出遊歷歸來後便不捨得摘下的藏青色寶甲，挺起胸膛，「來，刺我一刺。」

姜泥在猶豫，伺機而動，如同一隻幼豹。

老黃並不擔憂見血，大少爺那三年起先吃了沒江湖經驗的虧，比較狼狽，越到後來，就越奸詐了。

最終，她放棄了誘人的機會，冷笑道：「你會做賠本買賣？我寧肯信鬼都不信你。」

徐鳳年唰地迅速穿好衣衫，重新披上狐白裘，哈哈道：「幸好、幸好，都嚇出一身冷汗了，這酒果然不能多喝。老黃，去撐船，咱們回了，從鬼門關撿回一條命。」

姜泥眸子中充滿懊惱。

老黃跟著少爺一個勁樂呵。

上了岸，姜泥憤恨而走。

魚幼薇沒有穿他送去院子的貂裘，便索性將自己身上整座王府奢華程度僅此一件的狐白裘交給她，順便摸了摸武媚娘的小腦袋，看似隨口道：「妳學了豐州腔掩人耳目，但在芭蕉院，一個小小的試探，就讓妳露餡了。在船上，又是一個半真半假的西楚太平公主，便把妳的狐狸尾巴給勾搭出來了。幼薇，妳真的不適合當刺客死士，以後就安心做籠中鳥、金絲雀吧。妳看，我沒騙妳，這裡有極美的雪景。」

說完徐鳳年就喊了一聲剪徑草寇的行話：「風緊，扯呼。」帶著僕人老黃跑遠了。

披著千金裘的魚幼薇駐足原地，身上分不清是狐白裘還是風雪。

◆

離陽王朝乾元六年，臘月二十八，北涼王徐驍與世子徐鳳年拂曉動身，除了陳芝豹和褚祿山不在行列，其餘四位義子都隨行，三百鐵騎，浩浩蕩蕩地前往昆州境內的九華山。

這山雖是地藏菩薩的道場，但離陽王朝一直崇道抑佛，再則九華山地處偏遠，也無大廟大佛可拜，最重要的是這些年大柱國有意驅逐閒雜信徒，讓九華山顯得格外煢煢孑立。

山頂有一座千佛閣，樓頂有萬鈞大鐘，這裡的撞鐘極有講究，一天敲響一百零八次，一次不可多，一次不可少；晨也鐘，暮也鐘，每次緊敲十八次、慢敲十八次，再不緊不慢十八次，如此反覆兩次，一天共計一百零八次，應了一年十二月、二十四節氣和七十二氣候，佛家寓意消除一百零八煩惱根。

王妃逝世後，一生不曾納妾的徐驍甚至打定主意此生不再娶妻，而且每年清明、重陽和臘月二十九都要親自來到山巔千佛閣，親自早晚兩次敲鐘。

尚未進山門，所有人便默契地卸甲下馬，徐驍與徐鳳年並肩前行，四位義子袁左宗、葉熙真、姚簡和齊當國拉開一段距離，不敢逾矩。

四人中「白熊」是萬軍叢中取上將首級如探囊取物的先鋒型武將，武力超一流，行軍布陣也出類拔萃。葉熙真是儒將，擅長陽謀，運籌帷幄於幕後，與那喜歡旁門陰謀的祿球兒截然相反。姚簡是道門旁支出身，精於覓龍察砂[2]，總隨身帶著一本被翻爛的《地理青囊經》，沒事就喜歡蹲在地上嘗泥土。齊當國為北涼鐵騎徐字王旗的扛纛者[3]，至於那位六子之首的陳芝豹，號稱「小人屠」，生平功績大抵可以一葉知秋。

當晚六人夜宿山頂古寺，臘月二十九早晚大柱國徐驍敲響一百零八次鐘聲。

下山前，黃昏時分，徐驍和徐鳳年站在千佛閣迴廊，大柱國輕聲道：「等你行冠禮，以後就由你來敲鐘了。」

徐鳳年點頭「嗯」了一聲。

山風乍起，暮色中雲海飄散，群巒山嶺如同一座座海中仙島，山風又起，復爾被掩映在雲海波濤中，氣象雄偉。偶爾雲海中會激起十數道蘑菇狀的粗壯雲柱，沖天而起，徐徐跌落飄散，化作絲絲縷縷遊雲，是九華山特有的一景。

徐驍伸手遙指那玄奧景象道：「極少有人能幾十年不變的一帆風順，起起伏伏才是常態，朝廷裡那幾位一隻腳已經邁進棺材的三朝元老都不例外。你爹這份榮華是無數次豪賭賭出來的，所以最忌諱別人說那句爬得高、跌得重，生怕跌下去，就連累你們幾個也跟著起不來。做武將，封異姓王，已是登頂，為文臣，大柱國也是極致，這份滔天殊榮，離陽王朝四百年來，屈指可數。」

父子視野中，景象如滄海揚波，似雪球滾地。大柱國的嗓音醇厚中正，透出一股綠蟻酒特有的濃烈，「這裡就你我父子兩人，最多加上天上的你娘，沒有外人，我就直說了。李義山說得對，功成易，名退難，我已經騎虎難下了。三年前，朝廷有意將你召去京城，陛下甚至有意將最受寵愛的十二公主賜婚給你，屆時你就要進京做那空有錦繡名頭的駙馬爺，實為質子，被我婉拒了，讓你去遊歷三年徒步六千里，才封住朝廷的嘴，但這仍然治標不治本。我在等，若陛下還不肯甘休，哼！徐驍十歲持刀殺人，戎馬四十年，就沒讀過幾篇道德文章，到時候那就怪不得徐驍不忠不義了！徐字王旗下三十萬北涼鐵騎，誰敢正面一戰？」

徐鳳年苦笑道：「老爹，我可對皇帝寶座沒興趣。你一把年紀了，別做那辛辛苦苦打天下給兒子當皇帝的事，多傻！我當上了，也不見得比當世子來得舒服。」

徐驍怒目道：「那你願意去當狗屁駙馬？跟那魚姓女子一般做隻籠中雀？」

徐鳳年白眼道：「就算反了，你也做不了皇帝老兒。涼地從來沒有出龍的風水，何曾有過一統天下的人？」

徐驍嘆息道：「李義山也是如此說的。若你只是如李翰林一樣的廢物，爹也就無所謂了，做個駙馬也無妨，寄人籬下，起碼也是皇宮的屋簷下。你二姐去上陰學宮前跟我說的一席話，一語中的：『一個家族表面上蓊蔚洇潤，氣象雍容，沒用，大多內裡中空，尤其憂心後繼無人，越是富貴豪族，一旦兒孫一代不如一代，遠比入不敷出、內囊漸盡來得可怕。』所以爹根本不怕你揮霍無度，可是鳳年，你給爹出了個天大的難題呢。你給爹透個底，究竟有沒有想法，將來要手握北涼兵符？到時候你二姐做軍師，黃蠻兒替你衝鋒陷陣，加上爹的六名義子，即便爹死了，三十萬鐵騎也亂不了、散不掉。」

徐鳳年反問道：「你覺得呢？」

徐驍耍賴道：「爹一大把年紀了，好不容易攢下偌大家業，你這不孝子怎麼也得給爹留點念想不是？」

徐鳳年豪邁道：「這個嘛，沒半點問題。不就是敗家嘛，我的拿手好戲。」

大柱國駝背的腰，那一剎那，似乎悄悄直挺了。

1 苞米：即玉米。
2 覓龍察砂：風水之術，觀察山脈走勢、選擇山脈，尋找聚氣、藏氣的地理位置。
3 扛纛者：扛軍中元帥大旗者。

第三章　聽潮湖老魁出水　慫老黃真人露相

每隔半旬徐鳳年就要去聽潮亭跟師父李義山討教學問，或者去二樓搜尋一、兩本密教歡喜法門的祕典回屋子自學成才，但白狐兒臉入駐後，徐鳳年就沒去打攪這傢伙的閉關。

王府上下張燈結綵，喜慶輝煌，僅是大紅燈籠就掛了不下六百個。所以徐鳳年一直替那些刺客打抱不平，就算輕功了得溜進了王府，可要找到徐驍也委實不易，九曲十八彎的，耐心差的好漢估計要忍不住跳腳罵娘了。

正月裡，攜帶貴重禮物的訪客絡繹不絕，但有資格當面贈禮給大柱國的權貴屈指可數。大半都過不了管家宋漁那關，然後又有大半被大管家沈純攔下，剩下的都是李翰林、嚴池集父親這個段位的高官或者世交。這些老油條從來都是準備雙份禮的，顯然深諳北涼王府的規矩，除非軍國大事，其餘一切都由世子殿下的話最作準。徐鳳年自然來者不拒，叔叔、伯伯也喊得勤快，人情世故越發熟稔。

元宵節，徐鳳年帶著一群惡奴、惡犬去陵州著名的科甲巷看彩燈，元宵素來是賞燈賞月賞佳人的好時光。流亡三年，徐世子長了不少見識，不僅各個州郡的粗俗俚語掌握了不少，還聽說了許多至理名言，例如「有女人的地方就有江湖」，世子殿下感觸頗深，深以為然哪。為了姑娘，徐鳳年與人大打出手的次數雙手加上雙腳都數不過來，還得加上李翰林、孔武癡這幾個兔崽子的才勉強夠數，歷年來遭殃倒楣的手下敗將能湊成好幾行伍。

因出了位新花魁，使得風頭近年隱約蓋過紫金樓的紅雀樓就在科甲巷裡，所以徐鳳年帶上了魚幼薇，說要帶她去砸場子。科甲巷擁擠異常，徐鳳年不管走到哪裡，人群就自動讓出一條道，沒有人吃了熊心豹子膽敢去占魚花魁的便宜。

徐鳳年對猜燈謎不感興趣，倒是身前一對情侶模樣的男女勾起了他的興致。年輕後生穿戴華貴，一身大紅配金黃，湛藍銀絲邊紋束袖，腰纏一條羊脂美玉腰帶，倒是沒有佩劍。女子身段婉約，背影婀娜，風情萬種。

她言語不多，都是男子在說話，這會兒便聽他調戲身邊女子道：「樊妹妹，你們女子都是水做的骨肉，其餘男子皆是泥做的骨肉，所以我見了女子便清爽，見了男子便覺濁臭逼人！樊妹妹，何時妳才答應給我吃妳嘴上的胭脂？」

徐鳳年一聽就惱了，二話不說加快步子，一腳踹在那公子哥屁股上。公子哥是個身體孱弱的主，一下子就前撲倒地。徐鳳年跟上去就是一頓猛踩，那位少爺來不及叫嚷，就被徐鳳年一蹬腿踩在嘴上，極其秀美的臉龐頓時鮮血夾雜著塵土。徐鳳年的腳動個不停，嘿嘿笑道：「不是覺得泥做的骨肉汙穢不堪嗎？你自己不一樣是泥做的，咋不去上吊？還他娘吃女人的胭脂，吃屎要不要？」

唯恐天下不亂的惡奴們大聲喝彩，把世子殿下吹捧得比天下第一高手還生猛。俊逸公子哥嘴中的樊妹妹驚慌失措，瞪大一雙會說話的秋水眸子，捧著心口，楚楚可憐。徐鳳年踩累了，接下來當然就是放狗、放惡奴了，吩咐道：「將這傢伙丟進糞坑。」

兩個做慣了齷齪事情的惡奴獰笑著走過去，一人拎一腳，將前一刻還風雅脫俗的年輕公子從科甲巷拖走。那樊妹妹淚水晶瑩，驚懼顫聲道：「林哥哥是去年科舉探花。」

探花郎？徐鳳年轉而面向病懨懨如一株幽蘭的小娘子，待遇是雲泥之別，聽他溫柔笑道：「樊妹妹，狀元郎才好，否則還真配不上本公子這名動江湖的絕命連環十八腳。」

那姑娘貌似嚇壞了，捧著心口重重喘氣，臉色蒼白。

徐鳳年本想問一句「小姐何方人士」，看情形還是不打算嚇唬好姑娘了，只是好言相勸：「樊妹妹，等林探花爬出糞坑以後，告訴他別再『吃胭脂』了，小心被豐州的李翰林李大公子當做提臀逢迎的兔兒爺。」然後帶著哭笑不得的魚幼薇和得意揚揚的惡僕們揚長而去。

紅雀樓一聽說世子殿下大駕光臨，都跟耗子見到貓一樣戰戰兢兢。徐鳳年也沒進樓，只是讓一位惡奴掏出早就準備好的官府封條，跑過去貼在朱漆大門上。

號稱陵州頭號「牙婆」的紅雀樓老鴇像死了爹娘一般，如喪考妣地走到徐鳳年身前，抹著淚兒小心問道：「世子殿下，這是哪般緣由啊，紅雀若有招待不周，殿下踢我幾腳、踹我幾下便是。殿下請稍候，紅雀馬上就去讓幾位花魁一同服侍殿下。」

徐鳳年板著臉冷笑道：「我可聽說了，三年前我才離開陵州幾十里路，紅雀樓當晚就大肆慶賀到天亮，聽說整座南淮河都是香的，可喝去一百壇美酒，可賺十萬兩白銀？」

大牙婆哭喪著臉解釋道：「殿下明鑒啊，紅雀只是小買賣，哪敢拒客？」

徐鳳年被逗樂，語重心長道：「妳有苦衷，本世子理解，但該咋樣還是咋樣。妳放心，落難的絕不止你紅雀樓一家，那些三年前在這喝過酒尋過歡的，一個一個收拾過去。紅雀若想開門，先把那譏笑過魚幼薇的柳雀兒攆出陵州，再等上一年半載，待本世子氣消了，你們也就能做生意了。」

從江南道那邊學來養瘦馬這生財手段，因而財源滾滾的大牙婆還想哀求，世子殿下卻不耐煩地轉身離開，只是轉頭笑望向身邊的魚花魁，「解氣否？」

魚花魁學了先輩李圓圓，都在最手姿動人時期退出青樓，鵝蛋臉豐潤幾分的她抱著才一個冬天便重了五、六斤的武媚娘，沒有說什麼。

去南淮河畔獅子橋賞燈的路上，不學無術的世子殿下悄悄問道：「幼薇，剛才本想用彈冠相慶來形容那幫王八羔子在紅雀樓的所作所為，妥帖嗎？」

魚幼薇眸子中泛起新醅酒面上綠蟻一般的細微風景，語氣卻十分平靜道：「不妥。」

徐鳳年自得道：「幸好。」

陵州十三孔獅子橋，幾乎是科甲巷的代名詞。這座橋有三奇：第一奇是橋名為「獅子橋」，但欄檻望柱上雕刻百獸千禽，唯獨缺了獅子；第二奇是橋身用漢白玉，所以總有人揣著榔頭鐵錘想要來敲點玉塊、鑿些玉粉去賣錢，以至於獅子橋常年有半官方身分的健壯看橋人站在橋頭橋尾；第三奇是有個仙人在橋上乘龍飛升的志怪傳聞。

徐鳳年看魚幼薇抱武媚娘有點累，就接過來捧在懷裡。肥嘟嘟分外討喜的白貓對這個主子的主子並不願意撒嬌，連冷淡表情都跟魚幼薇如出一轍。拿著一串冰糖葫蘆的徐鳳年也不介意，咬了一口，突然問道：「妳說那愛吃胭脂的少爺不會游水怎麼辦？一身屎尿，出了糞坑如何回家？」

魚幼薇不想回答這個問題，尤其是她手裡還拿著一份糖漿雕鳳甜食。

徐鳳年想歪了。那位公子哥會不會游水其實都不重要，因為他站在一處茅坑裡，打死都不願爬出去，不希望心中仙子一般的樊妹妹看到一個滿身糞的林探花。

樊妹妹站在不遠處捧心而蹙，軟語相勸，直到元宵燈會落幕，才將林探花說服爬出茅坑，至於如何回去，就又是一段探花郎註定一生難以介懷的辛酸坎坷了。這起無妄之災，讓原本第二日就要拜訪世交長輩的林公子推延了將近半旬。

等到他終於壯起膽出去見人，卻得知那位關係極淺但手握朝廷第一等公器的長輩已經出城巡視邊境，於是探花郎乾脆帶著樊妹妹去武當山散心。

◆

很快驚蟄至。春雷萌動，萬物甦醒，蟄蟲驚而破土出穴。銀裝素裹的北涼王府風光無限好，春暖花開的王府一樣景色旖旎，千樹粉桃、白梨，春意盎然。

正午時分，徐鳳年單獨來到湖畔，划船來到湖心，脫去外衫，深吸一口氣，躍入幽綠湖中。

這座湖是活水，遠比一般湖泊清澈，徐鳳年屏氣下潛，刺入湖中，但離湖底還有一段距離，他重新浮出水面，再下潛，反覆三、四次後有十分把握衝到湖底，這才一鼓作氣下潛。

湖頗深，照理而言稍深一點的湖底不管如何都應該十指抹黑瞧不見任何光景，但玄妙之處在於這座定期去除淤泥的湖，湖心位置的湖底有一顆碩大的夜明珠，照耀出一片白晝般的光亮。

徐鳳年懸浮在水底，辛苦憋著氣。他眼前的一幕，足以寫入任何一部讓市井百姓咋舌的神怪小說：一位身高約莫一丈有餘的「水魁」盤坐在淤泥中，一頭白髮形同水草，緩緩飄搖。閉目入定的水魁體魄雄健，藉著鵝卵大小的夜明珠散發的光線，依稀可見水魁左手和雙腳被三條手臂粗細的鐵鍊禁錮，鎖鏈尾端澆築入三顆重達數千斤的鐵球。

這世間還有比這更匪夷所思同時殘酷萬分的監牢嗎？水魁睜開眼，不帶任何情感，望向十幾年來唯一能夠見到的活人。

徐鳳年打了一個手勢，大概意思是稍晚點再丟熟肉下來。那龐大怪物張嘴一吸，將一尾錦鯉吸入嘴中，直接撕咬起來，從嘴中滲出錦鯉的鮮血，沒幾下整條肥碩紅鯉就囫圇下腹。

徐鳳年臉色漲紅轉青，堅持不了多久，猶豫了一下，再打了一串只有他和湖魁才明瞭的手勢。

更像一頭妖魔而非活人的老魁瞪大眼睛，眼神如鋒，直勾勾地盯著徐鳳年，似乎在懷疑和判斷。漫長歲月的與世隔絕，老魁的思考顯得十分遲鈍，徐鳳年卻是等不了了，嗖地往上躥，否則就得英年早逝，浮屍湖面。

爬上船，其實水中並不冷，最冷的是出水面的那一刻，徐鳳年擦拭了一下身體，穿上衣服，船內有火爐，相當暖和。徐鳳年等了片刻，湖面平靜如鏡，有些遺憾，收回視線，瞥了白狐兒臉贈予的繡冬長刀一眼，橫放膝上，撫摸刀鞘，嘆氣道：「繡冬閨女，看來妳是沒用武之地了。那老鬼樂意待在底下當縮頭鱉，以後看我還給不給他肉吃。」

年幼時，徐鳳年戲水抽筋，差點就屍沉湖底，那日復一日、年復一年在湖底以活魚為食的老魁竟沒生吞了徐鳳年，而是運用神通將世子殿下托出了湖底。這以後，徐鳳年就養成了丟熟肉入湖的習慣，算是報恩，心情不好的時候也會潛入湖底，看幾眼那坐於湖底的老魁，就能覺得生活其實很美好。

一開始將老魁當作受了天譴的妖魔鬼怪，長大以後才知道那是個人，也需要進食，只是徐鳳年一直想不通湖底十幾年，如何換氣？不會憋死？那他的內力渾厚駭人到了什麼境界？

徐鳳年為此專門跑聽潮亭翻遍有關閉息的武學古籍，只在道教祕典中找到「胎息」二字相對符合，可徐鳳年對武當山不陌生，沒聽說山上有哪位當世高人能達到如此絕妙的「玄武定」。

在對道士沒個好感的世子殿下看來，道藏所謂「胝住氣停胎始結」、「若欲長生，神氣相注」此類措辭不過是故借仙人語來蒙蔽世人的，師父李義山更明確地說過世上無鬼神，道教天師辟穀三年已是極致，絕無乘龍駕鶴、羽化飛仙的可能。

乘興而去、敗興而歸的世子殿下拎著繡冬上了岸，抽刀砍下四、五根綻滿黃芽的柳條，環繞一圈，戴在頭上，一甩那把歸鞘的繡冬，閒庭信步。

王府外，一位面如桃瓣的俊哥兒投了名刺。王府門房早練就了火眼金睛，一下子就掂量出手上藍田玉華美名刺的分量，低頭細細一瞅，是河東譙國林家的小公子。

這個家族在王朝內不算一線門閥豪族，但與府上有些淵源。林家的長公子本來有機會娶走長郡主，所以門房不敢怠慢，收斂最先的冷淡，微微一笑，讓這位小少爺稍候，馬上就去通報。

層層上遞，最終到了二管家宋漁那裡，他稍稍思量便拍板了與總督、州牧等同的招待規格。很快有人殷勤領著林家公子和一位柔弱小姐進府，一路上姑娘無形中成了一道景色，嬌柔的身子骨，不算極美，但身上的氣韻是民風彪悍的涼地極少見的韻味。

不知是否身弱體乏或者帶路的行走太快，小姐的光潔額頭滲出絲絲汗水，林公子看得心疼，但實在沒勇氣跟府上的管事提起。

河東譙國林家在一郡內尚且無法冒尖，對上北涼王府這種鯨蛟一般的龐然大物，實在不值一提。俗語說宰相門房三品官、王府幕僚賽總督，即便他去年考取探花，與狀元、榜眼曾騎馬一日看盡京城花，可到了北涼王府，哪敢自矜造次。

二等管事領著他們前往鳳儀館，沿湖畔小徑而行，結果探花郎見到了一個絕對不想看到的傢伙。只見那人緩緩走來，錦衣狐裘，富貴逼人，卻頭戴柳環，吊兒郎當，耍著一柄古樸短刀。

能在等級森嚴的北涼王府如此閒暇逛蕩的，當然就是終日玩鷹鬥狗讀禁書的世子殿下了。徐鳳年一見到被他丟進糞坑的林探花，就給管事丟了個噤聲的眼神，加快步伐，笑咪咪道：「探花郎，來府上吃胭脂？元宵節沒吃飽？」

不知徐鳳年底細的林探花囁囁嚅嚅道：「你是？」

徐鳳年故意擺出趾高氣昂的噁心人做派，一臉裝蒜道：「我是世子殿下的伴讀！」

本以為元宵節碰上了世家子弟地頭蛇的林探花鬆氣又提氣，神情尷尬。眼前渾蛋雖不是背景枝繁葉茂的豪族子孫，可與世子殿下親近，其中利害，林探花再不諳世情還是曉得個八九的。不等他做出反應，那狐假虎威仗勢欺人的「伴讀」已經上前幾步，離近了便直勾勾望向樊妹妹，完全將林探花晾在一邊，只聽他柔聲道：「樊妹妹，緣分緣分，容哥哥帶妳遊覽王府，聽潮亭那邊可以見到數萬尾錦鯉跳龍門的景致。」

說完客套話，徐鳳年就伸手去握樊妹妹的小手。橫生一股護花豪氣的林探花趕緊擋在兩人中間，怒目相向。

徐鳳年笑著輕聲威脅道：「吃胭脂的貨，可別不識抬舉，本公子既然是世子殿下的伴讀，那麼餵你吃六、七盒胭脂不是什麼難事，或者再出點力，讓你吃個閉門羹也有可能，你掂量掂量！」

探花郎臉色青白，可難得爺們兒了一回，就是不肯挪步，倒是讓徐鳳年有些刮目相看。體態風流的樊姓小姐輕輕嘆息，擠出一個笑臉安慰道：「林哥哥，無妨，我早就想看看那聽潮亭的風景了。」

徐鳳年攜美同行前，悄悄勾了勾手指，將那名二等管事喊到身邊，吩咐道：「讓徐驍別冒頭，耗個三、四天再說。」

背對著那對公子小姐的管事諂媚低聲道：「曉得曉得，絕誤不了世子殿下的大事。」

徐鳳年輕聲道：「回頭再賞你。」

管事笑開了花，「謝殿下賞。」

徐鳳年拍了拍他的肩膀，單獨帶著那位羊入虎口的樊妹妹走上穿湖而過的湖堤，還自作主張將柳環戴在了她的頭上，丟了個示威的眼神給痛心疾首的林探花。

被命名為「姹紫」的湖堤上有不少鶯鶯燕燕與徐鳳年擦肩而過，她們與管事一樣心思活絡，徐鳳年一個眼神，她們就知道世子殿下又開始捉弄新鮮出爐的姑娘了。北涼王府別說奴僕眾多，就是受大柱國恩惠的清客名士也不是小數目，各自在王府別院裡給北涼王出謀劃策、做牛做馬。

徐鳳年住的梧桐院丫鬟、女婢就分四等。一等大丫頭有兩人，其中一人天生體香，專門給世子殿下暖床，另外一人給徐鳳年飼養雪白矛隼。二等丫頭有四人，其中一人詩詞書畫俱是嫺熟上佳，尤其寫的一手妍媚好字，負責給世子殿下紅袖添香，其餘三人也都從小受到嚴格的音律歌舞薰陶。三等丫頭就做些澆花、攏茶爐子的雅活，四等則是做打掃院子之類的粗活。這些女子，除了暖床的大丫頭一等一妖嬈嫵媚，其餘姿色也都在七十文上下，徐鳳年若想要「吃胭脂」，隨時都能吃飽吃撐。

似乎覺得沉悶，樊小姐輕柔道：「公子使刀？」

徐鳳年沒羞沒臊道：「勤練刀法十年，刀術小成而已。」

為了證明自己練刀多年，徐鳳年做了個橫掃千軍的威猛把式，結果不小心把春雷給丟了出去，差點墜入湖中。她莞爾一笑，善解人意地歪頭瞥向遠方，徐鳳年撿起那柄遇人不淑的刀中聖品，打個哈哈，也不覺得丟臉，解釋道：「手誤，手誤。」

到了聽潮亭臺基上，樊小姐望著簷下三塊匾，分別是先皇題詞的九龍匾「魁偉雄絕」，還有出自大家手筆的「有鳳來儀」和「氣沖斗牛」，她反而對拋下餌料錦鯉翻騰的豔麗景象並不如何心動，與以往那些被徐鳳年軟硬兼施拐來的小姐不太一致。

徐鳳年心想不一樣才好，總是魚翅燕窩也倒胃口，偶爾來點秋鱸、冬筍才能開胃。就在徐鳳年偷著欣賞身邊姑娘清麗容顏的愜意時分，天生異象，湖水沸騰跌宕起來，與大雪時節那一日如出一轍，徐鳳年心中驚喜，一招手讓下人將臉色驚駭的樊妹妹領去了鳳儀館，並且下令屏退湖邊所有人。

做完這些，徐鳳年急匆匆跑向停有烏篷舟的小渡口，拎著削鐵如泥的春雷刀跳上船，剛要執櫓划船，就看到老黃搖晃著瘦如竹竿的年邁身體衝過來，竟然還背上了那個曾讓徐鳳年吃足苦頭的長條布囊，裡頭裝有一只將近四尺的紫檀木匣。

徐鳳年翻了個白眼，這老黃湊什麼熱鬧，到時候萬一湖底老魁翻臉不認人，主僕兩個又開始比誰溜得更快嗎？

等老黃上了小舟，徐鳳年劃向湖心，手心俱是汗水。世子殿下的賭運一直不錯，這回就賭個大的！要說徐鳳年一點不怕，那是自欺欺人。只不過徐鳳年相信直覺，那被困湖底十幾年的老魁不至於跟他過不去，好歹不深不淺地打了這麼多年古怪交道，徐鳳年丟下去的雞腿啊、烤肉啊不計其數，春夏季節隔三岔五就潛下去混個熟臉，怎麼都算有點交情了。

這件事，徐鳳年沒有跟老爹徐驍提起過，相信父子兩個其實都心知肚明，徐鳳年最多是存了當年救命之恩的感激，哪怕因為將這頭湖魁困獸放出了牢籠，而惹惱了徐大柱國，大不了就是挨一頓鞭子。何況徐鳳年也好奇北涼王府的能人異士到底有多厚的底蘊實力，更想知道一個能夠胎息十數年的老魁是不是和那天下十大高手一個級數的高人。

徐鳳年故作鎮定道：「老黃，知道我去幹什麼嗎？跟著我作甚？你會游水？可別淹死！」

老僕羞澀一笑，沒有說話。似乎覺得行囊沉重，抖了抖小身板，將木匣提上幾寸。

到了湖心，徐鳳年將繡冬拔出刀鞘，深深呼吸一口，刀尖向下，使勁丟下去。

半晌過後，沒動靜。

徐鳳年差點破口大罵，心想該不會又是竹籃打水一場空，還得自己跳下去撈刀？老黃緩緩挪步，來到船頭，紋絲不動。

徐鳳年無奈道：「老黃，甭跟我裝高手，你有多高，我還不清楚？」

老黃轉頭嘿嘿一笑。

徐鳳年瞪眼道：「笑啥笑，沒門牙了不起啊！」

頃刻間，湖水比以往任何一次起伏都來得劇烈恐怖，那架勢，簡直是要翻天覆地。躲在船內的徐鳳年第一個念頭是喊上老黃風緊扯呼，接下來當然是讓老爹的手下來收拾殘局了。

他一個要橫掃千軍都能把春雷耍出手的世子殿下，總不能傻乎乎地去跟老魁較勁。可很快徐鳳年就察覺到烏篷小舟的詭異。湖上風波駭人，可只見那三年遊歷一遇危險就腳底抹油的老馬夫微微一跺腳，搖晃的船身便瞬間固若磐石，一動不動。

老黃還不忘轉頭咧嘴一笑，伸手比劃了一下與徐鳳年身高差不多的高度，大概意思就是我是這樣高的高手。

徐鳳年哭笑不得，好你個老黃，現在還有這份閒情逸致，別等下被老魁打得滿地找牙，你可是原本就沒門牙了。

聽潮亭三樓迴廊躍下一道灰色身影，單足落地，一點一彈，身形輕靈瀟灑地掠向湖中。

徐鳳年下意識一抬手，這才發覺手裡沒黃瓜可以啃，有些遺憾，好戲上場嘍。

聽潮亭，即江湖人士嘴裡的武庫，裡頭有守閣奴五名，年幼便在閣內爬上爬下甚至有時尿急了就找個角落撒尿的徐鳳年打小就熟識，一聲聲伯伯、爺爺喊得殷勤。此時掠出聽潮亭的三樓守閣人是一位道門高人，三大道統之一九斗米道的一位祖師爺，據師父李義山說此人精通奇門遁甲，貨真價實的從二品通玄實力，只是為了聽潮亭裡的一卷孤本《參同契》才甘心入閣為奴為僕，徐鳳年小時候爬樓梯嫌累，沒少讓老人背著。

九斗米老道士身穿一襲灰色廣袖道袍，彈入湖面後，蜻蜓點水，飄逸前衝，雙袖一捲，捲起兩道水柱，直直激射湖心。

徐鳳年見小舟不至於傾覆，就安心不少，嘖嘖稱奇道：「原來魏爺爺身手如此彪悍，早知道當初出門遊歷就帶上他了，那些劫匪草寇還不被揍得屁滾尿流啊。」

老黃聽見了世子殿下的話，轉頭一臉幽怨，老臉上的表情那叫一個辛酸。徐鳳年不想讓跟著自己奔波勞累三年的老黃傷心，笑道：「魏爺爺再厲害，也比不得老黃你掏鳥窩、摸魚來得貼心嘛。這世上高手常有，但會編草鞋的老黃就一個！」

老僕「含情脈脈」地溫柔一笑，看得徐鳳年一身雞皮疙瘩，連忙道：「看戲看戲，別錯過了。」

主僕兩人都望向湖中。兩條烏黑鎖鏈破水而出，如蛟龍出海，氣勢十足。鎖鏈盡頭牽引著兩把無柄刀，一把刀鋒清亮如雪，一把鮮紅如血，用世子殿下的話說那就是極有賣相，杠杠的，一看就是高手的派頭和氣焰，徐鳳年也就是手頭沒大疊銀票，否則定要高喊一聲「該賞！」

雙刀破去九斗米老道揮出的兩條水龍，當場斬碎！足足一丈高的雄魁體魄衝出湖面，沒了湖底雙腳銅球萬斤墜的束縛，那橫空出世的白髮老魁倡狂大笑，幾乎刺破徐鳳年的耳膜。一掄鎖鏈，帶出一道弧線，猩紅巨刀劈向老道士，刀勢霸道絕倫，劃破長空，挾帶呼嘯風聲。

魏姓老道輕喝一聲，單腳踩水，激起千層浪，斜射向長刀。水浪被劃成兩半，巨刀勢如破竹，老道士一抖袖袍，試圖攔下這幾乎是生平僅見的凜冽一刀，卻是徒勞。

道袍寬博袖口瞬間粉碎，一招便敗。他的身影倒飛出去，跌落湖中，生死不知。原來湖中老魁也帶刀，與白狐兒臉都是雙手刀，一個捲風雪，一個掀波濤，不知哪個更厲害些？

眼神迷離的徐鳳年咋舌道：「這老魁莫不是天下無敵？早知道高手都是這等威風八面，

當年就聽徐驍的勸，好好練武了。」

老黃又不甘寂寞地轉頭，搖頭呵呵憨笑道：「不無敵，不無敵。」

徐鳳年聚精會神望著那兒，他瞧出來了，老魁雙手鎖鏈根植骨骼，連為一體，而非尋常的纏繞捆綁。這也太恐怖了，誰會武癡和自負到與刀達到渾然一體的地步？萬一被人控住刀，豈不是倒楣痛苦至極？

雙鎖雙刀的老魁躍進一座涼亭，輕輕揮舞，耗費不少銀兩的涼亭轟然倒塌，幾近化作齏粉，老魁仰天大笑，一頭白髮披散飄蕩，恍若一尊閻羅。

聽潮亭剩餘四名守閣奴一齊出動，互成掎角，遙遙站定，個個神情肅穆。

王府清涼山山頂，大柱國徐驍坐在一條木凳上，眺望山腰湖中，一覽無餘，手捧一只出自名匠的紅泥茶壺，盛放的卻是綠蟻酒，他身旁站著義子袁左宗。

徐驍輕笑道：「能擋下幾招？」

沙場上白馬銀槍殺人斬旗如入無人之境的袁左宗輕聲道：「義父，白熊想試一試。」

大柱國搖頭道：「算了，下面自會有人收拾這妖怪，傷不到鳳年。」

聽潮亭二樓迴廊，一襲白袍駐足欄杆前，腰間一把春雷刀。他看了片刻，手指扣在刀環上，推出春雷一寸，又入鞘，摩挲了一個來回，便轉身回樓。不僅如此，連王府上最大的清客幕僚李義山都走出陰暗屋子，負手靜觀十年難遇的奇景，似乎陽光刺眼，抬手遮擱了一下，自言自語道：「劍九黃，楚狂奴，又得拆去樓閣無數了嗎？」

只見那老魁根本不理睬幾位守閣奴，敢情放眼宇內，少有能讓他重視的對手，只是嘶吼道：「那黃老九，出來受死！」

徐鳳年驚愕道：「黃老九？老黃，是在喊你？你千萬別告訴我你跟這老魁有恩怨！」

老黃伸手扯去破爛布條，露出那只讓徐鳳年心有餘悸的長條狀紫檀木匣，轉頭笑了笑，還是沒有門牙的漏風模樣。每次看到這畫面，徐鳳年總會想這老僕喝黃酒的時候，是不是剩餘牙齒緊閉都能將酒漏進嘴。

老魁顯然看到了立於船頭的背匣老馬夫，白髮亂舞，面容猙獰。在徐鳳年大氣都不敢喘的緊張時刻，老黃伸出一隻枯黃手，撫摸了一下木匣，仍然不忘回頭傻笑，仰起脖子做了個倒酒入嘴的寒磣手勢，道：「少爺，那個？」

徐鳳年氣笑道：「瞧你這德行！有點高手風範中不中？真被你踩狗屎打贏了，請你喝一百罎子的龍岩沉缸黃酒。」

被老魁罵作「黃老九」、被李義山稱作「劍九黃」的馬夫微微一笑，那一瞬間，徐鳳年眼睛彷彿被晃了一下，老黃不再憨、不再傻，取而代之的是一種說不清、道不明的意味，只覺得不動如山的老僕，竟要比那帶刀老魁還要來得牛氣。

聽潮亭三塊大匾中有一塊「氣沖斗牛」，說的是那只存於典籍、事實上純屬虛無縹緲的無上劍氣，徐鳳年心想這老黃若是當真會耍劍，可就值得讓人浮一大白、二大白直到一千大白了啊，直娘賊賣拐的。

不見老黃如何行動，木匣顫聲如龍鳴，嗡嗡作響，並不刺耳，卻震人心魄。徐鳳年傻眼了，三年來跟他一起偷雞摸狗，一起被鋤頭敲的老黃還真是個高手不成？

『劍一。』默念兩字的老黃踩著船頭輕輕踏出一步，徐鳳年所在的烏篷小舟朝岸邊倒退而去，平穩異常，一葉扁舟輕飄後滑，劃出漣漪。

徐鳳年遙望老黃枯瘦身影，踏波而行。紫檀木匣朝上一端洞開，衝出了一柄長劍，山巔站起身的大柱國和聽潮亭內的李義山同時說道：「劍一，龍蛇。」

帶刀老魁放肆笑道：「好好好，黃老九，等你這麼多年，爺爺我今天就破去你九劍，再讓你少背一把劍！」

外行人徐鳳年懊惱得要殺人。因為明知那裡是江湖上最頂尖高手之間的巔峰對決，但在他看來，就是一刀對一劍，一點門道都瞧不出來，甚至遠不如起初雙刀老魁與魏爺爺的對決來得精彩。唯一看出來的就是紫檀劍匣又飛出了一柄劍，徐鳳年哪知道最上乘的招式，都逃不過「返璞歸真」四個字。

大柱國忘了飲酒，端著酒杯，輕嘆道：「劍二。」

聽潮亭內李義山緩緩吐出三字：「並蒂蓮。」

山上、山腰兩人顯然極有默契。

一劍變兩劍，兩劍變三劍。

「劍三。」

「三斤。」

三劍便已經是漫天劍光，籠罩天地。雙刀老魁，三劍老黃，簡直就是半神半仙。

徐鳳年一屁股坐在船上，傻笑道：「該賞，都他娘是上等技術活！」

◆

如果被徐鳳年聽到老爹和師父的講述，他一定要好好教育一下老黃以後取劍招的名字多用點心。三劍出鞘便是三斤，那四劍就是四斤了？當下徐鳳年最想問一問老黃那紫檀劍匣裡到底有幾個格子，放了幾把劍。

大戰迅速落幕，出人意料，這讓原本就沒看過癮的世子殿下更覺得乏味不甘，心想老魁啊、老黃啊你們倆好漢別心疼王府建築，儘管拆便是，拆了又不要你們賠不是？

可人生十有八九不如意，徐鳳年總不能衝上去哭著嚷著求兩位高手繼續鬥法。刀劍無眼，生死自負啊。事後經過內行解釋，世子殿下才知道那一場戰役，背匣老黃最終使出了三柄劍，共計用了六招。絕沒有說書先生在茶樓滿嘴唾沫所說的那般，兩位蓋世高手對決必定是幾天幾夜的昏天暗地，總之不驚天地，不泣鬼神。

這時，帶刀老魁坐在破敗不堪只留臺基的涼亭內，雙刀插地，臉色紅潤，白髮蒼茫，搖頭道：「今天先不打了。」

矮小瘦弱的老黃背匣站在長堤上，搓了搓手，然後雙手插入袖口。但在大多數參與觀戰的旁人心中，都是荒誕至極，這幾棍子打下去都打不出個屁的老馬夫，還真是真人不露相，露相便唬人啊。

徐鳳年無疑最受震撼，他哪裡知道當年正是老黃一手將那老魁打入湖底。若非如此，大柱國徐驍會放心最疼愛的兒子去遊歷顛簸六千里？次次命懸一線卻始終保住小命？

坐在地上的老魁朝徐鳳年喊道：「那娃兒，給爺爺來點酒肉！吃飽喝足了再與黃老九大戰個五百回合！誰輸誰去湖底待著！」

徐鳳年老遠就聽到老魁的豪邁嗓門，猶豫了許久，還是跑去讓府上管事的去準備豐盛伙食，專門弄了整隻烤乳豬放在超大號的大食盒中，徐鳳年扛著往長堤上跑。

腳步越來越慢，經過馬夫老黃身邊的時候丟了個眼神，正幽怨世子殿下忘了賞一、兩壺龍岩沉缸的老僕，揉了揉臉頰，示意沒事，徐鳳年這才壯著膽上前，將食盒放在老魁眼前的地面上。

剛才管事沒忘記給世子殿下捎帶了幾根脆嫩黃瓜，老魁也不客氣，撕下一條豬腿就塞進嘴中，滿嘴油膩。吃了十多年腥土味的活鯉，丈餘身高的老魁顯然很中意這烹飪考究的乳豬。

徐鳳年蹲在他面前，緩緩地啃著黃瓜，琢磨著弄個感人肺腑的開場白，畢竟十幾年交情擺在那裡，總得好好利用。以前入水看老魁那感覺是兩人在陰間對視，不像現在總算到了陽間，得謀劃謀劃，否則心驚膽戰地冒著風險鬧出這麼大的陣仗，要是還白忙活，不符合世子殿下給予他人滴水之恩必須索要湧泉相報的行事風格。

不等眼珠子偷偷轉悠的徐鳳年打完小算盤，那老魁直截了當道：「當年是北涼王耍計，黃老九出力，才把爺爺我弄到湖底過著生不如死的日子。今天你把我救出來，那就扯平，我也就跟黃老九過過招，把他五把破劍弄成四把，至於北涼王府，爺爺發發善心，不拆。娃娃你別指望爺爺給你報個卵恩！」

乾瞪眼的徐鳳年心想，娘咧，碰上臉皮厚度相當的對手了，小心翼翼地問道：「這位老爺爺，府上有酒有肉，還有老黃陪你打架，要不就留下？」

老魁嗤笑道：「天底下高手多的是，等破去黃老九的劍九，爺爺還要去那武帝城，打敗了那天下第二，爺爺不是天下第一是什麼？一座小小王府，不入爺爺的眼。」

摘了紫檀劍匣墊屁股坐著的老黃正往嘴裡放一棵小草，細細地咀嚼著，學世子殿下猛翻白眼。徐鳳年一臉尷尬，與老魁這等殺人如砍瓜切菜的英雄好漢打交道，委實沒個經驗，不知如何下嘴。手中最後一根黃瓜被老魁搶去，他一口咬去半截，呸了幾聲，丟進湖裡，然後重新對付一隻豬蹄，怒目看向徐鳳年道：「這淡出鳥來的玩意兒，娃娃你也吃？」

被噴了一臉唾沫的徐鳳年提起袖子胡亂抹去，試探性地問道：「老爺爺能不能幫我教訓一個人，是武當山的一位師叔祖，高手！」

老魁想了想，點頭道：「這些年承你的情，多少嘗到點熟物，可你若提更多的要求，爺爺非揍你個豬頭，但要去打打殺殺，爺爺樂意。等我先敗了黃老九，立即動身！」

老黃又很不給面子地歪了歪嘴，叼著已經被嚼去草葉的草根，那張老臉上滿是譏笑。

老魁怒喝道：「黃老九，不服？不服重新打過！」

老黃乾脆掉轉身體，背對著老魁，眼不見心不煩。捂住耳朵的徐鳳年一陣頭疼，若不是老魁應承下來要去武當山教訓那倒騎青牛的渾蛋道士，他非要讓老黃再把這不識趣的老傢伙打入湖底，這輩子除了那些投湖自盡的下人僕役，是別指望再見到活人了。

徐鳳年輕輕地「咦」了一聲，既然老黃身手神通如此彪悍，那為何捨近求遠，直接帶著背劍匣的老黃殺上武當山豈不簡單省事？何必看老魁的臉色，聽他的咆哮。徐鳳年權衡利弊，臉色陰晴不定。

那老魁相貌粗獷，心思卻細膩如髮，一整隻乳豬連肉帶骨都進了肚子後，他拍拍肚子，心滿意足，嘿嘿道：「娃娃，一看你眼珠子轉，爺爺就知道你在動歪念頭，咋的，想讓黃老九重新把我弄湖底去？實話告訴你，請佛容易送佛難，當年若非中了李元嬰那廝的奸計，即便沒打過黃老九，爺爺也能想來就來，想走就走。湖底四顆鐵球八千斤，雙刀被澆築其中兩顆，這才困住了爺爺。現在雙刀在手，天下我有，哇哈哈，娃娃你怕是不怕？」

又被咆哮的世子殿下擠出個笑臉，念叨道：「哪能呢，鳳年對老爺爺的敬佩可是如大江東流，如星垂平野。」

老魁似笑非笑道：「娃娃倒是與那徐屠夫不太一樣，更對我胃口。給爺爺安排一處舒適的屋子，再弄整桌子的酒肉。」

徐鳳年起身道：「這是小事。」

老黃吐出草根，道：「不打了？」

老魁倡狂道：「急個鳥，遲些有你打的。」

老黃提起劍匣背上，平淡道：「不打就算了，我馬上要去武帝城取回『黃廬』。」

老魁驚愕道：「當真？」

老黃點點頭。

老魁喟然長嘆，搖頭苦笑道：「那就不打了，浪費爺爺氣力。」

徐鳳年聽得雲裡霧裡。

將體型巨大甚至超過九尺身高袁左宗的老魁安排到一個院子，徐鳳年來到馬廄，見老黃背著劍匣布囊，又在與棗紅馬嘮嗑，似乎在告別。

徐鳳年訝異道：「老黃，咋回事？」

老馬夫輕聲道：「這些年就是盯著湖底的楚狂奴，既然他被少爺放了出來，也就沒老黃的事了。當年敗給老怪物王仙芝一招，在武帝城那邊留了把『黃廬』劍，這些年總放不下，尋思著去討要回來。」

徐鳳年苦澀道：「就是插在武帝城城牆上那把巨劍？十大名劍排第四的『黃廬』？」

老黃嘿嘿一笑，點頭。

武帝城位於東海崖邊，城主王仙芝年近一百，卻成名足足八十年，是當之無愧百年一遇的武學天才，年輕出道便不以攜帶任何兵器著稱，與人交鋒，從來只是單手。二十五歲便晉升絕世高手行列，四十歲挑戰那一輩的劍神李淳罡，硬生生以雙指折去削鐵如泥的「木馬牛」，一時間名動四海，風頭無兩。

王仙芝明明具備天下第一、傲視群雄的資格，卻以天下第二自居，這使得武林江湖上膾炙人口的十大高手排到了第十一，榜首的寶座空懸二十年矣。

近五十年，出了兩個用劍的絕頂高手。其中一個是新劍神鄧太阿，拎一桃花枝，求敗卻不敗，與王仙芝交手三次，不勝也不輸，位列超一流高手第三。另外一個卻神龍見首不見尾，只知是西蜀人，無名小卒的劍匠出身，鑄劍三十年後自悟劍道，單槍匹馬行走江湖，收集天下名劍入劍匣，為世人所知的只是與人打了一場，便蜚聲海內。雖輸了，並且被留下了一柄劍插在城頭，卻沒有讓人懷疑這神祕劍士是不是雖敗猶榮，因為他輸給了老而彌堅的武帝城城主王仙芝。

誰能想像如此一劍動四十州的劍士，卻在北涼王府做了名馬夫，終日與馬匹說話聊天，至多就是跟世子殿下討要一壺黃酒解解饞。所以老魁一聽說黃老九重返武帝城挑戰王仙芝，便知十幾年前打不過黃老九，如今也一樣。

手沒閒著拿了根黃瓜的徐鳳年苦笑道：「老黃，你給我說說，這劍匣裡有幾把劍？全天下人都在猜哩。」

因為在馬廄躺了會兒，頭上黏上幾根馬草的老黃撓撓頭道：「劍匣三層六格，原先有天下十大名劍裡的六把，這會兒才五把。」

徐鳳年無言以對。老黃，你高手啊，敢不敢再高一點？

老黃憨憨道：「若少爺想要耍劍，俺留下三、四把便是。」

徐鳳年搖頭道：「不了，少爺巴不得你背上百兒八十把劍，把那王仙芝捅成馬蜂窩，以後出門調戲江湖上的俠女，我也有面子，說跟老黃你一起偷過雞鴨。是不是這個理，老黃？」

老黃咧嘴傻笑。沒門牙的老黃，真是可愛啊，咋就會是那比高手還高出十萬八千里的劍九黃？徐鳳年想不通，就乾脆不去想了。讓下人準備了一壺龍岩沉缸黃酒，牽了匹劣馬過來，徐鳳年親自牽過韁繩，送行到王府外後，還塞了幾張小面額的銀票給老黃，老黃沒拒絕，說：「少爺回吧，俺認識路。」

徐鳳年沒有答應，說：「起碼送到城門不是？」

馬是劣馬，不是世子殿下小氣吝嗇，只不過那五花馬也好，更罕見珍貴的汗血寶馬也罷，都不符合出門在外堅決不做肥羊的道理，再者想必老黃也不會真的去騎馬，徐鳳年只是替他找個說話的伴。

銀票五六百兩，是給老黃買酒喝的。老黃鍾情黃酒，真不知道是因為姓黃才愛喝，還是鍾情黃酒才姓黃。老黃身上總有這樣那樣的祕密，可在徐鳳年眼中，老黃就是那個背著自己艱難前行的老馬夫而已，黃劍九是很其次的，這是心裡話，卻不敢說出口，怕顯得矯情。

從北涼王府到陵州主城門，再遠也有個盡頭。城門校尉見世子殿下臉色沉重，不敢上前諂媚，只是趕緊將排隊出城的人都驅趕到一邊，讓出了空蕩的城門。

為老黃牽馬的徐鳳年站在內城門牆下，遞過韁繩給老馬夫，感傷道：「就到這裡，不送了。老黃，與我這種井底之蛙的紈褲相處，是不是很無趣？」

老黃搖頭凝視著世子殿下那張年輕英俊的臉龐，樂呵呵道：「有趣得很，真的，老黃不會拍馬屁，少爺不也常說俺說話實誠嗎。」

徐鳳年微微一笑。

老黃掏出一遝絹帛，以木炭作畫，繪有劍勢，每一幅字不多，就兩個，從劍一、劍二到劍九，歪歪扭扭，蚯蚓爬泥一般，遞給徐鳳年道：「少爺收著，以後見著有靈氣的娃，就替老黃收個徒弟，上街搶黃花閨女也妥當些。」

徐鳳年小心翼翼地收下。

老黃想了想，一臉為難道：「少爺，老黃沒啥文化，不會取劍名，只會九招，從劍一到劍九，前八劍都被江湖人士自作主張弄了個名字，俺聽著總不舒服，渾身不得勁，少爺你給想個唄？」

徐鳳年哭笑不得，認真思考片刻，說道：「咱倆走了六千里路，就叫六千里？你要不覺得俗、沒氣勢，就用這個。」

老黃伸出大拇指，讚道：「有氣勢！到時候俺到了武帝城，報上這頂呱呱的劍名，指不定王仙芝都要羨慕得緊呢。」

老黃終究還是牽著馬，腰間懸著壺走了。

徐鳳年登上牆頭，遠看著老黃的孤單身影，扯開嗓子喊道：「老黃，若半路上想喝黃酒了，花光了銀兩買不起，回來就是，我給你留著！」

背劍匣、牽老馬的老僕駐足轉身，深深望了眼徐鳳年，喊了聲兩人的共同口頭禪「風緊，扯呼」，然後滑稽可愛又傻乎乎地跑路了。

劍九。

六千里。

◆

徐鳳年帶著一隊驍騎回府，來到老魁住下的院落，一進屋就看到滿桌子的佳餚，一看就是個無肉不歡、無酒不暢的傢伙。老魁身形如小山，即便坐著也氣焰驚人，何況還有兩條鎖鏈、兩柄刀，下人都躲在院中不敢靠近。

老魁見到徐鳳年，劈頭問道：「娃娃，黃老九去跟武帝城那王老仙掰命了？」

神情落寞的徐鳳年點了點頭，坐在白髮如雪的老魁對面凳子上，一言不發。

老武夫笑道：「小娃娃，不承想你還是個念舊的主子，這一點比起你爹可要厚道得多。徐驍這屠夫詭計多端不說，還道貌岸然、口蜜腹劍，共患難可以，若想同富貴，就是扯你娘的卵了。嘿，小娃娃，生氣了？就憑你三腳貓功夫，還想跟我打架不成？沒了黃老九，除非北涼王府把剩餘幾位躲躲藏藏的高手都喊出來，才能與爺爺一戰。」

徐鳳年撇嘴嘀咕道：「老黃不在了，你才敢山中無老虎，猴子稱大王。」

老魁耳朵靈光，卻不生氣，灑然道：「打不過就是打不過，沒啥好丟人的，黃老九劍術造詣直追那個沒事喜歡拿著桃花枝作怪的鄧太阿。天下學劍人何其多，便是那吳家劍塚，近三十年也沒能出一個能讓王老仙雙手一戰的劍客，爺爺我輸給黃老九心服口服，自打我出生起，用劍的，除了鄧太阿與王老仙打成平手，也就黃老九略輸一籌了，全天下，一雙手數得過來。」

老人這番話，讓徐鳳年多了幾分好感，覺得高手不愧是高手，瞧瞧這胸襟，凡夫俗子哪能有，難怪世間高手就那麼一小撮，本公子成不了高手那是極其的情有可原嘛。可徐鳳年才剛有點佩服，老魁一句話就讓無意間樹立起來的高人形象功虧一簣。

「娃娃，哪裡有寬敞點的茅房，這裡鑲金戴玉的馬桶，爺爺坐不慣，在湖底憋了這些年，拉屎放屁都不能求個痛快。你趕緊給爺爺找個風水寶地一瀉千里去，估摸著能讓幾里路外的人都聞到氣味，哈哈！」

看著嘴裡還塞著烤肉的老魁就想著去茅房熏人了，徐鳳年臉龐僵硬抽搐，起身喊了僕役領著鎖鏈巨刀拖地的老傢伙去茅廁，世子殿下自己趕緊腳底生風溜得遠遠的，一路上臭著臉不停地罵道高手你娘咧。

◆

梧桐苑是徐鳳年長大的地方，因為古語有云，鳳非梧不止，凰非桐不棲。大柱國徐驍總喜歡語重心長地說：「兒子啊，當年你娘生你的時候，做了個鸞鳳入腹的夢，你是天生註定的大才啊，爹不疼你疼誰去？」

一開始徐鳳年還會反駁「那為啥沒世外高人說我骨骼清奇，是練武奇才」，徐驍就開解著說：「真正的高手都是在一個地方屁股紮根就不肯挪的主，你看那王仙芝還有吳家劍塚那些老劍士，哪個沒事出來自稱是高手？出來混的都是江湖騙子，他們哪能瞧出我兒的天生異稟。」

徐鳳年耳朵起繭以後，就乾脆不理會這一茬，只覺得身為王朝唯一異姓王的世子，豪奴無數，就不需要自己捲袖管揍人了吧。可心底，還是有些豔羨那些風裡來雲裡去飛簷走壁，沒事就在城頭房頂比試的大俠好漢。至於現在，見識過了馬夫老黃和白髮老魁的通天手段，難免有丁點兒遺憾，聽說行走江湖屈指可數的幾對神仙眷侶，都是男的身手絕頂，女的閉月羞花，何曾聽說男的玉樹臨風，女的武功蓋世？

等徐鳳年進了梧桐苑，這點黯淡心情就雲淡風輕了。名叫青鳥的大丫頭迎了上來，纏繞名貴蜀繡的纖柔手臂上停著那隻「六年鳳」矛隼，見到世子殿下，嫣然一笑道：「公子，紅薯已經暖好了床，綠蟻趴在棋墩上等公子與她坐隱爛柯呢。」

徐鳳年伸手指逗了逗矛隼，笑著進屋，外屋早有兩位秀媚丫鬟替他摘去外衫。

梧桐苑的四等共計二十幾個丫鬟女婢原本都是類似「紅麝」、「鸚哥」的文雅名字，可世子殿下遊歷歸來後，除了青鳥幸運些，其餘大多都被改了名字，連因為身有幽香一直最受殿下寵愛的大丫頭紅麝都無法倖免，被改成俗不可耐的「紅薯」，其餘還有更倒楣的，例如跟烈酒同名的「白乾」，最不幸的則是因為喜好黃衣裳就得了「黃瓜」稱呼的一個丫頭了。

進了內屋，徐鳳年跳上床鑽進被窩，摟著一位二八妙齡的佳人，整條被子都是芬芳沁人。再過些時日，會更神奇，懷中丫頭只要走出門，就會惹來蜂蝶，她便是大丫頭紅薯。而擅長圍棋縱橫十九道的丫鬟叫綠蟻，號稱北涼王府的女國手，一些精於手談的清客，碰上她都要頭疼，平常棋盤都是十七道，改十七為十九，是徐鳳年二姐的又一壯舉，在王朝內曾掀起軒然大波，最後被上陰學宮率先接納推崇，這才成為名士主流。

徐鳳年與綠蟻下了一局，心不在焉，自然輸得難看。他下棋其實不算差，連師父李義山都評點為「視野奇佳，惜於細微處布局，力有不逮」，別看這話聽著不像誇人，可從李義山嘴裡說出來卻是不小的殊榮。當然，若要說徐鳳年就是棋枰高手也稱不上，真正的國手當屬徐鳳年二姐徐渭熊，那才是讓所謂的木野狐[4]名士自愧不如的強悍人物。

徐鳳年推掉早已收官的殘局，倒在床上，讓大丫頭紅薯揉著太陽穴，怔怔出神。二等丫鬟綠蟻見主子心情不佳，也不敢打擾，徐鳳年起身後說道：「妳們都先出去，沒我允許，就是徐驍來了都不讓進。」

紅薯生得體態豐滿，肌膚白皙腴美，加上先天體香和舉止嫻雅，不刻意爭寵，反而最為得寵，她下床的時候，徐鳳年笑著拍了一下她臀部，她俏臉一紅，回眸一笑百媚生。

等丫鬟都離去，徐鳳年立即正襟危坐，從懷中掏出大概可以稱之為劍譜的錦帛。這可是老黃的畢生心血，徐鳳年再對武學沒興趣，也要鄭重對待，找出藏入床底一只材質不詳的樞機盒。

想要開啟盒子，必須一步不差挪動七十二個小格子，盒子堅硬非凡，便是刀砍劍劈，也別想得到裡面的東西，徐鳳年動作嫻熟，閉著眼都能打開這娘親的遺物，將劍譜放入，重新把盒子推進床底暗格，這才躺回大床。

徐鳳年估摸一下時分，那白髮老魁怎麼也應該蹲完茅廁，起床出了內室，自己套上錦繡衣衫，喊了聲「黃瓜」，那恨不得此生不再穿黃衣的丫鬟立即去別院拿來三根黃瓜，徐鳳年手裡拿了一根，腋下夾了兩根邊走邊啃。

一開始挺擔心老魁院子方圓一里內都會臭不可聞，走近了才發現純屬多慮。王府的茅房準備香料無數，老魁就是拉屎跟耍刀一般霸道，也熏不到哪裡去。

老魁不僅拉完屎，還洗了個澡，換上一身乾淨衣裳，坐在臺階上，低頭撫摸刀鋒，頭也不抬地問道：「娃娃，你還真是不怕？」

徐鳳年坐在他身邊，輕笑道：「老黃說你不僅是天下使刀的第一好手，一生不曾濫殺一人，所以我不怕。」

老魁哈哈大笑，搖頭道：「這話一半真、一半假了，我不胡亂殺人不假，卻不是用刀最厲害的人。娃娃，你這張嘴，也忒油滑了，我不喜歡。」

徐鳳年嬉皮笑臉道：「只要姑娘喜歡我就成，老爺爺你不喜歡就不喜歡，反正揍了武當山的那隻烏龜，我們就分道揚鑣。不過老爺爺若還惦念王府的伙食，儘管留下來大吃大喝，歡迎至極。」

老人呵呵一笑，問道：「那武當山的師祖，大概幾品？」

徐鳳年想了想，道：「應該不高，只是輩分離譜，三十歲不到的武當山道士，再高也高不到哪裡去吧？何況江湖上也沒他的名號。」

老魁點頭恍然道：「哦，那應當是修大黃庭關的武當山掌教王重樓的小師弟，爺爺當年進入涼地有所耳聞，武學資質倒也平平，但專於道法大術，有些玄奇。」

徐鳳年問了一個最關心的問題，「老爺爺打得過？」

老魁灑然道：「小娃娃，爺爺送你一句話，打不打得過，得打過了才知道不是？」

徐鳳年難免腹誹：「這話聽著豪氣干雲，可結果咋樣，不是在湖底待了十幾年。」

老魁拿刀板敲了一下徐鳳年的頭，「別以為爺爺不知道你在想什麼。」

徐鳳年臉上堆著笑，嘿嘿道：「那咱們往那狗屁武當山鬧一鬧？」

老魁猛地起身，身影將徐鳳年整個人都籠罩其中，兩串鎖鏈鏗鏘作響，「鬧！」

4 木野狐：圍棋的別稱，邢居實《拊掌錄》：「人目棋枰為木野狐，言其媚惑人如狐也。」形容圍棋變化多端，令人癡迷。

第四章　武當山道士騎牛　行冠禮世子成年

武當山有兩池、四潭、九井、二十四深澗、三十六岩、八十一峰，五里一庵、十里宮，丹牆翠瓦望玲瓏，以玉柱峰上的太真宮為中心，八十一峰圍繞此峰此宮做垂首傾斜狀，形成著名的八十一峰朝大頂。千年來無數求仙道者歸隱武當，或坐忘懸崖，或隱於仙人棺，聽戛玉撞金梵音仙樂，看霧騰雲湧青山秀水，留下傳奇無數。

武當是前朝的道教聖地，穩壓龍虎山一頭。離陽王朝創立後，揚龍虎而壓武當，這才讓龍虎山成了道教祖庭。武當沉寂數百年，卻沒有人敢小覷了這座山的千年底蘊，現任掌教王重樓雖占據十大高手一席位置，但傳說當年一記仙人指路破開了整條洶湧的滄浪江，以訛傳訛也好，誇大其詞也罷，終究都是位德高望重的道門老神仙。尤其當他修道教最晦澀、最耗時的大黃庭關時，更讓整座武當山有一種無聲勝有聲的綿長氣派。

兩百北涼鐵騎浩蕩而行。一個魁梧老武夫身著黑袍，長刀拖地而奔，塵土飛揚，恍如山崩地裂。一行人直衝武當山門的「玄武當興」牌坊，為首的一騎竟然直接馬踏而上，穿過了牌坊，才勒住韁繩。

百年江湖，膽敢如此藐視武林門派的，似乎只有那個讓老一輩江湖人談虎色變的徐人屠。虎父犬子嗎？騎於一匹北涼矯健軍馬之上的世子殿下徐鳳年自嘲地一笑，望向被這恢宏陣仗吸引來的一群道士，陰沉喊道：「給你們半個時辰，讓那騎青牛的滾出來！」

這幫武當山道士很為難，他們不是不知道山上有個輩分跟玉柱峰一般高的師叔祖喜歡倒騎青牛，可他們只是山腳玉清宮的普通祭酒道士，且不說勞駕不動那師叔祖，便是師叔祖好說話，跑到太真宮最快也需要足足半個時辰，來回便是一個時辰。來者氣勢洶洶，等得住？

玉柱峰前後分別有大、小蓮花峰兩座，大蓮花峰有十餘座洞天福地以供大家閉關修行，一側是峭壁的小蓮花峰則默認獨屬於一人。這人五歲被上一代武當掌教帶上山，收為閉關弟子，年幼便與這一代掌教王重樓變成了師兄弟。

武當山九宮十三觀，數千黃冠道士中絕大多數見到這位年輕人，都需畢恭畢敬地尊稱一聲師叔祖，更小點的，更要喊太上師叔祖。所幸這位年輕祖宗從未下山，只在進山時見過玄武當興牌坊，以後便再沒接近，遠望一眼都沒有，這二十多年大半時間不是在玉柱峰太清宮，就是在大小蓮花峰上倒騎青牛、倒著冠，僥倖遇見過真面目的，回去都跟人說師叔祖脾氣極好，學問極深，風雅極妙。

山門這邊鬧哄哄的，小蓮花峰陡峭山崖邊上的龜馱碑邊，卻是安靜得很。一位相貌清逸的年輕道士躺在石龜背上曬太陽，一招手，遠處吃草的一頭青牛走上前，牛角上懸掛有幾冊道藏古籍。他摘下一冊，剛要翻閱，略一掐指，跳下龜背，尋了根枯枝，在地上畫了密密麻麻的天干地支，臉色微變，不停地自言自語，最終重重嘆息。

他細緻地理了理道袍袖子的領口，翻身上牛，倒騎牛，角掛書，下了小蓮花峰，半吟半唱著：「直如弦，死道邊。曲如鉤，反封侯。誰曳尾於途中，誰留骨於堂上……」

出了小蓮花峰，年輕道士將青牛放了，小心翼翼地取下其中一卷封皮是《靈源大道歌》

的道教典籍，邊走邊看，津津有味，直奔武當山腳。路上偶有道士駐足喊他師叔或者師叔祖，他都會笑著打個招呼，相當平易近人。眾人只覺得這位年輕前輩實在是勤懇，難怪掌教讚譽一句「天下武學和道統都將一肩當之」，卻不知這位口碑極好的師叔祖此時在兩眼放光看一本最為道學家不齒的豔情小說，只不過貼上了《靈源大道歌》的封面罷了。

道士翻來覆去就看一頁，因為捨不得，山上就這一本無上經典，還是當年跟那居心不良的世子殿下借的。臨近山腳，一頁顛來倒去看了數十遍，這才意猶未盡地收起，一臉浩然正氣道：「就算被你打得鼻青臉腫，這書，堅決不還！」

高坐駿馬上的徐鳳年一見到那鬼鬼祟祟的熟悉身影，揚起馬鞭怒喝道：「騎牛的！再躲老子就帶人踏平太清宮，將你連同龜馱碑一起丟下小蓮花峰！」

武當山百年來最被寄予厚望的年輕道士畏畏縮縮地出現在眾人視野中，在離北涼鐵騎老遠的地方停下，打了個稽首，滿臉春風道：「小道見過世子殿下。」

這位師叔祖對徐鳳年客套行禮，眼睛卻始終停留在白髮黑袍的老魁身上。

武當山據說天下一半內功出玉柱，除了武當劍術極負盛名，內力修為也同樣十分注重，是內外兼修的典範。

道士在大蓮花峰上見過不少同輩分的師兄，領略過內力臻於化境後的氣象，眼前使刀手法詭異的老人顯然如此，氣機綿延不絕。還未到而立之年的武當山師叔祖下意識地退了兩步，朝大有踏平武當山之勢的世子殿下拋了個你知我知天地都不知的眼神，徐鳳年回丟過去一個，師叔祖再還一個眼神，如此反覆，看得旁人一臉茫然，不知兩位葫蘆裡賣的什麼藥。

最終，在玉清宮道士眼中無疑是師叔祖勝了，絕對是不戰而屈人之兵的宗師風采。眾人只見師叔祖轉身瀟灑前行，一身道不盡的出塵氣，而那面目可憎的世子殿下僅是帶著白髮老魁跟隨其後，拾級上了武當山。

祭酒道士們如釋重負，師叔祖就是師叔祖，沒說一句話便讓姓徐的紈褲妥協。只是道士們不知三人到了一處僻靜地方，他們心目中地位崇高僅次於仙人一指斷滄瀾掌教的師叔祖，就被徐鳳年捲起袖管拳打腳踢了整整一炷香時間，只傳來師叔祖「打人別打臉，踢人別踢鳥」的哀求聲。

打完收工，徐鳳年做了個氣收丹田的把式，終於神清氣爽了，丟下一本豔情禁書，揚長而去，卻不是下山，而是帶著老魁登上懸於峭壁的淨樂宮。

這處殿宇最大的出奇在於有一座祈雨祭壇，仿北斗七星布局，道教典籍相傳武當山紫雲真人曾在此舉霞飛升。淨樂宮尋常不對外開放，一些尋幽探僻的文人雅士都只能在宮外無功而返，只不過徐鳳年托大柱國老爹的福，可以帶著老魁大搖大擺地來到七星壇。

山風凜冽，老魁盤膝而坐，衣袂獵獵，瞇起眼睛，眺望遠峰雲海。腳步輕浮的徐鳳年站在帶刀老魁身後，這才穩住身形。他幾乎睜不開眼，只得坐下，恰好躲在老魁的身影中。

徐鳳年費勁喊道：「老爺爺，那小道士功力如何？」

老魁似乎有些納悶道：「武功倒是平平，似乎跟你是一路的憊懶貨，可惜了爹娘給他的那副上好骨骼。至於道法如何，也沒個試探法子，不知不知，想必不會太差，也不會太好，天下的難事大抵都逃不過逆水行舟不進則退的路數，不肯吃苦，哪能成才。奇了怪了，武當山怎麼就相中了這塊材料，莫不是與禪宗的子孫叢林一般？想不通、想不通。」

徐鳳年更納悶，問道：「這道道法玄術，能當飯吃，還是能殺人？」

老魁想了想，笑道：「小子，你問錯人了。」

「可不能殺人。」武當山與掌教同輩分的年輕道士雙手插入道袍袖口，立於祭壇邊緣，卻不肯腳踏七星，笑著給出答案。瞧他身形，不似老魁不動如山，也不像徐鳳年那樣踉蹌狼狽，只是隨風晃動，一搖一擺，幅度不大不小，正好風動我動，竟然有些天人合一的玄妙意味。

徐鳳年眼拙，沒看出門道，只是轉身死死盯著這個當年讓姐姐抱憾離開北涼的騎牛道士，陰沉問道：「洪洗象，你為何不肯下山，走過那『玄武當興』的牌坊？」

武當道教千年歷史上最年輕的祖師爺咧嘴笑了笑，一臉沒風範的羞赧，開口道：「五歲上山，八歲學了點讖緯皮毛，師父要我每日一小算，一月一中算，一年一大算，算何時能下山，何時需要在山上閉關，可自打我學了這學問，就沒一天不需要閉關的。」

徐鳳年哪裡會當真，譏笑道：「據說你師父臨終前專門給你定了條規矩，不成為天下第一，就不能下山？那你這輩子看來是都不用下山了。」

有個出塵名字的道士依然束手入袖，八風不動，呵呵笑道：「天下第一不假，可吃飯最多，讀書最多，都是第一，很多的，師父又沒說是武功第一，總有我下山的一天。」

徐鳳年艱難地起身，視線投往江南方向，輕輕道：「可那時候，人都老了。再見面，白髮見白髮，有用嗎？」

洪洗象闔上眼睛，沒有說話。

徐鳳年長呼出一口氣，冷哼一聲，走出祭壇，與道士擦肩而過的時候微微駐足，問道：「你覺得我姐，如何？」

自打記事起就在這琉璃世界裡捧黃庭、倒騎牛、看雲卷雲舒的道士，輕輕道：「最好。」

徐鳳年面無表情地走出淨樂宮，身後老魁若有所思。洪洗象等世子殿下走遠了，然後姿勢不雅地蹲著，雙手托著腮幫，怔怔出神，喃喃自語：「紅豆生南國，春來發枝冬凋敝，相思不如不相思。」

道士頭頂，十數隻充滿靈氣的紅頂仙鶴盤旋鳴叫，將他襯托得宛如天上的仙人。他突然捂住肚子，愁眉苦臉道：「又餓了。」

下山時，老魁突然嘖嘖說道：「有點意思，那小牛鼻子道士有些道行。」

徐鳳年興致不高，敷衍問道：「怎麼說？」

老魁不確定道：「那娃兒修的是無上天道。」

徐鳳年一聽到這道啊什麼的狗屁就頭疼，皺眉道：「玄而又玄、空而又空的東西也有人往上面鑽牛角尖，不怕到頭來才發現竹籃打水？」

老魁放聲笑道：「我也不喜歡這些摸不著頭腦的玩意兒。」

徐鳳年到了山腳牌坊，不理睬那些祭酒道士的卑躬屈膝，抬頭回望了山上一眼，罵道：「這隻躲著不出殼的烏龜！」

兩百恭立於臺階下的驍騎見到世子殿下後，重新上馬，動作整齊爽利，沒有任何多餘。北涼鐵騎，清一色配怒馬披鮮甲，而且每年都會被大柱國拉往邊境實戰練兵，加上涼地民風彪悍，許多女兒身都擅長弓馬，這是最獨到的優勢。

比如徐鳳年的姐姐徐脂虎就從小騎射嫻熟，更別提二姐徐渭熊，馬術超群不說，劍術更是一流，騰挪勝猿猴，有羚羊大掛角的美譽，十三歲便提劍殺人，至今手中劍割下近百顆頭顱。涼人好戰，自古便是，所以行家眼中，北涼鐵騎遠比燕剌王、膠東王麾下的兵馬要更有戰力，是當之無愧的百戰雄獅。

老魁等徐鳳年上馬，笑道：「小子，我就不回王府了，沒有黃老九，賊無趣。」

徐鳳年眨了眨眼睛，勸說道：「要不然先等我行了及冠禮？若沒有老爺爺，鳳年早就死於湖底了。大概還有半年時光，我給老爺爺多備些好吃好喝，救命大恩，我能報答多少是多少，可好？」

老魁思索片刻，點頭算是答應下來。看得出來，這位刀中雄魁對眼前北涼最大的膏粱子弟其實並不反感。

◆

一路馳騁回了王府，剛進城時，天上又沒來由飄起鵝毛大雪，簡直是要下瘋了。徐鳳年凍得直哆嗦，才到家門口，望眼欲穿的門房就雙手識趣地遞上一襲上品狐裘，小心翼翼地給世子殿下披上，比伺候親生爹娘都要殷勤。徐鳳年念叨了一句，「也不知道老黃衣服帶夠了沒。」

跟老魁道一聲別後，徐鳳年徑直單獨走向魚幼薇所在的院落。漂亮女子被冷落，成天孤芳自賞，太暴殄天物，不好，不符合徐鳳年養花需澆水的脾性。

其間路過姜泥稱不上院子的貧寒住處，看到衣衫單薄的亡國公主半蹲著堆雪人，雪人半人高，她大功告成以後，卻不是瞧著雪人有多歡喜，而是一臉憤恨，直愣愣地望著雪人，然後掏出那柄相依為命的神符，一匕首揮下去，把雪人的腦袋給劈掉，看得徐鳳年一陣毛骨悚然。敢情這瘋丫頭是把雪人當作自己了？

徐鳳年咳嗽了幾聲後走過去，姜泥原本神情慌張，看到是世子之後，如釋重負，動作緩慢地收起凶器。徐鳳年走近以後，看到她通紅的雙手長滿礙眼的凍瘡，像極了浣衣局裡任人欺凌的可憐婢女，徐鳳年唉聲嘆氣，蹲下去重新壘了個腦袋。這一切落入姜泥眼中，自然是惺惺作態，面目可憎。

徐鳳年拍手起身後溫柔地問道：「要給妳添置些暖和衣物？」

姜泥冷臉冷聲道：「嫌髒。」

徐鳳年哈哈笑道：「我就是隨口一說，反正好人我當了，妳領情與否可不關我的事，我就喜歡妳這樣，總讓我占便宜，跟妳做買賣，最賺。」

離開前，徐鳳年刺了這小婢女一句：「妳身上穿得再寒磣，可不還是我的東西？有本事脫了去，那才是女俠。」

姜泥假裝聽而不聞，與無賴皮厚的徐鳳年鬥嘴，她總是輸多勝少，仔細想想，甚至沒一次能占了上風。

心情舒暢的徐鳳年見到魚幼薇後，心情就更好了。將近二十年的人生，徐鳳年就沒做過辣手摧花的勾當，反而直接和間接地救下了二十幾條卑微如塵土的丫鬟的命。

魚幼薇慵懶地躺在溫暖如春的臥室中，逗弄著那隻胖嘟嘟毛髮如雪的武媚娘。徐鳳年每逢下雪，都想要把武媚娘丟進雪地裡，看分不分得清白貓白雪，一直忍著這種惡趣味，心想啥時候魚幼薇和武媚娘分開，一定要試試看。

徐鳳年脫了靴子躺在魚幼薇身邊，靠著她暖玉溫存的婀娜身段，閉目養神，輕聲道：「去了趟武當山，把一個跟掌教同輩分的道士結實地揍了頓，厲害不厲害？」

魚幼薇淺笑道：「是大柱國厲害。」

徐鳳年睜眼把她轉過身，狠狠拍了一下她的桃形圓滾翹臀，教訓道：「爺親手教妳怎麼拍馬屁！」

魚幼薇俏臉微紅，徐鳳年正要乘勝追擊，院中傳來梧桐苑二等丫頭綠蟻的輕靈嗓音，說是龍虎山的書信到了。徐鳳年顧不上揩魚幼薇的油，胡亂地穿上靴子，跑出房子，接過書信，見綠蟻纖細的雙肩爬滿雪花，笑著替她輕輕拂去，然後結伴而行。

到了自己的梧桐苑，這裡鋪設的地龍最佳，赤腳都無妨，不燙不冷，連徐驍的房間都比不過。徐鳳年享受著大丫頭紅薯的揉捏，抽出信紙，喲！那姓趙的龍虎山老道還寫得一手好字。

仔細看去，弟弟在龍虎山的修行被稱作「精進勇猛，一日千里」，這等溢美之詞，在聽多了官腔的徐鳳年來看，即便對折掉一半水分，也很出彩了。想來黃蠻兒沒白去，書信末尾小心地提及徐龍象想家，所以那老道懇求世子殿下回一封家書，讓他徒弟能夠安心修習，徐鳳年放下書信後，大手一揮道：「研墨。」

屋內頓時素手研墨，紅袖添香，忙碌起來，徐鳳年提筆後卻開始猶豫，一時間不知如何下筆，差點抓耳撓腮，正應了那句書到用時方恨少，事非經過不知難。

徐鳳年乾脆把筆擱下，用頭蹭了蹭滿體芬香的大丫頭，問道：「林家那個吃胭脂的貨，見著徐曉沒有？」

紅薯嬌聲道：「見過了，卻沒肯走。」

徐鳳年壞笑道：「莫非這浪蕩子還想吃妳們的胭脂不成？」

綠蟻一臉不屑道：「那只破爛繡花枕頭，可不入姐妹們的眼。」

徐鳳年白眼道：「我就不是繡花枕頭了？」

紅薯雙手輕柔環住世子殿下的頭，天然嫵媚道：「世子殿下不是枕頭，奴婢才是。」

徐鳳年笑道：「這小嘴，好生了得。」

綠蟻坐在稍遠處，撿起棋子又放下棋子，百無聊賴。徐鳳年坐直腰板，往屋外望了望，不出意外，青鳥這性格生僻的丫頭又在發呆了。梧桐苑是隻小麻雀，但五臟俱全，除了四等丫鬟女婢，還有各色雜役，因為世子殿下的緣故，在北涼王府內顯得地位十分超然。

不說徐鳳年格外寵幸的大丫頭，就連二等丫鬟，一般管家門房都要笑臉相迎，這些丫鬟中，原本暱稱紅麝的紅薯性子柔弱，對誰都好說話，青鳥卻截然相反，對徐鳳年恭敬親近，卻不盲從。徐鳳年自小調皮搗蛋，很多次闖禍，也都是脾氣頗像紅鬃烈馬的青鳥給他收拾爛攤子。

說起青鳥，自徐鳳年懂事起她就陪在了身邊，是王妃親手牽到他面前的，不像丫鬟，倒像是半個姐姐。她在梧桐苑與其他丫鬟不甚熱絡，天生的冷臉冷心，每年都有幾段時間不在王府，但每次回來，都會給世子殿下捎來一樣上心的小物件。

大體而言，梧桐苑裡，都是些沒啥大故事的人物，可人可口，但咂摸咀嚼一番，就清淡單薄了，想來一切都是因為大柱國眼中揉不進沙子的原因。

徐鳳年竭盡全力地掏空肚中墨水才勉強回了封家書。絮絮叨叨，都是些芝麻綠豆的小事，與初衷南轅北轍，最後不得不自己安慰自己若寫高深了，黃蠻兒也聽不懂，直白最好。

寫完信，徐鳳年伸了個懶腰，到了房外，果然見到在院落迴廊站著出神的青鳥。看了眼天色，大雪稍歇，最適合錦衣夜行，就拉上青鳥出了梧桐苑，途中徐鳳年想起今天貌似是自己掛牌的放狗日，笑問道：「府上有動靜嗎？」

青鳥的回覆一如既往的簡潔明瞭，「有。」

徐鳳年精神一振，笑道：「是奔聽潮亭那邊，還是找徐驍的？」

青鳥搖頭道：「不知。」

徐鳳年一臉惋惜地感慨道：「現在上鉤的越來越少了。」

世子殿下這些年閒來無事，就故意讓原本常年戒備森嚴的北涼王府在某段時間裡故意放鬆，但內緊，美其名曰「釣魚」，專門勾引那些垂涎武庫絕學祕笈的江湖好漢，或者是滿腔熱血的仇家刺客。

四、五年前有一次放牌日，最多引誘了大小四批不速之客，一頓關門打狗後，據說第二天拖出去剁了餵狗的屍體有二十六具。遊歷歸來後，放牌兩次，但沒有收穫，想必那些草莽俠士都緩過神、回過味了，少有上當的魚蝦，就是不知今天成果如何。徐鳳年的無聊至極，可見一斑。

青鳥突然駐足回望梧桐苑。

徐鳳年小聲問道：「怎麼了？」

她輕輕道：「沒事。」

徐鳳年壓下心中疑惑，來到鳳儀館，進了屋子，看到樊妹妹在和姓林的在手談。見到徐鳳年，樊小姐似乎愣了一下，林探花則如喪考妣。近期在府上所見所聞，總算知曉了眼前這位自稱殿下伴讀的傢伙就是如假包換的涼王世子，他忐忑起身躬身，一揖到底，顫聲道：「見過世子殿下。」不等徐鳳年搭話，門外傳來王府甲士的兵戈嘈雜聲，林家公子一頭霧水，那樊妹妹卻是淒婉一笑，神情複雜地望向徐鳳年。

大柱國義子中排名僅次於陳芝豹的袁左宗披甲走入屋內，手上拿著一幅畫像，這位北涼陷陣第一的將軍瞇起一雙好看的丹鳳眸，先對世子殿下稱呼後，轉頭看著那對年輕客人，眼神瞬間冷冽，冷笑道：「樊小釵，林玉，隨我走一趟。」

林探花懵了，不明就裡就遭了無妄之災，立即兩腿發軟，癱坐在椅子上。體弱的樊小姐被帶走前朝徐鳳年吐了一口唾沫，十分錚錚鐵骨，結果被袁左宗一巴掌打出屋，如一坨軟泥般趴在雪地中。

徐鳳年對此不動聲色，從袁左宗手中接過那幅畫像。是自己，只有六、七分相似，卻有十二分神似。可見在那位樊妹妹眼中自己相當的不入流，連正眼都不願多瞧，在她心中的氣質更是下作。徐鳳年拿著畫像坐下，笑了笑，兩名身分特殊的內應刺客都被袁左宗帶走，徐鳳年抬頭問道：「青鳥，梧桐苑那邊？」

她平靜道：「沒事。」

徐鳳年自嘲道：「一次跟祿球兒喝酒，被我灌醉，死胖子說我身邊有兩撥死士護衛，其中一撥四人，只有四個代號，甲、乙、丙、丁，另外一撥連他都不清楚，妳給我說說看，梧桐苑有幾位？是丫鬟，還是其他僕役？」

她閉嘴不言。

徐鳳年直勾勾地看著青鳥，「妳是嗎？」青鳥依然不言不語。

徐鳳年嘆氣，低頭凝視畫像，「這兒很安全，妳先退下。」

她輕輕離開，無聲無息。

她來到梧桐苑，凝脂腴態的大丫頭紅薯坐在迴廊欄杆上，拿著一柄小銅鏡，雙手沾滿了類似胭脂的鮮血，一點一點塗在嘴唇上。

青鳥滿眼厭惡。這名在王府上下公認羸弱軟綿如一尾錦鯉、需要主子施捨餵食才能存活的大丫鬟同樣不看青鳥，只是歪了歪腦袋，對著鏡子笑咪咪道：「美嗎？」

青鳥微微嗤笑一聲，萬籟無聲中，異常刺耳。

紅薯抿了抿嘴唇，月夜雪地反光下，那張臉龐十分妖冶動人，嬌媚道：「比妳美就好。」

青鳥轉身離開，留下淡淡一句話：「妳老得快。」

紅薯也不反駁，媚眼朦朧自說自話：「活不到人老珠黃的那天，真好。」

◆

第二日，所有事情都水落石出。本名樊小釵的女人是個因為大柱國手腕導致家道中落的破敗世家女，是一顆死棋，不管事成與否，皆是板上釘釘的死棋，但用處卻不小，用於做活、占地和搜根。

林家小二公子只不過是個被利用的蠢貨，可半死不活，這位探花爺一切都被蒙在鼓裡，只貪圖樊妹妹的嘴上胭脂風情，讀書讀傻了，哪裡知道越是動人的女子越是禍水。一場蹩腳的偶遇安排就神魂顛倒，不知死活地帶進了北涼王府，天曉得河東譙國林家知道這麼場劫難後是如何心如死灰。

昨夜的刺殺並不精細，十分粗糙，透著股狗急跳牆，由進府的樊小姐借觀光機會描繪王府地圖以及世子徐鳳年的肖像，然後找機會行刺。只不過他們的人算遠不如涼王府方面的人算，全遭了殃，至於樊姓女子幕後的推手和譙國林家下場，此時正坐在聽潮亭樓榭中溫酒的徐鳳年都懶得去理會，他只是想知道樊小釵是否後悔為了個素未謀面的男人就白白赴死。

徐鳳年對於這些人的飛蛾撲火，沒有任何憐憫。世上漂亮女子總是如雨後春筍和草原夜草一般，少了一茬，下一年就冒出新的一茬，除不盡，燒不完，個個憐香惜玉過去，豈不是累死累活。徐鳳年實在沒這份閒情逸致，何況三年喪家犬般的困苦遊歷，使徐鳳年也懂了不少市井間的淺白世故。

記得途中碰上個臭味相投、不入流的青年劍士，那貨就總愛說些對敵人慈悲就是跟自己小命過不去的大道理，據說他都是跟一些不得志、不成名的前輩劍客學來的，每次說起都口水四濺，總要噴徐鳳年滿臉的唾沫星子。

徐鳳年至今仍記得那個買不起鐵劍只能帶木劍的傢伙，每次在街上看到佩劍遊俠們的眼神，就跟採花賊撞見了美娘子一模一樣，如果這傢伙知道天天被迫聽他吹噓大乘劍術應當如何如何的老黃，便是那對上武帝城王老怪物都可一戰的劍九黃，而老傢伙後背劍匣就藏了五把天下有數的名劍，不知會作何感想？

那個滿腦子想要尋個名師學藝的傢伙，現在可安好？可曾在劍術上登堂入室？在南燕邊境分別時，那人曾豪氣干雲地對徐鳳年說道：「等哪天兄弟發達了，請你吃最好的醬牛肉，一斤不夠，就三斤，管飽！」三斤牛肉，似乎就是他想像力的極限了。

真正的江湖，畢竟少有一劍斷江，力拔山河的絕頂高手，更多的還是那傢伙這樣的無名小卒，做著一個個遙不可及、滑稽可笑的江湖夢。徐鳳年狠狠地揉了揉臉頰，看到袁左宗站立在一旁，安靜地等待著自己，徐鳳年趕緊起身，給正三品龍吾將軍挪了挪繡墩，袁左宗眼中的訝異一閃而逝，聲如洪鐘大呂，正色道：「殿下，王爺讓我來問如何處置樊姓女子。」

徐鳳年笑道：「該如何便如何。」

袁左宗微微點頭，得到意料之外的答覆，就馬上起身，準備告退。

徐鳳年也不阻攔，坐下沒多久就重新起身道：「袁三哥，有空一起喝酒，不醉不歸。」

袁左宗露出稀罕笑臉道：「好。」

徐鳳年從茶几上拿了一壺早就準備好的酒，提著走向聽潮亭，直上八樓，見到了埋首抄書的師父。李義山，字元嬰，披頭散髮、形容枯槁的男子在江湖在廟堂都名聲不顯，可在北涼王府，沒誰敢對這位府上第一清客稍有不敬。

徐鳳年坐在一旁，熟門熟路地拿起紫檀几案上的青葫蘆，將酒倒入，一時間酒香四溢，男子這才停筆，輕聲笑道：「現在你這身脂粉氣總算是淡了些，三年遊行，還是有些裨益。」

徐鳳年嘿嘿一笑，繼而擔憂道：「師父，老黃去武帝城，能取回城牆上的那把黃廬劍嗎？」

李義山灌了口酒輕輕搖頭。

徐鳳年震駭道：「湖底老魁已經強勢無匹，老黃明顯要強上一籌，在那東海自封城主的王仙芝，豈不是真的天下無敵了？」

李義山握著青葫蘆，不再喝，只是嗅了嗅，緩緩道：「天下無敵？一品之上還有一撮人，王仙芝一生浸淫武道，幾近通玄，但稱不上無敵。現在的武林，是群雄割據，各有千秋，以往一人絕頂的景象，現在不會出現，以後也沒可能。況且武道極致，不過是摸到了天道的門檻，再者廟堂外武夫對天下大勢的影響，很小，要不然當年也不會被你北涼鐵騎給馬踏整個江湖。你不願學武，大柱國不強求，我也無所謂，就是如此。雄兵百萬尚且俯首，還不如做一個可畏國賊。文官或可擾政，一介匹夫是決不至於亂國的。」

徐鳳年啞然失笑。離陽王朝這十幾年孜孜不倦流傳這句殺人不見血的誅心語：「雄兵百萬可伏，國賊一個可畏」。前半句是捏鼻子讚譽大柱國的武功偉業，有捧殺嫌疑，後半句則是圖窮匕見的露骨棒殺了。這話說得很有學問，連徐驍聽聞後都拍掌大笑，只不過笑過之後罵了一句，「上陰學宮這幫吃飽了撐著的空談清流，該殺」。

李義山提著酒壺騰出位置，讓徐鳳年代筆抄寫孤本典籍，徐鳳年早就習以為常，字倒是練習得功底不弱，可始終沒能養出啥浩然正氣。

每當見到徐鳳年勾畫不妥，李義山就拿青葫蘆敲打一下。李義山讓這位世子殿下抄了一盞燈時光，重新坐下，徐鳳年趴在一旁，側望著師父。蒼顏白髮人衰境，黃卷青燈空心，聽說人世最苦是衰境，修為最難是空心，怎樣的閱歷，才會讓師父如此心如止水？

李義山不抬頭，輕聲道：「去吧，看看你請進聽潮亭的客人，快要登上三樓了。」

徐鳳年「哦」了一聲，悄悄地下樓。

二樓，徐鳳年看到堆積如山形成一整面書牆的古樸書架下，站著那位身分晦暗的白狐兒臉。他左手握有一本泛黃的武學祕典，右手食指有規律地敲打光潔額頭，那柄在鞘的春雷刀被插入書架中當作標記。

白狐兒臉只是瞥了徐鳳年一眼，就再度低頭，自討沒趣的徐鳳年只好撤退。

偌大的北涼王府，彷彿只有世子殿下這麼一個遊手好閒的散淡人。

◆

年中，大柱國擇了個良辰吉日，在宗廟給兒子行及冠禮。

很不合常理的是，堂堂北涼王長子的及冠禮，辦得還不如一般富貴家族隆重，不僅邀請的賓客相當稀少，就連世子殿下的兩個姐姐、一個弟弟都未到場。

一身清爽的徐鳳年被徐驍領進太廟後，祭告天地先祖，加冠三次，分別是黑麻緇布冠、白鹿皮弁和紅黑素冠。徐鳳年頭頂的小小三冠，牽扯了太多視野和關注——第一冠，是離陽王朝所有廟堂大員都在意的，因為這代表世子殿下可以入朝當政。第二冠寓意更為實際和流長，因為北涼三十萬鐵騎都在拭目以待。至於第三冠，則只有一些象徵意義，對比之下不為人重視。

結髮及冠的世子殿下忙碌了一整天，臉龐繃得僵硬，跟來府上的北涼邊陲大員們一一行禮後，終於能鬆口氣，享受著梧桐苑貼身丫鬟們的端茶送水和揉肩敲背捏腿。

休息差不多了，徐鳳年這才親自理了理頭冠服飾，最後與徐驍一同來到王妃墓。一對高大的青白玉獅子栩栩如生，俱是母獅幼兒的活潑造型，右手母獅護著三頭幼獅，象徵王妃和三位膝下親生子女。幼獅分別是長女徐脂虎，二女徐渭熊以及幼子徐龍象，左手母獅卻只是低頭親吻一頭幼獅，王妃對長子徐鳳年的寵溺偏愛，生前死後皆是沒有止境！

徐鳳年站在石獅子前，眼睛通紅。大柱國徐驍輕輕嘆息，少年鳳年每次覺得受了委屈，就偷跑到這裡，一待就是整宿，不管天冷天熱，都不曾生病。

王妃墓四周由白玉壘砌成兩道城垣，形成城中有城的大千氣象，主神道更是長達六十丈。按照典制，王朝帝王神道兩側擺置石獸不過九種，這裡卻有足足十四種！近百尊石刻，神定精盛，貫穿一氣，氣勢如虹，除此之外，陵墓寶頂高度和地宮規模都遠超王朝任何一位藩王，而且構建了獨具匠心、沒有先例的一座梳妝檯和兩座丫鬟墳。當時王妃墓初建成，被無數世人詬病，皇帝御書房幾乎是一夜間擺滿了彈劾奏書，但都被壓下，不予理睬。

背駝腿瘸的大柱國站在墳前，默不作聲。

徐鳳年祭奠完畢後，蹲在墳頭前，輕聲道：「爹，我再待一會兒。」

大柱國柔聲道：「別著涼，你娘會心疼。」

徐鳳年「嗯」了一聲。

人屠北涼王走在主神道上，心中默念，剛好三百六十五步。

這位權傾朝野的唯一大柱國清楚地記得當年第一次入朝受封，從那扇紅漆大門走到坤極殿殿門。第一次年輕氣盛，走了二百八十四步，後來年紀大了，加上腿瘸，就越走越多，越慢越長，但始終沒有超過三百六十五。戎馬生涯四十年，才走到今天這個位置，徐驍問心無愧，不懼天地，不怕鬼神。

大柱國走出主神道，轉頭望了望，那孩子肯定是在哼〈春神謠〉那支小曲兒，孩子娘親當年教他的。

徐驍想到昨夜三更時分才緊急送到書桌上的一封密信，猶豫這信是交還是不交。鳳年剛剛及冠的大喜日子，這封信來得很不是時候啊。

北涼王沿著小徑走到清涼山山頂，看似單身，實則一路暗哨無數，不說軍伍中精心挑選出來的悍卒，便離大宗師境界只差兩線的從一品高手，就有貼身三位。

徐驍自認項上人頭還值些黃金，年輕時候覺著戰死沙場，被敵人摘了去無妨，馬革裹屍也是快事，但爵位越高，就難免越發珍惜。這並非單純怕死，只不過徐驍一直堅持今日榮華，都是無數兄弟捨命拚出來的，太早下去陰曹地府，對不住那些草草葬身大江南北各地的英魂，尤其是這些人大多都有家室、家族，總得有他照應著才放心。樹大招大風，樹倒風更大，世家豪族與王朝無異，打和守都不易，徐驍見多了因殫精竭慮而英年早逝的家主。

他走入黃鶴樓，裡面略顯冷清陰森，登山頂再登樓頂，一如這位異姓王的顯赫人生。他負手站定，沒學士子無病吟唱地拍遍欄杆，只是眺望城池夜景。

徐驍膝下兩兒兩女，麾下三十萬鐵騎，六名義子，王府高手如雲，清客智囊無數，門生故吏遍及朝野上下，一著著暗棋落子生根於四面八方，所謂金玉滿堂、富可敵國，不過如此。當然，政敵仇人同樣不計其數，那樊姓小女娃，不就是一隻自投羅網的瞎眼雀兒？

只不過這類小角色，徐驍一般都懶得計較，北涼軍務已經足夠他繁忙的了，邊境上每隔幾年就是狼煙四起，只不過大半都是他親手點燃的。還要應付皇城那邊的風吹草動，連江湖事都早已不去理會。

徐驍搓了搓雙手，不小心記起年輕時聽到的一首詩，可惜只能記得片段，帝王城裡看什麼的，模糊不清了，但末尾一句徐驍始終牢記：「五十年鴻業，說與山鬼聽。」

站在黃鶴樓空蕩走廊的徐驍一直待到東方泛起魚肚白，這才輕聲道：「寅，把信送給鳳年，他終究已經行過冠禮。」

沒有任何明面上的回應，徐驍耐心地等待旭日東昇。

大柱國有精銳死士十二名，以十二地支作為代號，當長子徐鳳年呱呱墜地，就開始著手為子孫培養另外一批死士，以天干命名。可惜迄今才調教出四名，在兒子遊歷中，又相繼陣亡兩人，湊足甲、乙、丙、丁、戊、己、庚、辛、壬、癸十人越發遙遙無期。所幸天干死士之外的兩位特殊棋子，讓大柱國十分滿意，這些最大不過二十五歲，最小更是才年方十二，這些花費大量財力、物力栽培的暗樁，興許武功暫時不如從一品高手，可說到殺人手法，卻絲毫不差，能殺人才能救人，徐驍比誰都確信這一點。

徐驍下樓的時候問道：「丑，袁左宗能服我兒，那陳芝豹？」

陰暗處，傳來一陣如同鈍刀磨石的沙啞嗓音：「回稟主公，不能。」

徐驍揉了揉太陽穴，笑了笑，「如果本王沒記錯，洛陽妃子墳一戰，陳芝豹救過你的命，這樣的交情，你就不懂替他打個圓場？就不怕他今天就暴斃？」

沉默。

忠、孝、義，在北涼，這個次序不能亂，誰亂誰死。註定永遠躲在幕後的「丑」若替陳芝豹圓場，無非是多搭上一條人命的小事。

徐驍心思難測，自言自語道：「小人屠。」

◆

徐鳳年清晨時分醒來，閉著眼睛都能感受到錦緞被褥帶來的舒適感，這讓他很知足，沒有餓過肚子、受過風寒，很難知道飽暖的重要性。餓治百病這個道理，父輩們的循循善誘不管如何情真意切，都講不出那個味兒。

在黃鶴樓上跟李翰林、嚴池集兩個膏粱子弟說起三年遊歷，倆髮小只是好奇江湖趣聞、武林軼事，對於挨餓受凍是沒有任何感觸的，所以雙手雙腳結滿老繭至今都沒有褪去的徐鳳年很慶幸能活著回涼州。

他才剛坐起身，住在隔壁小榻上的暖房大丫頭紅薯就進來幫著穿衣戴冠，徐鳳年沒有拒絕，深諳市井艱辛是好事，矯枉過正就不妥了。紅薯纖手流轉的時候，輕聲提醒桌上多了封密信，徐鳳年「嗯」了一聲。

豪族門閥內，逾越規矩是大忌，再得寵的丫鬟侍妾，都不敢掉以輕心。

徐鳳年下床漱口洗臉後，輕輕拆信。這樣的事情不常見，梧桐苑不是誰都可以進的，信封外寫了個小篆——寅。對此徐鳳年不驚奇，老爹身邊有地支十死士是路人皆知的公開祕密，個個如同見不得陽光的魑魅精怪，善奇門遁甲，走旁門左道，殺人於無形。

徐鳳年發現這封信是一個類似行程介紹的東西，文字直白，都是記載老黃的東海之行，事無巨細，一一記錄。

起先都是雞零狗碎的事，徐鳳年看著好笑，想來當時自己的遊歷糗事，也都被老爹全部知曉。當徐鳳年看到老黃進了東臨碣石可觀滄海的武帝城轄區境內的內容時，眼睛一亮，因為那個「寅」附加了一些老黃以外的祕聞。

例如幾位天下間有數的劍道名家都早早進入武帝城，除了東越劍池的當家，更有極少入世的兩名吳家劍塚之人都出山入東海，拭目以待那城頭巔峰一戰，下一篇更提到了久負盛名的一品高手曹官子都在武帝城內租下一整棟觀海樓。

徐鳳年雖未親身經歷，卻很明顯感受到一股黑雲壓城、風雨滿樓的窒息感，倒數第二篇講述老黃在主城樓不遠處一座酒鋪歇腳片刻，要了酒二兩、肉半斤、花生一碟。這老黃，還是不溫不火的老好人啊。

「寅」字號諜錄只剩下最後一篇了。徐鳳年沒有急著看下去，只是記起了三年中發生的許多事，最大不過碰上剪徑毛賊攔路搶劫，小的就不計其數了，無非是逃難的流民一般解決溫飽的問題——坑蒙拐騙偷，能想到的伎倆都使出渾身解數耍了出去，可惜往往顆粒無收不說，還要討一頓白眼和追打。

從一開始見到俏娘子就覥著臉搭訕到最後見到姿色尚可的姑娘就繞道而行，從挑三揀四這肉不夠精細、這酒不夠醇香，到後來有口熱茶喝、有點葷味就謝天謝地，可謂天壤之別。借過兩件破道袍裝過窮方士，給人胡謅算命；在巷弄裡擺過那還未在民間流傳開的十九道圍棋，結果沒賺到啥錢，反而被幾個精於木野狐的里巷小人給弄虧了幾個銅板。賣過字畫，也幫村夫、村婦代寫過家書，偷雞摸狗，少有不被鄉民追打的好運氣。

「大少爺，這是村邊菜園子偷來的黃瓜，能生吃。」

「呸呸呸，這玩意兒能吃？」

灰頭土面的世子殿下坐在小土包上，將啃了一口的黃瓜丟出去老遠，熬了一炷香時間，世子殿下有氣無力地朝蹲邊上狂啃黃瓜的老黃招手，「唉，老黃，幫我把那根黃瓜撿回來，實在沒力氣起身了。」

「大少爺，這是玉米棒子，烤熟了的，比生吃黃瓜總要好些。」

「甭廢話，吃！」

「老黃，你這從地裡刨出來的是啥東西。」

「地瓜。」

「能生吃？」

「能！」

「真他娘的脆甜。」

「大少爺，俺能說句話嗎？」

「說！」

「其實烤熟了更香。」

「你娘咧！不早說？」

「雖說偷這隻土雞差點連小命都搭上了，值！一點不比嫩黃麂肉差。」

「是香。」

「老黃，剛進村子的時候，你咋老瞅那騷婆娘的屁股，上次你還猛看給孩子餵奶的一個村姑，咋的，能被你看著看著就給你看出個娃來？」

「不敢摸，只敢瞧。」

「出息！」

「老黃，我該不會是要死了吧。早知道就不碰你這行囊裡的匣子了。」

「不會！大少爺可別瞎想，人都是被自己嚇的，俺就喜歡往好的想。少爺，你多想想好酒、好肉還有那俊俏娘子，想著想著就過了這坎兒了。」

「越想就越想死。」

「別別別，大少爺還欠我好幾壺黃酒。大丈夫一言既出，四條牛、五頭驢、六匹馬都拉不回，俺們老家那邊叫一個響屁都能砸出個坑。」

「老黃，真是一點都不好笑。」

「那俺給大少爺換個笑話？」

「別，你那幾個道聽塗說來的老掉牙葷腥故事，都翻來覆去講了千兒八百遍了，我耳朵起繭。不說了，睡會兒，放心，死不了。」

「中。」

「老黃，沒討過媳婦？」

「沒哩，年輕的時候只懂做一件苦力活計，成天打鐵，可存不下銅板。後來年紀大了，哪有姑娘瞧得上眼嘍。」

「那人生多無趣，多缺憾。」

「還好還好，就像俺老黃這輩子沒嘗過燕窩熊掌，俺就不會念想它們的滋味，最多逮著機會看個幾眼就過癮。大少爺，是不是這個理？」

「瞧不出老黃你還懂些道理啊。」

「嘿，瞎琢磨唄。」

「老黃，你說溫華這小子成天就想著練劍，可看他那架勢，咋看咋不像有耍劍的天賦啊。」

「大少爺，我覺得吧，光看可看不準，就跟俺小時候上山打柴一樣，那些氣力大的砍兩個時辰就不肯出力了，我手腳笨，可把柴刀磨鋒利些，再砍個六、七個時辰，總會比他們多背些柴火下山。而且上山打柴，山上待久了，指不定就能看到好木頭，砍一截就能賣好些銅板。」

「這法子太笨了。」

「笨人可不就得用笨法子，要不就活不下去。好不容易投胎來這世上走一遭，俺覺著總不能啥都不做。」

「唉，最受不了你的道理。對了，老黃，我要是學劍，有沒有前途？」

「那前途可不是要頂天了？」

「老黃，這誇獎從你嘴裡說出來，當真一點成就感都沒有啊。喂喂喂，說了多少遍，別用這種眼神看我！」

大丫鬟紅薯看著世子殿下的神色，她的嘴角也跟著微微翹起。徐鳳年收斂思緒，終於翻開末篇。

劍九黃背匣掠上牆頭，距王仙芝二十丈立定，匣中五劍盡出，八劍式盡出。王仙芝單手應對。共計六十八招。末，劍九出。王仙芝右手動。劍九，如一掛銀河傾瀉千里，毀盡王仙芝右臂袖袍。王仙芝傾力而戰，劍九黃單手單劍破去四十九招，直至身亡。

附一：劍九黃經脈俱斷，盤坐於城頭，頭望北，死而不倒。

附二：經此一役，天下無人敢說劍九黃遠遜劍神鄧太阿。觀海樓內曹官子讚譽劍九一式出，劍意浩然，天下再無高明劍招。

附三：劍九名六千里，為劍九黃親口所述。

附四：劍九黃死前似曾有遺言，唯有王仙芝聽聞。

徐鳳年一直低頭望著那封信，光看側臉，並無異樣，沉默半晌，終於輕聲道：「紅薯，煮些黃酒來。」

這可不是煮黃酒的時節，湖中蟹艫都還小著呢，於是大丫鬟柔聲道：「殿下，這會兒就喝？」

徐鳳年點頭道：「想喝了。」

紅薯心思玲瓏，也不問話，去梧桐苑無奇不有、無珍不藏的地窖拎了壺會稽山老黃酒，給世子殿下煮了一壺，端到坐梧桐苑二樓臨窗竹榻小檀几上。

徐鳳年要了兩只酒杯，揮揮手，將紅薯、綠蟻在內的丫鬟都請走，整個擺滿價值連城的古玩書畫的二樓便越發清靜。

徐鳳年倒了兩杯黃酒，靜坐了一天，始終沒在臉上掛出歡喜悲慟。臨近黃昏，瞥見了那柄冷落多時被掛在牆上做漂亮裝飾的繡冬刀，徐鳳年下了竹榻，摘下名字文氣、刀更漂亮的繡冬，抽出刀鞘，寒氣沁入肌膚。

那次不知死活偷摸了老黃的劍匣，當天就半死不活，足見匣內劍氣凝重，繡冬與那幾把劍，都是斷人頭顱的好東西，與涼州紈褲腰間佩戴裝金鑲玉的玩物不可同日而語。可能入府稍晚的管家僕役，都無法想像這位整日只知尋歡作樂的世子殿下，第一次摸刀極早，才六歲。

徐鳳年拎刀下樓，看到一群丫鬟聚在院中，面容憂愁，徐鳳年笑道：「都忙自己的去，做做樣子也好。否則被沈大總管瞧見了，又要嘀咕咱們梧桐苑沒規矩的碎話。」

徐鳳年快步走入臥室，從床底搬出樞機盒，找出那遝以木炭作畫繪劍勢的絹帛，與樞機盒一般無二，都成了遺物。

不讓人打擾，徐鳳年凝神看了一宿。

將簡陋劍譜放回盒內，徐鳳年抬頭看到老爹徐驍不知何時就坐在一旁。

徐驍問道：「看得懂？」

徐鳳年搖頭道：「不懂，老黃畫工太差，我悟性更差。」

徐驍笑了，「你要學劍？」

徐鳳年點頭道：「學。」

知子莫若父，徐驍問道：「學了劍，去武帝城拿回劍匣六劍？」

徐鳳年平靜道：「沒理由放在那裡讓人笑話老黃。」

徐驍淡然道：「那你五十歲前拿得回嗎？」

徐鳳年嘆氣道：「天曉得。」

徐驍沒有任何安慰，只是神情隨意地起身離開，留下一句不鹹不淡的話：「想清楚再跟爹說。」

徐鳳年望著父親背影，問道：「老黃最後說了什麼。」

徐驍停下腳步，沒有轉身，說道：「等你學成了再說。」

其實，老黃說了什麼，不重要。人都沒了。

六千里風雲，城頭豎劍匣。可十幾罈子的黃酒，都還留著啊。

第五章　徐鳳年始練刀法　小山坡世子逞凶

徐鳳年真的撿起以往最不齒的武藝，但他學劍之前先學刀，當然是跟白髮老魁學。

老魁本要離開王府去闖蕩江湖，早嚷著手癢了，要會一會那蹲著茅坑卻不怎麼拉屎的十大高手，等後頭九個都打過了，再去跟王老怪過招。老魁最看不慣這老匹夫，天下第一就第一，裝什麼第二，直娘賊的矯情！可恨！

正啃著羊腿的老魁聽聞徐鳳年要跟他學刀，倡狂大笑，噴了一地的羊肉碎末。老魁見拎那把好刀的世子殿下沒有任何玩笑意味，便丟了羊腿，將滿是油漬的大手撫摸上青壯年時請高人勾入琵琶骨的猩紅巨刀，問了個問題：「憑什麼爺爺要教你？」

徐鳳年回答：「我讓徐驍去把那個用斬馬刀的魏北山請來北涼，與你過招。以後每年一個，直到我學成了刀。」老魁讚了一句好大的手筆，抬頭望著徐鳳年，神情古怪地笑問：「小子，告訴爺爺為何要學刀，北涼三十萬鐵騎還不夠你這小子耍威風？」

徐鳳年抽出繡冬，手指輕彈，咧嘴笑道：「那些人的刀槍，說到底還是別人的，我也得找把自己順手的。」

老魁撇了撇嘴不置一詞，只是讓徐鳳年單臂提起繡冬，先站上半個時辰，刀身不能斜，否則就算把王老怪給請來，這個便宜徒弟都不收。結果，徐鳳年堅持到一個時辰後當場暈厥，繡冬刀始終沒有傾斜，準確來說，連顫抖都沒有。老魁呆呆地望著倒地不起的世子殿下，走過去捏了捏這小子僵硬如鐵的右臂，嘖嘖道：「撿到寶了」。

接下來老魁並沒有傳授徐鳳年如何高深玄奧的招法，只是讓他重複四個枯燥動作：直刺、斜撩、豎劈，回掠。刺三千、撩三千、劈四千、掠四千。

老魁本以為這個鐘鳴鼎食慣了的公子哥起碼會問幾個為什麼，可徐鳳年沒有，只是每日拂曉到僻靜院中開始練刀，每日深夜蹣跚離去，繡冬一刻不離身。這讓老魁很是鬱悶，同時又產生了好奇，徐鳳年表現出來的不僅是意志，還有相當扎實的握刀功底，莫不是這世子殿下先前被軍中武將悉心調教過，學了軍伍悍刀做防身術？

這段時間刻意刁難，讓徐鳳年練習乏味的握刀，一半是讓這個娃兒知難而退——天底下的刀法，沒有半步終南捷徑可走，另一半則是真心，練刀首要握刀，連刀都拿捏不住，那就不是用刀，而是被刀拖著走，即便拿到手一大疊的絕世刀譜，也只是要些看似花團錦簇的花哨招式，一旦對敵，只有死路一條。

初日練刀恰好是大暑，大暑過後是立秋。

徐鳳年始終光膀子練刀，一身錦衣玉食好不容易溫養出來的柔滑肌膚曬成了古銅色，身體越發精壯，若添些傷疤，便可與行伍悍卒無異。可刀法，遠未入流。

白露、秋分、寒露後是霜降，掠四千變成了掠六千。

徐鳳年終於開口問第一個問題：「刀是百兵之膽，大開大合，講求雖千軍萬馬吾往矣，可這回掠是收刀法，怎麼就偏要多練了？」

老魁笑道：「世上不怕死的刀客太多了，可不怕死的刀客，最容易死。天下最厲害的回刀術也逃不掉一個掠字，哪有對誰都是刀取性命的好刀法？爺爺的大道理，都是閻王殿外轉悠一圈回來路上想出來的，學著點。」

武庫那裡有堆積如山的刀訣、刀譜，可徐鳳年從練刀第一天起，便沒有踏足被江湖武夫視作武學聖地的聽潮亭，老魁對此甚是欣慰。

刀法一途，不比武當山那娃娃師叔祖修習的天道，最緊要是滴水穿石，至於小成以後，如何相輔相成地揀選心法，內外兼修，老魁不擔心這個，人屠徐驍有的是歪門邪道，問題在於錦衣玉食的世子殿下撐得到那天？

立冬後，直到大寒，哪怕湖面結冰，徐鳳年都會被老魁帶進湖底練刀，閉息時間越來越持久。刀法還是沒有登堂入室，卻先養出了水性。

近期，城外竟橫空出世了幾股遊寇，就在堂堂大柱國眼皮底下叫囂作亂，這簡直是太歲頭上動土，可城中傳聞幾夥找死的匪徒都不是由北涼鐵騎踩成肉泥，而是被一位戴猙獰面具的刀客給屠盡。

城內閒雜看客們在拍案叫絕後總要說上一句「可惜那半年來無聲無息的世子殿下沒能看見，否則定要大大賞賜一番」。至於那些城內權貴，則是個個摸不著頭腦，且不說那鬼祟刀客是何方人氏？那幾股流匪從何而來？大柱國治下不可說路不拾遺、歌舞昇平，但要說如傳聞那般是北莽竄入北涼的流民興風作浪，打死都不信。

◆

臘月二十八，徐鳳年跟著大柱國前往地藏菩薩道場九華山，這一次要由行冠禮後的他來敲鐘。

卸甲下馬登山，夜宿山頂千佛閣，徐鳳年在燈下抽空翻看龍虎山真人寄來的信，很厚，他會心一笑。信上說黃蠻兒看到漫山遍野的山楂，就一捧一捧地帶回師父修習的居所，結果把整個庭院都給堆滿了，虧得在山上德高望重的真人不敢訓斥，只敢好心解釋這山楂摘下後存放不久，最好等哪年下山再摘，結果差點被黃蠻兒拆了房子。

徐驍並未入睡，走入房中，瞥了燈下橫放桌上的繡冬刀一眼，手中拿著另外一封家書，卻是次女徐渭熊寄回，大柱國苦著臉說道：「你二姐寫信罵了我一通。」

徐鳳年笑問道：「就因為我學武練刀？」

徐驍坐下後嘆息道：「要是你再繼續練下去，指不定她就要從上陰學宮跑回來當面罵我了。」

徐鳳年不去看信，只是幸災樂禍道：「她怎麼說？」

徐驍眯眼道：「她讓我問你，用刀第一，又如何？」

徐鳳年想了想，說道：「你就回信說能強身健體，總不能被美色淘空了身子。」

徐驍為難道：「這個理由是不是兒戲了點？」

徐鳳年自通道：「對付二姐，就得用這種法子。否則與她說大道理，說得過？」

徐驍豎起大拇指，拍馬屁道：「這刀沒白學！」

二十九日清晨，山霧彌漫。徐鳳年雙手擱在繡冬刀刀柄上，駐足遠望。

立冬後，那幾股流寇都是老爹徐驍安排的練刀「木樁」，徐驍沒有任何暗示，但徐鳳年自然猜得出多半是些北涼軍中犯了大禁的死犯。徐驍治軍極嚴，賞罰分明，便是當初義子陳芝豹犯律，也被示眾鞭撻成一個血人。若非如此，京城清流中也不至於流傳北涼只認涼王虎符不認天子玉璽。

這些臨時充當劫匪山賊的軍犯，沒傳承過正統武學，但一身本事都是靠在戰場上拚命滾打出來的，力大凶殘，有著北涼鐵騎特有的悍不畏死，最適合給徐鳳年鍛鍊直來直往的殺人悍刀術。老魁親眼看著徐鳳年殺絕三撥，之後就不再留心，只是給出位址，就讓徐鳳年單騎單刀前往。

第一撥過後徐鳳年身中六刀，五輕一重，砍中後背那一刀，也不致命，趴在血泊中，刀仍不離手，最後由老魁背回王府。此後幾批徐鳳年都是帶傷而戰，老魁絕不給他一絲一毫偷懶叫苦的機會，換作其他王府豢養的高人，絕不敢如此糟踐勳貴程度足可媲美皇親國戚的世子殿下。

與悍匪搏命練悍刀，其中艱險，不足為外人道。徐鳳年閉上眼睛，放緩呼吸。心想是不是可以入手內家了？外門的刀法再霸道，碰上真正內外兼修的高手，就如稚童嬉鬧，只能貽笑大方。可這內家修為，更講究步步為營，體內大小竅穴經脈，打磨貫通如行軍布陣無異，像那號稱天下內功一半出玉柱的武當，尤其是一些有天賦根骨、有領路師父的道士，一日在山，就要一日修行，力求達到與那天機生化共鳴的大道境界。

內力這東西又不是食物，塞進肚子就能塞滿填飽，徐鳳年上哪兒去憑空多出十幾、二十年水磨工夫的寶貴內勁。要不去聽潮亭找些走邪門歪道的路數？徐鳳年皺緊眉頭，睜開眼睛，滿眼的雲海，滿耳的松濤，心曠神怡。他沒來由想起了繡冬刀的舊主人，不知道那白狐兒臉何時會登上三樓？這美人兒約莫該要嫌棄繡冬刀給錯人了？那年大雪，白狐兒臉湖上出刀，才是真的悍刀行啊。

徐鳳年深知其中雲泥之差，但沒有氣餒，有個缺門牙卻總憨笑的老頭說過，吃飽放屁是挺舒服的事兒，可屁要一個接一個放，慢慢來，更舒坦。他現在練刀法門，是最笨的法子。該敲晨鐘了。由於練刀的關係，徐鳳年的敲鐘，鐘聲洪亮，一天下來共計一百零八聲鐘響。北涼軍中扛纛的齊當國面有異色，其餘義子中姚簡和葉熙真相視一笑，驚喜參半；肥球褚祿山差點把眼珠子瞪出來，至於小人屠陳芝豹和白熊袁左宗都在邊境巡視，並未現身。

一行人徒步下九華山，與徐鳳年並肩的大柱國緩緩道：「你若真要習武，府上高人倒知曉一些旁門左道，就看你肯不肯放下架子了。」

徐鳳年啞然失笑道：「我能有什麼架子可端著？」

大柱國遙遙望向武當山，瞇眼道：「那就好。」

正月裡又是過江之鯽的顯貴訪客陸續攜禮登門，陵州牧嚴杰溪和子女一齊到達，豐州刺督李功德後腳跟上，自然帶上了名聲奇差的寶貝兒子李翰林。因為兩人的兒子與世子殿下是髮小，兩位州牧大人關係深厚，一直有幸被北涼王高看一眼，治理政務上偶有紕漏，都得以被大柱國輕輕帶過。

嚴杰溪還有個外人羨慕不來的優勢，即他有個才學相貌都一等一的女兒，連大柱國都稱讚有加，親口評點「穩重和平，展洋大方」，當時許多人都深信此女將會進入北涼王府，估計是世子殿下過於放浪形骸了點，一直沒有實質動靜。

今日大柱國親自接待兩位州牧，李翰林的屁股坐不住，早就蠢蠢欲動，大柱國大手一揮說了個「滾」字，李翰林立即如蒙大赦地拉著不忘作揖行禮的死黨嚴池集奔出去。

豐州牧李功德長吁短嘆，說這兔崽子也太不得體了，大柱國笑著說，翰林這性子不錯，李功德這才寬心，大柱國清淡一句，可比州內罵聲萬言有用百倍。

嚴杰溪女兒嚴東吳也婉約告退，去府內散步。能得大柱國好評的女子十分罕見，她被北涼士子公認為「女學士」，琴棋書畫、詩詞歌賦無不精通，器彩韶澈，明豔動人，若非被北涼第一奇女子徐渭熊壓了一籌，恐怕還要更出名。

只是她自打第一眼看到徐鳳年就全無好感，將這位世子殿下看作腹中空空的草包，也從不掩飾。而徐鳳年則針尖對麥芒，說嚴東吳是個沽名釣譽的女祿鬼，明面上和氣，其實頗為世故，城府深深，雖然長得溫婉無害，卻是把刀子，誰娶她便是捧著把尖刀回家，家門不幸。

總之兩人這些年一直不對付，互相不順眼，能不見面就不見面，所以互相串門，見面都不打招呼。她弟弟嚴池集本希望能與鳳哥兒親上加親，後來眼看無望，也就死心了。

暮色中，嚴東吳走在通幽小徑上，心中冷笑，這半年不聞世子殿下作怪，聽說是禁足讀聖賢書，她才不信大柱國能禁得了徐鳳年的雙腳，指不定又是闖了什麼滔天大禍。

嚴東吳聽到一陣陰陽怪氣的言語：「喲，這位姑娘好膽識，敢在徐草包的地盤上單身遊覽，不怕被那草包給劫了去肆意凌辱？」

她不用抬頭，都知道是那個命裡相剋的死對頭──考不出功名、做不成大事的世子殿下。嚴東吳懶得理會，加快步子，想要早早離去，眼不見心不煩。

徐鳳年不依不饒地擋在她身前，沒個正形地捉弄道：「姑娘，要不我給妳護護花？可別遭了徐草包的毒手，到時候貞潔不保，找誰娶妳？聽說京城有個小皇子鍾情於妳，莫不是要準備做皇妃了？」

嚴東吳鳳目怒視，她臉上冷淡，心中卻有些小訝異。眼前的潑辣貨色三年多不見，似乎黝黑健壯許多，只是那股子江山易改、本性難移的撲鼻紈褲氣，還是一樣可惡。她心思細膩，瞧見這涼州最大的公子哥不花哨佩劍了，換了把刀，不挎在腰間，卻拎在手中，真是不倫不類。

嚴東吳後撤一步，與徐鳳年拉開距離，嘴上出言相譏道：「學不來那戴有猙獰大面刀客的本事，就只得學最輕鬆的佩刀了？世子殿下好大的志氣！」

徐鳳年「嗯嗯」了幾聲，轉而將繡冬扛在肩上，雙手搭著，更顯痞態，笑咪咪道：「女學士都聽說了那刀客的壯舉？妳說我該不該去賞個幾千上萬兩銀子？我可聽說今晚城外就有一場廝殺，正尋思著該帶多少銀子。女學士，妳挺精於算計的，要不給謀劃謀劃？」

嚴東吳冷笑道：「你敢見那血腥場面？給多少銀兩是殿下的私事，東吳倒是要好心提醒殿下記得多帶一套衣衫。」

徐鳳年嘖嘖道：「女學士果真是算無遺策，都算計出我要尿褲子了，厲害厲害。以前說妳事不關己不開口、一問搖頭三不知，現在看來真是錯怪妳了。」

嚴東吳沒了耐心跟徐鳳年磨嘴皮子，冷聲硬氣道：「讓開！」

徐鳳年搭著繡冬刀，吊兒郎當道：「女學士，敢不敢跟我一起去見識見識那刀客？」

嚴東吳斬釘截鐵道：「不敢！」

徐鳳年打趣道：「是怕見到我的醜態，還是怕見到刀客，忍不住跟他私奔了去？聽嚴池集說妳總愛偷看一些遊俠列傳，真不好奇那猙獰大面後是何方英雄？」嚴東吳被揭穿隱私，卻無窘態，默不作聲。

徐鳳年一臉遺憾道：「不去拉倒，眾樂樂不如我獨樂樂。」說完扛著繡冬刀與嚴東吳擦肩而過。

嚴東吳突然皺了皺鼻子，轉身破天荒主動問道：「你真要去當那冤大頭善財童子？」

徐鳳年笑道：「馬廄有兩匹馬。」

最終，兩騎出城。

◆

披厚裘掩人耳目的嚴東吳策馬狂奔時心中懊惱萬分，怎就被這徐草包灌了迷魂湯？她本以為王府會有鐵騎扈從，可出城二十里後仍不見蹤影，好奇問道：「徐鳳年，你要帶我去哪裡？」

徐鳳年單手提刀，轉頭笑道：「再過二十里路，妳便知道。妳還怕我把妳帶到荒郊野嶺行苟且事？放心，強扭的瓜不甜，這道理我如今比誰都懂。」夜幕星光中，嚴東吳看到了一張似乎陌生起來的臉孔。

再行二十里，看到一個小山坡對面篝火閃爍。徐鳳年率先躍馬上坡，嚴東吳策馬上了坡頂後，臉色變得慘白。

坡下，坐著大碗喝酒、大塊吃肉的十幾號彪形大漢，個個面容陰鷙，看到徐鳳年後就像瞧見了大肥羊，再看衣裳華貴的嚴東吳，眼睛裡便滿是炙熱淫穢。他們被丟到這鳥不拉屎的地方擔驚受怕，如今有個細皮嫩肉的美人兒送上嘴，不吃才遭天譴。

嚴東吳怔怔地望向徐鳳年側臉，這紈褲是要用這惡毒下作的法子報復自己？

徐鳳年目不轉睛地盯著坡下，輕輕地笑道：「嚴大小姐，別急著咬舌自盡，徐鳳年可沒妳想的那般齷齪，把妳交出去給一群死人，嚴池集還不得跟我絕交掰命，怎麼算都是賠本賠到姥姥家了。」

徐鳳年長呼出一口氣。大寒時節，這一抹白色霧氣在嚴東吳眼中格外清晰。然後她看到這個遊手好閒的世子殿下從懷中掏出一張猙獰面具，覆於臉上，抽刀，將刀鞘插入土壤。一系列無聲動作，使得他整個人瞬間氣質一變，嚴東吳摀住嘴，不敢出聲。

是個殺人的好時節，飄雪的日子裡，屍體很快就會變得如屋簷下的冰凌一般，不顯髒，尤其是一攤攤汙血，冰凍後就跟女子繡花一般，這讓暫時殺人只能講求迅猛快速的徐鳳年很是欣慰。

四、五撥人一通殺，殺順手了，便有了些不方便跟人說的經驗之談。但舔著血行走江湖，沒個捧場的知己多寂寞，要不然高手對決為啥都挑在樓頂山巔，最不濟也是人多口雜的鬧市？再者，徐鳳年看不順眼嚴東吳很多年了，不順眼的是嚴家大小姐的架子作態，對她的臉蛋身段其實很順眼，於是就起了壞心眼，把她給勾搭出來見世面。好不容易有了老魁以外的珍稀看客，徐鳳年覺得有必要殺人更用心些，更果決狠辣點，把她嚇散了魂魄是最好。

流寇首領使了個眼色，讓兩個得力卻不那麼心腹的傢伙當先鋒。他們自然不太情願，聽說山坡上那個專殺同行的刀客出手可不溫柔，屍首少有齊全的。但首領發話了，只要做掉那戴面具的，就能先嘗那小婆娘的滋味，這讓憋了太久的兩個流寇連命都顧不上了。

他們被莫名其妙地丟到這裡後，得知只要殺死那個要殺他們的人，就可以免了死罪，拿到一份巨額懸賞不說，還能重返軍伍。本就是你死我活的死局，頭腦一熱，顧不上許多。

繡冬與流寇手中一柄精良砍刀碰撞，徐鳳年側身黏刀下滑，削掉那衝鋒卒子數根手指，不等那人哭爹喊娘，順勢一撩，便挑掉一顆頭顱。徐鳳年腳不停歇，繡冬翻滾，將第二名流寇攔腰斬殺。然後他徑直衝陷入陣，繡冬如一團雪球湧動。

才一炷香工夫，便死絕了，極少有屍體是完整的。徐鳳年終於長呼出一口氣，所謂一鼓作氣，是極有道理的。用刀最忌諱氣機紊亂，他開始有些理解。

徐鳳年摘下覆蓋臉龐的獠牙青面，氣韻再變，重新恢復成那吊兒郎當的俊俏公子哥，只見他輕巧抖腕，將繡冬刀上的血珠甩在雪地上，提刀上坡。

坐於馬背上的嚴東吳瑟瑟發抖，咬牙堅持，似乎不肯輸掉常年積累出來的清高氣勢。徐鳳年瞥了一眼，將繡冬刀在她身上價值千金的狐白裘擦拭了一下，留下輕微痕跡。這個粗野動作，嚇得那金枝玉葉的嚴東吳驚呼出聲，嬌軀搖搖欲墜。

徐鳳年不再嚇唬這位頭腦聰慧此時卻一片空白的大家閨秀，將繡冬刀插回刀鞘，走了幾步，翻身上馬，輕輕道：「回了。」

返城四十里，徐鳳年在前，騎術平平的嚴東吳在後，跟得辛苦。馬背上的徐鳳年大半時間都在閉目凝神，呼吸綿長。練刀，殺人只是次要的事情，真正的磨礪，還在王府小院裡等著他。

城門校尉睜大眼睛認清了世子殿下的尊容，忙不迭地吆喝開啟城門，生怕惹惱了這位北涼混世魔王就要捲鋪蓋回家養雞種田。

徐鳳年將嚴大千金送到州牧府邸，笑道：「這馬得還我。」

嚴東吳下馬後仍是緘默，徐鳳年不以為然，彎腰從她手中牽過韁繩時，拿繡冬刀鞘拍了一下她的臀部，調笑道：「魂兒沒了？」

嚴東吳面有慍色。徐鳳年拿繡冬刀勾挑起她的精緻下巴，緩緩道：「妳爹有封寄往京城王太保的信，就擱在徐驍案頭。所以妳放下身段與我這無德無品的世子殿下出城賞雪一趟，沒白去。」

嚴東吳眼神慌亂。徐鳳年輕佻地笑了笑，將懷中的青面丟給她，「今夜嚴小姐如此賞臉，作為回禮，送妳了。以後再惱恨我，就拿它出氣。」

◆

聽潮亭內，大柱國親眼看到兩騎出府，笑著回閣坐在首席幕僚李義山的對面，輕聲問道：「元嬰兄，你說這混帳小子是騙嚴家小姑娘多些，還是救嚴池集那書呆子一家老小六十九口多些？」

李義山平淡道：「都有。」

徐驍笑道：「這陵州牧的位置就這般不值得珍惜？老小子嚴杰溪過於紙上談兵了，以為跟王太保拉上關係，女兒僥倖成了皇妃，就能逃離我的掌心？躲去天子腳下牢騷我幾句，就能扳倒我？也不想想他這些年在涼地的日進斗金是拜誰所賜。沒這些金銀，他拿什麼去籠絡王太保，去跟大內那位韓貂寺稱兄道弟？這一點，反倒是李功德聰明許多，總還記得誰才是他真正的衣食父母。這種人，才能活得久。」

李義山平聲靜氣道：「哪來那麼多溫順鷹犬任由你驅使，偶爾躥出幾隻跳牆瘋狗，不正合你意？若涼地年年天下太平，沒有邊境上的厲兵秣馬，沒有嚴杰溪這些蠢蠢欲動的所謂清流忠臣，你這位置，豈不是更難坐？後半輩子都在忙自汙其身、自辱其名勾當的名臣將相，還少嗎？你已經很不錯了，尚且能夠拒絕公主招婿，天下文人罵了十幾、二十年，還沒戳斷你的脊梁骨，足以自傲了。」

大柱國對此雲淡風輕，不作任何評價。

◆

徐鳳年初回府沒多久，來樓上送酒，就被拉著手談了幾局，結果李義山氣得不輕。

對李義山來說，這圍棋不管十九道如何縱橫變幻，終究是靜物、死物，擺出再大的陣勢都是鬼陣，不入上乘大道。李義山本就不喜，可徐鳳年兒時頑劣，靜不下心，要想把這傢伙屁股釘在席子上，找來找去，就只有這坐隱一途。

李義山私下頗為欣賞那小子與生俱來的卓絕記憶，兩人對弈，起先還有棋墩棋子，後來便悉數撤去，只是虛空做落子狀，橫豎十九，事先說好落子根位，不可反悔，這些年打磨下來，李義山勝九輸一。

不承想這趟遊歷歸來，徐鳳年不知從何處學來層出不窮的無理手段，越是收官，越是橫生亂拳打死老師傅的效果。李義山著實狼狽了幾回，差點要拿酒壺砸這胡下一通的兔崽子。

盤膝而坐的李義山略顯無奈，輕淡笑道：「我們聽潮十局，看來要四勝四負了。這小子如我所願，撿起了武學，但下棋卻下贏了我。」

徐驍哈哈笑道：「這不還剩兩局，不急不急。」

李義山提起筆，卻懸空靜止，問道：「上陰學宮那位祭酒要來找你下棋？」

徐驍笑呵呵道：「可不是。」

李義山譏笑道：「當初以九國做棋子，半個天下做棋盤，好大的氣魄，可也不見他們下出幾手妙棋，眼高手低，坐而論道。被你一頓砍殺，什麼布局、什麼棋勢都沒了。」

徐驍道：「渭熊還在那邊求學，總得給些面子。否則你也知道我的脾氣，書生意氣，浩然正氣，這兩樣，對我而言，最是臭不可聞。」

李義山笑而不語。

徐驍突然問道：「你說玄武當興還是不當興？」

李義山反問道：「王重樓等於白修了一場道門艱深的大黃庭關，你就不怕武當山跟你翻臉？」

徐驍一笑置之。

◆

王府僻靜的小院中，徐鳳年與老魁一同盤膝坐在庭院廊中，緩緩地訴說那場雪中廝殺的每一個細節。如果出刀不夠果決，刀速過於求快而餘力不足，或者應對不當浪費了丁點兒氣力，就都要被老魁拿刀背狠狠地一陣敲打，教訓後才附帶幾句簡明扼要的點評。

老魁終究是用刀用到極致的高手，哪怕沒有身臨其境，由徐鳳年說來，與親眼所見並無兩樣。徐鳳年不要那上乘口訣，老魁也不主動拿出那壓箱本領，一老一小就跟相互猜謎一般，就比誰的耐性更佳。

白髮老魁靠著一根朱漆圍柱，笑問道：「小娃兒，既然是為了去取回城頭劍匣，你怎麼不學劍，豈不是更爽利？再說了，行走江湖，年輕人不都愛佩劍？一劍東來、一劍西去之類的，聽著就比用刀瀟灑厲害。咦，那詞叫陽春什麼來著，爺爺一時間給忘了。」

徐鳳年正襟危坐，繡冬橫放在膝上，輕笑道：「陽春白雪。」

「這涼地都喊你徐草包，冤枉！」老魁一手拍大腿，一手拍在世子殿下的肩膀上，後者差點前撲倒地，一個搖晃才好不容易穩住身形。

徐鳳年自嘲道：「老爺爺你眼光真是一般，比刀法差了十萬八千里。」

老魁灑然一笑，「等爺爺我與那耍斬馬刀的魏北山一戰，就真要離開這地兒了。小子，有想好以後的路子？」

徐鳳年將手放在繡冬刀鞘上，苦笑道：「還能怎樣，先去閣內找本速成的內功心法，然後聽天由命。實在不行，便把亂七八糟的各派武學都囫圇吞棗死記硬背了，以後臨陣對敵，總能占到點小便宜。我的根骨應該相當一般，不太可能像老爺爺這般一力降十會。若再不使點登不上檯面的小伎倆，何時才能去那武帝城。對了，當年王仙芝真是雙指捏斷了老一輩劍神李淳罡的『木馬牛』？」

老魁點了點頭，心有戚戚。對於天下最拔尖的武夫來說，老怪物王仙芝始終是一座不得不去面對的高山，以至於不說打敗他，只要打成平手，便可穩居十大高手之列，足見那位百歲老人的強悍無匹。

徐鳳年緩緩起身，明日還要早起。

今夜，未來皇妃的府上估計已經是雞飛狗跳了吧？

◆

第二日，北涼王府來了個貴客，是上陰學宮的一位教書匠，據說地位僅次於學宮大祭酒，是三位祭酒之一。這三人一般被尊為「稷上先生」，教的可不是一般經書典籍，而是聖人大道。

上陰學宮的士子來自天南地北，不分地域，不重身分，無關貧富，只要通過學宮三年一度的考核，便可入學，成為上陰學士，這些鯉魚跳龍門的學子，又被譽為「稷下學子」。

如今學宮大祭酒齊陽龍是當朝國師，地位超然，神龍見首不見尾，來訪的祭酒，世人只知道姓王，在上陰學宮專門傳授縱橫術和王霸略，曾經在名動天下的兩場大辯中先勝後負，贏了名實之辯，卻輸了天人之爭，從此少有露面。

此人收徒苛刻，近十年只收了人屠徐驍的次女徐渭熊做學生，還放話說這將是他的閉關弟子，衣缽可傳，此生足矣。徐鳳年在與二姐徐渭熊的寥寥幾封來往書信中，依稀得知這個稷上先生是個棋癡，最愛觀棋多語。至於學問深淺，徐鳳年不去懷疑，既然能當二姐的師父，再差都差不到哪裡去。

黃鶴樓下擺了一局棋，義子袁左宗站於遠處，只留大柱國徐驍和遠道而來的稷上先生手談有樂。徐鳳年登上山頂，只看到王先生的側影——容貌清臒，一襲樸素青衫，一雙麻鞋，腰間繫了一塊羊脂玉佩，與徐驍在棋盤上對壘，一副胸有成竹的神態，風範不可謂不高雅，氣勢不可謂不出塵。

世子殿下心想，這上陰學宮的祭酒果真是底氣深厚，尋常高人再高，見到徐驍不一樣大氣不敢喘？哪裡能有此人的鎮定清逸。

世外高人，不過如此了。

徐鳳年斂了斂心神，恭敬走近，大柱國和稷上先生都在凝神對局，棋盤上大戰正酣，皆沒有抬頭。存了敬畏心思的徐鳳年定睛一看，差點噴出一口血。

熟諳縱橫十九道的大國手，或大海巨浸，含蓄深遠，居高臨下，或精細奪巧，邃密精嚴，步步殺機。

可眼前這兩位？

徐驍是個一等一的臭棋簍子，徐鳳年自然一清二楚，起先看到兩人對弈，還想著是王先生在以大雅對徐驍的大俗，不承想……他娘的，這棋局咋看咋像一團亂麻啊！如同兩個孩童在那泥濘裡打滾鬥毆，與國手境界絕沒有半顆銅板的關係。

看情形，這位稷上先生的棋力根本就是和徐驍不分伯仲，難怪會殺得難解難分。

最讓徐鳳年無法接受的是這位王先生自以為走出了一記強手，都要配合一段自我認同的評語，類似「不走廢棋不撞氣，要走正著走大棋，做大龍屠大龍」，「棋逢難處小尖尖，臺象生根點勝托，嘿，但我偏不點，這一托，真妙，可登仙」。

徐鳳年瞪大眼珠，怎麼都沒瞧出妙處，只看到昏著不斷，慘不忍睹。

稷上先生盯著勝負五五分的局勢，揚揚得意道：「棋壇三派，共計十八國手，唯趙定庵、陳西枰不能敵，餘皆能抗衡。」

徐鳳年臉龐忍不住抽搐了一下。徐驍面無表情，拈子不肯落子。

稷上先生抽空終於抬頭，神色和藹道：「世子殿下，你說大柱國這顆輕子當棄不當棄？」

徐鳳年緩了緩呼吸，笑咪咪道：「不好說，稷上先生布局縝密，我看白棋多半是輸了。」

沒料到，一氣之下的徐驍誤打誤撞被逼出了一手好棋，稷上先生總算是感到了危機，卻不是沉著應對，而是立馬伸手去提起徐驍的那顆落子，厚顏笑道：「大柱國，容我悔一棋。」

徐驍似乎習以為常，努了努嘴，示意眼前這位祭酒自己動手。

徐鳳年有點傻眼。

這盤棋最終以稷上先生悔棋十數次後艱難險勝，徐鳳年看完以後對上陰學宮已經沒有任何崇敬和憧憬。

王大先生拍拍屁股起身，神清氣爽道：「我一生對弈無數，時至今日，仍然未嘗一敗。」

徐鳳年賠著笑道：「稷上先生才是首屈一指的大國手。」

下完棋，大國手便告辭下山，不下棋的時候，氣韻確實挑不出瑕疵，十足的仙風道骨。

徐鳳年呆立發愣，喃喃道：「何來的未嘗一敗？」

徐驍笑罵道：「未嘗一敗，這倒是真的。不過是因為他只和比他棋力差的對弈，沒有把握的，便識趣地作壁上觀。」

徐鳳年苦悶道：「二姐跟這樣的稷上先生學習經緯術？」

徐驍起身後，望向山腳，輕笑道：「能立於不敗之地，還不是國手嗎？」

不等徐鳳年詢問，徐驍便一股腦地和盤托出：「當年學宮蔚為壯觀，號稱諸子百家賢士三千，其實真正得勢的，不過道、儒、法、兵、陰陽等九家。我朝重法，其餘八國各有依託，可以說真正的兵戈就在上陰學宮。例如那西蜀信黃老無爭，占據天險，胸無大志，當時學宮內本已統一認定西蜀可以繼續偏居一隅，卻被我帶兵碾壓了一遍，一時間天下民怨洶湧，『人屠』的綽號，便被坐實了，與宮內巨宦韓貂寺和江湖隱士黃龍士一起被稱作人人得而誅之的三魔頭。

我與學宮關係一直奇差，唯獨剛才那位棋品糟糕透頂的稷上先生，替我說了許多冒天下之大不韙的話。當時王先生剛剛勝了名實辯論，風頭如日中天，若無意外，再贏天人，便可成為下一任大祭酒，去那道德林栽下一株功德樹，可惜了。所以我才將你二姐送到上陰學宮。」

王朝內有幾個久負盛名的禁地、聖地，除去皇宮大內，還有篡了武當道教正統位置的龍虎山，北涼王府的聽潮武庫，兩禪寺的舍利塔，吳家劍塚，最後便是天下士子嚮往的上陰學宮道德林，這道德林寓意十年樹木，千年樹德。

至於三大魔頭的說法，姓韓的宦官被罵作「人貓」，王朝內口碑比起徐驍只差不好。可這不過黃龍士最富爭議，親手沾染鮮血不多，甚至比起一些江湖俠士都要少得多。可這人一張嘴巴，實在厲害，當初九國亂戰，大半是他挑起來的，而他竟曾是上陰學宮最為得意的門生，自詡「黃三甲」。這倒不是他自我吹噓，黃龍士被公認十九道第一、草書第一、陰陽讖緯第一，享譽天下，到頭來，士林中廣為流傳上陰學宮甚至差點豎起「黃龍士終身不得踏足」的石碑。而徐鳳年的二姐徐渭熊如今在學宮內被許多稷下學士暗地裡說成「黃龍士第二」，可見其風采。

徐驍輕輕道：「王先生今天來，是求一件事，但我沒答應。」

徐鳳年無奈道：「你也忒不給上陰學宮面子了。」

駝背腿瘸的大柱國雙手插入袖管，形同一位老農，口中言語卻是倡狂至極：「那些讀書人隔了幾千里罵我，罵到今天，都有好幾大缸子的口水了，我不痛不癢。你二姐可是天天在他們家裡打他們的臉，劈里啪啦，響亮乾脆。論道，辯不過你二姐，下棋，更是如此。至於打架，你二姐的劍，砍那些手無縛雞之力的書生，一口氣砍上百來號，都不會起褶子。上陰學宮的傢伙，也就侃人厲害，砍人嘛，相當不入流。」

徐鳳年頭疼道：「打人不打臉，做人留一線，你倒好。」

徐驍笑道：「你爹書讀得少，哪來那麼多大道理好講。」

徐鳳年鄙夷道：「這話矯情。」

徐驍轉頭瞥了兒子手上的繡冬刀一眼，笑道：「真心不矯情。用刀說話，最管用。」

徐鳳年輕聲道：「也是這麼跟京城那位說話的？」

徐驍跟這個兒子相處，素來百無禁忌，直白道：「當然。三十萬北涼鐵騎，放個屁都震天響，不想聞都得聞。」

徐鳳年準備動身去湖底練刀，總不能附和一句「皇帝輪流做，明天到我家」吧？

徐驍問道：「你真要一直練下去？」

徐鳳年納悶道：「要不然？」

徐驍抽出手，呵了口氣，緩緩賣了個關子，「那你去趟武當，有人等你。」

徐鳳年訝異道：「總不是要我去跟洪洗象學玉柱心法吧？這也太沒面子了，那琉璃世界風景是不錯，可要我在那裡練刀，不痛快。他不下山我上山，怎麼搞得山不來就我，我便去就山似的，說實話，沒這雅興。我寧願挨那老魁的罵，被噴滿臉唾沫星子，也好過在武當山寄人籬下。」

大柱國淡笑道：「姓洪的小道士哪有這本事，你要見的是武當掌教王重樓。」

徐鳳年震驚道：「那個躲起來修行大黃庭闞的老道士？他真的曾經仙人一指劈開了滄瀾江？這也太神仙道行了，匪夷所思，匪夷所思啊！」

大柱國想了想道：「我倒是沒親眼見過，但王重樓幾乎以一人之力抗衡四大天師坐鎮的龍虎山，應該不是沽名釣譽之輩。況且李義山早年指點江山，做了將相評、胭脂評兩評，專門提到過這位道門高手，說他有望通玄，要知道那時候王重樓還只是個聲名不顯的中年道士。至於一指斷江的真假，你去了武當山不就知道了？」

徐鳳年一頭霧水道：「王重樓教我練刀？不可能，那就是傳給我武當最速成的高深心法？」

徐驍笑道：「去了便知。」

徐鳳年沒有拒絕。王重樓是久負盛名的天下有數高手，能見識見識，沾點道家仙氣總是好事，希望別又是上陰學宮王大先生這般的世外高人。最主要還是徐鳳年在湖底閉息練刀，想到武當有個深不見底的洗象池，這個池子是被一條瀑布百年千年沖刷而就，徐鳳年想去那裡練刀。

這一年，徐鳳年於暮色中獨身入武當。

第六章　上武當世子勤修　毀菜圃公主撒潑

「玄武當興」牌坊下，只站著兩位年齡相差甚多的道士。

一人自然是那器彩韶澈的年輕師叔祖洪洗象，還有一位老道鶴髮童顏，身材極其魁梧，並不比湖底老魁遜色絲毫，這樣的體格在道門中實在罕見。

見到提刀的徐鳳年，兩位道士都沒客套寒暄，只是默聲領著世子殿下登山。

爬山是體力活，以往徐鳳年登山需要中途歇息數次，練刀半年後長進許多，但依然做不到一口氣登頂。可每當徐鳳年體力消散感到疲倦的時候，高大老道士總會第一時間停下腳步，他一停，洪洗象便停。徐鳳年心中冷笑，這做派，可比數百個牛鼻子老道一同出迎更有心機。

三人在離洗象池不遠處的懸仙棺止步，那裡只有一棟小茅屋，看來就是世子殿下的住所了。屋外紮了一圈青竹籬笆，屋前擺放了一副桌椅，徐鳳年和老道士坐下後，洪洗象主動去屋內拿了套簡陋茶具，蹲在一旁煮茶。

身分無須猜測的老道士慈眉善目，微笑道：「天下劍法分站劍、走劍和坐劍，難度遞增，最終成就的高度卻說不準。我們武當素來不推薦那枯坐的坐劍法，這有違天道，站劍和走劍兩道卻還有些心得，不知道世子殿下是要學站劍還是走劍？」

徐鳳年平淡道：「我來練刀。」

煮茶的洪洗象翻了個白眼。

老道士和氣道：「劍術刀法，殊途同歸，皆是追尋一人當百的手戰之道。像那位鄧太阿，只是拎了一枝桃花，說劍亦可，說刀亦可。」

徐鳳年不想浪費時間，與老道士論道，實在是無趣，於是問道：「站劍和走劍有何區別？」

老道士笑呵呵道：「站劍簡單來說就是出劍、停劍較多，劍勢較為迅猛，如冬雷轟隆，不鳴則已、一鳴驚人。走劍重行走，連綿不絕，如夏雨滂沱，潑墨一般。世子殿下若是喜歡站劍，山上有幾套小有名氣的劍法，配合武當獨門心法《摘元訣》，可相互裨益。若是更青睞走劍，也無妨，玉柱峰有一本《綠水亭甲子習劍錄》，其言精微妙契，深得劍術精髓。」

徐鳳年思索片刻，問道：「王掌教所謂坐劍，是？」

老道士為難道：「這枯坐法是吳家劍塚的家傳，外人不得而知。」

年輕師叔祖給兩人各自遞了一杯茶，茶是山上野茶，水是泉水。

徐鳳年喝了一口，笑道：「忘了恭喜王掌教出關。」

老道士笑著點了點頭，洪洗象卻是悄悄嘆息。

徐鳳年猶豫了一下，小聲問道：「王掌教當真一指劈開了那條滄瀾江？」

老道士搖頭道：「不曾。」

徐鳳年如釋重負，眼前雄健老道既然排名還不如王仙芝，那一身神通稍微弱點總是好事。

洪洗象嘀咕道：「是兩指。」

仙人指路斬大江？

滄瀾江，那可是北涼境內最大的一條江啊。

徐鳳年一口茶水噴在對面的道門老神仙臉上，掌教武當三十年的老道士只是輕輕抹去，轉頭瞪了一眼多嘴的小師弟。徐鳳年趕緊告罪幾聲，王重樓倒是好脾氣，不以為意，繼續喝茶。徐鳳年悄悄打量這位武當第一人，只見額心泛紅，如一枚豎眉，雖是鶴髮，容貌卻並不顯老態。

徐鳳年猛地記起少年時在聽潮亭內隨手翻閱過的一本《三千氣象》的道教旁門典籍，提及武當有一種玄奧內功，以太上玉液煉形，先成丹嬰，遊五臟，再貫通四肢，可紅血化白乳，容貌如少年，寒暑不侵，謂之初入長生境。

這類雪泥偶爾留爪的文字記載，徐鳳年一直不當真，但親耳聽到那兩指斷滄瀾的事實，再親眼看到王重樓隱約外露的巍巍氣象，不得不信。

老道士喝完茶後離去，徐鳳年看到洪洗象還蹲在一旁發呆，便皺眉道：「騎牛的，你還不走？」

洪洗象「哦」了一聲，緩慢地走回小蓮花峰，途經三宮六觀，無數大小道士口口尊稱師叔祖、太上師叔祖，他都應下，一些熟悉的晚輩，還會駐足聊上幾句。待慢騰騰地走到登仙崖，發現掌教師兄就在龜馱碑下站著，洪洗象加快步子，喊了聲「大王師兄」。

山上他們這一輩，已是最高，不像龍虎山掌教之上還有歲數破百不理塵事的閉關真人。武當還有個姓王的師兄，用劍冠武當，習慣性被洪洗象稱作「小王師兄」，在大蓮花峰那邊噤聲悟劍已十六年。

幾乎比洪洗象高出一個腦袋的王重樓轉身看到悶悶不樂的小師弟，打趣道：「私藏的禁書又被你陳師兄繳走了？」

洪洗象搖了搖頭，欲言又止。王重樓拍了拍小師弟的肩膀，踩著月光而去。

◆

徐鳳年練了一趟滾刀術，並無套路，最重要的是第一刀角度和走勢，隨後連綿幾十招、上百招都按照這一刀順勢而走，如何出刀最快、如何出刀，力求一氣呵成，不留間隙。用最少的力氣使出最迅捷的刀，這不是老魁的私囊教授，而是徐鳳年自己琢磨出來的簡易刀法。說是滾刀，十分貼切，比較王掌教所說的站劍、走劍似乎都略有不同。

徐鳳年回到茅屋躺下，床硬板床，跟這武當山一樣硬氣，他對此倒是心無芥蒂，這歸功於跟老黃在荒郊野嶺風餐露宿慣了。

桌上除了一盞油燈，還有兩疊泛黃的書籍，兩本劍譜，一本《摘元訣》，最下面是一本《綠水亭甲子習劍錄》。徐鳳年並無睡意，乾脆熬夜把這幾本東西都死記硬背下去。

武當心法口訣在江湖上流傳甚廣，大多是一些偽作，冠以玉柱內功的名頭，依然十分搶手，但的確也有一些貨真價實的下乘玉柱心法被江湖人士熟知，武當山這邊也從不刻意絞殺阻攔，因為玉柱心法高明不假，卻只是那陰陽魚的一條陰魚，還需要武當道士日復一日的獨門鍛體術相輔相成。

徐鳳年對劍譜並無興致，《摘元訣》也不覺得有益，唯獨對《綠水亭甲子習劍錄》愛不釋手，這本六十年練劍感悟，是武當一位先輩祖師爺的心血之作，只是言辭晦澀，不太容易上手。

徐鳳年看了眼濛濛亮的窗外，放下《綠水亭甲子習劍錄》，提著繡冬刀走向洗象池，越是走近，瀑布擊石聲愈烈。

池中有一塊突兀而出的大石，徐鳳年沿著洗象池邊緣行走，竟然走入了瀑布內，原來這座掛象牙瀑布的懸仙峰被武當先人鬼斧神工地鑿空了內腹，傳說有真人在此乘虹飛升，留下一柄古劍在池中。

徐鳳年立定，離這條白練瀑布只有兩臂的距離，身上衣衫漸濕。

徐鳳年竭盡全力橫劈出一刀。

那老道士兩指便截斷了江河，咱這全力一刀又如何？

徐鳳年一陣刺骨吃痛，繡冬刀只是與那飛流直下三千尺的瀑布剛剛接觸，就脫手而出，在空中畫出一道狼狽的弧線，墜落在地上。徐鳳年抬手一看，虎口已經裂開一條大血縫。

他咧嘴笑了笑，撿起在他手中註定要埋沒名聲許久的繡冬刀，然後長呼出一口氣，再劈出一刀，結果照樣是繡冬甩手的下場。徐鳳年倒抽一口冷氣，撕下身上的一片布料，纏繞在手上，坐在地上拿起繡冬刀，已經不去奢望一刀平穩橫劈出一道縫隙，只求不脫手。

換了左手再來一刀，更慘，連人帶刀都摔出去。

年輕師叔祖不知何時來到洞內，驚訝道：「你跟陳師兄當年練劍一模一樣。」

徐鳳年苦中作樂道：「高手都是如此。」

洪洗象輕輕道：「只不過聽說陳師兄到了你這年紀，一劍可以砍出幾寸寬的空當。」

徐鳳年沒好氣道：「你幫我給王府帶個口信，那裡有個閉關的白狐兒臉，讓他先挑選四、五十本武學祕笈，隨便找人帶到山上。」

洪洗象好奇道：「這是作甚？」

徐鳳年低頭用嘴巴繫緊左手傷口的布條，不理睬洪洗象。

年輕師叔祖乖乖地出去給世子殿下跑腿打雜，一里路外有座紫陽道觀，他準備請小輩們幫忙，師叔祖自己當然不會下山。

◆

幾天後，一個身形纖細的女子背著個沉重大行囊，艱難登山。

天底下什麼東西最重？情義？忠孝？放屁，是書最重。

姜泥坐在山腰一級臺階上，腰幾乎斷了。

這漂亮至極的年輕女子被北涼鐵騎護送到山腳，接著獨自沿階而上。起初武當道士要幫忙，卻沒有得到她的任何回應，只是冷著一張俏臉，道士們只得小心翼翼地跟在後頭，生怕她連人帶行囊一起遭殃。北涼王府出來的女子，招惹不起。

姜泥抬頭看了眼沒個盡頭的山峰，念念有詞，都是一些咒罵徐鳳年不得好死的刻薄言語，只是比起她每日紮小草人的行徑，已經算是溫柔。現在那個王八蛋世子殿下要是敢站在她面前，她十分肯定會抽出那柄神符，跟他同歸於盡。

姜泥揉了揉已經通紅的肩膀，咬著牙再度背起沉如千鈞的行囊。在琉璃世界，這是一幅煢煢孑立的可憐畫面。

無所事事的洪洗象在山上閒逛，正巧看到這場景，便跑去幫忙，只是不等他開口，姜泥便說了一句「好狗不擋道」，語氣虛弱，眉眼卻是菩薩怒目，哪裡像是個王府最下等的婢女。

洪洗象笑了笑，說了聲「我給姑娘帶路」。

看到茅屋，姜泥愣了一下。

這就是那殺千刀世子殿下的寢居？他不得跳腳罵娘，把武當山幾千牛鼻子道士都給踹到山下去？

她一屁股坐在地上，氣喘吁吁，感覺真的要死了。

洪洗象剛要出聲提醒，結果被姜泥一瞪眼，只好把話全都咽回肚子裡。

年輕師叔祖心想這世子殿下帶出來的女人就是不一樣，或者真如大師兄說的那般耿直透澈，是因為山下女人都是母老虎？

雖然好心被當成驢肝肺，洪洗象還是得以藉機提起行囊，搬入茅屋。這回姜泥沒有出聲斥責，委實是沒那個精氣神了。她現在都恨不得坐著就睡著，至於雙肩後背的疼痛，已經趨於麻木，不去觸碰即可。

她抬頭見到那張可惡可憎可恨可殺的臭臉孔，不知道哪裡橫生出一些氣力，張嘴就咬下去，咬在赤腳提刀的世子殿下的小腿上。

徐鳳年拿劍鞘一拍，拍在姜泥的臉頰上，毫不客氣地把這位亡國公主給拍飛，力道剛好，不輕不重，不足以傷人。徐鳳年皺眉罵道：「妳是狗啊？」

羞憤勝過疼痛的姜泥動彈不得，只好抓起地上的泥土，往徐鳳年身上丟去。

徐鳳年也不惱，只是拿繡冬將泥土一一拍回，姜泥瞬間便成了一尊小泥人。

「徐鳳年，你不得好死！」

「來來來，姜泥小狗，咬死我啊。」

「你不是人！」

「呀，姜泥，現在的妳瞧著真水靈，可愛極了。有本事把神符也丟擲過來，那才算妳狠。」

「我總有一天要刺死你！」

「就這會兒好了，我堅決不還手。妳咋還坐地上？姜泥小狗，妳總不能過分到要我把脖子貼在神符上，自己一抹脖子吧？這個死法，也太霸道了。」

一個坐地上，一個站著，一個哭，一個笑。

誰能想像這兩位年紀相仿的年輕男女，一個是亡國的長公主，一個是北涼王的長子？看到這一幕，只覺得比天書還難以理解參透的年輕師叔祖無奈道：「我還是去騎牛好了。」

徐鳳年懶得跟姜泥大眼瞪小眼，把她晾在地上，去屋內打開行囊，除了一顆碩大的夜明珠和幾支毫鋒銳若錐的關東遼尾，其餘書籍都扔到桌上，堆積成山。

放眼望去便是紫禁山莊的《殺鯨劍》，兩禪寺的摹本《金剛伏魔拳》，南海最大尼姑庵的《觀音點化指》，五花八門，五十幾本武學祕典，有一個共同點——都是各宗各派的上乘招數，可能離最頂尖的境界還有差距，但徐鳳年想要學成其中一項，都是壯舉。

他一股腦兒從聽潮亭搬來，不是想要將這幾十種武學都學全，只是試圖博採眾長，在每本祕笈中揀選出一、兩種適用的，可以套用在刀術上是最好。退一萬步，見多了豬跑，以後行走江湖，哪怕看到一頭豬能夠水上漂、草上飛，也不用大驚小怪。

徐鳳年拿起一本祕笈，翻了幾頁後便放書提刀，準備去洗象池再練六百劈刀、六百掠刀，出了門才發現姜泥還沒下山，坐在青竹椅上，在那裡拿袖子抹去臉上泥土，動作細膩，想必每一個扯動都使出了吃奶的力氣，天底下哪有不愛美的女子？

徐鳳年嬉笑道：「小泥人，馬上要月黑風高了，一個人不敢下山？我這人心好，幫妳喊個脣紅齒白的俊秀小道士一同下山？」

姜泥冷笑道：「大柱國讓我在這武當山住下來。我聽說某人已經行了及冠禮，真是好笑。」

徐鳳年一陣頭大，不理會這棵無根小草的冷嘲熱諷，只是皺眉道：「徐驍吃錯藥了？」

姜泥板著臉默不作聲，伸出兩根纖細如春蔥的小指兒，慢慢梳理掉沾染在三千青絲上的泥土塵屑。

徐鳳年去山林採了些藥草，丟在屋前，說道：「妳住這裡，我去別處。」

姜泥無動於衷，泥菩薩一般紋絲不動，依然歪著腦袋看也不看世子殿下，細緻地收拾戰場。那一大疊草藥，她才不會去碰。

徐鳳年拿著夜明珠和野兔硬毫筆來到懸仙峰洞內，在石壁上鑿出一個窟窿，將夜明珠鑲嵌進去，頓時燈火通明。雙手血絲滲出布條的徐鳳年繼續揮刀，只是不敢輕易拿瀑布下刀。

深夜時分，已經筋疲力盡，徐鳳年坐在離瀑布最遠的石壁根下，盤膝而睡，刀不離手。清晨時分，準時醒來，徐鳳年睜開眼睛便看到洪洗象蹲在瀑布前，捧水洗臉。徐鳳年對這貨一向是眼不見為淨，起身在空地操練劈刺。

他古板練刀的時候，在山上騎牛放牛了十幾年的傢伙在石壁前研究那顆價值連城的重棘之璧。滾圓珠子在亮處，通體碧綠晶瑩，一到黑夜便清亮如滿月，洪洗象眼前這一顆不以大見長，只是彩霞出眾。

要說世間最大的夜明珠，還在皇宮內，需四位二八佳麗環手而圍，就放在隋珠公主的書房內。這位皇帝陛下最疼愛的女兒之所以叫隋珠公主，便是因為她出生時，隋國進貢了這顆在泰山腳下挖出的巨大夜明珠。

徐鳳年似乎原本有機會擁有兩顆「隋珠」，只要他肯進京，做那駙馬爺。

洞內濕氣濃重，徐鳳年又出了一身熱汗，交織在一起很傷身，他不敢多待，將繡冬刀扛在肩上，拿了一根著名的關東遼尾，這是質地最好的紫兔硬毫。徐鳳年從小練字就被李義山要求只用硬毫，毫柔無鋒的羊毫絕對不能碰，柔若無骨的字，向來被王府第一雅士唾棄，但徐鳳年知道遲早有一天要去書寫牌匾大字的巨楷，到時候還得拿起軟毫。

徐鳳年雖然被罵成金玉其外的草包，做多了像寒士書生重金購買詩詞曲賦的勾當，但琴棋書畫茶酒，樣樣都懂，只是未必精通而已。

練刀是力大事，練字是力小活，尤其是練刀過後再練字，格外艱難。

徐鳳年用關東遼尾蘸水在青石上寫《殺鯨劍》口訣，字由心生，地上行書顯得殺氣騰騰。

洪洗象蹲在一邊觀摩，嘖嘖稱奇道：「好字好字。比大師兄的蚯蚓爬強了百倍，他與下山的師弟或者山外人物書信聯絡，都得找我代筆。」

徐鳳年把這廝的讚譽當作耳邊風，現在每天滿手鮮血，不練刀時徐鳳年就把繡冬擱在肩膀上晃蕩，肩挑繡冬，瞧著是挺詩情畫意的，但內心可都是殺人的心都有了。

走向茅屋，發現昨天草藥丟在哪裡，今天還是在哪裡。

徐鳳年笑了笑，推門而入，第一眼沒看到姜泥睡在床上，心想這是去觀光琉璃世界景色了？再一看，已經把自己收拾清爽的小泥人面對著牆壁，坐著睡著了。

她不碰床，徐鳳年萬分理解，是嫌棄他睡過的地方太髒，之所以不是靠牆而睡，顯然是扛行囊上山的嬌柔後背已然不堪任何接觸。

徐鳳年張嘴把兔毫筆吐在桌上，拿腳踢了踢這位從天下最尊貴的皇城淪落到北涼王府的牢籠，再可憐到這間山上小茅屋的公主殿下。

她估計是累壞了，沒有任何反應。熟睡中呢喃了幾句，徐鳳年不去聽都知道是罵他的話。徐鳳年盯著看了一會兒，她是個美人胚子，雖說現在還比不得白狐兒臉，但也不輸給紅薯、青鳥多少，以後肯定還會更誘人，徐鳳年覺得她昨天坐地上捧泥土的樣子就很有趣。

姜泥在睡夢中身子一斜，差點倒地。徐鳳年肩膀一抖，繡冬落下，拿刀鞘輕輕地支撐住她的身體，緩緩扳正，這才不再打擾。

出門看到騎牛的傢伙已經識趣地開始煮粥，屋內有些小罈子醃好的爽口素菜，這段時間除非師叔祖太忙於小篆竹簡或者珍貴孤本的注疏解經，一般都會來給世子殿下燒飯做菜，任勞任怨，樂在其中。

洪洗象一邊煮粥看火候，一邊手指蘸口水翻閱一本《冬薦經禮記》。

徐鳳年實在想不出這膽小的傢伙怎麼去做那武道、天道一肩挑之的玄武中興人。

他給姜泥盛了兩碗米粥的量，擱在屋內的桌上，然後扛刀來到懸仙峰頂。那本《綠水亭甲子習劍錄》是練劍心得，可偶爾也有些對浩瀚武道的提綱挈領，大力推崇登高看星、臨海觀海這類對劍術無用，對劍道卻有益的行徑。

無奈徐鳳年看了半天，都沒看出能與劍道掛鉤的奧妙。騎牛的傢伙不吭聲地待在一旁，看得津津有味。

心理不平衡的徐鳳年問道：「你看了二十幾年，不膩味？」

年輕師叔祖憨憨笑道：「每天都是不一樣的景致，怎會厭煩。」

徐鳳年好奇道：「你到底會不會武功？」

洪洗象一臉真誠道：「約莫是不會的。」

徐鳳年一腳踹過去，蹲地上的師叔祖身體一陣左右搖晃，就是不倒，直至原來姿態，絲毫不差。

徐鳳年訝異「咦」了一聲，問道：「這是？」

在山上二十幾年，的的確確沒有正兒八經地看過一本祕笈、碰過一門武學的師叔祖，撓了撓被徐鳳年踹中的肩膀，一臉無辜道：「玄武宮有座大鐘，別人敲鐘，我就看它如何停下。」

徐鳳年刨根問底道：「你瞧著瞧著就瞧出門道了？」

騎牛的搖頭道：「沒啥門道啊。」

徐鳳年有些挫敗感，道：「要你拿刀去砍瀑布，能砍斷？」

被問的師叔祖搖頭道：「當然不行。」

徐鳳年終於好受點。

但蹲地上的傢伙馬上就附加了一句：「砍是砍不斷，不過大概不至於刀劍脫手。」

徐鳳年滿腹狐疑，命令道：「那你去隨便找把劍，去試試看，要是做不到，就等著餵魚吧。」

洪洗象一臉為難道：「要不世子殿下就把肩上這把刀借我唄？」

徐鳳年抬腳就要踢，騎牛師叔祖已經嗖地跑遠了。

徐鳳年下了峰頂，等了約莫一個時辰才等到滿頭大汗的洪洗象，他手裡果真拎了把桃木七星劍，拿劍手勢不倫不類。徐鳳年眼神示意他去刺一劍，如臨大敵的洪洗象深呼吸了幾大口，這才如赴刑場一般走到瀑布前，抬臂揮劍，輕輕一下。

一道向下傾斜的玄妙半弧，如羚羊掛角，劃破了聲勢驚人的垂流瀑布。

收回桃木劍，洪洗象轉身看向徐鳳年，沒什麼得意神色，彷彿是天經地義的事情。

徐鳳年愣了一下，微笑道：「懂了，這就是你的天道。」

只當是做了件吃喝拉撒睡此等小事的洪洗象「啊」了一聲，很有諂媚嫌疑地小跑向世子殿下，「給說說，怎麼個道？陳師兄說我是身在山中不知山，這輩子都不可能悟道了。」

徐鳳年奸詐道：「只要你下了山，站遠點，不就看清這山了？」

洪洗象唉聲嘆氣，做掐指狀一陣推演，無奈道：「就知道，今日不宜下山。」

徐鳳年恨不得一腳把這躲烏龜殼裡不探頭的膽小鬼給踹死。

◆

最大本事就是鑽牛角尖的姜泥跟徐鳳年卯上了，在茅屋住下。從冬寒霜白住到了春暖花開，世子殿下每天累得像條喪家犬，她倒落了個清閒，從不做一名奴婢該做的伺候活兒，每天就在武當山逛蕩。

八十一峰朝大頂，一半山峰宮觀和洞天福地都被她那對踩著麻鞋的小腳丫給走了個遍，還有閒情逸致跟最近的紫陽觀討要了些種子，在青竹籬笆外栽種了蔬果，被她折騰出一塊自成天地的小菜圃，徐鳳年多看兩眼，都要被她警告，像一隻被踩到尾巴的小白野貓。

徐鳳年除了練刀練字，就是不斷從聽潮亭搬書到山上。

一本接一本，一行囊接一行囊，如同搬山。

姜泥似乎癡迷上了親眼看著蔬果一點一點長大，一得空兒就蹲菜圃去盯著瞧，可憐神符匕首既要當鋤頭又要當柴刀。徐鳳年某天趁月明星稀好心好意去菜圃「施肥」，結果被睡不著的姜泥給撞見，癲狂的她拎著神符追殺了半座山。

接下來幾天徐鳳年都沒敢回茅屋，每餐伙食都是抓些野物燒烤應付著。

一開始洪洗象沒敢跟著大魚大肉，後來經不起肚中饞蟲作祟，有了個開端，便一發不可收拾，一見面就朝世子殿下拋媚眼，一張嘴便是笑嘻嘻地問今天逮著了啥，這與山上清規戒律那是大大的不符了。徐鳳年很佩服自己能忍受這騎牛的天天在耳邊絮絮叨叨，跟那頭青牛屁股上的牛虻一般。

搬了數百本書上山，徐鳳年當然不是要做一只兩腳書櫃，讀到懵懂處，就把洪洗象抓來解釋一番。最有趣的地方在於很多看似無解的高明招式，在另一本祕笈裡往往就有破解法，這類需要耐心尋找的矛盾最讓徐鳳年受益。

如今世子殿下刀術高低不好說，可眼界卻是更上數層樓了。

這期間徐鳳年拎出一本江湖上失傳已久的《大羆技擊》用作練體典籍，祕笈招式簡潔，卻招招剛猛霸道，力求一招致命，再跟武當要了一套無名的拳法，偏向陰柔。徐鳳年原本不喜，洪洗象卻是死皮賴臉鼎力推薦，吹噓得天花亂墜，只差沒捧成天下第一。

一開始徐鳳年依然不答應，口乾舌燥的師叔祖不得不賣命耍了一手壓軸把式，連徐鳳年都不得不承認當真是被這傢伙給震驚到：騎牛的摘下一把竹葉，於大風中隨手撒出，然後身隨竹葉走，一掌探出，徐鳳年只看見他在那裡醉漢一般身形晃悠，胡亂蹦躂，卻將所有竹葉都重新黏回了掌心。

啃著一隻野雉腿，拿到了拳譜卻始終不得要領的徐鳳年不得不開口詢問道：「這拳法越練越像娘們兒玩的東西，你該不是故意坑我？」

吃人嘴軟的師叔祖摸了摸嘴邊油膩，一本正經表態道：「小道怎敢糊弄世子殿下！」

徐鳳年狐疑道：「這是誰創的拳法？」

師叔祖眼珠子亂轉，大口咽下野雉肉，乾笑道：「世子殿下，不耽誤你練刀，我得放牛去了。」

徐鳳年拿刀鞘壓在洪洗象肩膀上，冷笑道：「不說就把你吃下去的東西全部打出來。」

師叔祖神祕兮兮道：「是小道在玄岳宮頂樓無意間找尋到的，年代久遠，不可考證，想必是某位前輩真人的心血。」

徐鳳年收刀，氣沉丹田，按照那套拳法在空中一連畫了六個圈，一圈套一圈，有模有樣，可總覺得與騎牛的當日在竹林耍的差了好幾座山的距離，別說神似，形似都差強人意。

忙著去牽青牛的師叔祖看了眼徐鳳年的架勢，微微點頭，笑容燦爛道：「這套拳由八卦到四象、三才直到兩儀，一路往回推演，只不過離太極無極還很遠。世子殿下手法已經相當輕靈圓活，開合有序，極為不易，比我當初快了太多，只不過還有些小瑕疵需要校正。若說《大羆技擊》是萬斤壓死千斤的手段，這套拳法便是四兩撥千斤的取巧。世子殿下練習時需謹記一點，拳打臥牛之地，求小不求大，求靜不求動，方能得了一生萬物的妙處，臻於巔峰，便是一羽不能加，蠅蟲不能落，一葉知秋，芽發知春。」

徐鳳年一琢磨咀嚼，譏笑道：「也就拳打臥牛地有些用處，其餘都是廢話。」

洪洗象呵呵一笑，並不反駁。

徐鳳年瞇眼笑道：「騎牛的，你這麼喜歡吃肉，這山上黃鶴最多，要不你騙隻下來？」

洪洗象乾笑道：「使不得、使不得。武當仙鶴通靈，而且都是我兒時的玩伴，殺牠們比殺我還難受。」

徐鳳年玩笑道：「你能否騎到鶴背上耍耍？道教仙人登仙，不就有一種騎鶴飛升？」

洪洗象搖頭道：「這個從沒想過，我從小怕高。」

徐鳳年鄙夷道：「怕下山，怕高，怕女人，還有什麼是你不怕的？」

洪洗象重重嘆息一聲，愁眉苦臉。

這位騎牛的突然豎起耳朵，小心翼翼道：「世子殿下，我先去牽牛，你最好回茅屋瞅瞅。」

徐鳳年握緊繡冬刀，疾奔而返。在山上還能有誰吃了熊心豹子膽來找自己麻煩？萬一真有，那肯定不會是尋常角色。

看見茅屋，徐鳳年身形急停，穿過竹林緩緩前行。屋外有三個面孔生疏的不速之客，不穿武當麻布或是絲絹道袍，居中那位身材嬌弱的公子哥，衣裳富貴華美。

徐鳳年對鐘鳴鼎食人家的做派再熟稔不過，一眼就可看出身家殷實厚度。這小子身上蜀繡針織窮工極巧，是有價無市的稀罕東西，這還是其次，他手上玩轉著兩顆夜明珠，質地絕佳，被譽為龍珠鳳眼，各是一等一的上品玩物，湊成一對更難上加難，貢品也不過如此。

神色倨傲的公子哥身邊站著兩名中年男子，一位腰大十圍，體型彪悍，標準的燕頷虎鬚，豹頭環眼，以徐鳳年的點評便是這廝長得能鎮鬼驅邪。這大漢腰間懸掛古樸雙刀，一長一短。

另一位面白無鬚的陰沉男子則離公子哥更近，微微彎腰，負手而立，穿一襲素潔白衫，總給人一尾銀環蛇的陰冷印象。

站於菜圃中的姜泥紅著眼睛，死死地盯著這三人，嘴唇已經被自己咬出血絲。精緻的臉頰上留了一個五指掌痕，紅腫了一片。

她精心培育的菜圃已經毀於一旦，木架盡倒，幼苗盡斷，幾乎被翻了個底朝天。

世子殿下只是「好心澆水施肥」尚且被姜泥追殺一通，菜圃被搗成這般田地，她肯定是拚命過的，只不過對手人多勢眾，又都不是慈悲心腸的善茬兒，她吃了個啞巴虧。

也許在姜泥看來，北涼王府是個華貴淒涼的鳥籠，可除了養鳥的世子殿下，誰敢對她指手畫腳？更別說甩她耳光。

雙手裹布握刀的徐鳳年面沉如水，赤腳徑直走向三人。

姜泥，本世子欺負得，你們欺負不得！

管你爹你娘的是何方神聖！

風度翩翩的公子哥輕輕側頭，鼻尖上有些細碎的雀斑，他瞥了迎面走來的徐鳳年一眼，面露輕蔑，當視線轉移到徐鳳年左手中的繡冬刀後，緩緩出聲道：「喲，這刀好看，喜歡得緊，去，打斷他的雙手，刀歸我了。」

漢子聞言，望向徐鳳年的眼神中透露出丁點兒憐憫。

從頭到尾，徐鳳年沒有說一個字。

離壯漢十步時，他猛然前衝，繡冬出鞘，在離三步處劈出極乾脆俐落的一刀，呼嘯成風。

那原本不打算出刀的漢子銅鈴般的眼珠綻出一抹犀利光彩，不見他如何拔刀，便將左腰短刀格擋住了徐鳳年那凌厲的一刀。

短刀刀柄纏繞金銀絲，製作精良，是一把專職步戰的好刀。

徐鳳年一刀鋒芒被阻，並不一味比拚氣力，借勢反彈畫出一個驚豔大弧，身形隨之一轉，便是第二刀橫掃出去。

雄魁大漢露出一絲訝異，迅速收斂了輕敵心思，右腳後撤半步，左臂掄出一個大車輪，當空斬下，再不是守勢，而是要借助天生神力去摧枯拉朽，將眼前用刀的小子給掃出去，再也提不起刀。

早被白髮老魁教會何時蓄勁、何時回勁的徐鳳年避其刀鋒，陡然耍出隱匿的額外三分力道，速度幾近雙刀大漢的拔刀，電光火石間，硬是躲過了大漢的蠻橫掄砍。

徐鳳年有意無意地將騎牛的那套拳法融入刀法，身體如陀螺，一圈後緊接一圈，速度不減反增，再結合自悟的滾刀術，簡直就是天衣無縫，在危機撲面中一瞬間爆發出以往無法達到的境界，真正做到了一氣呵成，氣機鼓蕩不絕。

徐鳳年口吐氣息中正安舒，以至於第二記繡冬橫掃遠勝第一記氣勢。

那一刀落空的漢子怒目瞪圓，這小子不知進退、不顧死活，單刀詭異，角度刁鑽，在同齡人中算是殊為不易，可惜了這份天賦。

終於惱火的他雖仍未抽出右手長刀，左手短刀卻開始不再留有餘地，手腕毫無徵兆地吱吱作響，刀身向上斜挑，如釣出了一條東海大鯨，猛然擊中繡冬異常清亮的刀鋒。

徐鳳年腦中沒來由跳出那句「一羽不能加，蠅蟲不能落」，下意識便拚盡全力回掠，腳下踩出一串凌亂小弧圈，總算穩住了身形，然後將一口鮮血咽回肚子，手中繡冬絲毫不顫。

雙刀壯漢並不急於追擊，巋然不動，放話要打斷徐鳳年雙手的公子哥與身邊無鬚男子竊竊私語。

徐鳳年撕掉右手布條，繡冬從左轉右，只是盯著眼前只怕有三個姜泥體重的大漢的那柄短刀，嘖嘖道：「好刀，本以為東越一亡國，僅供東越皇室貴胄佩戴的犺黨刀都已被收繳入國庫，大者名犺黨蠻刀，小者名犺黨錦刀，不承想還能在這裡見到這對佳人的廬山真面目。」

腰間懸蠻錦對刀的壯漢面露異色，扯了扯嘴角，道：「眼力不錯。」

徐鳳年故作天真道：「那你豈不是那亡了國的東越皇族？好一條喪家犬，怎麼跑到武當山來咬人？」

被戳中軟肋的壯漢並不動怒，靜氣修養功夫與刀法一樣出類拔萃，只是面無表情平淡道：「給了你十停的休息時間，夠了沒？」

徐鳳年右手握繡冬，並不說話。

鼻尖滿是雀斑的公子哥不耐煩道：「跟他嘮叨什麼，我只要刀，斷了這人雙手後是死是活，聽天由命！」

左手布滿鮮血的徐鳳年出人意料地提起刀鞘。是怕對手有雙刀，單刀對敵吃虧？見到這情形的東越亡國人泛起冷笑。

徐鳳年再度不要命地衝刺，滾刀如雪球，半年練刀成就，淋漓盡致，那東越遺留下來的孤魂野鬼輕描淡寫一一破去徐鳳年那並無套路可言的招式，存心要等徐鳳年氣機不得不轉換的瞬間痛下殺手，這種折磨如同刀架脖子，卻不許刀下人呼氣。

徐鳳年在丹田耗竭的剎那，硬扛對手勢大力沉的一招斜劈，同時左手刀鞘天馬行空一般丟擲出去，激射如一尾箭矢，直插那公子哥的胸膛。東越刀客眼皮一跳，違反鬥陣大忌地轉頭，去確定這該死的一擲是否會造成他無法承擔的惡果。

這本是徐鳳年最好的傷敵機會，但當眼角餘光瞥見大漢右手微動，徐鳳年就心知不妙，強制壓抑下投機出刀的衝動，一退再退。果然，東越孤魂轉頭的同時，犺黨蠻刀已經出鞘，徐鳳年身前泥地上被劃出一條深達兩尺的裂縫，觸目驚心。

徐鳳年抽空除了調整氣機，還望向那繡冬刀鞘。

只見白淨白衫男子橫臂探出，輕輕捏住了徐鳳年志在必得的刀鞘。

公子哥不知是完全沒反應到危機，還是天生的大將風度，哈哈笑道：「你這顆繡花枕頭，雕蟲小技，就想殺我？也不怕貽笑大方，知道你眼前這兩人是誰嗎？」

徐鳳年見東越刀客沒有要動刀的意思，終於有機會仔細打量原本只被世子殿下記下雀斑的公子哥，心中頓時了然，微笑道：「小娘子，妳倒是說說看，看能不能嚇到我。」

公子哥滿臉通紅，抬腿踢了一腳身邊的白淨中年男子，尖叫道：「殺了他！」

男子終於開了金口，嗓音尖銳刺耳，不陰不陽：「找死。」

不見他如何動作，繡冬刀鞘便炸雷般射向徐鳳年的脖子。

擋在徐鳳年身前的東越刀客腳尖一點，讓出位置，若不躲，他就要先被洞穿出個大窟窿了。

徐鳳年閉上眼睛，不是認命，而是賭命。

風驟起，竹林千百叢挺拔青竹，竟然一齊朝眾人方向彎曲，形成朝拜態勢，與八十一峰朝大頂如出一轍，似乎天機都被牽引。

一位老道士飄然而出，無法形容的神仙之姿。他隨手「撈起」刀鞘，立定後微微一放，剛好將徐鳳年手中的繡冬入鞘，然後灑然靜立於徐鳳年身側。

那公子裝扮卻被徐鳳年識破女人身分的傢伙又踢了下丟鞘的男子，罵道：「沒用的東西！殺，都給本宮殺了！」

躲在竹林中的年輕師叔祖感慨道：「這山果真是下不得，山下的女子都是母老虎。」

徐鳳年睜開眼睛，吹了一聲口哨，天空中衝刺下來一頭神俊矛隼，穩穩停在世子殿下的手肩上，將衣衫鉤破。這頭通體雪白的六年鳳伸出頭顱摩娑主人的臉頰，徐鳳年並不在意那點傷痛，伸出一根手指彈了彈心愛寵物的猩紅鉤喙，斜眼看著準備出手的白面撲粉男子，冷笑道：「一百涼州鐵騎正在持弩上山，我倒要看看是誰殺誰。」

假扮公子哥的雀斑女人仍是不怕，受到無理挑釁一般，怒容道：「你敢？」

徐鳳年倡狂大笑道：「在北涼，還真沒有本世子不敢做的事情。」

東越刀客皺了皺眉頭，密報上的確有寫武當山下駐紮鳳字營一百驍騎，持有一百架北涼樞機神弩。這種北涼密製的勁弩遠比一般弓弩威力巨大，當年西楚披甲大戟士在戰場上便被這種兵器給射殺無數，幾十根樞機弩在戰役中無足輕重，可若彙聚八百以上，足以震懾人心。

徐鳳年點了點自己的鼻子，色瞇瞇道：「喂、小麻雀，來，到本世子大床上去，好好廝殺一番，大戰個三百回合。若是個雛雀，那是最好，本世子十八般武藝樣樣皆通，定讓雀兒乘輿上山，卻雙腿無力下山。」

自稱「本宮」的女子咬牙切齒，只是這回不等她踢踹罵人，如陰間人站在陽間的男子只是一個躍步，便離徐鳳年只差五步距離。那一刻，徐鳳年想起了大雪夜徒步前行的風寒。老黃瘦小的身子在前面先行，可仍然八面漏風，寒意刺骨。

王重樓立於世子殿下和無鬚男子中間，道袍鼓蕩，膨脹如球，硬生生挨了一掌。

掌教老道士腳下以那雙玄色淺面靴頭鞋為圓心，一圈泥土濺射開來，可老道魁梧身形卻是不動如武當大峰。道袍內流轉氣機非但沒有衰減，反而飽食了一番，再度膨脹。

兩頰撲粉的男子迅速收手，懷疑道：「大黃庭？你是王重樓？」

曾被徐鳳年噴了一臉茶水的老道士果真是一如既往的好修養，打不還手，微笑道：「正是貧道。」

無鬚男子小心翼翼地退回原地，彎腰與那個被徐鳳年嘲笑小麻雀的女子說了幾句，她臉色陰晴不定，極力克制，握著兩顆龍鳳胎夜明珠的小手抬起，指著武當掌教罵道：「臭牛鼻子，你要偏袒你身後的傢伙？就不怕讓你整座山門遭了災？山腳牌坊玄武當興四個字，掛了幾百年了？我瞧著挺有氣勢，信不信我給你砸了？」

老道士呵呵一笑，雙手下垂，無風自飄的雙袖緩緩安靜，並沒有回應那跋扈女子的辱罵，轉頭看了眼世子殿下。

徐鳳年報之以李，壞笑道：「喲，麻雀妹子，這張小嘴兒好大的口氣，我喜歡。要砸牌坊？還得問過妳未來相公答應不答應。」

東越的孤魂野鬼心中苦笑，這涼王世子的嘴，可比耍刀還要凌厲。徐瘸子怎就調教出這麼個肆無忌憚的無良兒子？是耳朵不好，才沒聽到「本宮」兩字？還是故意裝聾，真以為天底下沒有人可以做人柱國的敵手？

鳳字營一百棄馬上山的嫻熟弩手已經到位，身形矯健地穿梭於竹林間，只等世子殿下一聲令下，就要把三人射成刺蝟。

舉世皆知北涼鐵騎，只認徐字大旗，北涼驍將，只認涼王虎符。

天高皇帝遠，何況龍椅上的天子似乎也一直對最後一位異姓王信任有加，前些年還有意將隋珠公主許配給大柱國長子。要知道連京城那邊都流傳著世子殿下的趣聞，一些涼地士子狀元及第，眾口一詞對那世子調侃嘲諷，與同僚或者恩師說起徐鳳年，總是段子無數。

天下百姓都替隋珠公主擔憂，怕其入了虎口，京城裡熟知宮內情形的達官顯貴們，則眼巴巴地等著徐鳳年到京城，然後被脾氣相同的公主給活活打死。這隋珠公主，哪次出宮偷玩，不折騰死一打一打的膏粱子弟？

身邊是掌教武當三十年、擁有莫大神通的老道士，身後有一百弩手作為靠山，彷彿有了莫大底氣的徐鳳年提起繡冬指了指三人，獰笑道：「妳，小雀兒，女人；你，東越的喪家犬，男人；還有你，學女人往臉上抹粉的，不男不女，你們三個，就別下山了。都給老子乖乖地留下來做牛做馬，什麼時候把菜園子給收拾好了，再看本世子心情，心情好，讓你們哪裡滾來哪裡滾去，心情不好，除了雀兒，都剁碎了餵狗！王掌教，這山上有狗嗎？」

老道士眼觀鼻鼻觀心，置若罔聞，不蹚這渾水。

竹林裡，被北涼弩手挾在中間的騎牛師叔祖嚷嚷道：「世子殿下，山上有很多野狗，晚上嚎得厲害，約莫是沒吃飽。」

老道士頭疼地嘆息一聲，這個小師弟，瞎湊什麼熱鬧。煽風點火，一不小心就要把裡外不是人的武當給燒得一乾二淨了。

無鬚男子勃然大怒，天下間還沒人敢如此當面羞辱他！

平白無故多了個難聽綽號的女子扯了扯身邊怒極男子的袖子，小聲詢問了幾句，男子神色頗為無奈，據實回答。她的氣勢一下子跌落谷底，瞪著徐鳳年，言語仍是大大咧咧，「這破爛菜圃能值幾個錢？」

徐鳳年笑道：「我說它值黃金千兩，它就值千兩。」

女子惱羞成怒，被裹了布的小胸脯劇烈顫抖，咬牙道：「好，一千兩黃金就一千兩黃金。」

她抬手丟出一顆夜明珠，砸向一直站立於菜園中不出聲的姜泥，「給妳！」

大概是氣不過自己破天荒的示弱，她帶著哭腔再度丟出手上那顆雌珠，尖叫道：「都給妳！」

不承想，她太陽從西邊出來地主動放低身價，那個就只是長得還算馬虎、氣質更是土裡土氣的丫頭，竟然非但沒有感激涕零，反而板著臉，帶著點嫌棄地彎腰撿起兩顆沾泥的夜明珠，一手一顆，就回砸了過去，力道更大，險些砸中萬金之軀的她，幸好白面撲粉男子接住了龍珠鳳眼。

對她來說，哪有丟出東西再要回來的道理，她忍著心疼，陰沉著吩咐侍從毀去那對幾乎從小便玩耍的心愛夜明珠，瞪向那個不知好歹的小丫頭，「妳想死？」

姜泥平靜道：「我只要菜圃，妳把它變成剛才的模樣。」她加重語氣重複了一遍：「我只要菜圃！」

徐鳳年來不及讚賞姜泥這番極其符合自己胃口的措辭，眼見不男不女、不陰不陽的那廝就要捏碎夜明珠，便忙不迭厚臉皮喊道：「等等，我這丫鬟不識貨，那對珠子給我嘛。」

珠子的主人和丫鬟姜泥同時出聲。

「你要？」

「我不識貨？」

徐鳳年嬉皮笑臉地回答兩個公主：「小麻雀，珠子我當然要，妳要送我，今天這破事就算了。小泥人，真別說，這對珠子，比妳想的要略微值錢些。」

被強行套上一個低俗綽號的外來女子彷彿抓到了把柄，丟給身邊侍從一個眼色，神經質地笑道：「你要？我偏不給。」

兩顆夜明珠馬上被無鬚男子兩指碾作齏粉。

徐鳳年一臉惋惜，這種好東西在王府不是沒有，相反並不少，可天下的好東西哪種不是多多益善？

姜泥不依不饒冷聲道：「還我的菜圃。」

那女子針鋒相對道：「就憑妳？」

姜泥很不見外地斜瞥向徐鳳年。

徐鳳年有些無奈，這便是姜小泥人的無賴了。殺他是天經地義的事情，出了事情，由他擔當，更是合情合理的。

華服女子尖酸刻薄道：「我只聽說過金屋藏嬌，還沒聽過茅屋藏嬌。徐鳳年對妳可真是愛惜。」

姜泥何等心思玲瓏，一下子便揭穿了最後那層紙：「愛惜？談不上，再不濟總比對某些被拒婚的人要好。」

女子一臉茫然懵懂，「妳說什麼，我聽不懂呀。」

姜泥伸出手，道：「還我菜圃。」

這已經是第四遍了。

公主和公主。

針尖對麥芒。

徐鳳年只偷偷覺得有趣，公主何苦為難公主不是？

騎牛的躲在竹林裡，嘴裡咬著一片竹葉，蹲著看戲。說心裡話，這位年輕師叔祖對世子殿下並無惡感，尤其是上山練刀以後，每次搬書到武當，其中都會夾雜一、兩本與武學無關的「好書」。

山上風景當然好，否則也不會被古人稱作琉璃世界。天下五嶽，前朝往上一千年，武當一直被譽為太嶽，山上建築與天接運、與地接氣，單個拎出來同樣比那小人得志的龍虎山更勝一籌，其餘三岳難以與武當頡頏。

只是將這風景看了二十幾年，洪洗象沒看厭煩，也總希望可以看到一些新鮮人、新鮮事，世子殿下說了這叫喜新不厭舊，是好事。山上舊人舊事，年輕師叔祖都打心眼裡喜歡，不說大師兄如同慈父一般，陳師兄遍覽玉柱經書，就是嚴厲了些，每次被他翻出山下而來的禁書，都語重心長地扼腕嘆息，習慣性在洪洗象面前螞蟻轉圈。一圈接一圈，最多一次轉了三十多圈。還有那噤聲練劍的小王師兄，劍法卓絕，別人挖空心思修習劍招、劍勢，尤其是吳家劍塚，恨不得將招式用到人力極致，小王師兄卻在劍道的獨木橋上獨修劍意，與那傳說很厲害的鄧太阿有異曲同工之妙。他曾親眼看到小王師兄立於洗象池的巨石上，用劍氣將瀑布給斬得爆炸開來。還有幾位更年長些的師兄則都性格迥異，俱是好人，有上古方士風範，對洪洗象更是呵護有加。

不過世子殿下到了山上後，就更有趣了。

洪洗象望著茅屋外的劍拔弩張，難免有些替世子殿下著急。那幾個京城來的傢伙除去女扮男裝的富貴女子，其餘兩人都不好對付，尤其是與大師兄對上一招的陰沉大叔，內力修為深不可測，若不是掌教師兄修成了道門百年罕見的大黃庭關，就不會被如此輕鬆擊退了。外界只知道教裡末牢關極難破關，卻不知大黃庭想要出關是難上加難，龍虎山上那些輩分極高的百歲真人，之所以在福地洞天裡長隱不出，多數是修了大黃庭卻在牛角尖裡出不來了。

僵持不下的微妙局勢，被瀑布那邊緩步而來的背劍人給輕鬆破去。

號稱武當第一呆子的小王師兄！

小王師兄已過不惑之年，相貌清臒，無比瀟灑。背負一柄色如紫銅的修長桃木劍，名「神荼」，傳說上古仙人曾用這柄劍殺了一頭禍國殃民的千年狐狸精，劍上仙氣與魔障並存，非大毅力人，無法駕馭。

老道士王重樓溫言道：「山上不宜動干戈，要不大夥一同去不遠的紫陽宮吃些齋菜便飯？」

徐鳳年打哈哈道：「吃飽了才有力氣打架。」

那容顏只算是一般俏麗，性子卻異常焦躁的女子冷笑道：「武當掌教親自出面護法還不夠，連山上第一劍士王小屏都拎劍觀戰來了，武當的待客之道，真讓人感動。這份情，我記下了，下次見面，必有重禮報答。」

徐鳳年沒心沒肺地微笑道：「聽意思，小麻雀是不打算跟未來相公糾纏不休了，那本世子這就讓這一百持弩士卒護送小娘子妳下山。到了山下，再喊兩、三百鐵騎，一路送出涼地。」

她咬牙吱吱，怒極反笑道：「好好好，我一併記住。徐鳳年，你等著便是。」

徐鳳年剛想說話，姜泥已經插嘴，還是不合時宜、不懂世故：「菜圃，賠我。」

徐鳳年沒好氣地瞪了一眼，姜泥回瞪一眼，大眼瞪小眼，殺氣騰騰，可在某位女子眼中卻是打情罵俏。她冷哼一聲，狠狠踩著髒死了的泥面，似乎想要把武當山給踩塌了才甘心，最終帶領兩位侍從揚長而去。

下山途中，她數次喊累停歇，顧不上身分地坐在石板上，捶著小腿。上山時一心一意想去給那世間最想挫骨揚灰的仇人好看，沒留意到腳底板生疼，這會兒脫去靴子，看到觸目驚心的血跡，哇地就哭出聲來，可謂中氣十足，在武當山上淒厲回蕩。

身後兩個不敢正視她的侍從雖說身分超然，可面對這個主子，都如履薄冰，聽到哭聲，更是忐忑，連勸慰都不敢。那家世已是人間第一尊貴的女子哭了會兒，聲音漸漸小下去，硬著頭皮穿好做工精美絕倫的靴子，擦去淚水，自言自語道：「孫貂寺，你打不過王重樓，張桓又打不過那王小屏，唉，早知道就多帶些大內高手了。」

唯有宮內地位頂尖的大宦官，才會被喊作貂寺或者太監，整個王朝都屈指可數，總共不過八、九位，見到這些淨身去勢所以面不生明鬚的宦官首領，哪怕是與皇帝陛下私人關係再親近不過的藩王，或者一些大權在握的得勢股肱重臣，都要捏鼻子繞道而行，與宦官關係好的，說不定還要主動說幾句客套話。

離陽王朝太祖建制，某殿內立石碑十三條，明文規定宦官不得干政、不得擅離京城，這孫大太監既然能夠微服出京，那女子的身分也就水落石出，只有無法無天的隋珠公主，才有此等逆天的待遇，才能讓當今皇帝睜一隻眼閉一隻眼。

孫姓太監今天在武當山上可是受盡了那世子殿下的羞辱，他已經想好了一百種法子回京後給徐瘸子穿小鞋，扳不倒根深蒂固的徐家大樹無妨，噁心一下離京數千里的大柱國也好。大樹參天。參天？與天子同高？孫太監心中冷笑。

失了一對心愛夜明珠的隋珠公主抬頭惡狠狠道：「張桓，我知道你要寫密報給我父皇，你就寫這徐鳳年這些年其實一直在韜光養晦，那些紈褲行徑都是偽裝，這位世子心有滔天野望，在涼地與我見面後，待我十分熱情。」

亡國東越的前朝皇子愕然，不知該答應還是不答應。不答應，眼前這一關就過不去；答應，那就是欺君大罪，東越皇族本就凋零殆盡，剩不下幾人了。

孫貂寺解了燃眉之急，如女子般尖聲尖氣道：「公主殿下，國家大事，兒戲不得。咱們據實回報即可，陛下還不給殿下出氣不成？若陛下誤以為徐鳳年真是野心勃勃，豈不是更堅定要與徐瘸子做親家，到時候公主殿下……」

她一陣認真思量後皺眉道：「嗯，到時候本宮可就丟臉丟大了，跟這種草包過日子，豈不是要被天下人恥笑。」

孫太監和佩犴黨雙刀的張桓對視一眼，都看出對方鬆了口氣。原本不對眼、不對路的兩人一趟武當行，倒有些默契了。

隋珠公主一瘸一拐下山，輕輕問道：「孫貂寺，你說這徐鳳年如何？」

孫太監嗤笑道：「無良無德到了極點，以往還以為京城那邊風言風語略有誇張，到了涼地以後，哪一州、哪一郡不是在罵？今日親眼所見，更是如此。」

隋珠公主心思複雜，放低聲音道：「張桓，他要刀還可以？都讓你抽出雙刀了。」

東越沒落到汙泥裡去的舊皇族笑道：「真要殺他，一把犴黨錦刀，十招足矣。」

公主「哦」了一聲，罵了一句徐草包，便沒有下文，身後遠遠吊著監視三人的一百北涼悍卒。

第七章　太虛宮姜泥作帖　紫竹林世子驗刀

山上，掌教老道士帶著師弟王小屏離開，走前給了徐鳳年一瓶丹藥，洪洗象則意態闌珊地去牽青牛，只留下徐鳳年和站在凌亂菜圃邊緣看著菜圃發呆的姜泥。

世子殿下笑道：「她不賠，我賠妳就是了。」

姜泥蹲到地上，輕柔地扶起一棵幼苗，默不作聲。

徐鳳年跟著蹲下去，想幫忙，卻被姜泥一手推開，一屁股跌坐在泥土中。

她疑惑地抬頭，看到徐鳳年即便摀住嘴巴，五指間還是滲出血絲，他似乎不想讓姜泥看到這淒慘的一幕，猛地起身，離開菜圃。

內傷不輕的徐鳳年在瀑布內的小洞府吞下一顆芬芳撲鼻的墨綠丹藥，緩慢地調理氣機。與那狁黨刀客拚命，其實受傷不重，手上的外傷，對徐鳳年來說並不棘手，這小半年練刀，哪天不是如此？只是宮內大太監的出手，才最致命，若非王重樓擋下大半，徐鳳年別說踉蹌著走到這裡，爬都未必爬得回來。

練刀後徐鳳年最重吐納，無師自通地將體內氣血按律迴圈了幾個小崑崙，略有好轉，睜開眼看到帶了些齋飯過來的洪洗象。

年輕師叔祖輕聲道：「你倒是個好人。」

徐鳳年搖頭笑道：「我的婢女，我要打、要罵、要調戲，那是我的天理，別人欺負算什麼事情？打她巴掌，不是等於搧我耳光嗎？」

騎牛的感慨道：「這些我不懂。」

徐鳳年嘲笑道：「你也就懂個屁了。」

好心好意送來飯菜的傢伙也不反駁，上次世子殿下上山揍了他一頓，一沒打臉、二沒打鳥，知足常樂的洪洗象很慶幸了。他突然好像想到什麼，小心翼翼地問道：「那女子真是被你拒婚的隋珠公主？」

徐鳳年冷笑道：「你都知道？」

最不像道門高人的年輕師叔祖傻笑道：「聽小道士和香客們講過一些山下的事情。」

徐鳳年靠著牆壁，修長五指撫摸著繡冬古樸的刀鞘，岔開話題，語氣平淡道：「當年老皇帝要將以武亂禁的江湖掀翻，要滿國武夫心悅誠服地匍匐在天子腳下，做聽話的狗，可幾大藩王稱病的稱病，直言此事不妥的直言，幾大武將一樣不情不願做這損德的惡人，到頭來，是誰做那背負天下罵名的貨色？是徐驍，死瘸子才把西蜀滅國，扛著徐字大旗，就把矛頭對準了天下武人，其中不乏北涼士卒，尤其是有一些家族根源的。那時候軍心大亂勝過任何一次，北涼大軍不曾開戰，便有兩萬名百戰老卒請辭還家，更有無數出身江湖的猛將對徐驍心生怨恨，轉投其他軍伍。可徐驍有過抱怨嗎？」

洪洗象不奇怪世子殿下稱自己的父親為徐瘸子，聽說一言不合世子殿下還會拿掃帚追殺大柱國，年輕師叔祖本就不懂山下的人、山外的事，這對最奇怪的父子，他就更不懂了。

徐鳳年平靜道：「後來當今皇上對上陰學宮有種種不滿，學宮說西蜀滅不得，有傷王朝氣運，學宮又說西楚皇族需善待，否則會寒了天下士子的心。皇帝陛下能如何，還不是讓徐驍去做那出頭鳥，一鼓作氣，才兩個月便勢如破竹地滅了西蜀，至於得民心的西楚皇族，連皇帝老兒都被徐驍給一劍刺死了，近百皇族全部被吊死在城頭，幾乎死絕了，如此一來，皇帝睡覺安穩了。不說徐驍這些年如何，連我這種最多禍害涼地良家閨秀的紈褲，都被變著法兒暗殺了無數次，要不是命大，早就死了。姜泥如此，我認了，她一個才五歲就死了爹娘的小丫頭，要跟我過不去，說得過去。可那麼多活了幾十年、一甲子的老狐狸，怎麼也不講理？拉著一群好不容易栽培起來的青年俊彥陪葬？好好活著，不好嗎？」

徐鳳年臉色出奇地柔和起來，輕輕道：「死了也好，正好去陪我娘親。」

騎牛的不敢說話了，怕被打臉打鳥。

徐鳳年恢復平靜，道：「說來你可能不信，我六歲便握刀，九歲殺人，那會兒我的願望便是做天下第一的高手，騎最烈的馬，用最快、最大的陌刀，路見不平便拔刀相助，以後娶一個如我娘親一般溫柔善良的女子，才算快意人生。北涼數十萬鐵騎，與我何干？可長大以後，才知許多事情，不是你想如何便如何，許多人你與他講理，他偏不講理。所以當徐驍要我十年不碰刀，十年後再讓我遊歷三年，我都照做。前不久，缺門牙的老黃死了，我沒有問徐驍這是不是他要老黃死在那武帝城牆頭上，不敢問。我今日練刀，以後再練劍，即便都練不好，甚至半途而廢，我都要……」

年輕師叔祖出了一身冷汗，噤若寒蟬。

徐鳳年的頭靠著石壁，並沒有說出最後的想法，只是望向牆對面那顆夜明珠，自嘲道：「你求我姐在江南那邊過得好些，她若不開心，我就對你不客氣，這不講理，是跟天下人學的。」

洪洗象苦著臉道：「可小道最是講理不過啊。」

徐鳳年記起三年遊歷中在洛水河畔，遠遠看到的一個窈窕背影，怔怔出神道：「相思刀最是能殺人。」

洪洗象剛想拍馬屁說世子殿下這話說得大有學問、大有講究，卻被徐鳳年先知先覺道：「閉嘴。」

徐鳳年讓騎牛的閉嘴，想讓這傢伙去茅屋拿些紙張過來。山上經歷，需要寫一封信給徐驍。金枝玉葉的隋珠公主若是孩子氣使然才駕臨北涼武當，那無須過多上心，只不過是舊仇添新恨，徐鳳年虱多不怕癢，反正這一生多半不會去那座氣象巍峨的京城。可若是某個人或者某一小撮人的慫恿，那就絕不能掉以輕心。別看徐驍位極人臣風光無限，指不定哪一天就黑雲壓城、風雨驟至。

與人打交道，最怕兩種，一種是聰明絕頂的，一種是自以為是的笨蛋，而那裡，這兩種人最多。

徐鳳年剛想使喚這位師叔祖，異象橫生，偌大一條直瀉而下的洶湧瀑布炸裂開來！

水浪如脫韁野馬撲面而來，徐鳳年和洪洗象都變成落湯雞。徐鳳年對這潑水並不在意，緊盯著瀑布外洗象池中央巨石上的景象。轉瞬即逝的空當中，依稀可見那位在武當輩分與掌教一般高的劍癡王小屏，傲然而立，手中桃木劍神荼直指洞內。

這一劍霸氣無匹，給了世子殿下一個下馬威。閉口不語十幾年的王小屏果真沒有說話，飄然而去，來也瀟灑，去也瀟灑。這一如徐鳳年當年流亡遊歷，看到的那些青年俠士大概都喜歡如此，鼻子朝天，傲氣得一塌糊塗，過個江河，放著擺渡小舟不坐，都要水上漂一下。問題是你漂就漂，別弄得水花濺射，讓坐船的老百姓一身是水啊。要擱在涼地再被世子殿下撞見，別說喝彩打賞，恐怕是一定要把這群王八蛋拖出來打，在水裡浸泡個幾個月，看以後還敢不敢耍威風。

莫名其妙的徐鳳年瞪向被殃及池魚的洪洗象，後者一臉無辜道：「小王師兄屬牛，所以就這個強脾氣，以前他在這裡練過劍，估計是有些惱火。世子殿下大人有大量，別跟小王師兄一般見識。他練劍，以後說不定就是新劍神了，世子殿下再來個探囊取物的天下第一刀，就是武當一樁美談。」

徐鳳年沒好氣地吩咐道：「去茅屋幫我拿些紙墨。」

洪洗象屁顛屁顛地跑去搬東西。

徐鳳年打開食盒，剛端起碗，正準備拿筷子去夾一口筍乾齋菜，卻一口鮮血噴在碗中，白紅混淆在一起。徐鳳年長呼出一口氣，想著武當丹藥果然非比尋常，吐出瘀血，這會兒氣脈舒暢許多。

徐鳳年面無表情地咽下一碗米飯，細嚼慢嚥。一碗吃完，卻不是洪洗象拿來物品，而是從未踏足過懸仙崖的姜泥，她手中提著一方古硯和幾頁青檀宣紙。

掌心大小的古硯來歷嚇人，據傳西楚有個不愛江山、不愛美人，唯獨愛筆墨的姜太牙，即姜泥的皇叔，這方古硯被他排名天下古硯榜眼，是火泥硯中的極品，質地出眾，冬暖而不凍，夏涼而不枯，可積墨數年不腐。

姜太牙貴為一國皇叔，卻仍不捨得用，落到了徐鳳年手中，卻是每隔一旬就要派上用場，偏還要姜泥在一旁素手研墨，因此姜泥恨他入骨，的確是情理之中。

見到姜泥，徐鳳年依然讓她研磨古硯，挑了一支最好的關東遼尾，耐心等待墨汁在太平公主纖手下變得均勻，待其泛出火泥特有的紅暈，這才提筆將今日與隋珠公主相遇後的一切事無巨細，一一寫就。

徐鳳年的小楷最為出彩，古人語：「學書先學楷，作字必先大字」，大字以顏骨柳筋為法，中楷摹歐陽，最後才斂為蚊蠅小楷，學鐘王，這是古訓。天下士子大多如此按部就班，可徐鳳年在李義山教導下卻反其道而行之，從小楷學起，遵循小篆古隸的遺軌，寫不好小楷就不准去碰其他，否則就要挨青葫蘆酒壺的打。

當代書法大家，只有兩禪寺，一個嗜酒如命的老和尚一手字入李義山的法眼，被稱作「此僧醉醺後筆下唯有金剛怒目，絕無菩薩低眉」，因此世子殿下的字少有媚意，俱是殺伐氣焰。

說起來，徐驍膝下兩女兩子也就徐鳳年的字拿得出手。徐龍象不消說，斗大字不識一個，徐脂虎能算中庸，連驚才絕豔的徐渭熊都可憐兮兮，詩文可謂「冠絕當世」，就連徐驍都無法厚臉皮地說一個好。徐渭熊往北涼回寄的家書寥寥無幾，可能是這個原因。

徐鳳年吹乾最後幾滴墨汁，折好信紙。誰送信成了難題，他不想這封密信經由武當道士之手，可北涼王府的人，身邊這位西楚最後帝王的血脈且不說跟心腹嫡系差了天壤距離，那瘦弱小身板，也不適合送信，難保沒有喪心病狂的死士刺客沒完沒了地在武當附近守株待兔。而且山腳那些北涼士卒都「護送」隋珠公主一行三人離去，難不成要自己喊上幾位武當高手一起走一趟？

徐鳳年哀嘆一聲，得，還是祭出最後的撒手鐧，出去拿繡冬砍了一小節青竹，將家信塞入，兩指貼嘴吹了聲口哨，將那頭青白鸞從武當山巔的空中給召喚下來，拿布料綁在爪上，六年鳳振翅而飛，瞬間不見蹤影。

徐鳳年來到洗象池邊上，看著深潭波光粼粼，還有那塊如龍角驚險出世的巨石。

始終站在徐鳳年身後的姜泥硬聲道：「我要下山。」

徐鳳年皺眉道：「連菜圃都不打理了？任由那塊小園子荒廢？」

她古板重複道：「我要下山！」

徐鳳年惱火道：「事先說好，妳前腳下山，我後腳就把它踩平。」

沒料到姜泥根本不為所動，「隨你。」

徐鳳年澈底沒轍，心頭一動，笑道：「妳要下山便下山，腳在妳自己身上，我總不能綁著妳。不過下山之前，跟我去辦一件事，作為回報，我把妳手上拿著的這方火泥硯送妳，如何？」

姜泥二話不說便將手中古硯丟進洗象池，她不希望這方古硯被眼前這傢伙糟踐。之所以對它格外上心，不僅是它象徵著西楚昔日盛世榮華的遺物，還有一個被她隱藏很深的祕密。

北涼王府，她敢於表露憎恨的只有兩人，除了位居榜首的徐鳳年，還有那個除了寫字和相貌便再無瑕疵的徐渭熊。當年在床上刺殺世子殿下無果，徐鳳年只是摑了一記耳光，放了兩句狠話，徐渭熊卻千里迢迢地從上陰學宮趕回，將她投井。

井水不及人高，淹不死人，卻暗無天日，更被那世間最惡毒心腸的女人雪上加霜地覆上石板，讓她在井底待了足足三天三夜。出井後偶然得知徐渭熊書法糟糕，姜泥便開始自學苦練。沒筆沒硯，無妨，枝椏做筆，雨水、雪水一切無根水，都可當作墨水。

五歲前的提筆臨摹早已記憶模糊，練到後來，姜泥只管發洩心中情緒，一筆可寫數字，往往最後滿地字跡詭譎異常，與時下書法正道背道而馳。

徐鳳年看了眼天色道：「晚上我再喊妳。」

姜泥也不問什麼，就去茅屋前蹲著最後看了幾眼菜圃，可見她嘴上硬氣，心底還是有些戀戀不捨。

徐鳳年喊道：「騎牛的，滾出來。」

年輕師叔祖果真蹿出來。徐鳳年習以為常這鳥人的神出鬼沒，道：「你去準備些酒肉，一根用於書寫匾額的大錐，實在不行拿把掃帚都行，還有一桶墨汁，馬上去。」

洪洗象納悶道：「世子殿下這是作甚？」

徐鳳年笑道：「練字。」

洪洗象恐慌道：「該不是去紫陽觀牆面上寫字？」

徐鳳年好言安慰道：「這種沒品的事情，本世子怎會去做。」

洪洗象不確定道：「當真？」

徐鳳年打賞了一個「滾」字。

洪洗象自求多福外，順便給紫陽觀祈福。這位世子殿下可別整出么蛾子了，紫陽觀百來號道士這些日子哪一個不是擔驚受怕的，據說那位住持真人每晚都睡不好，天天去大師兄那邊倒苦水，懇求將那位不知何時會興風作浪的混世魔王給請到別處去。

徐鳳年等了半個時辰，等到洪洗象把東西扛來，便回到瀑布後調養生息。騎牛的帶來一壺香醇米酒，兩斤熟牛肉，一支半人高的巨大錐毫，一桶墨汁，很齊全。

徐鳳年真不知道這騎牛的每天到底在幹什麼，不是跑腿送飯就在水邊發呆，要麼就是放牛騎牛，怎麼修的天道？如果修行天道是如此愜意輕鬆，徐鳳年都想去修習了。

◆

十五月正圓。

空中掛著那麼個大銀盤，走夜路無須提燈籠，徐鳳年原本想拿夜明珠照路，一看免了，便喊上一直待在菜圃當泥人的姜泥一同往山頂走。

紫陽觀躲過一劫，可憐武當三十六宮中的第一宮太虛宮就要遭殃了。

「夜色似微蟲，山勢如臥牛。明月如繭素，裹我和姜泥。」

徐鳳年詩興大發，即興作了首音律不齊的蹩腳五言詩，得意揚揚道：「這首詩絕了。小泥人，妳覺得比較涼州士子那些呻吟詩詞如何？」

幾乎所有重物都由她提著、背著的姜泥連表情變化都欠奉一個。徐鳳年帶著姜泥拾級而上，直奔大蓮花峰峰頂的太虛宮，那裡有一個白玉廣場，最宜揮毫潑墨。

試問，哪個文人雅士敢在武當太虛宮前拿大錐寫斗大字？唯有世子殿下啊。

這才是大紈褲。

為惡鄉里，成天只知道做欺男霸女、爬牆看紅杏的勾當，太小家子氣了。

到了太虛宮門前，山風拂面，遍體涼爽，徐鳳年讓姜泥把東西放在臺階上，撕咬了一塊牛肉，坐著思量著如何下筆——是楷書還是行書，或者是只在私下練過的草書？是〈浮屠寺碑〉還是〈黃州寒食帖〉，或是〈急章草〉？

相比不逾矩的楷體，徐鳳年其實更鍾情草書，肆意放達，只不過李義山說功力不到，遠未到水到渠成的境界，不許世子殿下沾碰，是一件憾事。

太虛宮主殿屋頂鋪就孔雀藍琉璃瓦，正、垂、戧三脊以黃綠兩色為主，鏤空雕花，氣勢恢宏。大簷飛翹，是天下聞名的大庚角簷。

徐鳳年起身去拿起大錐毫伸進水桶，搖晃了一下，還是沒想好要書寫什麼，真是書到用時方恨少，字到寫時才悔懶，古人誠不欺我。

徐鳳年捧著大筆嘆息復嘆息，最終決定還是喝幾口酒，藉著酒意說不定能寫出點好東西。他轉身後愣了愣，見姜泥已經仰頭灌了一大口酒，從沒喝過酒的她頓時滿頰通紅，就像西楚皇宮內的桃花。傳聞西楚皇帝寵愛太平公主到了極點，小公主對著桃花詢問這滿院桃花有多重，皇帝便叫人摘下所有桃花，一斤一斤地稱重過去。

徐鳳年悄悄嘆氣，把大筆插入墨水桶，今天本就是想見識見識她的字。

當世草書雖已遠離隸草，卻仍是師父李義山所謂的章草，遠沒有達到李義山推崇的「規矩去盡，寫至末尾不識字」的境界。世上寥寥幾人，如兩禪寺的那個怪和尚，才能如國士李義山所說「悲歡離合、富貴窘窮、思慕、酣醉、不平、怨恨，動於心，成於字，方可與天地合」。

只見姜泥搖搖晃晃地走向大筆水桶，雙手捧起後，走到廣場中央，開始書寫。

那時候，徐鳳年才知道她笑的時候風景動人，悲慟欲哭卻不哭的時候，更動人。

懷中筆走大龍。

宛如毫尖有鬼神。

大草兩百四十五字，一筆常有五、六字。

以「西蜀月，山河亡。東越月，山河亡。大江頭，百姓苦。大江尾，百姓苦」開頭。

以「姜泥誓殺徐鳳年」結束。

她捧著大筆，坐在「年」字附近，一身墨汁，怔怔出神，淚流滿面。

徐鳳年坐在最高的臺階上，喃喃自語：「好一篇〈月下大庚角誓殺帖〉。」

那一夜，早已不是西楚太平公主的姜泥獨自下山，徐鳳年沒有惱羞成怒地毀去她的叛逆草書，只是躺在石階上喝掉大半壺米酒，啃完所有牛肉，等東方泛起魚肚白，這才離開太虛宮。

當日，徐鳳年依然辛勤練刀，笨鳥後飛，總是要吃一些苦頭。拂曉後掃地小道童見到廣場上潦草的字跡，嚇了一跳，以為是神仙下凡寫了一幅天書，丟了掃帚就跑回殿內喊師父，然後師父看了後再喊師父，終於把武當輩分最高的六個師祖、師叔祖們都給聚齊了。

天下道門近一甲子裡唯一修成大黃庭關的掌教王重樓。

掌管武當山道德戒律的陳繇，為人刻板卻不死板，九十多歲，卻仍然身體健朗，最喜歡踩九宮轉圈訓斥那個山上天賦最高的小師弟，總是每次還沒罵完，就開始心疼，導致次次雷聲大雨點小。

活了兩個古稀，足足一百四十歲，所以顯得輩分奇高的宋知命。末牢關已經出關七、八次，次數之多，不是天下第一也有天下第二了。同時司職煉鑄外丹，武當林林總總近百仙丹妙藥，多出自他手。

剛從東海遊歷歸來的俞興瑞，穿著打扮邋邋遢遢，內力渾厚卻僅次於王重樓，才剛到花甲之年，途中收了個根骨奇佳的弟子，不到二十歲，武當輩分往往與年紀無關，根源在此。比啞巴還啞巴的劍癡王小屏，古井無波，他這一生彷彿除了劍，便了無牽掛。加上最後那個整座武當山大概屬於最不務正業、獨獨追求那虛無縹緲天道的洪洗象。

「好字。」陳繇由衷讚嘆道。

「絕妙。」俞興瑞點頭附和。

「好文才是。除去結尾七字，此文大雄，悲憤而不屈，生平僅見。」歲數是尋常人兩倍的宋知命重重嘆息道。他彎著腰站在篇首處，仔細觀摩，單手撚著那條長如藤蔓的白眉，說完馬上就「咦」了一聲，「細細琢磨，似乎結尾看似多餘的七字才是點睛。好一個誓殺。」

「好字，比較當下草書更為汪洋肆意，龍跳天門，虎臥山崗，罕見。更是好文，很難想像出自一位年華不過二十的女子。」王重樓出言蓋棺論定。

「噓噓噓，你們輕聲點。」小師叔祖緊張道。

「怕什麼，世子殿下在下邊練刀。」王重樓打趣道。

「反正到時候倒楣的只有我一個人。」洪洗象嘀咕道。

「年輕人跟年輕人好打交道，我們都上了歲數嘛。」王重樓笑咪咪道。

「大師兄，因為我小，就把我往火坑裡推了？」洪洗象悲憤欲絕道。

「小師弟啊，你要有我不入地獄、誰入地獄的覺悟，天道不過如此。」王重樓打哈哈道，在師弟們面前，哪裡有啥道門神仙超然入聖的風範。

「放屁！這是佛教言語！」洪洗象嚷道。

「萬流東入海，話不一樣，理都一樣。」俞興瑞落井下石地大笑道。

「聽見沒，你俞師兄這話在理。」王重樓拍了拍小師弟的肩膀，然後跟俞興瑞相視一笑。大夥兒都一大把年紀了，無望羽化，最大的樂事不過是打趣調侃小師弟幾句，不曉得哪天就一蹬腿躺棺材，能說幾句是幾句。

王重樓說道：「小師弟，這裡就你字最好，趁天晴，由你臨摹，放在藏經閣頂層小心珍藏起來。」

洪洗象翻了個白眼，「不寫，要是被世子殿下知曉，我得少層皮。」

王重樓笑道：「大不了最後七字不抄嘛，怕什麼。」

洪洗象嘀咕道：「反正到時候被揍的不是大師兄。」

十六年不開口的王小屏駐足凝神許久，終於沙啞道：「字中有劍意。」

四個年紀更大的師兄們面面相覷，繼而皆是會心一笑。

自打上山便沒有聽過六師兄開口說話的洪洗象驚喜過後，絕望道：「我寫！」

三日後雷聲大作。

徐鳳年撐著一把油紙傘再來太虛宮，小雨後，只剩下一地墨黑。雨勢漸壯，雨點傾瀉在傘面上砰砰作響，他看到一個背負桃木劍的清瘦身影來到廣場，站在另一角。

徐鳳年不知白髮老魁離開北涼王府沒有，否則倒是可以喊來跟這劍癡鬥上一鬥。與東越刀客搏命一戰，再看高手過招，已然不同，不再是看個熱鬧。徐鳳年繼而打消這個誘人的念頭，轉身下山。

茅屋外，梧桐苑一等大丫鬟青鳥站在雷雨中，撐了把傘面繪青鸞的油紙傘，靜候世子殿下。

青鳥帶來大柱國親手交給她的一封信。

徐鳳年走入堆滿祕笈，幾乎無處落腳的屋子裡，只見床板桌椅早已堆滿，只剩牆角一方淨土，不出意外那裡便是姜泥睡覺的地方。徐鳳年坐在一堆書上，從一本《虎牢刀》上撕了幾頁擦臉，再撕了幾頁抹掉手上雨水，這才拆信。

信中徐驍親筆寫到他已經派人去京城打探消息，而且沒有隱瞞他開始著手準備在宮內請一尊菩薩打壓不長眼的孫太監，不早不晚兩年後，就要讓姓孫的失勢。真正讓徐鳳年愕然的是，徐驍終於揭開謎底，為何要讓他來武當，竟然是要王重樓將一身通玄修為移花接木般地轉到他身上！

這可是逆天的勾當啊？

就不怕被天打雷劈？

徐鳳年毀去密信，心中波瀾萬丈，抬頭望向站於門口的青鳥，問道：「內力也可轉嫁他人？若能如此，只需死前將功力如座位一般傳承下去，宗門大派的高手豈不是一代比一代強橫？」

青鳥平淡道：「一顆丹藥或者一碗米飯下腹，效果如何，因人而異，內力轉移，更是最多不過半。江湖上曾有個魔頭，內力深厚，最喜歡強行傳輸內力於人，親眼看著那些人體魄不堪重負，最終四肢爆裂而亡，只剩下一顆完整頭顱。」

徐鳳年啞然道：「還有這種損人不利己的瘋子？」

青鳥點頭。

徐鳳年問道：「妳說這是徐驍的意思，還是我師父的主意？」

青鳥實誠答覆道：「不敢說。」

徐鳳年無奈道：「那就是徐驍了。」

青鳥環視一周，竟然笑了笑。

徐鳳年柔聲道：「等雨小些，再下山。」

青鳥「嗯」了一聲。

雨大終有雨小時，青鳥終歸還是要下山的，徐鳳年送到了玄武當興牌坊那裡再轉身。回到茅屋外，徐鳳年看著那塊泥濘的菜圃，輕笑道：「恨我何須付諸筆端？要是被二姐知曉，妳又要討打了不是？記打不記好的丫頭。」

接下來世子殿下繼續埋頭練刀，只不過開始膽大包天地去大蓮花峰上的那片紫竹林找不自在。要知道那兒是祖師爺王小屏的禁地，武當山上跟這位劍癡同輩的師兄都沒幾個敢去叨擾，就只有年輕師叔祖會去放牛吃草，或者找些合適的修長紫竹做釣魚竿。

徐鳳年第一次去紫竹林，被斬斷數十棵紫竹的一劍給逼出竹林，第二次不知死活硬扛了一劍，結果在木板床上躺了半月，連累武當又掏出好幾瓶上品丹藥。當徐鳳年能夠一刀斜劈開瀑布後，再度拜訪紫竹林，一劍過後就被迫退出，依然沒有見到那位劍癡的面目，只是沒馬上倒地不起，好歹可以蹣跚地走回茅屋，只差沒把丹藥當飯吃。

同為丹鼎一脈的武當與龍虎山略有不同，武當不僅推重龍虎胎息吐故納新的內丹修煉，而且接納「烹煉金石」這樣被龍虎山斥為左道的外丹，青雲峰上便有千鈞鼎爐數只。煉丹道士都是山上最肯吃苦的，每年耗費木炭近萬斤，聲勢浩大。徐鳳年曾在上月去獨占一隅的青雲峰旁觀過一次開鼎儀式，這座山峰據說除去蓮花主峰最是邪氣不得侵，需挑個良辰吉日，築壇燒符籙，煉丹道士在峰腳跪捧藥爐，面南禱請大道天尊，結束後才上山，總算讓世子殿下明白修道不易，煉丹更難的道理。只是這不耽誤徐鳳年牛嚼丹藥，讓好不容易才說服三師兄宋知命准許世子殿下進山看煉丹的洪洗象十分憤懣，媚眼丟給了沒良心的瞎子，沒法子啊。

大師兄說什麼年輕人好溝通，這話當真是一點道理都沒有！

◆

山上桂花香了。

徐鳳年除了在懸仙峰下跟瀑布較勁，就是隔三岔五去紫竹林和王小屏鬥法，總算勉強能夠扛下一劍而不倒。

別看都是一劍，倒和不倒，便意味著徐鳳年練刀是否登堂入室。

大概是猛然發現竹林紫竹驟減，劍癡再出劍，更顯鬼神莫測。

少有人能料到惡名昭著的世子殿下真能在武當山上一待就是半年，一些接觸過風塵俗事的小道士都在猜測世子殿下是不是在山上藏了十幾個貌美丫鬟，或者是不是每天大魚大肉，順帶著他們見到年輕師叔祖的次數都少了。於是又有小道士們傳言那世子殿下本是魔頭轉世，需要真武大帝轉世的年輕師叔祖去鎮壓著，愈演愈烈，流言蜚語，千奇百怪。

騎牛的洪洗象充耳不聞，也不主動解釋什麼，遇到小輩並且年紀比他更小的道士，問起這類問題，才會笑著回答：「世子殿下在讀《雲笈七籤》、《道教義樞》這些典籍，很用心。」

若是別人說，自然沒人願意相信。可從師叔祖嘴裡講出，還是讓人半信半疑。偶有輩分資歷都不低不小的道士義憤填膺地問道：「洪師叔，那姓徐的放著好好的世子殿下不做，來武當山作威作福作甚？練刀給誰看？」

年輕師叔便笑呵呵地說道：「約莫是他練刀給自個兒瞧吧，世子殿下出身大富大貴，嗜好總會與常人不同，呃，確實有些另類。」

總有人忍不住嗤笑一句：「肯定是偷師咱們武當絕學，練成了刀，好下山去作孽！」

這時候小師叔就噤聲了。

他今天將青牛放走，獨自行走於山林，前往懸仙棺，看到一隻武當山上獨有的震馬旦秋蟬從眼前掠過。也不見洪洗象如何加快步伐，醉漢般行走了幾步，便趕上了秋蟬，輕輕捏住，恰好在牠撞上一只蛛網前擋下。

年輕師叔祖低頭彎腰走過蛛網，這才鬆開雙指，放生那隻秋蟬。

其實這蟬由幼蟲羽化為成蟲後，壽命最多不過三個月。可洪洗象還是救下了牠，沒有任何理由，只是做了件再順其自然不過的小事。

這位上山二十多年大概就是一直做這類小事的師叔祖，一直都被所有人當作領悟天道的最佳人選，可似乎他本人從不知天道為何物，也不去費力深思，吃喝拉撒，放牛看書賞景，平平淡淡。

洪洗象緩緩走到茅屋外，看到世子殿下正從菜園子摘下一根黃瓜放在嘴裡啃咬。

洪洗象想趁世子殿下不注意去偷摘一根黃瓜嘗嘗，卻被徐鳳年拿繡冬刀鞘拍掉爪子，只好蹲在一旁看的洪洗象好奇地問道：「世子殿下，當真捨得王府那裡的紅嫩酒容、清麗歌喉、山珍海味和錦緞被褥啊？」

徐鳳年笑道：「你若十幾年天天如此，也會捨得。」

洪洗象搖頭道：「小道就捨不得這座山。」

徐鳳年鄙夷道：「你是膽小，兩回事。」

洪洗象撇了撇嘴，這便是年輕師叔祖最大的抗議了。

徐鳳年嘲諷道：「我都敢上山練刀，你就不敢下山？山下是有紮堆的魑魅魍魎，還是有遍地的妖魔鬼怪？退一步說，即便真有，不正需要你們道士去斬妖除魔？」

洪洗象仍然使勁搖頭。

徐鳳年不再浪費口水，問道：「我要去紫竹林，你跟著？」

洪洗象更是搖頭如撥浪鼓，擺手道：「不去，小王師兄現在都不讓我去那裡放牛了。」

徐鳳年啃著黃瓜，提著繡冬刀離開小菜圃，含混不清道：「做天下第一有什麼了不起，還不如做那天下唯一。天下第一誰都在搶，搶來搶去也就一個人，可後者卻是誰都有望得到，這才是天道。」

洪洗象蹲在地上，雙手托著腮幫陷入沉思，「有點懂，有點不懂。」

背對洪洗象前行的徐鳳年冷哼道：「別再偷吃黃瓜，我都清點過了，回來被我發現少一根，我就打得你三條腿都是血，這個懂不懂？」

洪洗象擠出笑臉道：「很懂！」

徐鳳年剛想要去啞巴劍癡那裡領教所謂的劍氣，驀然聽到一陣殺豬般的哀號響起，帶著死了爹娘的淒厲哭腔。徐鳳年笑著轉身，看到一顆大肉球連滾帶爬過來，便迅速拿繡冬刀鞘頂住那三百斤大肉球的衝勢。

敢在世子殿下面前如此不顧臉皮赤裸獻媚的，也就只有褚祿山這朵肥碩奇葩了。

見著了皮膚黝黑的徐鳳年，綽號祿球兒的胖子一把鼻涕一把眼淚，吃力半蹲在世子腳下，白肥雙手握著繡冬刀鞘，泣不成聲。徐鳳年最喜歡看祿球兒的誇張作態，見一次開心一次，至於真偽，只要徐字王旗一天不倒，那就都是真到不能再真了。

徐鳳年抽回刀鞘，拍了拍堂堂千牛龍武將軍的臉頰，「起來說話，從三品的武將，給我下跪，也沒聽說給你爹娘跪過，倒是聽人說你沒事就拿二老出氣，成何體統。對了，祿球兒，徐驍交付給你的事情辦完了？」

褚祿山顧不得擦拭身上爬武當爬出來的幾桶汗水，艱難地起身，一身肥肉顫顫巍巍，真不曉得他的婢女侍妾如何受得了三百斤肉擠壓。圓滾滾的胖球諂媚笑道：「辦妥七七八八了，剩下點兒，有人盯著，出不了漏洞，只等殿下檢驗。祿球兒爹娘是兩個為老不尊的貨色，也就把我生下來，做了件好事，憑什麼讓我去跪。倒是世子殿下，英明神武，一人獨占了天下才氣八斗，今兒練刀大成，可不就是文武雙全了，給殿下跪死都心甘情願。殿下，這山上真不是人待的地方啊，祿球兒斗膽請殿下回王府。嘿、祿球兒這趟出門辦事，在江南道那邊給殿下尋到一對可人的並蒂蓮，才豆蔻年華，卻生得豐腴如美婦，殿下，可以採擷了！」

徐鳳年陰沉著臉，「並蒂蓮？」

不知怎麼惹惱了世子殿下的褚祿山腦筋急轉，冷不丁想起那個缺門牙的老僕，劍九中似乎劍二便稱作並蒂蓮，這胖子趕緊自己搧了兩巴掌，力道奇大，一點不含糊，整張臉像紅燒肉，悔恨道：「小的該死！」

徐鳳年摟過褚祿山肩膀，笑道：「瞧瞧，咱們哥倆感情，生分了吧？本世子嚇唬一下，你還當真了？這才該掌嘴。」

祿球兒使勁點頭，又狠狠搧了自己兩耳光，啪啪作響，異常響亮，絕對是用出了昨晚吃奶的勁。褚祿山在涼地凶名昭彰，真正做到了罄竹難書的層次。其中一條就是只要被他聽聞有貌美婦人生子，就要擄搶到府上，吃奶。若奶水上佳，下場還好，吃飽喝足便被打賞銀兩送出去，若不好，就要被他剮去雙乳。這等豺狼，卻從來都是在涼王府裡做狗。可這條狗，當年追隨大柱國征戰南北，卻也曾做過在戰場上背負徐驍擋下足足十一劍的壯舉，所以徐驍封王後許諾義子褚祿山可犯十一死罪而不死。

其餘幾位義子，各有派系，卻全都對褚祿山十分唾棄，例如袁左宗就從沒正眼看過這胖子，更別說人屠陳芝豹乾脆放話將來要將祿球兒的屍體點了天燈。

徐鳳年帶著褚祿山來到洗象池，頓感清涼，看著圓球小心翼翼地蹲下去捧了些水潑在臉上，他笑問道：「辛辛苦苦上山，總不是只想在我面前號叫幾聲的吧？」

褚祿山抬頭笑道：「最近有些趣聞，怕殿下在山上寂寞，想說給殿下聽，好解解乏。」

徐鳳年感興趣道：「還是祿球兒暖心，趕緊說來聽聽。」

褚祿山一屁股坐在石頭上，眉飛色舞道：「第一件是吳家劍塚出了一位年輕的天才劍士，叫吳六鼎，二十歲便出了那座劍塚，下山挑戰天下知名劍客，至今還沒有敗績，馬上就要到達東越劍池，想必很快就有一場好戲。這姓吳的劍法十分不錯，獨身單劍從北走到南，雖說尚未跟一品高手過招，可死於他劍下的好手，有六、七個都是成名幾十年的扎手硬點子，不過祿球兒心想他的劍再厲害，比起殿下的刀，就是繡花針了。」

徐鳳年笑咪咪，不置可否，眼神示意祿球兒接著說。

祿球兒抹了抹臉上的水珠，繼續說道：「接下來兩件就都是與二郡主有關了。兩旬前，二郡主在上陰學宮當監考的小祭酒，給一位前西蜀士子一首五言絕句評分，評了不堪入目四字，那士子不服氣，便問天下詩詞大家誰能入眼。殿下，你可知二郡主是如何說的？二郡主一番評點，幾乎把王朝裡所有的文豪名士都惹惱了！她評宋祁門詞意萎靡，盡是閨房淫褻、羈旅狎妓之情。評大學士元緈、沈海堂、張角之流，技巧而意弱，沽名釣譽，總體才情不高、意趣不高，遠不能稱為詩詞大家。評上陰學宮詩詞大家晏寄道短章小令，純任天籟，看不出個人力功夫。連二郡主的老師蘇黃都不曾逃過一劫，被評專主情致，而少故實，譬如貧家美人，雖極妍麗豐美，而中乏富貴儀態！最後那恃才傲物的士子傻眼了，再無氣焰，只得小聲詢問當朝第一詞仙李符堅又當如何，不承想二郡主依然評點只可稱句讀不葺之詩，不可稱之為詞，念得唱不得。至於李符堅之下，其餘閒雜人等，皆是連讀也讀不得。」

褚祿山說得氣喘吁吁，神采飛揚。說來奇怪，大柱國雙女，徐脂虎對祿球兒竟是深惡痛絕，恨不得打死才好。反倒是聲譽卓絕的徐渭熊對這個胖子並無過多反感，對於弟弟徐鳳年跟褚祿山廝混，也從沒有過問。

徐鳳年哈哈笑道：「這下可好，天下士子都得氣瘋跳腳了。」

祿球兒嘿嘿道：「殿下英明，這番評語一出學宮，天下罵聲洶洶，我這趟出行，就順便把一個敢撰文指摘二郡主妄自托大、蚍蜉撼樹的傢伙給砍去了十指。」

徐鳳年有意無意略過這一茬，問道：「最後一件？」

褚祿山面露凶相：「有個不知道哪裡蹦出來的年輕男子跑去上陰學宮，要與二郡主下棋，說要學古人來一個當湖十局。」

徐鳳年訝異道：「我二姐理會了？」

眉宇間俱是殺機的褚祿山嘆息一聲，無奈道：「二郡主答應了，十天下了十局，五勝五負。」

徐鳳年笑問道：「我猜還是那十二道棋盤，而不是我二姐所創的十九道？」

褚祿山點了點頭。

徐鳳年了然道：「這就是說那人棋力再好，也還沒資格與我姐在十九道上縱橫捭闔。」

彌勒體型的褚祿山殺機斂去，馬上跟著得意揚揚起來。

徐鳳年笑道：「被你這麼一咋呼，我倒是記起一件事，我二姐不喜我練刀，我下山得好好拍馬屁才行。」

祿球兒瞇眼成縫兒，似乎格外開心。

徐鳳年起身道：「我還要練刀，你下山的時候去菜園子摘兩根黃瓜嘗嘗，你這胖子無肉不歡，偶爾吃點素的，才活得長久。」

褚祿山趕緊起身，一臉感激涕零。

徐鳳年脫去衣衫，將繡冬刀放在岸邊，一個魚躍刺入深潭。

褚祿山摘了兩根黃瓜，一手一根，不多不少。走了一炷香時間，與侍衛碰頭後，緩緩下山。他上山時走的是由玄武當興牌坊而入的主道，下山挑了條涼地香客上山敬香的南神道，二十幾里路，山峰如筍，大河如練。

褚祿山沉默不語，連黃瓜屁股都啃咬入腹，侍衛統領是一名殺人如麻的壯碩武將，與這位大柱國義子的主僕關係不錯，就半玩笑著說了一句「將軍好雅興，連黃瓜都有興趣」，褚祿山二話不說就一巴掌甩出去，勢大力沉，極為狠辣，把那武將給打落了數顆牙齒，那人卻連血帶牙一起吞下肚子，匍匐著跪在地上，戰戰兢兢。

被世子殿下調侃甚至拍臉都笑呵呵的祿球兒面無表情，走在山道上，看也不看那個驚恐萬分的統領，只是回頭望了一眼高聳入雲的蓮花峰，輕輕道：「我果然不適合在山上。」

◆

徐鳳年在湖底摸出一大捧鵝卵石，丟到地上，再躍入冰冷刺骨的深潭，如此反覆，半天時間被他摸出四十來顆，篩選掉一半，都堆在瀑布後洞內，做完這件古怪事情，才提刀前往竹林。說是紫竹林，其實夾雜了不少楠竹、慈竹、算盤竹，數萬株竹子匯成竹海，一有風起便是竹濤滾滾，生機盎然。

徐鳳年喜歡來這邊捉些竹箐雞和彈琴蛙下飯，總沒有理由挨了一劍都不去占些便宜。聽騎牛的說，到了冬天這裡的冬筍最為美味，徐鳳年不知能否熬到那個日子。

武當第一呆子便住在竹海深處的一棟簡陋竹樓。他練劍喜歡在竹林上端踏波而行，劍勢如浪濤，真正是勢如破竹。

徐鳳年進了竹林就抽出繡冬，時刻提防著那劍癡王小屏莫名其妙的一劍。

只是今日不知為何，直到徐鳳年望見了竹樓，王小屏還未出劍。

徐鳳年壯著膽子繼續前行，身上已經衣衫濕透。怪不得世子殿下如履薄冰，那劍癡是真癡，才不管什麼北涼三十萬鐵騎，不管什麼大柱國徐驍，不管武當山腳那四字牌坊，他心中只有劍。所以每次僅出一劍，徐鳳年都得聚集全部精氣神去小心應對。

王小屏緩緩地走出竹樓，坐在一把竹椅上，並沒有背負那柄作為鎮山之寶的神荼。

徐鳳年將繡冬歸鞘，走過去坐在王小屏對面椅子上。不拿劍的劍癡，就只是一個相貌英俊的中年大叔，神情僵硬，道袍樸素。

王小屏成為武當道士時間很晚，傳聞上山前是個富家浪蕩子，不謀仕途，癡情於美人和劍，受過一次情傷後，便視美色如虎狼，一怒之下散盡家中財物，上了武當。別人一輩子不得悟透的《綠水亭甲子習劍錄》，他僅花了三年時間便爛熟於心，最終成為上一代掌教的弟子，之後更是噤聲練劍，走一條自創劍道的艱辛路子。

王小屏手中撚了幾片雲霧茶的生茶葉，放進嘴裡細細咀嚼，表情木訥，眼神卻熠熠。

徐鳳年坐了幾炷香的工夫，就只看到武當山第一呆子細嚼慢嚥茶葉。秋茶比起春夏兩茶略顯枯老，茶味和淡，更是第一次看到有人生吃。徐鳳年聽著竹葉蕭蕭，沒來由想起當年二姐的一首詠竹詩，約莫是將竹聲喻為民間疾苦聲和美人遲暮嗚咽聲，當時很是被士子稱道，只怕現在她在上陰學宮一番辛辣點評出世，士子們都悔不該當初對徐渭熊那般吹捧了。

徐鳳年環視一周，除了竹子還是竹子，覺得無趣，就握緊繡冬，起身默默離開。

王小屏望了一眼世子殿下的背影，似乎在猶豫是否要將一株竹子做長劍。

徐鳳年離開竹林，再次衣襟濕透。這竹林果真不是人待的地方，那一劍不出，遠比出劍來得更讓徐鳳年心驚膽戰。

山上桂子落盡。

◆

徐鳳年在懸仙峰下的深潭不知道上上下下幾次。武當山其餘有水、有湖的地方也都沒落下，總算被他摸出了四百多顆鵝卵石，皆是黑白兩色，堆積在茅屋內。世子殿下除了拿繡冬去斬劈瀑布，剩下就是用繡冬雕琢石子。

《綠水亭甲子習劍錄》中有一種劍法類似女子繡花，稱作天女散花，最是精細玄妙不過，大概可以媲美吳家劍塚的精深劍法。徐鳳年就將這種劍式套用在繡冬刀尖上，一筆一畫，都極為耗費心神，起先每日不過雕刻出兩、三顆石子已是極致，漸入佳境後，每日四、五顆，等山上下雪時，徐鳳年可以閉眼下刀，一日功成十三、四子。

徐鳳年掐指算了下，差不多到了離開武當山的時候，畢竟還要去九華敲鐘，對北涼王府來說，這是雷打不動的事情。

不知為何，對於武當掌教王重樓的內力轉嫁一事，徐鳳年看得越來越淡。

徐鳳年耐心雕琢出三百六十一子，黑子一百八十一枚，白子一百八十枚。縱橫十九道，十九相乘便是三百六十一。

潛移默化中，徐鳳年刀法由粗入細，偶爾去竹林討打，竟能逼迫劍癡王小屏出劍不得不砍斷十幾棵紫竹，才能將世子殿下趕出竹林。最近一次，約莫是厭煩世子和繡冬到了極點，王小屏一劍過後再一劍，將紫竹林東北角給硬生生劈出了一大片空地。

竹樓外，王重樓坐在劍癡對面，跟著嚼起生茶葉，微笑問道：「氣機牽引得如何了？」

只在太虛宮前出聲的王小屏點了點頭。

王重樓道：「你每次出劍在明，將徐鳳年的刀法和氣機都驅趕到一處，《綠水亭甲子習劍錄》在暗，暗藏劍訣，可以清心引導。不承想徐鳳年以刀法雕琢棋子，誤打誤撞，得了《綠水亭甲子習劍錄》的精髓。再者不知從哪位高人那裡學來龜息法，在峰下深潭底部練刀，與我武當心法殊途同歸。本以為我這大黃庭，最多贈予這位世子殿下十之三四，現在看來，十之五六也未嘗沒有可能。」

劍癡面露怒容，橫放於竹桌上的桃木劍神荼毫無徵兆地跳躍起來。

王重樓伸手輕輕一拂桌面，古劍神荼歸於寂靜，他笑道：「呆子，你這急躁脾性，如何替武當勝過吳家劍塚十幾代人累積出來的劍道底蘊？」

王小屏笑了笑，撿起竹盆裡的一把翠綠茶葉，大口嚼爛。

王重樓打趣道：「你真忍心武道、天道都由你小師弟一肩挑起？洗象終究只是個不到三十的年輕人，就不怕把他累著？我們這幫光長歲數不長悟性的師兄中，就你離天道最近。所以別看你沒給洗象好臉色，我卻知師兄弟中，你最看好這個小師弟。所以啊，等那世子殿下出了山，你再用心些，挑起擔子，學那吳家劍塚的吳六鼎，四處行走一番，東海南海、北涼西蠻，逛一圈，說不定你的劍道就成了。坐而論道，可從不是一個好聽的說法。」

武當第一呆子點點頭，眼神落寞地望向這位言談輕鬆的大師兄。

王重樓看到這視線，爽朗笑道：「不過是一個小小大黃庭，比起武當千年大計，算得了什麼？」

劍癡王小屏搖搖頭，大概是想說這大黃庭「不小」。

王重樓不理會這些，呵呵笑道：「讓洗象偷偷藏起了幾顆棋子，這會兒世子殿下大概是沒找著我們小師弟，只能苦兮兮去潭底找石子了。我得抓緊時間嘍。」

劍癡下意識伸手去握住桃木劍，武當掌教搖了搖頭，緩慢起身，走出紫竹林。

王小屏呆呆地坐在竹樓前，轉身一劍劈倒竹樓。

◆

一個高手會講究氣機，一個王朝會看重氣運，而一個宗派則更重視氣象一說。

天下道門三足鼎立，龍虎山被離陽王朝器重，當了道統數百年的執牛耳者。四大天師一個比一個神通玄奧，而且龍虎山天才輩出，幾乎每隔一代都會冒出一、兩個有望掌教的不世出天才。

最近一百年，有寫出《太極金丹》的葛虹，他將外丹斥為旁門左道，洋洋灑灑二十萬真言，矛頭直指武當，把武當的丹鼎派批得體無完膚。

五十年前出現了一個以一己之力將魔門六位護法屠戮殆盡的齊玄幀。只可惜直到在龍虎山斬魔臺羽化，這位真人都不曾跟王仙芝一較高低，否則天下第一就不會空懸了。

三十年前橫空出世了一個精於內丹大道的護國天師，硬生生將老皇帝的壽命逆天篡改綿延了整整十五年，傳聞是以命換命的法門。這位壯年時曾自言要活三甲子的國師不到古稀便溘然長逝，卻給龍虎山帶來了無盡榮華。

十年前，佛道進行了一場持續百日的爭辯，最終被一個橫空出世的龍虎山不知名道士給蓋棺論定，舌燦蓮花，教理精妙至極，本已勝券在握的兩禪寺只能認輸。

而武當？

貌似百年來就沒有任何拿得出手的人和事。

何來的堂皇氣象？

若非王重樓修成了大黃庭，恐怕這座山除了虔誠的北涼香客，就要被世人遺忘了，還有大小蓮花峰，還有玉柱，還有那玄武當興。

洪洗象今日跟著山上最長壽的師兄宋知命一起煉丹，卻不是那丹爐規模甲天下的青雲峰，而是就在小蓮花峰上。只有個半人高的青銅爐，耗費木炭、硫黃、丹石都不多，沒有挑良辰吉日，沒有築壇畫籙，更沒有擺設那些鎮邪驅魔的寶劍、古鏡。

在外人看來怎麼都不像是煉製上好丹藥的架勢，可宋知命卻是緊張萬分，比在青雲峰上更重視百倍，蹲在地上親自掌控火候，兩縷白眉下垂及地都沒有注意。

宋知命這般年歲，煉丹無數，許多都通過各種途徑送去了達官顯貴手中，甚至是京城那邊的皇親國戚。「知命丹」在王朝上下頗有聲譽，可老人卻知道自己煉丹如同修道，悟性有限，只是窮極人力、物力，少了陰陽圓融。

所以當初《太極金丹》面世，宋知命也只是苦笑，想要辯駁卻是無可奈何。但小師弟上山後，遍覽典籍，愣是被他走出了一條新路，不拘泥於內丹、外丹，而是內外兼修，因此這些年煉丹，不是宋知命教洪洗象如何去降龍伏虎調理五行，反而是老師兄心甘情願地給小師弟做起了燒火道童。

在世子殿下眼中，這個騎牛的最是遊手好閒。可在所有師兄眼中，洪洗象卻是真真切切有望力挽狂瀾的真武大帝轉世，四千字《參同契》煉丹法，在掌教王重樓看來完全就是道門五百年來最妙不可言的祕典——它哪裡是在教人煉丹，根本就是在教人如何得無上大道！

王重樓從不諱言正是四千字讓他生出了修習大黃庭闕的信心，還有像那徐鳳年學到手的拳法，分明糅合玉柱心法和武當劍術的最高境界，也不是如洪洗象所說從經書閣樓中找到，而是由這位年輕師叔祖在日復一日枯燥占卜中有所感悟而發明，最是契合天道。

騎牛的年輕道士哪裡知道自己的這些作為是何等驚世駭俗，恐怕知道了，以他被世子殿下天天罵成縮頭烏龜的膽小性子，也只是嘮叨一句山下太嚇人，小道我不成為天下第一前打死都不下山。

洪洗象皺緊眉頭盯著丹爐，突然扯起宋師兄，嚷道：「撤！」

宋知命心知不妥，一爐耗費金銀無數的丹藥再珍貴，比得上小師弟？立即雙袖一捲，就帶著洪洗象往後疾速飄去。

一聲轟鳴，丹爐炸裂。

整個武當都聽到這聲刺破耳膜的巨響，各個山峰道觀宮殿都能瞧見一股濃烈青煙嫋嫋升起，只是大家並沒大驚小怪，抬頭看見這股煙後繼續幹活去。

哈，我們的師叔祖又調皮了。

小蓮花峰上師兄弟兩人十分狼狽，宋知命的道袍袖口成了破布條，好歹是護住了作為罪魁禍首的小師弟。

洪洗象跑去心疼青銅丹爐。這爐子可是他一點一點親手鍛造而成的，何況武當這些年香客數量江河日下，山上是出了名的手頭拮据，若非宋師兄在青雲峰沒日沒夜不錯過任何一個好日子地開爐煉丹，早就窮得叮噹響了。

兩袖清風，就真的是只剩下兩袖清風了，畢竟武當不是龍虎山啊。這邊山上雖說自給自足不難，可要做再多事情就真要有心無力。洪洗象心思簡單，可不意味著他就是個不諳世事的笨蛋，若把返璞歸真當幼稚，那世上就真沒聰明人了。掌教大師兄為何請世子殿下來武當，洪洗象自然一清二楚，但並沒有如小王師兄一般惱火排斥。

洪洗象蹲著看到破爐中如一攤泥的丹藥，伸出兩根手指蘸起一點，放到鼻尖嗅了嗅，愁眉苦臉道：「還離得遠。三師兄，看來要借用你的爐子了，到時候可別罵我，小王師兄都不讓我去他的竹林了，再去不得青雲峰，唉。」

慈眉善目的宋知命看著一臉愁容的小師弟，哈哈笑道：「好說。」

洪洗象猛然望向天空，怔怔出神。

宋知命記起許多年前的一件小事，打趣道：「小師弟，這一年時間你可沒少跟世子殿下套近乎，怎麼，捨不得那姓徐的紅衣姑娘？如果沒有記錯，當年那女娃娃在大雪天裹了一身大紅衣袍上山，你眼睛都看直了。」

洪洗象苦笑道：「三師兄，連你都來！現在就只剩下小王師兄沒笑話我了。那時候我才十四歲，懂什麼。」

宋知命笑問道：「你今年幾歲？」

從不記這個的洪洗象很用心掐指算了算，「二十四？二十五？」

宋知命玩味笑道：「那你倒是記得清楚是十四歲見到那女孩？」

洪洗象不說話了，繼續對著天空發呆。

那年北涼王府以大柱國徐驍為首，浩浩蕩蕩近百人登山。那時候大柱國剛剛踏平半個江湖，天下人都幸災樂禍等著北涼鐵騎連武當一起碾壓過去，卻沒料到這趟上山，徐驍卻不是要拆掉玄武當興的牌坊，而只是燒香，從他帶去武當的一小撮人便可得知。

有正值豆蔻初長成的大女兒徐脂虎，詩文才氣開始名動天下的二女兒徐渭熊，一身莫名陰氣的徐鳳年，始終憨傻的徐龍象。上了山後，大柱國子女四個就胡亂遊玩起來，其中就數徐渭熊最為跋扈傲氣，在真武大帝雕像後面刻下了「發配三千里」的字樣，歪歪扭扭，卻已顯腹中崢嶸。

武當得知後哭笑不得，連半句重話都不敢說。姐姐徐脂虎倒是沒什麼出格舉動，瞎轉悠，最後見到了一個騎牛的「小道童」。

見面第一句，她便問道：「喂、小道士，你多大？」

青牛背上的小道童紅著臉想了半天，等到確定自己年齡歲數，那雪地裡格外惹眼的紅衣女孩卻已經不耐煩地走遠了，只留下那時候便已經是武當最年輕師叔祖的洪洗象喃喃道：「十四啊。」

第二次見面，卻是她馬上要出嫁千里之外的江南。

仙鶴盤旋，人間仙境。

在小蓮花峰龜馱碑附近，她見著了洪洗象，笑問道：「喂、小道士，這山上多無趣，要不你嫁給我？多有趣。」

他還是漲紅了臉，一句話都說不出口。

後來，便沒有後來了，再沒有見過面。

他只知道她叫徐脂虎，喜歡穿一身刺眼的紅衣，最後就只是那一日聽她自言自語地說過一句「好想騎上黃鶴」。

洪洗象再次掐指，破例一天兩算。

在算這輩子能否下山。

在算能否騎鶴下江南。

他不知，如此前無古人、後無來者的下山，那一定是會被當作仙人的。

武當山巔，烏雲籠罩，隱約可聽雷鳴。

洪洗象猛然抬頭起身，望去懸仙峰方向。

第八章　老掌教黃庭作嫁　李東西做客王府

武當八十一峰朝大頂，山勢靈秀至極，可那琉璃大頂卻生出了異象。

小蓮花峰上，宋知命發現執掌道德清規的二師兄陳繇、四師弟俞興瑞、五師弟王小屏都聚集到了身後，陪著小師弟洪洗象一起望向那懸仙棺方位。只見騎牛的狂奔到龜馱碑，一躍而上，站在碑頂，十指掐動，眼花繚亂。

別看小師弟總記不住自己歲數，數術上卻是造詣精深，易經四典皆滾瓜爛熟，融會貫通，在卜筮上一騎絕塵，超出同輩師兄一大截，連當年算出了玄武當興五百年的上輩掌教都自嘆不如，曾言青出於藍而勝於藍太多。

洪洗象額頭滲出汗水，跌坐在碑上。

一群師兄跟著緊張起來，俞興瑞站在龜馱碑下，小心問道：「有變故？」

洪洗象抹了把汗，壞壞笑道：「天演無誤。只是這場雷雨比我預算的聲勢要小，不夠讓龍虎山那幾個鬼祟人物嚇破膽子。」

俞興瑞幾人如釋重負，相視一笑。

掌教師兄修成了大黃庭，已經放話出去，死對頭龍虎山自然要讓人來一探究竟，指望武當是狗急跳牆地虛張聲勢。大師兄悄悄出關，早早隱匿在黃庭峰上的龍虎山數人估計就不以為然了，將武當視作打腫臉充胖子，於是江湖上有傳言王重樓所謂修行大黃庭只是個沽名噱頭。小師弟氣不過，就專門挑了今天這個日子，是武當幾十年一遇的真武伏魔日，每次都會驚雷炸起，大雨傾瀉。

大黃庭闢，簡言之便是結大丹於廬間，象龜引氣至靈根，氣機與天地共鳴。道士喚作真人，取自《大黃庭經》中古語：「仙人道士非有神，積精累氣以為真」。修成了大黃庭，才算真人，如時下世人喜好見著任何一位道士便氾濫喊作真人，不可同日而語。

佛道相爭已數百年，可有一點卻極為相通，那便是佛道乃出世人，修出世法，不推崇武力高低。故而龍虎山當年出了一個公認神通無邊的齊玄幀，聲譽如日中天，卻也只是降妖除魔，也並不曾與王仙芝爭奪名聲。

前些年王重樓一指斷滄瀾，被好事之徒放入十大高手之列，龍虎山便極為鄙夷唾棄，公開、半公開地說了許多難聽話，連龍虎山那些稚嫩黃口的小道童都在傳誦一首編派武當掌教的歌謠。對此王重樓倒是不爭不辯、不言不語，斷江救了落水百姓後，便上山閉關修黃庭。

俞興瑞笑問道：「小師弟，這世子殿下能得大黃庭幾許？」

洪洗象嘆氣道：「約莫十之五六該有的。」

俞興瑞震驚道：「那此子內力豈不是冠絕武當？」

洪洗象搖頭道：「那還需要相當長的時間去消化。」

陳繇無奈道：「這些日子武當耗費心機去給徐鳳年拓展經脈竅穴，廢去丹藥無數，就如同在他體內挖出一個深潭，而掌教師兄的內力便是那條懸仙峰瀑布，衝擊而下，盈滿便要溢出，吸納半數已是天大福運。如此也好，大師兄還能留下一半大黃庭。」

洪洗象還是搖頭：「未必。」

陳繇疑惑道：「此話怎講？」

洪洗象洩露了一個掌教王重樓閉關前便告知自己的機密：「當初掌教師兄是按照世子殿下體內氣穴去修的，所以不管世子殿下能最終接納多少，大師兄一身大黃庭只會盡數散去，點滴不剩。」

俞興瑞臉色蒼白，喃喃道：「這如何是好，如何是好啊。」

陳繇苦笑，道：「掌教師兄何苦來哉，我們武當再式微不濟，也不需如此畏懼那大柱國。」

王小屏看了眼天空，轉身離開。

洪洗象頭也不轉，只是輕聲道：「小王師兄，別去黃庭峰找龍虎山道士的麻煩，會誤了你的精純劍心。不殺不當殺之人，一旦破例，神荼劍上心魔纏繞，蓋過了仙機劍意，這輩子小王師兄就與劍道漸行漸遠，越是努力十分，便越是遠離十分。」

王小屏停了停身形，只是略作停頓，便心無掛礙，依然背負神荼瀟灑遠去。

◆

洗象池中，刺入深潭揀選鵝卵石做棋子的世子殿下在潭底緩慢彎腰摸索，只是速度比陸地行走稍慢，其餘並無異樣。

潭水深千尺，比王府湖底更加冰冷，只不過跟白髮老魁練刀時，不知不覺學會了他的閉息術。徐鳳年以為只是練出了水性，不知這種古怪閉息與道門返璞胎息是殊途同歸。且不說徐鳳年內力仍是稀薄，終究是找到了一條正路，差別巨大，遠處看登山人肯定比不上登山人，登了山卻找不到路則比不上找到道路的人。至於上山道路千百，走哪一條，走到哪一步，得看天命機遇和個人苦修。

徐鳳年撿了十幾顆光滑石子，不急於浮上水面，在潭底觀景也很有意思，否則世子殿下以前也不會經常去湖底探望白髮老魁，只不過這潭水深厚幽碧，抬頭、低頭能看到的景象都模糊不清。

徐鳳年不知曉武當山巔電閃雷鳴，只感覺到瀑布水勢壯大了幾分，潭底越發寒冷難耐。他走到那塊根植於潭底的巨石邊緣，雙腳一點，捧著戰利品向湖面衝刺而上。

洗象池上方，一匹白練瀑布如觀音提瓶傾瀉而下。

武當掌教王重樓掠到巨石上，屈膝坐下，望向潭底，微微一笑。

閉上眼睛。

輕輕一呼，輕輕一吸。

水面霧氣騰空彌漫開來。

這位身為天下三大道門之一掌教的老道士，一生並無太大跌宕可言。出身孤苦貧寒，十二歲為了不餓死，便被父母送上了山，除了早晚兩課，便是在太虛宮值守，每日掃地上香敲磬，日復一日、年復一年。

那時候師父黃滿山還未成為武當掌教，卻也有徒弟二十幾個，其中王重樓資質中下，只是肯埋首誦讀經書，掃地時都會捧上一本入門典籍。晚上睡不著，便藉著月光看書，邊讀邊看，成了師兄弟眼中的書呆子。

二十四歲才有資格給香客搖簽算卦，四十歲才勉強算是道法小成，因此等到上輩掌教仙逝，交由王重樓接手武當，便引得天下譁然。那時候連龍虎山都沒怎麼聽說過這個中年道士，不料武當這一輩真人年輕時大多道行驚人，年老卻止步，唯獨不顯眼的王重樓漸得大道，扶搖直上，一指截江只是王重樓老而彌堅的一個小例子。

王重樓雙袖一揮，道袍激蕩鼓飄，竟將那條落勢萬鈞的瀑布給牽扯了過來。

瀑布傾斜如橋。

《參同契》超出提出「五腑藏神」的道教古典《河上公老子章句》一籌，在於首言三部八景二十四神。

只見這位老神仙呼吸盧間入丹田，閉目存思，潛神入定，精神充盈，整個人如典籍上所說，道教仙人羽化時熠熠生輝。

只聽王重樓默念：

「五色雲霞紛暮靄，閉目內眄自相望，才知我身皆洞天，原來黃庭是福地……

黃衣紫帶龍虎章，長神益命賴太玄，三呼二四氣自通。

世間盡戀穀糧與五味，唯我獨食太和陰陽氣。

兩部水王對門生，使人長生高九天……」

每說一句，老道士嘴中便吐出一股金黃氣，縈繞天地間。

最終共計九九八十一道金氣纏繞住瀑布水龍，一起轟入深潭。

徐鳳年上浮一半，便感覺到潭水有些不對勁，先是越發冰冷，轉瞬便滾燙，水深火熱不過如此。於是加快速度，最為驚恐的是依稀看到天空中一條水柱朝他直沖而來。

徐鳳年一咬牙逆勢而上，卻如何都衝不破水龍和呈現出詭譎金黃色的湖面，不管如何拚命都無果，水面就像是鋪上了一個重達千斤的大蓋子，以人力根本掀不開揭不掉。徐鳳年意識逐漸模糊，仍然攥緊手中要以綠水亭劍訣雕刻棋子的鵝卵石，昏迷中，沒來由想起了二姐徐渭熊那句「天地大火爐，誰不在其中燒」，沒來由想起當年年少貪玩在湖中幾乎溺水而亡，沒來由記起第一次提刀殺人的血肉模糊……

是要死了嗎？

徐鳳年昏迷過去，手中鵝卵石盡數掉落。

◆

王小屏去了趟黃庭峰，卻沒有殺人。

龍虎山三人識趣下山，劍癡那一劍，委實恐怖，倒不是說三人沒有一拚之力，只不過在武當山上，王小屏占盡天時地利人和，他們勝算太小。

王小屏來到洗象池畔，閉眼枯坐，膝上桃木神荼跳躍不止，嗡嗡作響。世子殿下被交織如蓮座的金氣托起，懸浮於水面上，瀑布衝擊在頭頂。

王小屏不去看，以他的脾氣，恨不得一劍斬斷那條瀑布，要知道這瀑布，可算是掌教師兄的一生修為了。

一晝夜後，雷雨停歇，山上氣象清新。

通體泛紅的世子殿下被洪洗象背去茅屋，額眉中心，倒豎一枚紅棗印記。

◆

王小屏負劍下山去了。

洪洗象和王重樓來到龜馱碑附近。

掌教老道士看上去氣色如常，只不過洪洗象無比清楚大師兄已是迴光返照的遲暮時分，最多不過兩、三年了。

年輕師叔祖苦澀道：「非要如此，武當才能興起嗎？」

老掌教坦然溫言笑道：「倒也不一定，只不過我修不修大黃庭，有沒有大黃庭，於武當何益？總不能老是占著茅坑不拉屎，由我做掌教，實在是小材大用。你是順其自然的清淡性子，我這樣做，也好給你一點壓力，總是好事。你瞧瞧，連你的小王師兄都下山了，不出意外，以他的天資，加上這趟遊歷，將來可以壓過吳家劍塚一頭。到時候山上有你，山下有他，不說我們師父那句玄武當興五百年，好歹能多些香火錢。你身上道袍穿了七、八年都沒捨得換，到時候便可以換一身新的了。」

洪洗象蹲地上嘆息復嘆息，無可奈何道：「這話你也就只敢跟我說，要是被其餘師兄聽了去，還不得被你氣死。」

老道士大笑，毫無萎靡頹喪神色。

洪洗象沉默不語，托著腮幫眺望遠山發呆。

王重樓輕聲道：「徐鳳年戾氣雖重，可人倒不算太壞，你與他交往，我不多說什麼，只是怕以後江湖和廟堂，就要不消停嘍。」

洪洗象輕聲道：「我可管不著。」

王重樓乾脆坐在小師弟身邊，愧疚道：「我這一撒手，你暫時就更下不了山了，怨不怨大師兄？」

洪洗象笑道：「當然怨，不過若不讓我做掌教，我就不怨！」

王重樓哼哼道：「休想。怨就怨，到時候我也聽不到、看不見，你怨去。」

洪洗象搖頭道：「大師兄，有點掌教風範好不好？」

老道士不以為然，他可不是那些龍虎山的老傢伙。仙人之下都是人，輩分、身分都是虛的東西，若不能立德、立言，所有都是帶不進棺材的身外物，何苦端著架子、板臉看人幾十年，不累啊。

王重樓突然輕聲道：「小師弟，咱們比試比試？好多年沒一較高下了，呃，是一較遠近。」

洪洗象如臨大敵，緊張道：「不好吧？」

掌教老道激將法道：「不敢？」

洪洗象年輕氣盛道：「比就比！」

只見兩位武當最高輩分的道士在小蓮花峰萬丈刀削懸崖邊上，做了件驚世駭俗的事情。撒尿！

老掌教嘆息道：「當年頂風尿十丈，如今年邁卻濕鞋。老了、老了，不服氣不行啊。」

洪洗象哈哈大笑道：「怎麼樣，比你遠吧？」

老掌教拍了拍小師弟的肩膀，語重心長道：「這件事，當年師父輸給我以後，就跟我說哪天輸給小師弟，就可以放下擔子了。」

洪洗象苦著臉。

老道士望向遠方，感慨道：「山不在高啊。只可惜我是見不到武當大興那一天了。」

洪洗象「嗯」了一聲，想要偷偷去拍大師兄的肩膀。

剛才手上沾了點東西，得擦乾淨。

大師兄拍自己肩膀為的啥？洪洗象一清二楚！

老掌教巧妙躲開，怒道：「你這道袍比我的舊，師兄身上這件，可是嶄新的！」

洪洗象訕訕縮手，氣憤道：「忒不公平了。」

武當掌教開懷大笑，離開小蓮花峰，遙遙傳來一句話：「小師弟，以後若真要下山，可得氣派些，給大師兄長長臉面。」

◆

徐鳳年醒來後頭疼欲裂，搖晃坐起身，從床頭拿起竹筒水壺喝了口泉水，去桌上拿起青瓷瓶倒入最後兩顆丹藥，將竹筒涼水一口喝盡，頭疼感覺減弱，立即神清氣爽。

他瞥見橫放在一堆祕笈上的繡冬刀，伸手握住，聽到刀身顫動的金石鳴聲，這時候才發覺體內真氣流轉，百骸受潤，似乎有無窮無盡的力氣，下意識地想要抽刀，略一思忖壓抑下這股衝動。來到茅屋外，看到騎牛的在對著爐子生火，煮了一鍋冬筍。

徐鳳年問道：「我那幾顆棋子是你偷的？」

年輕師叔祖裝傻扮癡道：「不知道啊。」

徐鳳年皺了皺眉頭，還沒出刀威脅嚇唬，騎牛的便心虛地撒腿狂奔，兩、三斤冬筍都是他好不容易一鋤頭、一鋤頭辛苦挖出來的，可逃命要緊，顧不上美味冬筍了。

徐鳳年走到爐子前，把冬筍煮熟，拿了筷子慢騰騰地吃得一乾二淨，這才去懸仙峰下洞內，發現多了一小堆未經雕琢的鵝卵石，想必是騎牛的將功補過。

他笑了笑，靠壁坐下，遵循《綠水亭甲子習劍錄》中所述上乘劍勢，拿繡冬刻棋子，只是第一刀下去，力道過於飄忽，將一枚堅硬鵝卵石給劃成兩半。

徐鳳年愣了一下，不再急於下刀，盤膝靜心，呼吸吐納。

這一路行來徐鳳年就已經察覺五根異常靈敏，此時更是感受到體內神氣充沛而朗然洞徹，對於那先前只是道教仙術口訣的「一呼一吸，息息歸根謂胎息」，竟有點玄妙的感同身受。他睜開眼睛，自言自語道：「這便是大黃庭？」

騎牛的小心翼翼地出現在洞口，笑道：「是大黃庭。世子殿下可不能浪費了。」

徐鳳年自嘲道：「浪費了。」

騎牛的搖頭笑道：「這話說早了。」

徐鳳年平靜道：「茅屋裡幾百本書籍，都送給武當，你們肯不肯收？」

年輕師叔祖憨笑道：「收！」

徐鳳年笑道：「以後每年給武當山黃金千兩的香火錢，敢不敢收？」

騎牛的思量了一下，苦笑道：「不太敢。」

徐鳳年一笑置之，揮手示意騎牛的可以消失了。洪洗象退出去，又走進來，輕聲道：「世子殿下，偷棋子的事情，可別記仇啊。」

徐鳳年輕聲道：「滾。」

◆

徐鳳年花了半天時間適應持刀勁道，再去雕刻棋子便手到擒來，形狀圓潤；看著黑白兩堆棋子，大功告成地長呼出一口氣，不小心將棋子給吹拂亂套。黑白混淆在一起，便拿西蜀方言罵了一句，重新收拾，前往紫竹林，砍了兩株羅漢紫竹扛回茅屋。

劈開後，花了一天時間編織出兩個棋盒，能做這個，是三年辛酸遊歷自編草鞋磨礪出來的不入流本事。徐鳳年將三百六十一顆棋子分別放入，看了眼祕笈尚未搬動的茅屋，腰間挎刀，雙手端著棋盒去屋外看了幾眼冷清菜圃，兩位大丫鬟紅薯、青鳥都靜候在一旁，武當就只有洪洗象一人逆行，與當初寥寥兩人的迎接陣仗其實差不多。

徐鳳年意料之中地被送到了玄武當興四字牌坊下。

徐鳳年已經望見兩百北涼鐵騎披甲待行，回頭望了眼蓮花峰，沒頭沒腦地問了一句：「有句話怎麼說來著？」

心有靈犀的紅薯嬌笑道：「山中一甲子，世上已千年。」

徐鳳年笑道：「聽潮亭裡那個白狐兒臉登上三樓了沒？」

紅薯搖頭柔聲道：「還沒呢。梧桐苑裡都在賭這個，奴婢賭還有一年半，押注六兩銀子，綠蟻她們都覺得會更晚一些。」

徐鳳年坐進馬車，道：「那我押十兩銀子，賭白狐兒臉一年內上三樓。」

紅薯給世子殿下揉捏肩膀，徐鳳年靠著她的胸脯，打開棋盒，雙指摩娑一枚棋子，閉上眼睛輕輕說道：「再重點。」

身上天然體香到了冬季便會淡去的紅薯「嗯」了一聲，眼睛卻瞥向梧桐苑中與自己最不對路的青鳥。青鳥沉默不語，只是望向世子殿下眉心的視線，炯炯有神。

兩位貼身婢女的心思盡在不言中。

◆

兩百鐵騎入涼州，主城道百姓自覺散開。徐鳳年中途停下馬車，讓紅薯去一家十分鍾情的醬牛肉鋪子買些回來解饞。這裡的熟肉最是入味，牛肉是北涼最佳，祕方醬汁更是首屈一指，黃醬、桂皮、老薑、八角等材料分量放得恰到好處。不說其他，光是桌上那瓶老抽醬油，就有很多食客想吃完醬肉後順手牽羊，可都沒得逞過。

徐鳳年以往與李翰林、嚴池集幾位損友為非作歹後，都要來這裡大快朵頤一番，李翰林更霸道凶殘，差點把整座百年老字號鋪子給搬回去，若非徐鳳年給鼻涕淚水糊了一臉的老掌櫃說情，城內百姓就吃不到這份地道正宗了，當然主要還是照顧自己的刁鑽口味。

最有意思還不是這醬牛肉，而是店裡有個秀秀氣氣的小女孩，據說是店老闆遠房親戚的遠房親戚的閨女，總之關係可以扯到十萬八千里以外。出奇的是這女孩頭回入城，手中拎了個繩子，牽著一頭黑白相間的憨態大貓，似熊非熊，似貓非貓，後來有學問的涼州士子好一番引經據典，才給探究出那是西蜀才有的「貘獸」，暱稱熊貓。古書記載這貘獸好食銅鐵，可這些年也沒聽說有過鄰里的家門鐵器給偷吃了，倒是常常見到那女孩手中拿著竹枝竹葉。

徐鳳年遊歷歸來，就再沒見著女孩和那隻大貓，遊歷前去鋪子吃牛肉，都愛逗弄那女孩，李翰林幾次想要偷醬油，都被她拿竹枝狠狠敲手，若非世子殿下阻攔，小女孩就要跟寵物一起被丟進獸籠了。

徐鳳年等牛肉的時候，看到遠處有個老乞丐靠著牆根瑟瑟發抖，臉色鐵青，饑寒交迫，離死不遠。富人都喜歡冬季，即便家中鋪不起耗炭無數的地龍，也因為可以穿上舒適華貴的貂裘，出行更有面子。可天底下所有窮人，都是最怕這個季節的。

除了衣衫襤褸的老乞丐，徐鳳年看到一個嬌弱背影蹲在那邊，她身邊站著個披綠儐淺紅色袈裟的小沙彌，不知說了什麼，小和尚便急匆匆跑遠。

徐鳳年皺眉道：「雖說佛門派系眾多，可披袈裟規矩都差不多，哪有小和尚穿這種顏色僧衣的道理，這是講僧才能穿的，小和尚有資格給人說經講法？再者，僧人外出，不是應該披通肩嗎？那沙彌怎就偏袒右肩？」

因為北涼王妃一生信佛，世子殿下自然耳濡目染，對佛門規矩禮數十分清楚。

青鳥糾正道：「那小沙彌是偏袒左肩。」

徐鳳年笑道：「哪裡來的小和尚。」

對於僧人，在北涼惡名遠播的徐鳳年一直很寬容善待，每次遇見都要打賞。一般而言大多僧人都會不接金銀財物，徐鳳年也不計較，以至於涼州城內許多算命術士都改行做了便宜和尚，管什麼欺師滅祖，得到世子殿下的隨手賞賜才是坦坦正途啊。

徐鳳年突然瞇眼，緊盯著一個道路中緩緩而行的中年密宗和尚。他身披大紅袈裟，面容枯槁，走到牆腳那邊，看到奄奄一息的老乞丐，面露悲憫。等穿著不懂規矩的小沙彌捧著一籠熱氣騰騰的包子火急火燎地跑到牆腳，卻只看到老乞丐腦袋一歪，離開人世。

密宗和尚彎腰伸手，握住那老人的手，替死者誦經。

小沙彌將肉包交給站起身的女孩，低頭合掌默念。

徐鳳年將這一切看在眼中，有些感慨。

一大一小兩個和尚，不管來自何方，將要去哪裡。

伸手是禪。

低頭也是禪。

紅薯進入車廂，徐鳳年突然覺得在武當山上想著就流口水的醬牛肉有些乏味，放在一旁，輕聲道：「哪怕我得了武當掌教的大黃庭，也依然是更喜歡僧人多點，只悟兩個禪的兩禪寺，苦行僧輩出的爛陀山，怎麼看都要比武當和龍虎更可愛。」

徐鳳年準備按路回府，無意間看到女孩側臉，愣了一下後心情大好，提起那包醬牛肉，起身笑道：「紅薯、青鳥，我去見一個熟人，你們先回去。」

徐鳳年離開馬車，站遠了，等北涼鐵騎全部離去，這才走向那邊牆腳。

徐鳳年很喜歡那個不太熟的熟丫頭，當年跟老黃走到琅琊郡最落魄的時候，便湊巧碰上了這個離家出走的小女孩，自稱要行走江湖做女俠的她身上還剩了點碎銀銅板，已經很是可憐。跟徐鳳年、老黃不打不相識後，很大方地就請了頓大魚大肉，然後澈底身無分文。

三人一同寒酸苦悶了個把月時間，打打鬧鬧，一起偷雞摸狗，倒也有趣。一般都是她望風，世子殿下和老黃冒險，逃跑的時候紮兩根羊角辮的小妮子腳下生風，最後她說要去南邊看海，就分開了。徐鳳年只知道她姓李，喜歡自稱李姑娘，若喊她一聲李女俠，那就能讓她餓著肚子都可以開心好幾天。

徐鳳年緩緩走去，有些詫異李女俠身邊怎麼多了個小和尚？

她家總不是寺廟吧？

想著這個，一手提牛肉的徐鳳年卻握住了繡冬。

那個密宗和尚，不簡單。

走近了便聽見很有李姑娘風格的言語，她在那裡雙手叉腰地教育小沙彌：「笨南北，說了多少次了？你可以喊我東東，或者西西，就是不准喊我東西！東西東西的，不難聽？」身穿綠犢淺紅色袈裟的小和尚唇紅齒白，相貌十分靈秀，只聽小和尚弱弱地說道：「東西，我覺得妳這名字挺好聽啊。」

已經不紮兩根朝天羊角辮的李姑娘伸手擰著小和尚耳朵，羞憤道：「你再喊一聲試試看？」

小和尚一點不懂見風轉舵，傻愣愣道：「東西。」

小姑娘氣瘋了，跳起來敲了一下比她個子高一些的小和尚腦袋，「笨死了！比徐鳳年笨了一千倍、一萬倍！」

徐鳳年嘴角勾起。

看吧，世上還是有人獨具慧眼的嘛。

小和尚囁嚅道：「出家人不打誑語。喊妳李子，妳又要打我。」

小姑娘氣勢洶洶地反問道：「那我問你，出家人可以喜歡女孩子？和尚要戒色，懂不懂？」

小和尚倒不是真笨，眼睛斜望向天空，裝作沒聽見。

小姑娘轉頭看了眼咽氣沒能吃上肉包子的老乞丐，神情有些苦悶。

小和尚小聲道：「買了包子，我們身上都沒錢了。我溜出來的時候本來就沒帶多少，妳花錢又……」

他終究沒敢把「大手大腳」四個字說出口。

小姑娘來氣了，怒道：「早跟你說了我爹的私房錢藏在床底托缽裡，你不知道多偷些？你不是笨是什麼？」

小和尚心虛道：「偷多了，回寺裡，師父會罰我給妳娘買胭脂水粉的。」

小姑娘聽到胭脂水粉，便有了興致，不再計較稱呼的問題，眼珠兒滴溜溜轉。

小和尚一見她這般模樣，趕緊說道：「真沒錢啦。」

小姑娘唉聲嘆氣起來。

站在他們身後的徐鳳年出聲笑道：「李姑娘，要胭脂水粉？我給妳買。涼州城裡最大的胭脂鋪裡有皇宮妃子們都用的『綠燕支』，不貴，我買都不用花錢。」

小姑娘猛地轉身，看到不再蓬頭垢面、麻衫草鞋的徐鳳年，一下子沒認出來，打量了許久，才使勁蹦跳了一下，驚喜道：「徐鳳年？」

徐鳳年提了提醬牛肉，笑道：「可不是？」

小姑娘拍了拍小荷才露尖尖角的胸脯，終於放下心，笑容燦爛道：「記得你說是北涼人，我還怕到了涼州找不到你呢。」

徐鳳年微笑道：「放心，到了這兒，找不到我比找到我更難。」

小姑娘不去深思，只是高興。

小和尚見到徐鳳年並無反應，只是在那裡頭疼一籠肉包如何處置，他自己當然不能吃，李子也不愛吃。

徐鳳年剛想帶小妮子去那家視自己若豺狼虎豹的胭脂鋪，下意識繡冬刀就要出鞘。

密宗中年和尚只是向前踏出一步。

和尚用拗口的口音問道：「你就是徐鳳年？北涼王的長子？」

徐鳳年笑道：「你是？」

和尚語調平靜道：「貧僧白西域爛陀山而來，想請世子殿下往爛陀山而去。」

爛陀山？

那裡有一種讓人崇敬的極端，入爛陀山前的人物許多俗世身分都高不可攀，可能是甘露飯的國王，興許是師子國的王子，或者是孔雀王朝的皇族，一個比一個顯赫顯貴。只不過進入爛陀山苦修後，出世後再入世，便跌入塵泥，與普通僧侶無異。

爛陀山戒律繁多，不可穿綢緞，袈裟不可褶皺，不能飽腹，睡覺只可曲腿蜷伏於三尺見方的布墊上，規矩之多，足以讓中原人士瞠目結舌。

徐鳳年聽說了不少有關爛陀山的傳奇，例如有遊歷僧侶在路旁見到遺失物品，便在物品周圍先畫一個圈，然後坐於一旁，往往會苦等幾日都無果，不過一般而言，爛陀山和尚畫了圓圈的東西，不會有外人起貪戀。更有甚者，爛陀山至今還活著一個已經畫地為牢數十年的老和尚，問題是世人都不知道這位活佛轉世的得道高僧到底在等什麼。

因此前往爛陀山修行過的和尚等於鑲上了一塊金字招牌，到哪裡都吃香。一些剃了頭髮裝禿驢的假方丈，都喜歡開口第一句便是「貧僧自爛陀山而來」。

爛陀山修行極苦，收徒極嚴，故而總共三百來人的寺廟，卻能與弟子遍天下的兩禪寺分庭抗禮，一東一西，交相輝映。

這個紅衣和尚說來自爛陀山，徐鳳年相信。一半是因為他方才伸手誦經的光景，寶相莊嚴，令人肅然起敬；另一半則是感受到和尚的氣機流淌如大江東去，光看和尚的言行舉止氣度，是不動如山的靜，可內裡，卻是江河奔騰入海。

徐鳳年雖說對爛陀山以及僧人十分有好感，可要說強行把他這個世子殿下拐帶去西域，這沒得商量，於是陰氣森森笑問道：「我如果不去？」

繡冬刀即將出鞘。

這下山第一刀，徐鳳年有把握將一整面牆壁都劈碎。

他如何都沒料到那和尚僅僅是不溫不火說道：「貧僧可以等。」

徐鳳年握刀的大拇指習慣性摩娑刀柄，問道：「等？」

面容肅穆的和尚繞著徐鳳年走了一圈，便安靜地退到遠處，沒有任何要綁架或是阻攔他的意圖。不僅徐鳳年感到荒唐，連看戲的小姑娘都覺得無法理解，她覺得還是自己家裡那些蹭吃蹭喝的和尚更有意思，爛什麼陀什麼的那座山太乏味了。

小姑娘終於回過神，望著徐鳳年小聲問道：「徐鳳年，你是那誰誰的兒子？那你豈不是世子殿下？」

誰誰，想必就是徐驍了。

不論道門、佛門，不論男女老幼，只要身在江湖中，似乎就沒誰敢直呼大柱國徐驍的名字。

還提著醬牛肉的徐鳳年笑問道：「怕了？後悔認識我？」

小姑娘「哈哈哈」連笑三聲，怎麼看都像是在給自己壯膽，徐鳳年瞧著倍感有趣也不揭破。以前一同行走江湖，遇到狀況，這妮子也從來都是輸人不輸陣，罵人最凶，跑路最快。

小和尚弱聲弱氣說道：「東西，我們走吧。反正人已經見著了，再不回寺裡，師父、師娘就又要跟方丈打架了。」

小姑娘看了看徐鳳年，再瞧了瞧小和尚，似乎在綠燕支和回家中艱難抉擇，一雙秋水眸子卻是下意識在香噴噴的醬牛肉上打轉。徐鳳年不想讓這個心思單純的小姑娘為難，二話不說就把醬肉交到小姑娘手上，轉身便走，邊走邊道：「等我片刻，先把牛肉吃了，再讓徐鳳年送妳一程，沒理由到了涼州還要餓著肚子出城。」

徐鳳年走向城東胭脂鋪，路經牛肉鋪，看到一位個子躥高不少，臉孔依然稚嫩的女孩，拎著一根竹枝，坐在門檻上看自己。

他急於購買胭脂，沒有打招呼。那綠燕支之所以出名，還是由於二姐徐渭熊的一首詠秋詩，徐鳳年在胭脂鋪裡白拿，掌櫃倒也心甘情願。再說了，以往世子殿下帶涼地大小花魁去鋪子裡揀選胭脂，若相中胭脂的花魁們由衷高興，世子殿下都要打賞些銀兩給鋪子，說到底，掛「青梅」牌匾的胭脂鋪還是賺大虧小。

徐鳳年到了鋪子，挑了一盒綠燕支和兩盒貴妃桃揚長而去，鋪子裡眾人都噤若寒蟬，幾個帶侍妾來一擲千金的富家翁更是低頭不語。

那邊，小和尚看著雙手滿嘴都是油膩的小姑娘，提醒道：「這就是徐鳳年？他可是世子殿下，似乎口碑很不好。」

小姑娘撕咬著醬牛肉，豁達道：「我也不好看，徐鳳年看不上。」

小和尚急了，道：「誰說的？」

小姑娘沒理會青梅竹馬的焦急，嘿嘿道：「娘告訴我以後找閨中好友，不能找太漂亮的，會把男人搶走。找相公，也不能找太英俊的，容易招蜂引蝶，我算是半個出家人，殺生太多也不妥。」

小和尚不得不搬出靠山，問道：「東西，妳忘了師父、師娘是怎麼說寺外男女的了？」

小姑娘一本正經道：「當然記得啊。我爹說寺外的男人，都是手裂虎豹、殺人越貨的惡漢。我娘說寺外的女子，都是口蜜腹劍、蛇蠍心腸的毒婦。笨南北，你傻啊，我爹娘這麼說，是嚇唬我呢。」

又笨又傻的小和尚默然不語。

小姑娘歪頭問道：「你討厭徐鳳年？」

小和尚搖頭道：「東西喜歡，我便喜歡。」

小姑娘「嗯嗯」了兩聲，話好聽，就不去計較「東西」這個名字難聽了。

徐鳳年把胭脂帶到，看見小姑娘拿袖子抹臉的俏皮模樣，將東西遞到小姑娘手中，笑道：「送妳了。」

小和尚看著小姑娘歡天喜地的神情，也不惱，只是老氣橫秋地嘆息了一聲。

小姑娘猶豫了一下，「徐鳳年，那誰誰在王府上嗎？」

徐鳳年笑道：「得過兩天才能從北邊邊境趕回來。」

她蹦跳了一下，「那去你家瞅瞅唄？」

徐鳳年哭笑不得。

接下來才更讓徐鳳年見識到這位女俠的神經之堅韌。到了北涼王府門口，她瞥了瞥兩尊鎮國獅子，煞有介事道：「可惜我家門口沒有。」

進了王府大門，看到一路綿延到清涼山山頂的雄偉建築，她喃喃道：「挺大喲，都有我家一半大小了。」

看到活水湖和聽潮亭，她嘻嘻笑道：「喜歡這池子，我家池塘可沒這氣勢。笨南北，你用心些跟我爹學本事，早早學會搬山移海的功夫，把這池子搬回去。」

徐鳳年大度笑道：「搬去好了。」

小和尚輕聲道：「東西，咱們寺是妳的家，但不是妳家的。」

小姑娘瞪眼道：「有區別？」

小和尚顯然不是能在她面前堅持己見的傢伙，小聲道：「是吧？」

小姑娘問道：「那我問你，白馬是不是馬？」

自認在寺裡誤上賊船才跟了師父學佛法的小和尚就更不確定了，重複道：「是吧？」

徐鳳年把這對孩子安置在梧桐苑附近的一座院子裡，足見他對小姑娘的重視。

這一路，徐鳳年沒敢多看她，生怕嚇壞了這位總是喜歡神神道道的小女俠。不打量小姑娘，那就只好觀察小和尚了。那身綠鑌淺紅色袈裟準確無誤是釋門中講僧的裝束，雖比不上朝廷賜予得道高僧的緋衣、紫衣兩種，卻也是相當罕見。

披此袈裟者，有三大功德在身，得天龍護佑、眾生禮拜與羅剎恭敬。徐鳳年越發好奇小姑娘所謂的家是哪座寺廟。

徐鳳年坐在院中，小姑娘對住處歡喜萬分，在屋裡興奮得跑來跑去，袈裟並非偏袒右肩而是左肩的小和尚蹲在一架秋千旁，望著晴朗天空發呆。

紅薯靜悄悄來到世子殿下身後。

下山後徐鳳年便已得知白髮老魁敗了使斬馬刀的豪俠魏北山，雙雙離開北涼；武林中軒轅世家在袁左宗和祿球兒的打壓下已然苟延殘喘；小人屠陳芝豹在邊境上又撈得潑天軍功。徐驍馬上要回府，二姐徐渭熊似乎也要回家過年了。徐鳳年無比肯定，二姐這趟是專程來罵人的，罵徐驍管教不嚴，更罵自己吃飽了撐的去練刀。

徐鳳年揉了揉始終火燙的眉心，自嘲道：「紅薯，可以準備棉花了。」

紅薯笑著答應下來。

王府內，誰不怕徐渭熊？

徐鳳年轉頭看到小姑娘提著衣角，扭扭捏捏走出屋子。

她臉上紅妝該有半斤重吧？

小和尚瞪大眼睛。

紅薯撇過頭，實在有點慘不忍睹哪……

徐鳳年起身笑道：「真好看。」

大概是從小便住在寺裡，小姑娘聽到徐鳳年的讚賞後，生平第一次擦抹胭脂的她如釋重負，她剛想笑，臉上的脂粉便簌簌往下掉落。心疼呀，於是重新板著臉，怯生生地站在秋千邊上。

小和尚呆若木雞，大概是沒認出眼前這位妖精是他最愛慕歡喜的姑娘。紅薯作為梧桐苑大丫鬟，畫眉塗粉俱是一流手工，看到小姑娘這般暴殄天物，而世子殿下又為虎作倀，實在是想笑又不敢笑，只好忍著站遠再站遠。

小姑娘雖說相貌、氣質、舉止都普通，可畢竟是殿下請進王府的貴客，不可不敬。徐鳳年還要去聽潮亭，就讓紅薯給小姑娘「稍稍」糾正一下，幾盒胭脂錢不算什麼，總不能真的出去嚇人，現在是大白天還好，到了晚上的話……

◆

去閣頂見師父李義山前，徐鳳年先去二樓找到白狐兒臉。白狐兒臉此時正站在梯子上翻閱書架上層的祕笈，春雷刀挎在腰間，刀柄上繫著一根紅繩。

徐鳳年從武庫裡搬去武當的書籍，都由白狐兒臉幫忙挑選。兩人雖都是練刀，不論刀術高低，還是刀法造詣，白狐兒臉都超出徐鳳年許多，兩人的修為高度就像此時此刻，一人在梯頂，一人在梯下。

白狐兒臉做事極為專注用心，不管做什麼事情，力求通透到底，徐鳳年便等他看完祕笈。

白狐兒臉下了梯子，打量一下一年沒見的徐草包，最終視線定格在世子殿下眉心位置。徐鳳年的皮囊無疑十分出彩，典型的丹鳳眼、臥蠶眉，壞笑起來更顯風流倜儻，只不過遊歷中與白狐兒臉相遇時是人生最落魄時，偶爾在溪澗洗去滿臉泥垢，連白狐兒臉都會訝異這草包相貌的確不俗，就是氣質不太匹配，吊兒郎當。如今不擇手段練刀，似乎不太一樣了。到底有什麼不同，白狐兒臉沒有問話，直接就春雷一刀撩出，霸氣凌然。

本是同根生的繡冬順勢劈下。

春雷炸開一般的白狐兒臉見一刀無果，「咦」了一聲，「你在武當學了上乘劍術？」

徐鳳年緩緩將繡冬放回刀鞘，握刀的右手發麻，嘻嘻笑道：「沒學，只不過牛鼻子老道給了我一本《綠水亭甲子習劍錄》，我閒來無事就拿裡面的劍招套在刀法上，你有興趣？這是一本武當走劍的密典，不能帶下山，但內容都被我記下了，我幫你摘抄一份？」

白狐兒臉也不客氣，點了點頭，率先走到二樓外廊，徐鳳年尾隨其後。

白狐兒臉輕聲道：「中原舊九國的天下，幾乎就是門閥豪族的天下，士族如林。琅琊王，甲陽謝，武康姚，博陵崔，廬江何，都是富可敵國的巨族。大柱國若只是摧城拔國，坑殺降卒幾十萬，將敵國皇帝老兒刺死也好，吊死也罷，這些在某些人眼中都不算什麼。可徐驍卻做成了挾泰山以超北海的事情，將十個豪族摧毀了將近一半，南唐武康姚氏全族不分老幼盡死絕，東越廬江何氏只剩下孤兒寡母二十餘人，這才是離陽王朝最樂意見到的。」

徐鳳年疑惑白狐兒臉為何說這些，道：「這些我都知道，師父提起過。」

白狐兒臉笑道：「你放心，我出身北莽南宮世家，與你無怨無仇。與你說這個，是想說被士族豪閥保持兩百年的大正九品制。」

徐鳳年點頭道：「如今天下高手，似乎便是遵循這個規矩來排名，倒也省力。」

白狐兒臉輕聲道：「與天下第一空懸一樣，大正九品制一般情況不評上上品，即世人眼中的聖品，唯有聖人才有資格。」

徐鳳年笑道：「對，但我聽說幾十年前出了個天才英博、超拔不群的謝家士子，武學造詣更是超凡入聖，與我師父一起評點了江山。李義山作將相評、胭脂評，謝家那位中流砥柱則作了對江湖人來說分量更重的武評，至於文評，只完成一半，便死了。我二姐似乎有續評的意圖，奈何她也說暫時力所不逮，與謝家大才差距還遠。」

北謝南李的風頭，當年那可是舉世側目。

白狐兒臉平淡道：「那人是我父親，死了。武評中上榜的要殺他，沒有上榜的，也要殺他，沒理由不死。」

徐鳳年一臉震駭，苦笑道：「難怪你要做天下第一。」

白狐兒臉看了眼徐鳳年，緩緩道：「你現在招式中下品，刀勢中上品，內力上下品，要追上我，不是沒可能。」

徐鳳年愣了一下，「真的？」

白狐兒臉嘴角微微翹起，「如果我四十歲以後停滯不前，你就有可能了。」

徐鳳年趴在欄杆上，柔聲道：「你還是一如既往地實誠，像老黃。」

白狐兒臉瞥了並未蒙塵的繡冬刀一眼，心中最後那點細微遺憾煙消雲散，輕輕道：「你還能騙得過天下人幾年？」

徐鳳年感慨道：「好歹得等我全盤接下北涼三十萬鐵騎才能露餡兒。我若不是個敗家紈褲，京城那位怎能睡得安穩？他睡不安穩，又豈會讓我徐家睡得舒坦？畢竟這整個天下還是由他做主。徐驍是積攢下了這份家業，可與天下士子作對，與江湖為敵，朝廷廟堂那邊也沒幾個靠得住的盟友。這些年北涼內部被不斷分化，匆匆領旨趕赴京城的嚴池集父親不是第一個，肯定也不是最後一個。李義山說我若太聰明了，肯定活不久，至少也活不痛快，最好的下場就是去京城當個質子，可如果太笨，裝得過火了，不消等徐驍去世，北涼鐵騎就要散。說簡單點，連我的鳳字營八百驍騎都只知陳芝豹，世子殿下如何，他們根本不上心。」

白狐兒臉笑道：「家家有本難念的經，似乎王侯世家更是如此。」

徐鳳年的拇指下意識地摩娑著繡冬刀刀柄，「沒關係，我還有兩年時間逛蕩，說不定馬上就要去江湖走一趟，等玩夠了，再把本該屬於我的東西都握在手裡。」

白狐兒臉皺了皺眉頭。

徐鳳年敏銳地發現了這個細節，問道：「怎麼了？」

白狐兒臉冷著臉返回閣內。

徐鳳年看著白狐兒臉瀟灑的背影，再低頭看著繡冬，似乎有點明白了，敢情是惱火自己跟繡冬過於親密了？他啞然失笑道：「這繡冬是殺人的刀，又不是女子閨房物品，還不許我多碰了？再說了，都贈予我了，我就是抱著睡覺、捧著上茅房也在理嘛。」

閣內傳來一聲冷哼，一架書櫃被春雷劈塌。

徐鳳年火速上樓，見到了日漸枯瘦的李義山，他越發臉白如雪，看得徐鳳年心驚膽戰。大隱隱於北涼王府的國士輕笑道：「早知道便不讓魏北山離開北涼，正好給你練刀。」

徐鳳年問道：「聽說老魁打贏了魏北山？」

李義山咳嗽了幾聲，拿起青葫蘆酒壺喝了口烈酒，氣息趨於平穩，道：「魏北山只是中中品的武夫，對上距離上上品只差一線的楚狂奴，慘敗並不奇怪。」

徐鳳年好奇問道：「這上上品高手，天底下當真就只有十人？」

李義山沒有直接回答，只是略帶譏笑道：「所謂武道上上品，與當年士子上上品沒法比，不值錢。」

徐鳳年猶豫了一下，小聲道：「南宮僕射說他爹是與師父齊名的謝家天才……」

李義山哈哈笑道：「這還需要他說？我只看一眼，便知道答案了。那個被你稱作白狐兒臉的小子，不僅與謝觀應長得像，更神似。我若認不出，就是瞎眼瞎。我這會兒正好奇這小娃娃是男是女，按照讖緯推算，謝叔陽的確是該有個兒子，可這白狐兒臉長得實在不像男子。」

對於白狐兒臉的稱謂，李義山頗為認同，也就隨口用上，並不覺得荒唐。

徐鳳年深以為然道：「就是，我當初也打死不信，如果是男人，太可惜了！」

李義山點了點頭，搖頭嘖嘖了兩下，臉上泛起一些好不容易帶上點人氣生氣的笑意，不再一味死氣沉沉。

這對師徒，不愧是師徒。

徐鳳年正了正坐姿，凝重道：「今天回城碰到一個自稱來自爛陀山的和尚，說要帶我去西域。」

李義山喝了口酒，道：「這龍守僧人在西域名氣可不小，師從一位密宗金剛上師習《金剛頂瑜伽經》，翻譯密宗經典六十餘部，一百一十卷。爛陀山他這一脈極為厲害，再上一代便是得證不死虹光的大成就者。」

徐鳳年無奈道：「再厲害跟我有什麼關係？總不能擺出山頭名號，就要我出家做和尚吧？」

李義山笑道：「跟你到底有沒有關係，你去了才知道。」

徐鳳年苦笑道：「師父，就別挖苦我了，那密宗修行，堪比吳家劍塚，每日四次上殿，最早一殿從深夜開始，上殿時不論寒暑都不准穿靴子，赤腳上殿，每天睡眠不足兩個時辰。有時到法園去修煉，要席地坐在石子鋪成的座位上，冬夏都不例外。若說讓我去那邊練刀一、兩年，如此吃苦，我也認了，可讓我去成天背誦經書，還是殺了我吧。」

李義山微笑道：「你可知這龍守的上師是誰？」

徐鳳年一頭霧水。

李義山大笑道：「這人是爛陀山唯一的女性密宗上師，據說不僅佛法無邊，而且美貌極為動人，被譽為人間觀音。只等雙修，便可證道。」

徐鳳年震驚後，壞笑道：「這麼說來，還是跟我有關係最好。」

李義山笑意古怪。

徐鳳年小心翼翼道：「怎麼了，這位爛陀山的觀音菩薩殺人不眨眼不成？」

李義山搖頭道：「慈悲心腸。」

徐鳳年更加好奇。

李義山大笑咳嗽道：「這尊菩薩，今年已經四十二歲。剛好是你兩倍年紀，真巧。」

徐鳳年霍然起身，就要提刀出去跟那爛陀山的死和尚拚命。

對凡夫俗子而言，爛陀山有兩點最為誘惑人心：一是可以立地成佛，二是男女雙修。至於真假，因為世人離爛陀山太遠，傳經布道中難免以訛傳訛，真相早已模糊不清，加上爛陀山從沒有人出來辯解，就成了值得推敲的未解之謎。徐鳳年倒是很支持爛陀山的不言不語，與其把話說透說死，還不如留個念想。

徐鳳年先去武庫三樓找到守閣的九斗米老道士魏叔陽。這一樓有一套定時更新的人物譜，徐鳳年先找到佛教卷。

佛門大小二十餘宗派，爛陀山高居密宗第一，因此密宗首卷便是。徐鳳年很容易便翻出那位密宗上師，頭銜很長，什麼大慈法王、補處菩薩，看架勢，她與排在前兩位的老和尚的地位相差無幾。

她出身於中天竺王族，年幼便追隨高僧遊歷十餘國，譯出典籍無數，最出名的當屬《大乘起信論》。史料記載她除了師從王種吉祥子大圓滿法，也曾到中原學習天文曆法，與中原佛門五家七宗都有接觸，可見她絕非坐一山而觀天。

譜冊中專門插放有一張女菩薩年輕時的畫像，栩栩如生，果然是明豔動人。徐鳳年將這份祕錄交還給魏姓老道士，唉聲嘆氣道：「四十二歲啊，就是年紀大了點。」

他一路嘆息著出了聽潮亭，看到青鳥身著一身青衫，恭候在臺階上。在徐鳳年看來，這位大丫鬟就差一柄好劍了，就青鳥這氣度風儀，外邊的女俠根本沒法比。她見到徐鳳年，恭敬輕聲道：「那僧人站在王府門口。」

徐鳳年走向湖心亭榭，笑道：「把他帶到這裡，我要會一會這密教和尚。順便讓下人備些齋飯，湖這邊不許閒雜人等靠近。」

在等人的空當，徐鳳年閉目凝神，咀嚼那些王府密探收集來的爛陀山祕聞。別看爛陀山才兩、三百人，卻是派系林立，各有信徒萬千，像龍守和尚所在的密宗紅教一支，爛陀山才三人代言，山外卻是數百萬信眾。

腦海中最終定格於那位女性密宗上師的畫像上，徐鳳年搖晃了下腦袋，暫且擱下這檔子事。既然已經下山，就得開始為自己精打細算。武庫是死的，人是活的，學白狐兒臉遍覽武學祕笈，不怕貪多嚼不爛，以後與人對敵，多知道一點出招套路，就多一分保命的機會，這跟手談初學者多半需要死記硬背圍棋定式是一個道理。

套路這玩意兒，自然是多多益善，徐鳳年不敢說自己悟性如何，但記性確實是連二姐徐猬熊都無法媲美的，若非如此，也不能跟李義山沒有棋子、沒有棋盤地懸空下棋。

徐鳳年自言自語道：「要像白狐兒臉那樣閱盡武庫全書不現實，可由他篩選，每天給我兩、三本，總不是難事，總有一天要把天下宗派的鎮門祕笈都看盡。下山時騎牛的給掌教王重樓傳話，大黃庭龜息於體內，想要全部化為己用，要獨自修齊三黃庭，就需要龍虎山上的幾本東西。借？都是祕不外傳的東西，多半借不到。偷？就我目前這刀法，難。搶？這兩個道教聖地，沒有六、七千精悍北涼鐵騎根本別想衝上山，想踏平的話，怎麼都要一萬三、四千的樣子吧。沒上武當前，覺得萬把人數的鐵騎就可以把整個江湖都來回碾壓幾遍，確實是小看天下英雄了。哪怕是徐驍，沒京城旨意，擅自調兵五百人以上出涼地，一概視同造反。」

姜泥要是在身邊，聽到這種將鐵騎與江湖掛鉤的瘋言瘋語，十有八九又有忍不住拿神符往世子殿下身上戳洞的衝動了。

體態風流腴美的紅薯端了些精緻齋菜過來。湖畔附近已經不見人影，在王府，世子殿下的話，再混帳，也要比聖旨管用。徐鳳年對這個與自己一起長大的丫鬟姐姐沒有什麼猜忌心，自顧自說道：「是時候培植黨羽了。沒點牢靠班底，怎麼闖蕩江湖？找個機會跟徐驍攤開說？」

爛陀山龍守僧人在青鳥帶領下來到亭內，徐鳳年伸手示意和尚自己動手。身披大袈裟的大和尚也不客氣，但僅是揀了點食物放入嘴中，異常細嚼慢嚥，別說飽腹，塞滿牙縫都難，密宗修行，僅這一點，便苦不堪言。

西域十四個大小邦國，排斥百家學術，獨獨尊崇密宗，有紅、黃、白三教。當年中原九國亂戰，追根溯源是上陰學宮的儒生們在那邊舌戰，而西域則是紅、黃、白「三國」演義，更像是神仙打架。黃、白二教素來勢大，紅教偏向遵古，九乘三部教法，一絲不苟，最重心部修習大圓滿法。龍守和尚的上師，便是密宗歷史上破格而立的第一位女性法王，那些明妃不管地位如何崇高，在根上就無法與她相提並論。

徐鳳年開門見山道：「六珠上師要與我雙修？」

龍守和尚神色平靜，點了點頭。這和尚說到雙修，面無表情，反而是萬花叢中過的世子殿下倍感荒謬，連紅薯和青鳥都面面相覷，一臉匪夷所思。

徐鳳年疑惑問道：「所有密宗上師都是不修男女雙身修法，便不可成就法身佛、報身佛？」

身披大紅袈裟的中年和尚表情依然木訥，一板一眼地回答：「已離欲者方可修證無上瑜伽，無上瑜伽乃度上上根器者。」

徐鳳年頭疼，問道：「為什麼找我？」

和尚搖頭，擺明了連他也不知道內幕詳情。

如此一來，徐鳳年腦袋被茅房門板夾了才會去爛陀山。

四十二歲，對菩薩而言不過是白駒過隙的一瞬，可對活生生的人間女子來說，真心不小了。保養再好，也不是徐鳳年能接受的。這還是其次，密宗紅、黃、白三教近年來鬥爭愈演愈烈，既然祕錄上說六珠上師雙修便可大圓滿，勢力更大的黃、白二教會傻乎乎地讓紅教獲得這種轟動西域的無量功德？說不定徐鳳年還沒到爛陀山，就被和尚們剝皮抽筋了。

要知道有些密宗喜歡把削去天靈蓋的骷髏頭當驅鬼招魂的法器，至於人骨袈裟、人皮手鼓什麼的在史書中也屢見不鮮，聽著就毛骨悚然。那位六珠菩薩是很厲害，被尊奉為根本上師，並且紅教信徒堅信她是阿彌陀佛和觀世音菩薩等身、口、意三密金剛化現。而所謂六珠，傳聞是指她有六種變身法相——觀自在上師、蓮花王上師和忿怒金剛上師等，聽著是很天下無敵，可再了得，還不是老老實實排在爛陀山幾位老和尚後面吃灰塵？

徐鳳年信不過這個在黃、白二教夾縫中求生存的紅教。除了怕死，更不希望這爛陀山和女法王打亂自己的雛形布局。打死不去是一回事，平白無故跟密宗紅教交惡是另一回事。能周旋一下是最好，何況爛陀山出來的和尚都是塊寶，徐鳳年擠出笑臉解釋道：「我暫時脫不開身。」

和尚還是那句屁話：「小僧能等。」

徐鳳年好奇問道：「能等多久？」

和尚緩緩道：「還有三十一年。」

徐鳳年差點吐血。

好變態的耐心，以後還是盡量不要跟爛陀山打交道了，萬一被誰記仇，這輩子都要不得安寧。

似乎願意等到徐鳳年子女都長大成人的龍守僧人沒有逗留王府，卻也沒離開城內，以北涼對僧人的寬容善待，想必這位爛陀山古怪和尚餓不死。

徐鳳年坐在涼亭內，嘀咕道：「莫名其妙。」

紅薯打趣道：「殿下，要不就從了那位密宗上師吧？」

徐鳳年仰頭嘆息道：「四十二歲的老姑娘了！她老人家老牛吃嫩草，也不是這個吃法啊。」

紅薯坐在世子殿下身側，纖手揉捏，力道巧妙，嫵媚嬌笑道：「說不定那位女菩薩駐顏有術。」

徐鳳年瞪了她一眼。

青鳥淡然道：「今天是放牌日了。」

徐鳳年來了精神，「有大魚上鉤？」

青鳥平聲靜氣道：「城裡聚了兩撥兒來歷不明的江湖人士，為首幾人有三品武力。」

徐鳳年遺憾道：「要是以前就是大魚，可現在本世子已經見過了大世面，唉。算了，聊勝於無。」

紅薯莞爾一笑。

這位世子殿下從小到大就有層出不窮的玩樂點子，大概是大柱國徐驍疏於管教或者說是刻意放縱的結果，沒有任何收斂跡象。事實上，大柱國這十幾年只開口說了兩件事，其中一件事便是十年不許碰刀，加上另外一事後便從未怎麼教導徐鳳年該如何做人、如何行事。紈褲敗家也好，遊手好閒也罷，都是徐鳳年自己琢磨出來的門道。

國士李元嬰更是小事不管，以前二姐徐渭熊在家還好，有人能鎮壓著世子殿下，等她去了上陰學宮求學，徐鳳年便如脫韁野馬，為所欲為，可勁兒拈花惹草，一擲千金買詩文，豢養惡奴扈從，對仇家關門放狗，玩得不亦樂乎，難怪離開涼地功成名就的士子們都破口謾罵這個世子殿下不學無術、無賴至極。

徐鳳年笑咪咪道：「吩咐下去，今晚不玩外鬆內緊的花樣，都一口氣放進來，這群上鉤魚蝦既然是趁徐驍不在潛入城內，多半是衝著我來的，到時候我就在這裡等著。青鳥，請出府上劍士一名、刀客一名，我要觀戰。這幫亡命之徒身處死地要出來的招式，最是靈活，比起祕笈上的僵硬文字，更有益處。」

青鳥安靜離去。她辦事，無論大小，總是滴水不漏。

紅薯伸出一根青蔥食指，想要去撫摸徐鳳年的猩紅眉心。

徐鳳年握住她膽大包天的手指，笑道：「造反了？」

紅薯撒嬌道：「就摸一下。」

徐鳳年搖了搖頭，紅薯眼神哀怨。徐鳳年沒有去憐香惜玉，收斂神情，一臉苦相皺眉道：「二姐要來了，王府就要打雷下雨了。」

徐渭熊不光對西楚亡國公主姜泥來說是一座大山，哪怕是紅薯這般好說話並且不去爭什麼的大丫鬟，聽到世子殿下提及二姐徐渭熊回府，都感到一陣煩躁，只不過這股鬱悶被她掩飾得很好。若說演技，以新鮮人血做胭脂塗抹的她似乎比徐鳳年更加爐火純青。

世子殿下繼承了大黃庭修為，對佛道兩門的氣機流轉有種後天的敏銳感知，對一般高手也有年輕師叔祖所謂「一羽不可加，蠅蟲不可落」的玄妙感應，可依然沒有察覺到身邊紅薯並不僅是一尾需餵食才豐腴的錦鯉。

王府內裡乾坤博大，種種離奇門道，連少年時代便在清涼山住下的世子殿下都不敢說都看到了，起碼那聽潮亭九樓，地下兩層連入口都沒找到。當年他和二姐兩人爬上爬下敲牆鑿壁都沒能成功，徐驍樂得子女兩個在家中忙碌，省得給他出府添亂。次女徐渭熊擅長陽謀，長子徐鳳年詭計迭出，只要這兩個傢伙待在一起嘀嘀咕咕，連大柱國都心驚肉跳。

徐鳳年打算晚飯和東西小姑娘以及南北小和尚一起吃。去的路上，他雙手連綿畫圓，府上僕役奴婢看到只覺得有趣，名堂沒瞧出半點，但嘴上都吹捧世子殿下武功蓋世。徐鳳年若是遇上姿色中上、體態婀娜的丫鬟，便會揩油兩下。紅薯跟在身後，不以為意，小小丫鬟就敢爭風吃醋，不小心在侯門豪族碰到性烈的主子，是要被亂棍打死的。

紅薯也不至於笨到去恃寵而驕，不想也不敢。說句不敢與人言的誅心話，看似多情的世子殿下才是真正的無情人。這一點，梧桐苑裡綠蟻那些貼身婢女，恐怕都不曾發現。可這不意味著紅薯不打心眼兒裡喜愛世子殿下，相反，這樣的主子，才能讓心高氣傲不比青鳥遜色半點的紅薯交心賣命。

徐鳳年不清楚紅薯的複雜心思，只是輕聲笑道：「這套沒名字的一百零八式，是騎牛的不知道從哪個旮旯兒[5]摸出來的好東西，越練越有意思。需要腰沉太極，步走九宮，形意陰陽，手勢和氣機都純任自然，這一圈圈可有大講究，構成無端圓環，循環往復，氣象萬千，很適合溫養內力，只可惜不能照搬到戰場廝殺。紅薯，妳要喜歡，我教妳。」

紅薯加快了步子，在梧桐苑首屈一指的壯觀胸脯貼近了世子殿下胳膊，一雙秋眸煙雨朦朧，「那殿下可要手把手教奴婢。」

徐鳳年頭也不轉，輕佻笑道：「倒是可以在妳這兒畫上一百零八個圓。」

紅薯媚意天然，語氣卻是幽怨，「奴婢知道殿下只是動動嘴皮。」

徐鳳年也不反駁，隨口問道：「妳覺得爛陀山到底是個啥意思？」

紅薯認真思量一番，低聲道：「奴婢倒是覺得雙修是假，讓白、黃二教與北涼鐵騎為敵是真。」

徐鳳年點頭笑道：「一語中的了。京城那邊早就對不服管教的西域密宗很有戒心，只不過找不到合適理由下手，如果能有紅教做內應，不排除咱們北涼鐵騎再當一回棋子的可能性。至於雙修證道，我查過祕錄，是最近幾年才傳出來的小道消息，當不得真，尤其在我行冠禮後最為激烈，由此可見我是一塊香餑餑，連密宗女法王都垂涎三尺。至於京城那位占據天底下最大棋盤的大國手，六十七個廟號、謚號中只瞧得上眼兩個字：一個是『高』，覆幬同天曰高，德覆萬物功德盛大；一個是『武』，戎業有光，開闢本朝最大疆土。想著死後千秋萬代都被稱作高武皇帝，已經差不多想到走火入魔了。」

紅薯臉色微白道：「殿下，這話說小聲些。」

徐鳳年笑道：「沒事，我敢說，可除了妳，還沒有人敢聽。不說這個了，紅薯，那小姑娘畫眉如何了？」

紅薯明顯鬆了口氣，「暫時只教會了她小山眉和螺子黛兩種。小姑娘學得挺快。」

徐鳳年哈哈笑道：「她只要想學，學什麼都快。老黃教她烤魚、烤肉、烤地瓜，學得比我還利索，若不想學，比如那編織草鞋、苦坐釣魚，就是一百年都學不會。」

紅薯看到眉宇清爽與平時不太一樣的世子殿下，怔怔出神。即便朝夕相處，她仍然極少看到這樣的世子殿下。

原名紅麝的她咬了咬纖薄嘴唇，然後跟著笑了笑，天生的狐媚尤物。

大柱國徐驍曾笑言，這小女子，便是進宮做了妃子都可爭寵不敗。

◆

小姑娘刮去半斤脂粉後，學紅薯畫了合宜淡妝，果然比不抹紅妝的她要豔麗許多，可在徐鳳年看來，還是以前素面朝天的小姑娘更討喜。

小和尚則一邊念經一邊偷看一邊傻笑。

徐鳳年替這小和尚所在寺廟的香火感到擔憂。

紅薯沒資格上桌進食，徐鳳年也不是那種寵溺丫鬟女婢便事事離經叛道的主子，和小姑娘、小和尚吃著素淡卻美味的齋飯，問道：「李姑娘，什麼時候回家？要過年了。」

小姑娘瞪大眼睛，受傷道：「徐鳳年，你要趕人了？」

徐鳳年啞然道：「哪裡？我不是怕妳爹娘擔心嘛。」

小姑娘理直氣壯道：「遇見你的時候，你還說這輩子餓死都不回家呢。」

徐鳳年笑道：「氣話氣話。」

一直低頭吃飯的小和尚抬頭插嘴道：「東西，咱們真得回寺裡了。」

小姑娘怒道：「閉嘴。」

這口頭禪是她跟世子殿下學的。

小和尚狠狠扒了兩口米飯，腮幫鼓鼓。

小姑娘紅著臉道：「徐鳳年，紅薯姐姐下午教我畫眉，聽著比那貢品綠燕支還要金貴呀，這錢等我回家再補給你。」

徐鳳年裝模作樣地點點頭，忍住笑意道：「好的，江湖上確實沒聽過有欠錢不還的女俠。」

小姑娘就喜歡這類言辭，得意道：「那是。」

小和尚心直口快，一顆小光頭靠近青梅竹馬多少年便相思愛慕多少年的小姑娘，憂心忡忡道：「東西，我好像聽師娘說過妳臉上這螺黛，死貴了，有個詩人還寫過『百金獺髓換得半兩娥綠』，要是真還錢，估計師父的托缽就要空了。」

小姑娘驚訝地「啊」了一聲，頓時愁眉不展，飯菜都沒那麼香了。

徐鳳年看在眼中，也不出聲安慰。

小姑娘是眨眼前陰雨心情、眨眼後便是陽光普照的性格，吃過飯，這欠錢的煩心事就被丟到一邊，拉著紅薯姐姐繼續去房內拜師學藝。在家裡爹娘吝嗇，捨不得給她買胭脂，笨南北捨得倒是很捨得，卻沒錢，都放出狠話說只要等他得道成佛，燒出幾顆舍利子，就可以讓她拿去換無數胭脂了，結果換來她的一頓拳頭飽揍。

徐鳳年不太懂少女情懷，就不去房中摻和，看到小和尚脫下袈裟，拿著水桶木板蹲在院中清洗，顯然是在小姑娘家裡的寺廟做慣了牛馬，動作嫻熟。徐鳳年蹲在邊上，看著青綠袈裟上的一枚白潤象牙圓鉤，笑而不語。

小和尚緊張道：「殿下，這袈裟可不能抵東西的脂粉錢送你，我會被師父打死的。」

徐鳳年笑道：「放心，我不要你的袈裟，你穿著很好。」

小和尚還是有些警惕。

徐鳳年問道：「我記得『方丈』曾是道教術語，『人心方寸，天心方丈』，是道門十方叢林的領袖稱號，怎的變成你們佛門的了？」

小和尚搓洗著袈裟，他是認死理的樸拙性子，沒聽出世子殿下言語裡的調侃，一本正經回答道：「論『方丈』二字出處，天竺經書《維摩詰經》要比道門《本命篇》早了一百年，再說了，師父告訴我，寺裡的大方丈，雖然只是住在一丈見方的小臥室，卻能容三千小世界和三千獅子林。你聽聽，比道教什麼人心、天心要厲害太多。我師父與人辯論就沒輸過，哦，就只是輸給師娘。」

徐鳳年無語道：「你們佛門是厲害，你師父更厲害。」

徐鳳年看到青鳥站在院門口，起身走過去。

青鳥肅殺道：「據悉二郡主脫離了大隊伍，單騎而來，那兩撥兒江湖人蠢蠢欲動，準備往城外去。」

徐鳳年摘下腰間玉墜，丟給青鳥，瞇眼道：「這群人急著投胎？妳去帶上鳳字營兩百騎，別忘了持弩，給我射殺乾淨了。」

青鳥轉身離去。

徐鳳年站在門口、門外殺機四伏，門內卻是一片祥和。

小和尚將洗好的袈裟晾好，望向房內，「又是一個天晴的好日子。李子，師父說我沒悟性，妳也說我笨，咱們寺裡兩個禪，我都不修。妳便是我的禪，秀色可『參』。」

5 旮旯兒：不受注意的偏僻角落。

第九章　北涼歌再奠英靈　小泥人讀書換錢

雖說三十萬鐵騎駐紮邊境，鐵甲森森，可北涼邊境似乎總不得安寧。燕剌王、膠東王等幾大藩王歷年奏章都是千篇一律地報平安，唯獨異姓王徐驍，每年都要跟朝廷訴苦。北莽也配合，隔三岔五就出兵擾境，一年一小戰，三年一大戰，互有勝負，久而久之，朝中清流便開始嚷嚷這是徐驍心懷叵測，列土封疆竟然還不滿足。

這些自視王朝股肱、一國良心的士子多半被皇帝在殿上斥責幾句，稍重的就「貶」出京城，往往在地方郡州攢夠了資歷，隔個五、六年便能回檔入中樞，委以重任。久而久之，再後知後覺的及第士子們都咂摸出這是條終南捷徑了。

這些年徐瘸子在天下學子心中簡直就是一道繞不過的坎兒，不被罵上幾句，都不好意思說自己是忠臣。今年年末最後一次殿議，新晉武英殿大學士溫守仁讓家僕抬著棺材，一路抬到皇城門口，才五十歲不到的重臣，便帶血書請死，以求清君側，京城學子無不拍手叫好。

北涼，徐字王旗在風中獵獵作響。旗下，大柱國徐驍策馬緩行，身邊只有一位英俊男子，面如冠玉，書生意氣卻身披戎裝。他不佩刀劍，只是空手，腰間繫著一條羊脂美玉腰扣，顯得卓爾不群，其餘數位北涼驍將都要拉開落後一大段距離。

徐驍拿到一份從京城送來的密報，輕笑道：「清君側？我離陛下可是離了好幾千里。這幫老書生，就不知道省點氣力回家去對付房中美妾。」

而立之年的清逸男子笑而不語，騎馬於人屠徐驍身畔，神情自若，氣勢不輸太多。

天下百姓都說大權在握的北涼王之所以駝背，是背負著幾十萬不肯歸鄉的孤魂野鬼，之所以瘸腿，是被舊九國第一武將的冤魂所牽扯。這些尋常人家的津津樂道，自然會被以板蕩臣子自居的士子們嗤之以鼻。

徐瘸子行伍一生，受傷無數，哪裡是什麼三頭六臂的魔頭，分明只是個奸詐篡權的武夫。再者，徐瘸子多少年沒有回過京城了？朝中除了上了年紀的老臣，絕大多數都不曾跟大柱國打過交道，甚至一面都沒見過。天子腳下，誰會被這些虛名嚇唬到？

徐驍握住轠繩，望向東北方向，拎著馬鞭，抬臂指點了幾個地方，感慨道：「太久沒去那裡，跟我作對幾十年的老傢伙們，老的老，死的死，好像已經沒人記得我的心狠手辣了。現在這些小後生的死諫，熱鬧倒是熱鬧，就是少了點赤誠。再這麼下去，遲早要書生清談誤國。西楚當年如何？那般得民心、得士子心，前車之鑒啊。如今北莽彪悍，如狼似虎，覬覦離陽已久，敢說只要北涼鐵騎一撤，就憑燕刺、膠東那些軟蛋將卒，幾次衝殺就要哭爹喊娘。東南蠻夷難馴，剿則平，退則反，反覆無常，難保就沒有亡國的逆臣賊子在幕後煽風點火。西域戎民政教一體，響噹噹鐵板一塊，幾乎油鹽不進，這我不管，井水不犯河水就是。好嘛，現在連那密宗紅教都開始打我兒子的主意了，去她那邊雙修？這不成了上門女婿？這婆娘真是活膩歪了，信不信老子帶著鐵騎把她從爛陀山綁到北涼，給我兒做奴做婢！」

容貌神逸的男子笑容濃了幾分。鐵騎往東不易也不妥，可若說馬蹄往西踏去，朝廷十分樂見其成。這男人言語不多，一手握轠繩，一手覆在腰扣上。

這條螭紋玉帶扣，淵源極深，雖有雙螭搏殺爭搶靈芝，是昔日天下四大名將之首葉白夔的心愛物，至死才被剝下，徐驍親手轉贈於身邊男子。這嫡系心腹便是陳芝豹，北涼三十萬鐵騎威望僅次於徐驍的小人屠，便是他一手將自己和葉白夔共同逼入了相互搏命的死地。兩軍對壘，勝負持平的決戰前，陳芝豹一騎突出，兩繩拖著兩名風華絕代的女子，最後當面刺死了那位無雙名將的妻女。經此幾乎可謂定鼎的背水一戰，早前已經坑殺降卒無數的陳芝豹凶名再度暴漲。

徐驍笑問道：「芝豹，多久沒見到我家渭熊了？」

小人屠臉龐稜角堅毅，卻露出一抹不易察覺的柔和，只是言語依舊畢恭畢敬，「回稟義父，已經小四年了。」

徐驍策馬狂奔，大笑道：「那你可要小心，她這趟急匆匆趕回北涼，心情不算好。」

陳芝豹甩韁跟上。北涼猛將如雲，虎狼悍卒更是不計其數，可能與大柱國並肩而行的，唯有不披甲冑時永遠一身白衫的陳芝豹！

◆

一騎疾馳。

馬是出現於古畫〈九駿圖〉中的赤蛇，連相馬高人都不覺得這種靈性非凡的駿馬真的存在。赤蛇在古書上是龍王化人後的陸地坐騎，額高九尺，毛拳如麟，最玄妙在於馬鼻蟄伏著一對通紅小蛇，馬死便出，再覓新主。

赤蛇馬背上坐著一位相貌平平的青衫女子，腰間挎一柄古劍，樸實無華。駿馬過於速疾，以至於塵土飛揚如一線，她已經能遙遙看到城頭。

城中，更是塵囂四起。

北涼半營三百餘鐵騎懸刀持弩傾巢而出，在鬧市衝殺而過，氣勢驚人。分兵兩路，圍住了兩座不起眼的客棧。當年北涼王徐驍馬踏江湖，與以往國戰有所不同，每一鐵騎標配便是如今鳳字營一身裝備，披輕甲，方便馬下步戰，除了膂力驚人的將校可提陌刀，其餘皆挎制式涼刀，弓弩手背箭兩筒，四十餘支。

若是單打獨鬥，除了百戰成名的北涼武將和一些出身綠林的草莽或者江湖宗派的悍卒，都無法跟江湖門派裡的人物對敵。可當北涼鐵騎聚集超過一百人，戰場上死人堆裡磨礪出來的配合威力便凸顯出來，尤其是一整營鐵騎或策馬或持弩有序推進，少有敵手能攖其鋒芒。何況人屠徐驍麾下從來不缺身手與人品截然相反的鷹犬走狗，這批人，殺起同根生的江湖人士，比北涼鐵騎更為得心應手。一顆頭顱便是金十兩、幾十兩的，更有甚者，一些門派領袖，一顆頭顱可以價值千金，加上附贈祕笈數本，事成還有官爵在身，誰不殺紅眼？

反正好的羊毛都長在肥羊身上，徐驍最擅長用望梅止渴的法子驅人賣命。

那一場在江湖上燃起的滾滾硝煙，簡直是一場三百年不遇的浩劫！要不然徐鳳年能被如同過江之鯽的仇家給惦記？興許是江湖俠士們覺得殺徐驍難如登天，去殺兩個小閨女又嫌跌身分，殺徐龍象那癡兒也不算好漢，於是便一股腦把刀尖矛頭對準了無辜可憐的世子殿下。

也不是所有背負血海深仇的江湖豪俠都願意去北涼王府飛蛾撲火，這麼多年，一撥兒接一撥兒，都他娘的有去無回！報仇是頂天的大事，可命都沒了還咋整？能熬出一身本事去叫板北涼王徐驍的角色，哪個是蠢貨？如今更有隱祕傳言說那紈褲世子是個陰損至極的王八蛋，不知哪天趴花魁的白滑肚皮給趴出了「先開門再放狗咬人」的歹毒點子，這就讓他們更加捶胸頓足。這世子雖說是不懂經世濟民半點的草包一個，可害人的本事卻跟人屠徐驍學了不少，真真切切是該殺該死。

此時，被認為該殺該死的世子殿下和小姑娘一起來到離其中一間客棧很遠的街道，徐鳳年在路邊攤子要了兩串糖葫蘆。別奢望出門極少親自攜帶銀兩的世子殿下會付帳，小姑娘看到徐鳳年拿了糖葫蘆就走卻沒被追債，更沒被打，十分佩服。

沒辦法，即使見識到了北涼王府的氣派，小姑娘也始終沒辦法把乞丐徐鳳年跟世子殿下聯繫在一起。在她看來，徐鳳年還是面黃肌瘦的時候更順眼些，與她坐在河畔柳樹上紮枝條頭環更有趣些，給她撐腰一起與村婦罵戰更過癮些。

唉，世子殿下有什麼好，一個身無分文的徐鳳年就夠了嘛。

小姑娘伸出舌頭舔著一顆糖葫蘆，很憂鬱地思量著。

徐鳳年說過，少女情懷總是詩。所以她這個年紀，怎麼憂鬱、憂傷、憂心都會好看。

遭殃次數最多的老黃哪裡去了？她想了想，還是沒問。

徐鳳年嘎吱嘎吱咬著糖葫蘆，聽著遠處陰冷的弓弩嗖嗖聲以及跟著響起的哀號，心情很不錯。

他不擔心嚇到身邊這個死纏爛打要一同出門的小姑娘，以前和老黃一起千辛萬苦下套逮住了頭小野豬，起先徐鳳年沒摸到竅門，加上下刀不夠爽利，皮糙肉厚的野豬挨了幾下都沒死，她看不過去，拿過刀唰唰唰就給那頭野豬捅殺了，死得不能再死……

難怪她說要做女俠，而不是那些笑不露齒的大家閨秀。

徐鳳年喜歡她，就像喜歡自己的妹妹。

所以她跟王府裡任何人都是不一樣的。

老黃生前恐怕也就只有她這麼一個談得來的朋友知己了。

右腰懸掛繡冬的徐鳳年停下咬糖葫蘆的動作，盯住前方巷弄拐角的一對年輕男女。

小姑娘抬頭看到徐鳳年又在壞笑，只是扯了扯他的袖子，很聰明地沒有出聲。

徐鳳年眨了眨眼睛，對小姑娘搖搖頭，然後獨自前行。

年輕女人死死攥著青年男子的手，搖頭道：「何師兄，別去！事情已經敗露，再去就是送死，三、四百人的北涼鐵騎，不是我們可以對付的啊！」

姓何的男子雙眼通紅，臉色慘白，悲憤欲絕道：「師妹，可是妳爹娘都在那裡啊！我若非師父、師娘收養，早就餓死街頭，一日為師終身為父，便是死，我也要去！」

女子面臨父母註定雙亡的慘劇，竟依舊冷靜到冷血，加重力道拉住同門師兄的手腕，咬牙道：「何師兄，若你都死了，連那徐鳳年、徐渭熊這對狗男女的面都沒見著，這樣死算什麼？這樣的孝就是你的孝？」

那位氣血沖頭的師兄仍是執意要去赴死。

姿色不俗的女子鬆開手，一巴掌摑在他臉上，冷笑道：「那你去死好了！」

沒了牽扯的師兄每走一步，她便從口中吐露幾字：「我倒要活著！那徐鳳年體弱卻貪色，我就算進了青樓勾欄都不悔，先把身子交給那世子殿下幾次，直到他完全麻痹大意，到時候我殺他時便捅下幾刀！這世子不知死活自稱從不摧花，我便要他死在溫柔鄉中！」

師兄心痛如絞，卻依然大步前行。

江湖恩怨江湖了，江湖兒郎江湖死。

這可能很傻，但江湖不比經緯謀略的廟堂，傻子的確很多，只認得一個孝，愚孝也不顧。

等他走遠，女子不屑道：「這等廢物，我爹娘白養了二十幾年。」

「罵得好，一點大局都不懂，死了也是白死，還是姑娘妳能夠忍辱負重，可歌可泣。我若是那世子殿下，可捨不得殺妳這樣沉魚落雁的美人。」

女子驚悚轉身，看到一個錦衣華服的公子哥兒靠著牆壁，一臉嬉笑表情，左手提著一串糖葫蘆。她看過一幅幾乎看膩捧爛的畫像，所以她認得眼前男子，化成灰都認得。只是畫像上姓徐的世子殿下眼神輕浮，氣象孱弱，而此時應該叫徐鳳年的他，怎麼有一身凌人氣焰？

不等她巧舌如簧，繡冬刀便出鞘，她身後厚實牆壁被劃出一道深達數尺的裂縫。

女子頭顱墜地。

徐鳳年丟掉那串糖葫蘆，望著地上那顆死不瞑目的頭顱，平靜道：「誰說我不殺女子？」

徐鳳年猛然轉頭，看到巷弄盡頭戳著一個單薄身形，心思百轉間，迅速看清那人臉龐，不禁啞然，竟是牛肉鋪的秀氣丫頭。

她提著一根竹枝，纖弱肩膀不停顫動，眼神呆滯地望著提刀的世子殿下。徐鳳年笑也不是、凶也不是，十分彆扭，若是刺客同黨，殺了便是，可這樣一個人畜無害的小妮子……不給世子殿下為難的機會，她已經轉身跑了。

徐鳳年沒有追究的意思，小戶百姓的小家碧玉，不嚇得魂飛魄散已經相當了得，哪裡敢去嚼舌根，何況說了也沒人信，信了也沒人管。

在北涼，徐驍不是那只差一身九龍皇袍的皇帝是什麼？

◆

徐鳳年找到那位家住寺廟的小姑娘，她還在用小嘴跟糖葫蘆打架，估計是嫌山楂太酸，只是咬掉了外邊的冰糖，剩下的不捨得丟也不願意吃，就提著站在原地等他。徐鳳年很不客氣地拿過山楂，幾下工夫便下了肚子，拉著小姑娘來到三條街外的牛肉鋪要了三份醬肉。店老闆依然殷勤，徐鳳年沒見到那個姓名約莫是叫賈家嘉的竹枝閨女。

回涼王府的時候，徐鳳年笑道：「妳回家前我給妳看樣東西。」

東西姑娘好奇道：「啥？」

徐鳳年柔聲道：「天機不可洩露。」

小姑娘撇嘴道：「我爹說天機都是騙人的。」

徐鳳年不以為意，帶她回到府上，先去了梧桐苑，一進院子他便拍了拍手掌，一聽見掌聲，紅薯、綠蟻、黃瓜等大、小丫鬟都停下手上活計，一股腦兒擁出樓，堆在院中，鶯鶯燕燕歡聲笑語，個個面露期待。

小姑娘雖說見過了紅薯姐姐，可一下子冷不丁冒出如此多的美人姐姐，還是有些眼花繚亂。只聽徐鳳年說了一句「規矩照舊，去吧，明天差不多這時候去山頂」，姐姐們哄然大笑，喜上眉梢，分散離去。

徐鳳年把蒙在鼓裡的小姑娘送回住處後，獨自走往一座「楚蜀低頭」樂坊。那是一棟五樓建築，坊內鐘鼓琴瑟磬竽應有盡有，大樂師、大樂官十餘人，簫師、鐘師、磬師、笙師一百六十餘人，歌女舞姬更是為數眾多。

這些人都是由世子殿下白養著，整個涼地，除了他沒誰能養得起這座樂坊。一樓擺放有一套大型編鐘群，多達八組六十五枚，鐘架高兩米半，分三層懸掛，成曲尺狀排列，氣勢宏偉。最大的一只甬鐘等人高，將近五百斤。所謂榮華富貴極點的鐘鳴鼎食，鐘鳴便是在此。

離陽王朝遵循古禮，天子八佾，王公六，諸侯四，士二佾，因此北涼王府舞隊可有六佾四十八位。徐鳳年不務正業，曾相當一段時間癡迷於禮樂，最鍾情當世公認靡靡之音的大俗蜀樂，也精於被老夫子們稱道的大雅楚樂，世子殿下能將涼地大小花魁玩了個遍，可不是只靠砸銀兩的伎倆。

鐘是眾樂之首。

徐鳳年輕敲甬鐘試音，皺了皺眉頭。王府編鐘的鑄工出神入化，造型雄渾，厚薄得當，音域寬廣。只是一年用不上幾次，難免在旋宮轉調時有些偏差。這個編鐘群六十多枚鐘一半出自他和徐渭熊之手，對鐘聲質感最有心得。

若要說徐鳳年遊手好閒，肯定不冤枉這位出身一等王侯門第的世子殿下。造鐘這種活兒，可比牽惡狗、攔惡奴上街調戲良家婦女要更耗時耗神，以後難道真去做鐘匠？不光是編鐘，徐鳳年對笙也有研究，跟著無所不通的二姐將十三、十七簧改良到了二十四、三十六簧，如雛鳳清鳴一般。

徐鳳年彎腰伸指彈鐘，鐘聲悠揚渾厚，等聲響弱去，輕聲道：「出來吧。」

一箭雙雕。

樓上走下來一天都待在上面吹竽的魚幼薇，她披著一襲雪白狐裘，不染塵埃，亭亭玉立；門外走進李子小姑娘，她一直躡手躡腳偷跟著世子殿下來到要楚樂、蜀樂齊俯首的樂坊。

她勉強能算鄰家女初長成的清新模樣，可在美婢如雲的北涼王府，實在不出彩。僅是那些被世子殿下當玩物豢養起來的舞女歌姬，便能把她比下去。所幸小姑娘還沒到自覺投入爭風吃醋的年齡，光想著做那逍遙江湖的女俠，懵懵懂懂哪裡知道爭芳鬥豔。

小姑娘嘿嘿笑著蹦跳到徐鳳年身邊，好奇地撫摸著大鐘，一臉崇拜道：「徐鳳年，你還懂這個啊？」

徐鳳年笑道：「懂一些。」

小姑娘遺憾道：「我就差遠了，從小被我娘說是五音不全，比家裡那些和尚念經還難聽。」

徐鳳年打趣道：「教妳吹口哨的時候已經領教過了。」

小姑娘抬腳去踩徐鳳年，被躲掉，心有不甘的小姑娘開始追殺世子殿下。

站在樓梯口的魚幼薇輕輕感慨：「這小姑娘膽子真大。」

打鬧了會兒，徐鳳年看到青鳥站在門口，臉色不太自然。

徐鳳年心中一動，用手按住小姑娘的腦袋，另一隻手指了指魚幼薇，笑道：「李子，妳先跟這位魚姐姐玩，我得去接個人。」

小姑娘「哦」了一聲。

徐鳳年在門口轉身望向魚幼薇，吩咐道：「妳照顧下李子。對了，這兩天需要妳舞劍。」

魚幼薇皺眉，終歸還是沒有拒絕。

徐鳳年飛奔到梧桐苑，拿起兩盒棋子，朝湖跑去。

只見一女子牽馬而行，身後王府管家、僕役個個都大氣不敢喘，像老鼠見著貓一般戰戰兢兢。

徐鳳年小跑過去，丟了個眼神，一群噤若寒蟬的僕人如獲大赦，頓時作鳥獸散。

徐鳳年笑臉諂媚道：「二姐，累不累，餓不餓？」

被世子殿下溜鬚拍馬的女子瞥了徐鳳年腰間的繡冬刀一眼，眼神更冷，沒有作聲。

徐鳳年並不氣餒，小心翼翼陪在她身側，道：「二姐，我在武當山上給妳刻了一副棋子，按照妳的十九道，三百六十一顆，妳瞧瞧？」

在王府，下人都知道大郡主徐脂虎懼怕大柱國，大柱國怕世子殿下，徐鳳年又怕徐渭熊，一物降一物，到了二郡主這裡似乎就不再怕什麼。天不怕地不怕的，身為女子都敢在北涼戰陣上提劍殺人，王府上下就沒誰不對這位城府韜略俱是超人一等的她感到毛骨悚然的。

那姜泥算是有骨氣、硬氣的女婢了，一樣被徐渭熊丟到井底三日三夜，拉出井的時候，原本那麼水靈的一個姑娘，就跟沒了生魂的厲鬼一般。

徐渭熊看也不看棋盒棋子，默然前行。

徐鳳年委屈喊了聲「姐」。

「我是你姐？」徐渭熊冷聲說道。

徐鳳年腳步不停，嘀咕道：「我練個刀，至於這麼跟我鬧嗎？三年多沒見，都沒笑臉了。」

徐渭熊悍然出手，暮色中，一條光華暴漲。

徐鳳年左手手背一陣抽痛，棋盒脫手，一整盒一百八十顆白色棋子在空中下墜，濺落起一百多朵水花，當真是天女散花。

徐渭熊繼續前行，不理睬呆立當場的世子殿下，她只是面無表情道：「我瞧見了。」

只剩下一盒黑棋的徐鳳年望著二姐的身影遠去，久久才嘆息一聲。

◆

第二日，徐鳳年去洛圖院看望徐渭熊，二姐閉門不見。

第三日，二姐的人總算是見到了，這還是徐鳳年翻牆爬樓的功勞。

她臥榻單手捧一本不為當下士子推崇的《考工紀》，對徐鳳年視而不見。

徐鳳年嬉皮笑臉想要去榻上躺著，徐渭熊身畔古劍鏗鏘出鞘半寸。

徐鳳年無奈道：「二姐，什麼時候能消氣？」

她輕輕道：「我馬上就要回學宮，見不到你，自然不生氣。」

徐鳳年愣了愣，問道：「妳不在家裡過年？不等徐驍回來？」

徐渭熊只是輕輕翻了一頁。

徐鳳年默不作聲。

從晌午坐到黃昏，徐鳳年放下孤零零一只棋盒，落寞地離開乾淨素潔如同一個雪洞的洛圖院。

徐渭熊起身下榻，吃過一些點心，看了眼窗外天色，便去馬廄牽赤蛇，她說要走便是真走，絕不拖泥帶水。她牽出那匹因緣際會下才馴服的通靈愛馬，猶豫了一下，反身回到院子，拿了一樣小東西。

徐鳳年站在王府門口，親眼望著一馬一人一劍決然離去。

不用去洛圖院看，徐鳳年都知道那盒棋子就擺在遠處。

何苦來哉。

世間哪有喜歡孤身遠遊的女子？

徐鳳年走向清涼山山頂，那裡的黃鶴樓下，會有一場用天下罕見來形容都不過分的歌舞。本來是送給李子小姑娘的，不承想卻送了二姐。

這支〈皇皇北涼鎮靈歌〉便是由離去的徐渭熊填的詞，徐鳳年譜的曲。

今晚會有魚幼薇的劍舞，紅薯、青鳥眾女的黃鐘大呂，綠蟻、黃裳等三十餘樂師的琴瑟笙竽，歌女舞姬一百六十人。

清涼山山巔，燈火如白晝。

整座城都能仰頭看到這邊的輝煌。

整座城都能聽到那宏大天籟。

城內百姓瘋狂傳遞消息：「世子殿下又要賞曲兒了！」

黃鶴樓下，焰勢如虹。

北涼參差百萬戶，其中多少鐵衣裹枯骨？

功名付與酒一壺，試問帝王將相幾抔土？

山上走兔，林間睡狐，氣吞江山如虎。

珍珠十斛，雪泥紅爐，素手蠻腰成孤。

十萬弓弩，射殺無數。百萬頭顱，滾落在路。

好男兒，莫要說那天下英雄入了吾彀。

小娘子，莫要將那愛慕思量深藏在腹。

來來來，試聽誰在敲美人鼓。來來來，試看誰是陽間人屠？

〈皇皇北涼鎮靈歌〉總計一千零八字，在北涼軍中廣為流傳。

城樓上，只有寥寥三人：徐驍、義子陳芝豹，以及最後被他們攔下的徐渭熊。

徐驍右手懸空捧著一碗烈酒，閉目凝聽歌聲，左手拍打膝蓋。

陳芝豹神情肅穆。

徐渭熊聽到一半便下樓，手心攥著一顆漆黑如墨的圓潤棋子。

第一次見識如此浩大陣仗的小姑娘已經震驚得說不出話來，身邊膽小的笨南北嚇得撒腿就跑，沒了蹤影。

李子怔怔望向不遠處斜臥在榻的世子殿下，只見他緩緩喝著酒，頭戴一頂紫金冠，一襲白袍，眉心一抹猩紅，如同忘憂的天仙。

小姑娘早說要走了，可第一天說肚子疼，不走了；第二天說要給爹娘買些年貨帶回去，結果拉著世子殿下在城裡逛了一天；第三天她躺在被窩裡不肯起床，眼珠子滴溜溜轉，可想不到好理由了，還是徐鳳年識趣，說曆書上講今日不宜遠行，然後她又讓世子殿下陪著把清涼山上、下走了幾回；第四天，終於沒轍了，小和尚笨南北也快要瘋掉，小姑娘只好長吁短嘆地走向徐鳳年給她準備好的馬車，車廂裡堆滿了她愛吃的點心瓜果，她連同胭脂水粉一起都記在賬上，下次再見徐鳳年可是都要還錢的，至於老爹床底下那只托缽裡的銅錢是否足夠，她可不管。

小姑娘見世子殿下似乎不上馬車，像是少了點什麼，著急道：「徐鳳年，你不送我啊？」

徐鳳年抬頭柔聲道：「不了，怕出了城就忍不住把妳搶回來。」

小姑娘立即開心了。看吧，徐鳳年還是很在意自己這個知己的，不能送行就不能送行唄，他還年輕，自己還小，不怕以後沒機會碰面，再說徐鳳年說最遲兩年就會去她家玩的。光顧著高興的小姑娘都忘了自己沒跟世子殿下說家住何方，那座寺是什麼寺。

天下寺廟無數，世子殿下再神通廣大，沒個頭緒，上哪裡找去？她坐進車裡，低頭把玩著手上一串紫檀念珠，一百零八顆，寓意摧破六根六種三世共計百八煩惱，這是世子殿下從九華山一位得道高僧那裡虔誠求來的佛門聖物。那位高僧的師父恰好圓寂於一百零八歲，手持這串佛門「拴馬索」誦經無數，自然蘊藏一股只可意會的殊勝功德。

可見沒心沒肺的世子殿下確實打心眼兒裡愛惜這小姑娘。

那一夜聽著讓城內老卒百感交集的〈皇皇北涼鎮靈歌〉，小姑娘鬼使神差地跑到了世子殿下榻前，被他摟了過去，抱在懷中。她也不羞，聽著歌聲，聞著酒氣，只覺得滿心安寧。

小和尚上車前對徐鳳年合手行禮，徐鳳年笑著還禮。

小和尚比小姑娘要熟稔人情世故一些，說了諸多發自肺腑的感謝言辭。小和尚自始至終都對這個惡名昭彰的北涼天字號紈褲沒有任何反感，大概是見面前就聽李子說徐鳳年如何好、如何聰明，所以先入為主，印象不錯。加上這段時間只看到世子殿下放下身段陪著李子瘋玩，沒看到他怎麼跋扈行惡，倒是最後從那棟大閣樓給他帶了好幾本寺裡都缺的孤本佛經，這讓小和尚實在是憎惡不起來。

馬車緩動，小姑娘掀開簾子使勁揮手，徐鳳年笑著揮了揮手，等澈底瞧不見徐鳳年修長的身影，小姑娘這才一屁股坐回繡墩，有些懊惱，心裡頭空落落的。

小和尚問道：「李子，怎麼沒見著妳說的那個馬夫老黃？」

原先無精打采的小姑娘立即眉飛色舞起來，道：「老黃啊，最有意思了。笑起來就看到他缺兩顆大門牙，老黃最心疼一把象牙梳子，總是藏起來，生怕被徐鳳年拿去賣了換錢，但是願意借我梳頭髮哦，反正我和老黃交情老好、老好了！」

只要李子心情好，小和尚心情就好。

即便李子是為了老黃，甚至是徐鳳年而心情變好，小和尚都無所謂。笨南北嘛。

小姑娘突然拿手指敲了敲小和尚的腦袋，教訓道：「誰讓你喊我李子的！」

小和尚抱頭道：「徐鳳年都這樣喊。」

小姑娘惱羞成怒道：「你是他嗎？會一樣？」

小和尚怯生生道：「好的，東西。」

小姑娘咬牙切齒道：「也不許喊我東西！吳南北，你這個笨南北！」

小和尚識相閉嘴。她是真生氣了，否則也不會喊他全名吳南北。因為師父以往總是揪著李子的辮子，諄諄教導她僧不言名、道不言壽，不許喊出家人出世前的本名。

唉，沒啥大優點的師父也就在這一點比較拿得出手。

李東西。

吳南北。

小和尚臉上雖然拘謹，其實內心在開心地想：妳是東西，我是南北，我們只要在一起就好了。

◆

可憐徐驍直到小姑娘、小和尚出城才能在自家王府冒頭，與徐鳳年坐在湖心亭，只有父子兩人，連陳芝豹都沒有在場。

大柱國六個義子，陳芝豹、袁左宗、葉熙真、姚簡、齊當國、褚祿山，性格迥異，世子殿下與他們的關係也各有微妙。徐鳳年打小就跟陳芝豹不對路，以前對袁左宗、齊當國這兩位衝陷無敵的武將也無好感，最近一年關係改善太多，喝過幾次酒。至於儒將葉熙真始終與世子殿下關係平平，倒是精於青囊術的姚簡，跟徐鳳年一向能夠說上話，年少世子當年最喜歡看姚簡啃土點穴，總覺得十分有趣。那滾圓滾圓的祿球兒不用多說，卑躬屈膝得跟他是徐鳳年親生兒子差不多，沒人懷疑世子殿下若要他殺了家中妻兒，這祿球兒會皺一下眉頭。

徐驍得意道：「在城門附近遇見你二姐，她這次沒罵我，老爹可厲害？」

徐鳳年鬱悶道：「不罵你那是因為二姐都在跟我嘔氣，她根本沒把你當回事。」

堂堂大柱國徐驍倒像是村野農夫耍賴道：「這個我不管。」

徐鳳年氣道：「你都不知道把二姐拉住，好歹在家裡過年！」

徐驍撇嘴道：「那我豈不是討罵？」

徐鳳年搖了搖頭，一肚子悶氣，深呼吸一口，問道：「我前兩天擺出那場違制的歌舞，沒事吧？」

徐驍訕訕道：「沒事沒事，哪能次次碰上皇帝駕崩？」

徐鳳年「哼」了一聲，徐驍只好賠著笑。

徐鳳年十四歲那年，先皇出奇暴斃，朝野上下哀悼期間，世子殿下竟然在黃鶴樓下大歌大舞了一場，整個北涼都給驚嚇得傻掉。大柱國一身塵土趕回王府就要杖打這個混帳兒子，最後還是沒捨得下手，只是把樂坊兩百餘人全部拖出去斬首示眾。

那時新登基的當今天子展現出寬厚一面，只是口頭訓斥了幾句，以徐鳳年年少無知為由，壓下了滿朝文武和天下士子的非議，才過了三年，便又有將那頑劣北涼世子招為乘龍快婿的意圖，全天下更是譁然不解。

徐鳳年問道：「二姐的劍術到底如何了？」

大柱國笑道：「比你引來的南宮先生還是要差半籌。」

徐鳳年驚訝道：「知道二姐劍術不俗，可竟然如此超群？」

大柱國引以為傲道：「渭熊這妮子，做什麼都是要爭第一的性子，綽號黃龍士那個烏龜王八蛋，遲早有一天要被你二姐當作墊腳石。」

徐鳳年肩膀扛繡冬，雙手捧著後腦勺，靠著紅漆金粉雕龍的大亭柱，懶洋洋道：「要不把我二姐和白狐兒臉湊一對？想來想去，也就他們兩個比較般配。」

大柱國白眼道：「這話你對兩人任何一個去說，都要討打。一柄紅螭，一柄春雷，有你受的！」

徐鳳年嘆氣道：「確實是打不過啊。」

大柱國放低聲音道：「我手頭倒是有個高人，你有本事就收下。」

徐鳳年皺眉，下意識問道：「有多高？」

大柱國伸出兩隻手，「全天下，真真正正能排進前十。四十年前可以排前三，二十年前的話，前五肯定沒問題。」

徐鳳年苦笑道：「豈不是比老黃還要高了？」

徐驍笑了笑。

徐鳳年問道：「他被你藏在哪裡？」

徐驍指了指聽潮亭，神祕道：「亭子底下鎮壓著。我為何建造此亭，你師父為何在此，都是因為這個百年一遇的老妖怪。」

徐鳳年很有自知之明地搖頭道：「就憑我這身初出茅廬的三腳貓功夫，去送死啊？」

徐驍點了點頭，「不急。那老妖的戾氣還沒被磨光，現在任何人去了的確是送死。」

徐鳳年自言自語道：「那我以後都不敢去聽潮亭了。」

徐驍笑道：「可以去。」

徐鳳年堅決道：「打死不去！」

徐鳳年去武當前以為排到第十一的天下十大高手，便是天底下殺人放火最厲害的十人，上山後才知道真正的高手有些隱於山林，有些不屑上榜，有些深藏不露，所以徐驍說那個被聽潮亭鎮壓的老魔頭是一雙手數得過來的高手，便知道這尊大妖一旦放出去亭外，就沒人能擋得住他興風作浪。

徐鳳年掂量了一下，恐怕只有老黃和湖底帶刀老魁加在一起才行，可老黃死了，劍匣都豎在武帝城頭被人笑話，白髮老魁走了，以他的脾氣，哪裡願意給世子殿下做馬前卒，徐鳳年一個人能有幾斤幾兩去降妖伏魔？

掰手指算一算親眼見識過手段的，武當掌教王重樓肯定算一個，劍癡王小屏算大半個，騎牛的能算半個？王府內那批守閣人大概只能算小半個了。

徐鳳年望向聽潮亭，猜測老妖物的身分來歷，沒有頭緒，笑問道：「王府上到底還有哪些寶貝，都別藏著掖著了，跟我透個底？」

徐驍喝了口滾燙黃酒，抹嘴道：「差不多沒了，都是我積攢半輩子的家底，還不夠你折騰？」

徐鳳年嘿嘿笑道：「就沒啥傳家寶？」

徐驍苦悶道：「有倒是有，可那得等我死了才能送你，不到山窮水盡、家徒四壁，哪能隨便搬出來？」

徐鳳年輕聲道：「都快過年了，說點吉利話。」

徐驍望向平靜湖面，似乎覺得乏味，撒了一把餌料，引來一幅錦鯉翻滾的鮮豔畫面，這才感慨道：「身子骨不如從前啦。年輕的時候三、四斤牛肉就著酒下肚毫無感覺，烤全羊能一次解決半頭，現在啃不動了，看見油膩就反胃。」

徐鳳年笑道：「好人不長命，禍害遺千年，你這種千夫所指的大惡人，就算沒一千年，活個一百歲總沒問題吧？」

徐驍沒有出聲。

徐鳳年坐直身體，抓了把餌料準備拋入湖中，湖心亭四周因為徐驍第一把餌料早就聚集了幾百尾游弋鯉魚，所以徐鳳年才有抬手動作，便有百來尾貪食錦鯉躍出湖面。以前徐鳳年無聊，會捧著幾大盒餌料划船而行，那種鋪天蓋地俱是鯉魚的風景，才最旖旎壯觀。

昨天帶著小姑娘便爽爽快快大玩了一次，她一半懼怕一半驚豔，表情十分生動有趣。這些年北涼紈褲與世子殿下爭花魁、搶青倌，板上釘釘的自取其辱，只不過她們假若有幸進入北涼王府，徐鳳年最多是給她們一小盒魚餌，他往往在一邊看戲，並不奉陪。

年末，在九華山敲完鐘，吃過不溫不火的年夜飯，徐鳳年來到芭蕉院，魚幼薇坐在窗口逗弄武媚娘。這隻白貓越發肥胖了，雪球一般，煞是可愛。

徐鳳年伸出繡冬刀刀鞘，武媚娘便乖巧抱住。

徐鳳年提了提，嘖嘖道：「該有十斤重了，以後就叫武胖娘。」

魚幼薇抱過憨態可掬的武媚娘，瞪了不解風情的世子殿下一眼。

徐鳳年坐下後，拿了塊桂花糕丟到空中，仰頭，剛好掉入嘴中。這糕點是魚幼薇親手調製籠蒸，別有風味，一出世便深受王府上下歡迎追捧。

王府有桂樹百株，清秋時節，她便採摘了新鮮桂花，絞汁去渣、擠去苦水，用上好蜜糖浸泡，小心密封窖存起來，等到制糕時，再拿出來。桂花糕入口即化，細軟滋潤，吞咽酥滑，這味道，徐鳳年很喜歡，連帶著看向魚幼薇的眼神，都有點深意。

不再做那花魁、不再做那魚玄機的她被看得緊張兮兮，抱緊了武媚娘，一不小心將豐腴胸脯給擠壓得厲害了，大半個滾圓的弧度相當誘人。

徐鳳年含糊問道：「等不及了吧？」

魚幼薇挑了下眉頭，只是發出一聲軟膩鼻音：「嗯？」

徐鳳年笑道：「我就知道。」

魚幼薇給徐鳳年的自說自話弄糊塗了，問道：「知道什麼？」

徐鳳年身體傾斜靠向她，笑咪咪道：「天色不早了。」

魚幼薇沒有做小女子狀的面紅耳赤，更沒有驚慌失措，只是摸了摸武媚娘的腦袋，細聲細氣道：「還沒怎麼的，整座梧桐苑就瞧我不順眼了，你能吃到這桂花糕，可是我在桂花樹下磨破了嘴皮才跟一個丫頭央求來的。要是在這裡過了夜，我跟武媚娘豈不是要去喝西北風了？」

徐鳳年笑道：「那丫頭是綠蟻還是黃瓜？回頭我說她去。」

魚幼薇笑了笑，笑裡藏刀，卻很點到即止地沒有去背後出刀。

徐鳳年伸手點了點魚幼薇額頭，動作溫柔，笑道：「妳跟那幫小丫頭賭氣作甚？這樣不好，女人大氣才能讓人心動。」

魚幼薇愣了一下。

徐鳳年起身伸了個懶腰，把剩下半盒井然靜臥於錦繡食盒的糕點都塞進嘴裡，耍著繡冬刀遠去。

◆

去年老天爺格外吝嗇，只是依稀下了兩場小雪，很不盡興，所以姜泥所在的院子裡只堆了一個歷年來最小的雪人。徐鳳年進了冷清院子，瞥了小巧雪人一眼，幸好頭顱還在。他看了一會兒，自然也沒能看出一朵花來，就轉身離開。

年後到底帶誰出去行走江湖，徐鳳年至今仍是吃不準。護衛扈從肯定不缺，以他的身分帶一百餘鐵騎出去沒有太大問題，徐驍自會安排得當，不留太多話柄。加上徐驍安排幾個王府豢養的得力鷹犬，明暗交叉起來，一般江湖人士想要刺殺無異於螳臂當車，但若只是如此，最是怕死並且吃過苦頭後的徐鳳年還是覺得不夠。白狐兒臉？他不一定肯走出聽潮亭，兩人交情向來是八兩桃換半斤李，沒有無緣無故的幫忙，徐鳳年也想不出江湖上能有比武庫中更吸引白狐兒臉的武學祕笈。

難不成真要去找那聽潮亭下的半仙半魔？

徐鳳年不知不覺走到了「魁偉雄絕」九龍匾下，嚇了一跳。先皇御賜的這塊牌匾字的意境倒不是不霸氣，可那四個字在徐鳳年看來實在是……還是四個字：不堪入目。

沒來由想起了遠在千里外的二姐徐渭熊，很多時候她比世子殿下更加睚眥必報，卻習慣在大事上通透無礙，小事上小肚雞腸。像徐鳳年本就該喊她一聲二姐，她卻覺得刺耳，從小就非要徐鳳年喊她姐，把「二」字去掉。

徐鳳年也不知道二姐跟大姐徐脂虎爭這個有什麼意思，早生、晚生是天註定的事情嘛。徐鳳年、徐龍象兄弟關係融洽，徐脂虎、徐渭熊姐妹關係卻實在一般。妹妹覺得姐姐作風放浪，是個花瓶，姐姐好歹是姐姐，度量大些，卻也喜歡惡作劇當面稱讚徐渭熊沉魚落雁、閉月羞花、傾國傾城，尤其是寫得一手好字……

女人心思，比天道更深不可測。相信山上那個年輕師叔祖對此會十二分讚同。

徐鳳年自嘲道：「下了山，竟然有點想念那騎牛的了。」接著自顧自哈哈笑道：「前兩天一口氣讓人送了一箱子豔情禁書上山，不知道騎牛的有沒有被他二師兄吊起來抽打？」

「徐乞丐，你還是這般無聊。」白狐兒臉的清冷嗓音從閣樓內飄出。

徐鳳年推門而入，看到白狐兒臉站在大廳白玉浮雕「敦煌飛天」下。

徐鳳年樂呵呵道：「這稱呼一年多沒聽見了。」

世子殿下挎著玲瓏繡冬，白狐兒臉腰懸樸拙春雷。

徐鳳年沒羞沒臊自言自語道：「原來我們也挺登對。」

白狐兒臉緩緩轉頭，將視線從壁畫轉到徐鳳年身上，殺機橫生。

徐鳳年無奈道：「我是說繡冬和春雷！」

廢話，白狐兒臉再美，世子殿下也不至於喜歡上一個爺們兒。

白狐兒臉重新望向那六十四位個個等人高度的敦煌飛天。她們頭戴五珠寶冠，或頂道冠，或束圓髻，秀骨清像，眉目含笑，上體裸露，肩披彩帶，手持笛、簫、蘆、笙、琵琶、箜篌種種樂器，雲氣扶搖，飄飄欲仙。

好一幅天花亂墜滿虛空的仙境。

徐鳳年很小就知道騎在徐驍脖子上去看飛天的裸露胸部，這不是根骨清奇是什麼，不是天賦異稟是什麼！只不過長大以後，次數便少了，畢竟徐脂虎最喜歡拉著徐鳳年一起睡，等弟弟十二、三歲都沒放過，徐鳳年睡覺喜歡摟緊脖子、撫摸耳垂的習氣便是她給慣出來的。

白狐兒臉挪了幾步，盯住了西北角頂部一位飛天，這一身天仙臂飾寶釧，手捧鳳首箜篌，仔細打量，竟然只有一目。

徐鳳年沒上心，只是心有餘悸道：「徐驍說這聽潮亭底層鎮壓著一個老怪物，白狐兒臉，你小心點。」

白狐兒臉頓悟一般，春雷出鞘，擊中那身飛天的眼睛，春雷反彈歸鞘。

只見那一身飛天紋絲不動，其餘六十三身飛天卻開始緩慢漂移起來。

一扇門出現在兩人面前。

徐鳳年看得目瞪口呆，喃喃道：「這是畫龍點睛了？」

白狐兒臉徑直走入，徐鳳年想要拉卻沒有拉住，猶豫了一下，跟著走進昏暗中，藉著大廳月光，可以看到是一條通往地下的樓梯。

白狐兒臉抽出春雷，以清亮刀鋒照映道路，徐鳳年跟著抽出繡冬刀。

等徐鳳年默數到六十三，樓梯逐漸光亮清晰起來。

是一座四顆夜明珠鑲嵌於四面牆壁的大廳。

墳墓一般！

靈位！

擺滿了北涼陣亡將校的靈位！

不下六百塊。

大廳中央放了一塊以供跪地祭拜四方的茅草墊子。

墊子遮掩不住一個更大的陰陽魚八陣圖。

徐鳳年望著一塊塊牌位，只有少數為他熟知，都是北涼軍功勳卓著的武將，死於那場席捲天下的春秋亂戰中。

一將功成萬骨枯，這只是書生語。

在這裡，此情此景，才是真正的陰間。

白狐兒臉渾然不懼，只是問道：「你想不想以繡冬換春雷？」

心知不妙的徐鳳年搖頭道：「不想。」

顯然惱火世子殿下不識相的白狐兒臉緊瞇起丹鳳眸子，死死盯著徐鳳年，就跟打量一個靈位相差無幾。白狐兒臉已經看出目前春雷比繡冬更適合世子殿下練刀。

徐鳳年假裝什麼都沒看見，不出意料的話，地底下就蟄伏著那個一壓就鎮壓了二十年的絕世高手。看白狐兒臉架勢，分明是被勾起了好奇，以他的脾氣，十有八九是要去一探究竟。徐鳳年可不想羊入虎口，他的第二次江湖逍遙遊還沒黔驢技窮到要鋌而走險的地步。

白狐兒臉皺了皺眉頭，破天荒妥協道：「我要再下一層，可這畢竟是你家，所以你若答應我，我除了與你換刀，還額外答應你一個條件。」

徐鳳年毫不猶豫道：「好。」

白狐兒臉更加乾脆，直接將春雷丟給徐鳳年。

徐鳳年接下春雷，卻沒急著把繡冬交換給白狐兒臉，而是正色問道：「我現在就可以提條件？」

白狐兒臉點點頭。

徐鳳年一本正經道：「條件就是我們現在別下去！你要反悔，就先殺了我！啊，不對，是打暈我！」

手中無刀的白狐兒臉瞪大那一對秋水眸子，看著握緊雙刀的世子殿下。

突然，白狐兒臉莞爾一笑，那些敦煌飛天若是比起此時的他，便沒了仙佛氣。

徐鳳年看癡了，卻依然沒敢掉以輕心。

第一次在他面前展顏歡笑的白狐兒臉彷彿是嗔怒，對，女子作態的嗔怒，緩緩道：「這次算你贏了，徐無賴。」

徐鳳年終於鬆了口氣，鬼門關打轉的滋味真他娘難受。

白狐兒臉伸出手，徐鳳年滿眼疑問。

白狐兒臉怒道：「給我繡冬！上樓去，等你膽子長大些，我們再下去！」

徐鳳年呆呆「哦」了一聲，把繡冬刀拋給白狐兒臉，有點不捨，在武當山上就跟這位「小娘子」相依為命了。

一同回到樓上，白狐兒臉拿繡冬再敲飛天眼珠，壁畫神奇恢復原樣。

徐鳳年得了便宜正準備溜走，沒想到白狐兒臉並未生氣，只是輕聲道：「陪我喝酒。」

徐鳳年跑去梧桐苑拎了兩壺好酒回來。

兩人坐在聽潮亭雄偉臺基邊緣，白狐兒臉盤膝而坐，徐鳳年雙腳懸在臺基外邊空中。

白狐兒臉灌了一口酒，「北涼王是我見過最具梟雄氣概的男子，但我這一年來仍是不懂即便徐驍推行法家和霸道，怎就成了一人之下，萬人之上的權臣。剛才看到六百多塊靈位，似乎有些明白了。有六百人死心塌地替你賣命，你就是個草包，也可以威福一州。若這六百人都是英雄，願意為你肝腦塗地，那當如何？世人皆知北涼王徐驍以六百驍騎起家，如今剩下沒幾個了吧？大概都在那裡了。」

徐鳳年望向夜空。

白狐兒臉柔聲道：「有這樣一個爹，是不是很累？」

徐鳳年搖了搖頭。

白狐兒臉搖晃著酒壺，嘲諷道：「你爹手段心機隱忍都是當世一流，你卻是個無賴。」

徐鳳年苦笑道：「就別挖苦我這個草包了，不就是用繡冬騙你春雷嗎，你要不甘心，我們換回來就是。」

白狐兒臉嘴角弧度迷人，再狠狠灌了口酒，喝酒都如此豪邁，道：「說吧，什麼條件。」

徐鳳年輕聲道：「不提了，你要下去便下去，到時候告知我一聲便是，我讓徐驍多給你安排一些人手。」

白狐兒臉狐疑道：「你什麼時候菩薩心腸了？」

徐鳳年自嘲道：「我的朋友本來就不多，因為那一心要做板蕩忠臣的陵州牧，去年又少了一個。不管你怎麼看我，我都把你當朋友。」

白狐兒臉面無表情，只是仰頭喝酒，一壺酒很快就被他喝得滴酒不剩。

他伸過手，朝徐鳳年要酒喝。

徐鳳年晃了晃手中酒壺，笑道：「我喝過了你還要？」

臉色微醺的白狐兒臉大聲道：「拿來！」

徐鳳年遞了過去。

一半驚喜一半懊惱，驚喜的是白狐兒臉如此心高氣傲的一個人都開始跟自己不拘小節了，懊惱的是白狐兒臉看來千真萬確不是個娘們兒了。

白狐兒臉說了句幾乎讓徐鳳年吐血的話：「你要是女人就好了，我便娶了你。」

從來都只有世子殿下調戲別人的份兒，哪裡有被人調戲的道理？何況，身邊這白狐兒臉還是個男人！

徐鳳年只覺得悲從中來，奈何換了春雷刀也不是白狐兒臉的對手，他立即就有股馬上去閉關練刀的衝動，練他個幾百年，還怕練不出個天下無敵？世子殿下落魄到只剩下這種自我催眠。

白狐兒臉自顧自喝著酒，丹鳳眼斜瞥見徐無賴吃癟，心中只有一個舒暢，兩壺酒喝下肚是暖胃，話一說出口，卻是暖心，難怪徐乞丐當年遊歷途中那般窮困潦倒還是牙尖嘴硬，有些時候言語最能氣人，似乎比繡冬、春雷還要鋒利些。

白狐兒臉喝完了酒，兩只空酒壺放在腳邊，望向平鏡湖面，微笑道：「那天晚上的〈皇皇北涼鎮靈歌〉我聽了，詞填得不錯，就是曲譜得有點兒力所不逮，浪費了一千零八字。」

徐鳳年指了指自己，乾笑道：「見諒，正是本世子譜的曲。」

白狐兒臉打了一拳，也給了顆棗子，「我說不好，那是因為有詞珠玉在前，你的曲子若是單獨擱在一邊，還是超乎我意料很多，以後好像不能再罵你草包。」

徐鳳年直挺挺後仰，躺在地上，無所謂道：「罵吧罵吧，好不容易撞見個罵我我都不生氣的傢伙，不能浪費了。」

白狐兒臉問道：「如果換作別人罵你？」

徐鳳年天經地義道：「先回罵，再往死裡打啊。」

白狐兒臉恍然道：「難怪北涼都在說你跋扈驕橫。」

徐鳳年故作深沉道：「想必你看出來了，都是我裝的，其實我是在臥薪嘗膽哪，總有一日我要一鳴驚人，要天下人都知道本世子的文治武功！」

白狐兒臉慵懶道：「你不是裝，你是順水推舟，你本來就是憊懶潑皮的性子。」

徐鳳年捧腹大笑，開懷道：「白狐兒臉，還是你懂我。剛才你怎麼說來著？哦，記起來了，你要是女人就好了，我便娶了你！」

白狐兒臉沒搭埋這一茬兒，輕輕問道：「你這種懶人，竟然會學刀，真是為了老黃？」

徐鳳年搖頭道：「不全是。我這輩子十有八九是打不過老怪物王仙芝的，自然也就無法取回老黃的劍匣，這一點我很清楚。只是我偷偷想，打不過王仙芝，總還可以等到他老死那一天，這天下第二若能再活個六、七十年，也算他狠，本世子心服口服。要是活不到那一天，我就去把武帝城給拆了！」

白狐兒臉笑問道：「那你在王仙芝病死、老死前，就不去東海？」

徐鳳年認真道：「去。可能正月一過就要出北涼，一些債要還，一些人要罵，一些人要殺。當然，也會去一趟武帝城。」

白狐兒臉轉頭望向躺著的世子殿下，疑惑道：「既然打不過，拿不回劍匣，去作甚？」

徐鳳年平靜道：「就是去看一看，不去看，就怕一年、兩年、三年這麼慢慢過下去，把老黃和劍匣給看淡了，給忘了。」

白狐兒臉想了想，也筆直躺下去，雙腿伸直，輕聲道：「似乎跟我一樣，就怕自己一口氣撐不住，就把什麼都給忘了。當初給你繡冬，是對的。現在換給你春雷，約莫是不會差了。」

徐鳳年賊笑道：「白狐兒臉，可惜呀，你是男人。」

白狐兒臉還以顏色，眯起眸子笑道：「可惜你不是女人。」

徐鳳年閉上眼睛。

白狐兒臉柔聲道：「你要出北涼，我不會跟著，武庫有五樓祕笈，我登上最後一樓前，絕不出樓。所以你那個條件，能否換一個？」

不等徐鳳年出聲回答，白狐兒臉繼續道：「你若不答應，要我跟著走一趟江湖，我仍會實現諾言。」

依然閉目養神的徐鳳年扯了扯嘴角，道：「一把繡冬換春雷就足夠。老黃說了，人要知足，才能飽肚飽心。你聽聽，這道理說得，難怪他能耍出那九劍。我覺得吧，這才是高手。去他娘的王仙芝、鄧太阿、曹官子！」

白狐兒臉跟著閉上眼睛，竟然昏昏睡去。

清晨醒來，白狐兒臉猛地坐起，臉色雪白，身邊繡冬刀亂顫驚鳴。等到白狐兒臉發現身上披蓋著一件眼熟貂裘，這才迅速鎮靜下去，自嘲一笑。

◆

徐鳳年找到姜泥的時候，她正提水洗衣，幾件單薄泛白衣衫，都不捨得用力搓洗的那種。看見徐鳳年，這些年好不容易從太平公主長成微平公主的女婢面容古板，對世子殿下視而不見。

徐鳳年聽說了，二姐回到王府，雖然對自己不理不睬，可私底下卻把眼前這個傻乎乎寫出〈月下大庚角誓殺帖〉的丫頭片子給拾掇慘了，徐鳳年才不心疼，只有幸災樂禍：讓妳鬧，讓妳不老老實實收拾那塊小菜圃。

姜泥似乎眼角餘光瞧到徐鳳年不懷好意的笑臉，臉色更寒，一不小心便將清洗衣物的力道用大了，眼中充滿懊惱，動作立即輕緩起來，再顧不上跟徐鳳年鬥氣。

這世子殿下，是閒來無聊便能隨手弄出一套滿城可聞的〈皇皇北涼鎮靈歌〉的侯門浪蕩子，而她，只是連幾件衣物都不敢用力清洗的女婢，與他嘔氣算怎麼回事？

徐鳳年看了眼姜泥凍紅的臉頰，唉，不笑的時候酒窩便淺了，再看她的眼眸，死氣沉沉，是被二姐教訓一通便心灰意冷了嗎？絕了要殺自己的心思了？這不像是這瘋丫頭的一貫作風啊，難不成二姐這趟回來下了分量過重的猛藥？

徐鳳年略作思量便笑道：「接下來的日子去梧桐苑讀書給我聽，一個字換一文錢，這筆買賣如何？」

姜泥想也不想，斬釘截鐵道：「不讀！」

徐鳳年不緊不慢道：「要知道我讓妳讀的是武庫裡的祕笈，妳不讀？不賺這個錢？」

姜泥眉頭緊鎖，洗衣服的動作更加細緻緩慢。

徐鳳年轉身便走。

姜泥冷哼一聲，繼續低頭洗衣。她才不上鉤！

遠遠傳來徐鳳年的嘖嘖聲：「一字一文，千字便是一貫錢，一日十萬言，便是一百貫，一年算去休息，怎麼都有三萬六千貫，年終就腰纏他三個萬貫，想想都豪氣，可惜嘍。」

姜泥撇了撇嘴。

徐鳳年看似愈行愈遠，聲音卻依舊清晰：「讀書破萬卷，下筆如有神，還有一句古話咋說來著？『讀詩三百首，不會作詩也會吟』。得，我還是讓紅薯、綠蟻這幾個體己丫鬟幫我讀書，聽著更悅耳。」

姜泥扭頭朝著徐鳳年狠狠呸了一下。

徐鳳年對待姜泥從來如此，只是逗弄幾下、撩撥幾下，把她惹惱得像一隻爹毛的小野貓，但從來不弄傷她。興許夾雜了許多微不足道的善意，只是都被姜泥忽略或者視作挑釁了。

等世子殿下消失於眼角餘光的視野，姜泥怔怔出神。她雖出身榮貴頂點，可幾歲大的孩子哪能對金錢有何感觸？後來被擄掠進了北涼王府，過的是清苦至極的貧寒日子，現在的月錢不過是二兩不到點，腰纏萬貫，便是一萬兩白銀，當真是想都不敢想。

姜泥對這個賺錢的營生興趣其實不大，真正吸引她的是那可望而不可及很多年的武庫祕笈。她當然知道徐鳳年這刻薄惡人在武當是在拚命練刀，一刻不曾停歇鬆懈，如此一來，姜泥不禁自問，她纏繞捆綁在手臂上的一柄神符能做什麼？

幾年前便刺不死世子殿下了，再過幾年，就算有一百柄、一千柄神符，就刺得死了？可要答應了為他讀書，徐鳳年何等腹黑奸詐，這裡面就沒有圈套等著自己去跳了？

姜泥眼神空洞，茫然走到小雪人前蹲下。

哀莫大於心死。

徐鳳年站在陰影處，瞇眼望著小泥人和小雪人。

大柱國徐驍神出鬼沒，站在身後輕笑道：「看了十幾年還沒看夠？」

徐鳳年翻了個白眼。

徐驍瞥見春雷換掉了繡冬，「咦」了一聲，好奇問道：「怎麼騙來的？」

徐鳳年冷哼道：「別跟我裝糊塗，王府有你不知道的事情？」

徐驍微微一笑，道：「既然被你和白狐兒臉尋見了底下門道，那就陪爹再去一趟靈堂？」

徐鳳年「嗯」了一聲，沉默跟著駝背的徐驍走進聽潮亭。徐鳳年擲出春雷，打開門。

看見徐驍空手而入，徐鳳年小聲道：「不敬酒嗎？」

徐驍頭也不回，只平淡道：「不需要，就我一個活著了，敬什麼酒？誰都喝不到的玩意兒。」

到了被徐鳳年視作陰間地府的靈堂大廳，徐驍坐在墊子上，朝徐鳳年招招手，示意一同坐下。

徐驍等兒子坐下後，指了指正前一方一塊牌位。

「陳邛，陳芝豹的父親，錦遼一戰，他把命換給了我，否則今天這個位置，就是他的。益闕大敗，這位號稱萬人敵的王翦，雙手硬托起城門，讓我逃命。他的屍首，被剁成了肉泥。

征戰西楚，我與敵軍於西壘壁苦苦對峙兩年，全天下人堅信我要與西楚皇帝聯手，然後將天下南北劃江而治。好不容易在京城當上官養老的馬嶺，為了替我說話，帶著北涼舊將一共十四人，不惜全部以死替我表忠。

東越邢丘，一喝酒就喜歡用那副破嗓子高歌的范黎也走了。

西蜀境內，離皇宮只差十里路，軍師趙長陵病死。只差十里啊，他就能手刃滅他滿門的西蜀昏君。

韓隸，本無死罪，為樹軍紀，是我親手斬下頭顱。」

徐驍一塊一塊靈位指點過去，嗓音沙啞，聲聲平淡，處處驚雷。

徐鳳年渾身顫抖。

徐驍瘸著站起身，挺直了腰板，望著一層一層堆積上去的靈位，冷笑道：「鳳年，等你出了北涼，爹便要去一趟京城，我倒要看看，誰敢要我的命！他們那點氣力，可提不起人屠徐驍的項上人頭！」

◆

姜泥不願讀書，梧桐苑裡卻有一大把俏婢爭搶著給世子殿下朗讀典籍。紅薯的嗓音最媚，徐鳳年便讓她讀一些南海觀音庵的武學經文；綠蟻的聲音較為稚嫩空靈，就負責一些類似走劍的口訣祕笈；黃瓜這妮子最跳脫活潑，不失大氣，就讓她讀武庫裡最為旁門左道的東西；青鳥最為清正，則適合《太平內景經》這類天機浩然的道教寶典。

「欲求人仙者，當立九十善；欲求地仙者，當立三百善；欲求天仙者，當立一千三百善。」

今天便是由青鳥讀著《太玄感應篇》，徐鳳年不像以往枕著紅薯大腿或者把玩綠蟻的手指，而是正襟危坐在窗口，春雷離鞘，一根手指在刀身上滑過。得了一身道門大黃庭，徐鳳年種種本能，妙不可言。

例如此時僅是聽著青鳥讀《太玄感應篇》，徐鳳年便覺得口中津液如瀑布沖玄膺，明堂流丹田，真氣流淌。頭部如蒸一般，四肢百骸融融，尤其眉心如一顆倒豎紅棗的印記，隱隱由紅入紫，竟有龍虎山天師「紫氣東來」的宏大氣象。

大黃庭之所以稱「大」，是這無上胎息法不同一般道教內功心法，而是一氣呵成三黃庭，脫胎於道書祖宗《老子》的「一氣化三清」。

大黃庭是玄而又玄的修行，大概是武當掌教王重樓不願世子殿下將他一身修為坐吃山空，托騎牛的叮囑了兩件事。徐鳳年睜開眼睛笑道：「王掌教說大黃庭是一股活水，若我無法在十年內精益求精，化為己用，遲早會蕩然無存，應該不是嚇唬我。再就是老真人怕我被他領進了寶山卻不知如何揀寶，特意解釋了大黃庭的『六重天閣』即六種境界。這倒是很像聽潮亭地上六樓，如今白狐兒臉馬上要去三樓，我才一腳剛進樓。」

青鳥放下《太玄感應篇》竹簡，問道：「殿下開竅多少了？」

徐鳳年將逐漸熟悉了手感的春雷刀歸鞘，指了指眉心，笑道：「對大黃庭來說開竅不難，難的是將這三清氣留住，開竅越多，流失越多，我若一日懈怠，便要入不敷出，這位武當掌教對自己狠，對我更狠。」

青鳥愣了一下，笑而不語。

徐鳳年拿過青鳥的一縷青絲，默念了一句：「玉池清水上生蓮，體和無病身不枯。形神相守不死仙，便可一腳登天門。」

青鳥疑惑道：「殿下，這是哪本書裡的讖語？」

徐鳳年撫摸著她的柔順青絲，自嘲道：「就不許我胡謅幾句？」

青鳥神采奕奕。

二等丫鬟黃瓜躲在門口，鬼鬼祟祟，似乎不太情願進來，這可是反常。

徐鳳年笑罵道：「打算在那裡站一輩子？」

黃瓜一臉不情願地進了屋子，小聲道：「殿下，那姓姜的丫頭在院子裡。要不小婢把她趕走吧？」

徐鳳年哭笑不得道：「讓她進來，別以為我不知道中秋那會兒自作主張不讓魚幼薇採摘桂花，這事兒不地道，我怎麼聽說梧桐苑裡就數妳最愛吃她做的桂花糕？一次能吃一大食盒，我說這冬天妳怎麼胖了好幾斤，都是吃桂花糕吃出來的？再胖下去小心以前的衣裳都得換了。」

黃瓜滿臉漲紅。

徐鳳年揮揮手，伶俐丫鬟委屈地出屋把姜泥帶進來。

青鳥主動離開。

徐鳳年看著姜泥，姜泥看著徐鳳年。

誰都不認輸，看誰耐心好。

等徐鳳年不急不躁拿起那卷竹簡《太玄感應篇》，姜泥這才狠狠說道：「你說的那筆買賣還作數？」

徐鳳年倒也不裝傻，直來直往道：「作數。」

姜泥一點沒有有求於人的覺悟，開價道：「一字兩文錢，我才給你讀書。」

徐鳳年堅決道：「沒得商量，一個字一個銅板。」

姜泥沉聲平靜道：「兩文錢！」

徐鳳年望向她搖頭道：「一文。」

姜泥轉身便走。

徐鳳年微笑道：「一字一文，妳可以每日多讀些書，一樣能把我讀窮。」

走到門檻的姜泥猶豫了一下。

徐鳳年笑道：「我手上這《太玄感應篇》六千來字，讀完便算妳七貫錢，如何？」

姜泥轉身，回到了屋內，這筆生意總算是沒談崩。只不過她冷著臉站在離世子殿下最遠的角落，伸出手。

徐鳳年哪裡會不知道她的臭脾氣，把《太玄感應篇》丟過去。

姜泥接過竹片與竹片間繩索磨損厲害的竹簡，一看就是隨便擱在哪座道觀都是寶貝的好東西，心中越發氣憤，這最不濟都有幾百歲年齡的老古董，竟然捨得隨便丟擲，散架了怎麼辦！既然已經這般闊氣，竟然還跟她計較一文錢、兩文錢！

徐鳳年大概是猜出姜泥心思，笑咪咪道：「心疼了？始終歸我的東西，我愛怎麼用就怎麼用，但若需要離手，我可就精打細算了。」

一文錢。

徐鳳年望向窗外，笑了起來。

這裡頭的樂趣玄機大概只有老黃和小姑娘明白了。

姜泥開始誦讀經文，嗓音和斷句都難免有些生澀。

徐鳳年對此不以為意，他自認沒什麼天賦，唯獨這記性，還沒輸給任何人過。為什麼要花錢讓姜泥讀這《太玄感應篇》，以及以後的各種武學祕笈？

姜泥根本不會明白。

她也不想去明白。她只是希望能夠讀到一些上乘武學，偷偷記住，暗中摸索，等到自學成才的一天，好將神符插入那世子殿下的胸膛。

徐鳳年終於回神，換了個隨意姿勢，聽著姜泥的嗓音，看著這個站於角落捧竹簡用心讀書的小女子。

眼神不再如古井死水，有了些生氣。

她用心讀書所為何，一肚子壞水的徐鳳年會不知道？

那要她用心讀書所為何，恐怕只有大柱國徐驍知道了。

那一日走出靈堂，徐驍打趣了一句：『姜泥以後僥倖殺了你，十有八九是會自盡的。沒了你這個仇家，她活著似乎就沒意思了。可要是知道自己怎麼都殺不了你，她強撐活著也跟死了一個德行。』

徐鳳年輕聲道：「『幡』這個字妳讀錯了。」

姜泥停頓了一下，重新讀過那句。

徐鳳年笑道：「這一句不算錢。」

姜泥並未抗爭，只是加重了語氣讀書。

徐鳳年收斂心神，閉上眼睛，跟著語句呼吸，氣息綿長而有規律。

見她停頓，徐鳳年睜開眼睛，略作思索，忍住笑聲，提醒道：「恚怒。」

不認得「恚」字的姜泥微微臉紅。

徐鳳年板著臉道：「扣十文錢。」

姜泥冷哼一聲，估計是理虧，並未辯駁。

不承想接下來一連六、七個字不認識，一眨眼工夫就扣掉了六、七十個銅板，口乾舌燥的姜泥先是紅了眼睛，最後聽到徐鳳年那句不帶感情的「扣十文」，她突然「哇」一下就哭起來。

第十章 龍虎山小起衝突 牛肉鋪姑娘神祕

道教有三十六洞天、七十二福地的說法，以前朝九斗米教老神仙馬乘幀的《雲集宮府圖》最深入人心。龍虎山當時僅被列為道教第二十六福地，更是無一洞天，比起武當山似乎要遜色太多。

可自從一躍成為道教祖庭，龍虎山趙姓天師坐鎮天師府演教布化，至今世襲道統已四十代，每位天師均可得到朝廷誥命冊封，除了加「天師」封號，還要官至一、二品，奉召入覲，與皇帝傳授養生祛病術。

這一代大天師趙丹霞，與上陰學宮大祭酒一併成為國師。上一代天師還只是掌管江南諸地道教事務，這一代便掌天下道教教務，秩視正一品，權力重似王侯，得了「羽衣卿相」的美譽。

逍遙觀在龍虎山上是一座小觀，人丁稀薄，更談不上香火，大概是天師府看不下去，不想這座山上年月最悠久的道觀缺米斷炊，只能每月救濟些銀兩。逍遙觀本不屬於龍虎山道庭，前兩代才轉交到天師府名下，至此，龍虎山再無佛門寺廟，甚至連逍遙觀這樣的年老小觀都支撐不下去，有別於正一教的道士都陸續搬出龍虎山，這一點跟有容乃大的武當山相差鮮明。

這會兒，逍遙觀住著個姓趙的老道士——趙希摶。若是外人，初次聽見會不以為然，當是一個不得志才入龍虎山的老傢伙。雖然龍虎山天師府住著三位趙姓天師，但別以為在山上姓趙就一定了不起，只有天師府上的龍虎山道士，才是這座「道都」的領袖。

這一輩龍虎山掌教是丹字輩，依次往下是靜、凝、靈、景和觀。觀裡，老道士趙希摶看到滿院子經過風吹日曬、雪壓雨打的山楂，早已乾癟，哪裡還能下嘴；枯瘦少年蹲在院中，神色顯得有些為難。

老道士陪在一旁，今天是個爽朗暖和的好日子，最適合好漢大提當年勇，他悠悠自得道：「龍象啊，為師年輕的時候喜好娛情山水，年幼便通曉了八卦大意，無書不看，飄然出世，當年山上老祖宗對我那是喜歡得一塌糊塗，可為師哪裡在乎這羽衣卿相的虛名，逛蕩了三十來年才回山。嘿，在山下倒也是做了點傳經授籙、治病禦災的事情，只差一點就被老皇帝請進皇宮講述黃老術。別看天師府有不少人都去過京城、進過大內，可那是因為他們也姓趙。為師不同，為師不靠這姓氏吃飯，名聲一樣可達天聽。

龍象，別看山楂了，與為師說幾句話，嘮嗑嘮嗑，師徒兩人每天說不上幾句話，不像話嘛，外人還以為為師不心疼你呢。

徒兒，要不為師教你老祖宗當年只傳我一人的『大夢春秋』？這可是我那傲氣侄兒都不曾悟透的道門仙術，為師能保住這逍遙觀，就靠這『夢春秋』了。這心法，比起武當那大黃庭只好不差，為師如今能一睡三年。還是老祖宗厲害，據說一臥甲子都不難，為師心想當年老祖宗羽化是不是……」

老道士見少年面無表情，便覺得這自說自話有些無趣了，打了個哈欠，昏昏欲睡。只見他只是左腳彎曲著地，右腳擱置在左腿上，一手托腮幫，側頭酣睡過去。

老道士屁股下並無椅凳，可身形晃來晃去，偏偏不倒。只見這位龍虎山希字輩老道士側托腮幫的那隻手如握劍訣，左手則十指如鉤，掐了那重陽子午訣，一會兒便傳來呢喃聲：「睡春秋，睡春秋，石根高臥忘其年。不臥氈，不蓋被，天地做床披明月。轟雷掣電泰山摧，萬丈海水空裡墜，驪龍叫喊鬼神驚，我當恁時正酣睡……」

院外站著一個身穿一襲正黃色尊貴道袍的年輕道士，他閉眼站定，默念道：「以眼對鼻，鼻對生門，心日內觀。綿綿呼吸，默默行持，虛極靜篤。真氣浮丹池，神水環五內。呼甲丁，召百靈，吾神出乎九宮，恣遊青碧。夢中觀滄海，煙裡提陰陽，不知春秋以外已過五百年……」

徐龍象見身邊老道士要死不活地在那裡打瞌睡，偏偏不肯走，便起身離開院子。逍遙觀不在山高處，只在山腳，與高高在上的天師府確是天壤之別，不過這裡出門便可看到如一根碧玉帶纏繞山巒的青龍溪。

徐龍象走到溪畔，望著兩張繫在岸邊的竹筏怔怔出神。少年怕水，自然不敢登上竹筏順流而下。

身穿黃色道袍的年輕人傲然站在溪畔，嗤笑道：「姓徐的傻子，虧得希天師教你睡春秋，你聽得懂？聽不懂就趁早滾回北涼，龍虎山不是你這種蠢人可以待的地方。」

徐龍象置若罔聞，只是盯著溪水發呆。面容神異的年輕道士雖然出聲嘲諷，卻離得那黃巒兒有些距離。上次來逍遙觀探望老祖宗，不小心踩到了山楂，便被這傻子差點從山腳追到山頂，狼狽至極，這讓許多山上道姑笑話了好久，被其視為奇恥大辱。

不過他看出來了，那傻子怕水。看到徐龍象終於轉頭，年輕道士飄向竹筏，腳尖輕輕一點，竹筏便緩緩滑向小溪對岸，似乎這年紀不大的道士玩了一手花樣，竹筏在溪水中間位置靜止不動。

一個竹筏上站著五、六位來龍虎山探僻尋仙的文人雅士，見到這玄妙一幕俱是譁然驚嘆。

道士大笑道：「黃蠻兒，有本事你來啊，聽說你有兩個姐姐，一個行事放蕩，一個沽名釣譽。」

徐龍象無動於衷。

道士繼續嘲諷道：「你還有個哥哥？據說王妃就是因為這個不成才的世子殿下而死的？」

徐龍象猛然抬頭。

道士嘻笑道：「來啊，我等你。」

蹲著的徐龍象並未完全站起身，驀然如豹子一般彎腰前衝出去，瞬間便掠至溪畔，卻不是躍入溪中，而是一腳踩踏在竹筏前端，頓時將寬大結實的竹筏給撬出水面，直直立起！只見他單手如刀，將維繫竹筏的粗壯繩索給劈斷，雙手一撐，便將竹筏給撕爛。然後他迅速撿起竹筏的一截截殘骸，丟了出去。僅是聲音便刺破耳膜，如虎嘯一般，那麼力道之大，可見一斑。

箭雨落下，黃衣道士臉色慌張，不管他如何騰挪，都逃不過那一支支竹箭，竭盡全力也只是將一些竹子給打偏。這些箭矢一入溪水便爆炸開來，只見道士四周溪水如噴泉濺射，當最後一杆竹子刺面而來時，年輕道士幾乎已經認命。同樣是黃衣道袍的中年道士橫空出世，飄至竹筏，左手負於腰後，右手黏住那根竹子，表面上波瀾不驚，只是竹筏卻急速倒退，等止住動靜，中年道士已經將竹子回射向膂力天下第一的徐龍象。

徐龍象若說憨傻時是那不傷人畜的癡兒，愛做些看螞蟻搬家的事情，他心情好，便是下人偷偷壯著膽喊一聲小白癡，這位北涼王次子也總是沒心沒肺報以一笑。可若他心情不好了，便是生人勿近、仙佛不理的氣派，此時便是。

瞧見那截竹子激射而返，面目猙獰的徐龍象並不躲閃，只是探出一爪，試圖捏碎那竹子。大概是小覷了竹箭的速度，徐龍象並未能夠握住，竹子穿過五指空隙直刺他的面目。徐龍象倒是不驚不懼，仍由鋒銳利劍一般的竹子擊在額頭，反而是那中年道人心中一震。

他本以為這一身龍象氣力的傻子會躲避，原本孩子間的置氣打鬧，不管是他的身分地位，還是養氣定力，都不會過問，只是大柱國次子最後那一手竹箭委實狠辣，若不出手，凝運便要落得一個終身癱瘓的下場，所以落定竹筏後的還手便不由自主加重了兩、三分力道。與徐龍象動手本就不妥，若傷了這孩子，那就更是棘手。且不說徐龍象背後是當年差點便要擅自「按下龍虎頭」的北涼王，便是那逍遙道觀裡隱忍不動的希摶爺爺，也不是自己可以忤逆的。自己一身天師府黃裳道袍又如何？父親趙丹霞，已是羽衣卿相，天下道統執牛耳者，還不照樣得喊希摶爺爺一聲小叔？

不承想，中年道人發現自己竟是多慮了！那枯黃乾瘦的少年硬生生扛下了竹子，隨著「砰」一聲巨響，竹子在他額前寸寸炸裂，等到粉末散去，徐龍象雙眸猩紅，雙鬢略長於常人的兩抹黃毛漂浮起來。

他上龍虎山第一天起就是披髮示人，此時更是飄蕩不止。只見他整個人衣衫一瞬間圓滾、一瞬間乾癟，一吸氣便鼓脹開來，一呼氣便清減下去，離他近的溪畔與徐龍象氣機暗合，隱約形成一股漲潮、退潮的荒誕景象。

他的呼吸法門，本是龍虎山最入門的吐納術，哪知道這黃蠻兒足足學了大半年才學進去，可一旦入門便如此聲勢嚇人？

「父親，這傻子的模樣也太瘮人了，莫非真如傳言所說是那化外的巨邪魔尊？」年輕道士有了靠山，膽識恢復了大半，只是見到徐龍象身上的崢嶸異象，加上接連兩次吃了苦頭，難免有些膽寒。

「希搏爺爺下山前說過，這位不開竅穴的大柱國次子才是真武大帝轉世，並非那天生比凡人多一竅的洪洗象。兩人誰是仙、誰是魔，龍虎山和武當山的未來五百年氣運，大抵需要賭一場。」中年道士小心盯著殺氣勃發的徐龍象，只是有些好奇，內心談不上震撼。身為天師府上的第一等「黃紫」貴人，趙靜沉見識過太多常人無法領略的風景。

至於趙希搏老祖宗的那番言辭，他其實相當不以為然。將一家氣運繫於一人之身，還可以接受，如果將一國一山氣運都孤注一擲，未免過於兒戲了。

對於生性頑劣卻靈氣不俗的兒子趙凝運，名義上靜字輩第一人的趙靜沉還是有八、九分滿意的，所以一些祕聞都願意敞開了說：「五百年福禍，這話太大了，不能當真，能有五十年就相當不錯。再者，那武當山洪洗象和你我眼前的徐龍象就真一定二者其一是那降世的蕩魔天尊？根據典籍記載，掐指算算，真武大帝已經足足一千六百年不曾降世，怎的在龍虎山最是力壓武當的時候，湊巧就出現了？」

逐漸緩過神的趙凝運嬉笑道：「萬一是真的，父親，那我們就慘了。」

趙靜沉低聲笑道：「怎麼就慘了，我龍虎山天師府一千多年出了仙人六十四位，還敵不過一個真武大帝啦？」

提及這個，便是玩世不恭的趙凝運也生出一股豪氣。這六十四位仙人，可不是那些稗官野史記載的志怪傳奇。大真人羽化登仙時，天師府會詳細記載一切細節，天機如何，地理如何，人和如何，是乘龍是騎鸞還是化虹，都要記錄在案，力求一字不差、半句不漏，容不得半點虛假水分。若說家譜家世如何顯赫，便是人間的帝王，也比不得龍虎山趙家源遠流長。

也不見趙靜沉如何動作，竹筏便順流而下，似乎不打算跟徐龍象繼續對峙。看到岸邊那黃髮小兒跟隨竹筏撒腳狂奔，不停用腳尖踢起石子撥向竹筏這邊，趙靜沉伸出一隻手，柔柔朝下一壓，顆顆石子便朝溪水中墜去。三十幾顆石子皆是如此，可越到後來，趙靜沉便越發感到吃力，石子速度加快不說，還更重、更沉了。

天下哪有只吐不納的運氣法門？可徐龍象卻沒給他納氣的機會，石子不停不歇，雨點般潑向天師府趙靜沉、趙凝運父子。徐龍象管你是什麼紫黃貴人，再說了，他哥徐鳳年那位世子殿下，武當山上不一樣明知是隋珠公主卻依然拔刀？更別提一個瘋子、一個傻子的老爹徐驍了。

當初武林浩劫，龍虎山自恃是當朝第一派，趙丹霞更是身為國師，便有一位天師說了幾句不順耳的言語，被大柱國聽見了，此後不僅原先鋒指嵩山的三千鐵騎調撥馬頭直奔龍虎山，徐驍還緊急加調了九營四千五百餘北涼悍卒，屯紮於龍虎山山腳。

這還不夠，一些在大柱國「江湖狗咬江湖狗」方針下吸納入北涼軍體系的江湖人士，都在徐驍「一位天師腦袋便是四品將軍虎符一枚」、「天師府一條命可免將來死罪一樁」等重利下摩拳擦掌。徐驍還坐於馬上，對著前來示弱的天師府一位紫衣道士厲聲道：「龍虎山？

老子就不信按不下你們這龍虎頭！」

沒人懷疑人屠徐驍是要裝腔作勢，若非那道跑死好幾匹驛馬的聖旨及時送達，北涼鐵騎就真要殺上龍虎山了。

趙靜沉養氣功夫再深，也受不住徐龍象好似沒個盡頭的石子攻勢。

天師府雖從未有長子、長孫繼任掌教的傳統，可不管怎麼說，這個位置上的天師府子弟都素有一種內斂的傲氣。

趙靜沉更是如此，他道法、劍術、內力都出類拔萃，沒有辱沒身上的黃色道衣，只可惜他這一代的「靜」字輩，出了兩個更出彩的道士。其中一位便是名動天下的「白蓮道士」白煜，正是他在上屆蓮花頂佛道辯論中一鳴驚人。

這道士不學龍虎武功，只埋首於古經典籍，一身學問直追四位天師。前兩年入宮覲見了皇帝陛下，說了一番離經叛道的話，什麼帝王本該小覷長生術，竟惹得龍顏大悅，得了一身尊貴至極的紫衣道袍，更是御賜「白蓮先生」，一時間引得更多文人學士與達官顯貴紛至遝來，除了拜謁龍虎福地，都想親眼見一見那風采無雙的白蓮先生。

若只有一位不在天師府上的白蓮先生，趙靜沉還不心焦，偏偏天師府裡很早就有一個「小天師」！與徐龍象這般斤斤計較，若傳到父親以及其餘兩位天師耳中，成何體統？趙靜沉苦笑一聲，罷了罷了，伸手提起兒子趙凝運的袖袍，竭力拍落六、七顆石子，兩人向岸上飄去。

他們這就要上山去天師府，徐龍象再難纏，也不至於敢鬧到天師府去，希搏爺爺耐性、定力再好，估計也坐不住。徐龍象見兩個穿黃衣的道士要跑，怒吼一聲，後撤十幾步，然後幾個大踏步跨出，一時間塵土飛揚，地面上凹陷出幾個新坑，只看到徐龍象離岸時，借力騰空而起，遙遙衝向黃衣父子。

趙靜沉終究不是沒火氣的泥菩薩，見這傻子不知好歹要死纏爛打，怒哼一聲，袖袍一揮，先將趙凝運緩緩推出幾丈遠，他自身則折返向岸邊，與徐龍象的衝刺如出一轍，只是地面上僅是塵土微浮，不如黃蠻兒踩踏聲勢。

趙靜沉不和徐龍象在空中對撞，腳尖凌空一點，雙袖一捲，身形更上一層樓，剛好出現在徐龍象頭頂。龍虎山靜字輩第一人猛然使出千斤墜，雙腳踩在徐龍象肩上，喝聲道：「大膽癡貨，給我下去！」

徐龍象一身蠻力無處可使，只能硬生生墜入溪中。

「你才是癡貨啊。」

趙靜沉才悠悠飄回岸邊，便依稀聽見一聲感嘆。只見一位酣睡老道從逍遙觀拔地而起，鷂子一般掠至當空，俯衝刺入溪水，濺起無窮水花，水流一滯，便像是老道士將這青龍溪給斬斷了一般。

老道士拎起徐龍象回掠逍遙觀，沉聲道：「你們速速回山頂！」

老道士似乎不敢再多拎徐龍象半點時間，將這披髮少年丟擲了出去，傷感道：「唉，這一千八百年的逍遙觀估計是保不住了。」

趙靜沉首次見到希搏爺爺如此焦急失措，不敢逗留，帶上趙凝運便火速登山，只是聽到逍遙觀那邊傳來一聲震懾魂魄的嚎叫，像極了當年蓮花頂斬魔臺上的六魔吠日。

逍遙觀附近的喧囂塵土一直從正午延續到黃昏。暮色中，老道士道袍破敗，鬚髮凌亂，唉聲嘆氣，卻見逍遙觀破敗了大半，他坐在殘垣斷壁上。

總算恢復平靜的枯黃少年撅著屁股，趴在後院一口古井邊上，只見一隻老龜帶著兩、三隻小龜一齊冒頭，爬到了井緣上，似乎跟少年的關係並不生疏。

老道士感慨萬分。這口古井名「通幽」，可見極深，逍遙觀的老一輩曾笑言深到了九泉，而且這一井通武當，與武當小蓮花峰上的「通玄」是孿生井。老道士當然不信這種說法，只不過從書信中得知世子殿下在武當山修習後，便樂得跟徒兒徐龍象說這口井可達武當。於是毛髮皆黃膚色更是枯黃的徐龍象除了採摘山楂，心情好便學上點龍虎道門吐納，心情不好時便趴在古井邊，也不怎麼說話，只是望著古井發呆，久而久之，不知怎麼就跟古井裡那一家幾口的山龜熟絡了。

徐龍象抓了一把山楂小心丟進井水，憨憨道：「哥，吃山楂。」

老道士重重嘆息一聲，「這事兒讓我咋去跟世子殿下那位混世魔王說？說還是不說？」

識人相面觀九宮在龍虎自稱第二無人敢說第一的老道猶豫了下，想起徐鳳年那張笑咪咪臉孔後的煞氣，苦澀道：「還是如實相告，就當是給天師府提個醒。」

◆

若說龍虎山是仙府道都，那上陰學宮便是聖人城。學宮隨著那場春秋亂世的大戰落幕，百家爭鳴的景象已經不再，可士子人人平等、學術不分高下的浩然風氣仍然流傳了下來。一般而言，建築恢宏的上陰學宮除去唯有祭酒可入內的功德林，其餘各處都去得、各書都讀得，只不過一些不成文的規矩千百年來也根深蒂固起來。

這些規矩並非歷代祭酒創立，多半緣於學宮內某位大學士過於名聲鼎盛，後輩出於崇敬，便自動遵循起來。例如上陰學宮有一座大意湖，種植青蓮無數，湖水不深，只有兩人深度，可清晰見底，一株株青蓮可見枝蔓根鬚，泛舟於上，便像是浮舟於天，宛如仙境。尋常學宮士子不敢來大意湖泛舟遊賞青蓮，一則這是黃龍士的成名地，二來一位女子的住所就在湖畔一座閣樓。這五、六年上陰學宮的風頭，可都是被她一人給搶光了。

她初次踏入學宮求學，便顯現出家世的優勢，直接拜師於王祭酒和一位兵家領袖，兩位大家一起傾囊相授。有人不服，來大意湖挑釁，這位帶劍入學宮的女子也不曾理論什麼，直接拔劍斬落為首一名學子的髮髻。

第二次討伐的陣勢更為浩大，她便二話不說拔劍當場格殺了一個。雖然她因此被學宮禁足，可再沒有人願意來太歲頭上動土，這位相貌不算好看的姑奶奶，可是會殺人的。後來她創立縱橫十九道，廣為流傳。再後來她點評天下文人成就，與人在大意湖上當湖十局，都是讚譽與罵聲對半。

最近幾年求學上陰的各國士子，不少都是衝著她而來。別管她招來了多少罵名，最大的事實是當世能被她罵的，又有幾人？屈指可數啊。別看宮外的文人騷客罵得最凶，與她下過當湖十局的年輕男子早就一語道破天機，那些罵得最起勁的，一旦真面對上了她，肯定是轉彎最快的牆頭草，風骨如野草，彎了再彎。

大意湖畔的閣樓並不彰顯侯門氣派，只不過出自學宮工匠之手，機關靈氣，不落窠臼。樓外養了一些雞鴨，間隔著幾塊菜圃，都是要用來下肚果腹的，沒有老學子們半點養鵝養鶴、栽菊植梅的雅氣，這便是徐渭熊了。

今日徐渭熊聽完課，回到樓內吃過自給自足的午飯，便開始書寫〈警世千字文〉。開頭寫於北涼王府，起初是閒來無事，有那麼個終日遊手好閒的弟弟，便想撰文勸誡一番，後來見效果全無，便擱置下來。

後來到了上陰學宮，重新提筆，隔三岔五寫上幾句感悟心得，滴水穿石，千字文已有六百餘字，開頭七、八十字讀起來便十分振聾發聵：「人事可憑循，天道莫不爽。一家大出小入，數世其昌。一族累功積仁，百年必報；一國重民輕君，千年不衰。如何夭折亡身，說薄言，做薄事，存薄心，種種皆薄。如何凶災惡死，多陰毒，攢陰私，喜陰行，事事都陰……」

今日寫至：「如何刀劍加身，君子剛愎，小人行險。如何投河自縊，男人才短蹈危，女子氣盛凌人。」

寫到這裡，徐渭熊愣了一下，微微一笑，文思湧動，下筆並未停滯：「如何暴疾而殆，色欲挖空；如何毒瘡而亡，肥甘脂膩。」

反倒是事不關己的這裡，徐渭熊冷哼一聲，筆尖狠狠一頓，因此「膩」字最後一鉤顯得格外墨濃凝重，鋒芒十足。

似乎是想起了那個煩心的弟弟？

徐渭熊心情大惡，放下狼毫筆，走出閣樓，解開孤舟繩索，獨自泛舟遊湖。

湖面漣漪陣陣，偌大一座湖，便只有一人一舟，若不是那千萬棵亭亭青蓮，確實有些寂寥。她躺在舟中，抬起手腕，繫著一顆繩線鑽孔而過的墨色棋子。

這顆棋子只是普通的鵝卵石質地，很符合徐渭熊的愛好。除了背負那柄削鐵如泥的古劍紅螭，她身邊再無珍貴物品，筆墨俱是與學宮士子一般無二，起居飲食只差不好，若非靠自身才氣和霸氣獨占了這大意湖，還真看不出徐渭熊是一位郡主，何況這郡主哪裡是一般藩王女兒能夠媲美的？便是燕剌王的女兒，就能與她一較尊貴高下了？恐怕提鞋都不配啊。徐渭熊藉著陽光看著棋子散發出的一圈圈光暈，目眩神搖。

遠處湖畔，兩人鬼鬼祟祟蹲在出水青蓮後邊，交頭接耳。

一人頭無腦骨，鼻陷山根，齒露牙根，怎麼看都是早死早投胎的短命面相，一臉為難道：「小師弟，你真要去徐師姐那邊？她可是會殺人的。」

另外一人卻是優雅倜儻，氣宇不凡，笑起來尤為英俊風流，一臉無所謂道：「劉師兄，你看清楚，師姐今天這不是沒帶劍嘛。」

初看命相註定一生坎坷的男子更苦相了，戰戰兢兢勸說道：「小師弟，你來學宮時間不久，可不能惹徐師姐不開心。我第一天進入學宮，便親眼看到了徐師姐提劍殺人那一幕，所以後面等到拜見先生和幾位師兄、師姐，我當時就腿軟了。」

那剛剛與這膽小師兄求學於同一位先生的風流男子打趣道：「劉師兄，是兩條腿還是三條腿？」

劉師兄一臉正氣，很用心地思考了一番，然後沉聲回答道：「三條！」

賣相要比師兄好幾百倍的小師弟嘿嘿笑道：「師兄，若我能登上徐師姐的小舟，以後你喊我師兄，如何？」

劉師兄毫不猶豫點頭道：「沒問題。」

小師弟便是那位與徐渭熊當湖十局的青年才俊，哪怕棋盤並非十九道，他也不曾有半點不快。要知道他本以為在十九道上都能有八分勝算，可當徐渭熊搬出十五道棋墩，他心中卻只有驚喜。

這就是他的奇葩心性了，面子什麼的，賣不了幾兩銀子嘛，只要贏了當湖十局，他就要打死不去碰十九道了，甚至此生再不碰棋子，以後不管徐渭熊棋道如何舉國無敵，又能如何，還不只是襯托得他更加無敵？可惜沒奈何，連十五道都沒能贏了徐渭熊，但他照樣很開心，不輸不贏也很好，就有理由待在學宮了，以他的作風，似乎天底下就沒有不值得開心的事情。

他潛入湖中，形同一尾游魚，向小舟靠攏。劉師兄看得傻眼，就更顧不上兩人賭注只說明小師弟贏了如何卻沒提輸了又該如何。小師弟果真是好大的魄力，同門幾位師兄，可沒誰敢對徐師姐糾纏不休。劉師兄目不轉睛，準備隨時救人。

湖心，徐渭熊皺了皺眉頭，縮回手腕，下意識想要去按住紅螭，發現並未攜帶佩劍後，就起身連根拔起一株青蓮，出手如閃電，將那條個頭過於大了點的「遊魚」給槊到湖底裡去。

徐渭熊見沒了動靜，平淡道：「下不為例。」

在一堆蓮葉後面探頭探腦的劉師兄比局中兩人還要緊張，生怕師姐和小師弟一言不合就要打打殺殺。這大意湖是學宮難得的清淨地，其餘各處，少不了高談闊論的稷下學子，更有或者跳樓、跳水甚至脫衣裸奔的瘋子，在劉師兄這個用平常心做平常事、寫平常文章的傢伙看來實在難以接受，所以偶爾聽到看到徐師姐讓那些不肯精心修學的瘋子、瞎子、聾子吃癟，他私下是覺得相當大快人心的。至於來歷神祕的小師弟，他相交不多卻不淺，劉師兄挺喜歡這個言行無忌的俊彥。

劉師兄瞪大眼睛，看到小師弟潛游而去，這會兒卻肚皮朝上，優哉游哉仰泳而歸，一副老子雖敗猶榮的架勢。爬上了岸，腦門上長了一個包的小師弟呵呵笑道：「大祭酒上回跟我嘮叨什麼只許有落水狗，看不得逍遙人。我看這話是屁話！」

劉師兄慌張道：「小師弟，慎重慎重。」

小師弟不以為意，站直了後，輕輕一抖，將身上湖水抖去大半，轉頭望向離舟登岸的女子，充滿了不加掩飾的愛慕，偏偏沒有尋常士子眼中的畏懼和崇拜。

劉師兄擔憂道：「小師弟，小心著涼。」

小師弟摟過同門中最合得來的師兄肩膀，微笑道：「劉師兄，什麼時候去京城，我倆去皇城內最高的武英殿賞月去。」

劉師兄笑道：「這哪能。」

卻不是哪敢。

小師弟厚臉皮道：「京城門路最多，以劉師兄的相貌，隨便娶個公主、郡主不是難事，我給你做月老牽紅線，到時候爬了武英殿再爬文華殿、保和殿。」

劉師兄一抹自己臉龐，點頭道：「確是一條門路。」

徐渭熊孤身入樓，對於湖中作為，沒什麼感想。

那青年來路透著詭譎，與他以十五道當湖十局，那是出於她的傲氣，不意味著徐渭熊便是真的青眼相加了。當他破格通過幾位稷上先生的考核進入學宮後，又獨獨進入她這一縱橫術門，徐渭熊便增加了幾分戒心。

徐脂虎可以在江南州郡肆無忌憚，扯著父王的虎皮大旗作威作福，行事浪蕩不計後果，徐渭熊可不是那除了好看便再無用的花瓶。她每一步都要為徐家考慮，一步不能錯，她也不是那憨傻的小弟徐龍象，可以什麼都不多想。

本以為，某個傢伙可以出息一些。哪知王道不學也就罷了，霸道也不學，兵法韜略更是不碰，廟堂捭闔術一樣興致缺缺，竟然提刀學武去了！北涼參差百萬戶，三十萬北涼鐵騎，偌大一個僅次於帝王的輝煌家業，一柄刀，便能撐起來？

徐渭熊盯著手腕上的棋子，低聲罵道：「你這個笨蛋！」罵出聲後，徐渭熊心情舒坦了一些，只是很快就重新凝重起來，兩根手指撫摸著棋子，嗤笑道：「比皇子還要大的架子。」

因為她想起父王調查那位小師弟後在密信中所言：此子出身隱祕不可查，只知大內三萬首宦韓貂寺見之需躬身。

◆

瞎子老許是個北涼老卒，本是一名弩手，被流矢射中一目後便轉做了騎兵，戰績平平，在以頭顱換功勳的北涼軍中實在拿不出手，以至於解甲歸田前都沒積攢下殷實家底，只落了一身疾病。

早先在城內定居還算手頭寬裕，只是經不起那幫比他更窮酸拮据的老兄弟折騰，大多數死了都得老許出棺材錢，一來二去，孤家寡人的老許就真沒什麼銀子了。

老許是土生土長的遼東錦州人，年幼便孤苦伶仃，跟著大柱國徐驍從錦州打到了遼西，再從遼西入雄孩關，轉戰中原。

春秋亂戰中，許多跟老許相同時間入伍的老卒只要能賴著不死，都做到了參軍或者校尉，最不濟養老前都能領到個昭武副尉的武散官。

所以說老許是個老卒，卻不是悍卒。

不敢把腦袋拴在褲腰帶上去拚功名，還能賺來官職的，只是豪族子弟而已，老許這種說不上貪生卻絕對怕死的老兵油子，能不被監軍將校砍掉腦袋，已經算萬幸。

老許後來剩下的一隻眼睛也瞎了，是上山燒炭不小心給熏壞的，這才成了巷裡巷外嘴中的瞎子老許。最倒楣的是瞎子老許瞎了後，屋漏偏逢連夜雨，不小心在鬧市沒躲開膏粱子弟的一匹駿馬蹄子，給踩成了瘸子。

那幫攜美同行的膏粱子弟見到老頭兒在地上打滾，只是放聲大笑。瞎子老許本來想咬牙拚命，可當他瞎摸到地上的扁擔，便聽到聲音說那些公子哥兒是哪位折衝都尉的兒子，是哪位京城裡著作郎、太子洗馬的孫子時，老許就扔了扁擔跟孩子一樣哭喊起來，一遍遍號著「我早就該死了啊」，讓人頭皮發麻，連一些心存憐憫的旁觀者都給嚇跑了。

一個紈褲嫌棄老許聒噪，拔劍就要劈砍下去。北涼民風自古彪悍，便是那些紈褲，雙手力氣興許只夠解開花魁伶倌的腰帶，可只要拔得動刀劍，那絕對是說砍便砍，這一點讓許多初入北涼的外地紈褲十分不適應。

若當時老許頭頂那一劍砍下去，便沒有今天世子殿下提著綠蟻酒的事情了。那時候徐鳳年恰巧路過，馬匹遠比那幫三流紈褲更雄健，氣焰自是更囂張百倍。他本不想摻和這檔子破事，只是被老許撕心裂肺的一句話給勾住了：「老子的腿沒被西楚那幫龜兒子打斷，倒是被自己人給弄瘸了，老天爺你他娘的跟我一樣瞎了眼啊！」

徐鳳年沒有出聲，只是讓惡奴沖散了那幫兔崽子，至於跌斷了養尊處優的公子哥兒們幾條胳膊、幾條腿，世子殿下哪裡管得著，有本事就拖家帶口去王府找徐驍要銀子賠償去，最好領著聖旨去。

後面老許沒死，莫名其妙被人帶去醫治腿腳，可那馬蹄前刺下的衝勁，哪裡是一個老傢伙的老腿能承受的，算是澈底斷了。在瞎子老許準備坐在河畔小茅屋裡等死的時候，突然官衙裡來人說每月發放給他一兩銀子，老許心驚肉跳領了半年後，才壯著膽子問那位大人，大人說了，這是北涼軍的新規矩，善待老卒。

後來老許問了一個同樣半死不活的老袍澤，得知這是真事，只不過他們都需要去衙門領錢。老許就納悶了，好人有好報？可咱怎麼看也不是好人啊，年輕那會兒燒殺搶掠可沒少跟著大柱國幹。

老許斷了腿，但拄著自製拐杖還是可以勉強行走，茅屋被衙門那位大官吩咐下人修葺過，每年還未過冬就會送一床厚實棉被過來，菜園子被老許打理得還算湊合。一兩銀子便是一千文，老許嘴巴不刁，月底閒錢還能買點葷酒，小日子過得有滋有味，現在的等死可比剛斷腿那會兒要愜意百倍。

今天老許坐在屋外木墩子上打瞌睡，就聽到有個大嗓門喊道：「老許、老許，喝酒，順路在河裡給你摸了隻鴨子，那叫一個肥。」

瞎子老許精神一振，姓徐的小子來了。

這小子是前個兒四、五年認識的，據說是爬牆看黃花閨女洗澡被逮，追殺到河邊，就借老許的茅屋躲了躲，算是結下一段不大不小的香火情。

瞎子老許知道徐小子嘴裡那個蘭亭酒壚小家碧玉的可人，雖說看不見，可老許耳朵不錯，總能聽到一些野漢子無所事事就聚在一起垂涎嘀咕，無外乎是說那小丫頭這些年胸脯又沉甸甸了幾分，小圓臉那是又削尖了幾許，美人胚子越發明豔出挑了。老許去酒壚買過酒糟，聞到過那妮子身上的香味，嘖嘖，真是好聞，都比得上蘭亭的招牌青梅酒了。

徐小子當年為了她被人攆著打，不冤枉！咱老許要是年輕個幾十歲，哪裡輪得到徐小子爬牆？給他望風還差不多。

「鍋在屋裡老地方，給鴨子拔毛記得別隨手丟河裡，小心你前腳走，我這邊後腳茅屋就被拆掉。」老許接過酒壺，嗅了嗅，知足笑道：「這綠蟻比不上蘭亭酒壚的青梅，可比酒糟還是要強很多。」

那客人把擰斷了脖子的鴨子塞到瞎子老許懷中，沒好氣道：「拔毛還得我出手？我燒水去。」

老許手中有了酒，好說話，拄著拐杖就去給鴨子拔毛。

不多時，茅屋內便香氣彌漫，老許啃著一根油膩鴨腿，笑問道：「徐小子，該有一年多沒見了吧？你這傢伙不是失蹤三年便是消失一整年的，做什麼營生？聽老許的勸，可別傷天害理，偷看閨女洗澡什麼的還好，反正閨女也不掉塊肉，如果耍刀弄槍的，可就不好說了。不說這個，說了你小子估計也不聽勸，知道白喝不了你的酒，說說看，這次想聽什麼？老許這個歲數也說不了幾次了，能說多少是多少。」

那人啃著鴨肉笑道：「說說看遼東，算起來我祖上在那邊，就是錦州。」

能這般無聊逛蕩的，自然是世子殿下徐鳳年了。

瞎子老許哈哈笑道：「錦州我會不熟？整個遼東都一個德行，別看十個都督有九個都在跟朝廷喊窮，其實一點都不窮，窮的只有我們這些沒田的，就只差沒造反了。」

徐鳳年皺眉問道：「按律不是每個士卒都有四十畝屯田？遼東是我朝當之無愧的危地，平原曠野一望千里，難以據守，棄之則北莽長驅直入，北地便無門庭之限。所以遼東安，則中原風塵不動，遼野擾，則天下金鼓互鳴。造反？這些年沒聽說遼東有絲毫騷動啊。」

老許譏笑道：「徐小子你懂個屁！你這文縐縐的東西，我老許聽不懂，你在哪個讀書人那裡聽來的？我只知道我離開遼東的時候，遼東屯衛二十一，遼西只有六衛，不說遼西，遼東二十一衛一年屯糧百萬石，有幾石是落在我們這些人口袋的？徐小子你想啊，不說遼東大都督、鎮守都督、都督同知僉事、指揮校尉這些大人物，便是一些七品、八品的官員，都要做些私役屯軍改挑管道的勾當，若不專擅水利，把膏腴屯田都給占了，哪來的銀子去孝敬上邊？大柱國當年坐鎮全遼，對兩遼人來說那是罕見的幸事。大柱國一走，誰管士卒死活，很多邊軍本就是發配到遼東以罪謫戍，要不誰願意去遼東這苦寒之地過日子？一旦去了，誰當真會以為就有田有糧？我是錦州人都沒半分田地了，這些外人，就更甭想了。」

徐鳳年輕笑道：「這可造不了反。遼東貧苦，苦慣了，只要有半口飯吃，就沒人樂意揭竿而起。」

老許嘆息一聲，「不真的要餓死，誰樂意跟命過不去，可再這麼下去，遼東真難說啊，我離開錦州已經將近三十年，忍了三十年了。」

遼東自古便是百戰地，天下安危常繫兩遼，徐驍諫言不惜殫天下之力守之，可朝野上下沒幾個願意當回事。這不是說沒人看出其中利害關係，只是天下局勢暫時大定，五十年、百年以後如何跌宕，說什麼做什麼於當下官位有何裨益？

徐鳳年輕聲道：「老許，你再說些遼東的風土人情。」

老許有一說一，竹筒倒豆子，等一鍋燉鴨吃得一乾二淨，老許也累得夠嗆，不過大部分精神氣兒都用在對付鴨肉上頭了。

老許最後抹嘴道：「大柱國當年入北涼，那可真是威風凜凜，王妃有句詩怎麼說來著？」

徐鳳年笑道：「青牛道上車千乘，旗下孩童捧桑葚。」

老許拄著拐杖，一臉神往。

徐鳳年留下酒壺，悄悄走出茅屋。

青鳥站在遠處，遙遙看著世子殿下緩緩走來。每次來河邊茅屋都由她陪同，她也從來不問殿下為何要與一名目盲老卒打交道。

徐鳳年看到青鳥的清冷臉龐，眼神有些恍惚。

當年瞎子老許在千乘隊伍中，腿還沒斷，那孩童還捧著桑葚抬頭問娘親好不好吃。

青鳥被看得有些迷糊，徐鳳年冷不丁咬了一口她的臉頰，嘻笑道：「好吃，有桑葚的味道。」

◆

行走於田野阡陌，徐鳳年隨口問道：「為何紅薯不喜歡離開王府，妳卻喜歡三天兩頭往外跑？」

青鳥一板一眼回覆道：「她比較懶。」

徐鳳年跳躍問道：「徐驍明知這次張巨鹿當政，整飭朝綱，整治邊軍，去年年初便開始在遼東清丈土地，一路坎坷，地理署官員死於暴斃刺殺的不下十人，請辭告假的更是多達三十餘人，可依然被張巨鹿查出了遼東刺督白淮、鎮守太監魯泰平、遊擊將軍傅翰和總兵參將等十幾人強征民田，最多者六百頃，少則幾十頃。這些人雖說不少都是北涼軍舊部門生，可二十年過去了，徐驍還湊什麼熱鬧，非要跟張首輔叫板，這不是違逆大勢嗎？再者，徐驍嘴上說要朝廷將兩遼打造如磐石，可那些最肥的蛀蟲，一半都跟他有牽連，這話說出去沒誰信啊。妳說徐驍到底是怎麼想的？」

青鳥怎敢回答這種問題。

徐鳳年也沒想得到答案，只是問一問，心中會舒服一些。兩遼軍士怨嗟民政廢弛之類的，這些都不是世子殿下感興趣的。例如北涼這邊，武備雄壯甲天下，沒什麼水分，可若要說北涼的世道清平，估計連徐驍自己都得臉紅。如果大柱國是道德聖人，陵州牧就不用削尖腦袋往京城那邊鑽了，還連累那位號稱北涼大學士的女兒成了隻前途未卜的金絲雀。

想到這個，再想到當年「北涼四惡」離散的離散、斷義的斷義，到頭來只剩下李翰林這個王八蛋還留在北涼，徐鳳年就一陣氣悶。他一屁股坐在田沿泥土上，黑著臉甕聲甕氣道：「青鳥，幫忙找點樂子。」

青鳥平淡吐露三字：「醬牛肉。」

徐鳳年起身笑道：「還是青鳥懂我。」

關係實屬主僕卻不似主僕的兩人走了一段路，坐進堂皇錦繡的馬車。車身裝飾如何還是其次，關鍵是這兩匹五花馬本身價值千金，王朝裡不管什麼州郡，看一個紈褲家底厚度，看馬匹價格是最直觀的法子。

當然也有一些打腫臉充胖子的憨貨，不顧家境也要買一對曹家白鶴這類名馬良驥去撐門面，可世子殿下這兩匹五花馬裡的「大宛青象」卻是有價無市，一直是甲等貢品，也就徐鳳年敢乘騎，換作一般藩王子孫都不敢遛出去顯擺，清流諫官最喜歡在這種事情上揪著不放。

徐鳳年進了醬牛肉鋪子，看到一幅久違的熟悉畫面：店老闆老賈在忙東忙西，小賈姑娘則坐在樓梯上發呆，兩指捏著一根翠綠竹枝，慢悠悠旋轉。老賈很寶貝這個遠方親戚的閨女，不管店裡生意如何，都不要她搭手，想來是膝下無子女的老賈把她當作了親生女兒，天下父母心嘛，都一樣。小姑娘名字很有意思，姓賈名家嘉，比這個更有趣的當然就是當年她入城牽著的那隻大貓了，可惜這兩年都沒露面，不知道是走失了還是死了。

青鳥去跟掌櫃拿牛肉，自然是拿，需要買嗎？在北涼，世子殿下要什麼東西，從來沒有買、偷、搶、借這類狗屁說法，都是拿。

徐鳳年走到樓梯口，笑咪咪問道：「呵呵姑娘，妳的大貓呢，沒了？要不本世子送妳一隻，妳跟我去王府玩？」

被徐鳳年綽號「呵呵姑娘」的豆蔻少女一直是不諳世情的模樣，以前在店裡就敢跟李翰林這種大紈褲瞪眼作對，對世子殿下也是平平淡淡，並無太多的畏懼。只是好像今天有些異樣，見到徐鳳年，下意識挪了挪屁股，大概是上次在巷弄拐角見到世子殿下持刀殺人，這段日子顯得有些失魂落魄。

以徐鳳年謹小慎微的性子，已經讓人盯著這邊一些時間了。至於為什麼給小賈姑娘暱稱呵呵姑娘，是有典故的。據說這丫頭不愛笑，最多就是面無表情呵呵幾聲，呵一下表示好笑，呵呵兩聲表示很好笑。呵呵呵？至今沒人聽到過。

徐鳳年見她沒動靜，獨角戲總是無趣，訕訕轉身去找了個位置。店裡已經瞬間空蕩，老賈一張皺巴老臉上擠著笑，諂媚彎腰站在桌旁。其實沒他什麼事情，青鳥已經把所有事都安排妥當，碗筷都是馬車上捎下來的，象牙筷、玉瓷碗，醬牛肉已經被一柄小銀刀切好，整齊堆砌在碗中。

徐鳳年沒用筷子，拿手抓了幾片塞進嘴裡，要的就是這個味道——濃郁卻不膩味，醬汁地道，卻不會遮蓋掉上好牛肉的原味。

徐鳳年吃光了牛肉，就靠在椅子上，昏昏欲睡一般。

他閉目垂簾，舌抵上齶，並膝收一足。輕輕叩齒三十六通，氣氣歸玄竅，息息皆自然。

店老闆老賈不明就裡，只是當作世子殿下有些乏了，也不敢瞎獻殷勤，只求別是對今天這份牛肉不滿意。

徐鳳年如今呼吸異常平穩，正所謂佛法真諦不過是吃喝拉撒，這大黃庭心法歸根結底還是不起眼的吐納功夫。等到徐鳳年什麼時候能夠聽人心跳，便可登上六重天閣的第二重。

突然間，徐鳳年猛然轉頭，望向樓梯那邊，只看到少女雙目無神地凝視著自己手中的竹枝。

徐鳳年起身笑道：「老賈，再給我兩份。」

老賈一臉歡天喜地道：「好咧，小的這就去，這就去。」

徐鳳年沒等多久，青鳥就接過了兩份醬香撲鼻的熟牛肉，回到馬車，徐鳳年掀起窗簾看了一眼還站在店鋪門口鞠躬的老賈，皺眉道：「似乎有點不對勁。」

青鳥搖頭道：「這人身世清白，只是個尋常的小商賈。」

徐鳳年一笑置之。

老賈回到店內，抹了抹額頭汗水，一時半會兒店裡肯定沒客人膽敢光顧，他抽空坐著休息，捶了捶腰，看見還坐樓梯上的小姑娘，嘆氣一聲。這小妮子在店裡白吃白喝也就算了，偏偏對世子殿下這幫大人物都沒個笑臉，若是自己親生閨女，非要打罵不可。

少女提著竹枝離開店鋪，徑直出城。

她走得慢騰騰，出城時已經是黃昏，再走了一個時辰，夜色中，她走進綠意蔥蘢的近翁山，看架勢是不打算回城了？北涼各地一直都是宵禁森嚴，她又不是世子殿下，可以隨意在夜間出城入城。

一個姑娘家晚上莫不是要在山上過夜？

近翁山野獸出沒，越是深處，就連獵戶都要成群結隊才敢走夜路。

不知道走了多久，少女還是板著臉走在孤山小徑上。

圓月當空，她腳下已經沒有有跡可尋的道路，卻仍然還在前行。

到了一個水潭邊上，她彎腰喝了口水，只喝了三分飽。

身後密林傳來一陣異樣聲響，驚起幾隻寒鴉。

小姑娘站起身，望向密林。

一頭只怕有她一人半高的黑熊衝了出來，地面被踩得一震一震的。

牠在小姑娘面前停下，發出一聲嘶吼。

獠牙外露，滿嘴穢氣噴了小姑娘一臉，她一頭青絲都被吹拂起來。

小姑娘還是板著臉，無動於衷。

這頭巨熊似乎被這幼小獵物給惹惱了，張嘴就要咬下。

轟一聲，密林傳來氣勢更盛的地震。

等到灰熊轉頭，結果這次輪到牠被一張血盆大嘴噴了一臉唾沫。

灰熊體毛倒豎，嚇得根本不敢動彈。

最近幾年的近翁山，獵戶每隔一段時間就能撿到一些大型猛獸的屍骨，虎熊皆有。他們實在想不通還有什麼玩意兒能如此占山為王。山鬼？魑魅魍魎？

答案就在這裡了。

一隻體型比灰熊還要龐大雄壯的「大貓」，低頭朝「小灰熊」示威怒吼。

小姑娘終於出聲了。

「呵呵呵。」

第十一章　聽潮亭老怪出山　徐鳳年白馬出涼

徐鳳年回府的時候心情還不錯，額外兩份醬牛肉是給梧桐苑丫鬟們捎帶的。不出意外，姜泥還在院子裡等著，這個小財迷如今不管風吹雨打，每天雷打不動要讀十萬字祕笈，不賺足一百兩銀子決不甘休，每次讀錯讀漏扣去十文錢就要在十萬字外多讀十字。

今天徐鳳年溜出去見瞎子老許，把姜泥就晾在梧桐苑，等下見面少不了白眼。徐鳳年進了院子，等候多時的紅薯遞上一封從龍虎山寄來的信，是趙希搏老道士親筆。他讓青鳥將牛肉分發下去，獨自拿信走入書房，姜泥便蹲在角落捧著一本《蟄龍拳譜》，小聲碎碎念，等到徐鳳年坐下這才驚覺，趕緊起身站定，一臉氣惱憤懣。

徐鳳年拆開信，坐入一架紋祥雲紫檀睡仙椅，笑道：「既然都等半天了，那就再等會兒再讀，容我看完這封信。」

姜泥毫無人在屋簷下的覺悟，平靜道：「今日一字兩文錢。」

徐鳳年理都沒有理睬她，只顧著看信，姜泥眼睜睜看著世子殿下臉色由晴轉陰，再轉雷雨，最後簡直就是黑雲壓城，一時間她都忘了重複一個字值兩文。

徐鳳年抬手就要一掌拍在檀木把手上，但才拍下便斂回十之八九的力道，總算及時收手，這才沒將椅子一角拍爛，即便如此，臉色仍舊陰沉得嚇人。徐鳳年站起身，走到視窗，幾個呼吸，轉身後已是雲淡風輕，望向姜泥微笑道：「來，妳讀書，我聽書。」

姜泥讀完《蟄龍拳譜》再讀了一本劍譜的大半，窗外已是夜色深重。她發現徐鳳年今天破天荒沒有出聲扣錢，心不在焉聽了兩個時辰讀書聲的徐鳳年笑道：「妳現在存了不少銀子在我這邊，要不我們再做筆買賣？一千貫買本祕笈，一年下來妳就可以買下三十本了。就算妳自己習武不成，妳隨手丟給江湖人士幾本，還怕他們不肯像瘋狗一樣咬我？這總比妳到頭來腰纏萬貫卻無處可用來得實惠，這生意如何？別一臉不情願外加匪夷所思的表情，我只是把妳心中所想說破而已，以咱倆的關係和交情，就無須矯情了。咋樣？說定了，一本祕笈一千兩百貫？」

姜泥恨不得把《蟄龍拳譜》當刀劍戳死這個奸詐傢伙，冷笑道：「到底是一千貫還是一千兩百貫？」

被揭穿小伎倆的徐鳳年哈哈笑道：「友情價，八百貫一本。」

姜泥一口答應下來：「好！」

徐鳳年揮了揮手，重新拿起那封字斟句酌、措辭含蓄的龍虎山密信，皺緊眉頭，頭也沒抬，對正將兩本祕笈放回書架的姜泥說道：「要不要給妳準備一只貴妃榻？」

姜泥嗤笑鄙夷道：「我還想活命。」

徐鳳年對這個說法不置可否。

姜泥一走，紅薯便捧著放滿水果、晶瑩剔透的琉璃盞入屋。琉璃是可遇不可求的珍品，尋常富貴人家能有琉璃材質的次品便是財力極致，在這裡卻僅是當作盛放水果的小物件。當朝官員唯有四品以上才可佩飾小件琉璃，且色澤往往不夠通透，世子殿下實在暴殄天物。

徐鳳年拿起一個雪梨，啃了一口，狠聲道：「騎牛的剛送來一本手稿《兩儀參同契》，只是給聽潮亭裡魏爺爺隨便瞥了兩眼，便喜極而泣，說比起閣內那本被稱作萬丹之王的古本《易經參同契》還要妙契天道。妳瞧瞧，掌教捨了大黃庭修為不說，我都下山了，武當還願意錦上添花，再瞧瞧這龍虎山，才一年多時間，就有天師府的人去欺負黃蠻兒了！這幫黃紫道士真真正正是作死！」

紅薯輕聲道：「龍虎山勢大兩百年，武當山卻已經式微三百年，而且武當山就在北涼，龍虎山卻隔了好幾千里，做派自然不一樣。」

徐鳳年平靜道：「本就打算去一趟龍虎山，現在更要去天師府見識一下羽衣卿相的派頭。」

紅薯溫柔揉捏著徐鳳年雙肩。世子殿下練刀以後，原本孱弱的身體如今雄健了許多，體魄、氣魄長進俱是一日千里。若說紅薯以前拿捏手法像繡花，那如今不敲鐘捶鼓，連徐鳳年都覺得是在撓癢癢。

紅薯柔聲道：「殿下，真要再出涼地啊？」

徐鳳年點點頭，半真半假笑道：「不過這趟出去不是當喪家犬的，身為世子殿下的排場陣勢都要拿出來。龍虎山、上陰學宮、軒轅世家、東越劍池、洛水河畔的洛神園，這些以前不敢去的地方，都得走上一遭。紅薯，一起跟著？」

紅薯搖頭可憐道：「能不能不去啊，殿下？」

徐鳳年一笑置之，讓紅薯把那封信收好，提了兩壺酒，獨自走出院子來到聽潮亭。

每次看到那「魁偉雄絕」四字正匾，徐鳳年就一陣不自在。如果僅是這鬼畫符的九龍牌匾孤單擱在上頭也就罷了，偏偏旁邊還有兩塊字字龍飛白水、鐵畫銀鉤的副匾。

天下任何東西就怕貨比貨，越發襯托得九龍匾不入流，在徐鳳年十四歲那年出奇駕崩的老皇帝可謂雄才大略，就是這一手字實在是令人不敢恭維。

徐鳳年想起了同樣寫字如蚯蚓滾泥的二姐徐渭熊，難免感慨假使二姐是男兒身，那北涼三十萬鐵騎怎麼都要被徐家牢牢掌握在手，不管徐鳳年是真傻還是假傻，都逃不掉。

徐鳳年推門走入聽潮亭大廳，無奈道：「二姐，這時候一肚子氣該消了吧？實在不行，我去上陰學宮讓妳罵。」

他這趟入閣除了找白狐兒臉喝酒，再就是翻一翻龍虎山天師府的祖譜。這一代四大天師，黃蠻兒的便宜師傅趙希摶排第二，卻最無實權。表面上是趙丹霞趙國師掌教天下道門，只不過聽說趙國師的弟弟趙丹坪絕非省油的燈，這位天師一年中有大半都在京城傳道，種種神仙事蹟稚童可聞，聲望不輸趙丹霞絲毫，剩下一位輩分最高的趙希翼，似乎從來沒有消息外漏。

家家有本難念的經，何況是道經無數的天師府？

徐鳳年今天就要去樓上把「非我宗親不能傳天師」的這家子給摸透了。外界只知道聽潮亭是一座武庫，卻少有人知曉閣內搜集內幕祕聞的成就更是鼎盛。

徐鳳年到了二樓，才到拐角，就看到一張新鮮面孔，是位斷臂老頭兒，身材矮小，留著兩撇山羊鬍子，披著件陳舊破敗的羊皮裘，踮起腳尖吃力抽出一本武學祕典，蘸了蘸口水，翻開閱讀。

感受不到任何氣機流轉，徐鳳年起了玩笑心思，躡手躡腳走過去，輕聲道：「老兄弟，也是來偷書的？」

老頭兒理也不理，一目十行，翻書極快，寂靜閣樓只聽見他嘩啦嘩啦的翻頁聲。

徐鳳年伸頭瞥了眼，想看清內容，老頭兒倒是謹慎小氣，將手中祕笈拿遠了一點。

徐鳳年裝模作樣將幾本書塞進懷中，好心提醒道：「老兄弟，別瞧了，能多拿幾本是幾本。」

老頭兒緊了緊羊皮裘，耳聾一般無視世子殿下。

徐鳳年小聲道：「你沒瞧見一位白狐兒臉，就是那個相貌比美人還美的佩刀男子？他脾氣奇差，咱們悠著點，小心吃不了兜著走。」

老頭兒總算是抬頭，鬥雞眼斜瞥了一下世子殿下。

徐鳳年故作熱絡地勾肩搭背上去，無比熱誠道：「老兄弟，樓上祕笈更加上乘罕見，我在王府買通了世子殿下丫鬟，相對熟門熟路，帶你去？」

老頭兒鬥雞眼更加嚴重，卻沒有躲掉徐鳳年的無禮動作，貌似對身邊這位「同行」的好意相當不屑。

徐鳳年剛想說話，驀然間感受到一陣窒息，轉頭看到不僅白狐兒臉在場，就連徐驍和師父李義山都在，徐驍身後更是聚齊了六位如臨大敵的守閣人，這是？

白狐兒臉緩緩走來，用看白癡一樣的眼神剮了徐鳳年一眼。

大柱國徐驍沒有走近，只是微微彎腰，輕聲道：「此次出北涼，鳳年就多勞費心了。」

王朝唯一異姓王的北涼王何時何地對人如此畢恭畢敬？

便是那當下如日中天的張巨鹿張首輔也沒這資格吧？

手還搭在老頭兒肩上的徐鳳年身體僵硬。

白狐兒臉看熱鬧，桃花眸子裡布滿了幸災樂禍。

徐鳳年悄悄瞪了白狐兒臉一眼，緩慢抽出手，把懷裡的書都放回原處。

徐鳳年望向破例下樓的李義山，後者微笑著搖頭，眼神示意無可奉告。

大柱國和李義山一起離去，徐鳳年明顯感知到為各自不同原因在聽潮亭做守閣奴的六大高手同時呼吸一緩，不再緊繃。

白狐兒臉學徐鳳年勾肩搭背笑咪咪道：「他脾氣奇差，悠著點，小心吃不了兜著走？」

徐鳳年想要反過來摟住白狐兒臉肩頭，卻被他躲掉，尷尬解釋道：「聽錯了，是脾氣極好，極好。」

白狐兒臉瀟灑離去，登上一架梯子，繼續在這二樓遍覽群書。

到頭來，仍然只剩下世子殿下和那鬥雞眼老頭兒，一個滿頭霧水，一個裝神弄鬼。

徐鳳年想了想，覺得終於摸著了頭腦，與來路不明的老人稍稍拉開距離，小心翼翼道：「老兄弟，你是徐驍請來的高人，要跟聽潮亭鎮壓著的那位老妖怪鬥法？」

老頭兒瞇眼成縫，仍是沉默。

徐鳳年故作神祕憂心忡忡道：「老兄弟，這事兒危險哪！徐驍給你許了什麼好處，要是小了，你可千萬別答應，亭子壓著的大魔頭可好生了得，三頭六臂，會吞雲吐霧，能搬山倒海！」

老頭兒本來準備將那本祕笈塞入書架，聞言停了停動作，隨即鬆手，可詭異萬分的是那書竟然懸而不墜！鬥雞眼老頭兒轉身離開，嫌棄徐鳳年在耳邊聒噪煩人。

徐鳳年臉色泛白，喃喃自語：「千萬別跟我說你就是那陰間老妖。」

老頭兒沙啞聲音鼓蕩於閣樓：「人屠徐驍怎生出了你這麼個兒子？有點意思。」

徐鳳年壯著膽子伸手握住那本祕笈，並無預料中的反常，鬆了口氣，輕輕放入書架，這才跑去白狐兒臉那邊。沒看到老頭兒在附近，火急火燎壓低聲音道：「你怎麼把那傢伙放出來了？也不跟我打聲招呼。萬一有個三長兩短，就不怕繡冬也歸我了？」

白狐兒臉站在梯子上，俯視徐鳳年，平靜道：「不是我放的，我只是跟著大柱國去了趟你眼中的陰曹地府，把他給請了出來，至於大柱國與他交易了什麼，我不清楚，只清楚有個約法三章。不過老人家指點了我幾招，受益匪淺。」

徐鳳年問道：「那我也去求一求指點？」

白狐兒臉玩味笑道：「你可以試試看。」

徐鳳年掂量了下自己這初出茅廬的刀法，還是作罷，就怕老妖怪彈指間就把自己給灰飛煙滅了。不過這老頭兒總算不像那種喜怒無常的怪物，看上去挺好相處，接下來離開北涼就靠老頭兒撐場子了？徐驍與他約法三章，牢靠不牢靠？高人的心性脾氣，實在不好揣測。世子殿下可別沒被江湖仇家給解決，就被大亭鎮壓二十年的老頭子給生吞活剝了。

想一想，白髮老魁沒了幾千斤鐵球束縛，一出湖底就要找老黃的麻煩，那鬥雞眼老頭兒找來找去還不得找自己？徐鳳年越想越後怕，他不怕任何戶籍釘死在廟堂戶部的江湖高人，便是武當掌教王重樓和龍虎山趙國師一樣要在各自州郡入籍在冊，這是當年徐驍馬踏武林以後給朝廷帶來的一項強硬舉措。當下問題在於這從陰間爬到陽間的老頭兒是何方人氏？孑然一身，無所牽掛，一不小心誤傷了或者直接做掉了世子殿下，然後直接跑路，徐驍的三十萬鐵騎找誰去……約法三章，這麼拔尖出塵的高手還跟你講律法？

徐鳳年默默蹲靠在書架下，小心盤算、仔細計較。這就是當年跟老黃過慣了貧寒日子帶來的好處，錙銖必較，一文錢就不是錢啦？大事小事都要先在肚子裡斤斤計較一番。想當年為了幾文錢，世子殿下借了破道袍與人算命，結果銅板沒到手幾個，卻被一個肥碩婦人揩油了一下午。最倒楣的是銅板到手前，徐鳳年還得賠著笑臉，費盡口舌去稱讚那兩百斤上下的婆娘如何纖細小蠻腰，如何花容月貌。

往事不堪回首，日他仙人板板的不堪回首啊。正在徐鳳年沉溺於回首往事時，白狐兒臉已經悄然走下梯子，拿繡冬刀敲了敲徐鳳年肩膀。

徐鳳年茫然抬頭，從他這個角度望去，白狐兒臉果然是一馬平川的平坦，比起當年小荷露出尖尖角的太平公主還要平，唉，這美人兒竟然不是女人，直教人扼腕嘆息。徐鳳年悚然回神，果然看到白狐兒臉已經瞇起丹鳳眸子，眼中殺機流溢。

徐鳳年站起身，見繡冬始終搭在自己肩上，故意一臉迷糊問道：「咋了？」

白狐兒臉平淡道：「你要出北涼，繡冬借你。」

徐鳳年納悶道：「我已經有春雷了啊。」

白狐兒臉冷笑道：「你練刀一直是右手持刀，可你以為我不知道你是個左撇子，左手刀比右手刀只強不弱？就你這人的陰險作風，做什麼事情不留一線？別裝了，大大方方把繡冬借去，除了我，誰不認為你只是拿繡冬做裝飾？」

被揭穿這個隱藏極深隱私的徐鳳年並不惱怒，只是笑嘻嘻提起一對酒壺，樂不可支道：「不愧是知己。來，一起喝酒。」

白狐兒臉鬆開手，將繡冬棄置不顧，搖頭道：「我不喝酒了。」

徐鳳年接住比較春雷要精緻玲瓏幾分的繡冬刀，一臉惋惜道：「不喝酒？那你本來就乏味的人生豈不是更加少了樂趣？」

白狐兒臉岔開話題，問道：「你出行要帶多少祕笈？」

徐鳳年知道白狐兒臉一旦決定的事情便是絕無回旋餘地了，只得笑道：「怎麼都要三、四十本湊足一箱子，看完一本丟一本。」

白狐兒臉無奈道：「你這是又要釣魚？」

徐鳳年一手提著酒壺一手拿著繡冬，輕輕感慨道：「知己、知己。那挑書的事情就麻煩知己你了？」

白狐兒臉點點頭，算是下逐客令了。

徐鳳年登上頂樓，沒看到師父，掉頭下樓後卻在五樓看見徐驍高坐於椅子上，他眼前匍匐著三位體形、年紀和氣機都迥異的陌生人士。

徐驍將手中三本祕笈丟出去，丟到三人眼前，平淡道：「南唐呂錢塘，你當年潛入王府只為盜取這本《臥龍崗馭劍術》，敗在劍九黃劍下，我見你抵擋了四劍，就留你一條性命，今天這本祕笈就在你眼前，賞你了。西楚舒羞，妳想要的是《白帝抱樸訣》。東越楊青風，睜大眼睛給本王看清楚了，這本你家祖傳的《飼神養鬼經》。」

三人沒有誰敢去拿起多年夢寐以求終於近在咫尺的東西，頭顱低垂，幾乎貼地，匍匐得更加卑微。

徐驍瞇眼道：「這趟安排你們三人跟隨世子殿下出行，做好了，回到王府，你們要官帽本王就給你們官帽，要祕笈隨你們拿。哦，本王記起來了，舒羞，妳喜歡女人，到時候給妳十個便是。可若世子殿下出了狀況，被本王知曉，勸你們還是及早自我了斷，否則本王有的是法子讓你們這三個賤民生不如死。呂錢塘、舒羞、楊青風，你們三人都是亡國奴，可國沒了，還有一些沾親帶故的，到時候他們就要跟著你們一起做伴。聽清楚了嗎？」

戰戰兢兢的三人一齊哄然應聲。

在一邊看熱鬧的徐鳳年出聲問道：「徐驍，就這三個扈從？是不是少了點？」

徐驍火速站起身笑呵呵把位置讓給世子殿下，拍馬屁道：「鳳年啊，要相信爹，養兵貴精不貴多，用人在準不在多。這呂錢塘耍的是霸道劍，二品實力，最是不怕死，便是對上從一品的高手也可以撐上一百招，等他死了，你也就悠閒撤出險境了。這個叫舒羞的西楚婆娘，精通媚術和易容術，歪門邪道會得很多，內力也是相當不俗，等她學成了《白帝抱樸訣》，更是如虎添翼，再者她調教幼女的本事獨樹一幟，只要是個美人胚子落到她手裡，嘿嘿、用不了多久，保準比青樓花魁還會伺候人。至於那瞎了一眼、聾了一耳的楊青風，手段最是古怪下作，可以請神、趕屍、養鬼，你瞧誰不順眼，就讓姓楊的把他製成行屍走肉的傀儡，任你驅使。鳳年，他們要是做事不力，可以讓三人互相伺候，相信一定不會無聊。」

徐鳳年真不知道趴在地上的三人心中作何感想。

春寒料峭的時節，徐鳳年竟然能夠清晰看到他們整個後背衣衫都是濕的。

把座位讓給兒子的大柱國面對座下三人，言語神情就要生硬許多，沉聲道：「出去，記得嘴巴嚴實一點。」

這時候徐鳳年才看清三人容貌：用劍的呂錢塘體態魁梧，楊青風是個神情木訥的中年人，雙手十指病態雪白；西楚的舒羞，竟是個媚意天成的少婦，只不過此時神態拘謹，絲毫不敢造次，連看一眼世子殿下的勇氣都沒有。

三人各自握緊一本朝思暮想的祕笈，小心翼翼躬身退出大廳。或許在這三人看來，大柱國的家教實在是糟糕了些，老子竟然要給兒子讓座。以前他們只是聽聞世子殿下作態倡狂，連大柱國都敢教訓，今天算是見識到了冰山一角。

徐鳳年丟了一只酒壺給徐驍，後者喝了口，暢快笑道：「對了，魏叔陽也會跟隨你出門，他約莫是對那本《兩儀參同契》心動了，該如何，你自己看著辦。」

徐鳳年怒聲道：「你連魏爺爺都威脅？」

徐驍呵呵道：「哪裡是威脅，爹又不是不知道你對你魏爺爺一直敬重。」

徐鳳年皺眉道：「魏爺爺一把年紀了啊。」

徐驍哪裡不知道兒子心思，低聲笑道：「別以為那天魏叔陽被楚狂人一刀劈入湖中，他便不是高手了。魏叔陽本就不精於武鬥，但對於堪輿算術、奇門遁甲卻是十分精通。鳳年，有他在身邊照應，於你大黃庭修習也有好處。兵法講究奇正結合，剛才你見到的三人那都是旁門中人，害人那都是好手，可害人之心不可有，防人之心不可無，魏叔陽便是正道了。這四人護在你身邊，爹再給你安排一百驍騎，找一位猛將統領，這才算是放心。」

徐鳳年「嗯」了一聲。

徐驍似乎知道兒子要詢問什麼，搖頭道：「那老頭兒的確是爹放出來的，冒了不小的風險，粗略約法三章，只能保證不會加害於你，能否將他降伏，還得看你本事。至於這斷臂老頭兒是誰，爹就不說了，以後你遲早會知道，爹只多嘴一句，別主動給他任何類似刀劍的器物，你不給，他便不會主動去碰。這人即便沒有外物，不管何種情勢，保你性命無憂不是難事。」

徐鳳年問道：「梧桐苑裡有你培養的死士？」

徐驍點點頭。

徐鳳年喝了口酒，緩緩道：「我知道青鳥，先前以為紅薯最不可能是，可這些天讓她揉捏肩膀，卻不幸被我察覺。她雖然有所掩飾呼吸，可大黃庭的玄妙，是她不理解的。徐驍，你說除了她們兩個，還有誰？」

徐驍哈哈笑道：「竟然連紅薯都被你揪出來了，殊為不易啊。梧桐苑就只有她們兩個丫鬟，既然如此，爹就實話實說了，你身邊本有以天干做代號的死士四名，的確是調教極為不易，可惜三年遊歷途中，拚死了兩人。青鳥是丙，乙和丁已經陣亡。」

徐鳳年百感交集道：「那紅薯就是甲了？」

徐驍搖頭道：「猜錯了，她是你娘留給你的兩人之一，不歸我管。至於剩下那人，你這輩子可能都不會知道了。」

徐鳳年好奇道：「這個『甲』到底是誰？」

徐驍還是搖頭，「該出現的時候自然會出現在你面前。」

徐鳳年自嘲道：「出現的時候約莫就是這個『甲』決然赴死的時候了吧？」

徐驍並未反駁。

徐鳳年低頭看著再度聚齊的繡冬、春雷，輕聲道：「你去京城，也小心些。」

徐驍淡然笑道：「該是那些人小心才對。」

◆

城中百姓總算是見到了久違的世子殿下，這次沒了嚴家公子，狐朋狗友中只剩下豐州刺督的兒子李翰林，殿下身邊有退出勾欄的魚幼薇作陪，捧著白貓武媚娘，女子和寵物，都慵懶、都貴氣。

李翰林是徐鳳年喊來的，回北涼一年多，絕大多數時光都耗在了繡冬刀和武當山上，這次又要帶著諸多不可告人的祕密遠行數千里，再不跟李翰林聚聚，實在是對不住李公子這十多年一次次的仗義背黑鍋。

李翰林一聽到世子殿下要遠遊，眼巴巴央求著鳳哥兒帶上他，軟磨硬泡都得不到點頭，便有些賭氣，踏春時馬鞭揮得震天響。徐鳳年看在眼中，笑而不語，到了郊外踏春首選的螺螄湖，徐鳳年牽馬而行，見李翰林還是一副無精打采的神情，便打趣道：「聽說你前兩天在長野郡新物色到了一對孿生小相公，唇紅齒白，俊美非凡，怎麼，昨晚上累到了？」

魚幼薇刻意走遠一些，低頭逗玩著懷中嬌憨討喜的武媚娘。徐鳳年如何，她已經認命，可她實在是受不了李翰林這種劣跡斑斑的膏粱子弟。

李翰林賭氣歸賭氣，卻從不會對徐鳳年有怨氣，低聲下氣可憐兮兮道：「鳳哥兒，我在家都憋出病了，怎就不肯帶我出去逍遙江湖？上次就算了，這次還不帶我，哪裡有把我當兄弟？那跟著父親、姐姐跑去京城找不痛快的嚴吃雞不厚道，活該他姐姐被那個腦子有病的四皇子相中。鳳哥兒你可一向是厚道人，求你了，鳳哥兒，我天天給你端茶送水還不成嗎？聽說你要出門遊歷，我這次都把我爹的私房錢給全部偷出來了，要是回去，指不定要被他打斷一條腿。」

徐鳳年笑道：「你爹捨得打你？誰信？他哪次生你的氣不是去鞭打過氣的美妾？因為

你，死了幾個了？」

李翰林苦著臉不說話，鬱悶到想投湖自盡的心都有了。

徐鳳年拍拍他的肩膀安慰道：「說實話，上次帶你還會合適一點，這次是真不合適了。我說給你聽聽這趟徐驍在我身邊安置了哪些：明處的高手有四位，加上一名武典將軍率領的一百精銳鐵騎，還不說暗處擅長刺殺和反暗殺的死士，更有一名超一流的高手貼身盯著，你當他們都是陪我去踏春的？上次好歹是偷摸著出去，這次可是正大光明的，你忘記當年孔武癡被人重傷的事情了？你家就你一根獨苗，就別摻和這渾水了。真閒著沒事，我讓徐驍在北涼軍給你弄個從七品的翊麾校尉，玩個兩、三年，衝鋒陷陣就免了，你就當去邊境賞一回風景，回到豐州就可以獨自領兵了，如此一來，你爹也寬心。」

李翰林悶不吭聲。

徐鳳年鬆開馬韁，拍拍通體如白霜的神靈駿馬脖子。這匹馬是大柱國去年從邊境捕獲的野馬之王，馴服了大半年才肯安上韁繩馬鞍，這次回府就給最寵溺的兒子帶來了。徐鳳年在湖畔坐下，等李翰林坐在身邊後，撿起一顆石子丟入螺螄湖，柔聲道：「翰林，別總是長不大，你爹是晚年得子，馬上就會老了，你再不成熟些，家裡的擔子難道還要你姐來扛？」

李翰林唉聲嘆氣道：「鳳哥兒，你變了，以前我姐最憎恨你，如果是現在的鳳哥兒，她可能會喜歡的。可我不喜歡啊，以後我找誰玩去？」

徐鳳年次次將石子丟到湖中同一點，笑道：「你姐比嚴東吳可要漂亮多了，不過也笨多了，我知道她早就心有所屬，以前就是逗她玩，遲早有一天她會發現她喜歡的其實才是草包，討厭的那個草包反而要稍稍爭氣點。至於你以後找誰玩，很簡單，趕緊娶個賢慧媳婦，找她玩去，玩著玩著就把子女玩出來了。」

李翰林撓撓頭道：「生孩子可以，但只能生兒子，生女兒這不是鬧心遭罪嘛，長大了逃不掉被男人禍害，生兒子就妥了，我不怕遭報應。」

徐鳳年笑道：「你也怕報應？」

李翰林躺在草地上，出奇正經道：「哪能不怕？都說頭頂三尺有神靈，天曉得我哪天就死了，肯定是下油鍋的命，要不下輩子罰我做女人。」

徐鳳年哈哈笑道：「你小子腦子裡裝的是什麼啊？」

李翰林撇撇嘴，「得，聽鳳哥兒的，去北涼軍，說不定就能抓回來一個北莽公主當奴婢養著玩。」

徐鳳年嘖嘖道：「好大的志向。」

李翰林爬起來小聲問道：「鳳哥兒，你給說說，那位超一流高手長啥樣？」

徐鳳年扭頭指了指站在馬車附近打瞌睡的斷臂老頭兒，乾瘦身材裹在那件寒磣的羊皮裘裡，打盹的時候還會拿手指摳一下鼻屎，然後悄悄彎指彈掉。徐鳳年沒好氣道：「大概就是他這樣的。」

李翰林看著那個做馬夫都不配，卻吃了熊心豹子膽與魚花魁同乘一車的糟老頭兒，翻白眼道：「鳳哥兒，你騙小孩呢！」

徐鳳年望向湖面，笑道：「你本來就是小孩。」

李翰林抗議道：「我還小？哪位姑娘完事後不誇我功夫好？」

徐鳳年輕聲笑罵道：「你傻啊，小孩才炫耀這個，再說了青樓女子不花錢只賺錢的恭維，你也信？你不是孩子是什麼？」

李翰林惡向膽邊生，怒道：「他娘的，回去就把那群婊子丟進獸籠分屍。」

徐鳳年這回是真罵了：「少作孽，趕緊滾去北涼軍。你這腦子，跟你姐是不相上下。」

李翰林乖乖「哦」了一聲。

到最後，想跟著徐鳳年出北涼的豐州首惡李公子最終選擇去了軍紀最為嚴苛的北涼軍。

◆

徐鳳年回到王府，不知姓、不知名的老頭兒慢悠悠下了馬車，只說了兩句話，第一句是：「這小娘生得不錯，該滾圓的地方不少斤兩，容易生帶把的崽子。」

不等魚幼薇嬌羞，鬥雞眼老頭兒第二句話就讓她臉色雪白：「這貓更好，燉了吃，補身養神。」

徐鳳年深呼吸再深呼吸。

老頭兒揚長而去，在湖邊長堤上遠遠看了一眼聽潮亭。

徐鳳年去姜泥所在小院找到正蹲著拿樹枝比畫的她，不去看她慌亂起身用腳尖擦掉痕跡，問道：「我要離開北涼，說不定會死在路上，妳到時候就有機會補上一刀，跟不跟著？當然，會帶上一箱子的祕笈，妳若跟著，年底它們就都是妳的了。」

姜泥只猶豫了片刻，便點頭沉聲道：「不去！」

徐鳳年愣了一下，遺憾轉身。

姜泥漲紅了一張俏臉，氣勢降到谷底，聲細如蚊。

徐鳳年好不容易瞭解，肯定是習慣了拒絕世子殿下，一下子就脫口而出，將去說成了不去，卻沒解釋的勇氣。

向不共戴天的世子殿下認錯，比殺了她還要難受。

徐鳳年沒有好心圓場，就讓小泥人暫時糾結去好了。

來到王妃陵，摘了一片樹葉的徐鳳年盤膝坐於墓碑前，吹起了葉子，哨聲悠揚輕靈，是那首鄉謠〈春神〉的曲調。

在這裡，徐鳳年心境最祥和，思緒最純澈。

亭下老妖，貨真價實的超一流高手，只是收為奴僕就別癡心妄想了。

甲？隱藏在哪裡，遠在天邊？近在眼前？

紅薯是死士，不知道該高興還是無奈。

青鳥是天干中的「丙」，預料之中的混帳答案。

自己去了武當山，黃蠻兒去了龍虎山，這天底下最無聲勝有聲的道統之爭，徐驍是要一隻手便翻雲覆雨？

二姐徐渭熊在上陰學宮學王霸經略，學縱橫捭闔術，是要壓一壓那個鋒芒不可一世的陳芝豹，還是去士子聖地暗中拉攏哪一股潛在勢力？

徐驍為何明明可以剿殺嚴杰溪全家卻不殺，當真僅僅礙於嚴書呆子是自己死黨？

徐鳳年丟掉樹葉，膝上疊放著繡冬、春雷雙刀，望著墓碑柔聲道：「娘，妳的仇，徐驍不報，鳳年還記著呢。」

◆

這一年春暖花開，世子殿下徐鳳年身騎白馬出涼州。

徐驍常年與普通士卒一起在北涼邊境上風餐露宿，似乎要親眼盯著北莽在數量上並不少於北涼鐵騎的蠻兵才安心。王妃逝世後，子女逐漸長大成人，先是長郡主徐脂虎遠嫁江南，接著是次女徐渭熊千里求學於上陰學宮，四年前世子殿下出門遊歷，王府裡好歹還有個黃蠻兒，如今卻是澈底走得一乾二淨。

只是這些帝王將相侯門事，瞎子老許顧不上，這麼多年有關大柱國的消息，都是去酒坊買酒糟時的道聽塗說，聽過也就算了，要不然還能如何？跟隨大柱國征戰多年，只是年輕時做騎兵遙遙見過一次，那時候扛纛的還是軍中頭號先鋒王翦王巨靈。

益闕血戰，還未瞎眼的老許便是同大柱國一起衝出了城門，眼睜睜望著王將軍跪地不起，雙手托起萬鈞城門，任由遼東袍澤衝出城去。那時候徐將軍還未封異姓王，還未受爵大柱國，只是回頭看了一眼城門。

所有北涼軍士卒都堅信大柱國才是當世頭一號英雄。春秋四大名將，光看戰績，大柱國肯定比不上那被上陰學宮譽為五百年獨此一人的葉白夔。在西壘壁一戰前，葉白夔號稱生平百戰無一敗。不說這位只輸了一場便輸了國戰的西楚葉武聖，便是昔年東越駙馬爺王遂，也要比徐驍更加瀟灑從容，哪裡會有只剩數百騎慘敗逃亡的狼狽。可最後屹立不倒的，除了同朝的那位大將軍，便只有徐驍了，何況春秋九國，徐字王旗下的鐵蹄滅了六國，那位成名比徐驍晚了二十年的大將軍，不過才滅了兩個無足輕重的小國而已，哪裡能與北涼王並肩？

這便是大柱國的能耐！

這才月中，瞎子老許沒捨得花銅板去買酒糟，只能咂摸著口水，聊以解饞。

瞎子老許年紀大了，總喜歡在天氣暖和的時候坐在木墩上面回想當年英雄氣概。想著年輕時前輩老卒傳授的活命門道，想著頭回持弩上陣時的殺紅眼，想著身邊軍中兄弟也曾被割麥子般砍去頭顱，想著敵軍鐵騎馬蹄踏地的轟鳴聲，更想著西壘壁那場春秋中的最後一場大決戰，王妃一襲白衣縞素親自敲響戰鼓，鼓聲如雷，不破西楚鼓不絕，全軍誰人不動容？

老許歪著腦袋，被戰火風沙磨礪得如老樹皮的臉頰緊貼著那根磨光滑了的木拐杖。老卒多半如此，拿慣了戰刀弓弩，僥倖活著退出軍伍，總覺得手頭少了什麼，腿斷了後，這拐杖倒是幫了大忙。

這些年總聽一群讀書人說著陰陽怪氣的言語，說什麼跟著大柱國打拚的老卒死了大半，沒誰有好下場，到頭來只有徐驍做成了異姓王，老許若腿不斷，定要跳腳罵娘，這幫腦子進水的讀書人懂個卵蛋！真正上陣過的，便知道那刀劍無眼的說法，大柱國那一身傷都是假的？都是用刀子、用弓箭、用長矛往自己身上抹的？若連大柱國都沒當成北涼王，那麼多不惜拚盡最後一口氣的老卒豈不是白死了，還有誰記得當年那遼東六百鐵甲，如今這天下無人爭鋒的三十萬北涼鐵騎？

瞎子老許吐了一口唾沫，罵道：「狗日的讀書人最是無聊，老許年輕些一巴掌能搧掉他們滿嘴的牙！」

如今連多走幾步都要喘息的老許頭頂傳來一個熟悉嗓音：「許老弟，身子骨還健朗？」

老許慌忙起身，說話這位便是當初來家中送銀子的衙門官員，並且當場便吩咐了幾位扈從要好生修葺這茅屋，果不其然，這以後茅屋便再沒有漏風、漏雨過，每月一兩銀子更是準時派人送到手上。

老許是廝殺戰陣無數的老卒，依稀猜測這位衙門當差的也曾是軍伍裡摸爬滾打過的，有一股子煞氣。別以為這是糊弄人的東西，膽子不大的老許吃豬、殺豬的確都不多，這不假，可好歹大半輩子都在軍中生活，那些殺人幾十的悍卒，便是吃飯時都瞧著比常人凶神惡煞。

那人輕輕將要扶拐杖站起身的瞎子老許按下，出聲笑道：「許老弟坐著說話，怎麼舒坦怎麼來，跟我客氣什麼。」

老許也不堅持，上了歲數，就不跟毛頭小夥那般逞強嘍，他側頭「望向」那人，心情舒暢道：「還好還好，吃得下、睡得著，就等著月末去買些酒肉犒勞自個兒了。這日子，世道太平，不愁吃穿，好得很哪，這可是良心話。老許是瞎子，也說不來睜眼瞎的話，大人，是不是這個理？」

那來訪人物微笑道：「老許啊，你可一點都不瞎，心眼活。比很多當官做將的強多了。」

瞎子老許一張老臉赧顏道：「大人，這話言重了，不敢當、不敢當。咱老許就是一個沒死成的北涼老卒，以前聽一個姓徐的小子念叨過什麼馬革裹屍的，也不太懂，反正好死不如賴活，這會兒倒是不怕死了，活到這歲數怎麼算都不虧。就是擔心一件事：以後哪天一覺睡去沒能醒過來，死了就死了，可都沒個抬棺人哪。這事犯愁，那徐小子嘻嘻哈哈笑著說實在不行就找他，可這小子說不好就是一整年見不著的，我看懸。」

衙門當官的那位言語平靜道：「那徐小子答應過要給你抬棺？」

瞎子老許整個人一瞬間神采飛揚起來，「可不是，這徐小子人是好人，瞎子老許認人就沒出過錯，就是這小子很多事情都吊兒郎當了點，又是爬牆又是偷鴨的，我都替他擔心以後找不著一位好媳婦。這不前兩天徐小子還捎上一壺好酒來我這兒聊天來著，不過他說又要出門了，可惜我晚上被酒味饞醒，那剩下半壺酒給一不小心喝光了，要不今天能款待一下大人。哈哈，大人，跟你扯這些亂七八糟的玩意兒，別嫌老許這張碎嘴把不住。」

那人笑道：「不會。如今我想找人聊天都難，許老弟你想喝酒？我來的時候給忘了，我年紀大了後，除了在家一般不喝酒，今天破個例，許老弟若是等得起，我讓人買去。」

瞎子老許連忙擺手道：「不用、不用，大人忙正事要緊，哪裡能讓大人在這裡浪費時間，還破費銀子。」

那人笑了笑，和瞎子老許一起閒適享受著午後陽光，灑在身上暖洋洋的，比什麼錦衣華服都來得舒服。

老許側身雙手拄著拐杖，神情恍惚道：「這輩子最大的遺憾便是沒有走近了看一看大柱國，去年過世的一位老兄弟運氣就好多了，景陽一戰，坑殺那數十萬降卒，他便離大柱國只有一百步距離。老兄弟閉眼前還念叨這事兒，瞧把他得意的，都要沒氣了還要跟我們較勁兒。」

身邊那位一直被瞎子老許當作衙門小官的人輕聲道：「徐驍也無非是一個駝背老卒，沒什麼好看的。」

一剎那，瞎子老許頭腦一片空白。

他既然能活著走下累累白骨破百萬的沙場，能是一個蠢蛋？

在北涼，誰敢說這一句「徐驍不過是駝背老卒」？

除了大柱國，還有誰？

瞎子老許那一架需要拐杖才能行走的乾枯身體劇烈顫抖起來，最後這位北涼賴活著的老卒竟是淚流滿面，轉過頭，嘴唇顫抖，哽咽道：「大柱國？」

那人並未承認也未否認，只是喊了一聲瞎子老許：「許老弟。」

只見瞎子老許如同癲狂，掙扎著起身，不顧大柱國的阻止，丟掉拐杖，跪於地上，用盡全身所有力氣，用光了三十年轉戰六國的豪氣，用光了十年苟延殘喘的精神，死死壓抑著一位老卒的激情哭腔，磕頭道：「錦州十八老字營之一，魚鼓營末等騎卒，許湧關，參見徐將軍！」

錦州十八營，今日已悉數無存，如那威名日漸逝去的六百鐵甲一樣，年輕一些的北涼騎兵，最多只是聽說一些熱血翻湧的事蹟。

魚鼓營。

號稱徐字旗下死戰第一。

最後一戰便是那西壘壁，王妃縞素白衣如雪，雙手敲魚鼓營等人高的魚龍鼓，一鼓作氣拿下了離陽王朝的問鼎之戰。近千人的魚鼓營死戰不退，最終只活下來十六人。騎卒許湧關，便是在那場戰役中失去一目，連箭帶目一同拔去，拔而再戰，直至昏死在死人堆中。

其實，在老卒心中，大柱國也好，北涼王也罷，那都是外人才稱呼的，他心底還是願意喊一聲「徐將軍」！

被徐驍攙扶著重新坐在木墩上的瞎子老許，滿臉淚水，卻是笑著說道：「這輩子，活夠了。徐將軍，小卒斗膽問一句，那徐小子莫不是？」

徐驍輕聲道：「是我兒徐鳳年。」

老卒的臉貼著被大柱國親手拿回的拐杖，重複呢喃道：「活夠了，活夠了……」

魚鼓營最後一人，老卒許湧關緩緩閉目。

徐將軍、王妃，有一個好兒子啊。

我老許得下去找老兄弟們喝酒去了，與他們說一聲，三十萬北涼鐵騎的馬蹄聲只會越來越讓敵人膽寒，小不去，弱不了。

徐字王旗下，魚龍鼓響。

老卒許湧關，死於安詳。

◆

世子殿下騎白馬、佩雙刀出城，身後便是一位魁梧武將領軍的百餘輕騎，只是當頭一駕馬車卻平淡無奇。

馬夫是個清秀女子，連世子殿下都策馬而行，想必應該沒誰有資格坐於車廂。

出城十幾里路後，一百鳳字營騎弩兵便刻意拉開距離，遠遠吊著，那名武典將軍獨自策馬來到徐鳳年身邊。即便面對的是最近十年鋒芒最盛、忠心毋庸置疑的北涼四牙之一，呂錢塘、舒羞、楊青風這三名大柱國膝下走狗仍然小心戒備，隨時準備出手，可見三人委實是懼怕大柱國怕到了骨子裡，生怕一點風吹草動傷著了世子殿下，他們就得趁早以死謝罪。

徐鳳年正在向九斗米教老道士魏叔陽請教那《兩儀參同契》精髓何在，看到呂錢塘三人的緊張作態，也不出聲，等到持戟將軍在馬上彎腰請示後，這才笑道：「寧將軍，讓你麾下兵馬跟在後頭，只是本世子不願吃灰塵，沒別的意思，別緊張。拉開一個半里路距離，真有險情，只是一個衝刺的事情，寧將軍還信不過鳳字營？這可是本世子的親衛營，每人都是從北涼各軍中百裡挑一出來的悍勇精銳，加上有寧將軍坐鎮指揮，萬無一失。」

這持大戟的武典將軍有個詩意名字——寧峨眉，卻生得五大三粗，一身橫肉。鳳字營是清一色佩刀持弩的輕騎，唯獨他鐵騎重甲，手持一把惹人注意的卜字鐵戟，更背有一個大囊，裡面插滿了短戟十數支，一看便知是個萬人敵類型的衝陣武將。

徐鳳年出城以前拿到手一份關於寧峨眉的戰功梗概，不得不去敬重驚嘆幾分。寧峨眉是個戰場上的遺孤，被扛纛的大將王翦撿到，撫養成人。王巨靈陣亡後，他便繼承了義父的衣缽，只要給他一戟在手，僅是萬軍叢中取上將首級的壯舉便做了數次。每次事後都要被大柱國以大功抵小罪，要不然他也不會成為北涼四牙中武階最低的一個。只不過寧峨眉只要能上陣能殺人，別讓他龜縮在陣後做搖旗吶喊的事情就行，對這些並不上心。

古往今來，敢用戟做趁手兵器的，莫不是一幫殺人如拾草芥的虎狼猛漢。

沙場上是殺神，寧峨眉下了戰場，卻不是那種動輒鞭笞士卒的蠻將，相反，他十分溫良恭儉，說話嗓門因為中氣十足，難免顯得震天響，語氣卻總像是出自江南女子的櫻桃小嘴，實在是一件彆扭至極的奇事。此時聽到世子殿下的解釋，寧峨眉斜持大戟，戟尖朝地，靦腆笑道：「這趟出行，大柱國命屬下一概聽從世子殿下吩咐，殿下說如何便如何。」

徐鳳年瞥了寧峨眉手中大鐵戟一眼，好奇問道：「寧將軍，這卜字戟該有七、八十斤重？」

寧峨眉詫異道：「世子殿下認得這戟是卜字戟？」

徐鳳年啞然失笑道：「偶然聽我二姐說起過。不至於認作是那做花哨禮器的槊戟。」

寧峨眉沒有察覺身邊氣氛有些凝滯，自顧自說道：「世子殿下猜測無誤，這戟重七十五斤，尋常人提拿不起。」

腰間佩雙刀的徐鳳年哈哈大笑道：「有機會要見識一下寧將軍的飛戟，聽徐驍說你能夠一戟一人墜馬，例無虛發。」

寧峨眉有些赧顏，只是笑了笑，最終請辭，縱馬拖戟而返。

容顏嬌媚、心腸不知如何的舒羞拉住韁繩，冷眼旁觀，嘴角勾起，掛滿了不屑。這名身為大柱國心腹的北涼驍將實在是不諳官場世情，既然世子殿下都識破了兵器，甭管是識貨還是瞎貓撞上死耗子，就不知順水推舟拍馬屁吹捧幾句？還當著佩刀殿下的面說什麼提不起大戟，你這是嘲諷世子殿下手無縛雞之力嗎？你這不開竅的莽夫，世子殿下即使不是用刀高手，可那兩柄絕世好刀寒意森森，隨便一瞧便是血水裡浸泡出來的殺人刀，「尋常人」駕馭得住？

身形不輸寧峨眉的魁梧劍客呂錢塘只是凝神閉目，拇指扣住從武庫裡挑得的巨劍赤霞劍劍柄。

楊青風籠罩於一襲寬敞黑袍中，襯托得那雙如雪白手越發刺眼。

徐鳳年繼續前行，輕聲感慨道：「當年西楚自稱地方五千里、持戟百萬人，可那十幾萬所向披靡的大戟士不一樣敗給了徐驍的鐵騎？看來天底下這矛，還是數北涼鐵騎最鋒利。」

老道魏叔陽撫鬚輕聲笑道：「老道早年有幸見過北涼數千鐵騎奔雷成一線的奇景，猶如廣陵江上的大潮，翻江倒海山可摧，心馳神往啊。」

徐鳳年眨眼道：「魏爺爺，這我可是見多了。」

老道士愕然良久，終於恍然，一臉欣慰笑意，這讓蒙在鼓裡的舒羞百思不得其解。舒羞三人在王府上做大柱國豢養鷹犬的日子說短不短，說長也不長。最長的楊青風才七、八年，那時候世子殿下便已經是狼藉聲名在外的北涼頭一號無藥可救大紈褲。

江湖上沒有魔門邪教這類說法，哪有不知死活的宗門幫派給自己戴上「邪魔」帽子的？便是一些行事狠毒的宗派一旦跟這兩個字沾親帶故了，多半都要跑到熱鬧地方哭爹喊娘、叫苦喊冤，尤其是被北涼鐵騎碾壓過的江湖，更沒人有膽子走這種註定短命的偏鋒。

大約一甲子前的江湖魚龍混雜，一如中原春秋九國那樣諸侯割據，倒是有個讓大半個江湖仰視的門派自稱魔門，下場如何？龍虎山輕輕鬆鬆出世了一位百年難遇的仙人齊玄幀，發帖天下，約戰於蓮花頂上的斬魔臺。

齊大真人獨自一人便屠光了六位自命不凡的魔道高手，從此魔門一蹶不振，已經淡出視野五十年，天曉得被當年的孫子輩門派騎在脖子上撒尿多少回了。

舒羞出自一支西楚國的旁門左派，鑽研一些被正道打壓很狠的巫蠱術，不成氣候。她雖是門派裡不多見的巫女，有望繼承宗主位置。可舒羞自有野心，瞧不上不到百人幫派的小家子氣，逃了出去獨自逍遙快活，憑著上佳皮囊和下乘媚術，偶然間從崆峒山一位懷璧而不自知的中年道人那裡得了殘本的上流心法，修習以後功力暴漲，一發不可收拾。

得知那僅是三分之一的《白帝抱樸訣》後，便順藤摸瓜摸到了聽潮亭武庫，不死已是萬幸，只進了王府，還沒瞧見聽潮亭的影子，就被府上隱匿的高手打得半死，以後拿幾次成功刺殺換得了活命的機會，這次拿到手《白帝抱樸訣》，當然萬分珍惜。

別以為北涼王府只有被刺殺的份兒，哪一次來了一撥兒，北涼不是立馬出去一撥兒給予鐵血報復？哪一次不斬草除根？這便是大柱國徐驍的歹毒了。唯有一件件血案累積在一起，舒羞這等天不怕、地不怕的左道人士才會轉變得如此膽小如鼠。再不怕死的好漢女俠也扛不住大柱國那一百種、一千種讓人生不如死的手段啊。

徐鳳年對舒羞三人並無好感，更無須去客套寒暄，只是策馬來到馬車邊上，掀起車簾子，看到魚幼薇抱著武媚娘嬉鬧。她心情不錯，花魁魚幼薇也好，西楚皇帝劍侍的孤女魚玄機也罷，現在她在哪裡都是籠中雀，可若能換個更大的籠子，從王府騰挪到整個江湖，那麼她的心情總是會更好一些。

姜泥縮在角落，不是坐著，而是蹲著閱讀一本祕笈，眉頭微皺，做什麼都認真十分、努力十分的模樣。

至於那羊皮裘老頭兒，占據了車廂大半位置，脫去了靴子，在那裡用手摳臭腳丫，摳完了便放在鼻子前聞聞。

徐鳳年放下簾子，無奈道：「難為魚幼薇和小泥人了。」世子殿下自言自語：「是不是再換一輛？算了，在一輛馬車上，出了狀況，這古怪老頭兒好歹會出手，否則連我出事都未必能讓他勞駕，更別說為兩個女子出手。」

徐鳳年從懷中抽出新繪地圖《禹工地理志》。離陽王朝一統中原後，本來六州擴為現在的十九州，可見春秋亂戰，離陽王朝是何等的蛇吞象，徐驍為何成為王朝唯一大柱國便在情理之中。

北涼是泛稱，囊括了整個涼州和半個陵州，他們一行人現在才出城沒多時，城池本就在北涼最南部，距離雍州北邊境還有一日行程，徐鳳年走的官道便是四年前走過的。這段路程當初走得也輕巧，馬馬虎虎算得上是鮮衣怒馬，進入雍州腹地以後才開始一路淒涼起來。

興許是受不了車內的鬥雞眼老頭兒，魚幼薇捧著白貓探出頭，眼中有些乞求地望向徐鳳年。

徐鳳年打了個響指，楊青風猛然睜眼，只聽他一聲口哨，一匹無人騎乘只是乖巧跟在他身後的棗紅駿馬小跑向世子殿下。

楊青風據說連野鬼山魁都能飼養，馭馬自然不在話下。

騎術尚可的魚幼薇剛坐上馬背，便小心翼翼安撫著武媚娘。

一時間整條官道後邊只見塵土漫天，馬蹄陣陣，大地顫動，顯然不是一百輕騎能夠製造出來的陣勢。

徐鳳年掉轉馬頭，瞇眼望向那邊。

馬車停下，生平第一次離開王府的姜泥也探出頭。

徐鳳年笑了笑，對面有懼色的魚幼薇招手道：「換馬，來我這邊坐著。」

整個北涼有這氣魄和手腕的角色，就兩人而已。

老爹徐驍可不敢搶世子殿下的風頭。

那剩下的那位便水落石出了。

傳言那個北涼三十萬鐵騎都對他言聽計從的小人屠嘛。

徐鳳年會認不得？

魚幼薇沒這臉皮，但看到徐鳳年瞇起了長眸，只得下馬再上馬，坐入他懷中。

加上大戟寧峨眉，北涼四牙一股腦兒出現了三位。

徐鳳年嘖嘖道：「好大的排場。」

在刀矛森森的鐵騎擁簇中，一襲白衣策馬而出。遙想當年，這位白衣男人似乎便是如此風範地一騎絕塵出陣，將那享譽天下的名將之首葉武聖一對妻女活活刺死於陣前。

風流無雙的俊雅男子在馬上微微躬身，輕輕道：「陳芝豹來為世子殿下送行。」

在北涼三牙和最前排十數位驍將視野中，只看到了世子殿下懷裡抱著個美人，美人懷中又抱著隻白貓。

一邊是出身忠烈將門並且自幼便跟隨徐大柱國征戰春秋的年輕一輩最傑出人物。

一邊是那個溫柔鄉裡逗貓的公子哥兒？

似乎一時間，高下立判。

徐鳳年再度掉轉馬頭，一根手指纏繞著女子青絲，緩緩道：「不送。」

大戟寧峨眉率領一百鳳字營輕騎繼續尾隨世子殿下，與白衣陳芝豹擦身而過時，並未出聲。寧峨眉雖是當世陷陣一流的武夫，對於在北涼軍中的地位爬升並不熱衷，給人一種遲鈍的感覺。今天小人屠帶領三百餘重甲鐵騎奔馳幾十里送行，折騰出這一場聲勢，寧峨眉越過那一襲惹眼的清亮白衣後，卻也不禁皺起了眉頭。

他再後知後覺，也察覺到世子殿下方才望向自己的眼神，沒了先前的友善。寧峨眉握緊手中重量僅次於燕剌王麾下頭號猛將王銅山的卜字鐵戟，轉頭看到身後百餘鳳字營親衛多數都在幾步一回頭，瞻仰陳芝豹的姿容風采，不禁陷入沉思。

北涼四牙中，手握北涼第二精銳重騎六千「鐵浮屠」的典雄畜，掌管北涼三分之一「白弩羽林」的韋甫誠，兩人皆是陳芝豹一手栽培起來的心腹大將，此時就在身後肅容握鞭。對於這兩個與自己齊名的北涼青壯一代猛將，寧峨眉並不熱絡熟識，只限於殺伐戰場上的嫻熟策應。

若說軍中聲望，寧峨眉自認不輸絲毫，可如果說是手中兵權輕重，差距何止是官階上的三級？寧峨眉自嘲一笑，提了提手中大戟，緩了緩騎隊速度，拉開到世子殿下要求的半里路。

◆

毛髮如獅的典雄畜扭頭吐了一口唾沫在地上，鄙夷道：「將軍，這殿下該不是嚇破膽子了？都不敢讓我們送行。不送更好，老典還不樂意熱臉貼冷屁股。咱鐵浮屠個個是拿北莽蠻子腦袋當尿壺的好漢，丟不起這人！」

更像私塾裡教授稚子讀書識字的韋甫誠要含蓄許多，輕笑道：「殿下四年前出門遊歷，身邊才帶了一個老馬夫，這次總算是補償回來，正在興頭上，自然不喜我們的叨擾。老典，你這只知道殺來殺去的老匹夫，哪裡懂得世子殿下的風花雪月？」

六千鐵浮屠重騎在鐵騎冠天下的北涼軍能排第二，僅次於徐驍親領的大雪龍騎軍，一黑一白，讓北莽三十五萬邊軍聞風喪膽。春秋國戰，人屠徐驍教會天下一個鮮血淋漓的真理——戰場勝負從來不是單純甲士數量的比拚，甚至不在於披甲率高低，而在於兵種搭配。奇正雙管齊下，再由最精銳的力量在僵持中一錘定音。

西壘壁，便是死戰第一的魚鼓營悍不畏死，為騎戰第一的三千大雪龍騎兵開闢出一條直插葉白夔大戟軍腹地的坦蕩血路。陳芝豹坐鎮中軍，運籌帷幄，王妃親自擂鼓，徐驍捨棄頭盔，持矛一馬當先，三千白馬白甲，一路奔雷踏去，其中便有魚鼓營千餘人的袍澤屍體。既然西楚士子豪言西壘壁後無西楚，那徐驍便讓西楚乾乾淨淨亡了國。

金戈鐵馬名將輩出的九國春秋，那是武夫最璀璨的時代，典雄畜、韋甫誠正是從這場戰火中崛起的年輕將領，功名都是踩著一位位春秋大將的白骨積累出來的，身上自有一種不可言喻的傲骨梟氣，哪裡會看得起膏粱子弟的架鷹鬥狗？你便是世子殿下又如何？

北涼軍首重軍功，每年那麼多涼地紈褲被父輩們丟到邊境，哪一個不是被他們操練得死去活來連哭的力氣都沒有？哪一個最後不是連祖宗十八代都忘了只記得軍中上級？你徐鳳年除了世子殿下的頭銜，還有什麼？

典雄畜呸了一聲，獰笑道：「我去他娘的風花雪月！老子前年帶著六百鐵騎長驅直入北莽八百里，搶了一位刺史千金，在馬背上就剝光了她，完事了捅死掛在長矛上，這才是老子的風花雪月！」

韋甫誠彎腰摸了摸愛馬鬃毛，打趣道：「結果就被大柱國吊在軍營柵欄上凍了一晚上，我可是聽說你那玩意兒都被凍得瞧不見了，現在還能使喚？」

典雄畜一拍肚子，豪邁笑道：「胡說，還好好地待在那兒呢！韋夫子，你若不信，把你家閨女借來一試，保你不服不行！」

韋甫誠一陣頭大，道：「敢打我閨女的主意，信不信我白弩羽林滅了你的六千鐵浮屠？」

典雄畜撇嘴道：「夫子又放屁了，有本事各自拉出一百人丟到校場鬥上一鬥，看誰家的兔崽子趴地上喊娘。」

自始至終，北涼四牙四員虎將名聲加起來都不如他一人重的小人屠陳芝豹都沒有插話，既沒有出聲提醒身邊左膀右臂出言慎重，也沒有附和挖苦那位不得人心的世子殿下，神情淡漠。

義父大柱國馬上要進京面聖，因此暫時是不會去北涼、北莽兩軍犬牙交錯的邊境，一切軍務將一併交由陳芝豹負責。北涼三十萬鐵騎對此早已習以為常，小人屠既是大柱國的首位義子，又是文韜武略皆超拔流群的名將，誰不知道這一襲白衣當年若不是親口回絕了皇帝陛下讓他去南邊獨領一軍，現在早就是權傾南國的一方封疆大吏，哪裡輪得到南方十部蠻夷在那邊上躥下跳？

韋甫誠微笑道：「寧大戟領了這份苦差事，估計要氣悶到天天睡不著覺了。」

典雄畜幸災樂禍道：「寧鐵戟這人不壞，殺起人來從不手軟，馬戰、步戰都夠勁道，老典跟他齊名，服氣！至於韋夫子你嘛，說實話就遜色了些。」

韋夫子不以為意，典雄畜這廝素來心直口快，與他講上兵伐謀的大道理，聽不進耳朵。

陳芝豹望了望頭頂天色，喃喃道：「變天了。」

◆

魚幼薇扭捏著要單獨乘馬，徐鳳年拗不過，乾脆就把白馬讓給她，自己則上了馬車。車廂裡鬥雞眼老頭兒終於穿上了靴子，伸長脖子去看姜泥手捧的祕笈。蹲在角落的姜泥最是吝嗇，豎起封面，自顧自默念讀書。兩人就這麼僵持不下，比拚耐心。老頭兒看到徐鳳年鑽入車廂，顯得有些不耐煩，橫鼻子豎眼的，不給半點好臉色。

徐鳳年坐下後，摘下繡冬、春雷雙刀放於膝上，樸拙春雷在下，秀美繡冬在上，兩柄刀一長一短，交疊擺放，也是一道養眼美景，便是姜泥也忍不住多瞧了兩眼。她曾親眼見識過白狐兒臉在聽潮湖冰面上雙刀捲起千堆雪，心中對徐鳳年憎惡更深一層，那般美麗的男子才配得上這雙刀，徐鳳年你練刀再勤快，也是個兩頭蛇、三腳貓，只會辱沒了雙刀！

上來聽書的徐鳳年自動忽略掉羊皮裘老頭兒，閉上眼睛，吩咐道：「讀那本《千劍草綱》。」

姜泥打開腳邊塞滿祕笈的書箱，好不容易找出古篆體封面的《千劍草綱》，翻開閱讀起來。這段時日，讀書賺到了銀子不說，還被迫認識了近百個生僻字，一字十文錢的慘痛代價，每個字讓姜泥第二次撞見都要咬字格外加重，果然是一位疾惡如仇的小泥人。徐鳳年聽著比較首次閱讀要舒暢太多的聲音，氣息隨著《千劍草綱》文風而微微變更。

士大夫登高作賦，那都是有感而發，越是情深，讀之越是動容。武者撰文也是一個道理，寫出來的東西跟佛道經典根本不是一種味道。這《千劍草綱》更是字字鏗鏘，難怪白狐兒臉會極為推崇，說這本是在二樓豐富藏書中能排前三的好書。

徐鳳年聽得入神。

卻被人打岔：「都是屁話。」

被打斷節奏的姜泥將腦袋從書籍後頭探出，瞪了一眼。

老頭兒對世子殿下相當不敬，刻意生疏，唯獨對姜泥卻是青眼相加，擠出一個笑臉，主動解釋道：「老夫是說這本書滿紙荒唐言，誤人子弟。」

徐鳳年睜開眼睛，微笑道：「此話怎講？」

不管身手如何，可那臭脾氣絕對是天下少有的老頭兒白了一眼，譏諷道：「老夫便是一字一字詳細跟你說劍道，確定不是對牛彈琴？」

徐鳳年無可奈何，這老怪物在徐驍嘴裡似乎歲數不小於王仙芝，只有忍著。

姜泥顯然很喜歡看到徐鳳年被人不當一回事，雖說不怎麼對這古怪老頭兒有親近感，可這一刻卻是心中好感嗖嗖嗖往上猛漲。老頭兒看到姜泥臉色變化，心情大好，對徐鳳年的打擊不遺餘力：「你一個耍刀的門外漢，就別糟踐《千劍草綱》了，這書不管如何廢話連篇，也不是你可以領略書中那點筋骨的。若是被《千劍草綱》書名蒙蔽，真以為是在講述諸般劍招機巧，就當真是笑死老夫了。殊不知這個半百年紀才抓住劍道粗略皮毛的杜思聰是最擅長詭譎劍招不錯，可那早就被老夫斥責過了，這才有了這本從劍招衍生開去求劍意的《千劍草綱》。只是杜小子終究只有半桶水，晃來晃去，只有些小水花濺到了桶外，可笑之處在於後人都看不出這些水花才是僅剩不多的妙處。」

徐鳳年震驚道：「寫《千劍草綱》的杜思聰求教於你？」

老頭兒伸出三根手指，理所當然道：「在雪地裡站了三天三夜，老夫才勉為其難指點了三句話。」

徐鳳年心中駭然。

姜泥倒是比世子殿下出息百倍，一臉「信你我就是笨蛋」的俏皮模樣，不輕不重道：「吹牛皮倒是厲害，有本事也寫一本放入武庫的經典裡去。」

人比人氣死人，老頭兒對徐鳳年始終板著臭臉，到了姜泥這邊就是一副慈眉善目的嘴臉，「小丫頭，老夫獨來獨往慣了，心中萬千氣象不屑付諸筆端，再說那聽潮亭能入老夫法眼的書不過寥寥五、六本，也不是啥了不起的地方。」

姜泥瞪圓眸子，「還吹，還沒完沒了了？」

老頭兒愣了一下，不怒反喜，哈哈大笑。

在車廂內顯得有些多餘的徐鳳年被老頭兒攪和得對《千劍草綱》興致缺缺，就讓姜泥換了一本祕笈，結果讀了不到一千字又被老頭兒的倨傲評點給打斷，再換一本，不出意外再被批得不值一文。徐鳳年只是覺得受益匪淺，姜泥卻已經要瘋掉。

讀書掙錢本來就是體力活兒，而且還是伺候這仇家徐鳳年才賺到的血汗銀子，老頭兒卻在那裡故作高人地指點江山。姜泥起先因為他一大把年紀，就一忍再忍，三番五次後，實在是受不了，便摔書，滿臉怒氣道：「閉嘴！」

瞧瞧，近墨者黑，跟世子殿下學口頭禪是越來越順溜了。

徐鳳年不理會姜泥的發飆，笑呵呵問道：「要不我找呂錢塘練刀去，你在旁指點指點？」

老頭兒伸了個懶腰，舒服地躺在車廂內，沒好氣道：「你所佩兩刀的原主人，老夫倒樂意說上兩句。你就算了，悟性嘛，馬馬虎虎，大概能有老夫年輕那會兒一半，可惜練刀太晚，一身內力還不是自己的，不信你能練出個三六五來。」

眼中笑意滿滿的姜泥落井下石道：「這話真實誠。」

徐鳳年低頭伸出一根手指，劃過繡冬刀刀鞘。

一半悟性？

姜泥似乎想起了什麼，冷哼道：「那人是小人屠陳芝豹？比你可要瞧著像世子殿下多了。」

徐鳳年抬頭笑道：「那也是像而已。」

姜泥竟有點怒其不爭的意思，約莫是憤懣於自己的頭號敵人如此不濟，有辱她和神符，便惡狠狠道：「你就不知壓一壓那陳芝豹的風頭？掉頭就跑，不怕被人笑話！」

徐鳳年啞然道：「要不然還跟陳芝豹打一架？」

姜泥恨恨道：「打不打得過是一回事，打不打就是另外一回事！」

老頭兒扯了扯羊皮裘，笑道：「小丫頭妳這就有所不知了，咱們眼前這位世子殿下刀術平平，心思肚腸卻是得了徐驍真傳。只不過那姓陳的小人屠恐怕早就知道這點，沒那麼容易糊弄，倒是身後那些光長力氣不長腦子的北涼莽夫，十有八九沒看出來。」

徐鳳年置若罔聞。

姜泥若有所思。

老頭兒一語道破天機：「小丫頭，比心機，妳這輩子想必是比不過這陰險傢伙了，要不老夫教妳點功夫，還是有希望一較高下的。他便是得了全部大黃庭，只要不曾真切摸到武道的門檻，妳一樣可以一劍破之。誰說女子不可一劍力當百萬師？這小子的娘親，便是老夫生平僅見的三位劍道大成者之一。」

徐鳳年默不作聲，左手握住春雷。

老頭兒斜眼看著雙刀，笑道：「原來是習慣左手刀，小丫頭，妳看，老夫就說這小子狡猾得很。」

徐鳳年笑著鬆刀起身，緩緩道：「今天先不聽書了。」

等徐鳳年離開車廂，姜泥怔怔出神，有點惱火。

老頭兒問道：「姓姜的小丫頭，如何？要不要跟隨老夫學點真本事？」

不承想姜泥毫不猶豫道：「學什麼學！」

老頭兒納悶道：「為啥不學？當年求老夫收作徒弟的笨蛋，可以從北涼一路排到東海。」

姜泥冷聲道：「我若跟你學，徐鳳年早就讓我死了。」

老頭兒挑了下稀疏眉頭，「他敢？」

姜泥將書放入箱子，嘆氣道：「再說你也就是嘴皮功夫厲害，跟你學沒什麼大出息。」

老頭兒捧腹大笑，幾乎要在車廂裡打滾。

姜泥惱怒道：「笑什麼笑！」

老頭兒坐正身子，神祕兮兮地低聲道：「妳可知老夫是誰？」

姜泥一臉平靜道：「我管你是誰！」

老頭兒揉了揉下巴，躺在車中，蹺著二郎腿，自言自語道：「這倒是，連老夫都快忘了自己是誰，又能有誰記得木馬牛？」

◆

徐鳳年騎上原本配給魚幼薇的那匹棗紅大馬，抬頭看了眼灰濛濛的天空。不出意外今夜有一場大雨，按照目前速度，黃昏可在衡水城內住下，不至於冒雨前行。

佩有赤霞巨劍的呂錢塘在最前頭領路，不見隨身攜帶兵器的舒羞和楊青風負責殿後，居中的老道士魏叔陽一夾馬腹，與徐鳳年並排前行。這四名貼身扈從都是二品左右的實力，即便對上鄧太阿、曹官子這般高居超一流高手寶座的半仙人物也有一戰之力，最不濟也可以拖到車廂內那位鬥雞眼老頭兒摳完腳丫、挖好鼻屎。

徐鳳年輕聲問道：「魏爺爺，這十大高手到底是個什麼實力，能說得通俗易懂些嗎？」

九斗米老道略加思索後，緩聲道：「老道曾聽一位教內大真人透露過一些，不去說那位不可以常理揣度的王仙芝，剩下九人。新一代劍道魁首鄧太阿，用一根斷折弧矛的鄧茂，以及曹官子明顯要高出其餘六人境界一截。老道妄自揣測所謂天下十大高手只是名氣更大，真正實力與六人相仿的應該不在少數，這一撥人大概又可劃分兩種境界。如此推算，就應了教內那位大真人『一品四境』的說法，分別是金剛、指玄與天象。金剛境才算是在武道上登堂入室，一身筋骨金剛不朽，聽潮亭內司職守護李元嬰的劉璞，還有楚狂奴，大概都可以躋身這一行列。指玄境便妙不可言了，至於更深一重的天象，老道便更不能妄語。想來那位護著世子殿下遊歷六千里的劍九黃介於兩者間，武帝城頭一戰，最後一勢劍九，卻是穩穩到了天象境的。鄧太阿、鄧茂、曹官子三人，大抵各自在不同時期入了天象境，唯有王仙芝，在這一重境界穩坐釣魚臺已經半輩子，委實是高不可攀，高不可攀哪。」

徐鳳年輕聲問道：「魏爺爺你漏了最後一重境界？」

魏叔陽笑道：「當年大真人只說到達了這一重便是地仙了，老道心想人間若真有人有如此神通，當世就只有王仙芝了。再往上追溯，大概龍虎山齊玄幀以及為先皇逆天改命的趙老天師可以算上。不過吳家劍塚每逢百年必出一位陸地劍仙，算一算也是時候該冒頭了。至於兩禪寺，不好說、不好說，佛門聖地，保不齊在哪裡就坐著一位金身羅漢。不過老道如世子殿下這般年輕的時候，倒是還有幾位高人名動四方，統稱四大宗師，可要比如今十大高手要來得更實至名歸。南邊的符將紅甲人，整個人裹於一件鮮紅甲冑之中，不見面孔。西邊的酆都老祖，是一位身穿綠袍的女子。第三位就在咱們北涼，是那槍仙王繡。」

徐鳳年冷笑道：「這個我聽說過一些，陳芝豹便是跟他學的槍術，到頭來這槍法大家還是死在了徒弟手中。」

魏叔陽撫鬚一笑，道：「最後一位最為名聲顯赫，天下不管有多少人學劍，當初可都是一概繞不開、躲不掉這座山峰。當時只要有他在，便無人敢自稱劍法超群，與如今王仙芝自稱第二無人自稱第一，如出一轍。世子殿下已經知道是誰了吧？」

徐鳳年點頭道：「劍神李淳罡，手中那柄木馬牛被王仙芝雙指折斷，便澈底杳無音信。」

也有過一段青春歲月的魏叔陽無限感慨道：「江湖代有奇才出，獨占鰲頭五十年。據說李劍神行走江湖時劍法冠絕天下，風采更是宇內無雙，那時候天底下哪有不癡迷李劍神的女子，連酆都那綠袍娘都心甘情願被木馬牛刺透一劍。我小時候做夢都想著哪天出門能夠碰到李劍神，能說上一句話便天大的知足。得知王仙芝打敗了他，硬是很長一段時間都不服氣，恨不得與王仙芝拚命。我那會兒已經學劍十來年，後來棄劍修道，很大原因便是李劍神的退隱。沒有青衫仗劍走江湖的少年，都不是有志氣的少年啊。」

徐鳳年被魏叔陽破天荒流露出來的少年情懷給逗樂，方才在車廂裡惹來的陰霾淡去幾分，忍俊不禁道：「魏爺爺，你小時候也一樣想著做一名瀟灑劍客？」

九斗米老道瞇眼笑道：「誰沒年輕過呢？不妨實話與世子殿下說，老道當年還愛慕過幾位女俠，一次與其中一位好不容易逮著機會見面，不爭氣地只是臉紅打顫，什麼話都說不出來。這點比起世子殿下，就像是一個金剛境一個天象境嘍，五個老道加起來都不如。」

徐鳳年與魏叔陽稱得上是忘年交，小時候騎在老道士脖子上又不是沒淘氣撒尿過，少年時代進入聽潮亭也願意聽魏爺爺說些山精神仙故事，若非如此，以徐鳳年在某些事情上的精明吝嗇，會在拿到武當《兩儀參同契》手稿的第一時間就交給九斗米魏叔陽，並且任由其轉抄以供日後仔細注疏？徐鳳年當真是不知道那本《兩儀參同契》的珍貴？有大黃庭珠玉在前，後邊薄薄一本《兩儀參同契》只怕是更厚幾分。

徐鳳年嘿嘿笑道：「魏爺爺，便是在江湖上挖地三尺，我也要幫你把那李淳罡挖出來。」

老道士搖頭道：「連老道我都要進棺材了，說不定李老神仙早就過世了，不奢望、不奢望。」

馬車上，姜泥耳尖，聽到了「木馬牛」三個字，之所以對這個稱謂格外敏感，是因為這又是一樁離不開她那位皇叔的荒唐美談。西楚敗亡前，姜皇叔重金購得一半木馬牛，即兩寸劍尖，試圖將劍尖打造成媲美神符的匕首，連名字都想好了──「天真」，贈予最心疼的侄女太平公主，與那柄神符湊成一對。可惜不等匕首製成，西楚西壘壁一敗，舉國心死。姜泥上下打量了一遍躺著打瞌睡的糟老頭兒，小聲問道：「你說到了木馬牛？」

老頭兒瞧著有些心灰意懶，語氣散淡道：「沒有。」

姜泥撇了撇嘴說道：「我知道，你是李淳罡，劍神什麼的。」

老頭兒睜開眼睛，驚奇道：「徐鳳年那精明透頂的小子都沒敢往這方面想，小丫頭妳聽到三個字就斷定老夫是那啥玩意兒劍神？老夫像嗎？」

姜泥蹲得兩腳發麻，輪流伸直一條細腿，平淡道：「不像怎麼了，難道你不是？」

老頭兒坐起身，望著眼前這個纖細女孩，道：「既然覺得我是李淳罡，妳都不樂意跟我學劍？」

姜泥搖頭道：「兩碼事。理由我已經說過了，你的本事越厲害，我就死得越快。」

老頭兒被鬱悶得無以復加，加重語氣道：「老夫就算不是李淳罡，這一身本事比較巔峰時起碼還剩下五、六成，信不信老夫若要殺徐鳳年，現在就可以出去隨手摘掉這小子的項上頭顱。」

姜泥嗤笑道：「看吧，我就說你嘴皮功夫最了不得。你去殺啊，我就不信徐驍會讓你胡來。」

老頭兒一臉深思表情。

姜泥重新捧起那本讀了沒幾千字的《千劍草綱》道：「你是誰不關我的事情，而且徐鳳年我殺得，你殺不得。但攔不住你，我也不會攔。況且，說不準你跟徐鳳年做了交易，在故意試探我。」

老頭兒搖了搖頭，無奈笑道：「妳這丫頭，倒是有幾分神似那位劍意堪稱磅礴的王妃。怎的妳們這些有大意思的女子，都要跟徐家男子牽扯不清？老夫就想不明白了，當年若不是徐驍這渾球，使得那女子由出世劍轉入世劍，最多再給她十年打磨雄渾劍意的時間，便是老夫和僥倖贏了木馬牛的王仙芝都不敢說穩勝於她。現在那女子沒了，妳又來，老夫想想就憋得慌，渾身不得勁兒。既然妳不想學劍，老夫也不強人所難，其實妳若拋不開執念，便是學劍了，也未必能夠登峰造極，到時候反倒是被老夫毀了一塊璞玉。殺人終究是敵不過救人啊。那姓齊的道士當年與我論辯，我談我的劍，他說他的天道，誰都說不過誰，後來他在斬魔臺上斬了魔、登了仙，我卻輸給了王仙芝，才琢磨出一個道理——想達仙佛之境，出手必為救人。」

老頭兒重重「咦」了一聲，一直渾濁的眼神綻放出異樣光彩，如同浩然劍氣，他默念了幾句殺人、救人，再死死盯著一頭霧水的姜泥，笑道：「小丫頭，妳不學劍真可惜了，哪天妳改變主意，回頭找老夫。」

姜泥只是看書，不屑一顧那老頭兒。

這老傢伙貌似是劍神李淳罡啊。

她突然探出腦袋小聲問道：「你都說了徐鳳年有你一半天賦，還說他練刀晚，註定沒出息。那我偷偷摸摸跟你學了劍有何用？」

老頭兒一時間沒整明白其中的道理，好不容易才理清頭緒。敢情這小丫頭被徐鳳年那小子欺負習慣成自然了，開始在心底承認自己不如他聰明？想通這個，實在不像是那劍神李淳罡的老頭兒循循善誘道：「妳天賦不比那小子差，怕什麼？」

姜泥眸子亮了一下，但很快恢復冷淡，苦著臉道：「還是算了，練刀學劍很苦的，我還是讀書好了。」

得，在武當山上最心疼菜圃的小泥人，想必是被徐鳳年的瘋魔練刀給暗中震懾住了。

可憐的李老劍神，虧得車外不遠就有一個已經一大把年紀的仰慕者。

一輩子從不求人只被人磕頭無數的老頭兒恨不得一頭撞死自己，這是哪門子理由？

老頭兒穩了穩心神，告訴自己這樣才好，這丫頭就是這股蠻不講理的精神氣兒最合心意，當年李淳罡又何時與人與世道講理過？

易事、難事、風雨事，江湖事、王朝事、天下事。

都不過是一劍的事。

姜泥捲起袖管，輕輕解開纏繞匕首神符的絲帶。

老頭兒看得發呆，咋的，不學劍也就罷了，還要跟難得發發善心的老夫我拚命？

這一團糨糊的世道，當真是不明白了。

出人意料，承認自己不太聰明還怕吃苦的小姜泥將神符遞出去，柔柔道：「喏，不是送給你，是借你。」

老頭兒緩緩接過神符，壓抑心中波瀾，輕聲問道：「為何？」

小丫頭重新將腦袋躲在那本祕笈後面，小聲說道：「如今這世上沒人對我好了，你好像還不錯。」

只剩一條胳膊更沒有了那木馬牛的老頭兒瞧不出任何神情變化，只是默默坐定。

依然縮在書後頭的姜泥重複道：「我不學劍。」

◆

一株浮萍冷不丁被拔起種在了院子裡當芭蕉，好不容易見著院外風光，哪裡能不開懷？魚幼薇快意騎馬，騎上了癮，不管徐鳳年如何言語威逼利誘，就是不願下馬上車。徐鳳年看她馬術稀鬆平常，攥緊馬韁的纖纖玉手早已泛紅，忍不住有些惱火。

只有他這種行走過江湖的人物才會知道，那些臉蛋姿容不俗的女俠風光歸風光，可不耐細看，騎馬多了，屁股蛋兒肯定光潔圓潤不到哪裡去，握劍提刀久了，雙手老繭更是不堪入目，妳魚幼薇難不成要步後塵？

徐鳳年冷哼一聲，雙指放於唇間吹了一聲尖銳口哨，那頭祿球兒辛苦調教出來的青白鸞衝破烏雲，直刺魚幼薇懷中的白貓武媚娘。養尊處優膽子不比老鼠大的大白貓通體雪毛豎起，淒慘尖叫一聲，將魚幼薇嚇得臉色發白。

自打撿到這白貓取名武媚娘那天起，牠便是她唯一相依為命的親人。這頭遼東飛禽最神俊者六年鳳只是來回俯衝，並不傷害白貓，只是武媚娘嚇得夠嗆，連帶著魚幼薇望向徐鳳年的眼神都異常悲涼。與老道士魏叔陽談笑風生的徐鳳年假裝視而不見，魚幼薇無計可施，只得恨恨下馬，上了馬車去面對那個過於不拘小節的羊皮裘老頭兒。

原先心中有些想拿姿色引誘世子殿下博取一些意外驚喜的舒羞見到這番情形，一陣心涼。本以為這次遊歷隊伍中車廂裡頭那丫頭有靈氣歸有靈氣，終究還小，青桃的滋味，比不得熟透了的蜜桃；至於那駕車的丫鬟，長得不差，身段也算婀娜，就是性子太冷，一看便是不懂得暖被貼心的女子；最後就只有捧著白貓的這位最有威脅，那兩臀瓣兒上馬、下馬都是滿盈的圓滾風情，便是自己同為女人也瞧著都覺誘人。

世子殿下是花叢老手，這一路為何帶上這養貓的娘子，還不是做那事兒解渴解饞？既然好這一口，就不許自己上去湊個數？一龍二鳳雙飛燕嘛。可世子殿下為何看上去並不十分寵溺她？傳聞世子殿下為了那些北涼大、小花魁可是什麼荒唐事都做得出來，也就虧得大柱國家大業大，地方上一般家底的豪族門閥都經不起如此揮霍。

舒羞一時間有些意態闌珊，她最厲害的不是內力、不是刺殺，而是有易容術支撐的床笫媚術。只要給她一張畫像，一套完整的易容器具，她便能在半天裡變成那個人，幾乎以假亂真，試想得到了舒羞，不就等於得到天下所有美女的臉孔嗎？神似有幾分且不說，形似八九分絕對屬於信手拈來。問題在於舒羞與世子殿下不熟，摸不清脾氣口味，哪裡知道他心中所想佳人是誰，即便有了一幅精準畫像，萬一畫蛇添足，一想到那位據說背上幾十萬春秋怨鬼陰魂不散的大柱國，舒羞就身顫膽碎。若沒有了在涼地隻手遮天的大柱國，人生就輕鬆了。這個大不敬念頭只是一閃而逝，舒羞就悔得想抽自己耳光。

第十二章　泥濘道符甲攔途　老劍神小試牛刀

進入雍州境內，徐鳳年終究不是天文署的老夫子，可以算準天氣的陰晴雨雪，這場暴雨要比他猜想的來得更早更急，於是眾人不走官道，抄了一條近路奔向預定的歇腳地。

世子殿下這一臨時興起的變更行程，就讓一群滿懷熱忱獻殷勤的傢伙吃足了苦頭。

雍州北面的穎椽縣城不僅城門大開，一眾從八品到六品的大小官吏都出城三十里，在一座涼亭耐心候著世子殿下的大駕。文官以鄭翰海為首，已是一位肥胖臃腫的花甲老人，身為雍州佐官簿曹次從事，主管半州的財谷簿書，爭了很多年的簿曹主事，奈何次次差了點運氣，雍州簿曹主事換了好幾位，鄭翰海的屁股卻在次從事的位置上生了根。進士出身的老文官不湊巧在老家穎椽縣城告假休養，攤上這麼一號苦差事，鄭翰海只好拖著年邁病軀出來。

武官以東禁副都尉唐陰山帶頭，秩三百石，並不出眾，讓人不敢小覷的是唐副都尉可掌兵兩百。王朝這些年三十年河東、三十年河西，朝廷中樞裡不管文臣氣脈如何壯大，四殿大學士、學士彷彿一夜間全變成了進士出身的文臣，匯聚四殿，勢大壓人。可那是京城那邊的事，不說傳聞睡夢中都可以聽到鐵蹄聲的北涼，雍州這裡照樣還是武將力壓文官一頭。

唐陰山早年家道中落，比不得那些雍州豪閥舉薦出身的高門士子，更讀不進經文，便棄筆從戎，得以在春秋國戰的落幕中積攢到一份不小功績，撈到手一個官職俸祿平平卻將結實兵權在握的東禁副都尉，足矣。

文官武將兩派涇渭分明，分開站立。唐陰山瞧不起這幫文官身後僕役個個備傘的婦人作態，鄭翰海則不順眼這幫莽夫帶兵披甲的傲氣，如今天下海晏河清，你等斗大字不識幾個的赳赳武夫有何作用？兵者，國之凶器，春秋八國死了數百萬人，幾乎都被你們這幫滅國屠城的武人給一口氣殺絕了，還要怎樣？馬背下、廟堂上的經濟治國，還得讀書人來做才穩當。

鄭翰海不給唐陰山這幫武將好臉色，卻與身邊品秩比他低一大截的穎椽文人官吏相當客氣。花甲老胖子鄭翰海浸淫官場大半生，哪裡會不知將來自己手中那支筆再也畫不動雍州財政的時候，人走茶涼的可怕，這時候不放低身段去廣結善緣，等到告老還鄉的那天，就晚嘍。

穎椽縣公晉蘭亭拿絲巾擦拭脖子裡被這王八蛋天氣悶出來的汗水，小心翼翼笑問道：「鄭簿曹，這天兒要下雨，可就下大了，不知世子殿下何時到達？」

鄭翰海笑咪咪道：「蘭亭，這你就不懂了，下雨才好。這趟世子殿下來穎椽，我可是好不容易才給你爭取到讓世子殿下住在你私宅。你那兒湖中有蓮花，院中有芭蕉，若不下雨，殿下能感受得到你宅子的雨打芭蕉聲聲幽？再者，雨中迎客，才顯出誠意。」

晉蘭亭恍然，一點就通，嘴上卻說：「下官這是擔憂鄭老受寒。」

傾盆大雨驟至。

黃豆大小的雨點敲在武官甲冑上，聲聲激烈。便是那些沒資格站在亭子裡的小尉，一樣無動於衷，任由大雨潑身，他們清一色屬於王朝名將排名僅次於大柱國的大將軍舊部。

他們存心要那藉著父輩功勳才得以鐘鳴鼎食的世子殿下瞧一瞧，天底下不是只有北涼三十萬鐵騎才算人人悍卒！

可憐文官們如同一棵棵經不起折騰的芭蕉，瑟瑟發抖。體格清瘦的晉蘭亭也顧不上自己，吃力給體重約莫是他兩倍的鄭翰海撐傘遮風擋雨，僕役隨從們忙碌得雞飛狗跳，一些心思活泛的都開始琢磨著如何去煮出些熱湯來給主子們暖身。

◆

雍州北邊大雨雷鳴，北涼東邊卻是小雨淅瀝。大柱國徐驍和首席幕僚李義山同乘一車，車外兩百重甲鐵騎馬蹄濺泥，軍容森嚴。

徐驍掀開簾子看了眼山形地勢，輕笑道：「元嬰，就不用送了，你跟劉璞回府便是。」

李義山點了點頭，欲言又止。

大柱國知曉這位國士心思，微笑道：「徐驍跋扈不假，卻也不是缺心眼的魯莽蠢人。這趟進京並非心血來潮，要去跟那些學士、士子爭口舌之快，當朝首輔張巨鹿再讓我不痛快，比起當年那個在坤極殿外拿腦殼撞我的周太傅總還是要恭謹謙遜吧？那半朝士子班頭領袖的周老頭兒罵娘罵不過我，打架就更別提了，可終歸是個性情中人。這個做了老太傅門下走狗足足二十年才冒尖的張巨鹿，就不太一樣了，是個難得能成大事的讀書人。他肯與顧劍棠聯手，甚至說服那位鎮國大將軍安撫一干武官，一退再退，足見這位從沒跟我打過交道的年輕首輔很有謀算，年紀不老，耐心、性子倒是超一流。我不去親眼見識見識，不放心。文人提筆傷人殺人，比什麼都狠，不說北涼邊軍鐵騎是否會被針對，光是為了那些才過上幾年光景安定日子的各軍老卒，我都得去看一看，讓這幫不知兵戈慘烈的文官知道，徐驍還沒到騎不動馬的那一天。」

李義山輕淡道：「當年你與顧劍棠為誰在朝做滿殿武官的領袖脊梁，誰外放做王，去擔起二皇帝的罵名，爭論不休，連上陰學宮的大祭酒都在幕後出謀劃策。先皇力排眾議，肯將你而不是更易掌控的顧劍棠放在北涼，這份心胸，無愧於聽潮亭上那『魁偉雄絕』四字，只是九龍匾掛在那裡，未必沒有提醒、警示你的意思。」

徐驍笑道：「先皇什麼都好，就是太熱衷於帝王心術。說起這胸襟，李義山你這說法說偏了，當年西壘壁一戰，我會反？先皇會看不出來？可還是任由我北涼舊部十四人撞死於殿前，為何？還不是嫌礙眼？」

李義山搖頭道：「你這口怨氣還沒消盡？」

徐驍冷笑道：「徐驍何時是氣量大度的人了？」

李義山盯著大柱國面容，沉聲問道：「當真只是去見識見識張巨鹿的手腕？」

徐驍哈哈笑道：「一些人看到徐驍駝背瘸腿、老態龍鍾，才睡得香。好不容易坐上那把龍椅，卻不曾一天睡舒坦，我都替他心酸。」

李義山無奈苦笑。

他剛要下車，徐驍輕聲道：「聽潮十局，這第九局指不定是義山贏了。」

背對大柱國的李義山掀開簾子，感慨道：「你若活著回來，才能算我贏。」

大柱國笑罵道：「屁話，我捨得死？我不求死，誰殺得了我徐驍？」

這些天憋著一口氣的李義山心情豁然開朗，下車後彎腰行禮，低頭誠摯道：「懇請大柱國這趟少殺些讀書種子，春秋大不義一戰，殺得夠多了。」

徐驍笑道：「元嬰啊元嬰，你這身迂腐書生意氣，最要不得。當年趙長陵便比你圓滑許多。」

李義山接過守閣奴劉璞的韁繩，不以為然道：「江左第一的趙長陵善於謀斷，就算活到今天，一樣與你兒子合不來，更有的你頭痛。」

徐驍放下簾子，一笑而過。

◆

雍州邊境小道上，幾乎睜不開眼睛的呂錢塘猛然停馬拔劍。

依稀可見小道盡頭立著一位在江湖上失傳已久的紅甲符將。

那身披一具鮮紅甲冑的古怪人物，如同一尊神兵天將，不持兵器徒手站立，硬生生擋在小道正中，厚重面甲似乎覆蓋住整張臉孔。

滂沱大雨中，雄壯甲人四周只見霧氣彌漫。

九斗米老道魏叔陽驚駭出聲：「當年南國符將紅甲人早已消亡，據說是刺殺先皇，被那罵作『人貓』的大宦官用手連甲帶人皮一同剝了下來，屍體與甲冑都掛在一杆王旗上，很多慕名前往的江湖人士都親眼見到那血肉模糊的場景。那身鮮紅甲冑天下獨一無二，而且經過曹官子確認，作不得假。這尊紅甲人又是怎麼一回事？」

馬隊已停，舒羞和楊青風一左一右縱馬來到呂錢塘身側，神情緊張。三人三本祕笈哪裡是輕易拿到手的，敢來撩撥世子殿下的刺客多半斤兩很足，何況眼前這位還是正大光明出現在道路上，不說其他，光是膽識就讓三人自愧不如。

官場沉浮，那是考量察言觀色的功力，江湖打拚，也得觀相望氣，最忌諱走眼，否則再厲害的角色都有陰溝裡翻船的一天。劍神李淳罡那般通玄無敵的絕世高手，不就是敗給了當時僅算是初生牛犢的王仙芝？挑近的說，吳家劍塚出世的那名青年劍客吳六鼎，遇人從不報名諱、不說家門，只是一路向南行去，一路仗劍殺去，死於他單手枯劍的，可不皆是常在河邊走就給濕了鞋的倒楣蛋？

徐鳳年不急不躁，只是瞪大眼睛看著那紅甲符人，饒有興致地問道：「魏爺爺，這符將紅甲人到底是什麼東西？披上一身紅甲就能格外生猛了？那我得去弄一套來穿穿。」

九斗米老道士苦笑道：「殿下，這不是隨便可以穿的東西啊。當年那件紅甲來歷晦暗不明，只有一些小道消息說是龍虎山天師府裡的一套上古兵甲，龍虎山傳承了幾代，便有幾位天師在上邊畫了符，你想這得篆刻了多少道丹書墨籙？大抵是一件用以鎮壓邪魔的道門仙兵，但後來不知怎麼回事竟流落到江湖上，先是上陰學宮天機樓得了去，做了諸般詭譎手腳，為此龍虎山還跟上陰學宮幾乎掐起架來。重出江湖時便被紅甲人披在了身上，刀槍不入、水火不侵，只是披甲人仿若一具行屍走肉，死於巨宦韓生宣手中未嘗不是一種解脫。眼前這位符籙紅甲，貌似與傳聞略有不同。」

徐鳳年揮手拒絕了青鳥撐傘的舉動，將六年鳳招呼到手臂上，此時被雨水淋成落湯雞的徐鳳年還有心情伸出手指逗弄著青白鸞，開玩笑道：「說不定是當年那符將紅甲人的子女。大的既然是符將，那這個小的嘛，便叫符兵好了。魏爺爺，你說對不對？」

魏叔陽飄然出塵的三縷白鬚沾水後已經變成三條小辮子，再伸手去摸，自然摸不出芝麻綠豆大的仙人風範，尷尬縮手後緩緩道：「殿下這個說法實在是天馬行空。」

徐鳳年促狹笑道：「魏爺爺，你這馬屁實在是羚羊掛角。」

一老一小哈哈大笑，無形中消弭了小道盡頭那邊的滔天殺機。

徐鳳年眯眼輕聲道：「呂錢塘赤霞劍、舒羞抱樸訣、楊青風馭鬼術，我要看看這三人到底有沒有資格活到武帝城。」

老道士似乎不曾聽聞這句狠辣誅心語，騎馬上前，越過了馬車十幾步，雙袖一抖，頭頂雨水彷彿撞到了鐵板，砰然彈開。

呂錢塘拔劍停馬後等舒羞和楊青風跟上，便縱馬狂奔衝去。在聽潮亭五樓撿起《臥龍崗馭劍術》那一刻起，便想到有今天需要豁出性命的這一刻，只是比預料的要早了許多，但這又何妨？要想學那劍仙馭劍，就得以一個個強大對手做磨石，將劍心磨礪得無比精純，才有望得了那劍道精髓，終至老劍神李淳罡所謂「張口一吐，便是一匹盛世劍氣，斬出個星垂平野闊來」的仙人境界！

世間學劍年輕遊俠兒何止十萬？

有誰不想一劍斬去，連鬼神仙佛都不可匹敵？

呂錢塘身形本已十分魁梧，所乘駿馬更是罕見雄駿，一時間小道上被馬蹄踐踏得泥漿暴濺，一人一馬，勢不可當。

興許是被劍客呂錢塘激起了殺意，連瞧著只會在床上呻吟的嫵媚女子舒羞都重重冷哼一聲，在大雨拍小道的沉悶聲中，顯得格外刺耳。

不需握住馬韁的楊青風依然將馬匹奔跑速度控制得絲毫不差，慢慢彎腰，將那對慘白如雪的雙手貼在了馬脖子上。

兩手空空的南國紅甲人只是屹立不動，由著三人三馬衝刺蓄勢。

大劍士呂錢塘透過密密雨簾，幾乎已經可以辨清那紅甲上的雲篆梵文，竟是佛道兼有，絲絲縷縷，雕刻得巧奪天工，僅是一眼瞥見，便覺得胸口氣機凝滯。他壓下心中雜念，怒喝一聲，吐盡了心中濁氣，藉著駿馬疾馳的充沛氣勢，劈出霸氣絕倫的一劍。

雨幕瞬間被撕裂一般。

不幸與這一巨劍接觸的雨點像是滴到了一塊滾燙鐵塊上，哧哧作響，化作一陣煙霧。

與傳聞中符將紅甲人相似的巨型傀儡動作生硬卻急速地抬起一隻手，與臉孔一樣被紅甲包裹的五指張開，試圖握住呂錢塘精氣神意俱是練劍生涯最巔峰的一劍。

擦身而過，劍身通紅的赤霞劍與紅甲五指亦是一陣劇烈摩擦，擦出了一大串火星。

紅甲人沒能握住大劍，而三十歲便已在南唐國成名的呂錢塘卻一樣沒有一劍功成。

呂錢塘是借足了天時地利才劈出這一劍，紅甲人卻只是癡癡站定輕輕抬手，便化解了一切。

舒羞意外發現楊青風加速衝了出去，竟是要用駿馬去蠻橫衝撞那個紅甲人的粗暴手法。

在呂錢塘與紅甲人交鋒轉瞬過後，弓腰雙手貼緊馬脖的楊青風一躍而起，那匹眼眸滲出濃郁鮮血的駿馬發瘋一般衝向紅甲人。先是轟一聲，隨即連遠處的徐鳳年都滿耳聽到馬匹撞山一般骨骼寸寸斷裂的震撼聲響，紅甲人紋絲不動，頭顱和脖子斷碎的馬匹暴斃在身前。

舒羞不管這紅甲人如何了得，更顧不得心中懼意，翻身下馬，身形如脫兔，躍至跟前，白皙雙掌貼在這怪物胸口甲冑上，驟然發力。

天地間以她和它為圓心，無數雨點炸開！

舒羞畢竟以渾厚內力見長，這紅甲人終於輕微搖晃了一下。不管是動一寸還是一尺，只要動了，哪怕遠不至於倒下的程度，都要比不動好上千萬倍。

舒羞一擊命中，便藉著力道反彈回掠，雙腳在道路泥濘中劃出一道直線，裙擺上沾滿了泥漿。

紅甲人身後的呂錢塘連人帶馬繼續前衝出十丈距離，猛提馬韁，馬蹄揚起，再沉重踏下，將泥濘道路踩出了兩個坑。呂錢塘掉轉馬頭，深呼吸一口，神情無比凝重。

飄到呂錢塘和紅甲人之間的楊青風依然面無表情，只是雙手更白了幾分，幾乎可以看清楚手背上暴出的青筋，條數分布遠比常人筋脈要密麻繁多。

三人合力，才只是將這古怪甲人身體晃了一晃？

魏叔陽自言自語道：「幸好可以確定不是當年四大宗師中的符將紅甲人，莫非真被世子殿下說中了，只是後來人的仿造？」

徐鳳年喊道：「魏爺爺，你去攔下寧峨眉和鳳字營，這邊交給他們三人。」

在前頭準備出手相助的老道士愣了一下，應聲離去。

徐鳳年輕輕夾了下馬腹，來到馬車邊上，駕車的青鳥撐了把秀氣的油紙傘。

此光景是這條泥濘小道殺機重重中唯一的婉約畫面。

被驟風大雨拍面一陣生疼的徐鳳年嘖嘖道：「果然唯有死戰才見高手本色。呂錢塘這一劍真是臻於劍招巔峰了，楊青風的把戲只是瞧著好看，其實不怎麼樣，反倒真是小覷了舒羞這婆娘。」

青鳥點了點頭，問了一個很關鍵的問題：「殿下，就只有這一個甲人嗎？鳳字營不來，會不會不妥？」

徐鳳年微笑道：「怎麼可能才只有一具符將紅甲傀儡？說不定夾道密林中就蹲著第二只、第三只，說不定加在一起能有四、五只。因為我算了一下，兩頭紅甲人可以穩穩做掉呂錢塘三人，一頭紅甲去解決掉一百鳳字營，即使有大戟寧峨眉壓陣，大概也是兩敗俱傷的下場，再來一頭，我們就得親自上陣了不是？車廂裡那位是天字號的機密，連我都不知道他的身分，想來這具紅甲的主子再神通廣大也料想不到。所以掰一掰手指頭，大概剩下那具紅甲和虎視眈眈的幕後高手就可以輕鬆拿下我的腦袋了。如果真如我所想，沒了裡頭那位羊皮裘老頭兒，那我就慘了，即使妳是徐驍辛苦栽培出來的死士『丙』，可以拚死一具傀儡，但也未必能保我活著到達穎椽。」

青鳥望向一臉平靜的世子殿下，垂下頭，輕輕道：「是青鳥無用。」

徐鳳年搖頭笑道：「對我而言，無用的人不是不夠高手，是不肯把命交給我。哈哈、青鳥，抬起頭，本世子就喜歡看妳冷冷的樣子，冷豔極了，比那些名不副實的女俠可要漂亮動人。」

青鳥臉紅了一下。

徐鳳年望向劍拔弩張的那邊戰場，一抖手臂，將青白鸞放飛出去，雙手分別按住繡冬和春雷，獰笑道：「雖說這只是最壞的打算，不過以我的身價，估摸著值得他們如此慎重對待。他娘的，五具傀儡，這是要玩一出金木水火土？」

青鳥身後簾子掀開一角，卻是探出了一上一下兩顆腦袋。

姜泥沒有說話，只是瞪大眸子。

老頭兒髮髻上拔去了那根檀木，卻插上了一樣徐鳳年想破腦袋都沒想到的東西：神符！

這一對活寶是在作甚？

老頭兒眯眼笑道：「小子你這腦瓜子當真是不賴，你手下那三個廢物對上的是符將紅甲人裡的水甲，瞧瞧這天氣，不丟出來鎮場面豈不是太對不起你這身價了？老夫好心提醒一聲，那土甲說不準就從你馬肚下方冒出來將你撕成兩半。火甲在你東北六百步距離的山坡上站著，木甲在你西南三百步的樹上蹲著，至於金甲，咦，沒來還是被高人遮掩住氣息了？或者是去找你鳳字營輕騎的麻煩了？真是讓老夫不省心，要不你給句痛快話，我和小丫頭就回涼州了，打打殺殺多沒意思，最多喊人來幫你收屍。」

徐鳳年笑道：「那我再猜猜，徐驍與你約法三章，可曾提到過你不許沾手兵器？」

老頭兒瞪大眼睛，伸出獨臂以示清白，「小子，你看老夫手上有什麼？」

徐鳳年伸出一隻手，「把神符交由我保管。」

姜泥大聲抗議道：「這是我的！我的！」

徐鳳年不理睬這天真爛漫的小泥人，只是盯著老頭兒。

老頭兒搖頭晃腦道：「罷了、罷了，記住，老夫這次出手可不是為你，是為了小丫頭。」

徐鳳年笑著縮回手，意思再明顯不過。姜泥氣得鼓起腮幫，恨不得拿回神符就朝那張奸詐如狐的可惡臉龐上捅一百下。

一個恍惚，老頭兒已經彎腰弓身，說不上快慢地走出了車廂，伸指一彈。

啪，一滴水珠被彈中，飄蕩出去。

徐鳳年猛然轉頭，追隨這顆不起眼的水珠望向小道盡頭。

一滴。

兩滴。

十滴。

千百滴。

串聯成線。

彙聚成劍。

從徐鳳年這邊，直達那位符將紅甲人胸膛。

水劍輕輕洞穿了那宛如金剛不敗的符將水甲人。

漫天劍氣崩裂炸開，那傀儡轟然倒塌。

徐鳳年看得目瞪口呆，迅速閉上眼睛。

天地間，一切歸於寂靜。

徐鳳年反覆想像那一條如青龍出水的劍氣軌跡。

水劍對水甲。

魏爺爺，你說一品有四境，金剛之上是指玄。

原來一彈玄機即指玄。

舒羞呆立不敢動，這一條水劍剛好從她頭頂激射而過，將她一頭青絲打亂，那用作穩固髮髻的紫綸巾子墜於泥濘，一身包裹玲瓏有致身段的褂褥深衣一齊向前飛蕩。水劍呈現細微一線，卻裹挾了驚人劍氣，舒羞耳畔轟隆聲久久不絕於耳。

面容蒼白的舒羞不用劍，尚且如此震驚，那鑽研劍道三十年的呂錢塘更是微微張開嘴巴。上乘劍從來是劍道，而非劍術，而劍意雄壯孱弱與劍氣規模大小並無直接關係，馬車上老頭兒這一指實在是像極了家鄉的廣陵江一線潮。每年八月十八廣陵潮壯觀天下無雙，呂錢塘就在廣陵江最適合欣賞「十萬軍聲半夜潮」的海鹽亭附近搭了一座茅屋，看潮練劍了數年，這才有如今這身重劍本事。

呂錢塘望向馬車，羊皮裘老頭兒身影模糊不清，他心中有些嘀咕，武庫六名守閣奴裡頭可沒聽說有劍意如此王霸的劍道宗師。呂錢塘琢磨歸琢磨，仍然不敢掉以輕心，與楊青風一起死死盯住那具倒地不起的紅甲人。

呂錢塘發現這個瞧不太起的虛弱中年人雙手滲出血絲，手背不知何時以血畫符，大雨竟然沖刷不去，至於是龍虎天師符籙還是茅山驅鬼咒，呂錢塘不精於此道，無法確定。那楊青風蹲在地上，雙手十指嵌入泥濘，泥漿頓時翻滾起來，更驚奇的是十數隻銀白色螻蛄從楊青風乾枯手臂肉中破體而出。

徐鳳年皺眉問道：「這頭水甲死絕了？」

頭頂髮髻別了一枚神符的老頭兒從青鳥手中拿過油紙傘，譏笑道：「談何容易？這五具符將紅甲雖說比起當年葉紅亭那件黃紫氣運在身的甲冑差了許多，可哪有隨便一指便亡的道理？葉紅亭當初以金剛境對人對敵，從來都是被他幾天幾夜糾纏累死，除非像韓生宣那樣連甲帶皮一同剝下，否則不管如何重傷斬殺，葉紅亭都不痛不癢。將黃紫氣運凝練做甲，是一門大造化神通。當下既然是按照五行造出了紅甲，五行符將紅甲聚頭，才是好戲開場，老夫既然出手了，就不介意送佛送到西，再難纏，總還是不如當年葉紅亭那般噁心人。」

「找到了。」老頭兒望向正東方向。

青鳥身形激射而出。

「既然躲著不肯出來，老夫先破去一甲，看你還有沒有這個好耐心。五行缺水，再看你們如何使出最擅長的水磨功夫。」老頭兒只是一腳踏出，便撐傘掠過了舒羞頭頂，一腳踏下，踩中正要起身的符將水甲胸口，正是被水珠串劍炸出一個窟窿的方位。

呂錢塘的赤霞劍和楊青風精心布置的養神驅鬼術都被老頭兒這一手給激蕩震飛，說他蠻不講理都算輕巧的了，只是呂錢塘和楊青風都沒有流露出絲毫怨氣，僅是趁勢回撤。

撐傘老頭兒一腳後還是一腳，將水甲的腦袋給踩進泥濘深坑裡，這還不止，他瞬間收起傘，以傘作劍，這一次，比起那水珠串聯成青龍水劍更加劍意無窮，漫天大雨被這柄傘裹挾，在老頭兒身邊形成一道巨大雨龍捲，提傘作劍的老頭兒輕聲默念一句：「一劍仙人跪。」

只見一傘一龍捲銀河流瀉般刺入符將水甲的頭顱，小道上的傾盆雨勢猛然停滯，雨點不落反而向上反彈回去，如同是被人以人力逆反了天道，硬生生給阻擋。

輕輕「啪」一聲，老頭兒重新打開油紙傘，慢悠悠走回馬車。

青鳥輕盈返回，搖頭道：「敵人退了。」

坐於馬上的徐鳳年依然閉目凝神，這該是陸地神仙才能使出的一劍了吧？

自己練刀先不練劍，果然是對的，若早早學了劍，再見識今天這指玄兩劍，肯定要落下心理陰影，揮之不去。雖說暫時離劍心、劍氣、劍意有所差距，但只怕是再也沒有提劍的勇氣和信心了。

刀劍爭雄，若說一流高手數量，兩者不相伯仲，可若說最頂尖的那一小撮人，單個拎出來廝殺對陣，卻是用劍的宗師穩壓刀法大家一籌，尤其是歷代被江湖譽為劍神的仙人，哪一位不是幾乎武道登頂的高手？上一代李淳罡一把木馬牛天下無敵手，這一代劍道第一人鄧太阿更是耍了一枝桃花便無人敢跟他一戰，曹官子那般風采無敵的雄才，也自稱無愧位於八人之上，獨獨有愧於緊隨鄧太阿之後。這一番話，便將王仙芝和鄧太阿兩人與曹官子在內的其餘八大高手劃清了一道鴻溝界限。王仙芝如何，江湖人都早已視作天閣仙境人物，只是五百年一遇的奇葩，鄧太阿卻不一樣，終究沾了些人氣、地氣，桃花劍神，便是皇宮大內都有人惦念著這位傳奇人物。

徐鳳年小聲問道：「水甲已死？幕後人已退？」

老頭兒耍了兩手不用劍的劍，正牛氣著呢，理都不理徐鳳年，只是笑咪咪望向其實啥都沒看清楚的姜泥，問道：「小丫頭，老夫還有些餘勇吧？」

姜泥只是依稀看到了那條橫空出世的大雨龍捲，只不過離得有些遠了，加上外行只懂看熱鬧，震撼程度也就遠不如呂錢塘、舒羞幾人，何況她可是見過大世面的人了！當初白狐兒臉雙刀捲風雪可要好看多了，刀好看，人更漂亮！所以老劍神這次出手大概逃不掉拋媚眼給瞎子看的結果了。

瞅見小丫頭一臉懵懂加神色平平的迷糊模樣，李淳罡哈哈一笑，伸手摸了摸神符，心情倒是不錯。木馬牛沒斷那些年月，馬屁聲、吹捧聲、抽冷氣聲實在是聽膩歪了，還不如小丫頭這般迷迷糊糊的舒心。

老頭兒將油紙傘遞還給青鳥，鑽入車廂的時候隨口說道：「大概是對面還不想跟你小子撕破臉皮掰命，捨得留下一具水甲，若你動作快點，還可以見識一些這符將紅甲的玄機，若等甲冑內的傀儡生機喪盡，紅甲上頭的鬼畫符學問也就沒了。」

徐鳳年神情複雜，猶豫了一下，朝老頭兒行了一個揖禮，策馬奔向水甲被傘劍致命的地點。

徐鳳年揮手驅退呂錢塘、楊青風兩人，蹲在符將紅甲人身前。只見它頭部甲冑已經被一劍擊碎，但紅甲身上篆刻的文字圖案卻是精妙絕倫。徐鳳年最引以為傲的是什麼？自然不是只可算初出茅廬的刀術，而是記憶力。

紅甲人身上刻有道教三清符籙和佛門梵文咒語，徐鳳年都能一知半解，這歸功於跟著王妃娘親信佛，加上早年便常聽魏叔陽講述道門符籙三派的恩怨。舒羞壯著膽子想要為被雨水潑身的世子殿下遮擋，卻被面朝紅甲人的徐鳳年冷聲道：「滾開！」

舒羞面容一僵。

大劍呂錢塘卻是嘴角微微扯動了一下。

楊青風走到一個恰當距離，離徐鳳年和符將紅甲不遠不近，恭敬說道：「世子殿下，小人略懂一些符籙機關，能否近觀？」

徐鳳年頭沒有抬起，只是生硬問道：「你能將魂魄氣機多留些時間？」

楊青風微微躬身，胸有成竹道：「可以。」

「不要讓我失望。」徐鳳年抽出春雷刀，撩起紅甲人一條胳膊，細看手臂紅甲每一個細節，胸口被那老頭兒一指炸開，大部分已經分辨不清，倒是雙手雙腳保留完整。

楊青風小心翼翼蹲下，訝異後苦笑道：「世子殿下，這甲人似乎早就是死人了。」

徐鳳年在屍體上動手腳的動作行雲流水，絲毫沒有被楊青風道破的事實給嚇唬到，皺眉道：「似乎？」

楊青風心臟跳了一下，沉聲道：「可以肯定。」

徐鳳年沒有在這個問題上糾纏，問道：「你看出什麼端倪？」

楊青風死死盯著紅甲人身上，緩緩道：「果然是大半出自龍虎山天師道大煉氣士手筆。所謂水不在深、有龍則靈，這天師道符籙與閣皂山兩派不同在於此處，龍虎山從不計較符籙有無正形，只求一氣貫通，有氣則靈。世子殿下，瞧手臂這一片古篆籀體而造的雲紋松理，便是龍虎山最出名的雲篆，一重覆一重，多達七重，只可惜不是那符關照冥府的八重紫霄雲篆。至於最為艱深的九重天書，只存於龍虎山史冊，不見真跡。這一塊九宮格符籙，卻有不同，是出自閣皂山的《靈寶搬山經》，煉氣士的運筆也可見差別。至於左腿上天尊形象，則就是明確無誤的茅山上乘符籙了，形意俱佳，離仙品只差一線。至於那些佛經梵文，小人不敢妄加斷言，但小人尋思著總有上陰學宮天機樓的蛛絲馬跡。」

徐鳳年拿春雷敲了敲甲冑，聲音清脆，拿刀尖刺下，不見痕跡，問道：「這紅甲質地是？」

楊青風搖頭道：「小人不知，是第一次見到。」

紅甲內屍體逐漸化為寸寸灰燼，繼而被雨點打入爛泥，甲上符字果真如老頭兒所言模糊淡去，最後只剩下一具殘缺不全的甲冑。

徐鳳年起身收回春雷刀，剛好身後魏叔陽和大戟寧峨眉齊齊翻身下馬，徐鳳年發現寧峨眉握卜字戟的手血水不斷冒出，身後背囊只剩下幾支短戟。這位武典將軍雙膝重重跪於泥濘中，紅著眼睛大聲道：「末將無能，鳳字營死傷四十餘人，都無法留住那紅甲大漢，只是斬去一條手臂！寧峨眉只求世子殿下給末將三十輕騎，前去追殺！若拿不下那名刺客，寧峨眉提頭來見！」

徐鳳年驚奇道：「寧將軍斬斷了甲人一臂？」

一旁魏叔陽輕輕點頭。

真是一場血腥鏖戰，鳳字營雖是輕騎，對上了深不可測的符將紅甲人，卻無人畏死懼傷，尤其是多年打磨出來的戰陣，發揮出了超乎一旁觀戰的魏叔陽想像的實力。寧峨眉身先士卒，鐵戟橫掃千軍，加上背後短戟每次丟擲都是呼嘯成風，竟然被寧峨眉給劈斷了紅甲人一臂。魏叔陽哪怕是道教出世人，終究還是身處江湖中，以往難免對戰場武夫有所小瞧，今天親眼相見，才知道有大將坐鎮的武夫悍卒彙聚成陣，是何等所向披靡。

徐鳳年笑了笑，平淡道：「寧將軍，你將這隊鳳字營都帶回北涼，我這兒就不需要你們這麼操心了。好好的北涼精銳，哪有在江湖上折損的道理？」

魁梧寧峨眉低下頭，將手中大戟插入道路豎立起來，咬牙道：「寧峨眉不肯！鳳字營不肯！」

徐鳳年面無表情道：「不怕死？」

寧峨眉沉聲如雷道：「北涼鐵騎何曾怕死？只會在陣上求死！」

徐鳳年上了那匹白馬，無所謂道：「那就跟著吧。寧峨眉，你先將陣亡士卒送回涼地，我會放慢速度等你們。」

寧峨眉拔戟領命而去。

大雨仍是不花錢便不吝嗇地從漆黑天空潑到大地上，馬隊歸於平靜。寧峨眉回去處理後事，呂錢塘背著那具戰利品紅甲，舒羞坐在馬上怔怔出神，打小就性情孤僻的楊青風古板臉龐浮現一抹罕見笑意，這讓並駕齊驅的舒羞回神看見以後，心情越發鬱悶。

徐鳳年自嘲道：「鳳字營，為誰求死？」

◆

出城三十里冒雨迎接北涼第二號大貴人的穎椽官員，在焦急惶恐中只等到了驛卒傳來的一個讓他們面面相覷的消息：世子殿下已抄小道抵達城門。

鄭翰海面露苦笑，搖了搖頭，對晉蘭亭說道：「走吧。」

東禁副都尉唐陰山吐了一口口水在地上，走出涼亭憤懣道：「回城！」

徐鳳年在城中小吏謙恭畏懼中領著到了雅士晉蘭亭的私宅。此宅占地廣，庭院深深，養鵝、種蓮、栽芭蕉，的確是個風景宜人的清淨地，虧得小小穎椽能找出這麼個不俗氣的風水寶地。從頭到尾，穎椽小吏都沒敢多說一句話。也難怪他畏懼世子殿下如豺狼虎豹，在朝廷公門修行，官和吏有天壤之別，官與官又有門檻無數。

六品是一道坎，正三品又是一個大坎，除了手握大權的封疆大員，三品以下都只算是還未跳過龍門的小鯉魚，只是比起其餘魚蝦要稍稍肥壯一點，穿上了三品孔雀或者虎豹補子官服，才是做官做到了出人頭地。若是文官，能將三品孔雀補子再換成二品錦雞，最後換作一品仙鶴，呵，這便是光宗耀祖。

徐鳳年在房中換上一身衣衫，青鳥幫著梳理頭髮。

徐鳳年掏出《禹工地理志》，攤在桌上，指點了幾個州郡，笑道：「瞧瞧，與北涼交界的雍、泉兩州，有實權的十幾人，不管文官武將，都是對徐驍心懷敵意的。大將軍顧劍棠三分之一的舊部都安置在這兩州，在雍州境內，恐怕除了這穎椽，接下來我們就看不到什麼好臉色了。不過出了雍州，情勢就會好轉，這兩年祿球兒都打點過，也有些北涼舊將在把持州郡大權，到時候免不了要幾番觥籌交錯，說不定搶著給本世子暖被窩的侍妾美婢會不計其數。回想當年跟老黃在雍州中部就被打劫丟了馬匹，在冀州開始澈底身無分文，實在是不可同日而語。」

青鳥望了眼窗外，道：「姜泥拿著書在院中撐傘等候。」

徐鳳年笑道：「她鑽錢眼裡了，去讓她進來。」

青鳥把姜泥領進屋子，徐鳳年指著桌上一個青鳥負責的行囊，對姜泥吩咐道：「不急著讀書，先磨墨，我要畫點東西。」

房中有上好熟宣紙，只不過徐鳳年寫字很認筆。姜泥打開行囊，挑出一支關東遼尾，然後竟看到那一方再熟悉不過的火泥古硯。在武當山上作為買賣交換，姜泥已經將這一方被西楚皇叔姜太牙評為天下古硯榜眼的古硯丟進洗象池，怎麼又出現了？姜泥仔細打量撫摸，翻看古硯底部的一句詩文，確實是「西楚百萬戟士誰爭鋒」。她使勁握住冬暖夏涼的古硯，捨不得拿它砸那奸詐卑鄙無恥的世子殿下，只好紅著眼睛氣罵道：「怎麼回事？」

徐鳳年一臉嬉笑道：「我送妳，妳丟了，我這人小氣，就到洗象池底下撿回來了啊。」

姜泥眼眶濕潤，嘴唇顫抖。

徐鳳年模仿她的語氣甚是維妙維肖，道：「神符是我的！我的！火泥古硯是我的！還是我的！」

姜泥撲向這個渾蛋，帶著哭腔喊道：「我殺了你！」

徐鳳年轉頭看著《禹工地理志》，伸出一腿擋下前衝的小泥人，輕輕道：「好了，別鬧，這方古硯就當送妳了。」

姜泥憤恨哭泣道：「它本來就是我的！你這個潑皮無賴！我要跟李淳罡學劍去，一劍刺死你！」

徐鳳年瞇起眼睛，陷入沉思。顧不得暫時沒學成劍術只好拿古硯砸他膝蓋的小泥人，徐鳳年嘖嘖道：「李淳罡？老頭兒這德行，實在是不像劍神啊……」

那羊皮裘老頭兒是老一輩劍神李淳罡？這在徐鳳年看來是意料之外、情理之中，想起徐驍在聽潮亭裡的評價，加上一串水劍和一柄傘劍還歷歷在目，俱是震盪人心到了極點。徐鳳年相信姜泥的口無遮攔，是李淳罡最好不過，老鶴再瘦都不是滿地雞鴨可以比擬的，敗給王仙芝被折斷木馬牛又何妨？這斷臂老頭兒依然一指便破去了符將紅甲，若再交給他一柄利劍，該有何種境界的劍意？

徐鳳年一條腿被姜泥拿價值千金的火泥古硯砸了不下百下，他皺眉道：「再砸下去，我腿沒事，妳叔叔姜太牙的寶貝就要毀了，妳這敗家娘子不心疼，我還心疼。」

姜泥發洩了大半胸中悶氣，小心藏起古硯。其實她又能藏到哪裡去？

徐鳳年拿起桌上一遝不寄予期望的熟宣紙，有些驚訝，竟然比江南道的貢品大千宣不差絲毫。他抽出其中一張纖薄宣紙抖了抖，薄如卵膜卻韌性奇佳，這吃墨較少的熟宣本就比生宣更適合工筆劃。徐鳳年心情大好，甚至有了離開穎椽前跟宅子主人要幾十刀宣紙的心思。如此一來，徐鳳年也就不在乎是否有火泥古硯，親自研磨桌上一方天然蟾蜍形狀的黃魯石硯，接過闕東遼尾，把姜泥晾在一邊，憑藉記憶細膩繪製符將紅甲人甲冑上的玄妙圖案。紅甲人胸前、後背、雙手、雙腳四塊地方用去了四張宣紙，然後將幾個多重覆蓋的雲篆天書逐漸拆分開來，以單幅畫出，雲氣繚繞，星圖晦澀，加上眾多佛教梵文，實在是一件沒有盡頭的體力活兒。

徐鳳年用心畫這些比練刀還要吃力數倍。不知不覺，窗外早已沒了大雨拍打肥蕉葉的情調，只見暮色深重，徐鳳年揉了揉眼睛，滿手墨汁。

青鳥輕柔走進屋子，遞過一塊熱巾，徐鳳年擦了擦臉和手，一臉疲倦。這活兒實在是太耗神了，生怕一筆勾畫出了偏差便謬以千里。

青鳥淡淡道：「殿下，院外那些人被奴婢說走了。」

徐鳳年長呼出一口氣，一隻手下意識便去摩娑近在咫尺的繡冬刀，輕輕點頭道：「我這正忙著，哪裡有心思跟他們廢話？萬一我想到什麼卻沒來得及記下來，說不定要讓他們當天便丟了官帽和差事。青鳥，妳打探一下，這宅子主人是誰，僅就粗略一看，這裡頭的書畫、銅器、碑帖、名紙就有不小的講究，不是尋常富貴人家擺個闊就能擺出來的，順便再去問一下桌上這種熟宣庫存多少，我要五、六十刀，在路上用。」

青鳥點頭離去。徐鳳年眼角餘光發現姜泥踮著腳尖在偷瞄自己畫出來的東西，也懶得去揭穿點破，就當是報答這妮子洩露天機好了。劍神與木馬牛，徐鳳年一記起這兩個名諱，不由自主就聯想到那兩劍。

徐鳳年晃了晃脖子，拿起繡冬、春雷雙刀，來到院子。姜泥捧著那本祕笈站在迴廊中，不捨得走，一字一文錢，今天比往常少賺了好幾兩銀子呢。

徐鳳年凝神提氣，抽出春雷，學著老劍神那握傘一劍的姿態，朝地上刺了下去，卻只是將春雷插入石板，毫無劍意可言。徐鳳年接連刺了十幾下，都不得法門，他蹲在地上，默不作聲。

符將紅甲身上的圖案可以臨摹，偷學這劍意卻是難如登天啊。

滿腔正義感的姜泥不去做除暴安良的女俠實在可惜，她憤憤道：「真不要臉，偷師！」

徐鳳年閉上眼睛，放慢動作，極慢極慢，慢到可以感受到體內氣機凝聚於持刀右臂，肌肉微微顫抖都可感知，再與刀身融為一體，終於集中於刀尖一點。

在武當山上，騎牛的傳授那套不知名畫圈拳法，起先分解動作便是輕緩如雲流淌如水。徐鳳年練的是快刀，因此在山上讀的《綠水亭甲子習劍錄》都是走劍術，雖說練刀求快，但也知道慢刀更難，到最後才能渾然忘卻快慢疾緩，心中再無招數，只有一念一意，念至意動，不管是一刀還是一劍，出手便再無牽掛。只是這些都幾乎無跡可尋，是那空中樓閣的念想，天底下多少武夫為求這一境界，練了幾十萬刀、幾百萬劍？

徐鳳年在刀尖離地面只差一寸時，驟然發力。

一刀還是簡單一刀。

徐鳳年有些遺憾，喃喃道：「急了。」

他起身放回春雷刀，伸了個懶腰，自嘲道：「不急不急，聽老黃的，飯總得一口一口吃。」

本以為會發生點什麼的姜泥發現只是雷聲大、雨點小，撇了撇嘴。

徐鳳年看到她這表情，笑道：「笑話我？妳這位馬上要與劍神學劍，並且立志成為新一代劍神的女俠來提一提我的刀，不說繡冬，就是這柄三斤重的春雷，妳要是能夠橫臂提刀一炷香時間，我就當妳讀了一萬字。」

姜泥揚起手中一本劍譜，重重說道：「你聽不聽，你不聽我也當讀了三千字！」

徐鳳年搖頭道：「今天不聽了，我還得趁著記憶多畫點，去吧，多算妳三千字便是。」

姜泥一臉不敢置信，生怕又有圈套陷阱，這麼多年接連不斷的吃虧和算計，她早已經杯弓蛇影。

不管姜泥如何琢磨，徐鳳年走入了屋內，心無旁鶩，繼續一邊大罵龍虎山煉氣士，一邊苦兮兮繪製圖畫。這活兒真像是練那慢刀，一筆一畫都要用心用力。

老劍神李淳罡不知何時走到了院中，正頭疼如何處置那一方古硯的姜泥停下腳步，看見老頭兒來到徐鳳年插刀的地方，駐足低頭望去。閒來無事瞎逛蕩的老頭兒是被最後一刀勾進來的。

姜泥看了會兒，見老頭兒只是發呆，便離開院子。李淳罡彎了彎腰，眯眼瞧著最後一刀刺出的異樣細微裂縫，嘖嘖道：「學什麼刀？顯然學劍更出息些。」

老頭兒扯了扯一扯就掉毛的羊皮裘，轉身離開，捧著武媚娘的魚幼薇站遠了些，老頭兒瞄了白貓和體態豐腴的美人兒一眼，嘀咕道：「這小子腦子有問題，貓肉不吃也就罷了，連這小娘們兒都不碰。」

魚幼薇勃然大怒，卻不敢出聲。

李老頭兒似乎褲襠那兒有蝨子還是什麼，伸手撓了撓，怎麼舒服怎麼來。所幸魚幼薇沒有看到這一幕，徑直走進院子，看到徐鳳年在聚精會神描繪些什麼，猶豫了一下，準備悄悄打道回府。

她本就沒什麼事情可言，只是冷不丁換了個全然陌生的地方，覺得不太自在，而且她所在小院格外幽深寂靜，院中種了青竹數十棵，讀多了神仙狐鬼精魅的小說文章，總能想到會有什麼東西從竹林中飄出。相比青竹，她還是更喜歡扶疏似樹高舒垂蔭的柔美芭蕉，這兒不就有很多嗎？

在魚幼薇靠近前便將左手執筆換成右手的徐鳳年笑問道：「有事？」

魚幼薇輕聲回答道：「看芭蕉。」

徐鳳年愣了一下，打趣道：「換院子不行，我東西都在這兒了，不過妳若喜歡看芭蕉，我可以讓人把院子裡那幾大叢都拔到妳院子堆滿，如何？」

魚幼薇羞惱道：「好。」

徐鳳年打了個響指，神出鬼沒的青鳥立刻出現在魚幼薇身側，徐鳳年笑咪咪道：「讓人搬芭蕉去。」

魚幼薇說了一句「不用」後憤然轉身，連帶著武媚娘都慵懶伸了伸爪子。側面看去，爪子在魚幼薇胸口的滾圓弧形上滑動，看得不巧捕捉到這幅旖旎畫面的徐鳳年有點出神。

徐鳳年揮了揮手，青鳥退下，然後出聲喊住魚幼薇，笑道：「來，我們都磨墨。」

魚幼薇疑惑道：「嗯？」

徐鳳年伸出手指點了點桌上黃魯名硯，道：「妳磨這個。」再指了指魚幼薇胸口，做了個來回研磨手勢，壞笑道：「我磨這個。」

魚幼薇漲紅臉蛋嬌嗔道：「登徒子！」

望著倉皇逃去的魚幼薇，徐鳳年靠著椅子，眼中沒有絲毫情欲，瞇起一雙好看的丹鳳眸子，轉頭望向窗外雨後的月明星稀，「徐驍這會兒到哪了？」

◆

魚幼薇抱著武媚娘逃出有世子殿下在便是龍潭虎穴的屋子，沒有急著離開院子，而是站在芭蕉叢下，藉著月輝欣賞似樹非樹、似草非草的肥美綠蕉。她如今在徐鳳年身邊，似妾非妾，似婢非婢，什麼名分都沒有，就像這隨處可見的芭蕉，哪天綠意不再，就可以隨手拔去，再換一叢。

魚幼薇捧著胖了好幾斤的武媚娘，摸了摸牠的腦袋，輕聲道：「你倒是無憂無慮。媚娘，他答應讓我去上陰學宮祭拜爹娘，不知道他說話算不算話，他說床下說的話，都會作數。如果到了上陰學宮，我求他讓我留在那邊，媚娘，你說他會答應嗎？」

躺在魚幼薇懷中舒服愜意的武媚娘蜷縮起來，昏昏欲睡。魚幼薇拍了一下牠的腦袋，氣笑道：「就知道吃和睡，一點骨氣都沒有。哪天把你丟在荒郊野嶺，看你怎麼胖得起來。」

武媚娘抬頭蹭了蹭魚幼薇那氣勢洶洶的胸脯，牠的頭如同一顆滾圓的小雪球，可愛至極。魚幼薇眼神迷離，輕聲道：「我只有你了，自然疼你，可他什麼沒有？哪裡會如我這般心疼人，他啊，別看他大手大腳，動不動就一擲千金買醉買詩，其實小氣、小心眼兒著呢。」

只聽「啪」的一聲，魚幼薇無辜的臀部被人重重拍了一下，由於彈性好，還發出了清脆的響聲。

誘人翹臀被揩油的魚幼薇嚇了一跳，轉頭看到百無聊賴出門散步的徐鳳年，他一臉壞笑道：「魚幼薇，妳這話可就昧良心了，都肯把滿院子芭蕉送妳，我還小氣？至於妳說要留在上陰學宮，勸妳想都不要想，妳若鐵了心要找不自在，也行，我既然可以把十幾叢芭蕉搬走，也可以把妳爹娘墳墓搬回北涼，如何？本世子床上、床下說的話，都是假一賠十，與我這等實誠人做買賣，只賺不賠。」

魚幼薇臉色微白，淒淒慘慘道：「你明知道說幾句好聽些的話，我就會留在你身邊，為什麼非要如此傷人？」

徐鳳年望著魚幼薇的嫵媚豔麗瓜子臉，有些無辜道：「我哪裡知道妳的心思。」

魚幼薇淒苦道：「欺負我好玩嗎？」

徐鳳年伸手摸了摸魚幼薇的臉頰，望著她的眼神有些縹緲。當這個女子還是少女魚玄機的時候，西楚皇城太平繁華，她的娘親是皇帝三千劍侍之首，她的父親是風流儒雅的上陰學士，一家人其樂融融。誰承想不到頃刻間山河崩摧，她轉眼間成了亡國孤女。

徐鳳年並不反感這樣的悲歡離合，因為這樣的遭遇能夠讓一個女子的氣質更厚實一些。可西楚又不是他去敗亡的，關他徐鳳年什麼事情？他自己就真的如表面那般逍遙快活、仙人忘憂了？王朝有幾個世子殿下的小院裡不塞進兩名隨時赴死的死士？不說那心機深重的小人屠陳芝豹，不說那家犬野豺雙面人的祿球兒，不說那北涼三十萬鐵騎劍戟森嚴，都不去說、不去想，可當真就能不去面對了？及冠禮後，九華山敲鐘便由他來做，理所當然以後自會有去北涼邊境的一天，甚至還有去那座京城的一天。

徐鳳年微笑道：「妳胖了。」

魚幼薇呆滯。

徐鳳年雙指夾住在那裡近水樓臺揩油的白貓武媚娘，輕輕丟到地上，對魚幼薇說道：「走，回房，讓我看看還有哪裡胖了。」

魚幼薇沒有理會徐鳳年的調戲，抬頭問道：「徐鳳年，你有真心喜歡的女子？」

徐鳳年毫不猶豫道：「有啊，大姐徐脂虎，二姐徐渭熊，紅薯、青鳥這些丫鬟，李子姑娘等等，當然還有妳，我都喜歡，只不過喜歡多少不一樣。」

魚幼薇搖頭道：「你知道我問的不是這個。」

徐鳳年哈哈笑道：「那我喜歡白狐兒臉，這個答案滿意嗎？」

魚幼薇迅速彎腰抱起地上的武媚娘，瞬間跑得沒了蹤影。

◆

潁椽縣公晉蘭亭雖是個地方豪族出身的官員，可文人氣多過官場氣，對官場攀爬並不十分期盼，只是登高作賦，養鵝採菊，與雍州清流名妓多有詩詞唱和。只是聽聞北涼王的長子徐鳳年要在潁椽逗留，世交大伯鄭翰海又給他丟下這麼個大餡餅，晉蘭亭的心思便難得滾燙起來。

潁椽不比雍州其他郡縣，畢竟離北涼過於接近了點，算不得對那位王朝唯一的大柱國寄人籬下，可終究在很多事情上需要仰北涼鼻息，能夠和世子殿下交好，總是天大好事。可好事歸好事，有許多潔癖的晉蘭亭還是得到消息後便讓家中美眷藉著踏春的由頭遠離了宅子，萬一被那個口碑糟糕的世子殿下瞧上眼了，晉蘭亭怕自己被飛來橫禍的幾頂綠帽給活活憋死。

將宅子布置打掃得盡善盡美，晉蘭亭這才滿心歡喜地去城外三十里迎客，可一場大雨，把晉蘭亭的火熱心思給澆得冰涼冰涼，一群人竟然連世子殿下的人影都沒看到！回到城內，更是被一個丫鬟擋在院外，差點給以唐陰山為首的一幫武夫笑話死。

當時渾身還濕漉著的雍州簿曹次從事鄭翰海一張老臉掛不住，當場揮袖離去。晉蘭亭倒是也想很有文人風骨地眼不見、心不煩，可這宅子就是他的，能走到哪裡去？所幸後頭那冷冰冰的丫鬟捎話來詢問起老黃梨几案上的熟宣，這可是晉蘭亭享譽雍州的一樁美談，一下子就對眼光獨到的世子殿下好感倍加。

一晚上沒睡安穩，加上府上稱心的侍妾美婢都給支出宅子，長夜漫漫，晉蘭亭清晨起床已是兩眼血絲，可宅子管事一大早就來嚷嚷後庭桃林最老壯的幾棵桃樹都給砍了去，世子殿下那邊丫鬟說是穎椽桃木上佳，要拿來做幾把桃木劍。

正在穿衣的晉蘭亭一咬牙，忍了，讓管家別摻和這事，可不等晉蘭亭一口怨氣咽下肚，府上一個專職飼養白鵝的小管事便一路哀號闖進來，泣不成聲，向晉蘭亭訴說世子殿下殺鵝烤肉的惡事。

晉蘭亭捂住心口，這個在雍州頗有詩名的文弱書生恨得轉身去拿下一柄掛在牆上做裝飾的古劍，臉色發紫，就要去跟那挨千刀的世子殿下拚命。兩位大、小管事見主子這快是失心瘋了，也就顧不上以下犯上，連忙擋住晉縣公的身形，搶劍的搶劍，攔腰的攔腰。晉蘭亭體弱如女子，掙扎了一下，一跺腳，將那柄重金購買後便沒抽出劍鞘的古劍丟在地上，哀嘆一聲，失魂落魄。

本以為背運至此已是盡頭，哪裡知道一位大丫鬟慌不迭地來到院中，小聲稟告說兩位夫人不知怎的被請回了宅子，這會兒正在和世子殿下一起烤鵝。晉蘭亭聽聞噩耗後當即暈厥過去，幾位下人趕緊將縣公大人扶進屋內，手忙腳亂。

那位看著挺玉樹臨風的世子殿下，真是百聞不如一見的魔頭煞星啊，這才一晚的清淨，就讓風度翩翩的穎椽晉三郎躺病床上去了。大管事想了想，準備去找老宅的晉老太爺要個對策，世子殿下不像是要馬上離開穎椽的模樣，總不能教他將這宅子禍害到烏煙瘴氣的田地。大管事好不容易等到主子幽幽醒來，便看到屋外站著那個世子殿下身邊的丫鬟，只聽她淡淡說道：「殿下要晉蘭亭先拿幾刀熟宣過去，要教兩位夫人寫〈烹鵝貼〉。」

可憐晉三郎半死不活喊了一聲「鄭翰海害我」，便再次昏死過去。

湖畔，世子殿下正在做焚琴煮鶴的勾當。剛才他親自攆著一群晉蘭亭心愛白鵝從岸上追到湖裡，與姜泥做了筆買賣——她划舟等同於讀了一千字文章——然後徐鳳年用木櫓動作嫻熟地敲暈了兩隻最肥的白鵝，再挑回到岸上。

好好一座湖、一群鵝，被鬧騰得只剩下鵝聲聒噪，一湖面的慘澹鵝毛。

岸上兩位一大早被人請回宅院的貌美夫人看得說不出話來。她們一位年紀稍長，少婦風韻，是雍州士族女子。一位才入府沒多久，二八韶華，別看年紀小，身段卻出落得該細的細、該挺的挺了，是一個青蔥可人兒。她的身分來歷不堪琢磨，只是文人的不羈風流，在王朝內一直便是被販夫走卒津津樂道的風采，才子佳人，再過一千年都是好事，哪位大文豪身邊沒幾個在內能暖被窩、在外能長臉面的紅顏知己？讀書嘛，能讀到家有千鍾粟，讀上床臥顏如玉才是真本事。可惜這話是正在烤鵝的世子殿下胡謅的，當不得真。

別說這門讓兩位夫人目瞪口呆的烤鵝手藝，徐鳳年烤魚、烤地瓜都能信手拈來。除了糟踐這群文人雅士嗜好圈養的白鵝，徐鳳年一大早就讓人領著魏爺爺去桃園找上好桃木，似乎存心是要讓那晉三郎拍馬屁拍到馬蹄上去。

青鳥拿來了幾刀熟宣紙，徐鳳年將烤鵝的活交給姜泥，又讓她賺到幾十文錢。他抽出一張宣紙，擦了擦手，看得兩位夫人一陣心疼。三郎不吝嗇錢財，唯獨對這些雅物最鍾情癡迷，眼前這位，可太不一樣了。

徐鳳年望向年紀稍大，胸部、臀部幾個地方自然也稍大的夫人，笑咪咪問道：「這熟宣有什麼來頭？以前沒見過，用起來很是毫尖順暢，夫人給本世子說說。」

「回稟世子殿下，這宣紙叫蘭亭宣，是賤妾夫君親自去西蜀那邊揀選青檀皮，交由本地一位世代制紙的大槽戶製作的。起先遵循古法，造出來的紙張仍是不受重筆，夫君不斷改良，在純竹漿中加入了麻料，這才有了這印有『蘭亭監製』的蘭亭宣，潔白如雪，柔軟似棉，雍州士子們如今都喜愛這宣紙，連州牧大人都稱讚『抖似細綢不聞聲』哩。」少婦終歸是少婦，膽量要比那小夫人大了許多，雖說女子年長，便少了天然的鮮嫩活潑，可味道便如老酒，經由男人的調教，一點一點兒熬出來，別有韻味。

徐鳳年瞇眼道：「夫人，當真是『潔白如雪，柔軟似棉』？」

「可不是，世子殿下若不信，試過便知。」少婦看上去神色驚慌，只是撇頭故意不看徐鳳年，柔柔盯著那幾刀熟宣紙，媚眼如絲，哪裡像是受到調戲該有的驚嚇反應。

徐鳳年低聲笑道：「宣紙昨晚試過了，夫人所言不假，可有些嘛，要不今晚試試看？」

少婦嘴角勾了勾，默不作聲，一切盡在不言中。

士族門閥裡出來的大家閨秀，人情世故上的氣度氣量，自然不是那連小家碧玉都稱不上的小夫人可比擬的，何況小夫人光顧著惶恐了，沒有聽出徐鳳年望向劉夫人胸口說出言辭的低俗豔情，小夫人只是生怕被這位世子殿下白天便擄掠進院子，做那羞人事。

他可是那位徐人屠的親生兒子呀，武官是做那異姓王，文官有大柱國頭銜，一人兼有王朝最榮耀頂點的兩大身分，那世子殿下真要為非歹，她該怎麼辦？三郎肯定早已聽說消息，可至今沒有露面，是默認了嗎，這可如何是好？

小夫人心如撞鹿，偷瞥了年輕英俊的世子殿下一眼。那廝腰懸一對好看至極的雙刀，身材修長，錦衣玉帶，比起三郎，可要瀟灑不凡，並且身體結實多了，若被世子殿下抱在懷中壓在身下……一想到這裡，自覺荒唐羞恥的小夫人便臉蛋發燙，低下頭去，不敢再看那彷彿一個眼神就能讓她犯錯的俊逸公子哥。

姜泥聽著徐鳳年跟那不要臉的老女人打情罵俏，沒啥感覺，這才是北涼徐大草包、徐小閻王的做派，若一直都是那個入魔練刀的徐鳳年，她反而陌生了。

老劍神不知何時到了湖邊，拿了串半生不熟的烤鵝往嘴裡塞，嚼了幾大口，有些驚奇徐鳳年的手法老道，難得誇獎了一句：「小子，你甭挎刀嚇唬姜丫頭了，改行弄個烤肉鋪子，保管生意興隆。」

徐鳳年一笑置之，習慣了這老頭的狗嘴裡吐不出象牙。

大小夫人不知這位邋遢老頭兒的身分，不敢造次。小夫人心機不重，只是偷偷藏起對老頭兒的本能鄙夷，若非如此不諳世事，以她在內宅新鮮得寵的敏感身分，雍州徐氏出身的少婦夫人也不會與她好臉色相處。

少婦徐夫人卻強迫自己對這老頭兒露出一個溫柔笑臉，能夠對世子殿下大放闕詞的老傢伙，還不值得自個兒去假裝敬重一些？這點眼力見兒都沒有的話，至今仍無生育的她如何在內宅爭寵中屹立不倒？可惜她碰上了世間最不像劍神的老頭兒，斷臂的李淳罡沒啥風度地咀嚼著鵝腿，瞄了眼少婦很有些斤兩的沉甸甸胸脯，含糊道：「瞧妳胸前那兩塊兒，大到罕見，走路累不累……」

少婦這會是真嚇死了，被風流倜儻的世子殿下占便宜不算什麼，誰占誰便宜都要兩說呢，若是要被眼前這穿一身破爛羊皮裘的老傢伙欺負，那她真是可以去做一次貞潔烈婦了。她求救般望向世子殿下，可世子殿下竟是無動於衷，只是問道：「龍虎山齊玄幀以後可有高人？」

李老劍神灑然道：「齊玄幀以後我就不知了，多半是一田稻穀不如一田了，不過與齊玄幀同輩的那個掌教天師，倒是做人做事都難得不俗氣，就不知道死了沒。怎的，聽說你有個傻子弟弟在那邊修行，被欺負了，所以要去找龍虎山道士的麻煩？」

徐鳳年笑了笑，彷彿終於想起一旁膽戰心驚的少婦，言語乖張道：「夫人，聽聞妳是精通曲賦書法的雍州大才女，晚上去本世子房中寫〈烹鵝貼〉，這裡就不留兩位夫人了。」

媚容隱約可見的少婦如獲大赦，帶著又是輕鬆又是遺憾的小夫人離開湖畔。徐鳳年等她們走遠，和老頭兒一同默契地收回視線，這才開口說道：「我哪敢跟龍虎山的羽衣卿相嘔氣，也就是上山走走看看，想知道天師府到底是何等的人間天闕。」

老劍神李淳罡吐出一嘴鵝腿骨頭，不以為意道：「天師府算什麼，蓮花頂斬魔臺風景才好。小子，你若有膽子在那邊胡鬧，老夫便陪你上山。」

徐鳳年笑問道：「當真？」

老頭兒想去拿第二根鵝腿，卻被姜泥不客氣地拿鐵鉗拍掉，便訕訕然望著一臉怒容的小丫頭，只能咽了咽口水，說道：「老夫說話，從來都不管世人愛信不信。」

徐鳳年沒說話，實在看不慣老頭兒裝豪氣扮豪情的姜泥出聲打擊道：「一根鵝腿都管不住的嘴，誰樂意信。」

徐鳳年哈哈大笑。老頭兒一臉無所謂世子殿下的落井下石，只是向小妮子乞求道：「姜丫頭，兩根鵝腿就能管住！」

不怎麼懂烤鵝，以至於弄得滿臉煙氣的姜泥憤聲道：「拿一貫錢來！」

囊中羞澀的老劍神只得唉聲嘆氣。

一直遙遙站在遠處的魚幼薇捧著武媚娘走近了，徐鳳年招手道：「來，嘗嘗我的手藝。」

她沒有走來，徐鳳年便拿著烤鵝走去。她搖了搖頭，不拿烤肉，輕聲問道：「你不怕氣死縣公晉蘭亭？雍州士子本就對北涼不懷好意，喜歡將涼地百姓稱蠻子，你這是雪上加霜？」

徐鳳年問道：「計較這些做什麼。」

魚幼薇冷哼一聲。

昨天白貓武媚娘被徐鳳年擰住脖子丟在地上，正記仇呢，看都不看世子殿下。

徐鳳年輕聲笑道：「放心，兩位夫人遠不如妳漂亮，我哪裡瞧得上眼，只是逗弄一下。信不信等我離開穎椽，她們兩位再與那三郎行房，腦子裡想的都會是本世子？」

魚幼薇怔怔望著這個傢伙，覺得匪夷所思，羞憤道：「你到底是怎樣一個混帳無賴！」

徐鳳年傻笑呵呵道：「幼薇，妳這兒比那徐夫人更壯觀一些，累不累？」

魚幼薇緊緊抱住武媚娘，試圖遮擋胸前風景，卻是徒勞，只會襯托得更加飽滿。她這次沒像昨晚那樣逃離，而是提起同仇敵愾的武媚娘兩隻爪子，說道：「媚娘，咬他！」

徐鳳年做了個鬼臉，「有本事妳咬我。」

魚幼薇立即敗下陣來。

與他說話，總是有太多牽扯到床榻豔語的雙關語，實在可憎可恨。

李老頭兒趁姜泥不注意偷了塊烤鵝肉，揣進懷裡，看到這邊情景，心想這小子學刀十有八九是誤入歧途了，可這對付小娘子的手腕，跟自己年輕時候可是有七八分神似。要不老夫捏著鼻子發發善心，教這小子幾手上乘劍術？

第十三章　龍虎山開門揖客　小酒攤世子打賞

清晨，往龍虎山朝聖的香客還少，一個紮羊角辮的少女和一個小和尚就顯得格外醒目。

小和尚眉清目秀，苦著臉道：「東西，咱們不是說好了出門看元宵燈會嗎，怎麼又離家出走了？」

小姑娘裝傻道：「啊？我們這算是離家出走？怎麼可能！再說了，你看我們上次回家過年，我娘見到那些胭脂水粉那高興勁兒，我爹更是盯著我手上那串念珠差點把眼珠子都瞪出來了，可那是徐鳳年送我的，我才不會給他。你看他們有罵我嗎？」

小和尚欲哭無淚道：「可師父、師娘都是在罵我啊，妳又不知道，正月裡師父天天都罰我念經，妳知道我最怕念經了。念的還不是佛經，是道士才讀的《全真歌斗章》，寺裡的師兄們都笑話我。」

小姑娘被說得煩了，沒好氣道：「笨南北，你別煩我啊。我這些天都容許你喊我東西了，你再嘮嘮叨叨，我就不帶你玩了。」

被小姑娘鄭重警告嚇得噤若寒蟬的小和尚果然一聲不吭，其實他並沒有不開心，轉過頭偷偷咧嘴笑了一下，露出一口整齊潔白的牙齒。上回是東西先偷溜出寺裡，他是跟師父、師娘求了大半年時間，才得以出寺下山，這回不一樣了。

挺像私奔的。

小姑娘跟這小和尚青梅竹馬一起長大，笨南北打個飽嗝就知道他午飯偷吃了啥，立即警惕問道：「你笑什麼，說！」

出家人從不打誑語的小和尚漲紅了臉，囁囁嚅嚅道：「說了不准打我。」

小姑娘「嗯」了一聲，一本正經地點頭。

小和尚實誠地傻笑道：「東西，妳說我們像不像私奔？」

「吳南北，私奔你個大光頭！」小姑娘惱羞成怒，一巴掌狠狠拍在小和尚光頭上。

小和尚抱著腦袋小聲嚷道：「說好不生氣的，要不打誑語。」

小姑娘氣哼哼道：「我是出家人？」

小和尚想了想，只得嘆氣一聲，跟著小姑娘走入龍虎山天師府。本來這是外人不得輕易入內的禁地，可越走人越少，只依稀碰到了一些氣度非凡的道士，卻就是沒人阻攔。小姑娘走得氣喘吁吁，終於來到天師府外，抹了把汗，接過小和尚盛滿沿途找到的山泉涼水的水壺，灌了一口，嘖嘖道：「笨南北，這地方比我家好像還要氣派啊，不過還比不上徐鳳年他家，也沒啥了不起的嘛。你看大門抱柱楹聯，寫了什麼？」

對天下事都知道一點的小和尚有板有眼回答道：「天庭府上神仙客，龍虎山中宰相家。這便是龍虎山天師府的由來了。」

小姑娘撇了撇嘴，相當不以為然。

小和尚小聲提醒道：「東西，我們都瞧見天師府了，可以走了吧？」

小姑娘豎眉瞪眼道：「爹說了，天底下就數天師府裡的臭道士最欠罵欠打，我要進府！」

東西說要進天師府，小和尚笨南北不願意，也得跟著做。

小姑娘走上階梯，猛然停下腳步，舉目張望，十分小心翼翼。

小和尚疑惑問道：「咋了？」

小姑娘神祕兮兮道：「你沒聽那些香客說啊，天師為了鎮邪驅魔，會在天師府四道門前放四樣東西。第一道門擺碗盛水，碗上放一根筷子，便成了一條鐵索大江。第二道門掛個簸斗便是一頭吊睛白額大虎。第三道門在石階下以草搓繩，就是一條烏黑大蟒。呀，我忘了第四道門是啥，笨南北，你來說。」

小和尚輕聲道：「據說是放一柄七星古劍，就成了三十六天罡、七十二地煞劍陣。東西，這些都是唬人的呢，別怕。不信妳看啊，這第一道門哪有擺碗。」

小姑娘瞪大眼睛左瞧右看，的確沒看到碗筷，更沒看到洶湧大江，可還是有些膽怯，她只是在家裡聽到老爹說天師府的壞話，哪裡真有膽氣進去天師府搗蛋，畢竟這兒不是她家嘛。在家裡可以跟大、小方丈們調皮使壞，徐鳳年說了，出門在外，要做女俠，需要注意形象，不是也要假裝淑女。

小和尚見心中最愛慕、最相思、最秀氣的東西不敢進門，他雖然是個在寺院裡碰到蟑螂、老鼠比東西還要怕一百倍的膽小鬼，可此時就生出了一股護花的勇氣，柔聲道：「東西，別怕啊，我先進去就是了。妳攥著我的袈裟袖子，要是我被人打了，妳可千萬別管我啊，儘管往回跑，在山腳等我。喏，水壺給妳，怕妳下山走得口渴。」

小姑娘苦著臉道：「笨南北，你這麼說，我更怕了。你念經不行，打架就更不行了。」

小和尚無奈道：「師父說辯經就是吵架，他拿這個當藉口，從不教我真本事啊。」

小姑娘生氣道：「你笨，還埋怨我爹了？」

小和尚趕緊解釋道：「沒、沒呢，師父吵架其實還不錯的，要不哪裡能跟師娘在一起。」

小姑娘翹起下巴，得意揚揚道：「那是，我爹本事大得很，南北，是你太笨啦。」

小和尚扭過頭悄悄翻了個白眼。東西說我笨，我認了，可若說師父本事如何了得，我才不信。

小姑娘扯著小和尚的袈裟袖口，不想轉頭，但也不敢讓笨南北牽著進入天師府，萬一笨南北真被打了怎麼辦？她要跑，還是女俠嗎？以後如果被徐鳳年知道了，會不會被笑話呀？

「哪裡來的小和尚？」

小姑娘和笨南北身後傳來一個調侃嗓音。嚇了一跳的小姑娘轉頭一看，是個身穿黃紫道袍的年輕道士，年紀比笨南北大，個子也更高些，只不過一臉笑容笑得自以為瀟灑，其實可惡得很，比徐鳳年做乞丐那會兒都差了山腳到山頂那麼多。

小和尚面對東西什麼都畏畏縮縮，此刻瞧見了這位天師府中的黃紫道士，卻沒來由鎮定安詳，只是輕輕合手道：「小僧法號一禪，來自兩禪寺，奉師命要與天師說一個禪。」

那黃紫道士明顯愣了一下，似乎察覺到了小和尚袈裟不俗，氣韻更是遠非一般僧人可以媲美，但聽到小和尚自稱要與他們趙家天師說禪，就忍不住肚中譏笑起來。兩禪寺又如何，就可以來天師府顯擺了？也不睜眼瞧瞧身後抱柱楹聯上寫了什麼！天庭府上神仙客，龍虎山中宰相家。天底下道觀叢林無數，卻獨此一家，別無分號！你小和尚當自己是兩禪寺的住持了，要上門來喊陣鬥法？這年輕道士盯著那小姑娘臉龐，呦，比起龍虎山坤道的姑姑姐姐們似乎多了點世俗氣，漂亮算不上，可有種新鮮味道，要不抱一抱，親個小嘴兒？

心有所想，便有所動，在龍虎山上十分得寵的年輕黃紫道士走到小姑娘身前，笑咪咪道：「天師府上道士趙凝運，敢問姑娘芳名？」

小姑娘皺眉道：「你住這裡頭？還姓趙？那你是不是龍虎山三位小天師之一？」

本來心情很好的趙凝運眉宇陰沉。

小和尚擋在小姑娘身前，平靜說道：「佛說，好狗不擋道，你若不是天師府上的大天師，便讓開。」

小姑娘扯了扯笨南北的袖子，輕聲問道：「佛說過這話兒？可不許打誑語。」

眉清目秀、靈氣四溢的小和尚轉頭笑了笑，又露出一口白牙，小聲道：「東西，我沒在經書上瞧見這話，不代表佛就沒說過嘛。這是師父教我的，他說做和尚，就得有我自成佛的膽魄。我以後若成了那可以燒出舍利子的佛，這話不就有出處了嗎？」

小姑娘嘻嘻道：「笨南北難得聰明了一回。」

小和尚可勁兒點了點頭。

天師府咋了，小僧修的那一個禪，可是連大方丈都嚇到不說話的。

小姑娘、小和尚在這邊竊竊私語，趙凝運卻已經氣得七竅生煙了，在龍虎山凝字輩中名列前茅的趙凝運陰沉說道：「小禿驢膽敢冒稱兩禪寺僧人，找打！」

趙凝運說完便朝南北小和尚悍然出手。而且他這話說得也有玄機了，先丟下一頂大帽子，不給你解釋機會便出手，不重傷打殘，只是出手教訓，先把心中惡氣給出了，至於以後這小和尚萬一真是兩禪寺僧人，也只是誤會一場。

趙凝運一身層出不窮的小聰明，卻沒想到小和尚、小姑娘怎麼就毫無阻攔地到了天師府大門口？小和尚在心愛小姑娘身前站定，不出手更不打算還手，他是來與山上大天師說禪的，不是跑來打架的，再者打架一直就不是他的強項，小和尚的本事只是一些洗衣、做飯，給師父打掩護、給師娘挑胭脂的瑣碎小事。

一縷清風拂面，拂去了趙凝運力道拿捏有點火候的掌勢，李子姑娘只見天師府堂皇大門處走出一位手持拂塵的年輕道士，他用一根黃楊木做道簪盤別髮髻，道袍並非那天師府獨有的黃紫顏色，與山腳尋常道觀道士無異，腳踩一雙泛白酸窮的麻履，若不是他走出的地方是仙都天師府，就他那一副古板面容和寒磣裝束，恐怕連香客都不會親近求籤。這年紀不超過三十歲的道士輕輕一揮白麈尾拂子——是龍虎山拂塵十六式中不起眼的黃雀攬尾——便輕描淡抹去了趙凝運的取巧攻勢。

戰場廝殺，碰到那些持戟的蓋世勇夫，最好乖乖避讓。說到行走江湖，碰到僧道，假使是要拂塵的，不管老小，都要小心些，須知手捏拂塵皆非凡，這是老一輩江湖人士代代相傳的告誡。

武當掌教王重樓一指斷江，那麼龍虎山就有趙天師在京城那邊曾一拂塵破去禁衛一百六十甲的神仙傳說。趙凝運遇見這個比他還要高一輩的肅容道士，立即換上嬉皮笑臉的表情，眼皮低斂，「小叔，我正和小和尚開玩笑呢。」

道士不理侄子輩的趙凝運，朝披綠儐淺紅色袈裟的小和尚微微一揖，生硬道：「請隨我來。」

小和尚轉頭望向東西，得到允許眼神後率先拾級步入天師府。進了大門，才發現一門後頭還有一門，白玉石地面上鋪嵌有一幅奇大的八卦太極圖，天機盎然，讓人敬畏心油然而生，二門門聯氣勢不輸大門：「道高龍虎低頭，德重鬼神欽敬」。

可惜當年被徐驍在山下說了句「要按下龍虎頭」，在有心人看來這副對聯便有打天師府臉面的嫌疑了。二門內有鐘樓，懸鐘九千九百九十九斤。過了鐘樓，便是氣宇恢宏的重簷歇山式玉皇殿，其在龍虎山所有道觀宮殿中最高最大，供有一尊玉皇大帝雕像，十二天君配祀兩邊，僅比天子九龍少一條的八條金龍盤踞楹間，栩栩如生，似乎有人點睛便可騰雲駕霧而去。小姑娘抬頭看了一眼便緊張無比，跟著那位小天師和笨南北走過古碑林立的碑廊。

終於來到三門，再進一步，便算是進了天師府內門私第。世俗人物，唯有帝王將相，才有這等待遇。可被趙凝運喚作小叔的持拂道士仍不停步，帶著小姑娘、小和尚走了進去。院牆上有十個朱紅大字「南國無雙地，江左第一家」，小姑娘看到了頭頂橫批「相國仙都」，悄悄吐了吐舌頭。

在外頭張望還不覺得如何厲害，這進了天師府，連她都不得不承認比自家確實要氣派許多，即便沒有北涼王府划船看紅鯉跳騰的歡樂景象。唉，家裡那幫光知道蹭吃蹭喝的方丈也不知道把寺廟修繕修繕，她家好歹是佛門第一聖地，聽名頭就知道不比天師府小啊。

第三門分三廳，前廳後有一塊壯漢雙手不可抱圓的青玉圓形大磐石，稱「迎送石」，天師迎送府上貴客，都不過在此止步。那道士領兩人一口氣到了中廳，讓兩位稀客坐下，立即就有兩位清秀小道童奉上茶水。廳中供有龍虎山頭三代祖師爺的畫像，居中是天師府第一代趙陵尊，負手而立，道骨仙風撲面而來，懸有對聯「有儀可象焉，管教妖魔避退；無門不入也，便知道法通天」。

左右分別是二、三兩代天師趙初宇和趙繼慶，一位仗劍危坐，一尊持拂而立，各有千秋神氣。

與三代祖宗天師容貌十分相似的持拂道士等兩人坐下後，平淡道：「小道這就去請天師出關。」

出關？

那便是在仙人辟穀、真人閉關了。

小姑娘再不知輕重，也沒傻乎乎到要勞動趙家天師出關迎客的地步，趕緊慌張擺手，微微臉紅，尷尬笑道：「這位真人，就不要麻煩天師了，我們喝喝茶就好，喝完就下山。」

那道人大抵是個認死理的性子，平靜道：「無妨的。」

小和尚與小姑娘正好相反，小事上總是迷迷糊糊，天天被喜歡的小姑娘一家三口合夥罵笨蛋，當了幾年和尚便做牛做馬了幾年，可不知為何偏偏每逢大事有大氣，合手道：「小僧與你說禪即可。」

這古井不波的道士破天荒笑了笑，緩緩道：「你會說禪，可我不會講道。你們若是不介意，我可以把白蓮先生喊出來，與法師說一說。」

小和尚恭敬道：「好。」

小姑娘繃著臉不敢說、不敢笑，心中其實已經樂呵呵。看吧，笨南北這傢伙笨歸笨，可在一些場合還是挺能撐場子的，她可是知道白蓮先生名號的，得了皇帝賞賜一身榮貴紫衣的白煜，當年便是這個道士在蓮花頂上吵架吵贏了家裡那群老方丈，回到寺裡後氣得連見到她都沒個笑臉啦。

可惜那次爹光顧著喝酒，被娘親罰了一整年不准下山，要不然誰贏誰輸還說不定呢。笨南北連自己都說不過，與這位白蓮先生吵架，自然是吵不過的。不過沒關係，吵輸了，大不了以後找機會把徐鳳年帶來，嘿嘿，徐鳳年每次與潑辣村姑吵架都可厲害了。

這位不知姓名的真人比身穿黃紫道袍的趙凝運要客氣太多，還真去後廳喊那位據說架子大到比龍虎山還要大的白蓮先生了。小姑娘才喝完一杯茶，真人便帶來一個白衫男子。約莫是看書太多把眼睛看壞了，他走路十分小心謹慎，習慣性瞇眼，眼睛大概本就不大，瞇起來就更是變成一絲縫，不過臉上帶著很好看的和煦笑意，這倒是挺像徐鳳年的。

小姑娘看著舒服，一下子就覺得這白蓮先生是個好人。爹說了，山下總有比她好的好人，總有比她壞的壞人，遇到好人要客氣淑女些，遇到壞人則要逃遠遠的。那麼天師府外那個叫趙凝運的肯定就是壞人，而這白道士與拿拂塵的能算是好人，所以小姑娘就正兒八經站起身打了招呼，畢恭畢敬喊了一聲「白蓮先生」。

沒有穿道袍的白蓮先生先是遙遙朝小和尚作揖，走近了幾步，這才看清楚小姑娘的容顏，微笑道：「姑娘，妳有旺夫相。以後誰做了妳相公，天大的福氣。」

小姑娘「啊」了一聲，瞬間漲紅了小臉。

這如何是好？伸手不打笑臉人，這位白蓮先生實在是太開門見山了，比她還不生分。

手捧拂塵的道士眼中含笑，有些無奈道：「白蓮先生，別嚇著小姑娘。」

頭頂逍遙巾的白蓮先生伸手摸了下巾帶，有點慚愧，慢悠悠坐到一張紫竹椅子上，視野模糊中轉頭望向要來天師府說「一個禪」的小和尚。

小和尚彷彿並沒有要辯論的意思，只是好奇問道：「這裡叫狐仙堂，當真有狐仙？」

白蓮先生搖頭道：「沒有。」

小和尚「哦」了一聲，「龍虎山有仙人嗎？」

白蓮先生哈哈笑道：「我認為沒有。」

小和尚點了點頭道：「那我沒問題了。」

白蓮先生並無失落或者惱怒，真是個好說話的好脾氣，小姑娘覺得山下的人說話都有些不盡然，白蓮先生哪裡架子大，很和氣的一位大叔嘛。

被小姑娘視為和氣大叔的龍虎山小天師笑道：「喝茶喝茶。」

小姑娘輕輕說道：「喝完茶我們就下山啦。」

很難想像曾在皇宮裡與皇帝說過大道的白蓮先生點頭道：「我是個路癡，眼睛也不好，就不送姑娘了，到時候還得勞煩身邊這位脾氣奇差的齊師弟幫我領回來。」

小姑娘喝完了茶，就帶著小和尚離開中廳，一口氣走出大門，在臺階下長呼出一口氣，拍拍胸口。

小和尚摸了摸光頭，都是汗水。

小姑娘笑話道：「笨南北，你也怕？」

小和尚赧顏道：「吵架不怕，就是怕被人關上門打。」

中廳內，那位齊師弟問道：「你們論道說禪了？」

白煜低頭喝了口茶，啞然道：「大概沒有吧。」

古板道士「哦」了一聲，便無下文。

白煜打趣道：「吵來吵去有什麼意思，你看，我現在有個喝茶的好心情，這不比什麼都好？一個不聰明的小姑娘，一個不笨的小和尚，可就不是大禪了？」

持拂小天師皺眉道：「你知道我不懂這些。」

白煜笑道：「恍恍惚惚是天道，懵懵懂懂便是禪。不懂就是懂了，懂的都是懂個屁。懂不懂，我看是不懂。」

姓齊的道士仍是沒有絲毫表情的面容，問道：「希搏爺爺說了，修整逍遙觀的銀子，得天師府來掏，以後北涼那邊有人上山，也得天師府出面接待。可掌教在閉關，京城那位，又說這事就放著不去理會，你說？」

白蓮先生笑道：「放著就放著，撐死了大不了再來一出馬踏龍虎的鬧劇，我就喜歡熱鬧，反正打打殺殺由你在最前面。你再過幾年比咱們掌教天師都要高了一重樓境界，到時候又會比誰差了去？」

道士平靜無言。

白蓮先生瞇眼望向三位祖宗天師畫像，感慨道：「說歸說，真被我烏鴉嘴了，可就不好收拾了。『徐家有鳳，馬踏龍虎』，這可是天書上的讖語。」

◆

徐鳳年沒有給徐夫人晚上寫〈烹鵝帖〉的機會，因為大戟寧峨眉在黃昏時分便帶了一百鳳字營輕騎奔赴穎椽縣城。

中間寧峨眉一行似乎跟東禁副都尉唐陰山一夥武軍起了衝突。起因是遙望輕騎臨城，唐陰山讓守衛門吏提前關閉城門。傳言寧峨眉並不出聲，只是抽出背負大囊中的十數支短戟，一支一支刺入城門，轟然作響。東禁副都尉在寧峨眉射完最後一支短戟前，終於示弱打開城門，一百輕騎縱馬而入，寧峨眉卜字鐵戟只一戟便將自視武力不弱的唐陰山挑翻下馬，大戟抵住東禁副都尉胸口，讓其無法動彈，辱人至極。

寧峨眉與徐鳳年會合後，一同離開穎椽縣城。城內文官之首鄭翰海抱病不出，唐陰山一眾顧劍棠舊部噤若寒蟬，不敢露面。唯有一座宅子被掀得雞飛狗跳的三郎晉蘭亭苦著臉送到城門，望著世子殿下佩雙刀、騎白馬的瀟灑身影，再無意間瞥見身邊那位強硬要求送行的夫人，看她眼神恍惚，似有不捨，懼內的晉三郎一腔胸悶憋得難受，恨不得搧她兩耳光。

可惜這位夫人是雍州首屈一指的豪族徐氏的嫡女，他哪敢動手，便是說話語氣也不敢稍稍重了。她沒能給老晉家帶來子嗣，晉蘭亭都得捏鼻子忍著，甚至連床笫紅帷裡的事，也同樣是苦不堪言。一些夫妻情趣姿勢兒，都得由著她怎麼舒服怎麼來，晉蘭亭至今連一次老漢推車都沒享受過，次次要那最是費勁的老樹盤根，可憐晉三郎體弱無力，好好的閨房樂事成了一件苦差，真是連死的心都有了，這種悲憤，能與誰說去？

那邊晉家老宅，差不離的風雨淒慘，老太爺在和本該躺在病榻休養的雍州簿曹次從事鄭翰海坐在一座寧靜小軒中，幾名年幼美婢伺候著揉肩敲腿。兩老相對無言，兩族是穎椽關係最結實的世交，若非如此，鄭翰海也不至於費盡心思將世子殿下迎入三郎私宅。可惜現在看來與北涼王府那邊屁點大的香火情都沒到手，反而惹了三郎兩次昏死，桃樹被砍，白鵝被烹，連數量不多的蘭亭熟宣都被搜刮一空，還有那兩位夫人被調戲的隱情，鄭翰海通情達理，也不埋怨世侄三郎對自己有怨言。

鄭翰海苦笑道：「本以為大柱國那般聰明絕頂的人物，世子殿下再不濟也是懂些人情的年輕人，唉，這次是我畫蛇添足了。」

這次交給鄭翰海數百金去打點雍州官場的晉家老太爺推開了一名婢女的纖手，揉了揉太陽穴，嘆息道：「如果只是破費點金銀，小事而已；我們大張旗鼓擺出親近那位世子殿下的陣勢，惹來穎椽那幫武夫的心中不快，也是小事；可那些與大柱國不對付的州牧刺督都冷眼瞧著我們的笑話，這下子，說到底，還是我這個頭昏眼花的半死老頭子一意孤行，想賭一次，卻連累翰海你了。本來你這簿曹主事的位置，有無還在五五分。」

鄭翰海做官數十年，晉家出錢、出力從不手軟，幾次功虧一簣，他對於主事一職早就被逼著不得不去看開，得之我幸，失之我命。鄭翰海已跟著老太爺走錯了一步，卻不能再錯一步，臨老了還要跟財大氣粗的晉家生分起來，於是忙不迭搖頭笑道：「晉老，這話說重了，翰海可以保證告老還家前定要保世侄三郎一個錦繡前程。酒泉郡老太守范平的次子，早就盯上我這個小小簿曹次從事的位置，我給他便是。范平是我們河陽郡新任太守朱駿的授業恩師，三郎不缺才華，只要有人賞識，定可平步青雲。」

晉老太爺欣慰道：「翰海有心了。」

昨日出城三十里淋了一身雨的鄭翰海用手指敲擊桌面，看了身邊幾位婢女一眼，老太爺心領神會，將這幾個年紀只夠做他曾孫女的鮮嫩丫鬟揮退出幽雅小軒，鄭翰海這才低聲道：「晉老，這些年顧大將軍將麾下舊部陸續安插在雍、泉兩州，隱隱形成合圍之勢，我們都看在眼裡，只是不說話而已，加上張首輔與北涼那位交惡，現在那位在這個點上進京，是否有玄機？晉老眼光獨到，看人從不偏差，自然比我看得更遠，能否指點迷津一二？」

老太爺沉聲道：「這事不能說，說實話也看不透，北涼這位的做人行事，實在是……罷了，這棵大樹不是我們想攀附就能攀上的。」

鄭翰海沉默下去。

老太爺突然笑道：「我看不管大勢如何看著不利於北涼，都莫要小覷了，那唐陰山也算是顧大將軍旗下一員猛將，對上了北涼四牙之一的寧峨眉，又如何？一戟而已。」

鄭翰海想起這一茬，心情好轉不少。北涼兵戈天下雄，是好是壞與他們都關係不大，倒是這些上柱國兼武陽大將軍顧劍棠的唐陰山嫡系，在雍州實在是過於氣焰囂張，對地方士族毫無敬意，著實可惱。

第二日，晉家老太爺正在書房裡，臨摹年初才在士子清流中傳遍的〈吳太極左仙公青羊碑〉，便見鄭翰海顧不得儀態，慌亂闖入，驚喜喊道：「晉老，大喜大喜，大喜事啊！」

老太爺少有見到鄭翰海如此失態，也被勾起了興致，擱筆問道：「何喜？」

鄭翰海抹了把汗，賣了個關子，興奮道：「老太爺可知道那被世子殿下戲稱『祿球兒』的褚祿山？」

老太爺心中一陣抽緊。在涼、雍、泉三州十數郡，褚祿山誰人不知、誰人不曉，說起惡名，這體肥如豬的祿球兒只比人屠徐大柱國稍遜一籌，好喝婦人新鮮奶水，在軍中動輒剝皮殺人，春秋亂戰中這頭肥豬雖不是殺人最多的北涼凶神，可幾乎所有北涼最隱蔽的破爛損德壞事，徐驍都願意交由這名義子去操辦。

東越、西蜀亡國，被這頭祿球兒殘害的皇宮嬪妃何止十幾人？據說西蜀六位公主在一夜之間都被他折磨致死！見慣沉浮的老太爺都已經額頭冒出冷汗，怪不得沉不住氣，只要跟祿球兒有關，怎會是喜氣的事，鄭翰海是昏了頭嗎！

鄭翰海看到老太爺異樣，一下子驚醒，不敢再拐彎抹角，哈哈笑道：「晉老，這次真是天大的喜事。祿球兒帶著新任太守朱駿，到了三郎宅子那邊，知道嗎？三郎連升兩級，要去京城做黃門侍郎！」

老太爺懵了，三郎這輩子最大的冀望便是去京城為官，能做猶在小黃門之上的大黃門更是清流士子的莫大榮耀。大小黃門，這可是將來入閣做大學士必經的一塊墊腳石。當今首輔張巨鹿，自詡是老太傅門下走狗，可不就是在大黃門這個清貴位置上整整蟄伏了十六年嗎？上陰學宮士子入京，歷來首選便是大小黃門，三郎何等幸運，竟然一下子便跳入了被譽為小龍閣的福地？老太爺驚問道：「當真，此事當真？」

鄭翰海呼出一口氣，緩緩笑道：「任命雖還未下達，可那祿球兒說了，大柱國已經寫了舉薦信，是大柱國親筆！」

老太爺一拍大腿，「此事定了！大黃門已是我家三郎囊中物了！」

天底下誰敢忤逆極少舉薦官員的大柱國？

皇帝陛下？

老太爺不願也不敢去深思。

◆

晉蘭亭宅子湖畔，三郎晉蘭亭匍匐在地上，泣不成聲。

這位雍州自視懷才不遇的士子官員眼前站著兩位體形有天壤之別的大人物——瞇眼微笑的褚祿山，以及神情緊張的河陽太守朱駿。

祿球兒慢步離開宅子，艱難上車，「咦」了一聲，轉頭對恭敬站在一旁的朱太守笑道：

「聽說府上有一名美妾才為朱大人生下一位麒麟兒，想來奶水很足。」

堂堂太守朱駿面如死灰，喉結動了動，低頭咬牙道：「懇請褚將軍隨我一同回府。」

不料祿球兒哈哈大笑，卻是徑直爬上了車，說道：「算了，這趟出門是為世子殿下辦事，顧不上這點美味了。」

北涼鐵騎震盪出城，朱駿望著馬車揚起的塵土，身體一顫。

◆

魚幼薇與那言行荒誕的老劍神十分不對路，更樂意抱貓乘馬，欣賞河陽郡沿途風景。她瞥了始終與九斗米老道士交頭接耳的徐鳳年一眼，忍不住靠近了一些，問道：「沒能教體態風流的徐夫人寫那〈烹鵝帖〉，世子殿下是不是很遺憾？」

徐鳳年正在向魏爺爺請教包括末牢關在內幾個道關的奧妙，希冀著他山之石可以攻玉，早日將看不見、摸不著的大黃庭化為己用，聽聞魚幼薇的諷刺，不以為意道：「妳信不信，我如果回頭去潁椽縣城，晉三郎願意雙手奉上徐夫人給本世子添香暖被？甚至明知在我與徐夫人一被春宵的情況下，都能睡得比平時還眉開眼笑？」

魚幼薇忽略掉那添香暖被的下作言辭，一臉不通道：「他瘋了？」

徐鳳年微笑著故作高深道：「沒瘋，晉三郎提不起刀劍，可勝在讀聖人書沒讀成聖人，而是讀出了為人處世之道，所以是個聰明人。」

魚幼薇只感到可怕，她也曾是西楚官宦子女，對於贈送女婢結交人脈並不陌生，可送夫人給外人，對她來說還是太驚世駭俗了。最出奇的是徐鳳年只在潁椽大宅裡為非作歹，聽說晉蘭亭數次氣瘋昏死，難道是真氣得瘋癲了？魚幼薇揉了揉武媚娘毛髮柔順的滾圓身子，默不作聲。

三年遊歷，一年練刀，加上徐鳳年遊歷前的一年多交集，細細一想，竟然已經算是相識五年。可魚幼薇發現自己越來越看不懂這個世子殿下，荒唐照舊，只是以前那些勾當，買詩詞裝斯文，帶惡奴搶小娘，重金贈遊俠兒，荒唐只是荒唐，如今荒唐背後似乎隱藏著什麼，魚幼薇便不知曉了。

徐鳳年沒有點破其中玄機。遇到小道符將紅甲人，等老頭兒李淳罡兩劍退敵，便用雪白矛隼給遙遙策後的祿球兒寄了一封密信，再到穎椽晉府折騰晉三郎到欲仙欲死，又寄出了一封，給晉蘭亭加官晉爵的事情，是他自作主張，哪裡有什麼大柱國親筆舉薦。

在離陽王朝，名義上仍當頭領銜著文官武將的徐驍說話比徐鳳年說話好用一千倍、一萬倍，可在徐家，徐鳳年說話卻是比徐驍還要管用一百倍。徐鳳年說要讓晉蘭亭做更在小黃門之上的黃門侍郎，徐驍怎會不允？深知徐家內一物降一物實情的祿球兒只是順水推舟罷了。而大戟寧峨眉在歸途遇上祿球兒，當即被補充了四十餘輕騎，則在徐鳳年意料之外。

車廂內，姜泥得了額外一百文負責保管徐鳳年搜刮來的熟宣，那些臨摹紅甲符籙梵文繪製而成的宣紙，也都由她整理收藏在書箱中。她此時正拿著一張天書鬼畫符猛看，卻沒能看出門道。

羊皮裘老李一邊摳腳丫一邊望著姜丫頭在那裡皺眉，實在是不忍心好好一個玲瓏剔透的苗子被那徐小子糟蹋了，便好心勸慰道：「姜丫頭，別看了，那小子故弄玄虛呢，交給妳保管就沒安好心。要老夫看來連書都不要讀了，他可不怕妳把這些祕笈都記在腦子裡，便是都記住了又如何？妳讀書與他有益，那是因為他已經在武學上登堂入室，聽書越多，感觸越深。於妳卻是讀得越多，心思越雜，越無從下手。老夫還是那句話，只要肯一心練劍，別說練刀的徐小子，便是鄧太阿也不敢小瞧了妳。」

姜泥頭也不抬，說道：「別煩我。我不讀書，你給我錢？」

老劍神苦悶道：「那小子所說不假，丫頭妳呀，真掉錢眼裡了。」

看宣紙繪畫正鬱悶著的姜泥抬頭瞪眼道：「要你管！」

性格古怪的李淳罡最喜歡小妮子生氣的模樣，伸手指了指頭頂，笑道：「小心老夫不還妳這柄神符。」

姜泥收好宣紙，撿起那本被老頭兒說得不入流的《千劍草綱》，用心默念。她記性不好，讀書三遍都記不住，更別提能像徐鳳年那般過目不忘地倒背如流，至於祕笈上闡述的招數道理，更是一知半解、三分迷糊、十分頭痛。

馬車突然停下，姜泥心情雀躍起來，第一次停車，便看到了白衣送行的陳芝豹，第二次更是瞧見了有古怪紅甲人擋道刺殺徐鳳年，這一次？姜泥掀開簾子，有些失望，只是那貪杯的世子殿下看到路旁有酒攤，就帶著老道士魏叔陽去喝酒了。

酒攤子掛了一杆鋪滿灰塵的杏花酒旗子，徐鳳年等魏爺爺和魚幼薇坐下後，這才開口娓娓說道：「我們涼州那路邊賣的杏花酒，要麼兌水厲害，要麼根本就是假的，不地道。別看這鋪子小，酒卻是如假包換，尤其是我們坐的地方離仙鶴亭邊上的口水井很近，井水極佳，用之釀酒更是絕配，斤兩獨重。我們那邊最近幾年才興起的『清蒸再清』釀酒法子，便是附近村子傳過去的，酒香馥郁，入口那滋味，嘖嘖，好喝！小二，先上兩斤杏花兒，牛肉有多少上多少。」

酒攤老闆、夥計本就瞅準了這位俊逸公子哥兒不缺銀兩，聽到滿口都是稱讚杏花酒，更是笑口大開。這酒對賣酒人來說就是子女，哪家爹娘不喜別人稱讚自己子女？何況這公子哥兒所說一切都有理有據。仙鶴亭口水井都是當地很有年頭的遺跡，常有雍、泉兩州士子攜同美眷佳人來這邊吟詩作對，只不過這些身分高貴的讀書人看不上路邊攤子，酒味兒地道歸地道，終歸是配不上他們的身分不是？

酒攤老闆也不懊惱，今天算是祖墳冒青煙了，來了這麼一個識貨的膏粱子弟，聽口音，是涼州那邊的？酒攤子老闆小心翼翼看了眼三位沒資格入座的扈從，女的真是風騷呢，那挺翹屁股可比自家黃臉婆的大了無數，佩巨劍的魁梧漢子就嚇人了，至於那個臉色蒼白的病癆鬼，店老闆給忽略了，只確認有人影子，不是鬼，大白天的，怕什麼。

殷勤上酒上肉，老闆瞪了一眼失魂落魄盯著懷抱白貓腴美女子的年輕夥計，一陣火大，連他都不敢正眼看一眼那娘子，這兔崽子吃了豹子膽，生意還做不做了！老闆一腳踹在夥計腿上，這才讓他回魂。

老闆可是聽聞北涼那邊的大小紈褲出手豪氣是真，可越境鬧起來哪一次不是雍、泉這邊的公子哥兒吃足苦頭？雍州地頭蛇可真是敵不過北涼的過江龍。尤其是那北涼第一號大紈褲世子殿下，這個公子哥兒的驕縱跋扈是天下一等一，所幸咱們小戶人家，這輩子都不用碰上。

不曾讀書卻聽多了杏花詩文的老闆一半自傲一半諂媚笑道：「這位公子一看就是行家，聽小的爺爺說《雍州地理志》上有寫到咱們這杏花兒。」

徐鳳年給魚幼薇倒了一杯酒液瑩澈的杏花酒，笑道：「對，『仙鶴亭外新淘井，水重依稀亞蟹黃』，就是誇這酒的。」

老闆這下子是真給唬住了，由衷稱讚道：「公子這一肚子學問天大了。」

徐鳳年哈哈笑道：「那給咱們便宜些？」

老闆立即蔫了，一臉為難。溜鬚拍馬可不用一個銅板，若是壓價，小本經營，都是一點一點摳出來的血汗錢，得有多心疼。好在那公子哥兒只是玩笑，只聽他善解人意說道：「只是說笑，能喝到杏花兒已是相當感激。」

這兩日對徐鳳年越發好奇的舒羞看到徐鳳年捧著一口髒碗，喝著窮鄉僻壤出產的劣酒，更是迷惑起來。她雖來自南國蠻荒，可自小成為巫女，被奉為神明，說到衣、食、住、行，雖比不上世子殿下鐘鳴鼎食，卻也不是一般殷實人家可比，以後叛逃宗門獨自行走江湖，愛慕者絡繹不絕，所以舒羞也從未寒酸將就著過，看到徐鳳年如此不拘小節，實在是百思不得其解。

姜泥跟著饞酒的老劍神下了馬車，坐在徐鳳年桌對面長凳上。

魚幼薇嘗了一口溫熱杏花酒，滋味不俗，與北涼綠蟻酒各有不同爽洌，柔聲問道：「口水井是怎麼個說法？」

徐鳳年正瞇眼回味舌尖香綿酒勁，聽到問話，笑著說道：「傳說武當山上有位仙人，在亭中乘鶴歇息，見民風樸素，不忍百姓饑渴，便吐了一口口水入井，從此井水比起山林名泉都要來得甘甜。」

魚幼薇神情不自然，「口水？」

徐鳳年哈哈笑道：「大概有些人口水就是甜的，我想嘗嘗，可惜還未能夠確定。」

魚幼薇頰生紅暈，不知是因為手中那杯杏花兒還是因為某人酒醉言語。

李老頭兒翻了個白眼嘀咕道：「姜丫頭，等會兒我們把馬車讓出來。看著這兩人成天打情罵俏就是不辦正事，老夫嫌膩歪。」

不去喝酒的姜泥憤憤道：「交一貫錢！不，十貫錢！」

徐鳳年剛想打擊一下獅子大開口的小泥人，仰頭瞥見寧峨眉單騎而來。這位北涼勇將心思細膩地棄戟不用，下馬後正要喊出一聲殿下，就見徐鳳年揮手道：「來，喝酒。小二，再上兩斤酒。」

寧峨眉也不客氣，站著連喝了三大碗，臉色如常，十有八九是千杯不醉的酒量。這不奇怪，北涼鐵騎治軍嚴厲，可每次摧敵屠城，都可以喝酒盡歡，北涼出來的將軍士卒，少有酒量差的孬種。

自從那一日陳芝豹親率三百鐵騎送行，他被迫無意中跟北涼雙牙典雄畜、韋甫誠站在一線，徐鳳年便不再有好臉色，導致穎椽重逢後便一直沒有機會說話。寧峨眉官階不高，也不在乎能否藉著此次機會與世子殿下交好，只是他在穎椽城門折辱了領上柱國兼武陽大將軍顧劍棠舊部的臉面，難保不會被那個東禁副都尉聯名上書參他一本妄動干戈的罪名。

寧峨眉身為北涼將領，無須理會這等撓癢癢小事，可若再讓世子殿下覺得自己行事魯莽，委實是對不住那四十餘傷亡袍澤，所以聽聞前方馬隊停下，便獨自策馬而來，想說上幾句拍胸脯不臉紅的良心話，只求世子殿下千萬別遷怒於鳳字營的這些好男兒。

賣酒的老闆、小二夥計都識趣站遠了。

這漢子生得虎背熊腰，身披重甲，氣勢凌人，不像普通行伍士卒，難不成是河陽郡的哪一位將領？

寧峨眉放低聲音說道：「穎椽城門，寧峨眉出手教訓了那幫關閉城門的傢伙……」

徐鳳年打斷了大戟寧峨眉的話，輕聲笑道：「寧將軍，一戟挑翻了那東禁副都尉，就算出氣了？要我在場，還不得讓你把他剝光了甲冑吊在城門上？你若是覺得做過頭了，怕給我惹麻煩，得，那三碗酒，我後悔請你了。可若是覺得仍不解氣，我再請你喝三碗，如何？」

寧峨眉驀然生出一股豪壯意氣，神采飛揚，更顯得這位北涼第二牙雄壯非凡，「那寧峨眉可要再喝三碗！」

呂錢塘和楊青風不管從前做人是豁達還是陰損，在等級森嚴如同帝王家的北涼王府打熬了這些年，被逼著養出了謹小慎微的性子，世子殿下與大戟寧峨眉的對話，左耳進右耳出，不敢惦記。

三人中唯有仗著是女兒身的舒羞樂意仔細察言觀色，她不熟悉北涼軍伍的內幕，卻瞧出了徐鳳年輕描淡寫一番說辭就隱約贏得了那名武將的誠摯好感，引得他豪興大發，飲酒如水，說不盡的男人豪邁。換作她是徐鳳年，肯定要趁熱打鐵，例如招呼一聲「寧將軍坐下喝酒」，最不濟也要對鳳字營的傷亡慘劇安慰幾句，可徐鳳年請了喝酒後便掉頭去逗弄白貓了，非要讓暱稱「武媚娘」的寵物也喝酒，說什麼「醉鼠就敢扛刀砍貓，那醉貓就敢提劍殺虎了」，惹來那花魁出身的手姿美人抱貓躲閃。

果然是如那陸地劍仙一般境界的老頭兒所說，徐鳳年實在是喜歡一些小打小鬧的旖旎勾當，沒奈何卻能耐著性子不吃葷，這讓舒羞精通的床上十八般武藝、三十六種姿勢無處施展，徐鳳年怎就不解風情？

徐鳳年喝了酒、吃了肉，一身飽暖，正愁沒點樂子，就看到種柳植桐的寬敞官道上出現兩位青年劍客，持劍隔道而立，風采氣勢都是市井百姓罕見的，更難得的是兩位年紀不大的劍客跟約好似的，一人身穿飄飄白衣，另一人緊裹刺目黑衣，一黑一白站在路旁，還未出劍比試便噱頭十足了。

酒攤子除了徐鳳年這一桌大手大腳，本就還有四、五桌停腳歇息的酒客，這幫人囊中錢財不多，可看熱鬧的興致卻一點不輸當年的徐鳳年，一個個瞪大眼珠子要看這兩位遊俠兒耍出些漂亮把式，好回去跟親朋好友炫耀一番。

雍州不比民風剽悍遊俠遍地的北涼，新舊兩位州牧都在境內大力禁武，現任雍州刺史田綜是顧大將軍昔日得意門生，南漢國便是他率先拿下渡江頭功，武夫田刺史對待後輩卻絲毫不手軟，有一支三百人輕騎專門整治那些耍槍弄棒的無賴痞子，一逮到就狠狠收拾，投入監獄先抽打得皮開肉綻，若是江湖門派的子弟，更要追究責罰，如此一來，雍州便很難看到二十年前的武林盛況了。

兩位劍客打得昏天暗地，有來有往，劍招配合得很是讓外行驚嘆，很快就讓大開眼界的無聊酒客們滿堂喝彩大聲叫好，官道上立即塵土飛揚，幾輛途經此地的馬車都停下，一同欣賞眼花繚亂的比試。

徐鳳年轉頭看著這出精心布置的好戲。他以前在北涼只是看個熱鬧，樂意打賞大把的銀兩，如今練刀入門，見識過了白狐兒臉與白髮老魁的悍刀，更是親手擋下武當劍癡王小屏不知多少劍，更別說老劍神李淳罡的指玄兩劍。兩名劍士氣機虛弱，粗劣劍招更是難登大雅之堂，徐鳳年看了一會兒便覺著乏味，笑問道：「呂錢塘，這兩人聯手能擋下你幾劍？」

觀潮練大劍，一心鑄就雄渾劍意的呂錢塘如實答覆：「一劍也擋不下。」

徐鳳年望向魚幼薇，打趣道：「這兩人在這邊守株待兔，卯足了勁兒想從我這裡騙些銀子出去，心意可嘉。你們瞧瞧，他們那嶄新衣衫，說不定都是餓了肚子節省出銀子買的，而且雍州禁武嚴苛，敢在官道上比武，沒點膽識真做不出來。幼薇，妳說當賞不當賞？」

要知道魚幼薇娘親乃是西楚先帝劍侍魁首，她雖只學到了絢爛劍舞的幾分皮毛，卻得了其中大半神意，自然對那兩個裝腔作勢的繡花枕頭提不起興趣，搖頭道：「劍術平平，不該打賞。」

徐鳳年沒有說話，端起酒碗喝了口酒，怔怔出神，有點不合常理。官道上兩位劍客見這邊半天沒動靜，涼州境內聽說世子殿下出遊便開始辛苦排練許久的打鬥也快要招式用盡，便不免有些焦急。其中白衫劍客心思不定，不小心便忘了按照排練走劍，劃傷了對手，結果那黑衣劍客也傷出了血性，開始拚命。無意中惹來不明就裡的等閒看官們激動萬分，只覺得這場激戰真心精彩，都見血了！這等驚心動魄的高手比試，哪裡是市井鄉鄰間拎菜刀、扛鋤頭可以比擬的？一些手頭拮据只能小心數著銅板買酒的酒客如此一來，都心甘情願再各自要了幾碗杏花酒。

徐鳳年沒有去看那場兩位貧窮遊俠兒胡鬧出來的蹩腳打鬥，只是想起了當年遊歷中碰到的一個朋友。三年六千里，說來可憐，除了李子小姑娘這麼個出手闊綽的熟人知己，也就只剩下那個叫溫華的傢伙願意結伴而行。

那小子貌似父母早逝，與兄嫂過了幾年，受不了勢利嫂子的刻薄挖苦，一氣之下便開始單槍匹馬行走江湖。說單槍匹馬其實並不合適，因為這個窮光蛋窮得叮噹響，只能自己削了柄木劍挎在腰間，也買不起馬，充其量只能算徒步江湖。溫華窮歸窮，志向倒是大得沒邊了，說要尋名師、練名劍，非要練出個大名堂才回家光宗耀祖，一定要弄把帶劍穗的昂貴好劍挎著才甘休。

徐鳳年曾問他真牛氣了回家見到那嫂子，如何拾掇？這小子卻說嫂子終歸是嫂子，再目光短淺，也不能真把她怎麼的，只是萬一他出息了，便能讓那個哥哥揚眉吐氣，再不用每天受嫂子的氣。

這個溫華每次看著老黃牽著骨瘦如柴的紅馬，都跟看見了一柄好劍似的，只不過徐鳳年提心吊膽生怕這想劍想瘋了的傢伙真把馬匹偷去賣錢，可分別前都沒發生這檔子禍事，真如溫華自己所說，劍要自己掙錢買來才是自己的劍。

不過這小子也有些旁門心思，例如那各地比武招親，他都要不自量力厚著臉皮上臺，可每次都被打得吐血，有幾次都是被打飛下來的。走上臺，飛身而下，實在是淒涼悲慘，看得臺下的徐鳳年那叫一個冒冷汗，只能吃力背著他離場。所幸每次半死不活病懨懨一段時日，他又能生龍活虎起來，然後換個地方繼續登臺比武，給自己找羞辱，給對手漲信心。

這個嚷著要請自己這個好兄弟吃好幾斤熟牛肉的傢伙，現在可還安好？可曾掙到了錢買劍？可有遇到了心儀的好姑娘？

他說，好姑娘就是可以長得不必好看，但一定要善良的姑娘，願意等他練劍練出錦繡前程的傻姑娘。

徐鳳年猛然回神，說道：「當賞！」

魚幼薇莫名其妙，沒有出聲反駁。從小便在金山、銀山裡長大，更是從不怕坐吃山空的世子殿下說要賞錢，她攔得住？再說了，為何要去攔？當她還是涼州頭名花魁時，便聽身邊清伶女倌說許多紈褲公子別看在青樓裡出手闊綽得厲害，一個個跟家裡是頂尖世族豪閥似的，其實那都是打腫臉比拚面子呢，回到家就得挨父輩們的揍，而且對身邊下人往往更是涼薄吝嗇。如此對比，魚幼薇還是更喜歡身邊這個對誰都樂意一擲千金的世子殿下。

王府惡奴願意為世子殿下出死力打搶砸，為虎作倀個個爭先恐後，可魚幼薇卻私下聽說一個祕聞：曾有數名惡奴在徐鳳年涉險遇刺時，不惜以身擋劍，接連赴死而不懼，這裡頭又有什麼緣故，魚幼薇不敢去探究了。

徐鳳年拿起酒碗剛要喝酒，抬手懸著大白碗，問姜泥：「妳說該賞多少？」

姜泥冷笑道：「又不是我的銀子，你愛打賞打賞去，一千金都行。」

徐鳳年自嘲道：「我可沒帶這麼多，也不捨得，出門在外還是省著點開銷。行，湊個整數，就給一千兩好了。」

徐鳳年打了個響指，與他最心有靈犀的青鳥便轉身去車內拿銀票。若是千兩紋銀，那兩個各有傷疾的劍客光是扛著都得累到吐血，出門露黃白，不是找死是什麼？當真以為天下太平路不拾遺了？

臉上滿是無所謂的姜泥悄悄撇過頭，術算不好的小妮子伸出手指算了算，一手不夠再加上一隻手心有老繭的小手，好不容易才算出結果，立即塌下臉。一千兩呢，一字一文錢，千文一兩銀子，她豈不是得整整讀一百萬字的祕笈！那一箱子書加起來讀完她都未必能賺到一千兩銀子啊！練劍似乎看上去挺不錯啊，你看那兩個遊俠兒練劍不就幾碗酒工夫就練出一千兩了嗎？偷偷將小算盤打得劈里啪啦亂響的姜泥嘆息一聲，喃喃道：「可練劍真的很辛苦啊。」

姜泥抬頭望向身邊練劍練到曾經天下無敵卻只剩下一條胳膊的老劍神，覺得還是作罷，讀書掙錢就挺好了。

兩名劍士本來沒聽到傳言中世子殿下那句「是技術活兒，該賞」，十分心灰意冷，而且這番比拚連吃奶的勁頭都使出來了，打鬥聲勢也就難免弱了下去，有虎頭蛇尾的嫌疑。那幫不用動手只需動動嘴皮喝酒的看客看不出門道，但熱鬧大小好壞還會看不出來？

見兩位遊俠兒越打越馬虎，開始喝倒彩，噓聲陣陣，官道上吃了滿嘴灰塵的兩名劍客連衝過來打一頓這幫王八蛋的心思都有了，可還有那位高高在上的世子殿下在場，他們只能啞巴吃黃連。而且的確如徐鳳年所料，他們連一身行頭都是賒帳新買的，值些錢的佩劍倒是原先就有，只是這般拚命表演若是博不得世子殿下一笑，拿不到賞錢，那他們就真是要血本無歸了，更是無顏面對眼巴巴等著他們回去買胭脂水粉的紅顏知己。

老天爺開眼了！

青鳥姍姍而行，將兩疊銀票分別交給兩位年輕劍士。其中一位拿了銀票，忍不住多看了眼前佳人一眼，頓時眼前一花，便倒飛出去，重重跌落於地上。另外一名遊俠兒驚嚇不輕，顧不得露餡兒，趕忙跑過去攙扶同伴，連忙抄小道溜之大吉。

看到這滑稽一幕的魚幼薇忍俊不禁，微微一笑。

徐鳳年卻沒有任何笑意，只是低頭喝了口酒，自言自語道：「溫華，沒錢買不起好劍又何妨，希望你小子能一直提著把破木劍去名動天下。到時候按照兄弟約定，你請我吃牛肉，我給你叫好。」

老劍神李淳罡神情微動，望向這個今日舉止略有古怪的徐鳳年。老頭兒習慣性扯了扯羊皮裘，輕聲道：「小子，找個時間，你與那姓呂的劍道門外漢廝殺一番，老夫瞅個熱鬧，總比看兩個連提劍都不配的笨蛋在那裡瞎鬧來得有趣。」

忙著惦念當年約定的徐鳳年沒有聽清老頭兒言語，抬頭訝異道：「什麼？」

對徐鳳年一直言語尖酸的老頭兒今日太陽打西邊出來，平淡道：「讓你與姓呂的過招，老夫看個熱鬧。」

徐鳳年沉聲道：「好！」

呂錢塘當然不是聾子，聽到那不知準確身分的劍仙老前輩要讓自己與世子殿下過招，雖說大體是一些慢慢餵招以供殿下養刀的苦力活兒，可他練的是觀潮重劍，出手不如其他劍術來得細膩精準，萬一傷著了世子殿下，找誰訴苦喊冤？找護短著稱的大柱國，肯定是找死。跟世子殿下說刀劍無眼的大道理？這位殿下如何看都不是好說話的主兒，指不定就得被穿一路的小鞋了。呂錢塘心中哀嘆，罷了，兵來將擋，到時候該殺該剮都只能豁出去了，大不了站著不動讓世子殿下砍幾刀。

舒羞聽到這裡眼眸子笑彎起來，咋樣，這回輪到你呂錢塘吃癟了吧？偏偏要學劍，老娘且看你如何收場。舒羞輕輕呸了一下自己，什麼老娘，小女子還年輕著呢，世間幾個女子到了三十歲還有自己這般花容月貌？掐一掐臉蛋，肌膚都能滴出水來。

不做巫女許多年的舒羞在這邊孤芳自賞，徐鳳年已經起身，青鳥付帳，多給了幾兩碎銀，已經讓酒攤子歡天喜地。

望著馬隊緩行，賣酒的老闆坐在空桌長凳上，掂量著碎銀偷著樂，難得給自己倒了一碗讓夥計從酒缸底下撈起來的杏花兒酒糟。這玩意兒賣不了幾個銅板，卻也能解乏，老郎中更說過可以暑撲風濕、冬浸凍瘡，一些被蛇蜂叮咬的村夫都習慣來討點酒糟去解毒，百試不爽。店老闆抬頭看了眼招牌旗幟上灰撲撲的三個字，心想啥時候拿下來好好清洗一番。

正當他尋思著小事的時候，忽然感到地面劇烈顫動起來，轉頭一看，只見為首一名手提一件陌生巨大兵器的將軍率領百餘人的驍騎轟然而過。老闆揉了揉眼睛，沒看錯，正是剛才那個在風流倜儻公子哥兒面前十分恭敬的重甲將領。

他也遠遠看見過幾次雍州兵馬的行頭，已經算是震撼人心，可眼前這支騎兵卻是更雄壯威武。除了當頭魁梧將軍，士卒們全部駿馬輕甲，個個佩有一柄制式北涼刀，背負弓弩。那刀，店老闆依稀認得，春秋國戰中，這種殺人刀的名聲早已傳遍天下。早先王朝上下無數人以獲得一柄北涼戰刀為傲，後來朝廷下了旨意，不准北涼軍卒以外的人私自佩有此刀，否則以犯禁論處，這股洶湧風潮才逐漸淡去。

娘咧，雍州的貂裘子弟哪一個出行能有讓一百精銳騎兵緊隨其後的誇張陣仗？是從北涼那邊來雍州遊玩的將門子孫？可雍州這些年明擺著與泉州一起跟涼州針鋒相對，這一點連他這種小百姓都心知肚明，怎麼有北涼的紈褲子弟有氣魄調動軍伍來雍州境內馳騁？這不是硬生生打咱們田刺史的臉嗎？

店老闆將碎銀小心收起，一隻手護住才喝了小半的白酒碗，一隻手抬起搖了搖，撲散灰塵。他想了又想，還是沒整明白那言談和氣、風度雅致的公子哥兒是啥來頭，總之是生平僅見的大人物了。老闆等塵土少去，這才提碗喝了口酒糟，感慨萬分道：「這位公子，家世氣量可真了不得，回頭要跟家裡那沒見過世面的婆娘好好說道說道。唉，可惜不是咱們雍州的，否則與人說起都有面子。」

曾在大雨中與寧峨眉並肩、與那可怕紅甲人死戰一場的鳳字營正尉袁猛，是一個出身北涼中等士族的武將。他文官仕途這條路走得不順，便從軍北涼，自小與族內一名從江湖上退下來的隱居教頭習武。

袁猛槍法盡得真傳，與師從北地槍仙王繡的小人屠無法比，可也算是一員衝鋒、布陣都可獨當一面的雙全驍將。說實話，出行北涼才一天時間便折損了兄弟幾十人，讓視兵卒如同手足的袁猛惱得吐血，更氣悶的是這等委屈偏偏不能擺在臉面上，總不敢去跟那位世子殿下說三道四。

說來好笑，袁猛與大戟寧峨眉官階竟是一樣——從六品，不上不下的位置，但袁猛對寧將軍卻是打心眼兒裡服氣。北涼四牙比起大柱國六位義子顯然要差得有些距離，可在北涼軍中，那六位各自領軍的大將位高權重，難免不可望更不可及，四牙虎將卻更容易親眼見到一些，邊境上戰場廝殺，平時慶功喝酒，都可以看到他們的身影。

在袁猛看來，四牙中數寧將軍最得軍心，每次陷陣他都身先士卒，與大柱國如出一轍。回到軍帳，平易近人，遠比典雄畜這類脾氣暴躁動輒鞭笞軍卒的將軍要好相處。尤其是小小河陽郡縣城，寧將軍一戟便將那個不長眼的東禁副都尉挑翻下馬，卜字鐵戟抵住那人心口，那人在戟下屁都不敢放一個！酣暢淋漓，大快人心，這才是北涼的猛將！

寧峨眉突然提戟停馬，轉身朝所有輕騎大聲笑道：「世子殿下方才喝酒時與我說，若他當日在穎椽城門口，便要那東禁副都尉剝光了吊在城門上！」

袁猛一怔。

鳳字營一百親衛騎兵大概都是與頭領袁猛一樣的表情，心頭有些波動，卻不太當真。

寧峨眉只是將話傳到，便繼續策馬前行，那支巨戟幾乎曳地。

第十四章　青城山毛賊剪徑　徐鳳年再遇故交

按照既定行程，黃昏時要進一座城內休息，徐鳳年卻沒有進城。他讓呂錢塘挑了一條小道進入青城山脈，這意味著除非找到山上的宮觀寺廟，否則一行人今晚都要睡在荒郊野嶺。青城山大小六十四峰，諸峰環繞如城池，古木終年青翠，綠意重重，故名青城。雍州有三大絕妙美景：最東邊是號稱有劍仙一劍東來得以劈出的「西去劍閣」，險峻第一。南邊是相傳有聖人騎牛而過的夔門關，雄渾無雙，再就是這個出了一位青城王的道教名山福地。

其本是九斗米道的一處洞天，那被老皇帝御賜青城王的青羊宮宮主，卻是個出身龍虎正一教的道士，算是鳩占鵲巢，把香火鼎盛的九斗米道給統統驅逐，只剩一座青羊宮獨占鰲頭，所以現在青翠綿延的青城山年年香火驟減，比起其他名山要冷清很多，實在是與青城山的響亮名頭不符。

禍不單行的是訪客少了，占山為王的草寇卻是多了起來，一股一股散兵游勇行蹤不定，與青城王一同稱王，官府剿殺起來十分麻煩，便是重金之下有山中老獵戶願冒險帶路都會經常撲空。數次波折後，郡守見那青羊宮宮主不領情便算了，竟然還倒打一耙說官衙惹是生非，在這塊清淨地上聒噪不休，他一氣之下便更不樂意勞民傷財，除非是吃飽了撐著來青城山探幽賞景的達官顯貴不幸遭劫，迫於壓力才出兵進山，尋常百姓遇險，一概不理。官府就等著這青城山變成一座死山死城，看你一個空有名號的青城王如何去維持香火。

九斗米老道士魏叔陽頗有感觸。年輕時候他曾在後山一峰結茅而居，只不過他可不是年少慕道的那種人，而是在經歷種種灰心過後才做了道士，對青城山有些感情，卻不深厚。只是對那青城王驅逐九斗米道的行徑相當氣憤，若非有護衛世子殿下的重任在身，他非要到青羊宮與那在龍虎山出不了頭便來青城山稱王的道士理論理論。

青城山本就以多霧著稱，入山半個時辰便顯得格外暮色沉重，徐鳳年不急著讓呂錢塘去找尋夜晚歇腳的地方，而是騎在白馬上，意態優哉。魚幼薇一路聽著老道魏叔陽介紹青城山秀甲天下的風景，並不擔心風餐露宿。當年西楚皇城十數萬百姓逃亡，她與父親被洪流裹挾其中，什麼苦頭沒吃過？

徐鳳年當年便是聽著山上有道教排名極為靠前的洞天福地，才離了官道上的山，結果大白天就遇到了一夥剪徑毛賊，你追我逃，實在是狼狽透頂。他想著想著便嘴角翹起，若非知道老黃是劍九黃，可能還要很晚才知道這缺門牙、愛喝黃酒的傢伙是個高手吧？

當時徐鳳年是騎在馬背上，老黃卻是在馬下背匣、扛行囊撒腳狂奔，一路行來，他卻絲毫不慢，那副瘦弱身板若是常人，哪裡來的充沛如海的氣力，跟著駿馬跑了半座山？那會兒怎麼就沒想到？

徐鳳年回過神，憑著記憶看了眼熟悉景色，笑道：「呂錢塘，再往上一里路，就有一座廢舊道觀，你先去打探一下。」

呂錢塘領命而去。

山上陰濕，魚幼薇有些泛冷，抱緊了武媚娘，徐鳳年瞥見後柔聲道：「晚上妳就和姜泥睡在馬車裡。」

魚幼薇神情複雜，低下眼簾，與抬頭的武媚娘相望。

沒多久呂錢塘返回，恭聲道：「回稟殿下，確有一座空落道觀，並無閒雜。」

徐鳳年點了點頭，轉頭對楊青風吩咐道：「去抓些野味。」

楊青風身影一躍，沒入密林，那匹馬依舊溫馴前行。

道觀還是那座道觀，只是比當年還要破敗不堪。呂錢塘撿了些柴禾在院中生起火堆，今晚他們三人自然要輪流值守，若是舒羞不肯，呂錢塘也不計較這類雞毛蒜皮的事情。

他們三位王府扈從，地位誰高誰低，大柱國懶得說，徐鳳年也從未給句話，似乎要三人在途中各自去爭，至於手段誰強誰弱，還真不好斷言。

呂錢塘對手中赤霞劍信心百倍，可也不盲目自負。對上符將紅甲人，舒羞的內力不可小覷，楊青風的詭譎手法更是莫測高深。退一步講，爭了又如何？那被徐鳳年喚作青鳥的婢女，今日那次出手便讓他震驚。

楊青風抓了幾隻山雞、野兔回來，更扛著一隻野麂，但徐鳳年卻獨獨看中那幾隻野雞，笑咪咪道：「這可是青城山的特產——白果雞，啄食白果生長，肉香比野麂還要更勝一籌。等會兒你們嘗了便知，前提是本世子管得住嘴沒獨吞。」

道觀後頭有一口清泉，青鳥和被徐鳳年一瞪眼使喚去的姜泥一起剝皮清洗。為長遠做打算，徐鳳年讓青鳥手把手教授烤鵝都能烤焦的姜泥如何掌握火候。徐鳳年坐在臺階上，繡冬、春雷兩柄長短刀疊放在膝上。

出行所帶私物不多的魚幼薇不願席地而坐髒了衣裳，抱著武媚娘站在徐鳳年身旁。老劍神倒是四腳朝天躺在最高一層階梯上，枕了一塊隨手撿到的青石子。楊青風在院外餵馬，舒羞和呂錢塘一左一右門神般守在院門口。

徐鳳年光等著美食入嘴，轉頭指了指遠處一座巍峨山峰，輕聲道：「那邊山頂就是青羊宮，若是雨後天晴的夜晚，可以看到千燈萬燈朝天庭的奇觀，只不過我這也是聽老黃講的，不曾親眼見到。當年在山下那邊被人打劫，跑得差點累死，慌不擇路，騎馬進了林間小道，被一根低垂枝椏給打下了馬，於是就和老黃一起被綁帶到這裡。好在有驚無險，還因禍得福嘗到了半隻白果雞，好像我大發慈悲分了陪我一同遭罪的老黃一隻雞腿，還是半隻來著？總之就把他給感激得一把鼻涕、一把眼淚，笑死我了。」

魚幼薇卻看到說笑死了的徐鳳年，一點都沒有笑。

吃東西的時候徐鳳年和魏叔陽各自說了些青城山的神怪逸事，魚幼薇聽得入神，老劍神只是狼吞虎嚥。姜泥心中雖對青城山水頗為喜歡，嘴上卻說西蜀多仙山，光是一座高出西極天的峨眉就力壓天下名山了。徐鳳年卻說西域有連綿雪山，比峨眉加上青城還要高，只是文人騷客沒那個本事去親眼看一看。姜泥說徐鳳年只是信口胡謅，李老頭兒卻含糊不清說西域雪山確實比那峨眉要高出太多，爛陀山便自稱三倍，於五嶽中已是最高的峨眉，這還是謙虛的說法，姜泥這才沒了脾氣。

魚幼薇輕聲問道：「要不要給鳳字營捎點去？」

正在啃白果雞的徐鳳年拿油膩手指點了點只能在門口進食的呂錢塘三人，平淡道：「對這些人施捨點小恩小惠，吃力還不討好。不說鳳字營，這三位，妳不給他們夢寐以求的東西，就是一萬隻烤熟的白果雞擺在他們面前，也只會招他們噁心。」

魚幼薇細聲細氣道：「可平易近人些總是好的呀。」

徐鳳年笑道：「那是妳沒在北涼軍中待過，才會說出這話。不說別人，徐驍的威望都是次次身先士卒靠搏命博來的，春秋亂戰後期，先皇曾特意下旨讓徐驍不得親身陷陣。北涼先後幾位扛纛的大將，替徐驍死了幾個，妳可知道？王翦，那被稱作天庭巨靈官降世的蓋世勇夫，還有之前兩位，都死了。如今扛北涼大纛的齊當國，身上傷痕，便是百戰老卒看了也要心驚。徐驍自己就說過能活到今天，是天命，是老天爺不捨得他死。予人小利，運作得當，當然可以換大利，可如何都換不來別人的以死效忠。呂錢塘這類江湖武夫也好，鳳字營這些北涼精銳也罷，若要他們交命給我，嘿、還早呢。」

蹲在火堆前一身暖和的魚幼薇沒來由感到一陣寒意，這位世子殿下與他們都沒說上幾句話，便想著日後如何騙取性命了！

似乎猜出魚幼薇心思，徐鳳年自嘲道：「妳當他們是蠢貨？我說一聲『喂，你們把命拿出來』，他們就真肯乖乖交出來了？世子殿下這個名頭只能嚇唬人，引誘一些逐利小人，我自己若是個腹中空空的草包，到頭來撐死就是個敗家紈褲。

魚幼薇，不妨跟妳說些妳不知道的。方才我們上山，居高臨下望去，可有看到騎兵小道夜行的火把？沒有吧？因為鳳字營輕騎的夜戰與野戰俱是北涼軍中名列前茅的。武書上說騎兵有十勝九敗八害，照理說林木叢茂是騎兵的敗地、死地，可若誰真以為那一百鳳字營上了山便沒法子一騎當三步，那真是純粹找不自在。

鳳字營的戰馬從相馬、育種、餵養、調教再到馬掌、馬鐙、馬鞍、馬甲最後到挑選蹦跳速度一致編隊、勤於騎射和人馬相親，每一個環節都不可出差錯。戰馬戰死，不許剝食，只可割下耳、蹄回報監馬官，違者軍法重治，這只是北涼軍的一個縮影。

徐驍治軍，賞罰分明，未戰前從不求大功，只求自己無錯，最後說到底，便只有臨陣死戰，死戰，還是死戰！這才是徐驍帶兵最大也是唯一的特點，連他大將軍都敢頭馬掠陣，三十萬鐵騎怎會做不到必敗不怯戰，必死不拒戰？春秋四大名將，貌似前些年又冒出四個，誰能如徐驍一般能夠讓最末等小卒都願死戰到底？魚幼薇，妳再說說看，本世子這會兒帶著妳這樣的美人兒優哉游哉逛蕩名山，再抽空拿一點小恩惠送於鳳字營，是好是壞？」

魚幼薇震驚得說不出話來。

徐鳳年雙手在魚幼薇身上衣裳擦了擦，笑道：「別心疼，過幾天到了郡縣大城，舊衣服都換了。還有，妳啥時候把綁住妳胸部的絲帶給扯了？好好的一番壯麗風景偏要躲躲藏藏。怎的，覺得太大了，舞劍會不好看？錯啦，就是大，舞劍才有氣魄，一蕩一漾，霸氣的劍意可不就出來了？天底下再漂亮的女子見到妳都得自慚形穢。本世子床下說的話，都是真話實話。」

約莫是徐鳳年說話場景跳躍太大了，魚幼薇一時半會兒沒有嬌羞逃離，只是抱著武媚娘發呆。

老劍神誇張笑道：「這話說得有那麼點兒學問，老夫聽著順耳。」

姜泥下意識偷望了一眼魚幼薇裹緊了還很壯觀飽滿的胸脯，再低頭看看自己的，似乎有些洩氣。

呂錢塘進入院中輕聲道：「殿下，有敵襲。三十餘人，不過都是林間草寇。」

只要徐鳳年一聲令下，呂錢塘可以讓這夥自己找上閻王的小匪怎麼死的都不知道。

徐鳳年卻笑著說道：「都放進來。呂錢塘，還有比鬼還像鬼的楊青風都別露面了，小心嚇到他們，楊青風正好去通知一聲寧峨眉，原地待命。舒羞，妳留下。」

十幾個彪形壯漢鬧哄哄擁入院中，剩下一半只能擠在門口探頭探腦。他們都是循著火光而來，如今香客寥寥，少有撞到大肥羊了，今天這一撥兒簡直讓他們笑開了花，個個瞪大眼睛瞧過去，幾乎不約而同咽了咽口水。

居中坐在臺階上的年輕公子哥兒，看著就是一位官宦子弟，最不濟也是雍州的膏粱子弟，至於那躺著吃肉的糟老頭兒以及老道士就不去理會了。可剩下幾位，就真是個個絕色了：捧白貓的那位豐腴娘子，那身段硬是要得，仙女也不過如此了！烤肉的那個丫鬟裝扮小姑娘，臉蛋兒更是美極了，小腿併攏的誘人模樣，不留絲毫縫隙，雛兒！眼前最近處還站著位年紀稍大卻跟狐狸精似的娘子，讀書人有個詞咋說來著，對，嫵媚！

門口體魄稍差所以搖旗吶喊多於衝殺搶奪的漢子簡直要瘋了，使勁推搡起來，個子矮的開始在那裡蹦躂，只求多看幾眼。這等美貌嬌柔小娘子哪裡經得住大當家、二當家們幾個來回，輪得到自個兒嘗鮮嗎？院中三位，這輩子都沒那福氣瞧見過啊，更別提摸一下甚至是壓在身下了，萬一幾位當家的把她們擄作壓寨夫人，豈不是大大的沒趣？若不是有個富貴人家的公子哥兒、一個牛鼻子道士和那位骨瘦如柴的羊皮裘老頭兒在場，他們都要以為是仙女下凡了。

提一對生銹宣花斧的大當家獰笑道：「不知青城山那座陰陽亭嗎？」

徐鳳年一臉懵懂無知道：「知道，亭下是陽間，亭上是陰間，氣候截然不同，以前在這道觀裡我便聽人說山下雷雨，山上都會天晴。」

二當家是一個比老劍神還要瘦小的毛猴般猥瑣男人，天生毛躁，只見他跳躍上前，伸手就要拿指甲滿是汙垢的爪子去摸舒羞的胸口。可憐舒羞不知徐鳳年明確意思，只好裝出驚恐表情，小退了兩步，恰恰躲過了那猴子的作嘔探手。

舒羞不幸是這個院中最沒地位可言的外人，與他們挨得近，剛才不僅聞到了這幫匪寇野人的汗臭，更嗅到了那瘦猴兒的可怕腋臭。她望向一直無動於衷的徐鳳年，有些無奈，只求著徐鳳年早早沒了逗貓耍猴的閒情逸致，她真是一百個不樂意與他們站在同一個院子裡。以前身為巫女必須精通的一些巫術都沒丟了，收拾得他們生不如死實在是輕而易舉之事。丟些特殊豢養的五毒進腹，一點一點蠶食內臟，或者將他們的經脈逆行，全身沸騰炸開。他們不是滿腦子淫穢嗎？她身上便有一種媚藥，卻不是菩薩心腸地用在他們身上，而是丟給山野熊羆、猴王這等畜生，到時候他們就真得齜牙咧嘴了，舒羞可以保證他們身上能裂出個大窟窿來。

徐鳳年一把摟過魚幼薇，拿鬍茬下巴摩挲著她的光滑臉頰，笑問道：「那你們是打劫的？」

這個天真問題問出口來，連一旁的姜泥都覺得沒面子。

徐鳳年望向強忍殺意、厭惡故作嬌羞慌張的舒大娘，三十來歲的老姑娘，喊一聲大娘也不冤枉吧？徐鳳年沒順著她的意願開殺，依然摟著魚幼薇的小蠻腰。她的腰入手柔滑，若說腰肢纖細，姜泥不比懷中魚幼薇遜色，可徐鳳年是在床榻上親眼見識過魚幼薇胸口跌宕風情的幸運兒，一對比，便凸顯得她小腰格外不堪一握了。徐鳳年只是指了指舒羞，語帶調侃道：「各位好漢，我若交出這位美人，任由你們憐愛，能否放過我們？」

雙手提著兩柄宣花斧的大當家身披一件虎皮大裘，瞥了舒羞一眼。若是平時，此等罕見姿色的小娘擺在眼前，一切都好說，可人心不足蛇吞象，院中其餘兩位明擺著要比最近的這位更美味，便是青羊宮裡最美的幾位驕縱道姑都比不得她們一半。

大當家在山上憋了兩個月了，一股邪火都要憋出內傷，只差沒找母猴子來痛快一下。郡守入山剿殺次次撲空，可縣城那邊張貼了許多青城大大小小山大王的通緝畫像，他便在其中，以至於他都只能冒著殺頭風險偶爾喬裝打扮成村夫，去城內窯子裡泄火，哪次不是喊上五、六個大被同眠才能盡興？所以恨不得立即撕碎幾位小娘衣裳，讓她們露出羊脂白玉肌膚的大當家吐了口濃痰，惡狠狠瞪了那個捧白貓的女子一眼。

他最鍾情這位，烤肉的女婢臉蛋雖說更水靈幾分，可娘們兒嘛，還是得多些肉才經得起爺爺胯下大斧的鞭撻。這位有福共用的大當家拎一柄斧頭指了指魚幼薇，轉頭笑道：「這位歸我，誰都碰不得，其餘的你們自己看著辦，記得別折騰死了，洗乾淨了再送到我房中。」

三當家是個落魄讀書人，一肚子壞水，當初是騙了個姑娘想借青城山燒香的幌子在人煙稀少處霸王硬上弓，結果百密一疏，給這幫草寇撞上，他立馬雙手送上那即將到嘴的姑娘，一發狠便跟著當了打家劫舍的毛賊，給兩位當家的出謀劃策。

後來姑娘不堪輪番受辱，上吊死了，還沒玩夠的他一氣之下連屍體都沒放過，趁著溫熱趴身上折騰了一炷香時間，連大當家、二當家都佩服不已，一高興就讓他做了三當家。百無一用是書生，他們不怕他篡位。三當家死死盯著姜泥，陰沉笑道：「這位小妹妹歸我了，哥哥我抱回去好生調教一番。別怕，哥哥是讀過書的斯文人，很會疼人。」

只剩下舒羞給他的瘦猴二當家酸溜溜拆臺道：「當年那被你騙上山的娘們兒死了都被你丟下山崖餵野狗。」

徐鳳年打了個響指，問道：「我記得以前這裡是老孟頭的地盤，怎麼換你們了？」

大當家鄙夷道：「那個連人都不敢殺的廢物早就被攆跑了，甭廢話，滾出來受死，也就是爺爺一斧頭的事情！」

徐鳳年鬆開魚幼薇，提刀起身，大當家看這架勢，呆了一呆，隨即倡狂大笑道：「小子還敢在爺爺面前耍刀？」

徐鳳年輕輕跳下臺階，動作輕盈，不沾煙火氣，顯然是內力不俗的玄妙氣象，看到那宣花斧當家的有些傻眼，好心提醒道：「看看後面。」

大當家沒敢轉身，生怕被這小子偷襲，只是轉頭迅速瞥了一眼。

啥？除了二當家、三當家，咋只有一個陌生臉孔的青衫姑娘站著了，兄弟們怎麼都躺地上了！那比俊逸士子還要風度翩翩的青衫小娘手中提著一名壯碩兄弟的脖子，給提懸空了？這些兄弟，都是這般被捏死的？

只見面無表情的青衫小娘鬆了手，喪命死絕的兄弟便一聲不吭癱軟在地。等這一刻幾乎等到天荒地老的舒羞一記弓腿彈出，不見她擊中瘦猴二當家身體，便看到瘦猴兒身體彷彿被一股巨大氣流轟擊在身上，彎曲成弓，然後砰一下倒飛出去，整個人嵌入牆上，如同一隻蚊子被人一巴掌拍死了。

舒羞一腿斃其命後伸手順了順耳畔青絲，冷笑道：「打你都嫌髒。」

大當家手中宣花斧顫抖得厲害，退不敢退，那青衫小娘看著就是殺人不眨眼的女閻羅，還有做掉二當家的那位，這份殺人不沾碰的內力，可怕至極，他更不敢進了。那始終氣定神閒的老道士，剛才覺得裝模作樣，這會兒看著就像是青城山的老神仙了，至於讓他嫉妒生恨的風流倜儻公子哥兒，飄然帶刀的姿態，難道也是扎手的硬點子？今日莫不是要交待在這裡了？

撲通一聲，最精通審時度勢之理的三當家跪在了地上，哭爹喊娘，求姑奶奶們饒命。

徐鳳年只是問了個讓人一頭霧水的問題：「老孟頭那夥人死了？」

命懸一線的大當家趕緊彎著腰說道：「沒、沒有呢，小的跟老孟頭那是十幾年的老交情了，只是讓他跟小的換了塊地盤。」

徐鳳年「哦」了一聲，如釋重負，吩咐道：「呂錢塘，把這兩個拎出去，動作爽利點，大半夜的鬼哭狼嚎跟鬧鬼似的。還有楊青風，你懂的旁門左道多，這些屍體由你處理，記得弄遠一點，睡在死人堆邊上，我怕某人提心吊膽一晚上，第二天就沒精神氣兒去讀書掙錢了。」

看到死人便早已經躲到老劍神身後蹲著的姜泥臉色蒼白，顧不得反駁。魚幼薇還是魚玄機時便對生生死死看得很淡，自然而然比姜泥要鎮定許多。

徐鳳年看也不看呂錢塘一手一個離開院子，只是對青鳥說道：「拿筆墨來，然後跟我出去一趟，我有些東西要畫。魏爺爺，還得勞煩你陪同前往那座視野開闊的陰陽亭。」

老道士魏叔陽撫鬚笑道：「世子殿下客氣了。正巧老道也有些懷念那亭子，年輕時候跟隨師父進入青城山修道，便是在那裡歇的腳。」

青鳥和九斗米老道士各自持了火把在前帶路，徐鳳年腋下夾著一整刀從晉三郎那裡榨取來的上等宣紙，青鳥手中毛筆不與平時相同，是關東遼尾中還要最硬毫尖細的小白遼尾。

望著三人遠去的背影，姜泥再看著楊青風正在將那個牆壁裡的死人摳挖出來，拖到了院外，想必被劍客呂錢塘拎雞鴨一樣帶出去的兩個草寇也都是難逃一死。躲藏在李淳罡背後的姜泥怔怔出神。

劍神老頭兒閱盡滄桑，年輕時也曾輕狂，對女人心思並不陌生，出聲笑道：「姜丫頭，老夫倒是要給徐小子說幾句好話，妳嫌他在北涼行事放浪，並不冤枉這個世子殿下，可出了北涼，一些手法，就不能說是徐小子的心狠手辣嘍。今天這三十餘人，可殺不可殺，都在徐小子一念之間，他最終痛下殺手，可不是覺得那些鼠輩看你們這些小姑娘的眼光下作，老夫猜想是那個還未曾露面的小毛賊老孟頭。」

姜泥不冷不熱「哦」了一聲。老劍神覥著臉笑道：「姜丫頭，想不想知道那小子拿著筆墨出去做什麼？妳若再給老夫烤一隻白果雞，老夫就跟妳說。」

姜泥沒好氣道：「不想知道。」

李老頭兒是藏不住話的人，好不容易才把到嘴邊的話都咽下肚子，說道：「不說了，省得妳被這小子的城府嚇得更不敢練劍。」

◆

陰陽亭，以此做界線，山下是陽間，山上是陰間，挺有道理的。那幫闖入院中的草寇不就成了陰間的孤魂野鬼？

徐鳳年接過一塊青鳥做成的木板，盤膝坐下，將宣紙鋪在上面。青鳥要磨墨，魏叔陽便拿著兩根火把照明，藉著月輝遠眺青城山脈。青城山在道教歷史上十分出彩，是第五洞天所在，這可比兩大道統祖庭龍虎山和武當山都要靠前。

山中道觀掩映於青山綠水中，建築與天道最是契合，曾有乘鸞仙人寫下「唯愛峰峰丈人山，丹梯階階近幽意」的詩句。那主峰青羊峰與次峰天尊峰雙峰對峙，橫掛有一座鐵索橋，黃鶴翱翔長鳴，雲海翻湧，的確是人間罕見的美景。魏叔陽當年壯著膽子走過一次鐵索橋，足足走了半個時辰，好不容易到了天尊峰後，兩條腿都軟了，衣襟濕透。

魏叔陽低頭一看，由衷讚道：「世子殿下好記性。」

徐鳳年聚精會神，細緻描繪出北涼後的一切山河地勢，竟比那些地理署資深官員還要準確無誤，更勝在細膩入微，連魏叔陽這樣見多識廣的老人都看得傻眼。

徐鳳年作畫一個時辰，換了十數張宣紙，終於畫到青城山。徐鳳年僅是策馬而行，並不見如何觀景，筆下山巒走勢，比他這個青城山中修道將近十年的老道士都來得清晰，以細毫關東遼尾下筆，尤為合適。

魏叔陽是看著徐鳳年長大的，所以遠比外人要熟知徐鳳年的性格。他調皮頑劣不假，否則也不會騎在他脖子上撒尿，小時候在聽潮亭中拉屎，都是隨手拿祕笈去擦屁股的。可一旦這小娃兒認真起來，卻自有一股倔強勁頭。一次被頂樓李義山罰抄經文，徐鳳年並不認錯，卻還是去抄書，結果賭氣一抄就抄了將近三十萬字，最後連大柱國都出面求情，終於是鬥贏了哭笑不得的李義山。

徐鳳年停筆，靜等墨汁變乾，抬頭對青鳥笑道：「等下妳先拿著這些宣紙回去車廂睡覺，否則那丫頭肯定不敢合眼。」

等到宣紙吃盡墨水，青鳥拿上紙筆輕輕離去。

徐鳳年抖了抖手腕，輕聲笑道：「魏爺爺，我畫這東西，別讓人知道。」

老道士點頭道：「當然，世子殿下胸有錦繡，老道看在眼裡，放在心上，絕不多嘴。」

徐鳳年遠望青城山最高峰，自嘲道：「金玉其外、敗絮其中的世子殿下，有屁的錦繡胸懷。」

魏叔陽哈哈笑道：「世子殿下過於自謙了。」

徐鳳年閉上眼睛，面朝清秀群山，膝上疊刀，雙指掐黃庭訣，默默入定。

魏叔陽一宿不睡，只是靜坐旁觀徐鳳年似睡非睡的玄妙氣象。

入定良久，徐鳳年額間眉心隱隱有紫氣東來。

臨近清晨，旭日東昇，徐鳳年眉心紅棗印記便由深紅入淡紫。

當第一抹晨曦上身，徐鳳年緩緩睜開眼睛，轉頭看了一眼魏叔陽，有些歉意。

魏叔陽輕撫白鬚，搖頭笑道：「老道越發期待世子殿下上龍虎了。」

徐鳳年深吸進一口山林秀氣，心曠神怡，玩笑道：「魏爺爺，真有餐霞飲露的仙人嗎？你說那青羊宮裡頭有沒有以日月精華為食的大真人？」

老道士輕笑道：「老道沒聽說過有這等真人，老道師父當年也只是會些辟穀守精的法門，離登仙境界差了太多。」

徐鳳年離開亭子，抬頭看了眼如一對牛角對峙的青羊、天尊雙峰，喃喃自語道：「青城王，聽上去很厲害的樣子嘛！龍虎山天師也只是被封執掌天下道教的國師，武當山就更可憐了，武當掌教什麼都不是，這裡倒有個占山為王的，要不去瞧瞧？」

魏叔陽笑而不語。因為地位超然，與世子殿下有十幾年的交情擱放在那邊，所以在與徐鳳年乘馬同行的言談中得以知道兩鵝換黃門的鬧劇，如今又看到徐鳳年以山河地理作圖，十有八九是走到哪裡便畫到哪裡，豈不是要畫盡三千里成一線的錦繡江山？這條路會不會暗藏玄機？

九斗米老道士不敢繼續往下深究，放在心上就好，言多必失。北涼的文人狂士幾乎都被大柱國殺雞一般拔去舌頭了，沒誰膽敢議論邊地軍政，只會吟詩作對，倒是幾個有膽識投身軍旅的邊塞詩人，這些年陸續傳出不少豪放雄渾的名篇佳句，更引得志在功名的遊俠兒絡繹不絕往邊境那邊參軍從戎。

說來有趣，許多紈褲子弟在當地被徐鳳年折騰得半死不活，覺得出不了頭，一氣之下便也去邊境博取軍功，好歹邊境上沒有那世子殿下壓得他們抬不起頭不是？

在道觀中看到神情憔悴、兩眼紅腫的姜泥，徐鳳年忍不住微微一笑。這妮子的膽子實在是不值一提，她這輩子唯一的壯舉也就是要殺自己了吧？魚幼薇就睡得踏實許多，眉眼清爽，似乎悟透了些以前想不明白的事情，看向徐鳳年的眸光多了幾絲明澈，少了一味自怨自艾牽連出來的渾濁晦暗。

徐鳳年懶得在這些細枝末節上傷神，只是馬虎吃過了早飯，便找到負手而立的老劍神。老頭兒正盯著一副字跡模糊的老舊門聯，徐鳳年放低聲音說道：「車上書箱新放了點東西，以後萬一要逃命，麻煩老前輩除了帶上姜泥，也把箱子一起捎上。」

老劍神懶散道：「看老夫心情。」

徐鳳年偷偷齜牙了一下，念在這位老一輩劍神要旁觀自己與呂錢塘過招的份兒上，就不去腹誹老頭兒英雄遲暮了。冷不丁看到好歹當年曾是江湖前幾號人物的老頭兒伸出獨臂，去撓了撓褲襠，徐鳳年就忍不住由齜牙變咧嘴了。

李老劍神啊，魏爺爺說你當年單身瀟灑走江湖，無人能媲美你的青衫仗劍，更有無數出眾女子單相思於你，可就你老人家現在這等做派，當真不是被胡亂吹捧出來的？果然，沒跟魏爺爺說破這位老頭兒就是李淳罡，是無比明智的選擇。

羊皮裘老頭兒才撓了褲襠，就伸手刷了刷黃牙，沾到許多昨晚吃肉塞入牙縫的肉絲，輕輕彈去，將一切看在眼裡的徐鳳年默默走遠，心中大罵「去他娘的陸地劍仙」……

◆

沿道繞山而行，過了青城前山門兩座峰，就到了華蓋峰山腰。密林中傳來一陣嘈雜的叫罵聲，身材健壯的呂錢塘停下馬，瞇眼望去。這位佩巨劍赤霞的大丈夫端坐於高頭壯馬上，外行看待徐鳳年出行隊伍，劍客呂錢塘或許只比大戟寧峨眉氣勢稍弱，這位東越魁梧劍士無疑很能震懾宵小鼠輩。

呂錢塘眼中看到一個面黃肌瘦的少年被推出樹林，踉蹌撲倒在道路上，摔了個狗吃屎。這少年卻不是面朝呂錢塘這一行人說些剪徑毛賊的特有術語，而是回頭罵道：「劉蘆葦稈子，我今晚跟你婆娘過不去了！你推我作甚？爬牆看你趴你婆娘身上也沒這勁兒，推誰不好，推我出來，看我不抖摟你上個月進城在集市上摸一個大姑娘奶子的破爛事！」

呂錢塘冷冷看著，緩緩抽出巨劍。

密林中一個沙啞聲音響起：「小崽子，作死啊，還不跑！風緊扯呼！」

看來這幫剪徑的好漢比起昨晚那些實力要弱了太多，可眼力要好許多。最惹人發笑的是那少年傻眼瞪著看了眼魚幼薇、舒羞、青鳥三位，跑路前扯開嗓子嚷了一聲：「姐姐們比青羊宮的神仙姑姑們還要好看！」

魚幼薇嘴角勾起，這個小毛賊比起昨天那些倒楣惡漢確實可愛多了。

不知何時，徐鳳年策馬而出，拿繡冬刀將呂錢塘抽出赤霞的手拍下，臉上露出魚幼薇極為陌生的驚喜，那是一種發自肺腑的歡喜。只見徐鳳年雙手將繡冬刀扛在肩上，哈哈笑道：「小山楂！」

那少年馬上要竄入密林，聞聲猛然停下身形，回頭望著騎在馬背上的陌生公子哥兒，只覺得有些臉熟，可他哪裡認得有這般氣派的富貴子弟？咋的，娘咧，該不會是我上了城內寇匪榜單？不會吧，咱們這一夥在青城山十來股山寇裡最沒地位了，連大當家老孟頭都沒資格被衙門畫像貼在城牆上，為此那大當家可是氣憤得不行，總瞎嚷嚷噴口水說老子是青城山最早的山大王，憑啥不給上榜？咱老孟頭也是劫持過縣城裡好幾位官太太、千金小姐的，不就是拿了銀兩便給放了嗎，就瞧不起咱啦？

被徐鳳年暱稱為「小山楂」的枯黃稚嫩少年愣了一下，猛盯著看了幾眼，才不敢確定地道：「徐鳳年？」

徐鳳年瞇起丹鳳眸，抿起嘴唇，看得眼光一向挑剔的舒羞都要一陣失神，這樣的世子殿下委實太迷人了，別說她這種三十來歲的成熟女子，可以說十歲到八十歲間的女人看見了都會心動。

徐鳳年跳下馬微笑道：「可不是，才三年時間，便認不得了？」

少年當真是不諳世事的初生牛犢，當下顧不得什麼，就雀躍尖叫一聲跑向徐鳳年，繞了兩圈，一臉興奮，伸手摸摸徐鳳年的佩刀，再扯扯徐鳳年錦衣華服的袖子，嘖嘖稱奇，抬頭問道：「徐鳳年，你比上次還要牛氣啊，這會兒又要給老孟頭送銀子啦？」

徐鳳年絲毫不介意一身衣衫被摸得塵土汙垢，只是拿繡冬輕輕敲了一下少年腦袋，笑罵道：「去去去，上次是被你們搶劫，這次換我打劫你們還差不多。」

密林中跳出十來號衣衫襤褸的毛賊，就沒一個體重超過一百五十斤的，都窮酸得一塌糊塗，老老小小，大多是踩著自己編織的草鞋，少數幾個手上有兵器的，也只是提著不堪一擊的木矛、木棍，跟夜襲道觀的那一夥相比，有天壤之別。

大當家老孟頭是個百來斤重的乾瘦老傢伙，他揉了揉眼睛，好不容易辨認出這位公子是那當年被他攆了半座山的徐鳳年，再心驚膽戰看了看那幾名騎駿馬的威風扈從，小心翼翼上前兩步，遙遙道：「徐鳳年，先說好，前些年在你身上刮來的銀子都花光了，老孟頭只有命一條，要拿就拿去，皺一下眉頭，老孟頭就跟你姓！」

徐鳳年放眼看去，小山楂、膽小怕事的老孟頭、最心疼媳婦的劉蘆葦稈子、孔跛子等等，一張張熟悉的臉孔，都還在，都活著。

徐鳳年笑臉醉人，摟過小山楂小身板，大聲道：「老孟頭，瞧你出息得，連寨子都被人奪了去，還跟我裝英雄好漢？我日你仙人板板，甭跟我裝蒜，去，揀個靠水的地兒，帶你們吃頓飽的。」

老孟頭怯生生道：「徐鳳年，你該不會是做成了官衙裡的捕快，要來把我們一鍋端？」

徐鳳年瞪眼罵道：「放你的屁，爺這趟是賞景來了，順便看能否碰上你們，上山前還想著你們是不是餓死了，現在一看，差不遠了。你這大當家當得，替你害臊！」

老孟頭手下蘆葦稈子這幫毛賊哄然大笑，讓本來就沒啥威嚴的大當家十分臉皮沒地方放。老孟頭訕訕笑道：「嘿，這世道真英雄難出頭嘛，你這小子，一張破嘴還是不饒人，得，走起。」

魚幼薇瞪大秋水眸子，舒羞更是一張媚惑俏臉給僵硬到了。

姜泥的小腦袋從簾子後頭探出，只覺得看不懂，想不明白。

老孟頭領路到了一個山清水秀的臨水地方，有幾棟可憐兮兮的潦草茅屋，竹竿子上架著一些破爛衣衫，這若就算占山為王了，天底下還有誰樂意落草為寇？

神出鬼沒的楊青風不知怎麼就扛了無數野味出來，讓這群辛苦下十個套子都未必能逮到一隻野兔、山雞的山寇看得口水直流。

徐鳳年坐在溪畔石子上，小山楂就趴在他身後摟著徐鳳年脖子，一點不理睬老孟頭的可勁兒撇眼角，徐鳳年調侃道：「好了，老孟頭，你這等青城山首屈一指的英雄人物怕個球？小山楂膽子都比你大。」

小山楂樂呵呵笑道：「我就說讓老孟頭把大當家的位置讓我得了，他哪裡捨得喲，非說再等個幾年。」

徐鳳年「嗯」了一聲，笑道：「他就是騙你的，你還真信了？要不跟我下山得了，帶你每天大魚大肉。」

小山楂偷偷轉頭看了不遠處幾位神仙姐姐一眼，嘿嘿道：「這就算啦，我就是在這山上長大的，我一走，老孟頭可不得心酸死哦。不過徐鳳年，那幾個姐姐都是你什麼人，可真水靈！比劉蘆葦程子家的小雀兒要漂亮多了。」

一個十二三歲的小閨女叉腰怒道：「死山楂，你說什麼！」

徐鳳年轉頭一看，訝異道：「小雀兒，都是大姑娘啦，來，站近了，給徐哥哥仔細瞅瞅。」

小山楂偷偷告密道：「徐鳳年，雀兒可喜歡你了，她好幾次說夢話都被我聽到了。」膚色被曬得黝黑的小丫頭漲紅了臉，估摸著是不小心看到魚幼薇幾女的國色天香，有些自卑膽怯，只是遠遠站著不敢靠近徐鳳年。當年她還小，徐哥哥便教她拿樹葉吹了支小曲子，她學了好久，如今已經學會了，沒人的時候就偷偷吹上幾遍。

他以前拉勾說過等她長大了，就來看她的。

徐鳳年好不容易才把羞澀的小雀兒拐騙到身邊坐下，一起吃著老孟頭最拿手的熏烤野味。小妮子是真長大了，都知道細嚼慢嚥不露齒嘍。徐鳳年看見老孟頭有些眼神茫然，透著驚恐，皺眉問道：「有心事，老孟頭？說來聽聽？」

老孟頭擠出一個笑臉，搖了搖頭。

啃著野麂腿的小山楂藏不住話，一下子便紅了眼睛，淒涼道：「徐鳳年，我們欠了錢，還不上，他們就要把雀兒搶走！上回來把我們屋子都給拆了，說這兩天要是再還不上錢，就讓雀兒給他們當丫鬟去！」

徐鳳年微笑道：「沒事，我幫你們還上。以前被你們打劫，說我是天底下數一數二有錢的公子哥兒，可不是騙人的啊。」

老孟頭輕聲道：「沒用，欠了他們二十幾兩銀子，而且他們不是衝著這錢來的，就是想把雀兒擄搶走。你也知道，在山上閨女比啥都稀罕。我和劉蘆葦稈子商量好了，大不了就拚命了，到時候讓小山楂帶著雀兒逃下山。我們這些老骨頭就走不動了，也不想走，畢竟待了二十多年，捨不得呢，就等著哪天死在山上，連墳都找好地兒了。徐鳳年，老孟頭知道你有些銀子，好意心領了，可那幫人不是善茬，殺人放火從不眨眼，都不知道被他們禍害多少姑娘了，等下吃完東西，你們就趕緊走，最好連青城山都別待了，不安生。」

徐鳳年問道：「你們欠錢的，是不是大當家耍一對大斧的？」

老孟頭心有餘悸道：「這倒不是，若是那幫人，我們早死了，老孟頭餓死都不敢跟他們借錢，唉。好漢做事一人擔當，老孟頭潦倒了一輩子，可好在還有這幫老兄弟。徐鳳年，老孟頭斗膽請你照顧一下小山楂和雀兒，窮人孩子好養活，但只求你別讓她們做奴。我們當年上山，就是還有點男兒膝下有黃金的骨氣，總不能越活越回去了，再別讓他們餓死就是。若是你肯，老孟頭給你磕頭，這份大恩大德，不介意跪一回！」

徐鳳年面無表情。

老孟頭泛起苦色。

呂錢塘躬身道：「新來了十幾人。」

徐鳳年做了個抹脖子的陰冷手勢。

老孟頭看得呆若木雞。

徐鳳年皺眉問道：「青城山這麼亂，那青城王就不知道管一管？」

老孟頭苦澀道：「哪裡肯管，青羊宮那些神仙人物，不會管小百姓死活的。」

徐鳳年站起身，拍了一下小山楂的腦袋，再牽起雀兒一點都不秀氣白皙的小手，笑咪咪道：「以前能背你，現在是姑娘家了，總不能再背著，妳爹還不得扛鋤頭跟我掰命。走，帶雀兒去青羊宮看神仙去。」

徐鳳年一手牽著小山楂一手牽著雀兒走遠，當了二十來年落魄山賊的老孟頭百感交集。

當年帶著老兄弟們見到主僕兩人遊覽青城，瞎子都知道是肥到流油的大肥羊，這就呼啦十來號人衝上去前後截住。老孟頭才說只要錢不傷人，這膽子忒小的公子哥兒便騎馬跑路了，若非不幸被枝椏給打落下馬，還真就被他亂竄逃掉了。

連人帶馬一起綁著到了那座當寨子的道觀，本意是搜身拿了銀子便放人，老孟頭做不來那劫財還殺人的損德勾當。豈料一不小心從這肥羊身上搜了幾大疊銀票和一些古怪書籍，一幫老夥計全部看傻眼了，敢情這頭肥羊來頭了不得哇。

不用徐鳳年求饒，老孟頭就主動拿了一張百兩銀票，其餘悉數歸還。

不是老孟頭視金銀如糞土，只不過青城山上好幾股同行都因為劫了大富大貴人家，惹來了郡縣兵房裡的百來號披甲悍卒。運氣不好的給搗爛了老巢，運氣好點的也都提心吊膽睡不安穩，老孟頭可不想拉著一幫兄弟去鬧市砍頭示眾。

一來二去，聚在道觀裡吃了點烤野味，肥羊和草寇兩夥人竟然熟絡起來。

這小子膽子不大，可臉皮真是厚如城牆。死皮賴臉跟著他們一起住了約莫半旬時日，蹭吃蹭喝上癮了，每天都說些他是北涼那邊大公子哥兒的騙人話，誰信啊？揣了幾千兩銀票就當自己是王侯子弟啦？咱老孟頭可是見過世面的。後來老孟頭就把他一腳踹下山，咱們做的是腦袋懸褲腰帶的活計，萬一把主僕兩個良民給連累了咋辦？

小子良心不壞，下山前額外遞了一百兩，說留著等雀兒長大以後買衣裳胭脂。可這三年多生意清淡，又被青羊宮幾位小神仙訛詐去大半，再被關係不錯的幾批揭不開鍋的同行有借無還了幾次，還能剩下個屁。半年前不得已跟英玄峰那邊借了三十兩銀子，結果就禍事臨門了。

劉蘆葦稈子滿頭汗水跑過來，嘴皮發白打顫道：「老孟頭，英玄峰那幫混帳玩意兒都沒氣了。全給那拿大劍的傢伙斬殺乾淨了！」

老孟頭驚嚇得跳起來，愕然道：「啥？」

老劉瘦得跟蘆葦稈子似的，卻討了個是他兩人重的媳婦，又生了個越長越俊俏的小閨女，這命真是不好說。老劉抹了抹汗，一屁股坐在地上，大口喘氣，輕聲道：「這名劍客也太霸道了，一劍下去便是好幾條人命，經得住他幾下？都死了！就沒一個是全屍的。老孟頭，咱們裡頭就你腦子最靈光好用，你給想想，咱們是走運了還是完蛋了？碰上英玄峰那幫人，咱們大不了就是拚命。可徐鳳年這小子真人不露相，若是記當年的仇，折騰我們還不跟玩一樣？」

老孟頭想了想，自己給自己壯膽道：「好事吧？徐鳳年瞅著不像是殺人如麻的官宦子弟。他對小山楂和雀兒都是真喜歡，這個我們都看得出來，壞不到哪裡去，否則哪裡還有我們活命的道理？」

劉蘆葦稈子小聲問道：「這徐鳳年到底啥來頭？」

老孟頭伸手摸了摸後背，濕漉漉的，搖頭道：「我哪裡知道？」

劉蘆葦稈子驚奇道：「咦，那僕人老黃呢？」

老孟頭恍惚道：「你見過跑起來不比奔馬慢的僕人？當年我不敢多要些銀兩，是因為這個啊。」

劉蘆葦稈子恍然大悟，一拍本就沒幾兩肉的大腿，不小心拍重了，倒抽一口冷氣。打劫總找藉口說腿腳不俐落，喜歡縮在最後的孔跛子，今天跑得那是氣勢如虹——或者說是屁滾尿流。這跛子以前最喜歡跟徐鳳年插科打諢，吹噓年輕時候如何比徐鳳年英俊瀟灑。這會兒面無人色喊道：「有衙門的人！粗略瞥了眼，起碼有百來號人，一個個騎馬佩刀持弩，比起郡裡那幫上山圍剿的官兵，一個天一個地。老孔投過行伍，認得那是大名鼎鼎的北涼刀，北涼刀呢！這一百人別說我們，就是整座青城山都能給踏平了！」

老孟頭和劉蘆葦稈子面面相覷。

賊老天，只能等死了。所幸小山楂和雀兒都不在，倒也死得不算憋屈。

不料這一百牽馬而行的精雄輕騎到了溪畔，為首重甲持戟將軍摘下面冑，笑著望向聚在一起的老孟頭這一夥難得心善的毛賊，盡量輕聲說道：「末將寧峨眉。殿……徐公子說了，不得打擾老孟先生。只是我軍騎兵素來視戰馬如袍澤，一路上山，找不到水源，只好逾規前來叨擾，老孟先生莫要責怪。」

老孟頭操著一口濃重地道的雍州腔，一頭霧水地問道：「將軍說啥？」

大戟寧峨眉拍了拍身邊通體如墨的心愛戰馬，微笑道：「馬要喝水，順道休息片刻。」

老孟頭心中大石滾落，爽快道：「將軍甭客氣，儘管喝，溪水喝光都沒事！」

寧峨眉輕輕抱拳，回頭本能厲聲道：「一炷香，抓緊！」

一百鳳字營輕騎沒有發出任何嘈雜聲響，只剩下馬匹喝水噴鼻聲。

離陽王朝一直被公認戰馬春秋最雄，馬政興盛無匹，朝廷尤其關注。武書上說馬者甲兵之本、國之大用，其餘春秋幾國要麼心不在焉，要麼如西楚這等大國實在沒有大的牧場，先天輸了一陣。

北涼號稱三十萬鐵騎，更是對每一匹戰馬從出生起便要詳細記載在冊，有近乎煩瑣苛刻的軍法條律：凡減截馬料者，與減截士卒口糧同罪，斬立決；非戰時不得輕易乘馬遊獵，若借人騎乘，鞭笞一百；丟棄馬鐙馬鞍者，鞭笞一百。

寧峨眉率領一百輕騎出行，一樣要嚴格遵循最基本的行軍條例：十里一歇，刷馬口鼻；三十里一飲飼。

在北涼，任何人都是：臨陣失馬者，斬；力戰死戰而傷馬，賞。

北涼鐵騎甲天下，不是靠文人士子用嘴喊出來的，而是馬踏六國加上半個江湖，一個一個鐵蹄踩踏出來的！

曾在雍州一處校場打雜，便自稱投軍上陣過的孔跛子，畏畏縮縮提了提嗓門，小心問道：「這位大將軍，你們是北涼人？」

寧峨眉笑道：「我可不是什麼大將軍，不過我們確是北涼軍。」

孔跛子豎起大拇指道：「北涼鐵騎，沒得說！當年我在雍州軍伍裡，聽多了北涼三十萬鐵騎的豐功偉績，今兒總算是親眼瞧見了。」

寧峨眉笑了笑，沒有說話。

孔跛子蹲在一旁細細觀看，這一百北涼騎兵比起雍州軍卒，何止雄壯了一點半點？他估摸著三個雍州兵對付一個北涼的，都懸乎！

寧峨眉等戰馬飲水完畢，重新戴上面胄，喝道：「上馬！」

百餘輕騎上馬動作如出一轍，行雲流水。

老孟頭這幫人看得傻眼。只覺得這幫北涼騎兵便只是上馬動作，便透著股濃重殺氣了，若是衝鋒起來，誰敢阻擋？

劉蘆葦稈子望著北涼輕騎整齊有序漸次離去，嘖嘖道：「老孟頭，服氣了。真被你說中，那徐鳳年是父輩為官的小哥兒，指不定還是將門子弟哩。」

老孟頭嘆氣一聲，眼神複雜道：「將門子弟？說小了！老劉，我們這兒是雍州，普通的北涼騎兵能大搖大擺進入青城山，沿途州郡不早就大打出手了？」

孔跛子點頭道：「這話在理。」

劉蘆葦稈子笑道：「還要再大？老孟頭，那你乾脆說徐鳳年是那大柱國的兒子好了，總沒有比這更大的了吧？咦？徐鳳年？不就跟大柱國北涼王同姓嗎？」

三人互相你瞪我、我瞪你。

不敢喘氣，差點被憋死的老孟頭終於記得吐出一口氣，小聲道：「不像啊。」

孔跛子點頭，「不像！」

劉蘆葦稈子附和道：「一點都不像！」

◆

青羊峰陡峭險峻，宛如一柄朝天劍橫空出世。所謂望山跑死馬，真要走到山頂青羊宮還有很長一段路程，說不定得晚上才能勉強登頂。好在一路風光如畫，古木參天，澗深谷幽，摩崖石刻，猿猴縱越，並不乏味。

要知道許多原先篤信九斗米道的老人，為了能到青羊峰頂燒香，看那千燈萬燈朝天庭的聖燈奇景，不辭辛苦，進山後能自帶乾糧整整步行十日！

徐鳳年與小山楂同乘一馬，雀兒則被魚幼薇抱著。小妮子很喜歡白貓武媚娘，剛好抱在懷中。

徐鳳年抬頭透過蔥郁古木看著晚霞雲濤，絢爛如汪洋。

小山楂雙手捧著眼饞便覥著臉跟徐鳳年借來的繡冬刀，笑道：「咱們再往上點就是駐鶴亭了，離山頂走路聽說還要好幾個時辰，騎馬最多一個時辰。我以前和雀兒也就只敢走到亭子邊上，神仙姑姑們脾氣都不好，會罵人。」

徐鳳年問道：「山上很多坤道女冠？」

小山楂懵了，「啥？」

徐鳳年笑著解釋道：「就是女道士。」

小山楂點點頭，朝邊上的雀兒做了個鬼臉，嬉皮笑臉道：「很多，都比雀兒好看。不過就是沒你帶來的姐姐們好看。」

徐鳳年敲了一下少年腦袋，笑著教訓道：「教你一個我花了無數銀兩買來的道理：見到漂亮姑娘要使勁稱讚沉魚落雁、傾國傾城，不那麼漂亮的也要誇好看極了。真難看的，那好歹也要說秀氣婉約什麼的。」

小山楂一臉為難，實誠道：「這我可學不來，你看雀兒黑，我就天天說她白得像一塊黑炭。」

徐鳳年哈哈笑道：「你這不是找打嗎？」

魚幼薇嘴角翹起，摸了摸懷中女孩的小辮子。

雀兒跟著偷笑起來，她才不管徐鳳年是誰，她只記那個教她吹樹葉哨子的徐鳳年。他說會來看她，還會帶她去青羊宮看神仙。

第十五章　青城山世子啟釁　徐鳳年馬踏青羊

駐鶴亭，說是仙鶴常駐，徐鳳年一行人下馬歇腳卻連一隻山雞都沒看到。

倒是有六、七位坤道女冠擁著一個氣宇軒昂的年輕公子哥兒，他身穿道袍，手上拎了一柄清香的神霄式桃木劍，頭頂飽受詬病的逍遙巾飾以華雲紋圖案，尤其帽後綴有兩根綿長劍頭飄帶，行動間便飄帶搖曳。只是被上了年紀的大真人老道士一致認為有失莊重，不是任何年輕道士都有膽量頂戴。

女冠道姑們貌美體嬌，鶯鶯燕燕，越發襯托得年輕道士放浪不羈。

這位俊逸道士斜臥在亭中長椅上，身邊幾位女冠不斷剝出青羊栗放入他嘴中。此等仙府氣派，被老孟頭這幫毛賊看見可不就是神仙風姿？

青羊宮年輕道士見到舒羞先是一喜；再看到白貓白裙的魚幼薇，便是一愣；再瞧見從馬車上跳下來的姜泥，眼中驚豔之色更是遮掩不住。他輕輕推開女冠，站起身，將桃木劍挎在腰上，率先走出駐鶴亭，優雅作揖，竟是客氣地一揖到底。抬頭後站定，微笑望向徐鳳年，緩緩道：「青羊宮小道吳士楨……」

徐鳳年哪裡會給這道士在那裡自賣自誇的機會？他讓呂錢塘開道，徑直走向駐鶴亭，無禮打斷道：「吳士楨？青城王吳靈素是你什麼人？」

那些女道士本來對徐鳳年好感頗多，光說皮囊，與徐驍不像，卻與王妃足有八分形似神似的世子殿下，是難得的男子女相。若非這四年遊歷加練刀的磨礪，抹去了許多脂粉氣，他還更能討女子歡心，當然比起吳士楨更要拿得出手。如今徐鳳年雖說體格健壯了些，不如從前稜角陰柔，陰氣卻更盛幾分，至今也就被白狐兒臉給比了下去，除此之外，還真就沒了。

青羊宮女冠們雖驚訝眼前富貴錦衣男子的英俊，可與吳士楨處久了，習慣了言談儒雅，吃不消徐鳳年的直來直往。她們一下子就沉下臉，「哪來的紈褲子弟，竟敢直呼青城王姓名？」

吳士楨瞥了瞥互成掎角之勢站立的呂錢塘和舒羞，他只看出舒羞是頭體柔更內媚的母狐，但呂錢塘那柄赤霞大劍，似乎十柄桃木劍加起來都不如人家一把重。

不見吳士楨有任何慌張，依舊笑面相迎，鎮靜道：「宮主正是小道的父親。」

徐鳳年譏笑道：「那你倒是有個厲害的爹了，青城王，聽上去就威風。咱們王朝裡也就兩位異姓王，你投胎投得不錯。」

一幫女冠們皆是震怒，竊竊私語，罵聲一片，顯然被徐鳳年的言語給惹惱了。

正主吳士楨不愧是青城王的兒子，只是輕笑道：「聽公子口音，是涼州人氏？」

徐鳳年傲氣地點點頭，他本就是北涼自稱第二，別說第一連第三都沒人敢稱的紈褲，根本不需要怎麼費勁假裝，自有一股讓人頭皮發麻的跋扈氣焰。徐鳳年拿著繡冬刀指了指一直賠笑的吳士楨，頤指氣使道：「我爹不比青城王差多少，是位手握兵符的將軍，這些年攢下一大份家底，本公子嫌家中金銀太多，堆積成山，礙眼。聽說青城山有神仙，就想來看看能否買點長生道法，多活個百來年。若能成，別說白銀百萬兩，便是黃金十萬斤，本公子都能給你們搬到青羊宮裡去。最不濟也要去青羊宮弄幾本上乘房中術典籍回去。你，叫吳士楨的道士，既然是那封王的吳靈素的兒子，便領本公子去山頂青羊宮，你老子如果沒些真本事稱王，便拆了你們青羊宮！」

吳士楨眯眼看了一眼九斗米道裝束的魏叔陽，道：「請公子隨小道上山，不是小道自矜，青羊宮內很是有些吐納求長生的道門孤本，公子既然帶了九斗米道的老真人，更可以一看便知。」

徐鳳年倨傲道：「那還不趕緊領路？本公子滿意了，金山銀山都是你的。」

吳士楨帶著一群氣瘋了的青羊宮女冠徒步而行，駐鶴亭角落的青竹躺椅棄而不用。

騎在馬上的徐鳳年拿繡冬刀刀鞘敲了敲吳士楨腦袋，問道：「吳士楨，你給本公子說說你老子怎麼個神仙道行。」

腳步輕浮的吳士楨已經走出一身汗水，喘著氣回答道：「我父本是龍虎山煉丹岩的隱士，後來丹道大成，下山祈禳瘟疫救濟百姓，在揚子江畔遇到火師汪天君，天君見我父道心精純，便授以神雷謁帝大道，可役鬼神三十六。再遊白水澤道門第二十二洞天，遇一病重老嫗，施以援手，才知她是天上電母，授予我父《神霄五雷天書》，噓呵可成風雨，揮手招致雷電。我父得了天命，豁然神悟，察見鬼神、誦咒書符，策役雷電追攝邪魔！有幸被皇帝陛下召見，龍顏大悅，才封了這青城王。」

徐鳳年有些震驚，別看吳士楨氣喘如牛，這一番說辭卻是無比嫻熟，說得正氣浩然，顯然是背誦過無數遍的。

魏叔陽微微一笑，不置可否。神仙傳說，他身為九斗米老道，豈會不知其中貓膩？像那龍虎山和武當山，除了開山立派的幾位祖師爺還需要借鬼神來壯聲勢，何曾聽說現在哪位天師掌教出門撞見了仙人？說出去都要被人笑掉大牙的！

腦袋探出簾子聽到這些的姜泥卻是深信不疑，嘖嘖稱奇。至於那吳士楨，卻是瞧都沒仔細瞧一眼，長相如何，風度如何，一概不知。

老劍神李淳罡沒好氣地低頭聞著腳丫子的味道，貌似被自己的臭氣給熏到，抬頭擺了擺手，繼續沒好氣道：「別聽這縱欲過度的小道士瞎扯，都是騙人的。」

姜泥對神仙佛靈是極其崇敬的，緊張道：「別胡說，這裡離青羊宮不遠了，小心一道雷劈下來！」

老頭兒哈哈笑道：「劈下來又如何，老夫一劍便給劈碎了。」

提心吊膽的姜泥憤憤道：「你不吹牛會死啊？會死啊？」

老頭兒呵呵道：「別急，妳聽下去就是，徐鳳年這兔崽子哪裡會由著這小道士在那邊沒個邊際地吹噓。」

果不其然，徐鳳年就像極了那種出身豪閥卻莽撞無知的愣頭青，捅破天窗，用力打臉道：「你老子吳靈素碰沒碰到那啥火師雹母，鬼才知道，吳靈素怎麼吹都行。但本公子可是聽說了，吳靈素扯東扯西扯出了一本《神霄靈寶經》，想要跟龍虎山和正一教撇清關係，在青城山這塊風水寶地自立門戶，奈何香火少到可憐。後來不知誰引薦了吳靈素，說你老子道法稀拉，房中術卻是一絕。於是就被皇帝陛下喊到了宮裡去，你老子也識趣，給了丹藥、給了祕笈，還拍馬屁說大話，說啥天有九霄，神霄最高，神霄內的頭頭是那啥玉皇大帝的長子，便是當今轉生的陛下。這馬屁有點水準了，不過據說龍虎、武當幾個道教祖庭，都罵你老子吳靈素是吳大牛皮呢。這一人一宮霸占第六洞天的青城王也不敢放個話回罵幾句？好歹是個王，咋當的？」

魚幼薇噗哧一笑。

魏叔陽很配合徐鳳年，故作小心忐忑模樣輕聲糾正道：「公子，青城山是第五洞天。」

徐鳳年哼哼道：「第五、第六不也差不多嘛。」

吳士禎臉部表情僵硬，但始終僵硬著保持微笑，沒有怒氣，沒有暴躁。他伸手擋去一位坤道女冠替他抹汗，自己擦拭汗水，望向前方，已經依稀可見宮頂簷角。出生以後便沒受過惡氣的吳士禎嘴角翹起，抬頭笑道：「公子，青羊宮就要到了。」然後吩咐其中一位稍微年長的道姑：「青水，妳走快些，先上青羊宮去說一聲有貴客。」

道姑扭著誘人腰肢匆匆跑去。

吳士禎眼角餘光瞥了瞥抱著個醜陋丫頭的魚幼薇。

徐鳳年表面上無動於衷，心想這年輕道士定力還真是不錯，是王八吃秤砣，鐵了心要關門再打狗？

青羊宮終究不是北涼軍伍，在青城山做神仙做久了，就真把自己當刀槍不入的神仙了，就沒那哨卒探知山下有一百輕騎？

徐鳳年遙遙看到青羊宮前殿，瞇眼道：「吳士禎，有沒有人稱呼你吳小牛皮？」

吳士禎興許是艱辛忍了一世，就不再介意忍一時。他心裡其實早已將這北涼來的不知天高地厚的膏粱子弟給罵了一百遍，就等著進了青羊宮好好拾掇這傢伙。既然已經可以見到有父親坐鎮的青羊宮，這時候吳士禎的笑臉便更加燦爛，抬頭道：「吳小牛皮？第一次聽說呀。」

徐鳳年拿繡冬指了指前方的舒羞，跟著吳士槙笑道：「要是真有能入本公子法眼的上等房中術，瞧見沒，這娘們兒精通媚術，年紀是大了些，可那活兒熟稔，保管你這道士只羨鴛鴦不羨仙，做什麼神仙！本公子不介意將那位舒大娘送給你，咱倆投緣，本公子從不是吝嗇的人。」

舒羞嬌軀明顯顫抖了一下。

吳士楨看了眼舒羞背影，確是比宮內女冠要丰韻許多的尤物，看她那與馬鞍接觸的弧線，真是滾、翹、圓。只是入了我的青羊宮，你罵了我爹堂堂青城王吳靈素是吳大牛皮，還將小道爺喚作吳小牛皮，一個尤物就夠了？剩下幾位呢？

徐鳳年好不容易終於看到吳士楨得意忘形的一幕，倒有幾分佩服了。就吳士楨這份耐心和偽裝，比起北涼大多數紈褲子弟都要高明太多了。

徐鳳年自言自語道：「得，先馬踏了青羊宮再說。」

吳士楨豎起耳朵，仍沒有聽清徐鳳年的嘀咕。望見青羊宮內潮水般擁出大批道士，他頓時豪氣橫生，加快步子，離遠了挎雙刀的徐鳳年，這才指著殿外一塊石碑，輕笑道：「上面寫了『公侯下馬』四字，是皇帝陛下御賜。」

徐鳳年斜瞥了一眼，字跡認得，果然是皇帝寫的，與聽潮亭九龍正匾一樣，中規中矩，卻沒半點筋骨神韻。

徐鳳年不予理睬，揚鞭策馬上殿，馬踏白玉石階，蹄聲異常清脆。

魏叔陽緊隨其後，呂、舒、楊三人按葫蘆畫瓢。尤其是呂錢塘覺得快意至極，公侯下馬？我呂錢塘一介亡國草民，都可以視而不見。

差點被徐鳳年雙手奉送給青羊宮的舒羞臉色難看，順帶著俏臀下駿馬踩踏出來的馬蹄聲也格外沉重。

那吳士楨毫不阻攔，這位最重風度的青城王愛子，整理了一下頭巾道袍，緩緩瀟灑拾階而上，青羊宮內高手盡數擁出，不下五十人。

父親吳靈素自立神霄派，是開宗立派的輝煌大手筆。加上被封為王，雖說九斗米道士被驅攆得一乾二淨，但漸次吸納了許多慕名而來的能人異士，終於三十六人合成了神霄劍陣。劍陣一旦啟動，三十六柄劍，呼嘯有如雷鳴。

吳士楨年幼時見到無數青城山九斗米老道士上青羊宮理論，都被當時才十八人的玉霄劍陣給打得滿地找牙；現在青羊宮在青城山勢大無匹，玉霄劍陣號稱對敵二品以下無敵手，神霄劍陣更是能與一品高手抗衡。

兩個劍陣，吳士楨不是坐井觀天之輩，自知與當今各自成名數百年的天下三大劍陣自然有些差距。只是，眼前這幫人抵擋得住？那大劍壯漢有些棘手，雙手如雪的護衛興許也有點古怪門道，至於離公子哥兒最近的那位九斗米老道，吳士楨素來不放在眼中。

勝券在握的吳士楨這時候卻為難起來。

青羊宮擅長房中雙修術，這些年他做了些不太光明正大的勾當。可兔子不吃窩邊草，上山香客中即便有容貌根骨俱佳的女香客，在父親的嚴令下他也不敢太荒唐，除非遇見了上佳的鼎爐，才會出手。宮內兩位最得寵的道姑，便是去年擄獲的，僕役都給殺光，拋屍荒郊，再嫁禍給山上一夥草寇，十分簡單，否則留著一股股山匪做什麼？吳士楨會在意每年幾百兩銀子的那點兒可憐供奉？

這兩位女冠是一對姑侄，初時百般抗拒，只是嘗過青羊雙修的滋味後，已是百般順從。在青羊宮內做快活神仙，總比在山下做柴米油鹽的凡夫俗子來得愉悅輕鬆，哪個世俗女子不奢望可以駐顏有術、永保青春？父親說過這可是皇宮娘娘們都不能免俗的！有相馬術，更有相人術。相人分許多，吳士楨只揀選了最感興趣的一種——如何辨識雙修鼎爐。他在駐鶴亭一眼就看出這夥香客那幾位娘子鼎爐資質之好，是生平僅見。那被調侃舒大娘的，上品；駕車的青衫丫鬟與只探出頭一次的絕美女婢都是上上品。

而那騎在馬上抱了個黑丫頭的內媚女子，則是讓人垂涎的仙品，幾近父親所謂的仙人第二品「坐蓮菩薩相」！

吳士楨心動了，為難的卻不是這位北涼公子哥兒扈從雄健。管你是哪一位北涼將軍的子孫，就算有本事帶幾千鐵騎上青城，可被顧劍棠大將軍打造成一個鐵桶的雍州，會允許你北涼武卒橫貫半州？同樣是春秋功勳顯赫的武夫，你徐驍憑什麼得了大柱國，被封北涼王，虎符重如泰山；我顧劍棠大將軍卻只是八位上柱國之一，在朝廷為官，手中軍權輕如鴻毛。

吳士楨不認為顧劍棠會大度到一笑置之，十年間雍州武將頻頻更換，顧大將軍三分之一的舊部都有意無意安插進來。父親年初喝酒時私下便說：「顧劍棠跟徐瘸子卯上了，姓顧的論心機、實力都稍遜人屠一籌，可顧劍棠才四十三歲，這就夠了。」

徐驍尷尬如此，何況是北涼的將領？吳士楨哪裡會畏懼。再者北涼三十萬鐵騎實權都在他那六位年輕義子手中，不曾聽說有眼前公子哥兒這麼大年紀的子孫。

因此吳士楨為難的是那幾個女子如何分配，給父親幾位？是將那菩薩相的白貓小娘子交出去，自己留下其餘幾位，還是弱水三千只要那女子一瓢？可一心要雙修證道給世人看的父親會答應嗎？

在青城山，青城王吳靈素就是天，那吳士禎無疑就是「天子」了。

吳士禎一旦頭疼，就會習慣性地雙手食指去捲起逍遙巾的兩條飄搖劍帶，看得十數位跑出大殿湊熱鬧的道姑們目眩神搖，女冠們最癡迷吳士禎的這些小動作。比起與吳士禎父王神仙雙修時的規矩森嚴——每一個動作都得按著書上走，一步不得差，她們無一例外更樂意與吳公子巫山雲雨。

這位會疼人的小神仙，搖桃花美人扇，吹羊脂白玉簫，能彈古琴引來百鳥齊鳴，連被搶入青羊宮的那對璧人都心甘情願不思歸鄉，何況是一些年幼就被帶上山的女道士？

吳士禎抬頭看著高坐於棗紅大馬上的徐鳳年，笑道：「這馬歸我了。」

徐鳳年瞥了瞥十八人瞬間成就的劍陣，轉頭詢問魏叔陽，「魏爺爺，這陣有名堂？」

神情自若的魏叔陽輕輕撫鬚道：「如果老道沒看錯，這是吳靈素偷學龍虎山老君閣裡一個祕陣而來的玉霄劍陣，算是青出於藍而勝於藍。吳靈素天資超群，事事舉一反三，這是連龍虎老天師都承認的，可惜他心術不正，吃不住苦，一心取巧，不肯走皇皇大道。當時老天師故意斥責吳靈素，將其冷落在煉丹岩上，其實是存了讓這位青城王好好煉心一番的良苦心思。不承想吳靈素負氣離開龍虎山，日子過得看似風光，實則聰明反被聰明誤，否則未必成為不了龍虎山的外姓天師。」

徐鳳年笑問道：「不提這青城王，這十八人圍成了劍陣，那四十幾個持劍道士就是閒著旁觀？」

魏叔陽神情肅穆，搖頭道：「那是青羊宮鎮宮劍陣。吳靈素以神霄天君自稱，自有他的一些底氣，不知怎麼被他琢磨出一套三十六天罡神霄劍陣，威力不可小覷。起碼老道我就不敢輕易掠這劍陣，十有八九要敗下陣來，說不定還會死於劍陣之中。

這是當下最負盛名的幾個大陣之一，與青羊宮親近的好事之徒在朝野上下大力鼓吹，說這可引天雷的劍陣比較三大劍陣，不弱絲毫。吳靈素三年前再入皇宮，便帶著三十六劍陣道士一同前往，傳言英華殿外劍光凌凌，晴朗日子，頓時變得天雷轟響，與日月爭輝。更有人說連當時在京中的趙天師一旁觀陣，臉上都失了顏色。」

徐鳳年譏笑道：「神霄劍陣不弱，我信。可要說龍虎山二天師驚恐失色，我打死都不信。老黃當年給我說過三大劍陣，說他沒去過吳家劍塚，不去說，龍虎山的劍陣當之無愧是天下第一。二天師是吃過了山珍海味的老饕，哪裡會對魚蝦小鮮感到震驚，最多就是說一聲味道不錯。這是最會造勢的吳靈素在往自己那張老臉上死命貼金呢。」

龍虎山「一百零八劍軍屠酆都」的劍陣，以百劍成軍，鎮守斬魔臺。

武當山太極劍陣，九九八十一名桃木劍士，據說可以生生不息，劍勢如雲濤滾滾，只要中樞劍士不死，便可一人不死，至今未嘗敗績。

吳家劍塚揚言寥寥九把枯劍破萬騎，更只是一個無據可查的荒唐傳說罷了。兩百年前，九位吳家劍士為救一人，劍道造詣最高的九人一起出塚，九馬九劍赴北莽，九人便拚死了北莽最精銳的背嵬重甲萬人！是真是假不得而知。只不過九人死傷大半，最終回到吳家的才三人，劍塚元氣大傷，近兩百年一蹶不振不復盛況是實情。

馬車停在臺階下，姜泥和老劍神下了馬車。敬畏鬼神的姜泥小心翼翼，生怕天上說不好就雷劈下來。那徐鳳年罪大惡極，難保不會引來青城山上神仙的怒氣。書上說越是名山大川，越是不敢高聲語，恐驚天上人。不就是這個道理？到時候被徐鳳年殃及池魚，姜泥覺得那就死得太冤枉了。他造孽無數，可自己卻是連在北涼那座漏風茅屋裡都會給餓鼠留飯的好人，夏日被蚊蟲叮咬得睡不著覺，都不敢撲殺，只好忍著熱裹緊被單。

獨臂老劍神看到姜泥時不時抬頭張望，看到偶有雲朵在頭頂飄過都要惶恐變臉，忍俊不禁打趣道：「姜丫頭，怕什麼，老夫說過便是雷電落地，也能一劍破去，傷不了妳分毫。所以妳大可以求著變天，烏雲滾滾，最好劈死徐鳳年那大惡人。」

姜泥站在石階上，挑了個離徐鳳年最遠的地方，再不敢上前，心情鬱悶道：「可你連一把劍都沒有。」

老一輩劍道魁首自負輕笑道：「當日在泥濘小道上，老夫拿了一把小傘，便隨手使出了『一劍仙人跪』。對老夫來說，天下何物當不得一把劍？只是一天不曾真正握劍，老夫便一天沒有那拿回半把木馬牛的心思，自然也就沒了當年的巔峰劍意。這是老夫走出聽潮亭前與人屠立下的約定，不可輕易違背。小丫頭，妳可知那一招『一劍仙人跪』的由來？」

姜泥時刻提防著天空，一邊抽空望向廣場上那邊劍拔弩張的光景，不出意料道：「不想知道。」

老劍神翻了個白眼。

徐鳳年剛才與魏叔陽說話十分大聲。吳士楨聽聞清楚，他穿過青石廣場，退到大殿門口，微笑喊道：「青羊宮兩大劍陣是否名副其實，你們一試便知。」

徐鳳年哈哈笑道：「哪裡，我這趟上山帶的人少了，青羊宮是仙人居所，就不要打殺了，傷了和氣。本公子就是求長生來的，還是那句話，有長生仙術授我，我便給青羊宮黃金千斤萬兩；沒有的話，有上乘房中術即可，舒大娘給你又何妨？這等貨色，本公子府上飼養了無數。只要青羊宮有幸與我結下香火情，每年都給你們送來。」

耐心有極限的吳士楨這才撕破臉皮，陰沉道：「瞧見那『公侯下馬』四字了沒？我可是提醒過你們的，你縱馬而上，是死罪！」

徐鳳年語帶疑惑道：「哦？」

吳士楨拿手指陸續點了點舒羞、魚幼薇、青鳥以及最遠處的姜泥，「你如果肯交出這四人，我不僅免去你騎馬的死罪，還贈送你幾本雙修祕笈，甚至再讓我父親親自傳授你長生術，如何？」

徐鳳年笑咪咪道：「呂錢塘，去破陣。」

呂錢塘下馬抽出赤霞劍，走向十八人組成的玉霄劍陣。

重劍多半屬於劍道中的霸道劍，力求如吳家劍塚那樣橫掃千軍、滅破萬甲。不管吳家九劍兩百年前是否真屠滅了北莽一萬背嵬重騎，這個傳說都能讓每一位練重劍的劍士倍感熱血翻湧。

呂錢塘觀廣陵江大潮十年悟劍道，曾每年八月十八浮舟逆行於洶湧江面，對著潮頭劈劍，直到力竭墜入江水，好幾次都幾乎溺死，所幸有人在江畔盯著，將他救回茅屋。每次面大潮練巨劍，呂錢塘的劍法術道和體格筋骨都更上一層樓，故而今日面對玉霄十八劍，怡然不懼。

吳士楨皺了皺眉頭，真要破陣？那言語孟浪輕浮的紈褲到底是哪裡來的膽子？

「公侯下馬」四字，可是皇帝陛下親筆寫就，等於給了青羊宮一道無聲聖旨。父親吳靈素更是被封為王，便是雍州州牧也不敢在山上自恃身分。兩大劍陣聲名在外，這夥人是見識短淺還是有恃無恐？難不成今天真要將父親青城王都驚動出來？

吳士楨站到了大殿門檻上，如此一來觀戰更加洞若觀火。他自小便在山上長大，可心眼兒卻不小，與雍州一干大膏粱子弟有不錯交情，都是被當作仙人後代兼王侯子弟一般敬重看待。聽說北涼紈褲都蠻橫粗野、無法無天，今天一見果真不假。吳士楨兩根手指撚著一根頭巾劍帶，自言自語道：「看來有機會以後一定要見識見識那位北涼王的長子。」

小山楂早已將繡冬刀交還給徐鳳年，抬頭憂心忡忡道：「徐鳳年，你真要跟神仙們打架啊？」

徐鳳年笑道：「打著玩，打得過最好，打不過再跑。老孟頭這個道理都沒教你？」

小山楂苦著臉無奈道：「教了啊。可劉蘆葦稈子說咱們做剪徑小賊跟同夥不太一樣，是寧可錯放，也不要錯劫。要不然打不過還被抓多丟臉？還得被拖去鬧市口給喀嚓砍頭了。老孟頭他們可以說啥十八年後又是一條好漢，可我這輩子都還沒活到十八歲呢，下輩子的事情哪裡知道。

我就想帶著雀兒去瞅瞅外邊，你以前不總說山下風光無限好，差點都把我和雀兒給拐騙去了。我可不樂意當一輩子的小毛賊，想著還是帶著雀兒找份不用殺頭的活計。雖然我總笑話她長得黑，可她就跟我親妹妹一樣，以後怎麼都得幫她找個好人家嫁了，總不能再綁個讀書人給雀兒當相公吧？再說雀兒也不喜歡。唉，她就喜歡你，徐鳳年，她咋會喜歡你呢？當年還好，現在你身邊這麼多神仙姐姐，哪裡輪得到她哦。」

徐鳳年拿繡冬輕輕敲了一下小山楂腦袋，笑道：「你小子真是長大了。要不去北涼不是邊境的地方撈個安穩的小卒當當？好歹能給雀兒掙點嫁妝。當兵比當賊好，不用擔驚受怕。」

小山楂低頭彎腰摸著駿馬鬃毛。老孟頭別說養馬了，還手無寸鐵，當毛賊都沒出息。

小山楂對徐鳳年的坐騎喜歡得要死，唉聲嘆氣道：「我倒是想啊，可老孟頭、孔跛子、劉蘆葦稈子這些老頭子咋辦？我拍拍屁股走了，再過幾年，他們還不得活活餓死？老孟頭這個大當家死腦筋，說山下做人不痛快，做人比狗都不如，死活不肯下山做那些正當正經的行業，我都要愁死了。」

徐鳳年喃喃道：「是愁。」

魚幼薇懷中捧著武媚娘的雀兒怔怔望著神仙們擺出的可怕陣勢，徐鳳年卻讓那扛好大一把劍的壯漢叔叔去打架了。她跟小山楂一樣愁死了，轉頭可憐兮兮望向比山上道門仙姑還要漂亮的姐姐，擔憂問道：「神仙魚姐姐，能不能讓徐鳳年不要打架啊？」

魚幼薇望了一眼徐鳳年的傲慢背影，指尖點了一下雀兒的鼻子，柔聲道：「他哪裡會聽我的話？妳的徐哥哥對妳和小山楂才格外好說話，否則對誰都沒個好臉色。小雀兒，能讓他背的小姑娘，這世上可不多了。姐姐遠不如妳哦。」

小姑娘驚訝，「啊」了一聲，小腦袋實在是想不明白了——神仙姐姐這般好看，徐鳳年都不知道可勁兒喜歡嗎？

徐鳳年見劍陣與破陣即將牽一髮而動全身，夾了夾馬腹，馬蹄輕輕。將小山楂交給魏叔陽，再對魚幼薇輕輕喊道：「妳把雀兒也帶到臺階下面去，廣場上會比較血腥，也不是妳喜歡的場面。妳們離遠一點，就在馬車邊上待著，等我喊妳們再上來。」

魚幼薇和魏叔陽分別帶著兩個孩子騎馬出了廣場。

武夫獨身破陣要一鼓作氣先殺人，忌諱拖泥帶水，往往會被陣法拖死。這與行軍作戰擒賊先擒王的道理異曲同工。

呂錢塘掠入廣場，身陷發動的劍陣之中，赤霞第一劍便沒有任何保留。

劍勢如長虹貫日。

劍勢在外行看來只是嚇人，除非嚇破膽，否則劍勢就只是好看的劍勢了。可劍勢之下的劍招卻是能殺人的。

赤霞劍與青羊宮精心煉製的一柄青罡劍碰撞在一起，那名劍陣道士便倒飛出去，只是身形尚未落地，便被三柄劍劍身貼住了後背。只見三劍彎曲出一個美妙弧度，硬生生將道士給扶穩了。

三劍抽回，道士身體飄然落地，臉色如常。

呂錢塘心境如止水，一劍破敵是重劍霸道之精髓，可天下劍士無數人，有幾人能有陸地劍仙的境界？既然尚未達到這種劍道，就該有不懼險峰的堅韌劍心。

呂錢塘人隨劍走長龍，直掠一名道士頭顱。無須那道士出劍，只是一退再退，自有就近的數位劍陣道友救場。劍陣最妙處便在於將每一位列陣劍士融為一體，陣中劍鳴如鸞鶴長嘯，瞬間便有三劍迸發，一劍擋赤霞，一劍擊向呂錢塘握劍手臂，第三劍卻是陰沉直刺呂錢塘後背。更有數位道士騰空躍起，如仙鶴盤旋於空，撲向陣中呂錢塘，煞是好看。

徐鳳年瞇眼欣賞十八位道士靈活騰挪，見十八道劍光揮舞得眼花繚亂，便由衷豔羨道：

「劍陣這玩意兒不錯，以後有機會也得弄一套。把王府裡的用劍高手都喊到一塊，就是不知李淳罡肯不肯出手調教，或者學吳靈素偷師三大劍陣？龍虎山一百零八劍的百劍成軍，聽著的確不可一世，可未免太誇張了點。吳家劍塚人數倒是少，可哪裡能一口氣找到九名劍道宗師？唯有武當山太極劍陣八十一人，怎麼看都離得最近，問問看那騎牛的能否精減縮小到二、三十人的規模。」

呂錢塘劍招暴烈，可惜玉霄劍陣以柔克剛，以輕靈取勝。呂錢塘不想消耗氣力，卻沒辦法先殺掉一、兩人，就是想重傷一人都懸。

徐鳳年嘀咕道：「這劍陣無敵於一品之下，那吳大牛皮似乎難得沒有說大話嘛。」

呂錢塘一人敵不過劍陣，沒事。反正徐鳳年不是鑽牛角尖死要面子的笨蛋，立即喊道：「舒羞、楊青風，去助陣。」

吳士楨眼看著呂錢塘單獨破陣力所不逮，鬆了口氣。這才合理，否則被一人就輕易破去玉霄劍陣，也太在自家門口砸青羊宮的御賜金字招牌了。

一人破不得，再加兩人？吳士楨一點不怕，玉霄劍陣十八劍，本來就做不到十八劍同時鋪天蓋地的「萬劍齊出」境界，那是龍虎山和武當山兩大劍陣的通天本事。有壞便有好，再加兩人，剛好劍陣一分為三，交相輝映，六劍對一人，正巧最大發揮玉霄劍陣的威力。

青羊宮本就做不來那燒符念咒、興雲布雨的行徑，但以劍陣困敵斃殺，卻是拿手好戲。

吳士楨一手拈耳畔劍帶，一手環住一名年輕女冠的纖細小腰，輕輕揉捏。眼睛死死盯住了陣中那位舒大娘，長了那般震撼人心的豐碩胸脯，卻有那般纖細的小蠻腰，真是誘人至極！身邊女冠的小腰摸著就挺舒服，若是摸上那舒大娘的腰肢，豈不是更銷魂？尤其當吳士楨看到舒羞入陣後，憑藉充沛真氣便將一柄刺向胸部的青罡劍壓彎，更是嘖嘖稱奇，忍不住喉結微動，咽了口口水。

吳士楨的耐性被膝下只有一子的青城王悉心栽培得極為不俗。徐鳳年此時卻沒這個好耐心，沉聲道：「舒羞，再不破陣，信不信我讓別人破陣後，真把妳送出去任人玩弄？」

聽聲後舒羞嬌軀一顫，胸脯跟著一抖，這一上一下顫巍巍的風情，連劍陣道士都看得微微呆滯。

不等舒羞出死力，最先入陣，也最早摸熟劍陣大概的呂錢塘便開始劍氣暴漲，劍招驟然加重力道，將兩劍震飛出劍陣既定軌跡。抓住這一瞬間，呂錢塘卻不是趁機傷敵，而是破開六人小劍陣，突入舒羞那邊，撕開一個口子。幾乎同時，在符將紅甲人一戰中養出些許默契的舒羞和楊青風便心領神會，俱是殺意綻開。

呂錢塘不理會身後十二劍齊齊飛掠而來，對著一名道士便是赤霞重重劈下。

這名大劍劍士稍微打亂了兩個小型劍陣，立即吸引了大部分注意力。

楊青風出手凌厲，扯動最後一個陣形穩固的劍陣，看似要救援將後背棄置不顧的呂錢塘，這一切都給舒羞帶來了莫大的出手空隙。

只見她雙膝一曲，猛彈向空中，徒手握住一柄青罡劍，將道士連人帶劍一同甩向地面。借勢再衝向懸空一個道士，一手拍飛道士匆忙一劍，另一隻手按在他腦門上，只聽沉悶的砰一聲，她無比歹毒地按碎了道士那顆頭顱，鮮血灑了她一身。

一人墜地，一人身死，縝密圓滿本就不如神霄劍陣的玉霄劍陣當即潰散。

呂錢塘的赤霞劍終於不用受到八方掣肘，一劍便將一名道士給削去了持劍手臂。

楊青風藉機鬼魅般欺身而近，霜雪雙手攤開，一手一人胸膛，不聽任何聲響，兩名劍陣道士便癱軟如泥。

兵敗如山倒，北涼三位被大柱國精心挑選給徐鳳年當走狗的扈從，都不是紙上談兵的人物，哪裡不知痛打落水狗的道理？三人刺入陣中，再背靠背自成一個小陣，毫無顧忌地分頭廝殺出去，一縮一放，短短縮放間就又拿走四條人命。

徐鳳年雙手按住繡冬、春雷雙刀，大聲笑道：「是個技術活兒，該賞！」

徐鳳年追加了一句：「都給我殺乾淨了！」

殺不殺皇帝欽賜的青城王，得慢慢思量。可殺十幾名道士，算什麼？

吳士楨生性涼薄，對劍陣幾人的死亡並不心疼，只是遺憾玉霄劍陣的突然潰敗，咬牙輕聲道：「布神霄劍陣。」

所謂神霄，便是那高上神霄，去地百萬里的道教最高真土。積雲成霄，剛氣所持，萬鈞可支。仙人以九天天雷作劍，劍雨直下百萬里，凡間無人可擋！

這便是青羊宮依仗的神霄劍陣！曾在皇宮內舞出滔天氣象的鎮宮劍陣。

神霄劍陣完成時，十八人劍陣已經全部斃命當場，殿外青石廣場上，滿地血跡。

女冠道姑們個個臉色發白，哪裡還有半點當初出殿看熱鬧的閒適心情！

青羊峰山頂上馬蹄猛然轟鳴，由遠及近，越發清晰駭人。

只見無數持弩抽刀的騎兵從石階那邊策馬而上，落入所有人眼簾，在廣場上排列呈一線，如同廣陵江的潮頭。

竟是以鐵騎悍卒破劍陣？

這一百精銳輕騎，一百白馬，佩一百北涼刀。

為首重甲將軍手持大戟，戟尖直指青羊宮正殿大門。

大戟身後輕騎所在營，在北涼有旗號的六十四營中，驍勇善戰可入前三——鳳字營！

共有八百騎，又名徐家八百白馬義從！

石階邊上是一百白馬義從，人馬寂靜。

北涼刀在黃昏暮色中散發出一種冷冽的沙場氣息。

為首大將寧峨眉披漆黑重甲，握著那支幾乎百斤重的烏亮卜字鐵戟，黑馬黑甲黑戟，與一百白馬輕騎形成鮮明對比，令人窒息。

青羊宮殿前是三十六人神霄劍陣，人劍合一，三十六劍劍指眾人，熠熠生輝，中間夾雜著呂、舒、楊三人與橫豎滿地的道士屍體。

一滴溫熱血珠從呂錢塘手中赤霞劍劍尖滴落，舒羞在調整呼吸，承受著劍陣與輕騎雙方的氣機壓力；楊青風伸出雪白五指輕輕抹去左邊臉頰上猩紅血跡，他有意無意站在屍體最密集的地方。

吳士楨傻眼了。以神霄劍陣對付破去玉霄的三人，他還有八九分勝算。那騎好馬、佩好刀的北涼公子哥兒謾罵青城王，侮辱青羊宮，還不至於死罪。但無視公侯下馬石碑，騎馬入廣場，是死罪。一口氣殺死十八名記載在冊的道士，在這個重黃老道統而輕釋門佛法的王朝，更是死罪。

所以哪怕玉霄劍陣消亡殆盡，他毫不猶豫便布陣神霄，要的就是拿下這膽大包天的北涼將校子孫，先斬後奏，雍州上下定會贊成。他更不怕捅到京城那邊，說不定連那幫對青羊宮懷有成見的雍州士子，都要拍手稱快，誰還會在意他吳士楨私自占有了幾位女子？

可眼前情景，卻超乎了吳士楨的想像。一百騎兵帶著殺伐氣焰衝撞入青羊宮，這是要大動兵戈鋒指青羊宮？這哪裡還是簡單的死罪？妄動軍伍，私自調兵，分明是要滅九族的！

不去說這僅次於叛亂的大罪。神霄劍陣若抵擋不住百餘輕騎加上大戟將軍和場內三名武夫的廝殺，吳士楨想知道自己能做什麼？

父親吳靈素修丹道不修武，一直認為以武力證大道是最下乘的邪門歪道。那座龍虎山上，齊玄幀被說成雙手便是仙人之力，可曾聽說那位齊大真人揚言自己天下第幾了？所以萬一劍陣不幸再度被破，父親這位只算是口燦蓮花的丹鼎大家顯然是靠不住的，那就得勞駕青羊宮真正的神仙了——他名義上的娘親。可問題是醜八怪願意出手嗎？

那北涼公子哥兒對青城山言語不敬，她會怎麼做？她只是個經常對他們父子拳打腳踢的瘋婆娘！吳士楨都懷疑自己怎麼能活到今天。這座神霄劍陣便是她閉關悟道悟出來的，連青羊宮賴以成名的《神霄靈寶經》都有小半是她提筆撰寫的。

◆

前門大殿後只有一棟孤零零的鐘樓，沒有鼓樓映襯，顯得有些違背道門的陰陽調和之理。鐘樓高聳，卻不懸掛巨鐘，頂部樓閣只堆放了些雜物。此時一名約莫才三十歲的道士站在視窗，身穿紫衣道袍，清臒挺立如青松，臉龐隱約有一層青氣流轉，有一股道教神仙的飄然出塵之感，神光爽邁，讓人見之忘俗。

他正望著殿前廣場上的凶險對峙，陰鷙眼神與逍遙氣韻截然相反，只聽他嘿嘿道：「這狗娘養的神霄劍陣敗陣死絕才好，正好給老子的青羊宮省點口糧。香火慘澹，養頭豬還能宰殺吃肉，這幫傢伙卻是只進不出的活饕餮。仗著那娘們兒騎在老子頭上拉屎撒尿，真當自己是大爺了！」

啪！一柄白馬尾拂塵在他臉上打出一片通紅痕跡。清冷聲音在他耳畔響起：「吳靈素，別忘了你這狗屁青城王是誰送你的，可不是那金口一開的皇帝，是我！」

青羊宮宮主吳靈素？

被拂塵抽了一記耳光的青城王不轉頭不變色，冷笑道：「趙玉台，老子若是年輕時候算到要跟妳相遇，就不去煉個屁丹了，而是去學劍。以我的天資悟性，妳哪裡會是我的對手？」

吳靈素身側傳來的聲音冷漠照舊：「你也就只剩一張嘴有些本事。除了這個，你有什麼拿得出手？你這種怕死、怕疼而且做什麼都只會點到即止的廢物，吃得住練劍的苦頭？信這個我不如去信你跟鄭皇妃有一腿。」

吳靈素淡淡道：「人可以亂打，話不能亂說。」

充滿靈性的馬尾拂塵順勢再抽了吳靈素一記耳光。這下兩邊臉頰都公平了，誰都不用笑話誰。

◆

一頭同樣出自遼東的雪白矛隼刺下，直撲徐鳳年。卻不是那隻暱稱小白的六年鳳，靈俊稍遜，但也是青白鸞中的珍品。徐鳳年拿繡冬刀刀鞘做隼架，巨大矛隼落定，繡冬刀絲毫不顫，看得不練劍卻看多了劍陣運轉的吳士楨一愣。

徐鳳年伸手摸了摸矛隼腦袋，取下一根綁在爪上的小竹管，是國士李義山的親筆。徐鳳年看完後神情平靜，抬起繡冬，矛隼振翅而去。徐鳳年放好繡冬，掉轉馬頭，緩行向寧峨眉，輕聲道：「退回臺階下面。」

面孔籠罩於黑甲內的大戟寧峨眉沒有任何質疑，做了個收刀手勢。一百輕騎將各自制式北涼刀歸鞘，轉身離開廣場，馬蹄輕緩卻一致。這一百白馬義從雖未真正出刀，不說結果，氣勢上卻已穩勝劍陣一籌。這便是當年大柱國肆意踐踏江湖帶來的好處。江湖上不管是單槍匹馬的草莽龍蛇還是有個落腳地的宗派人士，都對馬下作戰一樣彪悍冷血的北涼騎兵有一種先天敬畏。

吳士楨心中大石墜地，仍是不敢輕易撤下神霄劍陣，天曉得是不是那北涼瘋子的陰謀詭計。

徐鳳年翻身下馬，走向正殿前的劍陣。呂、楊、舒三人立即護在他身前，無視劍陣三十六青罡劍，徑直向前。持劍道士不知所措，紛紛回頭望向暫時的主心骨吳士楨。

吳士楨騎虎難下，裡外不是人，等到呂錢塘離劍陣只差十步距離，咬牙發狠道：「撤陣！」

鐘樓上，被青城王稱作趙玉台的拂塵女子嘆息道：「可惜了。」

吳靈素皺眉道：「只要妳不出手，這劍陣難逃一敗，有什麼可惜的？」

拂塵女子轉身離去。吳靈素與她做了十幾年有名無實的夫妻，極少看她猙獰惡相的慘澹面容，偶爾會瞧一眼她那不輸於自己的健壯背影，自己今日成就大半歸功於她。能入宮、能封王，都是她的手筆。

吳靈素從來猜不透她的心思，只知道她用劍，是個半路由入世轉出世的女冠。尋常都以白馬尾拂塵作劍，幾次身陷險境，都是她救下自己。神霄劍陣出自她手，曾在一次中秋月圓夜，見到她在青羊、天尊雙峰間的鐵索橋上練劍，一把古劍驚鬼神，連山巔勁烈罡風都被她一劍一劍劈破。

吳靈素也算是見多識廣的道士，卻不曾見過如此劍意雄渾的女子。倒是聽說過有一位，那個據說死於疾病的北涼王妃，那個與吳家劍塚有千絲萬縷隱祕關聯的吳姓奇女子。能夠與她同姓，青城王吳靈素覺得真的挺好。吳靈素雖被持馬尾拂塵的女子打罵十數年，卻絲毫不怕她，更別說有半點敬意，兩人是一根線上的螞蚱。

可惜吳靈素至今沒有想到她到底想要什麼。卻可以萬分斷定她少了自己便成不了那草蛇灰線、伏脈千里的大事。吳靈素早些年還絞盡腦汁想要去搜尋蛛絲馬跡，後來便放棄了。都半百歲數了，再不獨闢蹊徑以丹鼎雙修證得天道，如何去打仙都龍虎山的臉面？反正她對自己有利無害。

吳靈素不是杞人憂天的笨蛋，相反，若不是太聰明，他如何會被龍虎老天師器重？吳靈素這一生，只畏懼一個女子，便是皇宮裡那個趙雉皇后；只敬佩一個女子，則是同姓的北涼王妃。

傳言她為了當年仍是錦州小尉的徐驍，不惜與吳家劍塚決裂，白馬單騎走遼東。為了大將軍徐驍，白衣敲戰鼓。青牛道上去北涼，她更是安心相夫教子，離那本是她囊中物的無上劍道愈行愈遠。

吳靈素好不容易才回神，吐了口口水，恨恨道：「京城那邊讓我來盯著人屠，我能看到什麼！手腳都被趙玉台捆住了，連山都下不得。同樣是異姓王，跟徐驍比起來，老子算個球！趙玉台，哪天把我逼急了，我再入宮，就告妳一狀！」

說完這氣話，青城王打了一激靈，自顧自哈哈笑道：「玩笑、玩笑，一日夫妻百日恩。我做我的青城王，日日雙修證道，夜夜笙歌春宵，才不管烏煙瘴氣的世俗事。趙玉台妳願意折騰就隨妳折騰，反正保證我父子兩人百年榮華即可。」

身材高大不似女子的趙玉台手持白馬尾拂塵走下鐘樓，穿門過殿。路途遇見她的女冠和道士，都噤若寒蟬，一個個側身靜立低頭不敢言語。

她旁若無人，出了青羊宮來到一座仇劍閣，這便是她這位青城山上真正做王的怪人居所。她卻沒有入閣，而是走到閣後的衣冠塚，塚前立有一劍。

這一閣一塚是青羊宮禁地，別說闖入，便是稍微走近都要被她以馬尾拂塵捲走頭顱。

趙玉台駐足良久，轉身入閣，放下拂塵，磨墨，提筆寫道：「經此波折，京城那邊對吳靈素的疑慮可消。青城山早已是死山一座，駐紮甲冑六千無人知。」

趙玉台放下筆，輕聲感慨道：「可惜神霄劍陣沒有被破去，否則更加萬無一失。」

三清殿這邊，徐鳳年見到劍陣回撤，率先越過門檻步入大殿，轉頭笑臉望向一頭汗水的吳士楨，道：「說好的長生術呢？本公子的一百輕騎可就在外邊等著，沒個滿意答覆，十八條人命再加三十六條，是多少？」

再瀟灑不起來的吳士楨乾笑道：「小道這就去請父親出來迎客。」

徐鳳年一臉輕佻鄙夷道：「青城王好大的架子！」

廣場上屍體都被拖走，道童們忍著噁心、膽怯提著水桶掃帚開始清掃地面。姜泥一行人繞過那片觸目驚心的血水，魚幼薇遮住了雀兒的眼睛，小山楂被魏叔陽牽著手，並無太多驚懼。

殿內徐鳳年話音剛落，剛跨過大殿門檻的小山楂便小聲嚷道：「看，神仙出來了。」

青城王吳靈素的確是很符合市井百姓心目中對道教神仙猜想的出塵形象，明明已經年過半百，看著卻像是才到而立之年的男子，一身當今天子賞賜的紫衣道袍，飄然無俗氣。若是有負笈遊青城的士子在林間偶遇吳靈素，十有八九會誤認為仙人下凡，叩而與語，更要驚訝這位青城王的理甚玄妙。

在把青羊宮任何道士道姑都當作小神仙的小山楂看來，眼前這位無疑是大神仙了！

青城王屏退眾人，大殿內除了徐鳳年這夥人，就只剩下吳靈素、吳士楨父子兩人，足見誠意。

吳靈素略微垂首道：「貧道見過世子殿下，有失遠迎，殿下切莫怪罪。」

吳士楨一呆。

徐鳳年笑道：「青城王認出本世子了？」

吳靈素笑道：「世子殿下英姿勃發，貧道一望便知。」

徐鳳年得了便宜還賣乖，便試探性說道：「方才殿外一番打鬧計較，青城王不要上心啊。」

吳靈素神采四溢，灑然道：「誤會誤會。」

徐鳳年心中訝異，臉色不變道：「借宿一晚，會不會打擾青城王的清修？」

吳靈素搖頭微笑道：「哪裡，寒舍蓬蓽生輝。」

徐鳳年環視大殿，哈哈笑道：「好氣派的寒舍。」

吳靈素對此一笑置之，轉頭說道：「吳士楨，還不見過世子殿下！」

臉色難看的吳士楨深深作揖道：「小道拜見世子殿下。」

徐鳳年譏諷道：「當不起！駐鶴亭被你一拜，就拜出了一個玉霄劍陣。這會兒你又來這一套，是不是打算晚上偷偷摸摸來個神霄劍陣？」

吳士楨只是彎腰不起，看不清表情。

吳靈素趕緊替兒子解圍道：「殿下言重了，貧道這就帶殿下去住處。」

青羊宮後堂為一大片江南院落式精緻建築，雕梁畫棟，富麗堂皇，雕刻無數的雲龍玉兔、瑞獸祥禽，栩栩如生。小山楂看得目瞪口呆，大開眼界了。

吳靈素領著徐鳳年來到一座靈芝園，園東西各建廊房四間，園中有一口天井，井旁一株千年老桂，樹姿婆娑。吳靈素見徐鳳年這尊瘟神一臉滿意，這才開口說道：「貧道這就去讓人準備齋飯。」

徐鳳年揮手道：「送完齋飯就別來煩了，只需明日下山前送來幾本拿得出手的祕笈，本世子便不去記恨今日青羊宮的不長眼。」

姜泥看著那位青城王竟然依舊笑著離去，百思不得其解道：「這位青城山神仙不是可以引來天雷嗎，怎麼不劈死徐鳳年？」

老劍神笑道：「這個青城王吳靈素就算了。齊玄幀還差不多，老夫與他有些交情。可惜這道士已經羽化登仙，否則到了龍虎山，老夫可以與他較量幾招，妳便可以看到天雷滾滾、紫氣東來的景象了。」

龍虎山齊玄幀、羽化登仙、紫氣東來，這些東西串聯起來，院中呂、楊、舒三名王府鷹犬聽在耳中，才是真正的天雷滾滾。

連魏叔陽都瞠目結舌，這位斷臂老者劍術超一流，兩劍輕鬆破穿符將紅甲，的確很驚世駭俗。可不管劍術如何生猛霸道，四人眼中也僅是視作一品高手。境界不可求，但此類高人只要陪著世子殿下遊歷江湖，總能碰到幾個。

但英才輩出的江湖百年，出了幾個齊玄幀？以外姓力壓天師府趙姓整整半甲子時光，龍虎山一千六百年來又有幾人？羊皮裘老頭兒自稱能與齊仙人過招，甚至逼迫那位大真人紫氣東來招天雷？

這牛皮是不是稍稍吹大了點？

沒料到姜泥只是皺眉道：「你煩不煩？」

老劍神欲言又止，約莫是知道動嘴皮子說不來姜丫頭的佩服，只得訕訕然作罷。與滿腹狐疑的舒羞擦肩而過時，他一巴掌閃電般拍在她腰肢下那挺翹臀尖上，五指一捏。等舒羞回神，為老不尊的邋遢老頭兒已經走遠，五指懸空做那猥褻下流的抓捏動作，喃喃自語：「比起姓魚的抱貓小娘子，大概要軟一些。果然女子年輕才有本錢，後天保養再好，都要沒了靈氣，不過對於三十來歲的女人來說，這份手感算不錯的了。徐鳳年未免太小家子氣了，不過就是那點大黃庭修為，就真傻乎乎去固精培元啦？欲求長生本就是錯，這種愚笨求法更是錯上加錯。」

魚幼薇對這老頭兒的瘋言瘋語早就做到聽而不聞，帶著將這當作仙境的雀兒和小山楂兩個孩子進入一間廊房。

徐鳳年挑了一間最大的屋子，對姜泥勾了勾手，示意她可以讀書掙錢了。

◆

在書房中，青鳥鋪好宣紙，筆墨伺候。

徐鳳年一邊聽讀書聲，一邊繼續低頭勾勒符將紅甲人的細節紋路。

北涼軍部有數座機構司，有許多技藝堪稱鬼斧神工的機械土木高人。徐鳳年驚豔於這符將紅甲人異乎尋常的堅不可摧，準備回到北涼以後就將那具殘破紅色甲冑連同圖紙一同祕密交給機構司，看能否仿製出幾個傀儡玩偶。

楊青風精於趕屍驅鬼招神，將來在這件事情上註定派得上用場，所以三人中反而是最不起眼的楊青風最死不得。至於舒羞如今是否心中記恨徐鳳年的無情，一貫刻薄炎涼的徐鳳年會在意？

潦草吃過精美齋飯，徐鳳年帶著青鳥逛蕩青羊宮。此宮祀奉道教始祖李老君，自然擺有雛形神霄派的幾位雷部天君的神像。宮內最大的寶貝是《道德經》五千言的珍貴木刻，只不過徐鳳年對這玩意兒沒興趣，縱使吳靈素肯送，他都嫌累贅。

才剛在青城王手上興起的青羊宮，到底是不如龍虎、武當兩大道統祖庭那般底蘊深厚，拿不出幾件好東西。徐鳳年沒見到幾個眼前一亮的女冠道姑，估計都被父子兩人小心雪藏起來了。

閒庭信步轉悠了一圈的徐鳳年笑道：「走，咱們去看看那條鐵索橋。」

出了青羊宮，越是臨近青羊峰懸崖，越是感到勁風拂面，衣袖被吹得獵獵。

徐鳳年按刀而行，終於看到那座在山風中飄搖的鐵索橋。望之縹緲，至於踏之能否屹然不動，徐鳳年一點都不想嘗試。

橋身僅由九根青瓷大碗口粗的鐵鍊搭成，除去扶手四根鐵鍊，地鏈才五根，顯得格外狹窄險峻。每根鐵鍊由一千多個熟鐵鍛造而成的鐵環相扣，鐵鍊上鋪有木板，橋臺分別是固定整座鐵橋的地龍樁和臥龍釘——地龍樁據青城山史料記載重達兩萬斤，鐵橋兩頭矗立兩座橋亭，青羊峰這邊叫觀音亭，那頭叫聽燈亭。

徐鳳年走入觀音亭，笑道：「這亭子叫觀音，觀什麼音？那邊叫聽燈，聽什麼燈？兩個名字都取得莫名其妙。」

徐鳳年望向對面山峰，遺憾道：「不下雨便瞧不見千燈萬燈朝天庭的景象，唉。」

青鳥莞爾一笑，突然警覺轉身，盯住一個緩步而來、身形魁梧的女冠。

如此高大健壯的女子可不多見。她身穿一襲道袍，手捧白尾拂塵。

比起青城王的道貌岸然，這位上了年紀的中年女冠長相凶神惡煞，臉上疤痕縱橫。好在她穿了青羊宮神霄派道袍，否則青鳥都要誤認為是山鬼魍魎。

徐鳳年轉頭只看了一眼，便目光呆滯，癡癡起身。

第十六章　徐鳳年青羊遇舊　洪洗象一步得道

青鳥極少見到徐鳳年流露出這種失魂落魄的神情。最近一次是那年老黃死於武帝城城頭噩耗傳來的正月，殿下才行過及冠禮，便在閣樓上溫酒獨飲。

徐鳳年頭腦空白，望向眼前臉龐猙獰醜陋的高大道姑，沒有絲毫面對青城王時的跋扈傲氣，更沒有英俊公子撞見山野醜婦的嘲諷與鄙夷，只有恍惚。

那一年，剛授予大柱國稱號的人屠，隔天便再被封王，真正做到了一人之下的臣子極致，所以那一年青牛道上車馬如龍，千乘萬乘赴北涼。

徐鳳年才幾歲大，剛剛跟著娘親讀書識字，調皮頑劣。喜穿素潔白衣的王妃似乎大病了一場，大病初癒便帶著貼身女婢以及年幼兒子去散心遊玩。那名女婢偷偷追隨著她離開那座埋了二十萬柄劍的墳墓，悄悄追隨著她去了貧瘠荒涼的遼東錦州，與徐家一同經歷了壯懷激烈的春秋亂戰。

女婢終年臉上覆青銅面甲，在山上飲水時，摘下了面甲，無意中被小世子看到，嚇得他哇哇大哭。從不打罵只會寵溺愛子的王妃下山後，竟然責罰小世子雙手提兩本厚重聖人典籍，在一面牆根下站立，不許吃飯。

重新覆上面甲的女婢偷偷帶了食盒，去探望被罰站的小世子，卻被雙手發麻一肚子怨恨的小傢伙踢了一腳，更惹得王妃真正生氣起來。年幼世子只覺得委屈，覺得娘親再也不心疼他了，獨自哭得撕心裂肺。

女婢默默跪於一旁，陪著面壁思過的小傢伙從號啕大哭，到沙啞抽泣，再到無力哽咽。懵懂無知的世子雙手失去知覺，又不知錯在哪裡。但娘親說不許吃飯，他便不去吃飯。後來根本提不起書籍，便頭頂一本，嘴巴咬著一本，那模樣，倔強得讓人心酸。後來昏厥過去，在床榻上醒來，娘親坐在床頭，與那年還只是個稚嫩孩童的世子說起了覆甲女婢的故事。

小世子這才知道這位不像女婢更像他姑姑的長輩，與娘親一起長大。姑姑為了從一個很可怕的地方逃出來，不惜與一個大惡人打鬥了一場，面容被整整一十八劍慢慢毀去。娘親說他這個姑姑年輕的時候，容顏英氣，有無數劍道俊彥都死心塌地愛慕相思的。這些年行軍打仗，這個姑姑更是負傷無數，便是趙長陵這些大英雄都佩服。後來，小世子便親自去摘了一捧桑葚，遞交給姑姑。

那一年。徐字王旗下，覆甲女婢單膝跪地，接過一捧桑葚。那孩子幫她擦去眼角淚水，柔聲說道：「姑姑，別戴面甲了。誰說妳不好看，鳳年就打他們的嘴巴！現在鳳年還小，就算打不過，等有力氣了，肯定要跟他們打架的！喏，這是我摘來的，姑姑不哭，吃桑葚。」

這一年青羊宮山巔觀音亭，徐鳳年走向那面惡至極的中年女冠，伸手擦去她滿臉淚水，總也擦不乾淨。他便一直擦下去，哽咽著溫柔道：「姑姑好看，姑姑不哭。」

輕仇者寡恩，輕義者寡情，輕孝者最無情。

徐鳳年是何種人？北涼無數花魁說他多情，認可了金玉其外；士子書生眾口一詞說他無義，斷定了敗絮其中。徐鳳年早就不去理會這些閒言閒語，此時只是陪著不再覆甲的趙玉台走入觀音亭坐下。

不知為何做了青城山女冠道姑的她，身材比徐鳳年還要魁梧。兩人肩並肩坐在一起，有些滑稽，像是徐鳳年在小鳥依人，徐鳳年無法掩飾滿心歡喜，望著趙姑姑。

覆甲女婢趙玉台，吳家劍塚上一代年輕劍冠的劍侍。劍侍便是年幼被挑選出來的外姓人，與主人一同長大，悉心栽培，一生一世為主人餵劍、養劍，直至最終葬劍的沉默角色。劍侍在主人成年以後，只負責砥礪劍心劍道，並不需要為主人赴死，甚至這還被吳家劍塚嚴令禁止，為的就是怕吳家劍士有恃便無恐，於上乘劍道修行有害無益。

吳六鼎一襲青衫仗劍南下，暗中註定會有一名影子劍侍追隨。

吳家每一位年輕枯劍出山練劍，無一不是卓爾超群的天才。他們一旦離開劍塚，只有兩種可能：做到了劍道第一人，榮歸劍塚；或者死於修行路上，不得葬身劍塚，連佩劍都沒有資格拿回家族。何地死，何地葬，劍侍終生守墓守劍。

徐鳳年輕聲問道：「姑姑，妳怎麼在青城山？」

一直在端詳徐鳳年面容的趙玉台並不隱瞞，柔聲道：「奴婢摘了面甲後，便扶植吳靈素做傀儡。大將軍需要這青城山變作一座死山空城，隱匿駐紮下六千人的甲士，以備後患。早年設想是若北涼鐵騎兵敗北莽，雍州不至於全部不戰而潰，否則空有天險而不據守，再想奪回便難如登天了。也有一部分邊境上大戰正酣，卻被顧劍棠在背後捅刀的顧慮。

只是這些年大將軍鐵甲兵鋒，獨力抗衡北莽，一點不輸。加上運籌帷幄千里之外的廟算，並未被功高震主的帽子壓垮，算是在北涼澈底站穩了腳跟。這青城山隱蔽駐兵的事情，就順勢放緩了一些。在雍州和朝廷眼皮底下遣將調兵，終究不是小事易事。

奴婢這些年妄自揣測，若大將軍在東邊劍閣還有布置，那便是做了最壞的打算。不管北涼三十萬鐵騎如何坍塌，這六千兵甲都可保世子殿下過劍閣入西域，王朝再約束不住世子殿下，起碼徐家不會落得一個滿門荒涼。」

徐鳳年嘆息道：「徐驍好大的布局。我這趟入青城山，做了細緻的地理繪製，只是覺得此地是雍州戰略中樞，沒點兵士扼險據守有些可惜了這份地勢。聽姑姑這麼一說，以徐驍的脾性，十有八九劍閣那邊已經被他收買，埋下了死士死間。只不過我想朝廷那邊說不定也藏有暗棋暗樁無數，就看某天誰先發制人，再看誰妙手陰招更多。

這些年李義山頂替趙長陵趙叔叔給徐驍做謀士，貌似有個聽潮十局，不知道進行到第幾局了。徐驍無奈的地方就在於太惹眼了，他不想造反，卻有人做夢都想著他去造反。西壘壁一戰亡西楚，聽說許多老將都私下勸諫過徐驍，去順勢拿下整座江山。

也對，領兵的誰不想當一個新王朝的開國功勳？出計劃策的謀臣，誰不想做那帝師？只不過一場春秋無義戰，百世豪閥逐漸凋零，徐驍是罪魁禍首。沒了民心所向與士子附和，徐驍即便北上可以勢如破竹，直搗龍庭，卻哪裡能坐穩皇帝寶座？」

自稱奴婢的趙玉台始終握著徐鳳年的手，慈祥微笑道：「殿下很像小姐，長得像，做事也像。」

徐鳳年搖了搖頭。

趙玉台問道：「殿下當時怎麼不用北涼輕騎殺破神霄劍陣？若是下令，這些悍卒對殿下便真有一些忠心了。」

徐鳳年掏出那張從矛隼腳下獲得的李義山特製宣紙，交給趙玉台，輕聲道：「看到這個，我不敢胡來。離開北涼前，李義山說會有三個錦囊給我，這是第一個。我本想求著一起給我，李義山不肯，知道我是一轉頭就都要全部拆開的無賴性格。」

趙玉台看到一行字：遇王則停，能不殺則不殺。

心中了然的她笑著遞還給徐鳳年，徐鳳年撕碎丟出，隨風而逝。

徐鳳年好奇問道：「姑姑，那吳六鼎是劍塚的這一輩劍冠？」

趙玉台平淡點頭，並無異樣。

徐鳳年下意識握緊趙玉台的手，陰沉笑道：「那我有機會一定要會一會吳家劍塚的扛鼎翹楚，看他劍法到底配不配得上劍冠名號！」

趙玉台笑道：「殿下，你這些扈從中，要數那斷臂老者最高深。是哪一位劍道老前輩？」

徐鳳年輕聲道：「被徐驍鎮壓在聽潮亭下很多年的李淳罡，老一輩劍神，木馬牛斷了。我知道的是他敗給了王仙芝，卻不知怎麼還斷了一臂。」

趙玉台微微一笑，道：「原來是李老劍神啊，怪不得。小時候教小姐與奴婢習劍的老祖宗，便曾慘敗給李淳罡。斷劍不說，還毀了劍心，致使一生都無望陸地劍仙境界。這一百年來，李淳罡勝了一位劍魁，拿走一柄木馬牛。後來鄧太阿也勝了，卻不屑在劍山上挑劍，吳家劍塚的顏面一掃而空。劍冠吳六鼎，最後肯定是要與當代劍神鄧太阿一戰的。

按照幾封密信推斷，吳六鼎目前是初入指玄境，離天象境界還有一段距離。只是吳家每一代最出類拔萃的劍士，從來不是按部就班層層晉升，都是千日止步，再來一個一日千里，天底下劍士都不如吳家人如此功底扎實。小姐當年便是如此，一劍在手，出塚前只是世俗一品，與上任劍魁立下生死戰，卻一舉跳過了金剛、指玄兩大境界，直達天象！」

徐鳳年望向山崖空谷，喃喃道：「姑姑，我就笨多了。」

趙玉台輕柔搖頭道：「一般而言，三十歲進不了金剛境，一輩子都到不了指玄了。可劍九黃三十歲才剛剛不做那鍛劍的鐵匠，誰敢說他不是高手了？殿下，你有祕笈無數可供流覽。奴婢有個建議，可以考慮做那先手五十窮極機巧的天下無雙。不必學一些高人彈指間破敵，更無須像曹官子那般越戰至後頭越善戰的『官子第一，收官無敵』。

殿下記憶力無人可及，飽覽群書不是難事。只需從千百本祕笈中每本揀選出最精髓的一招兩式，如殿下這一身大黃庭修為一同逐漸化為己用，將先人精華雜糅融會於一身，再去與人對敵，五十先手，招招如羚羊掛角不著痕跡，定能出人意料，防不勝防。」

徐鳳年愣了一下，喃喃道：「似乎可行啊。」

趙玉台笑而不語。

徐鳳年瞬間意氣風發，眉心紫氣淡然。

重逢兩人相坐忘言。

徐鳳年許久緩緩出聲道：「不知道徐驍去京城這一路走得如何了？」

趙玉台沉聲道：「打盹猛虎不睜眼，睜眼便殺人。」

◆

青羊宮內院私宅，青城王與兒子吳士楨相對而坐。武道修為平平，神仙氣度卻是可以媲美龍虎山天師的吳靈素雙指捏著青瓷杯蓋，輕緩撲散茶香。

吳士楨無心喝茶，一臉憤懣。

吳靈素喝了口茶水，笑道：「恨上那個比你還傲氣的世子殿下了？」

吳士楨咬牙道：「我只恨自己手無大權，不恨徐鳳年。相反，我倒是佩服這個北涼王的兒子，哪裡是無良的紈褲，分明是裝蒜示弱的行家。涼、雍、泉三州都被他與人屠的演戲給蒙蔽了！」

吳靈素點頭道：「這事兒你知我知就好，不要與人說起。看清這一點的自然早已看清，不需要我們去提醒。沒有看清的都是些說不上話的局外人，你說了只是被當個笑話。我們父子既然形勢比人低，那就得有低頭的耐心，這不是孬，是識時務。

士楨，為父創下神霄派，被龍虎、武當幾大祖庭視作天大的笑話，可幾百年後誰抬頭、誰低頭，嘿，誰敢說知道？粗略鑽研龍虎、武當初期的歷史典故，便知道他們的祖師爺比我這青城王可要寒磣百倍。為父好歹被封王，獨占了青城的洞天福地。但這份不小的家業，想要傳承十代百世，與其他道教祖庭一爭高下，還得看你能否率先擔起重任。

原本與你喝茶，只是怕你只顧著記恨徐鳳年，誤了我神霄派百年大計，想勸解一番，能否聽進則看我青羊宮的造化。現在看來，是為父多慮了，我兒果然是能成就大業的人。士楨，不妨與你說實話，你若是格局僅限於一山一宮，我便打定主意不讓你下山闖蕩了。下了山，去了京城也是白費。」

吳士楨微笑道：「爹，這趟來便是想求你答應讓士楨去京城。」

吳靈素低頭喝茶，「如此甚好。」

吳士楨詢問道：「那我們該如何與徐鳳年交往？老死不相往來？如果不是，如何把握尺度？」

吳靈素抬頭望向窗外似有暴雨的古怪天色，道：「不相往來？你錯了。青羊宮若想壯大，便繞不過人屠身後的北涼三十萬鐵騎。為父送你一句話，如果徐鳳年僥倖不死，真做了涼王，給他做狗都無妨。可若徐驍出了意外，或者是徐驍老死，這位世子殿下卻沒那個命，徐家到頭來分崩離析，你大可以痛打落水狗。

為父已經挑了幾本珍貴祕笈，明天由你送去。到了京城，與那幫皇親國戚越是訴說世子殿下的跋扈損德，徐鳳年越是高興，咱們青羊宮與北涼王府這份香火情才算是真正結實了。你真以為朝廷裡那些使出吃奶勁頭破口謾罵大柱國的文人士子，都是與北涼王為敵的清流忠臣？

錯了，真要私底下順藤摸瓜下去，難保不是大柱國的門生故吏。只不過這檔子在根子上就糜爛不堪的破事，沒誰願意計較，是權柄在手的首輔張巨鹿，也顧不過來。這便是廟堂經緯的可笑可悲了，滿朝文武幾人忠、幾人奸，太平盛世裡哪裡分得清？唯有亂世裡輸了春秋大業的西楚、東越這幾個敗亡邦國，才讓世人看清了真面目。」

吳士楨輕聲道：「父親若是去參政，定能一手翻雲、一手覆雨，不比那張首輔差。」

吳靈素伸手點了點兒子，笑道：「忘了你這馬屁功夫誰教你的？就無須用在為父身上了。到了京城，有的是你大展身手的機會。」

吳士楨望向窗外，輕聲道：「說實話，真是嫉妒徐鳳年。那被他帶上山的一百北涼輕騎，明顯要驍勇善戰遠勝雍州甲士。這才一百人，北涼號稱鐵騎三十萬，如果要造反……」

吳靈素皺眉呵斥道：「噤聲。」

吳士楨笑道：「隨口說說，我知道輕重。」

◆

當年北涼王妃身邊的覆甲女婢，摘下面甲後出人意料做了女冠道姑，不光替青城王補全了《神霄靈寶經》，還創了名聲顯赫的神霄劍陣。婢女尚且如此，那親臨春秋國戰的王妃當年又是何等風采？

趙玉台呢喃道：『來來來，試聽誰在敲美人鼓，吳家有女穿縞素。來來來，試看誰是人間人屠，徐字王旗在逐鹿』……世子殿下，這詞曲都好。聽聞二郡主當年在武當山上給真武大帝雕像刻下了『發配三千里』的字樣，唯有這般女子，才能寫出如此蕩人心魄的北涼歌。

可在奴婢看來，二郡主更像大將軍，殿下才是像小姐。若是不學刀，而是學劍，就更好了。奴婢在山上守墓十數年，就等這一天。奴婢守著大涼龍雀，總是不甘心。殿下，明日下山，把小姐當年讓天下英雄低頭的佩劍帶走吧？在這兒，埋沒了大涼龍雀！小姐對奴婢說過，以後殿下若是遇上了恰巧習劍的好女人，就當是一件聘禮。可惜小姐無法親手交出……」

徐鳳年輕聲道：「好，我帶走大涼龍雀。姑姑，可鳳年不敢保證能遇到如娘親一般的女子，指不定一輩子都送不出去。」

趙玉台伸手摸了摸徐鳳年的下巴。當年那粉雕玉琢的小少爺，都有扎手的鬍茬了。她的神情是發自肺腑的和藹，哪裡有半點面對吳靈素、吳士楨父子時的桀驁粗野？她怔怔看著徐鳳年，就像看著至親的晚輩。孩子總算長大了，出息了，長輩自然滿眼都是自豪和欣慰。

趙玉台緩緩道：「無情人看似無情，反而最至情。哪家女子能被殿下喜歡相中，就是天大的福氣，這點殿下與大將軍一模一樣。奴婢只希望殿下早些遇到那個她，早些成家立業，相濡以沫，莫要去相忘於江湖廟堂。小姐說武道、天道最後不過都是一個情字，人若無情，何來大道可言？逃不過竹籃打水撈月。因此道門才有一人得道、雞犬升天的說法，而佛門許多菩薩發宏願，也是悲天憫人。殿下，相比你的胸有溝壑，奴婢更欣喜殿下對老孟頭、小山楂這些無名小卒的念舊。」

徐鳳年感慨道：「可這些贏不來北涼的軍心。」

趙玉台積鬱心胸十多年的鬱氣一掃而空，破天荒打趣玩笑道：「等殿下去了北涼邊境，與大將軍那樣親身征戰，一切自然水到渠成。聽說二郡主反感你練刀，殿下可要撐住，不能改變初衷。好男兒不能親自提兵殺人，不像話。奴婢這輩子最大的指望便是等著看殿下提兵百萬立馬北莽，將那個王朝給蕩平了。」

徐鳳年做了個鬼臉，一臉為難道：「姑姑，踏平王朝這活兒忒技術了。再說萬一成功，也沒人肯給賞賜啊。說不定皇帝陛下就更惦念我們徐家的香火何時斷去了。」

無意間提起這個，趙玉台一臉陰鷙戾氣，語氣卻是平靜，透著股與她劍術萬分匹配的肅殺銳氣，紅著眼睛淒涼道：「天下初定，小姐懷上殿下剛六月。老皇帝一聽經緯署相師說小姐有望生子，便迫不及待要卸磨殺驢。那一戰，小姐瞞著大將軍，獨人獨劍赴皇宮。面對那指玄境三人和天象境一人，雖然小姐功成而退，卻落下了無法痊癒的病根，入北涼才幾年安穩，便……」

徐鳳年木然望向對面聽燈亭，山巔沒來由驟雨傾瀉。

暴雨過後，雲霧繚繞，千燈萬燈亮起。

亭中徐鳳年、趙玉台與始終站在亭外的青鳥三人，恍若置身於天庭仙境。

青城山中傳來一陣野獸嘶吼聲，鼓蕩不絕於耳。

徐鳳年訝異道：「姑姑，這是？」

趙玉台微笑道：「青城山中有一頭活了幾百年的異獸，名虎夔，幼年獨角四腳，成年雙角六足，遍體漆黑鱗甲，一旦發怒便通體赤紅。這一頭成年母虎夔原本只在人跡罕至的深山蟄伏，但懷上了幼夔，胃口暴漲，近兩年來便離青羊峰有些近。奴婢曾帶劍前往一睹真容，虎夔凶悍無匹，尤其是懷孕在身，更是殘暴凶狠。奴婢的青罡劍被牠咬斷，奈何不了牠，牠也奈何不了奴婢，幾次交鋒，都沒有結果，後來奴婢便任由牠在青羊峰附近徘徊覓食。根據古史記載，異獸虎夔懷胎需三年，分娩大概就在最近時分了。」

趙玉台聽著連綿不絕的吼叫，「咦」了一聲，疑惑道：「虎夔似乎遇見了旗鼓相當的對手，青城山還有能與牠對敵的人或者獸？」

徐鳳年一頭霧水。

當晚，徐鳳年回房後仍然聽見兩種截然不同的嘶吼聲，直到深夜才淡去。

第二日，徐鳳年下山，手中捧著一格紅漆劍匣。

匣中有大涼龍雀。

青城王吳靈素親自送行至駐鶴亭。

吳士楨畢恭畢敬雙手奉上祕笈三本。

鐘樓內，站立著青城女冠趙玉台。

這位覆甲女婢很想知道以後誰會來為小姐最心疼的小鳳年，去持那大涼龍雀劍，去敲那美人鼓。

◆

「遇王則停，能不殺則不殺」，這是國士李義山送來的第一個錦囊。

其實，徐鳳年本就沒有要與青羊宮你死我亡的念頭。吳靈素被封為青城王，若真殺了他，別說是徐鳳年這個世子殿下，便是徐驍都要被召喚入京，承受天子之怒。徐鳳年自嘲是過街老鼠人人喊打，眾人卻不敢打。那麼徐驍大概就是一頭過街老虎，連喊打的好漢都少有。

趙姑姑說猛虎打盹睜眼便殺人，可沒了三十萬北涼鐵騎，徐鳳年還是很擔心徐驍會吃虧，尤其是在四面楚歌的京師重地，徐驍顧得上？不僅顧劍棠這個舊怨無數的春秋名將在那裡以逸待勞，還有入閣做相的張巨鹿。這位被政敵罵作乾綱獨斷的張首輔，更是與徐驍在遼東風雷結下新仇，舊恨則是恩師周太傅因徐大柱國抑鬱而終。滿朝文武，那些與先前幾大高門豪閥有各種聯姻的權貴，哪一個在家中沒有聽煩了親戚的叫苦叫冤？

一頭沒了爪牙的年邁老虎，單獨入了牢籠，還能殺人？

徐鳳年將藏有大涼龍雀劍的紅匣交由青鳥，令其將大涼龍雀與三本青羊宮珍貴祕笈一齊放入車廂。世子坐於馬上，回望了幾眼青羊峰山巔道觀飛簷的景象，面無表情，對因為與雀兒離別在即而戀戀不捨的魚幼薇說道：「送雀兒、小山楂回去後，妳就別再騎馬了，去車上待著。」

魚幼薇魂不守舍，看了看天真爛漫的雀兒，再一臉乞求地望著世子殿下，而徐鳳年只是鐵石心腸地搖了搖頭。

離了青羊峰，徐鳳年讓小山楂去呂錢塘馬上，喚雀兒坐上舒羞的馬背。牽馬而行的徐鳳年抬頭看著兩個眼角濕潤的孩子，微笑道：「我就不送你們了，代我跟老孟頭、劉蘆葦稈子、孔跛子這些老傢伙們告別一聲，我與青羊宮的這些神仙說過，你們揭不開鍋的時候，可以與他們賒帳，都記在我頭上便是。不過別成天大魚大肉的，小心我不替你們還帳，到時候雀兒被擄去當道姑，我可是不管的。」

雀兒哭了起來。徐鳳年走近幾步，看見少女手中緊緊攥著一片樹葉，約莫是本想將那首小謠諺吹哨子給他聽的。徐鳳年笑而不語，用手指翹起鼻子，朝她做了個不符世子動貴身分的豬頭鬼臉，引得小妮子破涕為笑。

抱著雀兒的舒羞一時間神情古怪。

小山楂更男子氣概一些，轉頭揉了揉眼睛，擠出笑臉道：「徐鳳年，記得早點回來看我們啊。要不然雀兒以後被哪位年輕書生拐騙了去，我可不攔著。」

徐鳳年拿繡冬刀鞘敲了敲少年腦袋笑道：「不許烏鴉嘴。」

徐鳳年敲完了小山楂，稍稍用力敲在駿馬身上，呂錢塘、舒羞見機趁勢夾了夾馬腹，兩馬四人入了一條密林小道，傳來雀兒送別的悠揚哨音。

青鳥微笑閉眼，她知道這是世子殿下最拿手的〈春神謠〉。

徐鳳年望著背影，將坐騎交給楊青風驅使，獨自坐入一輛跟青羊宮要來的寬敞馬車，盤膝而坐，以武當玉柱玄妙口訣，糅合四千言《參同契》，輕緩吐納，氣機遍布全身竅穴。外靜內動，一刻不歇。

天下武學都是逆水行舟的苦命行當，以北涼王府做例，雖有一座寶山武庫，可在徐鳳年決心練刀之前，看了那麼多上乘祕笈，就用眼睛看出一個高手來了？若練武是這樣的一件輕鬆美事，皇宮大內還不得高手多如狗？

不願去與老劍神同乘一車的魚幼薇進了車廂，恰巧看到徐鳳年導氣於手心，以溫熱雙掌掩耳，手指併攏貼在枕部，食指疊於中指上，食指著力下滑彈擊枕部，發出鼓鳴聲響。

魚幼薇好奇記下擊彈次數，是二十四次。本來打算進行完這黃庭的「鳴天鼓」後去叩齒三十六的徐鳳年睜開眼睛，略微不悅地望向魚幼薇，後者委屈說道：「你不讓我騎馬，我只好上來。」

徐鳳年想到她不願跟李老頭兒相處，便不多說，重新閉目凝神，叩齒咽津靜心，將大美人魚幼薇晾在一邊不理不睬。習慣了冷落的魚幼薇倒是無所謂，興致勃勃地觀察徐鳳年的呼吸吐納，看久了，她便看出一些名堂。

眉心由深紅入淡紫的徐鳳年口吐氣、鼻吸氣，只見他納氣有一，吐氣有六。魚幼薇聽不到每次氣息出入有聲響，卻可看到他身體四周彷彿有遊風習習。魚幼薇甚至可以感受到一陣清涼沁入自己肌膚，真是神奇。

徐鳳年足足靜坐了一個時辰，才睜眼握刀，繡冬、春雷微顫不止。看到魚幼薇瞪大眼睛，徐鳳年笑道：「別看了，如果不是妳打擾，我能跟老道高僧一般打坐入定一整天。」

魚幼薇柔聲道：「那我去騎馬，不耽誤世子殿下練功。」

徐鳳年啞然失笑，搖頭道：「別騎了，再騎馬小心妳的屁股蛋再不能如羊脂美玉。」

魚幼薇憤然起身，彎腰準備去騎馬，最好把屁股蛋騎沒了才甘休。

徐鳳年不緊不慢笑道：「別急著下車，我獨自吐納也無趣，不妨跟妳說點這氣海導引的訣竅，妳若是無事可做閒著無聊，可以學一學，長生不朽是騙人的，但延年益壽肯定不假。

武當山這門吐納的心法，別看口訣樸素，其實大有妙處，是那道門大黃庭修行的地基，融合了古代方士的修崑崙法五宜六法，武當玉柱的祛病延年十六句，以及年輕師叔祖洪洗象瞎琢磨出來的黃庭蓮花真經導引術。

魏爺爺手中有一本與古書同名卻不同道的《參同契》，魏爺爺身為九斗米老真人，也說此書一出，龍虎服輸。來，我先教妳一段口訣，好讓妳避免風寒邪氣侵襲胸口。要知道五臟六腑中，心是君主之官，肺乃相輔之官，可見胸部何等重要，這口訣還要配合十指揉捏，妳若顧不過來，我可以幫妳。」

魚幼薇一開始聽得入神，可等到才說幾句正經言語的徐鳳年露出了狐狸尾巴，便有些無奈，但終究沒有掀開簾子下車，坐在角落，岔開話題輕聲問道：「為什麼不帶上雀兒、小山楂？你忍心他們跟老孟頭一樣做山賊草寇？」

徐鳳年反問道：「不好嗎？」

魚幼薇惱怒道：「徐鳳年，你是誰？你是北涼王嫡長子，是大柱國最寵溺的兒子，你明明可以給兩個孩子一份錦繡前程，這種舉手之勞對你而言很難嗎？你連孩子們眼中的青羊宮神仙都敢殺，為何臨到頭卻如此吝嗇！」

徐鳳年按刀而坐，手指輕彈疊於上邊的繡冬刀鞘不動聲色，像是覺得魚幼薇不可理喻，連解釋辯駁都懶得。

魚幼薇漲紅了臉，眼神悲涼。

徐鳳年還是反問：「妳認為兩個孩子被我帶下山了，比商賈豪富人家的子女更加衣食無憂，就是幸運？不做終日擔心米鹽，卻起碼可以性命無憂的毛賊，去做什麼？整天跟我一樣養鷹鬥狗，或者說做點小本買賣，再被北涼王府的仇家盯上，不知哪天便暴斃？

魚幼薇，知道你們這些士族出身的傢伙，最讓我生厭的地方在哪裡嗎？正是你們自以為是的憂國憂民都會帶著一股書生意氣，看似一往無前，問心無愧，可曾問過平民百姓，他們到底需要什麼？那場春秋國戰，是徐驍挑起的硝煙嗎？

上陰學宮飽讀詩書的縱橫家，個個覺得心繫天下，要匡扶王道正統，以一國作棋子，到頭來死了數百萬人，甲士百萬，百姓更是數倍，而上陰學宮死了幾個？即便妳聽說了一些書生忠臣投湖跳崖，以死明志，史書上卻留下了他們的名字，千古流芳，可如老孟頭這些微不足道的百姓，誰會記得他們的死活？

妳那位身為上陰學宮稷下學士的父親悲憤作亡國哀詩，說那大凰城上豎降旗，舉國無一是男兒。要我來說，什麼春秋哀詩榜首，根本就是一堆屁話，什麼都是假的，各國皇族死絕是應該，可那些聽不到的百姓哭號，才是真正的哀詩。

妳當年與父親一同被逃難流民裹挾，想必是聽到了？可曾記得？我二姐作北涼歌，哪裡是在誇徐驍英勇善戰？貧寒北涼參差百萬戶，幾人鐵衣裹枯骨？這是在罵徐驍！試問帝王將相幾抔土？這可是在學妳父親這幫文人士子在歌功頌德？

魚幼薇，知道我為何不殺妳嗎？我便是要妳好好睜大眼睛看著，不光要帶妳去看江湖，什麼才是真正的活著，以後還要帶妳去北涼邊境去看鐵甲聽鐵蹄，讓妳知道什麼才是戰爭！」

徐鳳年頓了頓，平靜笑道：「當然，不殺妳，還是想欺負妳。」

魚幼薇默不作聲。

徐鳳年繼續吐納，這門武當傾囊相授的心法異於古人的導引，經過魏叔陽考證後有諸多修改，改一般吐納的心「呼」為呵，肝「呵」為噓，改脾「唏」為呼，並且增膽為「嘻」，引氣時默念，大有裨益。尋常武者練拳時大聲呼喝，並非簡單地以聲壯勢，而是配合內功心法的氣機導引，在瞬間爆發出來，只是大多不得要領，做不到勻細綿長、行緩圓活，一呼一吸契合天道。

當初徐鳳年與白髮老魁一起上武當，騎牛的在山頂罡風吹拂中，一搖一擺只是不倒，年輕師叔祖的模樣看似滑稽可笑，搖墜之間，其實妙不可言。武當以外都不信這個捧黃庭的年輕道士可以為玄武扛鼎，徐鳳年卻是逐漸相信騎牛的說不定真是齊玄幀那種百年一遇的道門仙人。

只不過再神仙，不下山，都是白搭。

龍虎山這幾十年的香火興旺，還是靠那位為老皇帝延命的天師，而不是法力通玄的齊玄幀。

◆

中午在朝陽峰山腳吃了頓野味，魚幼薇並沒下車。徐鳳年不奢望這隻西楚小貓能被一番渾話馴服，家仇國恨累加在一起，本就道不同、不相為謀的兩人，哪裡會是徐鳳年三言兩語就可能化解的？何況他也不想著魚幼薇去做逆來順受的侍妾，沒了野性靈氣，就不好玩了。

徐鳳年剛要去姜泥所在的車廂聽書，卻聽到頭頂山林傳來一陣炸雷嚎叫，似是蠻荒巨獸臨死的吼叫，震得眾人一陣頭皮發麻。徐鳳年對呂、楊、舒三人吩咐道：「呂錢塘、楊青風，你們隨我上山。舒羞，妳去喊上寧峨眉，記得跟上我們。這頭在青城山做王兩、三百年的異獸，不好對付。」

徐鳳年掠入山林，身形矯健如山兔。每次腳尖輕輕著地，不見如何發力便可掠出數丈距離。身後呂錢塘和楊青風面面相覷，心生震駭，這可不是普通武夫便能做出的壯舉。

當舒羞和大戟寧峨眉見到世子殿下時，卻看到詭譎一幕。這一片山林古木悉數折斷，鮮血滿地，世子殿下腳下是一頭不曾見過的巨大野獸。野獸一身鋒芒甲刺，已死亡，膚色由紅轉黑，腹部被剖開，而一身血跡的世子殿下正低頭望著懷中兩隻才剛剛投胎睜眼的幼獸，他一手捧著一頭，笑咪咪道：「你們一個叫金剛，一個叫菩薩好了。」

徐鳳年當時火急火燎地趕到這成年雌夔葬身處，便看到這頭青城異獸奄奄一息的淒慘場景。雌夔加上尾巴長達兩丈，重量估計最少都有五百斤。這頭在山林中無敵的龐然大物的身軀竟是滿身傷痕，地上皆是折斷的鱗甲，六足似被利器削去了兩足，可以得知先前一場大戰何等慘烈。

徐鳳年只見牠身受致命重創，卻並不瞑目，一時不解。

楊青風是馭獸的行家，不顧規矩地衝刺上前，在虎夔身前跪下，雙手在異獸腹部撫摸，徐鳳年這才注意到這頭將死虎夔的腹部鼓動。

楊青風一臉震驚地解釋說腹中有幼獸即將誕生，剖腹以後是死是活得看天命。

徐鳳年二話不說便將短刀春雷交給楊青風，令其以春雷刀鋒竭力劃開堅硬如鐵的巨獸肚皮，那頭只剩幾息生命的雌夔卻仍然艱辛扭頭，望向腹部，似乎想要親眼看到幼兒出世才肯闔眼。

楊青風從鮮血窟窿裡接連撈出兩頭小獸，一雌一雄，先雌後雄，那便是姐弟了。

徐鳳年蹲在地上接過兩隻小巧玲瓏的猩紅幼崽，挪了挪，抱到異獸眼前，似乎要讓牠親眼見到幼兒活著，那頭氣息漸弱的成年母夔終於緩緩閉眼。

一頭汗水雙手還沾著母夔鮮血的楊青風，無比興奮道：「牠們睜眼初見是誰，便會認誰做父母。機會稍縱即逝，殿下切莫馬虎。何時睜眼，小的也不敢斷言。懇請殿下等到牠們初次張目後再鬆手，這等千載難逢的天道機遇，實在是萬金難買！

小的若沒有猜錯，異獸名虎夔，一般都是居於地底黃泉的雄夔每隔五百年破土而出，與母虎交媾而生。史載虎夔雖有雄雌，卻往往無法生育，遇水不溺如龍，入山則稱王稱霸，獨活五百年便死。這頭虎夔，奇怪了，世子殿下，得之天命啊！」

那對虎夔幼崽開始掙扎扭打，帶出母腹的一身鱗甲劃傷了徐鳳年雙手。楊青風神情緊張，提醒這是幼崽張目睜眼的徵兆。可重要關頭，徐鳳年卻捧著一對才出生便要孤苦伶仃的幼崽坐在地上，將姐弟幼崽的腦袋對向母夔。

幼小崽兒第一眼便看到了倒在血泊中的母夔，十分呆滯，徐鳳年雙手傷口亂如麻，鮮血不可避免地塗抹在牠們身上。姐弟幼崽轉身抬頭，癡癡望著徐鳳年。

約莫是那頭母夔違逆了天命，遭了天譴，己身斃命不說，兩頭幼崽也並非趙玉台所說那樣帶有一根夔角。徐鳳年與牠們對視，輕聲笑道：「小傢伙們，第一眼看到的，便是你們娘親，可別忘了。至於我，不是你們的爹，千真萬確，不騙你們！」

手中赤霞大劍拄地的呂錢塘聽著世子殿下一本正經的言語，忍住笑意。這位世子殿下，總是城府陰沉，可的確有些時候還是讓人討厭不起來。

楊青風則十分懊惱，幼年異獸睜眼初見僅是死亡的虎夔，而非世子殿下。這等讓異獸順從的罕見天命比各個王朝太祖黃袍加身只差一線，世子殿下怎麼就白白送出去了？只不過當心如刀絞的楊青風看到幼崽伸舌頭舔了舔徐鳳年掌心鮮血，然後兩顆小腦袋心有靈犀般齊齊依偎摩娑著世子殿下手臂的時候，這才如釋重負，心情略微好受一點。徐鳳年站起身給牠們一個取名菩薩，一個取名金剛，便是舒羞和寧峨眉湊巧撞見的一幕。

徐鳳年手中幼崽開始扭動身軀，心情愜意的楊青風笑道：「虎夔幼崽比馬駒要強壯無數，這會兒大抵可以行走了。殿下可以替牠們尋一處水源，清洗一陣。古書上說幼年虎夔需要遇水才靈，方才殿下躍過那條小溪，便不錯。水淺，不至於讓牠們潛水溜走，若是換成江河或者深潭，就有些棘手。」

徐鳳年點了點頭，說道：「呂錢塘，你和寧將軍一起埋葬了這頭母夔。」

楊青風震驚道：「殿下，虎夔鱗甲如果做成了甲冑，刀槍不入、水火不侵，比之前那符將紅甲半點不差！」

徐鳳年眯眼斜瞥了一下忠心耿耿的楊青風，沒有說話。楊青風噤若寒蟬，不敢再多說一個字。

徐鳳年捧著牠們掠至溪畔，將牠們放入水中。兩頭幼崽沒入清澈溪水，在水底如履平地，遊玩嬉戲，撲騰出水花無數。

兩頭幼崽離溪畔稍遠了，那隻體型稍小的姐姐菩薩似乎瞧不見徐鳳年，張開嘴咬了一下弟弟；兩頭幼崽便浮出水面四足劃動，朝坐在岸邊的徐鳳年衝過去，最後牠們幾乎是踏波而行，躍入世子殿下懷中，蠻勁可怕。

徐鳳年差點後仰倒地，胸口一陣痠痛，也不在乎這對幼崽天生披甲刺，伸手摸了摸與他關係親暱的兩個淘氣傢伙，笑臉燦爛。

大戟寧峨眉不明就裡，只覺得那對幼獸長相奇特，不似凡物。

舒羞小聲詢問身邊的楊青風：「姓楊的，這對幼崽叫什麼？」

楊青風無動於衷，跟木頭一般杵在那裡。

舒羞嫵媚撇嘴道：「小氣。」

楊青風只是望向坐在溪畔陪幼夔戲耍的世子殿下背影，想不明白為何白白浪費了全身上下裡外都是寶貝的母夔屍體。

舒羞下意識呢喃道：「這個世子殿下，總覺得他對一些不起眼的人和物，要更友善。對我們幾個，甚至不如他的坐騎。」

聽進耳朵的楊青風冷笑道：「那只是對妳而言吧。」

舒羞想起了世子殿下喊自己舒大娘，還有在破舊道觀和青羊宮裡世子殿下口口聲聲說要將自己送出去，惱火得要殺人，只是心中激憤悶懣，臉上卻嬌媚如花，笑裡藏刀道：「也不知道是誰剛才被世子殿下一個眼神便嚇得三條腿發軟。」

楊青風雙手雪白十指交叉在胸口。

舒羞譏笑道：「楊青風，你有本事動手，姐姐保證不還手，任你宰割。」

楊青風有怒氣，卻不動手，只是語調平淡道：「姐姐？難怪世子殿下要稱呼妳舒大娘。舒大娘都這個歲數了，楊青風可沒興趣宰割，想必眼光挑剔的世子殿下更是如此。」

舒羞生氣時總是能夠讓人沒見怒容前，則先見到胸脯微顫的風景。

幼夔已能踉蹌行走，雖然圍繞著徐鳳年奔跑過快時還會跌倒，但哪怕摔得塵土飛揚，依舊安然無恙，搖晃著起身，照舊活潑好動。徐鳳年見到寧峨眉和呂錢塘走來，便站起身，帶著跟在他屁股後頭玩耍打鬧的姐弟幼夔走回車隊。

坐在青鳥身邊的姜泥看到這對活蹦亂跳的小傢伙，愣了愣。老劍神聽聞幼夔喧鬧聲音，掀起簾子，看了一眼，訝異道：「靈氣之盛，可以並肩當年齊玄幀座下聽他講經說法十幾年的黑虎了。」

徐鳳年提著幼夔脖子鑽入車廂，沒有看到魚幼薇，想必是她不想看到自己，便獨自跑去姜泥、李老頭那邊生悶氣了。徐鳳年摘下繡冬、春雷雙刀，盤膝坐下，兩頭幼夔用小腦袋拱他的小腿，徐鳳年拍了兩下，等牠們納悶著抬頭，徐鳳年分別指了指兩個小傢伙，笑道：「你叫菩薩，是姐姐。你叫金剛，是弟弟。再說明一下，我叫徐鳳年，不是你們爹。好了，我要修習大黃庭，你們別搗亂，否則把你們吊起來打。」

說來奇怪，本來不停鬧騰的幼夔在徐鳳年坐定修行後，便安靜下來，蜷縮在徐鳳年腳下，紋絲不動。晚出生一步便只能做弟弟的雄虎夔若是動彈一下，便被體型其實輸給牠的姐姐咬上一口，牠也不敢還嘴。

修習忌諱分心，可不知為何，徐鳳年想著這對姐弟幼夔以至於嘴角翹起，並不可以專心一致吐納，體內氣機流轉卻是比之往常還要流暢。

徐鳳年沒來由想起當初在山上瀑布後騎牛的一番話：『太上忘情，非是無情，忘情是寂靜不動情，好似遺忘，若是記起，便是至情。正所謂言者所以在意，得意而忘言，道可道非常道，偶爾知道，欲言又止，才算知道。』

徐鳳年睜開眼睛，笑罵道：「什麼玄空大道，總喜歡說得模稜兩可、莫名其妙，騎牛的，你若真是真武大帝降世，有本事就下武當、上龍虎，這個要是太難為你了，那就給我滾去江南！」

徐鳳年收斂了笑意，喃喃自語道：「見一個女人，比成為那肩扛兩道的天下第一都要難嗎？」

兩大祖庭南北相望。

六百年前，龍虎大興，武當山幾乎香火凋敝殆盡，大半道士逃下山。

三百年前，武當反過來力壓龍虎，龍虎低頭低到不能再低。

如今百年，王朝一再抬高龍虎，武當一代不如一代，連包括王重樓在內的歷任掌教都不曾一次進京面聖。

下一百年？

少有人真的認為玄武當興五百年。

這場暗鬥了整整千年的南北之爭，是騎牛的以他自己都不知道是個啥東西的天道勝出，還是那個號稱龍虎山上悟性第一、武道精進第一，以至於此生有望修為並肩齊玄幀的齊姓小天師？

徐鳳年實在是不明白洪洗象的道。比較鬥贏了四大天師、壓頂代代英才輩出的龍虎山，難道不是下山、下江南更容易一些？

徐鳳年低頭苦澀道：「你這可知不可說的道，我這輩子算是不會知道了。你不說，你不做，我大姐怎麼知道？光躲在武當山上騎牛，知道你大爺啊！」

◆

武當山掌教王重樓仙逝於小蓮花峰。

隨著這個消息從北涼向東西南蔓延開去，天下道門轟動。

不是說一指斷滄瀾嗎？不是說才修成了大黃庭嗎？怎麼說登仙就登仙了？要知道此登仙非龍虎山的證道登仙，而是死了，與凡夫俗子一般病死老死。武當山對此更是沒有絲毫遮掩，與此同時，世人得知王重樓逝世後，掌教武當山的並非山上德高望重僅次於王重樓的陳繇，不是最年長的丹鼎大家宋知命，也不是劍術超群的啞巴王小屏，而是不到三十歲的武當年輕師叔祖洪洗象。

洪洗象是誰？連許多北涼香客都不知姓名，耳目靈敏的，最多只知這位被王掌教器重的小師弟無甚野心，只是做些騎牛散心、注疏經義、築爐煉丹的瑣碎事情。偶爾有士子文豪登山作賦，達官顯貴上山燒香，都見不到這個年輕道士的身影。

小蓮花峰上龜馱碑，一位在這座峰上長大的青年俊雅道士換了一身裝束，雲履白襪，以一根尾端刻有太極圖案的紫檀木道簪別起髮髻，身上寬博長袖的道袍異常嶄新尊貴，有兩條劍形長帶縫於道袍紐扣部位，名蓮花慧劍。

這是武當特有的裝飾，六百年前大真人呂洞玄騎鶴上武當，以仙劍大道創武當兩束道袍慧劍，寓意斷煩惱、斬塵根。對武當而言，在劍道、天道俱是天下第一人的呂祖師爺羽化飛升之後，便開始一代不如一代，尤其是近百年，再無巍巍祖庭氣象。

年輕道士輕輕躍上龜馱碑，望向被雲霧繚繞的上山神道階梯。小時候上山，那時候他面黃肌瘦，腳力孱弱，武當漫天鵝毛大雪，石階堆滿了厚厚積雪。

道士們根本來不及掃雪，於是他便被年邁師父背著，據說大師兄在玄武當興那塊牌坊下等了一天一夜。上山的時候他偷望了幾眼大師兄，每次大師兄都會笑臉相迎，像富裕街坊家裡一座剛好暖和卻不燙手的火爐。他清晰記得那會兒大師兄才只是兩鬢霜白，等他長大，便悄然與師父一般滿頭銀霜了。

大師兄的確不太像是個武當掌教，劈柴燒火、醃菜做飯、蓋房掃雪，樣樣去做，他的好脾氣，都是從大師兄那裡學來的。所以大師兄說他是武當未來百年的希望，他雖然膽小怕事，可終究沒有逃避，與二師兄陳繇習道德戒律，與三師兄宋知命請教丹鼎學說，與四師兄一同研究玉柱心法，看五師兄練劍。至於天道是何物，師兄們皓首窮經都沒得出個所以然，所以他不著急，一直覺得只要在山上待著，總有一天會悟透。

十四歲時騎牛，遇見了那一襲紅衣，念念不忘，耽誤了功課，大師兄並未責罵，後來再見她時，她說要去江南，再不相見了，他壯了膽子跟大師兄說要下山，大師兄問他還回不回來了，他沒說，他從不說謊。可大師兄依然不生氣，只是說小師弟等會兒，等大師兄修成了大黃庭，你便下山去好了，當年師父要你做天下第一才准下山，是騙你的。這麼大年紀的小夥子了，總待在山上跟一幫糟老頭廝混，的確不像話呀。

後來他捺著性子等到了大師兄修成大黃庭，只是出關時，他自己卻退縮了，次次走到玄武當興的牌坊，抬頭望著呂洞玄以劍寫就的四個大字，都默默轉身上山。最後大師兄捨了一身大黃庭，自知將死，在小蓮花峰山崖邊上，揉著他的腦袋，笑著說掌教由二師弟來做好了，你下山去，不去大師兄就踢你下去，玄武當興什麼的，順其自然便好，哪有讓你扛這個擔子的破道理。

大師兄臨死才想明白一個道理：天高不算高，人心比天高。道大不算大，人情比道大。我輩修道無非修心。

二師兄陳繇不知何時來到峰頂，輕聲笑道：「掌教，以後再看禁書，就正大光明一些。」

站在龜馱碑上的新任武當掌教回頭，蹲下身，苦著臉問道：「二師兄，大師兄本意是讓你做掌教的，你惱不惱我？」

老道人陳繇哈哈笑道：「讓我來做武當掌教？虧大師兄想得出來！明擺著打架打不過龍虎山四位天師，吵架更是吵不過那個白蓮先生，這不給武當丟臉嗎？別說我，你去問問宋知命、俞興瑞，誰樂意做掌教？若是跟五師弟說這個，看你的小王師兄不拿劍劈你！」

蹲在石碑上的小師弟揉了揉臉頰嘆氣道：「二師兄，打架吵架，我好像也不太在行。」

一向不苟言笑的陳繇開懷打趣道：「師父當年說過，我們五個加起來都不頂你一個。再說了，咱們武當也沒想著要跟人打鬧，一朝國師也好，羽衣卿相也罷，武當自立祖庭以來，便對這個不感興趣。

千年來，龍虎山削尖了腦袋要去京城，咱們可是次次拒絕入京。祖師爺呂洞玄早就把話說明白了，天地間俗氣、陰氣最重地，都是皇宮，去不得、去不得。雖說如今山上香火可憐，可總餓不死誰，山清水秀，人人相親，那些小道童見著你這位師叔祖，有些甚至得喊你太師叔祖，可他們何時是在怕你？只是敬你而已，誰不樂意幫著你放牛？這擱在龍虎山，可見不著。

那邊天師府是天師府，龍虎山是龍虎山，涇渭分明，不如我們武當山和氣。大師兄私下說山下的道理是和氣生財，山上嘛，和氣生道。我覺得大師兄修為高是高，可道理打小便總是說不過我，但這句話，我覺得在理。」

年輕掌教擔心道：「不知道下山遊歷的小王師兄的劍道如何了？可別真去了吳家劍塚或者龍虎山打打殺殺。唉，小王師兄的劍，過於不求劍招而求神意了。」

陳繇寬慰道：「五師弟劍道天賦造詣都是山上第一，救人比不得大師兄，傷敵卻要比大師兄還厲害，臨行前你又給了他《參同契》，相信五師弟只要肯花點心思由道轉術，定會大有裨益。」

再不宜被武當山小輩道士稱作師叔祖的洪洗象尷尬道：「我那本《參同契》是瞎寫出來的。」

這一刻，山中暮鼓響起，霧靄靈犀般散去，大小蓮花峰風景盡收眼底。

洪洗象站起身，眺望而去，怔怔出神。

陳繇微笑道：「喊你掌教又何妨，喊你便不是我們的小師弟了？大師兄去世又何妨，武當山便要塌了？玄武當興五百年興不起又何妨，你便不是洪洗象了？師父當年帶你上山，自然存了由你擔起興盛武當的念頭，可更多只是希望你能逍遙自在，大師兄更是如此。小師弟這些年倒騎青牛，牛角掛書，神仙一般無憂無慮，我們這幫老傢伙看著羨慕哪。一日一卦，次次愁眉苦臉，我們偷偷看著也歡喜，因此下山不下山，我們都不在乎。」

陳繇的規矩，宋知命的丹鼎，俞興瑞的玉柱，王小屏的劍意，還有大師兄的習武更修道。

過了玄武當興牌坊，山上人人相親，這便是洪洗象的家。

騎牛看書、讀書、煉丹只是解乏，八步趕蟬只為那一張蜘蛛網；山巔隨罡風而動，只是想看清山外的風光，與黃鶴餵食說話，只是覺得好玩。

這就是他的道。

我不求道，道自然來。

武當歷史上最年輕的掌教沒有言語，只是長呼出一口氣。

踏出一步。

這一步遠達十丈。

直接踏出了龜馱碑，踏出了小蓮花峰。

武當七十二峰朝大頂。

七十二峰雲霧翻滾，一齊湧向小蓮花。

洪洗象踩在一隻黃鶴背上，扶搖上了青天。

陳繇抬頭望著異象，喃喃道：「師父、大師兄，你們真應該看看，小師弟一步入天象了。」

◆

到了雄州，離京城便不遠了。

本朝六位宗室藩王皆有封地，除了從小憎惡兵戈殺伐的淮南王趙英，五個藩王皆有大小不等的兵權，最少鎮守一州，如靖安王趙衡、膠東王趙睢、琅琊王趙敖，還有兩位則更是手擁重兵。

目前身在西楚舊都大凰城內的廣陵王，掌管著原先西楚王朝一半的遼闊疆土，這些年致力於鎮壓不斷反彈的叛亂，凶名昭彰。那屯兵於舊南唐國境上的燕剌王無須多說，麾下兵強馬壯，驍將如雲，一直在跟北涼鐵騎爭甲雄天下的名號。當年顧劍棠大將軍被召進京後，可謂是澈底的卸甲下馬，近乎獨身入京師，解散舊部大多在這兩位強勢藩王手中。

春秋國戰的硝煙尚未散盡，天下初定，以宗室幾大親王屏藩社稷是明智之舉，王朝上下對此並無異議，唯獨異姓封王的徐驍，惹來朝野非議。

當初除了顧劍棠有望坐鎮邊疆，文臣謀士更多是想讓驍勇不輸徐驍的燕剌王移師北涼。只是最終塵埃落定，顧劍棠與燕剌王都沒能帶兵赴北。

雖說藩王大權顯赫，可一部《宗藩法例》卻對這些宗室親王諸多禁錮，愈是離京城近的藩王，愈是嚴格。例如雄州的淮南王趙英、兩遼的膠東王趙睢，這兩位藩王宗室動輒得咎，王子王孫被廢為庶人的不在少數。像那燕剌王，按照宗藩規矩不得輕易入京，連先皇去世，當今天子都以祖訓不得違的理由對要求入京的燕剌王加以拒絕。傳言這位藩王面北遙遙祭拜，以至於吐血暈厥，數月臥榻不起。一片赤子孝心，讓原先對這位桀驁暴戾藩王印象十分糟糕的北方士子紛紛扼腕痛惜。

雄州麻姑城。

州牧刺督一干文官武將都出城三十里，陣仗浩大，只為了迎接一位路經雄州的人物。

淮南王趙英並未出城，按照《宗藩法例》規定，藩王不得擅自離開封地，即便是出城省墓上墳或者出城踏春秋狩，也要向州牧代由京城上奏，得到欽准，方可出行，否則一州官員都要受到重責牽連。

膠東王曾經以身試法，導致錦州州牧被罷官到底，刺督等一眾武將調離兩遼，官階連降兩級發配南國邊境，歸燕剌王管轄。而《宗藩法例》第一條，則是「兩王不得相見」。

淮南王趙英素來以循規蹈矩著稱，事事不敢逾越宗室法例雷池半步。偶有子孫違規被罰，溫文爾雅的淮南王也從不出聲。福禍相依，趙英成了進京面聖次數最多的藩王，賞賜頗豐。

十數位當年都曾在江湖上聲名赫赫的北涼鷹犬，環繞一輛馬車。其中便有當年一刀劈下紫禁山莊莊主頭顱的範鎮海、有老一輩武道宗師槍仙王繡的同門師弟韓崂山、有滿身毒器號稱破盡金剛境高手的獨眼龍楊春亭。

三百重甲鐵騎，更是蹄聲如雷。

雄州州牧姚白峰與所有人一同敬畏作揖。

簾子並未掀開，更沒有人走出車廂，只是傳來沙啞聲音：「入城。」

竟然無人敢於流露絲毫憤懣神色！

要知道姚白峰可是北地三州士子的領袖人物，更是雄州豪閥姚氏的當家。當年首輔張巨鹿還是大黃門時，便多次向姚州牧請教學問。姚氏足足五代人俱是首屈一指的理學大家，姚門五雄，從率先提出見聞德性，到格物致知，再到即物窮理，一脈相承，與南方上陰學宮的朱門理學並稱輔國雙魁，南北交相輝映，一直被歷代帝王青睞器重。

姚白峰一生致力於將家學演化為國學，門生遍天下。如此超然地位，此時卻依然對著馬車上那名都不屑露面的武夫低頭。

怪不得理學大家沒有骨氣，天下十大高門豪族，被這位人屠剔除大半，誰不怕？何況他六十歲高齡納小妾，清流士子只當作一樁道德文章、得了顏如玉的美談，人屠卻直言不諱罵他老不正經。姚大家聽到後氣得閉門謝客半年，直到門生高徒勸慰，才重新講學。

麻姑城內，淮南王趙英赤足不束髮，亂髮披肩，驅散奴婢，獨自站在小榭中醉酒，喃喃自語，有些瘋癲。

臨近城門，被罵作老匹夫的北涼王微微駝背著掀開簾子，側望向一把年紀的姚白峰，問道：「姓姚的老不正經，趙英人呢？」

身上無肉，騎馬尤其酸疼的姚白峰無奈道：「回稟王爺，按照我朝祖訓，淮南王不當與你相見。」

正是北涼王徐驍的傢伙瞇眼「哦」了一聲。

馬隊經過麻姑城中軸大道，所有人皆是跪地不起，不敢抬頭，只是每隔一小段路程，便有喝聲響起，不絕於耳，讓姚白峰這群官員一陣頭皮發麻。

「錦州十八老字營青山營，步卒朱振，參見大將軍！」

「遼西天關營騎卒宋恭，參見大將軍！」

「琵琶營弓手龔端康，參見大將軍！」

此時，姚白峰等人都不由自主記起那首〈皇皇北涼鎮靈歌〉的末尾詞句，著實氣焰駭人。

「徐驍生當是人傑，徐驍死亦做鬼雄。笑去酆都招舊部，旌旗百萬斬閻王！」

◆

帝都，太安城。

清晨時分，天灰濛濛，官道上三百鐵騎疾奔而來，塵土飛揚。

京城風傳北涼王徐驍即將入城，天下唯一人口達到百萬的巨城一時間雲譎波詭。

城內主軸道上的高樓都被各色人物占滿，只求一睹徐大柱國的真面目，即便見不著，看看車馬陣仗也就心滿意足。清流士子焦躁，江湖武夫不安，達官顯貴喧鬧，聽聞有十數位大小黃門準備連袂攔車，去冒死怒斥那人屠的荼毒生靈，去罵其毀掉天下大半讀書種子。更傳言有無數準備當道刺殺的武林好漢，連說書先生們都在各大茶樓不約而同老調重彈，說起了春秋亂戰。

京城內無數枝椏上響起了刺耳的蟬鳴。

太安城城門有四孔，城門內外閒雜人等都被城門校尉早早肅清。當漸行漸近的馬隊踩踏出比蟬鳴震耳百倍的轟鳴，當城門以及城牆上眾人看到那一杆猩紅醒目的徐字王旗，本是清新的清晨，頓時窒息起來。

馬隊緩緩踏入城門，除了馬蹄聲，似乎整座京城都開始寂靜無聲。

皇宮的主軸大道上，占好位置的旁觀者們不由自主屏住氣息。

當馬隊愈行愈遠，眾人才面面相覷，如釋重負。

塵埃落定。

城門外來了兩個行人。其中一位老僧人身穿黑衣，目三角，相貌猙獰，形如一頭衰老病虎，只是神情淡漠。另一位駝背微瘸，穿著尋常富家翁的裝束，抬頭望了一眼城牆，微微一笑，與身旁黑衣老僧以及一些晨起做生意的販夫走卒一同由側孔走過城門。偶有注目視線，都放在了老僧身上，委實是黑衣僧這番相貌不像個慈悲心腸的出家人，只不過年邁蒼老，行人只是多看了兩眼，便不再上心。至於老僧身邊的老人，更是不惹人注意。

太安城是天下首善之城，連巷陌市井裡頭的小民都自稱見識過某某大將軍、某某大學士，誰樂意瞧一個駝背的老頭兒？

穿過城門側孔，富家翁與黑衣老僧緩步前行。

富家翁負手於後，呵呵笑道：「楊禿驢，京城百萬人，可就你一個是我朋友啊。」

枯槁老僧輕輕道：「若不摸我腦袋，我便是你朋友。」

富家翁嘴上說著哪能哪能，都說世上有兩樣東西摸不得，老虎屁股摸不得，還有就是你這楊太歲的腦袋摸不得了，可話是這麼說，他卻很不客氣地伸手去摸老僧的光頭。老僧也不阻攔，只是嘆氣。

富家翁摸了摸黑衣老僧的光頭，哈哈大笑。

黑衣老僧一臉淡然。

這顆腦袋，齊玄幀當年倒是也摸過，然後蓮花頂就塌了一半。

黑衣老僧姓楊名太歲，生於東越頂尖士族楊氏。他自幼好學，淹博百家。十三歲剃髮出家，通讀儒、釋、道三教典籍，尤其擅長陰陽術數。雖是僧侶，卻師從清虛宮道士學習道門方術以及兵家學說。二十四歲遊歷龍虎山，被大真人齊玄幀相面以後一番呵斥，楊太歲不怒反喜。後被舉薦入京侍奉太子，再為已故皇太后誦經祈福，主持皇家永福寺，輔佐先皇問鼎江山，期間收大內巨宦數人做菩薩戒弟子。

天下大定，喜穿黑衣的老僧婉拒國師頭銜，在永福寺潛心鑽研佛法，早已與家族斷絕關係，更與當朝權貴沒有絲毫牽連。西壘壁下，他曾力勸徐驍不殺碩儒方孝梨，最終無果，傳言他與徐驍割袍絕交。

近十年感慨禪門法統混亂、宗旨不清，便創相圓說，著《八宗原義》、《辟妄救略經》等，唯獨不參與任何佛門爭辯，自號「不僧諍老人」。有輔國建業之功，卻甘於寂寞，只是擔當太子、太孫等龍子龍孫的輔讀。三年前辭去永福寺主持與皇宮主錄僧，獨行大江南北，神龍見首不見尾，今日出現在太安城，為的只是護送北涼王進京，不過人屠徐驍見到黑衣老僧後，執意要步行入城，才出現這一幕。

徐驍與他並肩前行，行往宮門。

一身富家翁打扮的徐驍雙手插在袖口中，在京城主軸道上閒庭信步，笑呵呵道：「楊太歲，聽說你收了個閉關弟子，跑去上陰學宮？我可事先說好，玩鬧歸玩鬧，真惹出大事，到時候你我都別插手護犢子。還有，符將紅甲人是你徒弟使喚去的吧？下不為例。我很好奇當年符將紅甲人早已被你的菩薩戒弟子韓貂寺卸甲剝皮，怎麼這會兒就多出了五具符將紅甲？你這老禿驢，做的什麼陰險打算？咋的，還跟我鬧彆扭？你這小雞肚腸，跟娘們兒一樣，不就是當年沒答應你不殺那六百號讀書人嗎？咱倆好幾十年的換命交情，說不要就不要了？」

黑衣僧人古板道：「都不關我的事情。」

徐驍瞇眼打量著多年不見，有些陌生的京城氣象，撇嘴道：「給我透個底，那小子是不是那位的私生子？要不然他哪能從韓貂寺手裡得到符將紅甲，又哪能讓韓貂寺這隻人貓低眉順眼當個奴？」

老僧皺眉，他本就是凶神苦相，此時越發猙獰，不怒自威。行走於人山人海的鬧市，但在老僧的帶路下，無人可以靠近他和徐驍身邊，如滑魚游於水草。

徐驍笑道：「禿驢不否認，我可就當得到答案了。」

黑衣老僧依然不解釋、不辯駁，心如古井無波。

徐驍打趣道：「楊太歲啊楊太歲，有些時候挺佩服你的，伴君如伴虎，你只要再活個二、三十年，便有望輔龍三朝，個個都樂意把你當菩薩。再瞧瞧龍虎山，為了鞏固國師地位，無所不用其極。有個老傢伙拚去兩甲子陽壽不要，連逆天改命都用上了。你呢，啥都不做，整天吃齋念佛，嫌京城悶了，就出城走一走，這才是神仙過的日子。禿驢，什麼時候去見見我長子鳳年？他跟我不一樣，信佛，說不定你們談得來。」

老僧搖了搖頭，輕聲提醒道：「到了。」

道路盡頭，可見正南皇城大門。

當朝按律十日一早朝，只是早朝已始，徐驍來得稍晚了。門外只停有車馬家奴，見不到任何一位朝廷顯貴。

這扇皇城第一門，三闕，巨簷重脊，左右各有白玉獅、下馬碑一對。門上掛有開國大學士所書楹聯一副：「日月光明，山河雄壯」，門北左右廊房一百一十間，號稱千步廊，連簷通脊，拱衛保和殿，即百姓嘴中的金鑾殿。

黑衣老僧楊太歲嘆氣道：「你就這般衣著去上朝？」

徐驍笑道：「我去馬車上換身衣服，在北涼沒機會穿，這些年養尊處優，胖了許多，不知道合身不合身，如果穿不下就麻煩了。」

老僧一臉罕見頭疼無奈的表情。

徐驍哈哈大笑，走向一輛只剩幾位王府貼身扈從的馬車。王旗麾下的鐵騎自然不能帶到這皇城牆根下，否則成何體統。

黑衣楊太歲沒有動身，依然站在門外百丈處，神情蕭索。當年，他還是個求功求名的僧人，徐驍便已帶著六百黑甲闖出錦州。他為先皇出謀劃策，徐驍為先皇做先鋒，一文一武，相得益彰。

那時候，先皇視他們二人如左膀右臂，曾在那扇大門裡一同爬上保和殿飲酒，在月夜下一起談論天下大事。徐驍讀書不多，總會被他們逼著吟詩，粗糙俗氣，次次都被笑話。醉酒以後便肆意橫躺，誰枕著誰的胳膊，都無所謂。最後一次相聚，是徐驍滅西楚回京受封大柱國，只是相互言語，再無當年的肆無忌憚。

那以後，他便不再參政，只談禪與詩。再之後，他被先皇授意與徐驍喝一場離別酒，這才使得那位清奇女子獨自入宮，一劍白衫。那以後，他便再無顏面去見徐驍。

徐驍離馬車沒多遠，一輛馬車奔馳而來，駕車馬夫一頭汗水。

徐驍擺手示意槍仙王繡的同門師弟韓嶗山不要上心，側身堪堪躲過兩匹高頭大馬的馬蹄，只是示意一位王府豢養的高人去車內拿一件早就準備好的外袍，準備穿上好入宮早朝。

真是應了那句馬善被人騎、人善被人欺，徐驍對於馬車衝撞沒有介意，那權貴府邸出來的馬夫卻嫌這駝背老頭兒礙眼礙事，當作是朝廷裡哪位官員的不長眼家奴。車內主子本就因為身體有恙耽誤了早朝時間，一路催促得厲害，連累他挨罵無數，心情當然糟糕透頂，一怒之下就揚鞭砸人。

徐驍笑了一下，沒有任何動作。韓嶗山便抓過馬鞭，將馬夫扯下，一腳踩在胸口，「喀嚓」一聲，直接踩斷了兩根肋骨。

馬車上走下一位身穿四品雲雁文官朝服的中年儒士，見到家僕慘遭橫禍，勃然大怒。再看那老頭兒面生得很，顧不得斯文，破口大罵，大體是在怒斥誰家的下人膽敢在皇城外驕橫行凶，指著徐驍鼻子要他報上府上官員的名號，等下上朝就要親口向皇帝陛下彈劾，氣焰熊熊。

這位儒士身居四品，與州牧同階，太子左庶子，是讓人眼紅的東宮清貴位置。這還不止，他父親劉彬忠是東閣大學士，兩朝重臣。

本朝文官勳貴極點便是三殿三閣。東閣雖說位居末尾，但三殿三閣並未授滿，加上武英殿、文華殿、文淵閣總共只有四個，劉彬忠身為四人之一，可謂榮貴非凡。加上他哥哥劉體仁是銀青光祿大夫，父子三人同朝為官，傳為美談，若非如此，他也不敢隨便在皇城門外放話要彈劾。畢竟能夠參與早朝的官員，都不是尋常人物。

徐驍看著這位四品太子左庶子在那裡唾沫四濺，一笑置之。一名扈從拿著包裹躍下馬車，解開後露出朝服一角。

那劉家儒官瞥了一眼，下意識愣了愣，眼前這老頭兒還是當官的不成？可文官武將，沒聽說有這等樣式的官服啊？

天底下，官服遠比府邸規模要更不得「僭用」，一旦被揭發坐實，便是入獄發配的下場。

當包裹澈底打開，姓劉的東宮左庶子便澈底瞪大眼珠子了，蟒袍？那是一件藍緞平金繡五爪蟒袍？

蟒衣，自古便是象龍之服，與九五之尊所禦龍袍相肖，但減一爪，與龍袍一般繡「江牙海水」。本朝明言唯有親王可繡九蟒五爪，唯有皇族可用明黃、金黃以及杏黃顏色。龍蟒有彎立水、直立水、立臥三江水、立臥五江水、全臥水五種姿勢，哪一級該用哪一種姿勢又有嚴格規定，又以全臥水最尊，譽為團龍。

姓劉的眼睜睜看著那老頭兒在下人服侍下穿上蟒袍，咽了咽口水。

團龍蟒衣。

九龍五爪，甚至比較大將軍顧劍棠還要多一爪！藍大緞質地，這說明並非皇室宗親。是異姓王？

掰指頭算一算，王朝又有幾位異姓王？

那老頭兒披上王朝上下只此一件的蟒袍，擺明了是要上朝的架勢。更有甚者，除了穿了這一襲可怕蟒衣，他還接過了一柄刀。

誰可佩刀上朝？

姓劉的就算是個白癡，也知道眼前老頭兒是誰了！

北涼王徐驍。

駝背老頭兒穿上華貴扎眼的蟒衣後，佩北涼刀徑直走向皇城南門。

那位左庶子撲通一聲跪在地上，再沒有上朝的想法了，只是在那裡死命磕頭，石板上，磕出了一攤血跡。

一身蟒袍的徐驍走入皇城。

城門孔洞有些昏暗，走出以後，人屠遮了遮溫煦陽光，眯眼遙望向那座大殿。

身前身後兩排校尉齊齊跪地。

太監一個個如臨大敵，依次扯開嗓門大喊：「北涼王上殿！」

這位駝背老人，微瘸著緩行。似乎一點不顧及那邊有皇帝陛下、有首輔張巨鹿、有大將軍顧劍棠、有滿朝文武在苦苦等候。

他默數著步數，終於拾階而上。回望城門一眼，笑了笑，自言自語道：「老了。」

——雪中悍刀行第一部（一）西北有雛鳳 完

高寶書版集團
gobooks.com.tw

DN 243
雪中悍刀行第一部（一）西北有雛鳳

作　　者　烽火戲諸侯
責任編輯　高如玫
封面設計　陳芳芳工作室
內頁排版　賴姵均
企　　劃　方慧娟

發 行 人　朱凱蕾
出　　版　英屬維京群島商高寶國際有限公司台灣分公司
　　　　　Global Group Holdings, Ltd.
地　　址　台北市內湖區洲子街88號3樓
網　　址　gobooks.com.tw
電　　話　(02) 27992788
電　　郵　readers@gobooks.com.tw（讀者服務部）
　　　　　pr@gobooks.com.tw（公關諮詢部）
傳　　真　出版部　(02) 27990909　行銷部 (02) 27993088
郵政劃撥　19394552
戶　　名　英屬維京群島商高寶國際有限公司台灣分公司
發　　行　英屬維京群島商高寶國際有限公司台灣分公司
初版日期　2021年 1 月

國家圖書館出版品預行編目(CIP)資料

雪中悍刀行第一部（一）西北有雛鳳 / 烽火戲諸侯著. -- 初版. -- 臺北市：高寶國際出版：高寶國際發行, 2021.01
　面；　公分. --（戲非戲；DN243）

ISBN 978-986-361-948-2（平裝）

857.7　　109018269

GOBOOKS
& SITAK
GROUP©